Kristen Harnisch
Die Zeit der Winzerin

Das Buch

Kalifornien, 1897: Die französische Winzerin Sara hat in Philippe Lemieux einen Mann gefunden, mit dem sie die Leidenschaft für guten Wein teilt. Die beiden haben große Pläne für ihr Weingut in Eagle's Run. Doch an der Schwelle zum 20. Jahrhundert kommen Herausforderungen auf sie zu, die wenige Jahre zuvor noch unvorstellbar waren. Und während sich das Paar auf der Weltausstellung 1900 im Paris der Belle Époque inspirieren lässt, ahnt es noch nicht, dass sich sein Leben in Kalifornien drastisch verändern wird. Denn als ein Geheimnis aus der Vergangenheit Sara und Philippe einholt und ein tragisches Familienschicksal über sie hereinbricht, geht es plötzlich um viel mehr als um Rebsorten und die nächste Ernte.

Die Autorin

»Die Zeit der Winzerin« ist nach »Die Tochter des Winzers« der zweite Roman von Kristen Harnisch. Für die Entwicklung der Geschichte über eine franko-amerikanische Winzerfamilie um die Wende zum 20. Jahrhundert stützte sie sich auf ihre Recherchen, ihre Erfahrung als ehemalige Einwohnerin der San Francisco Bay Area und ihre Besuche des französischen Loiretals.

Die Autorin lebt mit ihrem Ehemann und ihren drei Kindern in Connecticut.

KRISTEN HARNISCH

DIE ZEIT DER WINZERIN

Roman

Aus dem Amerikanischen
von Marion Plath

Die amerikanische Ausgabe erschien 2016 unter dem Titel
»The California Wife« bei She Writes Press, Berkeley.

Deutsche Erstveröffentlichung bei
Tinte & Feder, Amazon Media EU S.à r.l.
5 Rue Plaetis, L-2338, Luxembourg
April 2018
Copyright © der Originalausgabe 2016
by Kristen Harnisch
All rights reserved.
Copyright © der deutschsprachigen Ausgabe 2018
by Marion Plath

Die Übersetzung dieses Buches wurde durch AmazonCrossing ermöglicht.

Umschlaggestaltung: bürosüd⁰ München, www.buerosued.de
Umschlagmotiv: © ILina S / Alamy Stock Photo,
© Maria Uspenskaya / Shutterstock; © Charcompix / Shutterstock;
© limonstrik / Shutterstock;
Lektorat: Rotkel Textwerkstatt
Gedruckt durch:
Amazon Distribution GmbH, Amazonstraße 1, 04347 Leipzig /
Canon Deutschland Business Services GmbH, Ferdinand-Jühlke-Str. 7,
99095 Erfurt /
CPI Books GmbH, Birkstraße 10, 25917 Leck

ISBN: 978-2-919-80033-9

www.tinte-feder.de

Für meine Eltern Maryellen und Frank Lacroix, für eure Güte, euren Enthusiasmus und Mut. Und in Gedenken an meine Schwiegermutter Susan Harnisch, die uns gelehrt hat, an den einfachen Dingen im Leben Freude zu finden.

TEIL 1

Kapitel 1

November 1897, Vouvray, Frankreich

Sara Thibault war sich noch nie einer Sache so sicher gewesen – oder hatte sich zugleich so sehr davor gefürchtet. Eine Heirat mit Philippe Lemieux würde dem Gefühl ähneln, in einen rauschenden Fluss zu springen: aufregend, abenteuerlich und zweifellos turbulent.

Als sie die Arme um den Mann schlang, zu dem sie gerade Ja gesagt hatte, lag ein warmer Ausdruck in seinen strahlend blauen Augen, und seine Lippen formten dieses Lächeln, das immer wieder Saras Knie weich werden ließ. Sie drückte ihre Wange an den Rockaufschlag seines feuchten Wollmantels und genoss den sauberen Geruch des Schnees, der an diesem frostigen grauen Novembermorgen sanft auf sie herunterrieselte. Sara war glücklich – zum ersten Mal, seitdem sie letztes Jahr von Saint Martin geflohen war.

Sara rief sich die Ereignisse in Erinnerung, die sie von Philippes kalifornischem Weingut, Eagle's Run, hierher zurückgebracht hatten, zum Weingut ihrer Familie im Herzen der Loire. Die Tragödie, die Sara und ihre Schwester Lydia zwang, aus Frankreich zu fliehen, hatte Sara schließlich nach Kalifornien geführt. Trotz der miteinander verstrickten Vorgeschichte ihrer beiden Familien hatte sich zwischen Sara und Philippe eine unzerstörbare Bindung entwickelt. Sara fröstelte, als sie daran dachte, dass sie beinahe für immer getrennt gewesen wären – und dies alles wegen eines Mannes.

»Ist dir kalt, mein Liebling?«, fragte Philippe. »Sollen wir ins Haus gehen und unsere Neuigkeit verkünden?«

»Nein, noch nicht.« Sara blickte an ihm vorbei zu dem kleinen Wächterhaus, in dem ihre Mutter mit ihrem neuen Ehemann Jacques und Saras Neffen Luc wartete. Natürlich musste sie es ihnen mitteilen, aber was würden sie sagen?

»Sara?« Philippes Lippen berührten ihre, und sie sehnte sich augenblicklich nach mehr.

»Ich will mehr Zeit mit dir verbringen – allein«, erklärte sie schüchtern. Die zehn Hektar mit abgeernteten, brachliegenden Weinbergen und felsiger Erde zogen sie magisch an, genau wie in den Wintermonaten ihrer Jugend. Wie konnte sie ihm das verständlich machen? »Ich möchte dir Saint Martin zeigen.«

Seine Miene entspannte sich. »Und ich würde es liebend gern mit deinen Augen sehen.«

Saras Gesicht hellte sich auf. Sie hakte sich bei ihm unter und vergrub die Hände in ihrem warmen Wollmuff. Philippe durch Saint Martin zu führen, war eine vernünftige Idee, denn es würde Sara von seinen schönen Gesichtszügen und seiner großen, kräftigen Statur ablenken – sowie von dem in ihr brodelnden Verlangen, welches sie jedes Mal unterdrücken musste, wenn er auch nur ihren Namen sagte.

Sie gingen fast eine Stunde lang spazieren. Sara führte Philippe um das ganze Weingut herum, an dem Wächterhaus vorbei zu den Ställen, in denen sich zwei Pferde und ein Fuhrwerk befanden. Sie blieb an einer Stelle stehen, von der aus sie die beste Aussicht auf das wogende Gewässer der Loire hatten. Philippe war still und nachdenklich, als sie ihn auf die drei

Hektar Fläche hinwies, die zwei Jahre zuvor von der Reblausplage zerstört worden waren. »Wann bepflanzen wir den Boden mit amerikanischen Wurzelstöcken?«, fragte sie vorsichtig.

Philippe schüttelte den Kopf. »Jetzt noch nicht.«

Was meinte er damit? Sara fühlte sich befangen, wenn sie daran dachte, wie klein Saint Martin im Vergleich zu Philippes Weingut in Kalifornien war. Zehn Hektar, fast fünfundzwanzig Morgen mit Chenin-Blanc-Trauben, konnten mit den zweihundert Morgen mit Cabernet-, Zinfandel- und Chardonnay-Trauben auf Eagle's Run nicht mal ansatzweise mithalten. Eagle's Run war eines der größten Weingüter in Napa, und Philippe war einer der angesehensten Winzer im ganzen Landkreis – wie konnte sie sich damit messen? Und dennoch, dieses kleine Stück Land hatte Sara von ihrer frühsten Kindheit an geprägt. Mehrere Jahre ihres Lebens hatte sie damit zugebracht, auf der steinigen Erde von Saint Martin zu knien, dünnhäutige Chenin-Blanc-Trauben zu pflücken und ihre saftige Frucht zu probieren. Sie und Lydia hatten durch die Reihen der Weinstöcke Hühner gejagt, und ihr jugendliches Mädchenlachen wurde vom Sommerwind fortgetragen. Als junges Mädchen hatte sie ihren Namen in die riesigen Gärfässer der Weinkellerei geritzt und so heimlich ihren Anspruch auf das Vermächtnis ihres Vaters geltend gemacht. Philippe würde Sara nie voll und ganz verstehen können, bevor er sich nicht mit jedem Detail von Saint Martin vertraut gemacht hatte – und Sara würde erst zufrieden sein, wenn sie Saint Martin seinen alten Glanz zurückgegeben hatten.

Sara merkte, wie die Erleichterung ihre Entschlossenheit ins Wanken brachte, als Philippe heute überraschend aufgetaucht war, aber sie konnte es sich nicht erlauben, ihm einfach blindlings nach Amerika zu folgen und ihre eigenen Ambitionen hinter sich zu lassen. Sie wollte den richtigen Augenblick abwarten, war jedoch fest entschlossen, ihren Willen durchzusetzen.

Schließlich erreichten sie Saras liebsten Bereich des Weinguts, dort wo die meisten Erinnerungen auf sie warteten: die Höhlenwohnungen und der Weinkeller der Familie. Sie waren in einen langen Kreidefelsen gehauen, der an der nördlichen Grenze des Weinguts entlanglief.

»Wann wurden sie gebaut?«, fragte Philippe und strich mit der Hand über den zerklüfteten gelben Stein.

»Im elften Jahrhundert«, antwortete Sara. »Die Eltern meiner Mutter haben die Wohnungen und den Weinkeller instand gesetzt.« Sie schloss die Eichentüren zum Weinkeller auf und führte ihn in die dunkle Höhle aus Kalkstein, die mit Fässern des 1897er Chenin Blanc gefüllt war. Der Geruch von Eiche und süßem Wein erinnerte Sara an ihren Vater.

Sara schluckte ihre Trauer hinunter und ging zu einer Pyramide aus kleineren Fässern, die sich über fünfzig Meter bis zum Ende der Höhle erstreckte und fünf Fässer hoch war. Sie ließ ihre Hand über die glatten Fassdauben gleiten. »Mein Vater hat mir beigebracht, wie man aus den verschiedenen Wäldern die beste Eiche wählt und wie man den Wein fermentiert und abfüllt.« Sie hielt einen Augenblick inne, bevor sie wehmütig hinzufügte: »Aber Jacques hat mir beigebracht, wie man die Trauben presst.«

»Mit diesem Prachtexemplar hier?« Philippes Freude war unübersehbar, als er die neue Morineau-Presse berührte, die Sara gerade erst angeschafft hatte.

»Nein«, erwiderte Sara. »Wir hatten früher nur die alte Korbpresse, wie die alten Römer vor mehreren Hundert Jahren«, scherzte sie. »Diese hier haben wir letzten Monat zum ersten Mal benutzt. Ich hatte Papa jahrelang damit in den Ohren gelegen, eine effizientere Presse zu kaufen, aber er war immer der Meinung, es sei besser, zuerst Geld für die Früchte auszugeben und erst danach für die Ausstattung.« Sie seufzte. »Bei den meisten Dingen hatte Papa recht, aber dabei nicht.«

Philippe trat näher an sie heran. »Er würde sich sehr freuen, wenn er sehen könnte, was du erreicht hast«, versicherte er ihr.

Sara drückte seine Hand. »Er würde sich sogar noch mehr freuen, wenn wir die verlorenen Weinreben ersetzen könnten«, neckte sie ihn.

»Eine neue Bepflanzung ist teuer, mein Liebling. Ich brauche mehr Zeit.«

Zeit war jedoch das Problem. Neu gepflanzte Weinreben brachten in den ersten drei bis fünf Jahren keine verwendbaren Weintrauben hervor. Sara wollte Philippe jetzt nicht weiter drängen und führte ihn aus dem Weinkeller. Ungeduldig ruckelte sie mit dem Schlüssel, als sie die widerspenstigen Eichentüren abschließen wollte. Philippe massierte mit kreisförmigen Bewegungen den Bereich zwischen ihren Schulterblättern, bis Sara sich ein wenig entspannte. »Du hattest viel zu tun seit deiner Rückkehr«, stellte er fest. »Ich habe ja gehofft, du hättest die letzten fünf Wochen nur nach mir geschmachtet, aber anscheinend war das nicht der Fall.«

»Das werde ich dir nie verraten«, neckte sie ihn, doch hinter dem verspielten Klang ihrer Stimme lag eine tiefere Wahrheit. Fünf Wochen zuvor hatten sie einen schrecklichen Streit gehabt, und Philippe hatte gesagt, sie solle nach Frankreich zurückkehren. Sie hatte ihn zögerlich verlassen und gedacht, sie könnten die tiefe Kluft zwischen ihren Familien nie überbrücken. Seitdem hatte sie es vermisst, mit ihm Seite an Seite auf Eagle's Run zu arbeiten, und ihre lang gehegte Hoffnung, ihre Leben und ihre Weingüter zu vereinigen, schien gestorben zu sein. Aber heute war Philippe aufgetaucht und hatte sie von einem gemeinsamen Neuanfang überzeugt, frei von den Sorgen der Vergangenheit. Sie beide konnten wahrscheinlich einfach nicht ohne einander leben.

Sara trat von der Kellertür zurück und deutete auf die Höhlenwohnungen eine Ebene über ihnen, deren Türen in einem fröhlichen Himmelblau gestrichen waren. »Hier wohnen die Pflücker während der Erntesaison, und zurzeit übernachte ich hier mit Luc.« Seit Lydia bei der Geburt ihres Kindes gestorben war, hatte Sara die Mutterrolle für ihren fünfzehn Monate alten Neffen übernommen.

Sara drehte sich zu der verbrannten Erde hinter ihnen um. Beim Anblick der zwei Schornsteine und des Geröllhaufens wurde sie still. Es waren die einzigen Überreste des Hauses ihrer Vorfahren, das in einer Nacht bis auf die Grundmauern niedergebrannt war – jener Nacht, in der Sara und Lydia geflohen waren. Saras Puls beschleunigte sich. Das Feuer hatte alle möglichen Beweise für die Gewalttat dieser Nacht zerstört, doch jedes Mal, wenn sie an diesen Ruinen vorbeikam, wurde Sara von einer plötzlichen Panik ergriffen.

Philippe drückte sie fest an sich. Sara schloss die Augen und sank an seine Brust. Seine Worte waren sanft, aber entschlossen. »Siehst du es nicht selbst, Sara? Das ist der Grund, warum wir Frankreich verlassen und in Kalifornien leben müssen.« Er hatte recht. Ihr altes Leben auf Saint Martin war für immer vorbei.

Alles war geregelt. Sie würden endlich zusammenleben und ihre Weingüter vereinigen: Eagle's Run in Napa und Saint Martin in Vouvray.

»Aber wir werden immer noch zu Besuch vorbeikommen, oder?« Sara wusste nicht, was Philippe wirklich über Saint Martin dachte.

»Sooft wir können. Deine Mutter und Jacques werden das Weingut leiten, bis Luc achtzehn ist. Was hier geschehen ist, wird immer ein Teil von uns sein, aber wir müssen es hinter uns lassen, Sara.«

Sara legte die Hände auf seine kalten Wangen, und ihr Herz füllte sich mit derselben Entschlossenheit, die sie auf seinem Gesicht ablesen konnte. »Ja.«

Philippe zog seine Handschuhe an. »Hast du jetzt den Mut aufgebracht, es deiner Mutter zu sagen?«, fragte er und stupste sie an. Sara lächelte. Zum Teil war es der Gedanke an den warmen Herd, der sie ins Haus zurücklockte. Gemeinsam machten sie sich durch das Labyrinth aus Weinreben zu dem kleinen Wächterhaus auf, in dem ihre Familie auf sie wartete. Sie eilte über den Boden aus Kalksteinen, um mit seinem schnellen Schritt mitzuhalten, und ihr Mantel streifte ein paar kleinere Äste der Weinreben.

Sara achtete nicht auf die kleinen Risse in ihrem Wollmantel. Sie hatte sich ihre beiden Herzenswünsche gesichert: ihr geliebtes Saint Martin wiederzugewinnen und den Rest ihres Lebens mit Philippe Lemieux zu verbringen. Sara teilte nun Philippes Ambition, Eagle's Run bis zum Jahr 1900 zum produktivsten und gewinnbringendsten Weingut in Napa zu machen. In der Tat hing das Überleben von Saint Martin vom Erfolg von Eagle's Run ab. Sara gewann durch die Hochzeit mit Philippe viel, doch sie konnte nicht aufhören, sich zu fragen, was diese Verbindung mit Philippe sie kosten würde.

Kapitel 2

Dezember 1897, San francisco

Linnette Cross war das schwarze Schaf der Familie. Über Generationen hatten ihre Ahnen ehrbare Berufe wie Schuster, Bäcker und Wäscherin ergriffen. Und dann war Linnette gekommen, die Hure. Glücklicherweise hatte sie keine Verwandten mehr, die über sie urteilen konnten.

Seit sie sich erinnern konnte, hatten Männer sie attraktiv gefunden, und Linnette hatte ihre Aufmerksamkeit genossen. Als Jimmy Mather ihr einen Dollar dafür angeboten hatte, sie unterrum zu streicheln, war sie ein vierzehnjähriges Waisenkind und so dünn wie eine Bohnenstange. Von diesem Geld konnte sie sich zwei Wochen lang Brot kaufen.

Das Befriedigen männlicher Bedürfnisse brachte Linnette Freiheit und Geld – Dinge, von denen die meisten anderen Frauen nur träumen konnten. Sie bot nur eine Dienstleistung an, sagte sie sich immer wieder, nichts anderes, als eine Krankenschwester auch ihren Patienten anbot.

Trotzdem barg ihre Beschäftigung Risiken. Linnette hatte sich nie in einen der Männer verliebt, die sie bezirzt hatte – bis sie Philippe Lemieux traf. Vor über zwei Jahren hatte sie ihn auf dem Gehweg vor dem Clifton Street House angesprochen, dem Bordell in Napa, in dem sie zu der Zeit arbeitete. Sein ansprechendes Äußeres, seine schlanke Figur und sein sicheres Auftreten hatten ihr Interesse geweckt. Sie hatte angenommen, dass ein Mann wie Philippe nie den Fuß in ein Freudenhaus setzen würde, aber sie wusste auch, dass ihr goldfarbenes Haar, ihre üppigen Brüste und ihre Willigkeit auf einen unverheirateten, heißblütigen Mann eine unwiderstehliche Anziehungskraft ausübten. Innerhalb von nur einer Woche hatte er ihr eine dauerhafte Unterkunft im Palace Hotel besorgt. Sie war ihm zutiefst dankbar dafür, dass er sie aus dem Bordell herausgeholt hatte. Philippe und Linnette waren zu einer beiderseitig zufriedenstellenden Vereinbarung gekommen: Sie stellte sich ausschließlich ihm zur Verfügung, und im Gegenzug versorgte er sie mit Essen, Kleidung und einem Zuhause in einem der schönsten Hotels von Napa.

Als er an diesem Aprilmorgen vor einigen Monaten zu ihr gekommen war und ihr erzählte, dass er jemanden kennengelernt hatte, war es Philippe wahrscheinlich gar nicht bewusst gewesen, wie sehr sie ihn mochte. Sie konnte es gut verbergen, indem sie mit ihm herumalberte und ein letztes Mal mit ihm ins Bett stieg. Doch nachdem er gegangen war, ließ sie sich auf den kühlen Kiefernfußboden sinken und weinte sich in den Schlaf. Wie hatte ihr nur einer der angesehensten und erfolgreichsten Weingutbesitzer von Napa durch die Lappen gehen können?

Dann kam Pippa. Linnette hatte das Baby vor drei Tagen in ihrer Wohnung in San Francisco zur Welt gebracht. Der vollständige Name ihrer Tochter war Philippa Mary. Mary war der Name ihrer Mutter, die kurz nach Linnettes Geburt gestorben war. Linnette fand, dass »Philippa« zu erhaben für ein nur fünf Pfund schweres, winziges Baby klang, daher blieb es zunächst bei »Pippa«. Ihrer Berechnung zufolge musste sie im zweiten Monat gewesen sein, als Philippe ihr Verhältnis beendet hatte.

Als sie ihren Zustand entdeckt hatte, war ihr erster Gedanke, die Sache mit einer Ausspülung oder der Hilfe einer Engelmacherin zu regeln, doch die Vorstellung, Philippes Fleisch und Blut zu töten, war ihr unerträglich.

Stattdessen nahm Linnette die Fähre von Vallejo in die Stadt, wo sie bei einer Freundin unterkam, die sie noch aus ihrer Zeit im besten Salon des Tenderloin-Viertels kannte. Da Linnette nicht mehr ihrem Gewerbe nachgehen konnte, half sie ihrer Freundin bei deren Näharbeiten aus, indem sie Kleider säumte und Socken stopfte. Linnette war erleichtert, Napa entkommen zu sein. Sie konnte unerkannt durch die lauten, lebhaften Straßen San Franciscos gehen, ohne hier jemals auf Philippe und sein neues Mädchen zu treffen oder auch nur von ihm zu hören.

Pippa gähnte zufrieden und glitt in den Armen ihrer Mutter friedlich in den Schlaf. Ihr rosiges, verschrumpeltes Gesicht erinnerte Linnette an einen kleinen alten Mann und ihr Haar an den weichen Flaum einer Pusteblume. Nur eine Mutter konnte über den Defekt hinwegsehen, der das Gesicht des Säuglings entstellte. In Linnettes Augen sah Pippas Oberlippe so aus, als sei Gott für einen kurzen Augenblick abgelenkt gewesen, wie wenn sich das Garn einer Näherin verhakt – an dem Stoff wird zu fest gezogen, und es entsteht ein winziger Riss. Die Lippenspalte ließ andere Leute zurückschrecken, und manche bezeichneten das Baby als »Kind des Teufels«, doch Linnette kannte die Wahrheit. Dieses Kind brauchte sie mehr als irgendjemand je zuvor – um es aufzuziehen, ihm Dinge beizubringen, aber vor allem, um es zu beschützen. Linette fühlte, wie die Liebe in ihr wuchs und ihr schlummerndes Herz erfüllte. Wenn sie schon nicht Philippe haben konnte, war seine Tochter das Nächstbeste.

Nur eine Frage bereitete Linnette Sorgen: Wann sollte sie es ihm mitteilen?

Kapitel 3

Dezember 1897, Tours, Frankreich

Sara saß auf der Bettkante und starrte auf den Messinghaken an der Tür. Eine scharlachrote Tapete mit Blütenmuster dekorierte die Wände ihres Hotelzimmers, welches von zwei handbemalten orientalischen Lampen auf den Nachttischen beleuchtet wurde. Sie hatte die purpurroten Samtvorhänge zugezogen, sodass bis auf einen dünnen Lichtstreifen nichts von der Straße hereindrang. Das Zimmer war klein, aber luxuriös. Die eine Übernachtung hatte Philippe sicher die Einnahmen von einer Woche gekostet.

Er hatte das Hotel in Tours gewählt, da sie in Saint Martin mit ihrer Familie nicht die nötige Privatsphäre hatten. Sara war erleichtert gewesen, als sie hörte, dass sie ihre Hochzeitsnacht in einem neuen, modernen Hotel verbringen würde. Während sie darauf wartete, dass er aus dem Badezimmer kam, fragte sie sich, was um Himmels willen sie eigentlich tun sollte.

Sie spürte die Hitze in ihren Wangen aufsteigen. Natürlich verstand sie, wie das alles grundsätzlich funktionierte, aber sie hatte keine Ahnung, wie sie sich verhalten sollte und ob sie es wagen würde, sich in seiner Gegenwart zu entkleiden. Gerade eben hatte sie den cremefarbenen Frisiermantel angezogen, den ihre Mutter ihr geschenkt hatte. Die Reaktion ihrer Mutter war überraschend verständnisvoll gewesen, als Sara ihre Verlobung mit Philippe bekannt gegeben hatte. Sara hatte mit Einwänden gegen ihre bevorstehende Ehe mit einem Lemieux gerechnet, doch ihre Mutter wünschte ihnen nur alles Gute, klatschte erfreut in die Hände und verkündete: »Luc braucht ein gutes Zuhause, und wer könnte ihn besser aufziehen als seine Tante und sein Onkel?«

Sara sah in den Spiegel an der gegenüberliegenden Wand. Ihr kastanienbraunes Haar glänzte, und ihre leuchtend grünen Augen wurden von dicken dunklen Wimpern umrahmt. Der Ausschnitt ihres Frisiermantels war mit feiner Spitze aus Amboise besetzt und mit einem cremefarbenen Seidenband geschnürt. Der Baumwollstoff fiel von ihren Schultern bis zu den Knöcheln hinab und verdeckte die halbmondförmige Narbe auf ihrer Brust; doch er enthüllte gerade genug, um Sara von der kalten Luft auf ihrer nackten Haut frösteln zu lassen. Sara hatte noch nie in ihrem Leben etwas so Elegantes getragen. Sie seufzte und wünschte sich, Lydia könnte bei ihr sein, um sie zu sehen und ihr schwesterliche Ratschläge zu geben. Hoffentlich würde Philippe so sehr von ihrer Nachtwäsche abgelenkt sein, dass er ihre zitternden Hände nicht bemerkte.

Der gläserne Knauf wurde gedreht, und mit einem Knarren öffnete sich die Tür. Sara saß auf dem Bett und zupfte an den Fransen der Steppdecke. Sie atmete tief ein. Als er ins Zimmer trat, bemerkte sie sein ordentlich gekämmtes rotblondes Haar und seine glatte, makellose Haut, die sein offenes Hemd jetzt freilegte. Die Schmetterlinge in ihrem Bauch begannen wieder zu flattern.

Philippe wärmte Saras kalte Finger zwischen seinen Händen und führte sie näher an das Feuer heran. Sie atmete den verlockenden Duft seiner Rasiercreme ein. »Du bist atemberaubend«, stellte er fest. Um ihre Verlegenheit zu verbergen, hielt Sara den Blick fest auf den dicken, komfortablen Teppich gerichtet. Sie konzentrierte sich auf die goldfarbenen Bögen am äußeren Rand und das kunstvolle Blütenmuster in Rot und Rosa. Philippe strich mit dem Daumen über die kleine Falte oberhalb ihrer Nase, eine spielerische Geste, die sie oft beruhigte. »Was denkst du gerade?«

Sara schluckte. »Ich denke, wie glücklich ich bin.«

»Lügnerin«, flüsterte er, und seine Finger streiften über ihre Wange.

Sara war verlegen wegen ihrer Unwissenheit. »Du hast mich ertappt. Ich habe überlegt, was ich tun soll«, sagte sie und wurde rot. »Ähm, soll ich mich vielleicht einfach entkleiden und ins Bett legen?«

»Wo bleibt da der Spaß?«, fragte er mit einem verschmitzten Funkeln in den Augen.

Bevor Sara noch etwas sagen konnte, hatte er bereits damit begonnen, das Seidenband ihres Frisiermantels zu lösen, als öffne er ein erlesenes Geschenk. Er ließ den weißen Stoff von ihren Schultern gleiten und strich mit den Lippen über die zarte Haut an ihrem Schlüsselbein. »Du hast das schon mal gemacht«, bemerkte sie. Sara behagte die Vorstellung, dass Philippe bereits mit anderen Frauen zusammen gewesen war, nicht, aber seine sichere, entspannte Art beruhigte sie.

»Nicht mit jemandem, den ich liebe«, versicherte er ihr. Philippe trat hinter Sara und ließ das Kleidungsstück zu Boden fallen. Er atmete tief ein, und leicht wie eine Feder zogen seine Finger die Linie ihrer Wirbelsäule von ihrem Nacken bis zur Kurve unter ihrer Taille nach. Er schlang die Arme um seine Braut, vergrub das Gesicht in ihrem Haar und murmelte: »So hinreißend.«

Tief berührt von seinem Verständnis für ihre Scheu, wandte Sara sich um und enthüllte, was bis dahin nur Philippes Fantasie vorbehalten gewesen war. Das Bedürfnis, sich an seinen warmen Körper zu drücken, war überwältigend, doch sie blieb unbeweglich stehen und wagte kaum zu atmen. Philippe zog sie sanft auf die weichen, üppigen Laken des Bettes.

Als sie Philippes flachen, muskulösen Oberkörper und seine langen, anmutigen Beine betrachtete, zog sich Saras Magen vor Verlangen zusammen. Philippes Hände wanderten über ihren Körper, und sie schwelgte in diesen neuen Empfindungen, die durch ihr Inneres tobten. Doch als seine Hand die Innenseite ihres Oberschenkels entlangglitt, begehrte Saras Körper auf, und sie stieß ihn von sich.

»Es ... es tut mir leid«, stotterte sie schockiert.

»Was ist los?«, fragte er überrascht.

Sara zog das Bettlaken bis zum Kinn hoch; sie wusste nicht, wie sie es ihm erklären sollte. Würde es immer so sein? Bastien lebte nicht mehr, und dennoch entzweite er sie auch jetzt noch. Sara lief ein kalter Schauer über den Rücken, als sie an den schrecklichen Ehemann ihrer Schwester dachte – Philippes Bruder. Er hatte sie in dieser Nacht, in der sie Frankreich verließen, überfallen, und noch immer konnte sie seine bittere Zunge in ihrem Mund spüren, die perverse Lust sehen, die sich in seinen rabenschwarzen Augen gespiegelt hatte, und den brennenden Schmerz fühlen, den seine Zähne auf ihrer zarten Haut hinterlassen hatten. Die Flut der Erinnerungen lähmte sie.

»Sara«, sagte Philippe eindringlich. »Sag es mir.«

Sara konnte es nicht. Philippe kannte die Geschichte, aber ihre Hochzeitsnacht war nicht gerade der geeignete Zeitpunkt, um zu erwähnen, was sein Bruder ihr angetan hatte, oder ihn an Bastiens Tod zu erinnern – und damit auch an den Grund ihrer beider Trennung zwei Monate zuvor.

Philippe hatte sich an das Kopfende des Betts gelehnt und starrte zur Tür. War er wütend auf sie oder auf Bastien? Zögernd legte sie die Hand auf seinen Arm.

»Ich dachte, du hättest ihn aufgehalten«, sagte er und blickte sie prüfend an.

»Das habe ich, bevor er das Schlimmste tun konnte, aber nicht bevor er … mich berührt hat.« Sara schauderte.

»Berührt?«, fragte Philippe skeptisch.

»Nein.« Fest entschlossen, nicht mehr an Bastiens unsittlichen Übergriff zu denken, holte sie tief Luft. Das, was Sara befürchtet hatte, war eingetreten: Bastien lebte als ein Geist in ihrer Ehe weiter.

Philippe legte die Arme um sie, und in einer heilsamen Ruhe blieben sie eng umschlungen liegen, bis er schließlich sprach. »Vertraust du mir?«, fragte er.

»Ja.«

»Gut. Dann fangen wir einfach woanders an«, schlug er vor, senkte seinen schlanken Körper über sie und stützte sich auf den Ellenbogen ab, um sie nicht mit seinem Gewicht zu belasten. Sara ließ ihre Fingerspitzen von seiner Brust bis zu dem dünnen Haaransatz unter seinem Bauchnabel gleiten. Philippe stieß einen rauen, befriedigten Ton aus, bevor seine Lippen langsam und sinnlich Saras Körper erkundeten. »Denk daran, was der Priester gesagt hat, mein Liebling«, murmelte er. Er hob den Blick, und sie sah in seine blauen Augen. »Und die zwei werden ein Fleisch sein.« Sein Lächeln verwandelte sich in ein herausforderndes Grinsen. Er küsste die Narbe über ihrer linken Brust, aber hielt sich dort nicht lange auf. Mit einer kreisenden Bewegung seiner Finger strich er über ihre Brustwarzen. Sie keuchte, als er seine Lippen um eine der rosigen Knospen schloss und sanft saugte.

Das, sinnierte Sara, *ist das Paradies auf Erden.*

Doch sie hatte sich getäuscht. Das Paradies kam erst danach.

* * *

Der Geruch von starkem Kaffee und Schinken stieg Sara in die Nase. Silberbesteck klirrte auf einem Tablett, und sie öffnete mühsam die Augen. Philippe saß neben ihr auf dem Bett. Er trug ein frisches Hemd, eine Weste, Schlips und Hose. Sie hatte so fest geschlafen, dass sie es gar nicht gehört hatte, als er aufgestanden war.

»Guten Morgen, meine Angetraute. Frühstück?« Er reichte ihr ein kleines Tablett. »Wir haben einen langen Tag vor uns.«

»Wohin gehen wir?« Sara setzte sich auf. Sie lehnte sich an ein paar Federkissen und stellte das Tablett auf ihrem Schoß ab. Mit einem Mann im selben Zimmer aufzuwachen, war eine neue Erfahrung, und es machte sie ein wenig nervös. Befangen kämmte sie mit den Fingern ihr zerzaustes Haar, um die Knoten zu lösen.

Philippe schien es nicht zu bemerken. Er bestrich ein Croissant mit einer dicken Schicht Butter und verschlang es mit drei Bissen.

»Also bitte!«, tadelte Sara ihn und nahm ihm das Messer aus der Hand. Er beugte sich vor, um sie zu küssen. Der Geschmack der cremigen Butter auf seinen weichen Lippen erinnerte Sara an das Gefühl seines Körpers, der sich erst Stunden zuvor auf ihr bewegt hatte. Sie entzog sich der Umarmung und konnte nur unter großer Anstrengung ihre Gedanken auf die vorliegende Frage lenken.

»Wohin bringst du mich?« Sara biss in eine knusprige Scheibe Schinken und genoss das leichte Brennen des Salzes auf der Zunge.

»Zu meinen Großeltern.«

»Die Eltern deiner Mutter?« Philippe hatte ein paar Tage vor der Hochzeit bei seinen Großeltern in Tours übernachtet.

Er schlürfte den heißen Kaffee. »Ja, François und Jacqueline LeBlanc.«

»Bist du dir sicher, dass sie mich wirklich treffen wollen? Sie waren nicht bei der Hochzeit.« Die Hochzeit war nur eine kleine Feier mit zehn Gästen gewesen, doch es wäre schön gewesen,

Philippes Familie dabeizuhaben. Es war schon abzusehen, dass ihre erste Zusammenkunft unbehaglich werden würde.

»Ja, sie wollen dich wirklich treffen«, versicherte Philippe. »Sie konnten nicht zur Hochzeit kommen, weil Pépère ein schwaches Herz hat. Mémère reist nicht gerne ohne ihn, auch nicht die kurze Entfernung von Tours. Also habe ich ihnen versprochen, dass wir sie besuchen kommen.« Philippes Gesicht hellte sich auf, als er über seine Großeltern sprach. »Als meine Mutter noch lebte, haben wir meine Großeltern jeden Sonntagnachmittag besucht. Mein Großvater hat uns beigebracht, wie man Würmer auf Angelhaken spießt, Mäusefallen legt, und sogar, wie man Hühner für den Sonntagsbraten köpft.« Sara verzog das Gesicht. Als sie aufwuchs, hatte sie solche Aufgaben ihrem Vater überlassen.

Philippe zuckte die Achseln und lachte. »Wir mussten etwas essen.«

Um das Thema zu wechseln, fragte Sara: »Haben sie schon immer hier in der Stadt gelebt?« Satt und zufrieden mit ihrem Frühstück aus Kaffee, heißer Milch, Schinken und *petit pain* stellte sie das Tablett zur Seite.

»Nein. Sie sind zwei Jahre, bevor ich nach Amerika ging, hierhergezogen.« Philippe zögerte einen Augenblick. »Mein Vater hatte uns verboten, sie zu sehen.«

»Warum das?« Sara war entsetzt.

Philippe kniff die Augen zusammen, als er sich bemühte, es zu erklären. »Es war seltsam … Ich glaube, es war seine Art, uns zu kontrollieren. Nachdem Mère gestorben war, schien er ihnen die Schuld an ihrem Tod zu geben. Mémère und Pépère haben die Hoffnung nie aufgegeben. Sie haben uns zu unseren Namenstagen immer Briefe und Geschenke geschickt, aber mein Vater hat die meisten davon zerrissen oder die Geschenke fortgegeben.«

Sara wurde von Traurigkeit erfasst, als sie an Philippes entzweite Familie dachte. Letzte Nacht waren ihre Finger über die rauen Furchen auf Philippes Rücken geglitten.

»Philippe ... darf ich dich etwas fragen? Warum hat er dich geschlagen?«

Philippe seufzte. »Du meinst meine Narben?«

Sara nickte.

»An diesem Tag hatte mein Vater Bastien beschuldigt, Geld gestohlen zu haben, doch er hatte die zehn *sous* nur ausgeliehen, um mir eine Angelrute zu kaufen. Als mein Vater den Lederriemen nahm, sagte ich zu Bastien, er solle wegrennen. Mein Vater hat stattdessen mich verprügelt. Ich war danach so schwach, dass ich nicht mehr stehen konnte.« Philippes Stimme brach bei der Erzählung kein einziges Mal.

Sara blinzelte, um ihre Tränen zu verbergen.

»Sara, sieh mich an.« Philippe reichte ihr eine Serviette. »Diese Zeiten liegen lange hinter mir, und jetzt bin ich ein glücklicher Mann.« Er küsste sie und ließ sich in ein Kissen sinken. Seine Mundwinkel verzogen sich zu einem Lächeln, und Sara warf ihm einen fragenden Blick zu.

»Mach dir keine Sorgen, ich habe meine Genugtuung bekommen. Mein Vater hat mir hin und wieder einen Tritt verpasst, wenn ich ihm eine freche Antwort gegeben oder geflucht hatte, aus allen möglichen Gründen. Eines Tages, als er seinen Fuß hob und mich treten wollte, habe ich meinen *cul* so fest zusammengepresst, dass er sich den Zeh gebrochen hat! Der alte Mann hat eine ganze Woche lang gehumpelt.« Sara kicherte, und Philippe lachte ungeniert bei dem Gedanken daran, dass Jean Lemieux seine gerechte Strafe erhalten hatte.

* * *

Sara zog ihr warmes Ausgehkleid an und dazu den Filzhut mit den Federn, beides in einem Waldgrün, das gut zu ihrer Augenfarbe passte. Diese Stadtkleidung war so vollkommen anders als die handgenähten Baumwollkleider und Schürzen, die sie normalerweise auf dem Weingut trug, aber Maman hatte darauf bestanden, dass sie sich ein Kostüm anschaffte, welches ihrer neuen Stellung als Philippes Ehefrau angemessen war. In ihr Kleid gezwängt, fühlte sie sich so aufgeputzt wie einst Marie Antoinette, aber sie wollte einen guten Eindruck auf Philippes Großeltern machen. Trotz aller mütterlichen Kritik wäre Maman stolz auf sie gewesen.

Durch den Verlust von Papa und Lydia hatte Sara erfahren, wie vergänglich weltliche Bindungen sein konnten. Dass sie mit Philippe einen wahren Freund und einen Geliebten gefunden hatte, war eine außergewöhnliche Fügung des Schicksals. Sara wurde rot, als ihr die Leidenschaft ihrer Vereinigung in der Nacht zuvor durch den Kopf schoss. Geduldig hatte Philippe sie angespornt, bis Sara schließlich ihren Schmerz hinter sich ließ – und sich der puren Lust hingegeben hatte. Jeder ihrer Sinne war jetzt auf Philippe gerichtet. Sie würde ihm bis ans Ende der Welt folgen.

* * *

An diesem sonnigen, kalten Dezembertag gingen sie Arm in Arm und vorsichtigen Schrittes über die gepflasterten Straßen der Stadt. Sie bewunderten die Fachwerkhäuser mit Giebeldächern und die Pracht der Cathédrale Saint-Gatien mit ihren beiden imposanten Türmen, der reich verzierten Fassade und prachtvollen Fensterrose – ein Prisma aus Gelb, Blau und Rot, das in den Strahlen der Mittagssonne funkelte.

Tours, von seinen Landsleuten auch als »Garten Frankreichs« bezeichnet, war immer noch die lebhafte Stadt, an die Sara sich aus ihrer Jugendzeit erinnerte, wenn sie Papa bei seinen Einkäufen neuer Eichenfässer in die Stadt begleitet hatte. Tours war voller Seidenhändler, Holzschuhmacher, Weinhändler und Gilden, die alle möglichen Gewerbetreibenden repräsentierten.

Sara und Philippe bogen links in die Rue des Halles ein und gingen auf die Basilique Saint-Martin zu. Sie blieben kurz stehen, um zu sehen, was von den Türmen übrig geblieben war. Trotz der Spuren, die die Revolution und die deutsche Besetzung von 1870 hinterlassen hatten, hatte die Region mit ihren Schlössern, Weingütern und Obstgärten den Erschütterungen standgehalten. Sara beobachtete gern die Einwohner, die geschäftig durch ihre Stadt eilten und sich an der Wärme der Wintersonne erfreuten.

Das Paar überquerte den nahe gelegenen Platz und kam zu einem vierstöckigen mittelalterlichen Gebäude, dessen Stockwerke von handgemeißelten Kragsteinen gestützt wurden. Im ersten Stock befand sich eine Crêperie, und Sara lief das Wasser im Mund zusammen, als ihr der Duft von frisch gebratenen Pfannkuchen in die Nase stieg. Philippe klopfte an die schwarz lackierte Tür rechts neben dem Eingang der Crêperie.

Ein grauhaariger Mann mit einer leicht gebückten Haltung öffnete die Tür. »Philippe!«, rief er und breitete die Arme weit aus, um seinen Enkel zu umarmen. Als er ihn losließ, fasste er Philippe bei den Schultern, und sein Gesicht leuchtete voller Zuneigung. »Ah, mein Junge! Herzlichen Glückwunsch!«

Hinter ihm stand eine schlanke, elegant gekleidete Frau, die Sara eingehend musterte. Mit ihrem weißen, zu einem Knoten gebundenen Haar, ihren dunklen Augen und der langen Nase erinnerte sie Sara an eine Schnee-Eule. Die Frau trat einen Schritt näher und empfing Philippe mit einer langen Umarmung, dann winkte sie ihn und Sara in die Wärme des Hauses hinein, wobei sie Sara wieder einen kritischen Blick zuwarf.

»Mémère, Pépère, darf ich euch meine Ehefrau vorstellen: Sara Thibault Lemieux. Und Sara: François und Jacqueline LeBlanc.«

Sara öffnete den Mund, doch bevor sie etwas sagen konnte, wurde sie von Madame LeBlanc unterbrochen. »Philippe hat uns erzählt, dass Sie Bastien umgebracht haben, aber trotzdem liebt er Sie. Wie kommt das?«

»Mémère!«, ermahnte Philippe sie. »Musst du denn solche Dinge sagen?« Obwohl Sara das vertraute Schuldgefühl verspürte, drückte sie Philippes Hand, um ihm zu versichern, dass es ihr nichts ausmachte. Er legte den Arm um sie und zog sie an sich heran.

Madame LeBlanc zuckte mit den Achseln. »Ich bin alt und kann meine Zeit nicht mehr mit nutzlosem Geplapper verbringen. Außerdem – nach dem, was du uns erzählt hast, glaube ich, dass deine Braut sehr gut für sich selbst sprechen kann.«

Sara glaubte, dass eine offene Antwort ihre beste Verteidigung war. Sie zog die Schultern zurück und antwortete mit der kleinen Rede, die sie einstudiert hatte. »Ich hatte keine andere Wahl, als mich gegen Bastiens Übergriff zu verteidigen. Es tut mir sehr leid, dass Ihre Familie trauern musste, aber ich liebe Ihren Enkel und hoffe, wir werden eine glückliche gemeinsame Zukunft haben.«

Madame LeBlanc starrte Sara schweigend an, bis Monsieur LeBlanc sich einmischte: »Sie und Ihre Familie mussten auch viel erleiden.« Er rieb sich über die faltige Stirn. »Der arme Bastien hat nie eine Chance bekommen. Wenn unsere Tochter ihm Wärme oder Mitgefühl vermittelt hat, wurde ihm das von seinem barbarischen Vater sofort mit Prügeln ausgetrieben.«

Sara zuckte innerlich zusammen, als sie einen Blick auf Philippe warf, der merklich entmutigt wirkte. Sie wollte gerade zu einem fröhlicheren Thema übergehen und über ihren prächtig gedeihenden Adoptivsohn Luc sprechen, als sich Madame LeBlanc räusperte. »Bastien hat seinen Weg selbst gewählt«, sagte sie und ergriff Philippes Hände. »Na ja, mein lieber Junge, wir müssen uns wohl von der Vergangenheit verabschieden, um die Zukunft annehmen zu können.« An Sara gewandt deutete sie mit der Hand in Richtung des engen Treppenhauses hinter ihr. »Madame Lemieux, willkommen in unserem Zuhause.«

Die vier stiegen die schwach beleuchtete Treppe hinauf und betraten das Wohnzimmer. Überrascht bemerkte Sara die kostbare Einrichtung aus Samt und Seide sowie poliertem Mahagoni und Kirschbaumholz. Am auffälligsten war die gegenüberliegende Wand, deren Regale mit glänzenden braunen, smaragdgrünen und durchsichtigen Medizinflaschen aller Formen und Größen gefüllt waren, manche davon mit einer Prägung versehen, andere mit glatter Oberfläche. Sara wunderte sich über den erstaunlichen Anblick. Philippe musste ihre Verwunderung bemerkt haben, denn er beugte sich zu ihr und murmelte: »Pépère hat jahrelang als Apotheker gearbeitet. Diese Sammlung – und die Kräuterzucht – ist jetzt sein Hobby.«

Sara und Philippe setzten sich auf das goldfarbene Brokatsofa, und die LeBlancs nahmen in den Lehnsesseln ihnen gegenüber Platz. Ein Dienstmädchen erschien mit einem Tablett voller belegter Brote, *brioches*, einem silbernen Kaffeeservice und vier Gläsern Muscadet.

Während Madame LeBlanc den Kaffee in Limoges-Teetassen aus Elfenbein goss, in die winzige rosafarbene Rosen eingraviert waren, nippte Philippes Großvater an seinem Wein und lächelte Sara wohlwollend an. »Erzählen Sie mir etwas über die kalifornischen Weinberge, Madame. Wie gefallen sie Ihnen? Unterscheiden sie sich sehr von denen in Touraine?«

Das Bild der grünen Landschaft von Carneros, wo sie sieben Monate lang mit Philippe gearbeitete hatte, blitzte vor Saras innerem Auge auf. Sie zögerte, als sie versuchte, das riesige Ausmaß Kaliforniens im Vergleich zur Loire in adäquate Worte zu fassen. »Ich mag die fruchtbare Erde, die goldfarbene Hügellandschaft und die modernen Städte im Süden Napas sehr. Die Bedingungen für den Anbau von Weintrauben in

Carneros sind völlig andere als hier. Die Trauben in Carneros wachsen in einem kühlen Klima; der Regen fällt überwiegend im Winter. Die Kalkerde, der Ozean, die Mayacamas-Berge und selbst der Morgennebel und die Nachmittagsbrisen, die von der Bucht von San Pablo kommen – all das verleiht den Trauben einen besonderen Geschmack. Würdest du mir da zustimmen, Philippe?«

»Das ist wahr.« Philippe strahlte.

»Philippes erste Cabernet- und Zinfandel-Jahrgänge vom letzten Sommer sind köstlich«, verkündete Sara stolz.

»Sara ist viel zu bescheiden. Sie hat mir bei der Herstellung der 96er- und 97er-Jahrgänge geholfen.«

»Die Veredelung hat also funktioniert? Produzierst du jetzt einen ordentlichen Ertrag?« Philippes Großvater lehnte sich vor. Als Sara seine feinporige Haut, seine rote Seidenkrawatte und seine gepflegten Fingernägel betrachtete, bemerkte sie, dass er für einen Mann seines Alters ziemlich gut aussehend war.

»Ja, und im letzten Herbst haben wir fünfhundertfünfzig Tonnen Trauben geerntet. Kein Schimmel oder Mehltau und zum Glück keine erneute Reblausplage. Napa hat dieses Jahr eine Rekordernte erzielt.«

»Sie wissen ja vielleicht, dass Philippe einen Vertrag mit der Erzdiözese hat. Er liefert den größten Teil des Messweins. Wir haben auch vor, das Weingut vielseitiger zu machen, indem wir die Obstplantage ausbauen«, fügte Sara hinzu. »So wollen wir für den Fall einer Prohibition vorsorgen.«

»Ist das immer noch ein Problem?«, fragte Monsieur LeBlanc skeptisch.

Sara wollte gerade das Thema näher ausführen, als Philippe etwas einwarf. »Die Alkoholgegner verlieren ihre Mehrheit. Selbst Lady Somerset, eine der ersten Befürworterinnen der Prohibition, hat das Handtuch geworfen und aufgegeben. Der Preiskampf macht mir größere Sorgen.«

»Wie kommt das?«, erkundigte sich Monsieur LeBlanc.

»Im Osten steigt die Nachfrage nach kalifornischen Weinen, aber die Arbeitskosten waren dieses Jahr schwindelerregend hoch. Die Erzeuger verlangen zehn Dollar pro Tonne, aber die Kalifornische Weingesellschaft bietet ihnen nur fünf Dollar. Ich glaube, der durchschnittliche Preis für eine Gallone Wein wird bis zum nächsten Jahr von zehn auf sechs Cent fallen.«

»Warum?«, fragte sein Großvater schockiert. »Hier in Frankreich bringt eine Gallone fast zwanzig Cent ein.«

»Beim 97er-Jahrgang gibt es ein Überangebot an kalifornischem Wein, und die Händler wollen nicht bezahlen, was die Winzer verlangen.«

»Was willst du tun?«

Philippe verschränkte die Finger. »Wir verschiffen unsere Weine mit Carneros-Etiketten nach Osten, direkt zu den Weinhändlern. Vernünftige Leute, die nicht der Meinung sind, dass nur französische Weine schmecken, wissen einen guten kalifornischen Tischwein zu schätzen.« Philippe warf Sara einen Blick zu und fuhr fort. »Wir hoffen, dass wir zehn Cent pro Gallone bekommen – zwar nicht annähernd so viel, wie es sein sollte, aber immer noch mehr als das, was die kalifornischen Weinhändler anbieten.«

»Wo verkaufst du den Wein?«

»In San Francisco, Los Angeles, Sacramento, Boston, Chicago, New York und hoffentlich New Orleans. Sara und ich hatten für unsere Rückreise einen Abstecher nach Louisiana geplant, aber dort grassiert immer noch das Gelbfieber. Daher wollen wir stattdessen Boston besuchen.«

»Und was ist mit Saint Martin geschehen? Ist das Anwesen nicht bis auf die Grundmauern abgebrannt?« Scheinbar arglos rührte Madame LeBlanc in ihrem Kaffee, aber Sara verstand, worauf sie hinauswollte. Sara blickte ihren Mann an und hoffte, er würde nicht erwähnen, dass Jacques Chevreau das Feuer gelegt hatte, um den Beweis für Saras Verbrechen zu vernichten – und zu verschleiern, was zwischen ihr und Bastien in dieser schrecklichen Nacht vorgefallen war.

»Mémère«, sagte Philippe sanft. »Sara hat nicht das Haus ihrer Vorfahren angezündet, falls du darauf hinauswillst. Das Haus wurde zerstört, aber die Trauben haben es überstanden.«

»Wir haben vor, die befallenen Weinreben mit reblausresistenten Wurzelstöcken zu veredeln. In drei Jahren sollten diese Reben voller Früchte sein«, fügte Sara demonstrativ hinzu.

»Ah«, sagte Monsieur LeBlanc und nickte gedankenvoll. Mit einer Frage zu den Veredelungskosten wandte er sich wieder Philippe zu.

»Madame«, fragte Philippes Großmutter leise, »könnte ich Ihnen unseren Wintergarten zeigen?«

»Oh, geh nur und sieh es dir an. Sie haben viel Arbeit hineingesteckt«, ermutigte Philippe Sara und tätschelte ihr Knie. Nur widerstrebend verließ sie ihren sicheren Platz an seiner Seite.

Madame LeBlanc führte Sara einen breiten Flur entlang in den südlichen Teil der Wohnung. Durch Doppeltüren gelangten sie zu einer kleinen Küche, und der intensive Geruch von Rosmarin und gebratenem Rindfleisch wehte Sara entgegen. Sie trat näher an den heißen Ofen, um die Kälte aus ihren Knochen zu vertreiben.

An der Wand mit der Spüle befand sich ein breites, glänzendes Erkerfenster, an dem Topfkräuter aufgereiht waren. »Voilà, unsere kleinen Schätze«, verkündete Madame LeBlanc. »Ich koche gern, und François zieht im Winter für mich diese Kräuter. Im Fenster nach Süden stehen die Pflanzen, die am meisten Sonne benötigen – Salbei, Basilikum, Oregano und … ah, riechen Sie mal an diesem Rosmarin. Hier, Richtung Osten und Westen, haben wir Lorbeer, Schnittlauch, Thymian und ein paar exotische Pflanzen, die uns Philippes Onkel Arnaud aus Spanien mitgebracht hat, aber ich kann mich nicht mehr an ihre Namen erinnern.«

Sie gab sich große Mühe, leicht und ungezwungen zu klingen, aber das einfallende Sonnenlicht verriet sie. Der unausgesprochene Kummer vieler Jahre hatte die zarte Haut um ihre Augen faltig werden lassen. Sara erkannte das Stigma des Leids wieder – es war dasselbe wie bei ihrer Mutter. Tagsüber, wenn sie sich mit Leib und Seele um ihren Enkel Luc kümmerte, sprühten Mamans Augen voller Leben, doch wenn die Nacht hereinbrach, warf der Kummer seinen blauen, gnadenlosen Schatten über ihre Augen. Sara glaubte, dass in der Stille der Abenddämmerung jede Mutter, die einen Verlust erlitten hatte, betete, von ihrem verzehrenden Schmerz befreit zu werden – und ihr Kind noch einmal im Arm halten zu können.

Mit einem kannte sich Sara aus: dem Bedürfnis der Lebenden, sich an die Toten zu erinnern. »Madame LeBlanc, möchten Sie mir vielleicht von Ihrer Tochter erzählen?«

Sie schnippelte ein paar Kräuter in eine kleine Glasschale. »Haben Sie jemals mit Adèle gesprochen?« Eine Last schien von ihr abzufallen, als sie den Namen ihrer Tochter aussprach.

»Nein, aber als Kind habe ich sie sonntags immer in der Kirche gesehen, mit Philippe und Bastien. Ich habe sie für die liebenswürdigste Frau gehalten, die ich je gesehen hatte.«

Philippes Großmutter lächelte zum ersten Mal und enthüllte eine Reihe perlweißer Zähne. »Das war sie, meine Liebe. Ihre Haare waren goldblond, und ihre Augen hatten die Farbe des Himmels an einem wolkenlosen Tag – Philippe hat dieselbe Augenfarbe. Adèle hatte ein Charisma, das Menschen wie Tiere gleichermaßen verzaubert hat.

Wussten Sie, dass sie einen Wellensittich namens Trudie hatte? Jeden Morgen, wenn der Vogel auf ihre Schulter gehüpft ist, hat Adèle den Löffel in ihren *café au lait* getaucht und Trudie hingehalten.

›Warte Trudie‹, hat Adèle den Vogel immer gewarnt, ›es ist noch zu heiß.‹ Sie hat zur Abkühlung immer vorsichtig in die winzige Menge auf dem kleinen Löffel geblasen, und wenn sie fertig war, hat Trudi den Löffel abgeleckt. Jeden Morgen, wenn ich mich von meiner Tochter verabschieden wollte, musste ich erst warten, bis dieser verflixte Vogel mit seinem Kaffee fertig war.« Sie seufzte. »Man vermisst die einfachen, alltäglichen Momente.«

Sara verstand. Noch immer vermisste sie den leicht süßlichen Geruch von Papas Pfeife und das Wippen von Lydias festen Locken.

Madame LeBlanc unterbrach Saras Träumerei. »Warum sind Sie nach Eagle's Run in Kalifornien gereist?« Unwillkürlich musste Sara die Direktheit dieser Frau bewundern.

»Tatsächlich hat mich der Zufall nach Eagle's Run gebracht. Ich bin nach Kalifornien gegangen, um ein neues Leben zu beginnen – und eines Tages hoffentlich mein eigenes Weingut zu führen. Ich habe auf vielen Weingütern in Napa gearbeitet, Trauben gepflückt und Weinreben beschnitten, aber kein Weingut war so prächtig wie Eagle's Run.«

»Sie haben also Philippe erkannt – ich meine, als Sie ihn zum ersten Mal gesehen haben?«

»Ja, Madame, aber er konnte sich nicht mehr an mich erinnern.«

»Warum sind Sie dortgeblieben? Hatten Sie denn keine Angst?«

Sara zögerte, als sie sich an die Mischung aus Faszination und Furcht erinnerte, die sie bei ihrer ersten Begegnung mit Philippe verspürt hatte. »Doch«, antwortete sie mit derselben Direktheit wie seine Großmutter. »Aber ich wollte auch Saint Martin zurückgewinnen. Ich hatte nie damit gerechnet, dass zwischen uns solch eine starke Verbundenheit entstehen würde.«

Madame LeBlanc blickte Sara aufmerksam an. »Sie müssen meinen Enkel wirklich lieben, wenn Sie in die Familie einheiraten, die Ihre Familie auseinandergerissen hat«, sagte sie.

»Ja, das tue ich«, sagte Sara entschlossen. Das Einzige, was sie Philippes Großmutter nicht mitteilen konnte, war ihre wunderbare Erinnerung an die Hochzeitsnacht und das Verlangen nach der Berührung seiner nackten Haut, welches sie schon den ganzen Tag lang gespürt hatte.

»Ach, die Romantik der Jugend.« Madame LeBlanc warf Sara einen wissenden Blick zu. »Die Jahre vergehen, die Romantik verblasst ...« Sie zupfte die braunen, ausgetrockneten Blätter von der Basilikumpflanze ab und fuhr fort. »Aber nur die Treue ist es, was in einer guten Ehe übrig bleibt.« Sie hielt einen frischen grünen Stiel zwischen den Fingern. »Sehen Sie?«

Nach dem Mittagessen, das aus *filet mignon*, gefüllten Kartoffeln und einem vollmundigen Cabernet bestand, versprachen Sara und Philippe, bald mit Luc zusammen zurückzukehren, und machten sich auf den Weg zurück zum Hotel. Am Nachmittagshimmel zogen allmählich Sturmwolken auf, welche die mausgraue Farbe der gepflasterten Straßen und Gebäude der Stadt zur Winterzeit widerspiegelten. Sara konnte kaum erkennen, wo die Stadt endete und der Himmel anfing.

Sara stellte ihren Kragen auf, um sich vor der Kälte zu schützen. Ihr Selbstvertrauen hatte einen Knacks bekommen. Philippe hatte sie von der Unterhaltung mit seinem Großvater ausgeschlossen. Sie war deswegen etwas gereizt, doch wollte es nicht erwähnen. Trotzdem hielt ihr Schweigen nicht lange an.

»Du bist ja ganz schön missmutig. Hast du dich gut mit Mémère unterhalten?«, fragte Philippe fröhlich.

»Ich bin mir nicht sicher, ob deine Großmutter mich akzeptiert.«

»Mein Liebling, sie hat dich gerade erst kennengelernt. Sie kennt dich nicht so, wie ich es tue. Ich glaube aber, dass mein Großvater dich in sein Herz geschlossen hat.« Philippe drückte Saras Hand, doch die Geste provozierte sie nur.

»Wie sollte er mich ›in sein Herz geschlossen‹ haben? Ich konnte kaum einen Satz mit ihm wechseln.«

Philippe blieb auf der Rue des Halles plötzlich stehen. »Was?«

»Du wusstest, wie nervös es mich gemacht hat, deine Familie zu treffen, besonders unter diesen Umständen, und trotzdem hast du mich allein gelassen.«

»Allein gelassen? Du verhältst dich, als hätte ich dich den Wölfen zum Fraß vorgeworfen. Du warst nur am anderen Ende des Flurs, um den Kräutergarten meiner Großeltern zu sehen. Jetzt bist du aber ungerecht.«

»Du wolltest mich loswerden.«

Philippe dachte einen Augenblick darüber nach. »Das stimmt«, sagte er schließlich.

»Du gibst es also zu?«

»Mein Großvater wollte ein Gespräch unter vier Augen mit mir führen.«

»Über mich?«

»Nein, nicht über dich – musst du denn immer so misstrauisch sein?«

Sara merkte selbst, dass sie paranoid war. Schmollend lief sie an Philippe vorbei. Er bekam sie an der Hand zu fassen und drehte sie zu sich herum. »Ich verhalte mich albern«, beschwerte sie sich.

Er drückte ihre Schultern. »Du bist bloß erschöpft.«

Niedergeschlagen ließ Sara den Kopf hängen. Philippe bückte sich und suchte mit seinen Lippen die ihren. Die Ränder ihrer Hüte berührten sich und bildeten ein Dach und einen angenehm intimen Rückzugsort. Erst als Sara sich von ihm löste, wurde ihr wieder bewusst, dass sie sich mitten auf der Straße befanden, bei helllichtem Tag.

»Philippe, stopp!«, tadelte Sara ihn.

»Warum? Wir sind verheiratet.«

»Du kannst mich nicht einfach mitten auf der Straße begrapschen.« Selbst in Amerika hätte Sara das nie zugelassen.

»Ich habe dich nicht begrapscht – obwohl, ich habe es mir überlegt.« Philippe lachte, nahm sie an der Hand und rannte los.

Sie kicherte und hielt beim Laufen über das unebene Kopfsteinpflaster ihren Hut fest. »Wo bringst du mich hin?«

Philippe zwinkerte ihr zu. »Zurück ins Hotel.«

Sie stürzten ins Zimmer, und Philippe schloss mit einem Fußtritt die Tür. Ohne ein Wort zu sagen, ließ er die Hände unter ihre Röcke gleiten und hob sie hoch. Sie schlang die Beine um seine Taille, und er setzte sie auf den leeren Schreibtisch.

Sara war überrascht, mit welcher Leichtigkeit er ihre Strumpfhose herunterschob und sie aus ihrer Unterhose schälte. Er machte sich nicht die Mühe, weitere Kleidungsstücke auszuziehen.

Sie zog ihm das Hemd aus der Hose und ließ ihre Hände höher wandern, wobei sie es genoss, seine sehnige Brust unter ihren Fingern zu spüren. Als er sich ihr hingab, fielen alle Sorgen von Sara ab.

Jetzt würde Philippe es nicht wagen, sie zu ignorieren.

Noch weitgehend bekleidet, aber völlig befriedigt, ließen sie sich auf das Bett fallen. »Worüber hast du mit deinem Großvater gesprochen?«, fragte Sara und nagte an ihrer Unterlippe.

»Was? Oh, über die Weltausstellung. Sie findet 1900 in Paris statt. Ziemlich aufregend, findest du nicht auch?«

»Ja«, sagte Sara gedankenverloren. »Vielleicht sollten wir teilnehmen, falls wir die nötigen Mittel dazu haben.«

»Das ist die andere Sache. Mein Großvater wollte mit mir auch über Finanzielles reden.«

»Wirklich?« Sara brannte vor Neugier.

Philippe lachte. »Sieh mal in meine Manteltasche.«

Sara streckte den Arm aus und zog ein paar Papiere aus der Tasche. Sie faltete ein kleines Blatt auf, das wie ein Scheck aussah. Ihre Augen weiteten sich vor Schreck.

»Zwanzigtausend Francs? Für dich?«, rief sie und las das Dokument.

»Für uns. Pépère hat vor drei Jahren seine Apotheken verkauft und einen Teil des Profits für Bastien und mich zurückgelegt. Als Bastien seinen Anteil abholen wollte, war er so betrunken, dass Pépère ihm befohlen hat, erst wiederzukommen, wenn er nüchtern sei. Er ist nicht wieder zurückgekommen. Lucs Anteil ist darin inbegriffen.«

»Das sind viertausend Dollar!«

»Freu dich nicht zu früh. Einen Teil davon, fast dreitausend Francs, brauche ich, um die Schulden bei meinem Vater abzubezahlen.«

Sara hatte sich so über Philippes Rückkehr gefreut, dass sie gar nicht daran gedacht hatte, ihn nach wichtigen Einzelheiten zu fragen. Ihre Mutter hatte nach Papas Tod Saint Martin an die Lemieux-Familie verkauft, aber Philippe hatte Sara das Grundstück zurückgegeben, kurz bevor sie Kalifornien verlassen hatte. Er hatte seinen Vater auch dazu überredet, die Anklage gegen sie wegen des Mordes an seinem Bruder fallen zu lassen. »Welche Vereinbarung hast du mit deinem Vater getroffen?«

Philippe verlagerte sein Gewicht auf dem Bett und rieb sich die Augen. »In Ordnung, ich werde es dir erzählen, aber bitte sag nichts, bevor ich geendet habe.« Sara starrte ihn an, sie fürchtete jetzt seine Antwort.

»Nach Bastiens Tod wollte mein Vater keinen Anteil an Saint Martin haben. Er scheute die Mühe, nach dem Brand wieder alles aufzubauen und das Weingut neu zu bepflanzen. Er hat das Weingut und die Anwesen auf mich überschrieben und mir angeboten, für Bastiens Schulden aufzukommen, bis ich es ihm zurückzahlen könnte. Wenn man bedenkt, dass das Haus bis auf die Grundmauern abgebrannt und ein Drittel der Weinreben nicht zu gebrauchen war, war das eine gerechte Abmachung. Gesetzlich hätte nach dem Tod meines Vaters ohnehin die Hälfte des Grundstücks mir zugestanden und die andere Hälfte Luc. Also hat er es mir überschrieben, und ich habe deiner Mutter und Jacques angeboten, dass sie dortbleiben und es verwalten können.«

Sara ging in Gedanken jedes Detail seiner Geschichte durch, blieb jedoch bei dem fehlenden Bindeglied hängen. »Warum hat dein Vater die Anklage gegen mich fallen gelassen?«

»Ich habe ihm in einem Telegramm mitgeteilt, dass er sofort dem Magistrat gegenüber deine Unschuld erklären und sagen müsse, dass du Bastien in Notwehr getötet hast, falls er jemals seinen Enkel treffen wollte.«

»Und er hat zugestimmt?« Sara war überrascht, dass Jean Lemieux es für wichtiger hielt, seinen Enkel zu sehen, als sich an ihr zu rächen.

»Ja.«

»Du hast also vor, Luc deinem Vater vorzustellen?«

»Welche Wahl bleibt mir? Du müsstest dich ansonsten vor Gericht verantworten. Das kann ich nicht zulassen.«

»Muss er ihn denn mehr als nur einmal sehen?«

»Luc wird eines Tages die Hälfte vom Grundbesitz meines Vaters erben. Daher wäre es für sie beide von Nutzen.«

»Aber Philippe, er ist ein furchtbarer Mann!«, platzte Sara heraus, bevor sie schnell wieder den Mund schloss.

Philippe zuckte nicht mit der Wimper. »Er ist ein unglücklicher Mann, der nichts als Groll im Herzen hat. Er hat keine Frau mehr und keine Söhne, die ihn lieben. Bei einer solchen Bitterkeit können Kinder manchmal wie ein Elixier wirken.«

»Ich will nicht, dass Luc ein ›Elixier‹ für diesen Mann ist.«

»Ich werde bei allen Besuchen dabei sein.« Er fragte nicht nach ihrer Zustimmung.

Sara seufzte und ließ sich in die Kissen zurücksinken. Philippe stützte sich auf dem Ellenbogen ab, blickte sie an und machte ihr ein feierliches Versprechen: »Ich würde nie zulassen, dass unserem Sohn etwas zustößt.«

Sara spürte einen Kloß im Hals. Bis zu diesem Augenblick hatte Philippe Luc noch nie als seinen Sohn bezeichnet. Sara strich über die Bartstoppeln auf Philippes Kinn. »Und du bist also sein gesetzlicher Vormund?« Sie erinnerte sich, dass nach französischem Recht die Vormundschaft für Waisenkinder normalerweise dem Großvater väterlicherseits zugesprochen wurde.

»Ja«, bestätigte Philippe und fügte hinzu: »Wir wissen beide, dass mein Vater für die Aufgabe nicht geeignet ist, also bin ich der primäre Vormund an der Stelle meines Vaters. Ich habe dich als seinen sekundären Vormund eingesetzt.«

Selbst in seiner Trauer war Philippe so großzügig gewesen. Ohne seine Vergebung hätte man ihr im Handumdrehen den Jungen für immer wegnehmen können. »Philippe?«, fragte sie. »Ich möchte einen Teil des Betrags zurückzahlen, den du deinem Vater schuldest.«

»Nein, Sara. Es geht nicht ums Geld.« Philippes Miene entspannte sich, als er ihre Hand nahm und sanft ihr Handgelenk küsste. »Es geht um Wiedergutmachung.«

Kapitel 4

Heiligabend 1897, Saint Martin

Sara hockte sich neben Luc und versuchte, mit einem nassen Kamm seine zerzausten Locken zu bändigen. Es war noch früh am Morgen, und das knisternde Kaminfeuer wärmte ihre Höhlenwohnung, die zwar aus dem elften Jahrhundert stammte, jetzt aber mit zwei Strohbetten, einem Tisch und vier Stühlen komfortabel eingerichtet war.

»Wir gehen doch nicht zur Kirche«, sagte Philippe, und Sara warf ihm einen strengen Blick zu. War sie etwa immer noch verärgert, weil er seinen Vater mit Luc besuchen wollte? Dies gehörte nun einmal zur Abmachung. Saras Freiheit und Philippes Vormundschaft über Luc hingen vom Erfolg dieses Besuchs ab, und Philippe würde nicht klein beigeben.

Sara küsste Luc auf den Kopf und stand auf. Sie war in ihren hauchdünnen Morgenmantel gehüllt und hatte ihr bordeauxrotes Tuch über die Schulter drapiert. Ihr dickes kastanienbraunes Haar fiel locker ihren Rücken hinunter. Philippe bewunderte ihre vollen rosaroten Lippen. Er konnte sich kaum dazu aufraffen, sie zu verlassen, selbst wenn es sich nur um wenige Stunden handelte. Bevor sie protestieren konnte, zog er sie schnell an sich.

»Sei nett«, neckte er sie und berührte leicht mit den Lippen ihren Hals, um den finsteren Blick aus ihren Augen verschwinden zu lassen.

»Bleibt nicht zu lange«, flüsterte sie mit einem Anflug von Melancholie.

»Nur eine Stunde, und nach der Messe heute Abend packen wir für unsere Rückreise nach Hause.«

»Nach Hause … nach Kalifornien.« Sara lächelte. »Das klingt gut.«

Während er mit Luc auf dem Schoß zum Haus seines Vaters fuhr, wanderten Philippes Gedanken zu Sara zurück. Das Grün ihrer Augen erinnerte ihn an eine sonnenbeschienene Wiese, und er konnte den Tag nicht mehr abwarten, an dem ihr Bauch unter diesem Morgenmantel mit seinem Kind anschwellen würde.

Luc quiekte vor Freude, als sie über die Landstraße zu Jean Lemieux' Haus fuhren. Philippe führte die Hände des Jungen und half ihm, an den Zügeln zu ziehen, damit das Pferdegespann das Tempo verlangsamte.

Als Philippe an die Tür klopfte, öffnete sein Vater nicht. Philippe trat ein und war überrascht, überall im Zimmer verteilt Zeitungen und Stapel von dreckigem Geschirr zu sehen. Ein schwacher, leicht Übelkeit erregender Geruch hing in der Luft. Hatte sein Vater die Haushälterin entlassen oder hatte er einfach aufgegeben?

Père saß im Schaukelstuhl und erschien etwas aufgeschreckt, als er Philippe und Luc sah. Ohne ein Händeschütteln oder auch nur ein Wort wies er mit der Hand auf das Sofa. Philippe war seit über sechs Jahren nicht mehr hier gewesen, und jetzt, da er es war, konnte er es nicht mehr abwarten, wieder nach Kalifornien zu entkommen.

Philippe blickte seinen gebeugten, verschrumpelten Vater genau an. Seltsamerweise spürte er keine Wut, sondern fragte sich, was um Himmels willen mit dem Mann geschehen war. Warum hatte er sich überhaupt vor ihm gefürchtet? Als sein Vater mit dem Riemen geknallt und seine junge Haut verletzt hatte – hatte er jemals die Möglichkeit in Betracht gezogen, dass dieses zusammengekauerte Kind zu einem starken Mann heranwachsen würde, der in der Lage wäre, seinen Schädel mit einer Hand zu zerquetschen? Natürlich nicht. Jean Lemieux, der gern die Schwachen quälte, hatte angenommen, dass sein Sohn unter dem Druck zerbrechen würde. Er hatte nicht mit Philippes Widerstandskraft gerechnet.

Philippe ließ seinen Blick durch das unordentliche Zimmer wandern und war erfreut, als er auf dem Kaminsims ein gerahmtes Bild seiner Mutter sah. Mit ihrem lieblichen Wesen hatte sie häufig die Grausamkeit seines Vaters erträglich gemacht.

Philippe setzte sich auf die Sofakante, und Luc klammerte sich an seinem Knie fest. Père strich mit zitternden Händen durch sein schütteres Haar. »Und dir geht's gut?«, fragte er schroff.

»Sehr gut, danke. Dies ist dein Enkel, Luc Lemieux«, sagte Philippe ruhig und versuchte, seinem Vater die offensichtliche Aufregung zu nehmen.

Ein verloren aussehendes Lächeln ließ das Gesicht seines Vaters kurz aufleuchten. »Er ist wie Bastien, was?«

»Ja, er sieht Bastien ähnlich. Aber hoffentlich werden wir ihn besser erziehen.« Philippe bereute sofort, was er gesagt hatte, auch wenn es die Wahrheit war. Er wollte sich nicht streiten, er wollte nur seine Pflicht erfüllen und wieder gehen. Um das Thema zu wechseln, zog Philippe einen Umschlag aus der Tasche. »Hier ist das Geld, das ich dir schulde. Damit sind wir jetzt quitt, oder?«

Père beugte sich vor und schnappte ihm das Geld aus der Hand. »Ich bin froh, dass ich diese Sorge jetzt los bin.«

»Es wird dich freuen zu hören, dass Saint Martin eines Tages Luc gehören wird.«

Sein Vater trommelte mit den Fingern auf die Stuhllehne. »Dürfte ich mit ihm sprechen?«

»Selbstverständlich.«

»Darf er ein Stück Schokolade essen? Sein Gebiss scheint vollständig zu sein, was ich von mir nicht mehr sagen kann.« Der alte Mann lachte in sich hinein und enthüllte eine Reihe schiefer, vom Tabak gelb gefärbter Zähne.

Philippe war überrascht. Er konnte sich nicht erinnern, dass Père jemals jemandem Süßigkeiten angeboten hätte. »Ja, ein Stück Schokolade ist in Ordnung.«

Luc nahm die Schokolade, und mit einem Grinsen kaute er geräuschvoll vor sich hin. Sein Großvater strahlte übers ganze Gesicht, doch plötzlich verdunkelte sich seine Miene besorgt. Sein Blick huschte zur Küchentür, und, an Philippe gewandt, drohte er mit dem Finger. »Sag es aber nicht Mère. Sie mag es gar nicht, wenn ihr Jungs vor dem Abendessen Süßigkeiten esst.«

Philippe starrte seinen Vater an.

»Oh, und ich habe für Bastien ein Geschenk gekauft.« Sein Vater gab Luc eine Kiste mit Holzkegeln, die der Junge schüttelte, bis alle Kegel auf den Boden gefallen waren.

»Du meinst, du hast für *Luc* ein Geschenk gekauft?«

»Jaja.« Er zeigte auf die Kegel. »Als kleiner Junge habe ich das immer gespielt. Ich war der beste Kegler in der Schule. Du bist noch jung, aber du wirst es schon lernen.«

Während Luc im Schneidersitz auf dem Boden saß, den Ball rollen ließ und die Kegel umstieß, beobachtete Philippe den Mann in dem zerknitterten Hemd und den speckigen Schuhen, der jetzt ein Fremder war. Wenn sein Vater aufgeregt war, begann seine linke Wange zu zucken. Etwas war hier ganz und gar nicht in Ordnung.

Père zuckte und starrte Philippe plötzlich mit aufgerissenen Augen an. »Was macht das Weingut in Kalifornien? Probleme mit Rebläusen? Alkoholgegnern?«

Vielleicht dürstete es den Mann einfach nach einer Unterhaltung. »Das Weingut floriert glücklicherweise, und der 1897er-Jahrgang war eine üppige Ernte. Ich rechne nicht damit, dass wir in den nächsten fünf Jahren noch einmal eine Ernte dieser Größenordnung sehen werden.«

Er erzählte seinem Vater jedoch nicht – und hatte es auch Sara nicht gesagt –, dass er jedes Jahr die Hälfte seines Einkommens verlieren würde, wenn der Preiskampf anhielt. Sollten die Preise so niedrig bleiben, würde er seine Ausgaben nicht decken können.

Sein Vater beharrte: »Ich lese immer wieder über diese lästigen Alkoholgegner in Amerika.«

»Ihre Kampagne gewinnt immer mehr Anhänger, aber man muss sich derzeit noch keine Sorgen machen. Auch wenn sie vor Kurzem auf einen sehr überzeugenden Scherz reingefallen sind.«

»Wirklich?«

»Es wurde das Gerücht verbreitet, dass die kalifornischen Winzer auf der Pariser Weltausstellung ein Exponat im Stil der Niagarafälle errichten wollten, mit hunderttausend Gallonen Wein anstelle von Wasser, umgeben von schönen Gärten, wo sich junge Männer und Frauen kostenlos betrinken könnten.« Bei dem Gedanken an diese absurde Vorstellung musste Philippe lächeln.

Sein Vater rieb sich erwartungsvoll die Hände. »Das hat diese Abstinenzler bestimmt in einen Missionierungsrausch versetzt.«

»Allerdings. Die Abstinenzvereinigung ist von Haus zu Haus gegangen und hat Tausende von Unterschriften gegen das ›Exponat‹ gesammelt. Die armen Organisatoren der Ausstellung mussten sich durch Stapel von Briefen kämpfen, in denen man sich über etwas empörte, das nie beabsichtigt war.«

»Und ich wette, die Abstinenzler halten es trotzdem noch für ein Komplott der Regierung, was?« Statt Philippes Antwort abzuwarten, zupfte Père plötzlich an den Ärmeln seines Hemdes und murmelte leise vor sich hin.

Philippe stand abrupt auf. Das bizarre Verhalten seines Vaters beunruhigte ihn. Im einen Moment konnte er sich nicht mehr an den Namen seines Enkels erinnern und im nächsten sprach er mit klarem Verstand über die Alkoholgegner? Philippe dachte an seine Frau, die auf Saint Martin auf sie wartete, während er hier saß und Bastiens Sohn dem Mann präsentierte, der ihnen nie ein guter Vater gewesen war. Was hatte er sich nur dabei gedacht?

»Es ist bald Zeit für Lucs Mittagsschlaf, Père, wir gehen besser.«

Sein Vater stand auf und umklammerte Philippes Unterarm. »Ich habe dir alles gegeben, was du verlangt hast. Bring bei deinem nächsten Besuch in Frankreich wieder Bastien mit, in Ordnung?«, krächzte er.

Schon wieder Bastien. Philippe wurde übel. Er ergriff den Arm seines Vaters, damit dieser sich beruhigte. »Père, fühlst du dich nicht wohl?«

Sein Vater ignorierte die Frage. »Versprichst du mir, dass du ihn hierherbringst?«, fragte er verzweifelt.

Philippe seufzte und gab seinem gebrechlichen Vater nach. Es würde Sara zur Weißglut bringen. »In Ordnung.«

***

Den Rest des Tages über fragte Sara nicht nach seinem Besuch, und Philippe wollte ihr von sich aus nichts erzählen. Sie unterhielten sich nur über Weihnachten und die bevorstehende Heimreise nach Kalifornien.

Nach der Messe in der Cathédrale Saint-Gatien und einem Abendessen mit Philippes Großeltern in Tours kehrten Sara, Philippe, Maman und Jacques mit Luc zurück nach Saint Martin, um zu besprechen, wie sie die zwei Weingüter auf verschiedenen Kontinenten verwalten würden. *Gott sei Dank gibt es Jacques Chevreau*, dachte Philippe. Saint Martin hätte ohne seine fachliche Hilfe nicht überleben können. Der neue Winzer, den Jacques letztes Jahr eingestellt hatte, sollte weiterhin dort bleiben, und Jacques übernahm die allgemeine Verwaltung des Weinguts. Er hatte so viele Jahre lang dort gearbeitet, dass er Saint Martin so gut kannte wie kein anderer, und seine Hochzeit mit Saras Mutter hatte ihn noch mehr an das Anwesen gebunden. Sie vermissten beide Saras Vater, aber schienen sich in ihrem neuen gemeinsamen Leben eingerichtet zu haben.

»Ich würde vorschlagen, dass wir die Hälfte von Lucs zehntausend Francs für ihn sparen und die andere Hälfte für den Bau eines neuen, kleineren Hauses verwenden. Schließlich wird Saint Martin eines Tages Lucs Zuhause sein«, sagte Philippe und kritzelte ein paar Zahlen auf ein Blatt Papier. Sara würde doch sicher zustimmen, dass ein neues Haus für Marguerite und Jacques wichtiger war, als das Weingut neu zu bepflanzen.

»Aber das könnte fast fünfzehntausend Francs kosten!«, wandte Marguerite besorgt ein.

Jacques tätschelte ihre Hand und erwiderte: »Ich stelle Steinmetze ein, die die Steine bergen und wiederverwenden können. Drei Schlafzimmer, ein Wohnzimmer, ein Esszimmer, eine Küche und eine Toilette sollten ausreichen. Ich werde den Bau selbst beaufsichtigen«, fügte er aufgeregt hinzu. »Mach dir keine Sorgen, mein Liebling, wir bekommen das Geld schon zusammen.«

Sara faltete die Hände und fragte fröhlich: »Philippe, könnten wir nicht etwas für das Haus beisteuern?« Er konnte diesen smaragdgrünen Augen mit den geschwungenen dunklen Wimpern nur schwer widerstehen, aber bei den fallenden Weinpreisen konnten sie es sich einfach nicht leisten.

»Leider brauche ich das Geld für Eagle's Run, doch wir könnten die Einkünfte von Saint Martin in den nächsten Jahren für das Projekt bereitstellen.« Es war ihm unangenehm, Saras Hoffnungen direkt vor den Augen ihrer Mutter zerschlagen zu müssen.

Jacques stimmte ihm zu: »Das klingt vernünftig.«

Marguerite klatschte enthusiastisch in die Hände, aber Sara zuckte nur mit den Achseln. »Vermutlich.«

Einen Tag nach Weihnachten lud Philippe ihre drei Überseekoffer auf das Fuhrwerk, und dann mussten sie sich von Maguerite und Jacques verabschieden. Über Marguerites Gesicht liefen Tränen, als sie ihre einzige noch lebende Tochter umarmte. Ihre Traurigkeit erinnerte Philippe daran, dass Sara und Luc die einzigen Familienmitglieder waren, die sie noch hatte – und er nahm sie ihr weg. Auch wenn es vielleicht durchaus möglich war, konnte er es sich kaum vorstellen, dass sich sein Vater wegen der Abreise seines einzigen Sohns und Enkels ebenso einsam fühlte.

KAPITEL 5

JANUAR 1898

Nachdem das Schiff den sicheren Hafen von Saint-Nazaire verlassen hatte, wurde die Meeresbrise stärker. Der Wind ließ die Wellen an den Rumpf des Schiffes klatschen und wehte stürmisch in Lucs nasskaltes Gesicht. Zum Glück hatten sie einen Platz auf der windgeschützten Seite des Schiffes gefunden. Um sich aufzuwärmen, saßen sie zusammengedrängt nebeneinander, als sie beobachteten, wie die Umrisse des europäischen Kontinents am Horizont immer mehr verblassten.

Das Schiff hatte seinen eigenen Rhythmus. Die Besatzung arbeitete in Schichten rund um die Uhr, damit die Motoren genug Dampf erzeugen konnten, um die Propeller zu bewegen und das Schiff durch die Gewässer zu steuern. Die Mahlzeiten wurden zu festgelegten Zeiten gekocht und serviert, und die vielen Aufgaben der Seeleute reichten vom Wäschewaschen bis zu Reparaturen und dem Reinigen und Prüfen der Ausrüstung. Kein Matrose war lange untätig.

Während der ersten Tage ihrer Reise nach New York spazierten Philippe, Sara und Luc gern auf dem Hauptdeck herum. An ihrem ersten Morgen hörten sie das Schreien der Möwen, die in langsamen Schleifen über ihre Köpfe hinwegflogen. Luc schrie vor Vergnügen auf, als er die Delfine sah, die im wogenden Kielwasser des Schiffes auf und ab sprangen, als wollten sie das Schiff bis nach Amerika begleiten. Obwohl es nicht Philippes erste Überfahrt war, beeindruckten die wunderschönen Sonnenuntergänge am westlichen Horizont ihn immer noch zutiefst. Im Vergleich mit dem endlosen Atlantischen Ozean erschien ihr Schiff winzig klein.

Am dritten Tag entdeckte Philippe dünne, aber bedrohlich aussehende Wolken an der Steuerbordseite. Die Passagiere wurden angewiesen, ihre Kabinen seefest zu machen und das Gepäck gut zu verstauen, um für einen hohen Wellengang vorbereitet zu sein. Hier draußen, Hunderte Kilometer vom Festland entfernt, herrschten die Gesetze von Mutter Natur, nicht die der Menschen.

Schon bald blies ein stürmischer Wind gegen das Schiff, und den Passagieren wurde der Zutritt zum oberen Deck verboten. Sara, Philippe und Luc mussten in ihrer Kabine bleiben. Durch das völlige Fehlen von Fenstern und Uhren hier unten fühlte sich Philippe desorientiert. Um sich geistig zu beschäftigen, las er ein Handelsblatt nach dem anderen und stellte in seinem Notizbuch Berechnungen zu Einzelkosten, Traubenerträgen, erwartetem Gewinn an, um für jedes Weingut einen Jahresplan zu entwerfen. Obwohl er sorgfältig plante, blieben dennoch so viele unbekannte Größen übrig.

Wann, falls überhaupt, würden die Preise wieder steigen? Wie viel des 97er-Jahrgangs sollte er zurückbehalten, um ihn mit dem 98er zu mischen? Wie könnte er sicherstellen, dass die Erzdiözese den Vertrag für den Messwein von Eagle's Run erneuerte? Sollte er dieses Geschäft verlieren, wären sie geliefert. Philippe erinnerte sich an den Spott seiner Kritiker, als er Eagle's Run erworben hatte. »Wie wird man am schnellsten zum Millionär? Indem man eine Milliarde in ein Weingut investiert!« Seinem schlechten Bauchgefühl nach zu urteilen, musste er zugeben, dass sie vielleicht recht gehabt hatten.

Es würde immer schlechte Jahre geben, das lag bei der Landwirtschaft in der Natur der Sache. Philippe hatte fast fünf Jahre damit zugebracht, abgestorbene Weinreben zu entwurzeln, durch robustere zu ersetzen und zu warten, bis er schließlich genug Trauben ernten konnte, um seinen ersten Weinjahrgang zu produzieren. Seitdem überkam ihn jedes Jahr die Furcht, dass die Trauben zu früh gepflückt worden wären, und am Ende jeder Ernte beraubte ihn die Müdigkeit seiner Kräfte, doch das Hochgefühl, wenn er den Wein zum ersten Mal roch und schmeckte, war unbeschreiblich. Er erschuf etwas aus dem Nichts. So lange er es sich leisten konnte, wollte er auch weiterhin die besten Weine herstellen und sie rund um die Welt verkaufen.

Er erwägte, Sara seine Sorgen mitzuteilen, aber irgendetwas hielt ihn zurück. Sara hatte Seite an Seite mit ihm gearbeitet, aber trotzdem war *er* der Eigentümer von Eagle's Run – sollte er dann nicht auch derjenige sein, der eine Lösung fand? Außerdem war Sara mit Luc beschäftigt, der zwei Tage vor ihrer Ankunft einen rasselnden Husten bekommen hatte. Luc weinte fast die ganze Nacht, und Philippe wollte Sara nicht noch mehr Sorgen bereiten. Sie waren beide erleichtert, als das Schiff in New York anlegte.

* * *

»Glaubst du, Marie hat vielleicht ein Mittel für ihn?«, fragte Sara und schaukelte Luc auf dem Schoß, während sie ihm ein feuchtes Tuch gegen die Stirn hielt. Der kleine Junge lutschte am Daumen, seine Wangen waren gerötet.

»Ja, bestimmt«, sagte Philippe und strich dem Jungen beruhigend übers Haar. Marie Chevreau – Jacques Chevreaus Nichte und eine der klügsten Frauen, die Philippe je getroffen hatte – kannte sich in vielen Bereichen der Medizin aus. Seit Jahren war ihr Leben mit dem der Familien Lemieux und Thibault verbunden, und sie war sowohl für Philippe als auch Sara eine echte Freundin. Vor sieben Jahren war Marie von Bastien verführt und dann verlassen worden. Philippe hatte sich um das damals achtzehnjährige Mädchen gekümmert und hatte sie nach New York begleitet, wo Marie Adeline zur Welt gebracht hatte und in den folgenden Jahren eine erfolgreiche Hebamme geworden war. Marie war Saras und Lydias einzige Freundin in New York, als sie im Mai 1896 nach ihrer dramatischen Flucht dort angekommen waren. Das Kloster, in dem Marie und Adeline lebten, war ihr erstes Zuhause in Amerika gewesen.

Genau wie Philippe erwartet hatte, war Marie rasch mit Hilfe zur Hand, sobald sie ihre kleine Wohnung hinter dem Kloster an der Lower East Side von Manhattan erreicht hatten. Sie steckte Sara ins Bett, damit sie ein Nickerchen machen konnte, und überredete Luc, ein paar Teelöffel mit warmem Honig zu schlucken. Danach rieb sie Eukalyptusöl auf seine Brust. Innerhalb einer halben Stunde hatte sich sein Husten schon verbessert. Als Sara zwei Stunden später ausgeruht und mit neuer Energie aufstand, erinnerte sie Philippe wieder an die Frau, die er geheiratet hatte.

Auch wenn er Adeline gerade erst einen Monat zuvor gesehen hatte, kam es Philippe vor, als sei sie in der Zwischenzeit bestimmt fünf Zentimeter gewachsen. Sie war jetzt sieben und eine ausgezeichnete Schülerin im Kloster, antwortete jedoch nur schüchtern auf Philippes Fragen. Sie wurde aber plötzlich munter, als Philippe ihr anbot, mit Luc zu spielen.

»Wie alt ist er jetzt?«, fragte Adeline. Sie hatte Luc auf dem Schoß und spielte »Backe backe Kuchen« mit ihm.

»Fast siebzehn Monate, kannst du das glauben?« Sara lächelte stolz.

Luc zog an Adelines dunklen Ringellöckchen, die ihr niedliches Gesicht mit den schokoladenbraunen Augen umrandeten.

»Maman, sieh mal, wie süß er ist«, sagte Adeline freudestrahlend.

Marie bot Sara ein Glas Brandy an. »Adeline hat recht. Es ist so schön, euch drei zusammen zu sehen, genau wie es sein sollte.«

»Danke, Marie. Wir werden dir immer dankbar sein«, sagte Philippe und dachte daran, wie liebenswürdig und hilfsbereit sie Sara und Lydia gegenüber gewesen war, als sie im Kloster gewohnt hatten.

»Und wie geht es dir? Wie ist dein Unterricht?«, fragte Sara. Marie studierte am Women's Medical College Geburtshilfe.

»Ziemlich interessant. Ich war bei der Anwendung mehrerer neuer Kaiserschnitttechniken anwesend, und bis auf einen Fall haben alle Frauen überlebt.« Aufgeregt fuhr Marie fort. »Wusstest du, dass Medizinmänner in Uganda schon seit Hunderten von Jahren solche Operationen durchführen? Eine Gruppe von Heilern benutzt Bananenwein, um die Mutter zu betäuben und vor der Operation ihren Magen zu reinigen. Dann machen sie den Schnitt und ziehen das Baby heraus. Sie brennen die Wunde aus, um die Blutung zu stillen, nähen die Haut mit Eisennadeln zu und tragen dann eine Salbe aus Pflanzenwurzeln auf. In den meisten Fällen überlebt die Mutter.«

Sara wurde blass. Falls Marie vorhatte, noch weitere Anekdoten mit ihnen zu teilen, würde Philippe das Riechsalz holen müssen. Völlig hingerissen von ihrer eigenen Geschichte, schien Marie nichts zu merken. »Ich lerne nur Geburtshilfe, nicht Chirurgie, doch wäre es nicht wunderbar, wenn ich eines Tages selbst diese Operation ausführen und das Leben vieler Frauen retten könnte?«

»Das wäre wirklich wunderbar«, stimmte Philippe zu und legte seine Hand beruhigend auf Saras, »und offensichtlich liegt es dir, Marie.« Er musste das Thema wechseln. »Und wie geht es Adeline?«, fragte er fröhlich. »Bleibt sie tagsüber hier bei den Nonnen?«

»Ja, vier Tage die Woche habe ich Unterricht und klinische Beobachtungen. Am fünften Tag kommt sie meistens mit, wenn ich meine Patienten besuche. Die Schwestern sind so nett, Adeline das Lesen, Schreiben und Rechnen beizubringen. Ich glaube, sie mögen es, dass ein Kind hier ist.«

»Verzeih mir, Marie«, sagte Philippe und senkte die Stimme, damit Adeline nicht mithören konnte, »aber ist das nicht ein bisschen einsam für sie, hier im Kloster eingesperrt und ohne Freunde?« Ihm war bewusst, dass er sich auf dünnem Eis bewegte, aber nachdem er gesehen hatte, wie begeistert Adeline Luc umarmte und mit ihm spielte, schien es ihm offensichtlich, dass seine Nichte sich nach der Gesellschaft anderer Kinder sehnte.

Marie wischte sich unsichtbare Fusseln von ihrem Rock. »Es mag vielleicht einsam sein, Philippe, doch es ist der sicherste Ort für ein Mädchen ihres Alters in dieser Stadt. Ich muss jeden Tag arbeiten, und wir können froh sein, den Schutz des Klosters zu genießen.«

Er war zu weit gegangen. »Natürlich, Marie, und du leistest ausgezeichnete Arbeit.« Er beobachtete, wie Adeline Luc hochnahm und sanft mit ihm durchs Zimmer tanzte. »Ich habe mich nur gerade gefragt, ob du dir vorstellen könntest, weiter Richtung Westen zu ziehen, in unsere Nähe. Ihr könntet an einem Ort leben, wo es mehr Platz und frische Luft gibt, in einer Stadt mit Kindern in Adelines Alter.«

»Oh, es wäre fantastisch, wenn du nach Kalifornien kommen könntest!«, stimmte Sara zu.

Marie ließ die Schultern sinken. Vielleicht hatte er fürs Erste die Wogen geglättet.

»Können wir das machen, Maman? Bitte!«, mischte Adeline sich ein.

Marie verdrehte die Augen, und Philippe lockte sie mit einem weiteren Anreiz. »Weißt du, ich habe gehört, dass das Cooper Medical College in San Francisco zu den besten im Land zählt«, beharrte er lächelnd. »Ich kann dir die Anmeldeformulare zuschicken.« Er zwinkerte.

»Na gut.« Marie lächelte und hob kapitulierend die Hände. »Ich habe noch eineinhalb Jahre bis zum Ende meines Studiums, aber danach könnten wir euch besuchen kommen.«

* * *

In Boston besuchte Philippe an einem Tag sechs Weinhändler. Er übernachtete im Parker House, das zentral gelegen war – am Fuß von Beacon Hill sowie in der Nähe des Boston Common, von Quincy Market und Faneuil Hall. Philippe konnte schon mittags zurückkehren und seine Tragetasche mit weiteren Flaschen Chenin Blanc von Saint Martin füllen. Sara hatte darauf gedrungen, dass er den Wein potenziellen Käufern als Geschenk anbot. Seine Frau hatte wirklich einen guten Geschäftssinn und spürte, wenn es irgendwo potenzielle Verkaufsgelegenheiten gab. Bisher hatte er einen Auftrag für zehn Kisten des 1896er Chardonnay von Eagle's Run gesichert, und eine weitere Bestellung von zwanzig Kisten des französischen Chenin Blanc. Nicht ganz, was er sich erhofft hatte, doch es war immerhin ein Anfang.

Sein letzter Besuch an diesem Nachmittag war bei Heath and Strong, Bostons führendem Weinhändler, den er im letzten Herbst mit zwanzigtausend Gallonen Wein aus Carneros versorgt hatte. Obwohl Philippe bereits mehrere Briefe und Telegramme geschickt hatte, war die fällige Rechnung für diese Bestellung noch immer nicht bezahlt worden – fast eintausendzweihundertfünfzig Dollar. Philippe standen dreihundertfünfzig Dollar von diesem Betrag zu, den Rest schuldete er seinem Winzerkollegen und Freund George Lamont. Die Sache wurde noch dadurch verschlimmert, dass Heath and Strong Philippes größtes Geschäft in Boston gewesen waren, aber Lamont ihn wahrscheinlich nicht noch einmal seinen Wein an sie verkaufen lassen würde, wenn die Firma nicht mit dem restlichen Geld herausrückte.

Philippe konnte für seinen Weg zur Walnut Street keine Kutsche finden und stapfte durch den wehenden Schnee über die School Street. Ein frischer, sauberer Geruch lag in der kalten Luft. Er bog links in die Beacon Street ein, ging an der stillen weißen Landschaft des Boston Common vorbei und an den geparkten Wagen, die den Straßenrand säumten. Durch das perlweiße Schneegestöber konnte Philippe kaum die Brunnen und gefrorenen Teiche erkennen. Er sah nur die Pfade, die die Kinder mit ihren Schlitten durch den Schnee gezogen hatten, und die Abdrücke ihrer Fußstapfen vom Fangenspielen. Davon abgesehen herrschte Ruhe in der Stadt, denn der Schnee ließ viele Einwohner zu Hause bleiben und dämpfte die Geräusche der wenigen Pferde und Fußgänger, die sich nach draußen wagten.

Als er das Büro von Heath and Strong erreichte, machte ihn ein rotes Schild darauf aufmerksam, dass der Händler geschlossen habe – und zwar für immer. An der grünen Holztür hing ein zerfledderter Räumungsbescheid. Philippe stellte die Tasche ab und blickte die Straße entlang, in der Hoffnung, jemanden zu finden, der vielleicht wüsste, was passiert war. Er sah jedoch keine Menschenseele.

Warum hatte er nicht schon früher davon erfahren? In den Handelspapieren war keine Bekanntmachung gewesen, und er hatte von den Geschäftsinhabern keine Mitteilung erhalten. Wie sollte er jetzt sein Geld wiederbekommen?

Philippes Füße waren eiskalt und seine Stimmung düster, als er in die warme Eingangshalle des Hotels trat. Sara saß auf einem dunkelblauen Samtsofa und schien auf ihn zu warten. Sie hielt eine Weinkarte in den Händen und sprach leise mit Luc, der neben ihr saß. Ihre Wangen hatten einen frischen Rosaton, und ihr Haar war zu einem lockeren Knoten zusammengebunden. Auch wenn sie nur das schlichte rote Kleid trug, das er für sie in Tours gekauft hatte, war sie trotzdem mit ihrer majestätischen Haltung zweifellos die eleganteste Frau in diesem Raum. Als er näher kam, spürte er, dass er keinen Ton herausbrachte.

Sara ließ einen Finger über das Blatt Papier gleiten und sagte: »Hast du bemerkt, dass auf dieser Weinkarte nur zwei Weine aus Kalifornien stehen? Ein Rotwein und ein Weißwein.« Sie zog einen Schmollmund.

Philippe hob die Hand, um sie zu unterbrechen. »Sara ...«

»Oh, und natürlich bietet das Hotel Krug's Champagner, aber das ist auch der einzige, der mit seinem richtigen Namen aufgeführt wird«, schnaubte sie.

Philippe setzte sich neben sie. »Sara ...«, begann er, und sie blickte zu ihm auf.

»Sie sind bankrott«, sagte Sara.

»Was?«

»Heath and Strong. Bankrott. Seit sechs Monaten.«

»Wie ...?«

Sara legte die Hand auf seinen Arm und senkte die Stimme. »Während du weg warst, habe ich mich mit dem Weinkellner unterhalten. Ich habe erwähnt, dass wir Wein herstellen und dass du dich mit Heath and Strong treffen würdest. Da sagte er, er müsse mich leider darüber informieren, dass Heath and Strong im Juni Bankrott gemacht hätten, ganz ohne Vorwarnung. Sie hinterlassen mehr als fünfzigtausend Dollar unbeglichener Schulden. Ihre Vermögenswerte sollen verkauft und das Geld zwischen den Schuldnern aufgeteilt werden.« Sara seufzte. »Es könnte Jahre dauern, Philippe.«

Philippe sackte in sich zusammen. »Das war es also? Wir haben keinen Regressanspruch?«

»Du kannst deinen Anwalt kontaktieren, damit er für dich eine Pfandverschreibung ausstellt. Du bekommst einen Teil zurück – wenn auch erst nach einiger Zeit.«

»Wie soll ich Lamont die Neunhundert zurückzahlen, die ich ihm schulde?«, murmelte Philippe und starrte auf den opulenten blauen Teppich, der quer durch die Eingangshalle verlief. Wem wollte er mit diesem Nobelhotel etwas vormachen? Ihm ging das Geld aus.

»Du erstattest ihm die Hälfte, und den Rest wird er selbst übernehmen müssen«, erwiderte Sara sachlich. »Das ist Geschäftsrisiko.« Trotzdem funkelte es in ihren Augen.

»Moment mal. Was hast du getan?«, fragte er misstrauisch.

Sara hob den Kopf und faltete die Hände, sie platzte fast vor Aufregung.

»Ich habe Monsieur Clisson, dem Weinkellner, eine Probe unseres Chenin Blanc angeboten«, sagte sie. »Habe ich dir schon erzählt, dass er aus Montlouis-sur-Loire kommt, auf der anderen Seite des Flusses? Er kennt natürlich Saint Martin. Ich habe ihm deine Karte gegeben und gesagt, er könnte uns bei Interesse seine Bestellung telegrafieren.« Sara lächelte.

»Und?«

»Er hat auf der Stelle zwanzig Kisten bestellt. Ich habe ihm vorgeschlagen, den etwas trockeneren Chardonnay von Eagle's Run zu probieren, und er hat zwei Kisten zur Probe bestellt.«

»Du hast das Geschäft ohne mich gemacht?« Philippe wusste nicht, ob er beeindruckt oder beleidigt sein sollte.

Sara verdrehte die Augen. »Was hätte ich sonst tun sollen? Auf die Zustimmung meines Ehemanns warten? Ich hätte mich lächerlich gemacht.«

»Zu welchen Zahlungskonditionen?«

»Die eine Hälfte sofort, die andere bei Lieferung.«

»Bist du dir sicher, dass er dafür der Richtige ist?«

»Das Parker ist eines der renommiertesten Hotels in Boston, Schatz. Jetzt wirst du aber paranoid.« Sara runzelte die Stirn.

»Das sind nicht meine üblichen Konditionen.« Philippe hob eine Augenbraue.

»Nein, aber ich habe eine Bedingung hinzugefügt.«

»Und die wäre?«

»Dass das Hotel unsere Weine als ›Saint Martin Chenin Blanc‹ und ›Eagle's Run Chardonnay‹ aufführt, damit die Gäste genau wissen, was sie trinken.«

Philippe starrte sie erstaunt an. Wieder einmal hatte er sie unterschätzt.

* * *

Philippe konnte es nicht mehr erwarten, nach Eagle's Run zurückzukehren. Es lagen noch mehrere Reisestunden vor ihnen, und er freute sich darauf, sich ausstrecken und ein dampfendes Bad nehmen zu können. Während Luc zufrieden mit Philippes Brieftasche spielte, beobachtete Philippe Sara aufmerksam. Sie saß ihm gegenüber und sah aus dem Zugfenster auf die Kühe und Schafe, die in der vorbeiziehenden kalifornischen Landschaft wie kleine Farbtupfer wirkten. Sie war zufrieden, und Philippe wollte, dass es so blieb.

»Sara, wir sollten über das Weingut reden.«

»Ja?« Saras Augen weiteten sich, was so reizend aussah, dass Philippes Herz höherschlug. Plötzlich war er nicht mehr in der Lage, sich an irgendetwas zu erinnern, und blinzelte bloß.

»Was?«, fragte sie und lachte.

Philippe spürte einen Kloß im Hals. »Du …« Er konnte die richtigen Worte nicht finden.

Sara beugte sich vor und küsste ihn, seine Lippen mit ihrer samtigen Zunge neckend. Als sie sich wieder zurücklehnte, musste Philippe tief Luft holen, um die Oberhand über seine Gefühle zu gewinnen.

»Aurora hat ein Telegramm geschickt. Die Winzervereinigung hält im Februar eine Versammlung ab. Sie fahren von Stadt zu Stadt und versuchen, Anbauer zu überzeugen, ihnen ihren Wein zu verkaufen. Sie wollen die Kontrolle über fünfundachtzig Prozent des Weins in Kalifornien haben, damit sie die Preise höhertreiben können.«

»Könnten wir dann immer noch direkt an unsere Käufer verkaufen?«

»Ich weiß nicht.«

»Wir sollten uns ihr Angebot anhören.«

Philippe sah auf die orangefarbene Sonne, die am Horizont hinter den westlichen Gebirgsausläufern niederging. »Ja, wahrscheinlich.« Der Gedanke behagte ihm nicht. Herdenmentalität war eine gefährliche Sache; er hatte schon den Untergang vieler Schafe gesehen, die blindlings den anderen gefolgt waren.

»Der neue Kellermeister macht seine Arbeit gut«, sagte er vorsichtig. »Ich kann es gar nicht erwarten, ihn dir vorzustellen – er ist ein ruhiger, effizienter Mann.« Philippe hatte Mac direkt nach Saras Abreise eingestellt, aber hatte es nicht über sich gebracht, einen Vorarbeiter oder Winzer einzustellen, um sie zu ersetzen. Dies waren Saras Aufgaben, und es wäre wie ein Eingeständnis gewesen, dass sie nicht mehr zurückkehren würde.

»Du hast wirklich einen Kellermeister gebraucht.«

»Ich habe mir etwas überlegt ...«, begann Philippe. »Jetzt, wo wir eine Familie sind und mit den neuen Weinreben diese Saison eine Rekordernte haben werden, brauchen wir vielleicht Hilfe ... du weißt schon, um die Ernte zu organisieren.«

»Oh, jetzt stellst du also jemanden ein, um mich zu ersetzen?«

Philippe legte eine Hand auf ihr Knie. »Beruhige dich, niemand will dich ersetzen.«

»Manche Frauen machen nichts lieber, als zu kochen und Kissen zu besticken – so bin ich nicht. Ich dachte, du würdest das verstehen«, erwiderte Sara.

Er lachte. »Natürlich verstehe ich das.«

»Trauben züchten und Wein produzieren, das sind meine Lieblingsbeschäftigungen.«

»Stell dein Licht nicht unter den Scheffel, Sara. Du hast mit Luc gute Arbeit geleistet, und du hattest vorher überhaupt keine Erfahrung mit Babys.«

»Ich bin in erster Linie eine Winzerin – Ehefrau und Mutter an zweiter Stelle.«

»Du bist all diese Dinge. Du bist meine Sara. Es ist nicht notwendig, feierliche Verkündungen zu machen.«

»Ich glaube nur, dass du es manchmal vergisst. Ich will meinen eigenen Wein herstellen«, sagte sie angriffslustig. »Glaube bloß nicht, dass sich das geändert hätte, nur weil ich dich geheiratet habe.«

»Gott bewahre!«, sagte er und fand sich mit einem Kompromiss ab. »Du wirst also weiterhin die Traubenzucht beaufsichtigen und mir bei der Weinherstellung helfen – aber ich werde mehr Leute für die Arbeit auf dem Weinberg einstellen. Mac Cuddy sagte, er könnte uns sehr fähige italienische Arbeiter besorgen, die für niedrige Löhne arbeiten.«

Sara zuckte mit den Schultern, aber ihr Mund verzog sich zu einem selbstzufriedenen Lächeln. »Wie du willst.«

Kapitel 6

Februar 1898, Eagle's Run

Sara lief durch die Weinreben und schienbeinhohen, leuchtend gelben Senfblumen, die gerade zu blühen begannen. Sie zog die kühle, frische Luft in ihre Lungen ein. Nach fast einem Monat im heißen Bauch eines Schiffes und in einem beengten Zug war Sara überglücklich, wieder zurück zu Hause in Kalifornien zu sein.

Ihre Unterhaltung mit Philippe hatte Sara beunruhigt. Wieso dachte Philippe überhaupt daran, einen weiteren Winzer einzustellen? Erwartete er wirklich von ihr, dass sie ihre Leidenschaft für die Weinherstellung aufgab, nur um Ehefrau und Mutter zu sein? Weibliche Winzer waren selten, doch sie existierten. Sie befürchtete, dass die Anforderungen des Ehelebens mit der Zeit ihre eigenen Ambitionen in den Hintergrund drängen könnten, falls sie nicht für ihren Platz im Familienunternehmen kämpfte.

Sie wanderte durch den südlichsten Hang des Weinbergs bis zur letzten kahlen Weinrebe und lenkte ihre Aufmerksamkeit auf den atemberaubenden Ausblick. Der äußere Rand von Carneros, wo die Flüsse von Carneros und Napa aufeinandertrafen, erschien wie der Rand der Welt. In der Entfernung schimmerten die salzigen Sumpfgebiete in der Wintersonne, und die kleinen Flüsschen zogen auf ihrem Weg zur Bucht von San Pablo Bogen und Kurven wie ein Irrgarten. Sie konnte den Schatten der Skyline von Richmond sehen und zu ihrer Rechten die sanften Kurven des Mount Tamalpais, der auch die »schlafende Prinzessin« genannt wurde. Vom Frühjahr bis zum Herbst herrschte an den kleinen südlichen Anlegeplätzen rege Betriebsamkeit. Lastkähne, die mit Heu, Hafer, Weizen, Aprikosen, Pflaumen und anderen Feldfrüchten beladen waren, segelten von hier aus zum Hafen von San Francisco.

An diesem Winternachmittag war jedoch alles still, und die Weinreben ruhten. Nach neun Monaten harter Arbeit hatten sie sich einen dreimonatigen Schlummer verdient. Sara griff in die lehmige Erde und drückte ihre Hand zusammen. Die kleinen, trockenen Erdklumpen zerbröckelten nicht zwischen ihren Fingern. Sie liebte die grobe, steinige Beschaffenheit dieser Erde, die so porös und ideal für den Anbau von Weintrauben war.

Sara ließ ihre Hand an einer delikaten Weinrebe entlanggleiten, über die gewölbte Stelle, an der die Rebe veredelt worden war, und zu dem zwanzig Zentimeter hohen Rohr, das für die Wintermonate zurückgeschnitten war, aber so hoch, dass die Weinreben nicht von Bakterien erreicht werden konnten. In fünf Wochen würden die ersten Knospen ausschlagen und die neue Wachstumsphase einleiten. Neunzig Tage später, in der Mitte des Sommers, würden die Trauben sich allmählich färben, weicher werden und ihren Geschmack und Zuckergehalt entwickeln, und weitere neunzig Tage später war es Zeit für die Ernte.

Doch jetzt war die Vorbereitungsphase. Sie beschnitten die Weinreben und reparierten die Eulenhäuschen. Nach dem Austrieb, wenn sie die Knospen zählten und die Ernte einschätzten, würden sie neue Flaschen und Fässer bestellen.

Voller Erwartung auf die nächste, hoffentlich ertragreiche Wachstumssaison spürte Sara Hoffnung, aber auch einen Anflug von Nervosität in sich aufsteigen.

* * *

Im allgemeinen Durcheinander und Lärm meldeten sich die Einwohner Napas lautstark zu Wort. Leidenschaftlich zankten sie miteinander, rissen die Fäuste in die Höhe und hämmerten auf Bänke – dabei hatte die Versammlung noch nicht einmal begonnen. Die Vorsitzenden der Kalifornischen Winzervereinigung betraten die Bühne in der renovierten Scheune. Jeder der Anwesenden war gespannt darauf, was Henry Crocker, der erste Vorsitzende, und Hotchkiss und Crabb, zwei der einflussreichsten Weinproduzenten des Bundesstaates, über das derzeitige Chaos zu sagen hatten.

Philippe und Sara nahmen gerade ihre Plätze in der Nähe der Tür ein, als ein Hämmern die Anwesenden zur Ordnung rief. Dreiundfünfzig Winzer aus dem Napa-Tal waren nach St. Helena eingeladen worden, damit der Vorstand die Weinhersteller davon überzeugen konnte, ihnen ihren Wein zu überlassen. Im Gegenzug wollte die Vereinigung für den Vertrieb und Verkauf der kalifornischen Weine im ganzen Land sorgen.

Mit neunzehn Millionen Gallonen voll gutem, verkäuflichem Wein der 97er-Ernte und weiteren zehn Millionen Gallonen von noch vorrätigen älteren Weinen war in Kalifornien genug Wein produziert worden, um mühelos zwei Jahre lang die Nachfrage bedienen zu können. Durch das Überangebot waren die Preise von durchschnittlich neunzehn Cent pro Gallone in diesem Jahr auf zehn gefallen – und die Preise fielen noch weiter. Die Vereinigung argumentierte, dass sie den Preis wieder auf achtzehn Cent hochtreiben könnte, wenn sie die Kontrolle über fünfundachtzig Prozent der Weinversorgung hätte.

Philippe hatte seine Zweifel. Er und andere Winzer hatten damit begonnen, ihre eigenen Verträge zu verhandeln, da die Vereinigung es in der Vergangenheit nicht geschafft hatte, bei den Spediteuren einen fairen Preis zu erzielen. Dennoch, die gestiegenen Bahnfrachttarife hatten es für Philippe teurer gemacht, Carneros-Weine an die Ostküste zu liefern, weshalb er den anderen Winzern aus Carneros versprochen hatte, die Versammlung zu besuchen und sich anzuhören, was Hotchkiss, Crocker und Crabb – und die anderen Winzer aus Napa – zu sagen hatten.

Sara starrte schweigend vor sich hin, obwohl es in ihr brodelte. Unklugerweise hatte er ihr vorgeschlagen, besser zu schweigen. Als eine von nur drei Frauen in dieser Männerversammlung war Sara ohnehin schon eine Zielscheibe für Kritik, und er wollte sich keine unnötigen Probleme einhandeln.

Hotchkiss legte seine Argumentation dar und beharrte darauf, dass die Winzer von Kalifornien sich zusammentun und den Vertrag unterzeichnen sollten. »Gebt uns einen größeren Prozentsatz des Weins, und wir können einen besseren Preis festlegen«, versprach er der murrenden Menge.

Seine Bemerkungen riefen lauten Widerspruch hervor. Philippe hörte zu, wie seine Kollegen jeden erdenklichen Einwand vorbrachten: »Ich brauche das Geld jetzt, nicht in sechs Monaten!«, »Wenn wir unterschreiben, verlieren wir die Kontrolle über unseren eigenen Wein und unsere Lebensgrundlage!«, »Sie kontrollieren bereits siebzig Prozent der Ernte – trotzdem sind die Preise gefallen, obwohl Sie für dieses Jahr achtzehn Cent versprochen haben. Warum sollten wir Ihnen noch mehr Kontrolle geben?«

Einige der Anwesenden jubelten zustimmend. Andere jedoch, offenbar auf der Seite der Vereinigung, verhöhnten die Abweichler. Die Versammlung versank im Chaos, und keiner der Männer aus dem Vorstand konnte sich mehr Gehör verschaffen. Philippe sprang auf und marschierte durch den Mittelgang nach vorn. Er winkte mit den Armen und lenkte so die Aufmerksamkeit wieder zurück zur Bühne.

»Meine Damen und Herren!«, rief er mehrmals. Der Hammer wurde wieder auf den Tisch geschlagen, und es kehrte Stille in die Versammlung ein. Philippe stellte sich vor. »Geben wir Mr Hotchkiss und Mr Crabb die Gelegenheit zu antworten. Wie die meisten von Ihnen betreibe ich auch auf eigene Rechnung Handel mit Händlern im ganzen Land …«

»Und listig wie ein Fuchs haben Sie sich das Geschäft mit der Kirche für sich allein geschnappt!«, rief jemand. Philippe sah, wie Sara von ihrem Platz aus mit wütendem Blick die Menge überflog, um den Störer ausfindig zu machen.

»Das ist unamerikanisch!«, brüllte ein stämmiger Sympathisant der Vereinigung unter seinem buschigen Schnurrbart hervor.

»Unamerikanisch? Ganz im Gegenteil, Wettbewerb – die besten Weine zu den besten Preisen, für die Öffentlichkeit oder die Kirche – ist eine sehr amerikanische Tugend«, rief Philippe den Pessimisten zu. Er war nicht der Meinung, dass er ein Monopol hatte; andere kleine Weingüter hatten schon vor Jahren Messwein geliefert. Doch da Eagle's Run letztes Jahr den größten Anteil der Aufträge von der Kirche erhalten hatte, waren seine Nachbarn verärgert.

»Ich bin mir sicher, dass die Vereinigung nicht beabsichtigt, unseren gesamten Eigenhandel einzuschränken. Die Vereinigung argumentiert, dass sie fünfundachtzig Prozent der kalifornischen Weinvorräte kontrollieren muss, um die Weinpreise hochzuschrauben. Lassen wir sie antworten. Meine Herren?«

Crabb begrüßte Philippe und sicherte den Winzern sofort zu, dass sie eine Vorauszahlung von drei Cent pro Gallone auf den Wein erhalten würden, den sie der Vereinigung überließen, und den Rest nach dem Verkauf des Weins. Dieses Versprechen beruhigte manche von ihnen. Crabb sagte, falls die anwesenden Winzer ihnen ihren Wein überlassen würden, könne die Vereinigung einen Mindestpreis von siebzehn Cent pro Gallone garantieren, indem sie das Weinangebot auf dem Markt drossele. Außerdem stehe es den Weinproduzenten frei, auf eigene Rechnung Handel zu betreiben, sofern er außerhalb des Bundesstaates Kalifornien stattfinde und nicht im Wettbewerb mit der Vereinigung stehe.

Die Hälfte der Winzer unterzeichnete den Vertrag sofort. Die andere Hälfte, darunter Philippe, verweigerte ihre Unterschrift, weil sie erst ihre eigenen Berechnungen und Risikoabwägungen anstellen wollte. Philippe wollte das Thema zunächst mit Sara besprechen.

Er half ihr auf das Fuhrwerk und setzte sich neben sie. Sie faltete die Hände und schwieg wie ein Grab. *Kein gutes Zeichen*, dachte er. »Also, was denkst du?«

Sara warf ihm einen scharfen Blick zu. »Oh, sollte ich etwa *denken*?«, blaffte sie ihn an. »Ich bin mir nie ganz sicher, wann das von mir erwartet wird.« Philippe hatte damit gerechnet, dass sie ihm die kalte Schulter zeigen würde. Um sie vor dem Hohn der anderen Winzer zu schützen, hatte er darauf beharrt, dass sie während der Versammlung schweigen sollte, aber Sara war weitaus fähiger als die meisten der Männer dort.

»Ich würde sehr gern deine Meinung zu dem Vorschlag der Vereinigung hören«, sagte Philippe in einem versöhnlichen Tonfall.

»Na gut. Soweit ich es verstanden habe, war die 93er-Ernte auch recht groß, aber danach folgten eine mittelgroße Ernte und zwei kleinere. Wenn wir annehmen, dass die Ernten von 1898, 1899 und 1900 klein bis mittelgroß werden, weil die 97er-Ernte groß war, dann sollten wir den Wein lagern, um die Nachfrage in den folgenden Jahren zu bedienen, wenn die Ernten niedrig sind. Wir können dies selbst tun oder einen Teil des Weins an die Vereinigung abgeben.«

»Ja, wir sollten einen Teil zurückhalten. Wenn wir den Wein direkt an die Händler abgeben, werden sie ihn nicht aufbewahren. Sie könnten nicht gereifte Weine auf den Markt bringen, was den Ruf kalifornischer Weine beschädigen würde«, stimmte Philippe zu.

»Aber ich traue der Vereinigung nicht. Wie können sie siebzehn Cent versprechen? Sie waren bisher nicht in der Lage, uns faire Preise zu bieten«, fuhr Sara fort.

»Es ist ärgerlich, dass wir die Entscheidung der Erzdiözese erst nach der Ernte erfahren werden. Wenn ich sicher wüsste, dass wir mit der Diözese einen Vertrag für dieses Jahr hätten, würde ich nicht unter dem Druck stehen, Wein an die Vereinigung zu verkaufen.«

»Trotzdem, wenn wir unterschreiben und ihnen einen Teil unseres Weins verkaufen, könnten wir vorübergehend die Herrschaften ruhigstellen, die auf unser Geschäft mit der Kirche neidisch sind«, sagte Sara.

»Da hast du wahrscheinlich recht. Konntest du sehen, wer der Zwischenrufer war?«

»Du nicht? Es war Boone Sumter. Er produziert gerade einmal magere fünfundzwanzigtausend Gallonen pro Jahr und macht sich so wichtig, als wäre er der Weinpionier Niebaum persönlich.«

»Er ist nur fuchsteufelswild, weil ich ihm zuvorgekommen bin, genau wie beim Kauf von Eagle's Run. Offenbar hatte er das Anwesen schon im Visier gehabt, bevor ich es gekauft habe.«

Sara runzelte skeptisch die Stirn. »Glaubst du wirklich, dass er den größten Weinberg in Carneros mit über zweihundert Morgen neu bepflanzt hätte, so wie du? Dazu ist er viel zu faul.«

Philippe lachte. »Du stichst wie eine Hornisse, mein Liebling. Vielleicht sollte ich dir den alten Sumter überlassen ...«

»Was palavert ihr zwei da?«, bellte eine Männerstimme hinter ihnen. Philippe drehte sich schnell um und sah Boone Sumter auf sie zukommen.

»Wir haben nur gerade über deinen Ausbruch während der Versammlung geredet, sonst nichts«, sagte Philippe gelassen.

Sumter blieb breitbeinig vor ihnen stehen, klappte sein Taschenmesser auf und reinigte mit der Messerspitze seine Fingernägel. »Du bist ein Betrüger, wenn du das Geschäft mit der Kirche an dich reißt, bevor der Rest von uns eine Chance hat.«

Sara wollte etwas einwenden. »Nein«, warnte Philippe, und aus irgendeinem Grund hörte sie auf ihn. Philippe stieg von dem Fuhrwerk herunter. Sumter war kleiner, aber breiter als Philippe, mit beträchtlich mehr Gewicht, also hob Philippe die Hände und blieb höflich. »Ich habe nie jemanden davon abgehalten, mit der Kirche zu verhandeln.«

Sumter blickte von einer Seite zur anderen. Philippes Freunde, Lamont und Gautier, gesellten sich zu ihnen. Sumter fuchtelte mit der Messerklinge in der Luft herum. »Und jetzt spielst du dich auf und weigerst dich, deinen Wein an die Vereinigung abzutreten? Das ist nicht sehr kollegial, oder?« Er verzog den Mund. »Du pisst gegen den Wind, Lemieux!«

Der Anblick seiner Freunde aus Carneros verlieh Philippe wieder Vertrauen in seine Entscheidung, mit der Unterschrift abzuwarten. »Das Risiko gehe ich ein«, erwiderte er.

Sumter spukte direkt vor seinen Füßen Tabak aus und entfernte sich. Lamont, der herbeigeeilt gekommen war, um seinen Freund im Notfall zu verteidigen, legte eine Hand auf Philippes

Schulter. »Man sagt, er hätte die Hälfte seiner Weinreben durch die Reblausplage verloren. Er ist wie ein wildes Tier im Käfig. Nimm dich vor ihm in Acht«, sagte Lamont. Philippe bedankte sich bei seinen Freunden mit einem Händeschütteln.

»Wurde Zeit, dass wir uns mal revanchieren konnten.« Gautier tippte an seinen Hut. Philippe hatte in der Vergangenheit für Lamont, Gautier und andere Winzer mit Händlern im Mittleren Westen und an der Ostküste Verträge ausgehandelt. Er konnte sich auf ihre Loyalität verlassen, und in dieser turbulenten Zeit der Preiskämpfe und Reblausplagen war es wichtig zusammenzuhalten.

Kapitel 7

März 1898, San francisco

Linnette schlang sich einen Wollschal um die Schultern, einen weiteren um den Kopf und wickelte Pippa in eine frische Decke aus dem Flickkorb, bevor sie sich mit ihr auf den Weg zur Lombard Street machte.

Sie hatte beim Arzt fünf Dollar für eine flüchtige Hals-Nasen-Ohren-Untersuchung ihrer Tochter bezahlt. Er hatte Pippa zwei Arzneimittel verschrieben und Linnette dringend angeraten, zur Apotheke zu gehen.

Der Arzt hatte gewarnt, dass Kleinkinder mit einer Lippenspalte, wie Pippa sie hatte, leichter empfänglich für Ohrentzündungen seien. Das beste Heilmittel war, zweimal am Tag einen Tropfen Teebaumöl in jedes Ohr zu geben. Vor dem Einschlafen sei ein warmer, mit Salz gefüllter Beutel an Pippas Ohr zu drücken. Er versprach, dass dies ihre Beschwerden lindern würde. Linnette hoffte es. In den letzten zwei Nächten hatte Pippa pausenlos geweint und war nicht zu trösten gewesen, bis Linnette das Kind an ihre Brust geschmiegt hatte und die beiden, auf Federkissen gebettet, fünf Stunden lang schlafen konnten.

An diesem stürmischen Wintertag lief Linnette von der Kreuzung der Scott Street mit der Lombard Street in Richtung Pacific Street. Ihr mangelte es an Schlaf, sie hatte kaum Geld, und ihre Nerven lagen blank. Sie war mit ihrer Flickarbeit in Rückstand geraten, und Tilda setzte sie unter Druck, ihren Anteil der Miete herauszurücken. Linnette wusste zwar, wie sie auf schnelle Weise Geld verdienen konnte, doch das hätte bedeutet, das Versprechen zu brechen, welches sie sich erst drei Monate zuvor bei Pippas Geburt gegeben hatte.

In jedem annehmbaren Freudenhaus in Tenderloin könnte sie in einer Stunde zwei Freier unterhalten und zwanzig Dollar verdienen. Wenn Tildy sich einen Abend pro Woche um Pippa kümmern würde, könnte eine junge Frau mit einem hübschen Gesicht und vollem Busen wie Linnette in den Pausen hinter den dicken Vorhängen der Separees im Midway Plaisance die Besucher unterhalten.

Doch jetzt, da Pippa da war, drehte sich ihr der Magen um bei der Vorstellung, sich zu verkaufen. Ihr Herz gehörte Philippe, und sie konnte den Gedanken, sich mit anderen Männern zu erniedrigen, nicht ertragen.

Das Teebaumöl stellte sich als viel teurer heraus, als Linnette erwartet hatte, und der Apotheker war äußerst unfreundlich. Als Pippas Decke verrutschte und ihre Lippenspalte zum Vorschein kam, runzelte der Mann die Stirn. »Was um Himmels willen … was ist *das*?« Linnette drückte Pippa an sich und bedeckte ihr Gesicht. Der Apotheker schob Linnettes Einkäufe an den Rand der Theke. Münzen klirrten, als er ihr Wechselgeld fallen ließ. »Bitte nehmen Sie Ihre Medizin, Miss, und kehren Sie nicht mehr zurück.«

Linnette spürte einen Druck auf der Brust, und all ihre Energie schien aus ihrem Körper zu weichen. Sie blieb stehen und starrte den Apotheker wütend an. Er sollte sich schämen, ihr Kind wie eine Aussätzige zu behandeln. Doch er wandte sich ab und begann, die Regale aufzufüllen.

Zurück auf der Straße heulte der Wind so stark, dass Schmutz von der Straße aufgewirbelt und in Linnettes Gesicht geschleudert wurde. Sie hielt Pippa fest an sich gedrückt, senkte den Kopf und beeilte sich, schnell mit ihr nach Hause zu kommen, wo ein warmer Kamin auf sie wartete.

Der Arzt hatte ihr von einer Operation erzählt, mit der Pippa geheilt werden könnte, aber sie kostete über zweihundert Dollar. In ihrem Herzen wusste sie, dass Pippa ohne die Operation ausgegrenzt werden würde, aber im Augenblick war Linnettes größte Sorge, wie sie sich Miete, Essen und Arzneimittel leisten konnte. Linnette standen nur zwei Möglichkeiten zur Verfügung, an Geld zu kommen: Sie konnte Philippe darum bitten oder es sich verdienen.

Linnette fürchtete sich so sehr vor Philippes Reaktion, dass sie ihn nicht um Geld bitten wollte. Jetzt, wo er eine neue Frau hatte, würde er sie und Pippa vielleicht zurückweisen. Ihr wurde es schwer ums Herz, als sie realisierte, dass das Freudenhaus der beste Weg für sie war, schnell und unkompliziert an Geld zu kommen.

Kapitel 8

Mai 1898, Eagle's Run

Um sieben Uhr morgens erschien Philippe in der Weinkellerei. »Sara«, bellte er sie an und steckte den Kopf in die Öffnung des Fasses, »würdest du bitte den Kellermeister seine Arbeit machen lassen?« Mit Philippes Arbeitsstiefeln und einer Regenjacke bekleidet, hockte Sara in dem Fass und schrubbte die Fassdauben mit Soda und heißem Wasser ab. Philippe warf Mac einen entschuldigenden Blick zu, doch Sara arbeitete ungerührt weiter.

Als er noch jünger gewesen war, hatte Mac Cuddy Frachtkähne von Cuttings Wharf nach San Francisco gebracht, bis er für die Gebrüder Beringer bei Los Hermanos gearbeitet hatte, wo er in den letzten zehn Jahren als Kellermeister beschäftigt gewesen war. Er kannte sich mit den besonderen Anforderungen aus, die für die Herstellung von Messwein erfüllt werden mussten, und hatte südlich von Napa nach Arbeit gesucht, um näher bei seiner Schwester aus Vallejo zu sein. Laut Philippe hatte er eine ausgezeichnete Referenz von Jacob Beringer bekommen. Bei dem Gedanken an Macs überraschtes Gesicht, als sie sich als Philippes Winzerin vorgestellt hatte, musste Sara jetzt noch kichern. Es machte ihr ziemlich großen Spaß, Leute zu schockieren.

»Ich zeige Mac nur gerade, wie viel Mühe wir uns geben, unsere Ausstattung blitzblank zu schrubben.« Sara lächelte den Kellermeister an, der sie mit einem merkwürdigen Blick musterte. Glücklicherweise schien Mac Cuddy sich nicht von einer Frau mit eigenen Vorstellungen bedroht zu fühlen. Er war das jüngste Kind einer irisch-katholischen Familie, mit fünf älteren Schwestern und einer verwitweten Matriarchin, die angeblich mit eiserner Faust und der Macht ihres preisgekrönten selbst gebackenen irischen Brotes den Haushalt regiert hatte. Er hatte Sinn für Humor, was Sara gefiel. »Spritz die Fassdauben ab, Mac. Kaltes Wasser, bis sie sauber sind.«

»Nimm dir den Tag frei, damit Mac hier seine Arbeit machen kann«, neckte Philippe sie und half ihr aus dem Fass. »Aurora nimmt dich mit in die Stadt, wo du dir ein neues Kleid und neue Schuhe kaufen kannst, und danach zum Hutmacher. Morgen gehen wir zu einem Picknick.«

»Wo?« Es musste sich um eine ziemlich wichtige Angelegenheit handeln, wenn Philippe wollte, dass sie sich eine neue Ausstattung zulegte. Ihre Nachbarin Aurora würde eine wunderbare Einkaufspartnerin abgeben. Seit Saras Ankunft in Napa war sie wie eine Ersatzmutter für sie. Aurora war verwitwet, Professorin für Landbau und Frauenrechtlerin – bei ihrer Geburt schien sie eine Extraportion Mut und Tatkraft abbekommen zu haben. Sara bewunderte niemanden so sehr wie sie.

»Wir wurden zu einem Fest der italienisch-schweizerischen Kolonie in Asti eingeladen. Wir können den Zug morgen um zehn Uhr nehmen und spätabends zurückkommen.«

»Oh ... werden viele Leute kommen?«

»Über zweihundert Winzer, Bänker, Richter des Obersten Gerichtshofs, Millionäre ...«

Sara verdrehte die Augen, um ihre Nervosität angesichts einer so vornehmen Feier zu verbergen.

Bei ihrem Ausflug in die Stadt an diesem Nachmittag sprudelte Aurora vor Ideen über. Sie half Sara bei der Wahl eines Sommerkleides aus Seide und Baumwolle und eines passenden Sonnenschirms. Sara mochte die üppigen Rüschen an den Ärmeln nicht, doch Aurora beharrte darauf, dass Sara sich nicht wie eine Bauersfrau kleiden könnte, wenn sie sich unter die Prominenz von San Francisco mischen wollte. Sie wolle schließlich auf der Feier wie ein Gast und nicht wie eine Bedienung erscheinen. Dies war ein guter Rat, und Sara besaß nun zusätzlich zu ihrem schönen Ausgehkleid für den Winter auch ein elegantes Sommerkostüm, inklusive der passenden Schuhe. Mehr brauchte sie nicht.

»Was hast du mit meiner Frau gemacht?«, fragte Philippe, als sie wieder zu Hause war. Er beäugte jedes Detail von Saras Ensemble. Er machte eine drehende Handbewegung, und Sara wirbelte herum. Aurora strahlte und nickte so sehr, dass ihre rotbraunen Locken wippten.

»Gefällt es dir?« Mit den krausen Spitzen am Ausschnitt fühlte Sara sich etwas albern. Zum Glück war der Schnitt der Ärmel und Röcke in den letzten Monaten schmaler geworden, und mit ihrem Korsett sah sie schlank und zugleich kurvig aus.

»Ich glaube, du bist ein viel zu modisches Wesen, um tatsächlich meine Frau zu sein.«

* * *

Der Zug tuckerte vor sich hin und kündigte vor jeder Haltestelle seine Ankunft mit einem schrillen Ton an. Die Reichen und Mächtigen von San Francisco waren schon vorher eingestiegen, und jetzt beobachteten Sara und Philippe, wie ihre Nachbarn aus Sonoma und Santa Rosa hereinströmten, die zwar nicht annähernd so elegant wie die Stadtbewohner waren, aber weitaus interessanter.

Am Bahnhof wartete eine Kolonne von Kutschen, um die Gäste zur Kolonie zu bringen, dem Zuhause italienischer und schweizerischer Familien, für die der Anbau von Früchten auf ihren zweitausend Morgen Land mehr bedeutete als nur die Herstellung von Wein. In der Kolonie wurden die Atmosphäre, der Geruch und Geschmack von Italien und der Schweiz nachgestellt – hier in Kalifornien. *Welche Ironie*, dachte Sara. Jetzt, wo sie in Amerika lebte, hatte sie mehr Gelegenheiten, in andere europäische Kulturen einzutauchen, als sie es in Europa je gehabt hatte!

Als sie auf dem Weingut angekommen waren, hakte Sara sich bei Phillippe unter, und gemeinsam folgten sie der Menge durch eine Reihe süß riechender Fliederbüsche in die riesigen Gebäude der Winzerei. Bei der Führung durch die Räume bewunderte Sara den gigantischen Gärkeller, in dem sich achtzig Becken befanden, so hoch wie drei Männer, sowie die ungeheuerlich großen anderen Keller, wo die Fässer fünffach aufeinandergestapelt waren.

»Warte, bis du siehst, was als Nächstes kommt«, flüsterte Philippe.

Sara hätte es sich in ihren wildesten Träumen nicht ausmalen können. Sie gingen auf den breiten Betonbau zu, der dem unteren Teil einer ägyptischen Pyramide ähnelte. Eine ehrfürchtige Stille legte sich über die Menge, und es war nichts zu vernehmen außer einem gelegentlichen »Ooh« oder »Aah«.

Leise setzte Philippe zu einer Erklärung an. »Es wurden eintausend Fässer Zement und sechstausend Fässer Sand und Kies aus dem russischen Flussbett verwendet. Fünfzig Männer haben fünfzig Tage und Nächte lang daran gearbeitet. Sobald die fünfhunderttausend Gallonen Wein mit Dampf hineingepumpt wurden, wird die Halterung oben hermetisch versiegelt. Sie haben es im März ausgeleert.«

Sara fiel die Kinnlade herunter. »Woher weißt du das alles?«

»Die Männer, die die Weinreben auf Eagle's Run veredelt haben, wohnen alle hier. Letzte Woche habe ich ein paar von ihnen in der Stadt getroffen. Sie haben mir das alles erzählt und uns zu ihrer Feier eingeladen. Ist das nicht beeindruckend?«

»O Gott, ja – es ist das achte Weltwunder«, sagte Sara ehrfürchtig.

Philippe lachte. »In der Tat, aber das Beste kommt erst noch.« Philippe wurde von den Italienern unterbrochen, die nebeneinander auf der Zisterne standen und in die Hände klatschen, um die Aufmerksamkeit der Menge auf sich zu lenken. Der Präsident der Handelskammer winkte mit den Händen und begann seine Rede.

Nachdem er dem Vorsitz der italienisch-schweizerischen Kolonie und den anwesenden Würdenträgern gedankt hatte, lud er die Gäste ein hereinzukommen. Die Menge brach in großen Jubel aus, und die Gäste stellten sich an, um über die Betontreppe auf das Dach der Zisterne zu steigen. Das flache Dach war mit einem Garten aus eingetopften Tulpen dekoriert, und sechs Steinpfade führten wie Sonnenstrahlen von dem ringförmigen Brunnen in der Mitte bis zu seinen Rändern. Unterhalb des Brunnens, aus dem keine Flüssigkeit floss, befand sich ein etwa ein Meter breites Loch, der Eingang zu dieser riesigen Weinzisterne. Von hier aus stiegen die Gäste über eine vierundzwanzigstufige Wendeltreppe in den Speicher hinunter.

Es tat gut, der heißen Mittagssonne zu entkommen und den kühlen, feuchten Speicher zu betreten. Die verglasten Wände hatten durch den Chianti, der seit fünf Monaten hier reifte, eine satte lila Farbe bekommen. Nachdem auch der letzte Gast den Speicher betreten hatte, stellte sich ein fröhlicher italienischer Mann auf eine kleine Leiter und rief: »*Buongiorno!*«

Über eine Minute lang echote das *Buongiorno* von Wand zu Wand, bis es schließlich verklang, und die Menge belohnte diesen akustischen Trick mit einer Runde Applaus.

Der nächste Teil dieser vergnüglichen Führung bestand aus einem kleinen Spaziergang über den viridiangrünen Rasen an dem leuchtenden Rosa, Gelb und Weiß der Rosengärten vorbei zum Bankettain, wo sie unter einem üppigen Dach aus Zweigen und Rankpflanzen speisten. Die Kellner waren Jugendliche aus der italienisch-schweizerischen Kolonie. In ihre heimische Landestracht gekleidet servierten sie die vornehmen Speisen mit der Anmut von Quadrille-Tänzern. Die Gäste saßen an mit weißen Tüchern bedeckten Tischen, tranken Chablis und Chianti aus Kristallgläsern und spießten das kalte Hammelfleisch mit Besteck aus echtem Silber auf. Sara nahm die Szene in sich auf: über zweihundert Gäste, zehn pro Tisch, klirrendes Silber, leuchtende Gesichter, eine fröhliche, feierliche Stimmung lag in der Luft. Sie war in einem neuen Land, mit neuen Freunden und ihrem neuen Ehemann – könnte es einen schöneren Tag geben?

Nach mehreren Ansprachen und Vorstellungen entschuldigte Philippe sie beide am Tisch und ging mit Sara zur Obstplantage. Sie war erleichtert, den Albereien der anderen Gäste zu entkommen, die sich nach mehreren Gläsern Wein jetzt gegenseitig die Stühle wegzogen und mit Servietten nacheinander warfen.

»Gefällt es Ihnen, Mrs Lemieux?«

»Ich habe mich noch nie mehr vergnügt.«

»Noch nie?« Philippe zwinkerte ihr zu.

Sara knuffte seinen Arm. »Nicht in Gesellschaft!« Sie freute sich über seine Aufmerksamkeit. Philippe war den ganzen Tag über immer in ihrer Nähe geblieben; seinen Arm um ihren geschlungen hatte er seine Hand auf ihre gelegt oder ihre Hand gehalten, als sie die Treppe hinabstieg. Sie waren vollkommen miteinander vertraut.

Philippe führte sie tiefer in den Obstgarten und blieb vor einem Birnbaum stehen. Er warf seinen Strohhut auf das Gras und breitete seine Jacke unter den Zweigen aus, damit Sara sich setzen konnte. Als er sich hinlegte und den Kopf auf ihrem Schoß ruhen ließ, spannte sie sich an. »Hier ist kein Mensch, mein Liebling«, beruhigte Philippe sie. »Und außerdem sind wir verheiratet.«

»Du scheinst zu glauben, dass dir die Ehe alle möglichen Freiheiten gibt«, neckte Sara ihn.

Philippe grinste entspannt. »Ich lasse nur gerade den Wein auf mich wirken. Du solltest es auch mal versuchen.«

Sara sah in sein Gesicht. Sie bewunderte sein sandfarbenes Haar und die zimtfarbenen Wimpern über den hohen Wangenknochen und dem markanten Kinn. Er sah aus, als hätte Gott ihn aus Marmor gemeißelt. Sara wischte ihm ein paar Haarsträhnen aus der Stirn und seufzte. An den Baumstamm gelehnt spürte sie durch den dünnen Stoff ihres Kleides die raue Rinde an ihrer Haut. Der Tag roch nach Flieder, frisch geschnittenem Gras und Chianti.

Sara wurde von kokettem Gekicher und keuchendem Atmen aus ihrem Schlummer gerissen – und die Geräusche kamen näher.

Etwa zwanzig Schritte entfernt kam eine junge Frau aus dem Apfelbaumwäldchen gesprungen. Ihr offenes goldblondes Haar flog wie ein Schleier hinter ihr her, als sie im Zickzack rannte. Ihr folgte ein junger Mann, der laut »Isla!« rief. Sara nahm an, dass sie nicht zu den Gästen gehörten, da er die Kellnertracht trug und sie einen einfachen Rock, dessen Schürze mit Mehl bestäubt war. Als er sie endlich erreicht hatte und seinen Arm um ihre Taille schlang, lehnte sie sich zurück und erwiderte seinen langen, stürmischen Kuss.

Bevor Sara verstanden hatte, was vor sich ging, war Philippe schon auf den Beinen. »Giuseppe!«

Der junge Mann hielt inne und drehte sich um. »Filippo? Ah, Filippo!« Er schien kein bisschen verlegen zu sein und nahm das Mädchen an der Hand, um sie Philippe vorzustellen.

Obwohl Sara nichts verstand, schaffte sie es, ein *buongiorno* und mehrere *grazie* herauszubringen. Philippe unterhielt sich ungezwungen auf Italienisch und Englisch mit Giuseppe. Giuseppes Freundin flüsterte ihm etwas ins Ohr, senkte den Blick und machte einen kleinen Knicks, bevor sie eilig wieder zum Bankett zurücklief.

Durch die Nachmittagshitze ein wenig benommen, ließ sich Sara auf Philippes Jacke sinken und fächerte sich mit seinem Hut Luft zu. Die beiden Männer unterhielten sich noch etwa zwanzig Minuten lang und hielten nur einmal inne, um in Richtung des Bankettthains zu zeigen.

Das schmetternde Geräusch einer Trompete beendete ihren Gedankenaustausch. Giuseppe gab Philippe die Hand, verbeugte sich vor Sara und erkundigte sich dann bei Philippe: *»Noi danziamo, va bene?«*

»Si!«, antwortete Philippe mit Begeisterung. Er drehte sich zu Sara um, die etwas verwundert war, und half ihr vom Boden auf.

»Was ist los?« Sara strich über ihren zerknitterten Rock.

»Die Party ist in vollem Gang. Komm mit – ich zeig's dir.«

Sie gingen zurück in die Richtung der riesigen Weinzisterne.

»Worüber habt ihr beiden geredet?«

»Tut mir leid, ich hatte nicht vorgehabt, dich auszuschließen. Giuseppe hat so schnell gesprochen, dass mir keine Zeit zum Übersetzen geblieben ist. Ich wollte mich nur an alles erinnern können, was er gesagt hat.«

»Worüber?«

»Giuseppe hat sehr fachmännisch meine Weinreben veredelt und schon mit acht Jahren Apfel-, Birn- und Olivenbäume angepflanzt. Sein Vater ist der Obstbauer der Kolonie.«

»Wirklich!«, sagte Sara erstaunt. »Mit seinem Wissen und dem von Aurora sind wir bestens gerüstet!«, sagte sie aufgeregt, doch dann ertappte sie sich. »Aber weshalb sollten wir auf Eagle's Run eine Obstplantage errichten, bevor wir neue Weinreben auf Saint Martin anpflanzen?«

»Es ist so, Sara …«, Philippe hielt inne und lehnte sich an einen Baum, »das Pflanzen von Obstbäumen ist billiger und erfordert weniger Arbeit. Im kleinen Rahmen können wir es selbst machen.«

Sara stöhnte frustriert auf. »Vielleicht, aber es wird Jahre dauern, bis die Bäume Früchte tragen, genau wie bei den Weintrauben«, warnte sie und wandte sich ab. Philippe ergriff ihre Hand und zog sie zu sich herum. »Du wirst dein Versprechen nie einlösen, oder?«, fragte sie vorwurfsvoll. »Wir benötigen für Saint Martin nur drei Hektar neuer Weinreben. Das wird uns doch sicher nicht in den Ruin treiben!«

»Nicht so laut!« Philippes Griff wurde fester. »Du verstehst mich nicht, Sara.« Er stockte. »Wir haben dieses Jahr wegen dieses verdammten Preiskampfs vierzig Prozent unserer Einnahmen verloren, über zehntausend Dollar. Für die Obstplantage muss ich einen Teil des Geldes von meinem Großvater nehmen. Wir können jetzt keine Zeit damit verschwenden, noch mehr Weintrauben anzupflanzen. Wir brauchen Äpfel, Birnen, alles, was sich günstiger ernten lässt.«

Schockiert darüber, dass er ihr diese Details vorenthalten hatte, stolperte Sara zurück. Kein Wunder, dass er in Bezug auf ihre Finanzen so geheimnisvoll gewesen war. Eagle's Run befand sich am Rand der Insolvenz. Ihr spukten Tausende von Fragen durch den Kopf, aber Sara drängte sie fürs Erste in den Hintergrund. Fassungslos fragte sie ihn: »Was ist jetzt unser Plan?«

Philippe holte tief Luft und erklärte. »Wir müssen Löcher mit etwa einem Meter fünfzig Tiefe graben, im Abstand von zehn Schritten, und die Bäume nach Obstsorte gruppieren. Wir pflanzen sie auf den Hängen der Gebirgsausläufer, nicht zu hoch und nicht zu niedrig. Die Bäume sollten kerzengerade eingepflanzt, aber dann leicht in die Windrichtung gedrückt werden. Giuseppe sprach auch über Bakterien.« Philippe ging zwischen den Bäumen hin und her, ließ die Hand über die glatte Rinde eines Baums gleiten und untersuchte die Blätter eines anderen Baums. »Er sagte, wir sollten hierher nach Asti kommen und die besten Exemplare der Bäume finden, die wir gepflanzt haben. Wir sollten Erde von den Bäumen in Asti mitnehmen und für unsere verwenden. Er sagte, das würde immer funktionieren.«

»Wie viele Bäume?«

»Ich bin mir nicht sicher. Hundert?«

»Hm. Na gut«, willigte Sara ein. »Und Saint Martin?«

Philippe legte eine Hand auf ihre Schulter. »Nur Geduld, mein Liebling.«

Es waren zwei weitere Gläser Wein notwendig, damit sich Saras Verärgerung ein wenig legte. Sie gesellte sich zu Philippe und den anderen Feiernden, die in der kühlen Weinzisterne Strauss-Walzer und Twostepp tanzten. Sara tanzte, wie sie zuletzt zu Lebzeiten ihres Vaters getanzt hatte. Sie amüsierte sich köstlich, als Philippe ihr den Cakewalk vorführte und sie ihn nachahmte. Er wirbelte sie auf der Tanzfläche herum, bis es schließlich Zeit für ihren letzten Zug war.

* * *

Sara und Philippe hoben einen Eimer nach dem anderen aus dem Fuhrwerk. Sie hatten insgesamt zwanzig Eimer mit Erde aus den Obstplantagen der Kolonie mitgebracht, und auf jedem Eimer stand, für welche Obstart die Erde bestimmt war.

Sie pflanzten je fünfundzwanzig Apfel-, Birnen- und Aprikosenbäume auf die südlichen Gebirgsausläufer von Eagle's Run. Luc bereitete es großen Spaß, seine Hände in die Eimer zu tauchen, die Erde um jeden Baum herum zu verteilen und festzuklopfen, damit die Nährstoffe einsickern und die Wurzeln versorgen konnten.

Sara hatte unterschätzt, wie viel Zeit und Kraft das Errichten einer Obstplantage kostete: Vor der Weintraubenernte hatten sie nur Zeit, fünfundsiebzig Bäume zu pflanzen. Noch drei Jahre, und die Bäume würden Früchte tragen. Doch wie konnten sie *jetzt* Geld verdienen?

Kapitel 9

September 1898, San francisco

Linnette hatte drei Stunden Zeit, um dreißig Dollar zu verdienen. Wenn sie sparsam war, könnten sie und Pippa mit dem Geld drei Monate lang über die Runden kommen.

Ihre Zimmergenossin Tildy hatte ihr angeboten, an diesem Abend auf Pippa aufzupassen, weil sie ihre Miete bekommen wollte. Sie schnürte gerade Linnettes Korset enger, während diese ihre Brüste anhob, soweit es die Schwerkraft zuließ. Dann zog Linnette sich ein pfirsichfarbenes Seidenkleid über den Kopf, welches ihr lose von den Schultern hing und etwas unmodern war, aber sie war sich sicher, dass ihre Frisur den Mangel des Kleides ausgleichen würde.

Tildy ordnete Linnettes Haare mit flinken Fingern und einem Blick für Details in lockeren Wellen an, mit einer weichen Locke in der Stirn und zusammengesteckten Haaren im Nacken. Drei horizontale Haarrollen am Hinterkopf wurden seitlich mit zwei Kämmen aus Schildplatt zusammengehalten und eine elegante cremefarbene Seidenrose daran befestigt. Linnette besprühte sich mit Coudrays Veilchenparfum, welches ihr ironischerweise Philippe geschenkt hatte.

Madame Beaumont hatte versprochen, sie könnte es einen Abend lang versuchen. Linnette hatte gelogen und gesagt, sie sei zwanzig, nicht vierundzwanzig. Die meisten Mädchen dort waren zwischen zehn und zwanzig Jahre alt – Linnette hatte erst mit vierzehn angefangen.

Sie kam absichtlich mit fünfzehn Minuten Verspätung an, um einen perfekten Auftritt zu haben und einen wohlhabenden Gentleman auf sich aufmerksam zu machen. Der Salon an der Vorderseite des Hauses im italienischen Stil war klein, sehr warm und voller elegant gekleideter Kunden, die mit aufreizend zurechtgemachten Mädchen zugange waren. Überall auf der teuren Einrichtung lagen Körper ausgebreitet, manche vom Opium berauscht, andere an Hähnchenkeulen kauend und Rotwein trinkend. Linnettes Magen überschlug sich bei der Mischung aus ekelhaft süßlichem Parfum und pikantem Hühnerfett. Sie war viel zu nüchtern für diese Gesellschaft. Aber dennoch hatte sie vor, ihren Plan in die Tat umzusetzen, damit ihre kleine Pippa sich nie auf diese Weise erniedrigen müsste.

Linnette war sich bewusst, dass sie immer noch strahlend schön war und jeder Mann hier sich glücklich schätzen könnte, sie zu berühren. Sie ging zum Büfett und füllte ihr Kelchglas bis zum Rand mit Wein. Nach drei Schlucken breitete die Wärme des Alkohols sich in ihr aus, und ihre Muskeln entspannten sich.

Madame Beaumont trat in die Zimmermitte. »Meine Herren, wir haben heute Abend etwas ganz Besonderes für Sie. Mademoiselle Cross, die mehrere Jahre lang unabhängig beschäftigt war, steht heute Abend für Ihre Unterhaltung zur Verfügung. Sie hat großes Talent, und daher wird heute Abend für sie fünf Dollar extra verlangt.«

Linnette nickte dankend und schenkte mehreren Männern ein falsches Lächeln, die ihre Weinkelche abgestellt und ihre

Pfeifen weggelegt hatten, um sie anzugaffen. An ihren verzweifelten, lüsternen Blicken konnte sie ablesen, dass keiner von ihnen ein vollendeter Liebhaber war. Immer noch lächelnd ging sie zu einem leeren Lehnsessel und nahm neben einem Geschäftsmann mittleren Alters Platz. Linnette lehnte sich vor, enthüllte offenherzig das volle Ausmaß ihres Dekolletés und murmelte: »Ich hoffe, das Wetter ist nach Ihrem Geschmack, Sir.«

Es war nach seinem Geschmack.

Er war unattraktiv. Sein Bauch hing ihm über den Gürtel, und er hatte einen buschigen, schwarzen Bart, doch er war hochmodern gekleidet. Linnette ließ sich von ihm in eines der Zimmer im oberen Stock führen, wo er begann, sie auszuziehen. Als er versuchte, die Knöpfe ihres Kleides zu öffnen, kam er mit seinen ungeschickten Fingern nicht weiter. Schließlich erledigte sie die Aufgabe selbst und zog sich bis auf Korsett und Schlüpfer aus. Er beobachtete sie mit glasigen Augen. Als sie sich zu ihm auf das Bett setzte, betatschte er ihre Brust. Sein heißer Atem roch nach gekochten Zwiebeln, und seine Hände waren noch fettig von der Hähnchenkeule, an der er vorhin genagt hatte.

Er ist wirklich ein Scheusal, dachte Linnette und versuchte, ihre Abneigung zu verbergen, indem sie ihr Lieblingslied vor sich hinsummte, »San Francisco Sadie«, während sie seine rote Seidenweste öffnete. Sie musste das hier schnell hinter sich bringen, damit sie wieder zu Pippa zurückkehren konnte. Doch plötzlich begann er, hin- und herzuschwanken und die Augen zu verdrehen. Mit einem dumpfen Schlag fiel er auf das Bett zurück und begann sofort zu schnarchen.

Linnette verschwendete keine Zeit. Sie zog ihn bis auf die Haut aus und deckte ihn zu. Sie zerknautschte die Bettlaken und schlug mit der Handkante auf dem neben ihm liegenden Kissen eine Einbuchtung in der Größe eines Kopfes. Sie zuckte zusammen, als sie sich ein paar Haare ausriss und sie zusammen mit der Seidenrose aus ihrem Haar auf dem Kissen arrangierte – ein Souvenir für diesen grässlichen Tölpel.

Linnette zog sich an und durchkämmte seine Sachen. Sie zog fünfzig Dollar aus seiner Hosentasche, ließ zwanzig davon unten in der Kasse für Madame Beaumont und schlenderte zur Tür hinaus.

Kapitel 10

September 1898, Eagle's Run

Philippe und Mac luden gerade die zweite Ladung Trauben in die Presse, als Monsignore O'Brien ankam. Er trug seine mit dreiunddreißig Knöpfen versehene Soutane und auf dem Kopf einen schwarzen Hut. In der Hand hielt er eine Ledertasche und einen Gehstock. Er gab eine fröhliche Erscheinung ab mit seinen lebhaften braunen Augen, der fleischigen, pockennarbigen Nase und rötlichen Gesichtsfarbe. Er blieb im Eingang zur Weinkellerei stehen, nahm den Hut ab, ließ die Tasche fallen und rieb sich die Hände. »Das sieht nach Spaß aus!«

Philippe schüttelte dem Geistlichen die Hand. »Willkommen auf Eagle's Run, Monsignore.« Philippe war schon seit Wochen voller Anspannung. Sein Vertrag mit der Erzdiözese hing davon ab, ob er O'Brien davon überzeugte, dass der Messwein nach den Regeln des kanonischen Rechts produziert wurde. Seine Billigung war das einzige Urteil, das zählte.

»Wird der *curé* sich uns heute auch anschließen?« Philippe war überrascht, dass Vater Price, ihr neuer Priester in Napa, nicht dabei war, denn er ließ sich normalerweise keine Gelegenheit entgehen, sich bei Vorgesetzten einzuschmeicheln.

»Er hatte es vor – doch nachdem ich ihm klargemacht habe, dass ich auf dem Weingut arbeiten wollte, bis zu den Ellenbogen in Traubenbrühe, hatte er plötzlich Bedenken. Angeblich muss er die Sonntagspredigt vorbereiten.« Listig fügte er hinzu: »Man will ja niemanden enttäuschen.«

Philippe musste ein Lachen unterdrücken. Sie würden bestens miteinander auskommen.

Philippe kam wieder zur Sache und warf einen Blick auf die Soutane des Geistlichen. »Wenn Sie es ernst mit dem Helfen meinen, *père*, ziehen Sie am besten Arbeitskleidung an.«

O'Brien klatschte aufgeregt in die Hände. »Zeigen Sie mir, wo ich mich umziehen kann, guter Mann.«

Nachdem er sich umgezogen und die Hände unter der Pumpe gewaschen hatte, führte Philippe ihn wieder zur Weinkellerei zurück. »Haben Sie schon viele Winzereien inspiziert?«

O'Brien grinste. »Ich habe schon viele Weine inspiziert, aber dies hier ist mein erster Auftrag für den Erzbischof. In den letzten zwei Jahren war ich als Gemeindepriester in Monterey tätig.«

Dies könnte sich für Philippe als Vorteil herausstellen. Er konnte O'Brien einfach erzählen, was er wissen musste, und darüber hinaus würde der Priester wahrscheinlich nicht genügend Kenntnisse haben, um Fragen zu stellen.

Philippe brachte O'Brien in den dritten Stock und zeigte auf die Pferde und den Aufzug unter ihnen. »Dies nennen wir das Schwerkraftprinzip. Die Trauben werden hier hochgebracht und in diese Presse geschüttet, wo sie durch gerippte Walzen bewegt werden, sodass die Schale abgelöst wird, aber die Samen intakt bleiben. Danach kommen sie in diese Entstielungsmaschine.« Philippe deutete auf die Trichter im Boden. »Das Fruchtfleisch fließt hinunter zur nächsten Ebene in die Gärbecken. Auf diese

Weise müssen wir keine Pumpen verwenden, wie es in den Winzereien mit nur einer Ebene nötig ist.«

»Hervorragend«, erwiderte O'Brien und spähte durch einen Trichter auf das darunterliegende Becken.

Philippe führte ihn in den zweiten Stock. Er deutete auf ein Fass gepresster Trauben zwischen den Gärbecken. »Cabernet-Trauben mit Schalen, um ihnen eine kräftige, rote Farbe zu geben. Der Gärungsprozess hat bereits begonnen. Drücken Sie mal mit der Hand auf die Oberfläche.«

O'Brien strahlte wie ein Kind, das ein neues Spielzeug bekommen hatte, und legte vorsichtig die Hand auf die an der Oberfläche schwimmenden Schalen. Philippe führte vor, was er tun sollte, indem er selbst die Hand auflegte und einmal herunterdrückte. O'Brien machte es ihm nach und lachte. »Sehr elastisch! Wie ein Biskuitkuchen, nicht wahr?«

»Ja, das ist ein guter Vergleich«, sagte Philippe und fuhr fort. »Bei dem Gärprozess wird Kohlendioxid freigesetzt, was die Schalen nach oben drückt, die Oberfläche ist etwa fünfzehn Zentimeter dick. Wir drücken vier- oder fünfmal am Tag die Fruchtschalen nach unten, damit der Geschmack, die Farbe und die Gerbsäure aus den Schalen in den Most freigesetzt werden. Cabernet-Trauben haben die dicksten Schalen, aber sie produzieren das strahlendste Rot.«

Man konnte in O'Briens Gesicht seinen Verständnisprozess nachvollziehen. »Genau wie das Blut unseres Herrn«, flüsterte er ehrfürchtig.

»In der Tat.« Philippe war zwar gläubig, aber dennoch hegte er gewisse Zweifel.

»Und es wird keine Hefe zugesetzt?«

»Nein, die Traubenschalen produzieren wilde Hefe, welche die Trauben auf natürliche Weise gärt.«

»Faszinierend. Genau wie im Alten Testament. Und was passiert mit all den Stielen?«

»Wir benutzen sie als Dünger für die Weinreben.« Philippe deutete zum Fenster hin, durch das neben den Weinreihen ein Fleck lila gefärbter Erde zu sehen war. »Das ist ein Kompost aus den Schalen und Stielen der roten Trauben.«

»Eine ausgezeichnete Verwertung.« Der Wissensdrang des Priesters war ansteckend. »Wie viele Flaschen wird diese Ernte einbringen?«

»Das kommt drauf an«, antwortete Philippe vorsichtig. Er wollte keine zu hohe Zahl nennen, da der Preis dann dementsprechend fallen würde. »Eine Tonne Trauben ergibt normalerweise etwa siebenhundert Flaschen. Für eine Flasche Wein werden fast drei Pfund Trauben gepresst.«

»Und wie viele Tonnen sind es pro Morgen?«

»Etwa fünf, für insgesamt tausend Tonnen dieses Jahr, hoffen wir.« Philippe blickte ihn fragend an. »Möchten Sie ein Notizbuch, um es sich aufzuschreiben?«

O'Brien tippte sich mit dem Zeigefinger an die Stirn. »Ich habe das Gedächtnis eines Elefanten.«

Zuletzt zeigte Philippe ihm den Keller, in dem Fässer mit Messwein und anderen Rotweinen lagerten. Ihnen wehten eine kühle Luftbrise und das schwere Aroma von Eiche entgegen.

»Meine Güte, mir war gar nicht bewusst, wie groß Ihr Betrieb ist!«

»Und wenn wir Glück haben, werden wir noch wachsen. Sehen Sie diese Fässer?« Philippe deutete auf die Pyramide an der nördlichen Seite des Kellers. »Alle aus amerikanischer Eiche hergestellt, aus verschiedenen Wäldern. Sie wurden schon vier- oder fünfmal benutzt, aber immer nur für rote Messweine.«

»Der Most wird also oben aus dem Fruchtfleisch gezogen und fließt hier herunter, wo er in diesen Fässern gelagert wird?« O'Brien lernte schnell.

»Genau, aber die Arbeit endet hier noch nicht. Alle vier Monate gießen wir den Wein von der Ablagerung ab und füllen ihn in ein neues, sauberes Fass um. Dann geben wir noch etwas Wein dazu, um den Anteil der Engel auszugleichen.«

»Den Anteil der Engel?«

»Durch die Verdunstung geht immer ein bisschen Wein im Fass verloren, wir nennen ihn den Anteil der Engel.«

»Wie charmant. Das wird mir sicher im Gedächtnis bleiben.« O'Brien blickte zum Himmel hinauf und lächelte.

* * *

Obwohl ihre Haushälterin Rose den Esstisch gedeckt hatte, wollte O'Brien lieber im Freien mit den Arbeitern vom Weingut zu Abend essen. »In letzter Zeit habe ich oft mit dem Erzbischof in sehr förmlichem Ambiente gespeist. Ich beende lieber einen harten Arbeitstag mit einem prächtigen Sonnenuntergang«, sagte er.

Sara und Rose deckten den Picknicktisch hinter dem Haus mit einer Tischdecke, Karaffen mit Wein und Tellern voller Schinken, Käse, Brot und Piccalilli.

Sara schenkte ihrem Gast zwei Gläser Wein ein, einen Zinfandel und einen Chardonnay.

»Sagen Sie, Mrs Lemieux, was ist die beste Art, Wein zu kosten? Muss ich das Glas schwenken?«

Sara lachte. »Ja, Sie schwenken das Glas, riechen an dem Wein, nippen daran, aber schlucken zunächst nicht. Ziehen Sie ein bisschen Luft in den Mund und schlürfen Sie ein wenig, um die Beschaffenheit des Weins zu spüren. Nachdem Sie geschluckt haben, warten Sie, bis Sie den Abgang schmecken.«

»Ah«, O'Brien schloss die Augen und genoss den Wein. Die Tischrunde beobachtete ihn in der Hoffnung auf ein Lob.

»Was schmecken Sie? Beeren?«, fragte Sara.

»Ja. Brombeere, vielleicht sogar einen Hauch Zimt?«

»Das könnte sein. Das kommt vom Fass. Die Fassdauben werden geröstet, um dem Wein diesen Zimtgeschmack zu verleihen.«

»Wirklich?« O'Brien stieß einen zufriedenen Seufzer aus. »Köstlich.«

Mitten in der Mahlzeit ließ ihr Gast plötzlich sein Besteck mit einem lauten Klirren fallen, das alle hochschrecken ließ. Der Priester rief aus: »So gute Piccalilli habe ich seit damals bei meiner Tante Maeve in Brooklyn nicht mehr gegessen! Wo haben Sie die gefunden?«

»Ich habe sie selbst gemacht«, antwortete Sara stolz. »Es ist das Einzige, was ich außer Wein herstelle. Es war das Rezept meiner Mutter.«

»Du lieber Gott! Ich habe nie etwas Vergleichbares gegessen.«

Sara strahlte vor Stolz. »Dann müssen Sie ein paar Gläser mitnehmen.«

O'Brien lächelte sie dankbar an. »Ich wäre Ihnen sehr verbunden, Ma'am.«

Den Rest der Woche verbrachte Monsignore O'Brien damit, Trauben zu pflücken und in der Weinkellerei die gärenden Trauben mit einem Holzlöffel nach unten zu pressen. Jedes Mal, wenn Philippe ihm begegnete, war der Priester vollkommen in seine Aufgabe vertieft. Seine Anwesenheit verlangsamte den Ernteprozess keineswegs, sondern schien im Gegenteil die Arbeiter zu motivieren. Er betete mit ihnen, aß mit ihnen und arbeitete an ihrer Seite. Jeder der Arbeiter pflückte durchschnittlich zwei Tonnen pro Tag. Sie arbeiteten jeden Tag zehn Stunden, vom Abend bis in die frühen Morgenstunden, um die Trauben zu pflücken, wenn sie am kältesten waren. Philippe hätte nichts dagegen gehabt, O'Brien als Maskottchen bei ihnen zu behalten.

Er war überrascht, als der Priester ihm am letzten Tag den zweiten Grund für seinen Besuch mitteilte. Sie saßen am Küchentisch, und er schob Philippe einen Brief zu, der von zehn Winzern aus Napa unterschrieben worden war.

»Dies hat uns vor ein paar Monaten erreicht. Als Gemeindemitglieder protestieren die Winzer dagegen, dass Sie der Hauptversorger für den Messwein der Erzdiözese sind. Sie sagen, es sei riskant und ungerecht, dass wir den größten Teil unseres Weins von einer einzigen Winzerei beziehen.« O'Brien streckte die Handflächen nach oben. »Sie haben leider nicht ganz unrecht.«

Philippe wich zurück. »Wie kann es riskant sein? Eagle's Run hat Wurzelstöcke wiederhergestellt, die quasi immun gegen Reblausbefall sind. Können diese Winzer das von sich behaupten?« Philippe tippte auf die Unterschriften.

»Wahrscheinlich nicht. Ich statte in den nächsten beiden Monaten jedem von ihnen einen Besuch ab, bevor ich dem Erzbischof gegenüber eine Empfehlung ausspreche. Die Sache ist folgende: Im letzten Jahr haben Sie uns immer gute Dienste geleistet. Sie sind ein zuverlässiger Lieferant, und ich werde vorschlagen, Sie als unseren größten Anbieter zu behalten. Aber als eine Erzdiözese, die die Interessen der Arbeiter unterstützt, müssen wir unsere Aufträge aufteilen. Wir dürfen keine Favoriten haben.« O'Brien atmete tief ein und sagte schnell: »Wir werden Ihren Vertrag um vierzehntausend Gallonen pro Jahr kürzen und möchten eine Preisreduktion von zwei Cent pro Gallone.«

»Aber das ist nur die Häfte von dem, was wir Ihnen jetzt liefern, und wir sind bereits bei zwölf Cent!«

»Diese Winzer bieten uns zehn an.«

Bis Philippe andere Käufer gefunden hätte, würde sein Umsatz um fast zweitausend Dollar gefallen sein. Lokale Weinlieferungen waren billiger, aber Philippe wusste, wie wichtig das Messwein-Geschäft war, falls sich ein Alkoholverbot durchsetzen sollte.

»In Ordnung«, sagte er und entschied sich, ihm eine weitere Frage zu stellen. »Monsignore?«

»Ja?«

»Da die Erzdiözese wächst, würden Sie zuerst Eagle's Run in Betracht ziehen, falls Sie in Zukunft eine größere Weinversorgung benötigen?«

O'Brien zögerte kurz.

»Vielleicht könnten Sie bei Ihrem nächsten Besuch Ihren eigenen Wein herstellen und ein paar Kisten davon mit nach Hause nehmen«, köderte Philippe ihn.

O'Brien lächelte breit. »Abgemacht.«

Philippe tupfte sich die feuchte Stirn ab. *Jeder Winzer ist sich selbst der Nächste*, dachte er bitter. Weil er nicht den größten Teil seines Weins an die Winzervereinigung verkauft hatte, hatten seine Kollegen aus Napa Rache an ihm geübt. Boone Sumter und eine Handvoll anderer Winzer, die alle zu faul waren, eigene Kontakte zu Händlern herzustellen, waren mehr als bereit, Philippes Ideen zu stehlen.

Kapitel 11

Januar 1899

Aurora kam atemlos in die Küche gestürzt. Sie wedelte aufgeregt mit einem dicken Buch in der Luft herum. »Meine Lieben, ihr müsst euch sofort bewerben!«

Sara und Philippe starrten sie an, als hätte sie den Verstand verloren. »Was ist los?«

»Ich habe es vom Berkeley College ausgeliehen. Druckfrisch. Die Richtlinien für die Bewerbungen, um in Paris ausstellen zu können!«

»Du willst, dass wir unsere Weine bei der Weltausstellung in Paris präsentieren? Und mit französischen Weinen konkurrieren?«, fragte Philippe.

»Ja!« Sie knallte das Buch auf den Tisch und blätterte durch die Seiten. »Gruppe sieben, Klasse sechzig, hier auf Seite einundsechzig: ›Weine und Brandys‹. Wir senden eure Bewerbung und ein paar Flaschen eurer besten Weine zusammen mit meinem Empfehlungsschreiben ab.«

Aurora blickte von Sara zu Philippe und zog erwartungsvoll die Augenbrauen hoch. Sara war über Philippes Zögern erstaunt. Sie hielt es für eine großartige Idee. Wenn Philippe nach Paris ginge, könnte er einen Abstecher nach Saint Martin machen, und falls Sara hier nicht gebraucht wurde, könnte sie vielleicht sogar mit ihm fahren.

Philippe setzte sich hin. »Aurora, glaubst du ernsthaft, wir könnten in einem internationalen Wettbewerb mit französischen Weinen konkurrieren? Glaubst du, wir können gewinnen?« Er hatte nicht unrecht. Wenn sie ihre Weine in der Ausstellung präsentierten und zurückkehrten, ohne wenigstens eine lobende Erwähnung erhalten zu haben, wäre das eine vernichtende Blamage.

Aurora stemmte die Fäuste in die Hüften. »Würde ich sonst etwa hier in eurer Küche wie eine Verrückte mit diesem Buch wedeln?«

»Wenn wir zugelassen werden, lernen Händler aus aller Welt die Weine von Eagle's Run kennen. Und wenn wir gewinnen«, fügte Sara lächelnd hinzu, »dann werden sie sie auch kaufen.«

Die drei verbrachten den nächsten Monat damit, das Anmeldeformular des Komitees auszufüllen und alle Jahrgänge zu probieren, bis sie schließlich den 97er Cabernet und Chardonnay auswählten. Sie schickten jeweils drei Flaschen dieser Weine an das Komitee und dazu die Empfehlung von Aurora Thierry, der weltberühmten Traubenexpertin und Professorin für Landbau am renommierten Ladies' Seminar, sowie die Empfehlung von Monsignore O'Brien von der Erzdiözese von San Francisco, der die Geschäftsverbindung von Eagle's Run und der Erzdiözese bestätigte und für Philippes Charakter bürgte. Zusätzlich zu der Bewerbung und den Empfehlungen legten sie noch die vier Auszeichnungen bei, die Eagle's Run bei den letzten beiden lokalen Märkten erhalten hatte.

Mit einem Vaterunser und drei Ave-Maria sendeten sie alles an das Büro des Komitees in Chicago und warteten wie auf glühenden Kohlen auf die Antwort.

Kapitel 12

Mai 1899

Luc rannte durch den Tunnel der Eukalyptusbäume, die am Wegrand über ihm aufragten. Es war fast Zeit für das Abendessen, und nach einem anstrengenden Tag des Unkrautjätens wünschte sich Sara nichts mehr, als auf dem Gras zu sitzen und den entspannenden Mentholduft des Eukalyptusöls einzuatmen, der in der Luft lag. Luc verlangsamte schließlich sein Tempo, blieb in ihrer Nähe und beschäftigte sich, indem er die graue Rinde in langen Streifen von den Baumstämmen schälte und dabei leise vor sich hin summte.

Zurück im Haus gab Sara Philippe einen Kuss auf die Wange und entschuldigte sich vom Abendessen. Sie fühlte sich, als hätte ihr jemand mit einem Stock auf den Rücken geschlagen, sie hatte pochende Kopfschmerzen und konnte keinen Augenblick länger wach bleiben.

Sara brachte nicht einmal die Kraft auf, ihr Nachthemd anzuziehen, bevor sie sich hinlegte und sofort einschlummerte. Sie träumte, dass sie ein Kind im Arm hielt, ein dunkelhaariges Mädchen, vielleicht ein Jahr alt. In dem schwarzen Schaukelstuhl, den Philippe ihr geschenkt hatte, wiegte sie das

Mädchen in den Schlaf. Sie sang gerade Brahms' Wiegenlied – »Guten Abend, gute Nacht, von Englein bewacht« –, als ein Mann erschien, der eine Priesterrobe trug und ihr das Kind aus den Armen riss.

Sara schrak aus dem Schlaf hoch. Das Herz schlug ihr bis zum Hals. Ihr Hemd war schweißgetränkt und ihre Haare klebten feucht an ihrem Kopf. Sie setzte sich auf und fragte sich, ob sie immer noch schlief. Philippes Hand auf ihrer Schulter brachte sie zurück.

»Sara?« Er fasste ihr an die Stirn. »Sara, du hast Fieber.«

»Nein, es war nur ein Traum.«

»Ein Albtraum. Du hast gerade geschrien. Es überrascht mich, dass du Luc nicht geweckt hast.«

Sara erinnerte sich an das Mädchen, an die friedliche Atmosphäre, und dann an den teuflischen, gesichtslosen Mann in der schwarzen Robe. Eine eiserne, bedrückende Schwere senkte sich auf ihre Brust.

»Soll ich den Arzt holen?«

Durch das Schlafzimmerfenster fiel der Mond ein und warf ein warmes Licht auf den Nachttisch. Sara nahm Philippes Taschenuhr und kniff die Augen zusammen, um die Zeit zu erkennen. Zwei Uhr.

»Nein, das wäre albern. Wenn ich mich umgezogen habe, geht es mir bestimmt besser.«

»Ich hole ihn morgen früh.«

Sara schälte sich aus der feuchten Kleidung, zog sich ein Baumwollnachthemd über und verließ das Zimmer. Sie öffnete die Haustür und trat auf die Veranda hinaus. Den Garten konnte sie kaum sehen, aber umso leichter den leuchtenden Mond und die funkelnden Sterne. Sie fragte sich, ob Lydia und Papa sehen konnten, wie sie dort stand und zu ihnen in den Himmel aufblickte.

Sara setzte sich auf die oberste Stufe der Verandatreppe und zog die Knie an die Brust. Die Nachtluft kühlte ihre Haut, und sie mochte die Ruhe, die nur vom Zirpen der Grillen durchbrochen wurde. Jetzt, wo sie so still dasaß, ohne die täglichen Aufgaben und Ablenkungen durch Luc und das Weingut, merkte sie, dass sie sich anders fühlte.

Die Müdigkeit zehrte an ihr, dabei war es nicht mal Erntezeit. Sie hatte stechende Schmerzen in den Brüsten, und anstelle ihrer monatlichen Beschwerden hatte sie nur ein paar Tage lang kleine Blutflecken bemerkt. Wenn sie ihr Korsett trug, wurde ihr übel, daher zog sie es nur für Kirchenbesuche und Ausflüge an. Saras Gedanken drehten sich wie ein Glücksrad auf dem Jahrmarkt und schließlich ergab alles einen Sinn.

Könnte sie schwanger sein?

Falls es so war, sollte Philippe es noch nicht erfahren. Sara liebte Kinder, aber nachdem sie miterlebt hatte, was Lydia und so viele andere Frauen durchgemacht hatten, konnte sie die Schreie, das Blut und die Lebensgefahr, in der sich werdende Mütter befanden, nur schwer vergessen. Es war ihre größte Furcht. Sie hatte sogar Philippe bitten wollen, etwas zu benutzen, mit dem sie eine Schwangerschaft verhüten konnten, aber hatte es dann doch nicht getan, um nicht ihr Seelenheil zu gefährden – und Philippe hätte der Sache ohnehin nie zugestimmt.

Nein, sie würde es ihm erst mitteilen, wenn sie bereit war.

Am nächsten Morgen wollte Sara nichts davon hören, den Arzt zu holen, und schlug Philippe stattdessen vor, er solle sie auf dem Weg zum Gemischtwarenladen bei der Arztpraxis absetzen. Widerstrebend willigte er ein.

Dr. Pratt führte eine kurze Untersuchung durch und teilte ihr mit, dass die Geburt Ende Dezember sein würde. Die Nachricht, dass sie Philippes Kind in sich trug, hob Saras Stimmung, doch schon kurz darauf überwog ihre Furcht und machte das glückliche Gefühl zunichte.

Auf dem Nachhauseweg schwieg Sara. Sie hatte den Arzt angebettelt, es Philippe noch nicht zu erzählen, bevor sie Zeit zum Nachdenken gehabt hatte. »Was gibt es da nachzudenken?«, hatte er geantwortet. »Das ist der größte Wunsch jeder frisch vermählten Frau.«

Philippe warf ihr von der Seite einen besorgten Blick zu. »Was hat der Arzt gesagt?«

Sara umfasste seinen Arm. »Warum hältst du nicht einen Augenblick an?«

Philippe lenkte die Pferde zu einer Grasfläche unter einem Ahornbaum. »Stimmt etwas nicht?«

»Keineswegs.« Sara sah seinen erwartungsvollen Blick und brachte so viel Enthusiasmus auf, wie sie konnte. »Wir bekommen ein Kind.« Der Klang ihrer Stimme war nicht überzeugend. Sie hätte nichts sagen sollen; sie war noch nicht bereit.

Philippe strahlte vor Freude. Er fasste ihre Schultern, zog sie an sich heran und küsste sie. »Wann?«

»Der Arzt glaubt, im Dezember.«

»Ein Weihnachtskind«, rief Philippe. »So eine Überraschung!« Als sie nichts erwiderte, fragte er: »Bist du denn nicht glücklich?«

»Natürlich«, sagte Sara zögernd. »Ich bin nur ein bisschen nervös.«

Philippe drückte ihre Hand. »Alles wird gut, du wirst schon sehen.«

Für dich, dachte Sara. *Du bist nicht derjenige, der es zur Welt bringen muss.*

* * *

Die Regenfälle Ende Juli gefährdeten die Früchte. Weil er Mehltaubefall und eine Verwässerung des Geschmacks der Trauben befürchtete, schickte Philippe die Männer ins Feld, um

Blätter zurückzuschneiden und die Weintrauben auszudünnen, damit die übrigen Früchte mehr Sonnenlicht bekommen konnten. Philippe und Sara waren sich sehr wohl bewusst, dass sehr heiße Sonnenstrahlen in der Woche vor der Ernte die Trauben austrocknen könnten. Diese riskante Strategie machte Sara immer äußerst nervös.

In der letzten Augustwoche kreisten die Rotschwanzbussarde hoch über ihren Köpfen. Mit ihrem lauten Gekrächze vertrieben sie die Nagetiere, Drosseln und Stare, die mit ihren spitzen Schnäbeln Löcher in die fast reifen Trauben stachen und ihren Saft stibitzten. Luc nahm sich vor dem Lärm der Bussarde in Acht und blieb im Haus, bis am Abend die Eulen übernahmen. Sie kamen aus den Kästen, die Sara und Philippe gebaut hatten, um Mäuse und andere Traubendiebe zu jagen.

Die Männer arbeiteten die ganze Nacht hindurch. Sie ernteten die Trauben, wenn sie am kältesten waren, luden Kisten auf die Fuhrwerke und warfen die Trauben in die Pressen. Wenn Sara eine Wagenladung Trauben bei ihrem Weg in die Maschine und durch den Trichter in das darunterliegende Stockwerk begleitet hatte, setzte sie sich auf einen Stuhl und ruhte sich aus, bis die nächste Ladung eintraf. Ihr Bauch war jetzt ein kleiner Hügel, und wenn das Kind sich in ihr bewegte, fühlte es sich an wie das Flattern von Elfenflügeln. An den Tagen, an denen ihr Rücken ihr mehr Beschwerden bereitete als sonst, beendete sie schnell ihr Mittagessen, um sich gemeinsam mit Luc für ein ausgedehntes Nickerchen hinzulegen.

Als die Früchte gereift waren, hatte die Sonne die Trauben an den südlichen Hängen ausgetrocknet – sie hatten fast neunzehnhundert Flaschen Verlust gemacht. Am letzten Tag der Ernte durchstreiften die Pflücker die Reihen der Weinreben auf der Suche nach den letzten übrig gebliebenen Früchten. Plötzlich kam Rose panisch auf Sara zugelaufen.

Luc glühte vor Fieber.

***

Nachdem Luc drei Tage lang die Bettlaken durchgeschwitzt hatte und nachts immer wieder aufgewacht war, konnte er endlich friedlich schlafen. Sein Fieber war gesunken.

Sara war erleichtert. Dieses Mal hatte noch nicht einmal Auroras Holundertee helfen können. Mehrere Male am Tag hatte Sara Luc zu dem Flüsschen heruntergetragen, um ihn in dem kühlen, fließenden Wasser zu baden, und jetzt schmerzten ihr die Knochen. Erschöpft setzte sie sich in den Schaukelstuhl und legte sich ein Kissen in den Rücken. Dies waren nicht nur müde Muskeln – der Schmerz in ihren Gelenken wollte einfach nicht nachlassen.

Kurz darauf zog sie sich ins Bett zurück und wachte nach einem unruhigen Schlaf ohne Philippe an ihrer Seite auf. In diesen Tagen gehörte es zu seiner Alltagsroutine, morgens leise aus dem Bett zu schlüpfen, eine Tasse Kaffee und eine Scheibe Toast zu sich zu nehmen und dann mit der Arbeit auf dem Weingut zu beginnen. Er sorgte sich um die Gesundheit des Kindes und bestand darauf, Sara so lange wie möglich schlafen zu lassen. Schlaf war zurzeit nur schwer zu bekommen, insbesondere mit den intensiven Schmerzen, die Sara in den Knien und Hüftgelenken hatte. Sie wollte Aurora fragen, ob sie ihr ein heilendes Gebräu aus Wurzeln zubereiten konnte.

Luc kam lachend an ihr Bett gesprungen und strahlte sie mit einem breiten Grinsen an. Seine Wangen waren tiefrot, als hätte er eine Ohrfeige bekommen. Sara fragte sich, ob sein Fieber zurückgekommen sein könnte, doch seine Stirn war so kühl wie eine Meeresbrise. Als sie sein Nachthemd anhob, bemerkte sie, dass seine Haut mit Flecken übersät war. Sein Torso und seine Arme waren mit einem Ausschlag überzogen, dessen Muster Sara an Amboise-Spitze erinnerte. Sollte er wieder Fieber bekommen oder sich kratzen, würde sie sofort den

Arzt holen. Doch im Moment wartete eine Menge Arbeit im Haus und auf dem Weingut auf sie.

Rose war in der Küche mit dem Braten von Spiegeleiern beschäftigt. Sara nippte an dem dampfenden schwarzen Kaffee, den Rose ihr gerade gegeben hatte. »Morgen, Rose. Vielen Dank, ich bin am Verhungern.«

»Gern geschehen, Missus«, antwortete Rose fröhlich. »Und du bist heute Morgen vielleicht ein Energiebündel, mein Kleiner!« Sie strubbelte Luc durchs Haar und setzte ihn auf seinen Stuhl. Sara wollte sich gerade auch hinsetzen, als sie Roses erschrockenen Gesichtsausdruck bemerkte. »Missus!« Sie zeigte auf den Boden unter Sara, dann schlug sie sich die Hand vor den Mund.

Sara blickte nach unten. Zwischen ihren Füßen sammelte sich eine kleine Blutlache. Sie sprang zurück, hob ihre Röcke und sah einen dünnen, gleichmäßigen Blutstrom, der ihr an den Waden hinunterlief. »Rose, ruf Philippe!« Sara griff nach dem Stuhl. »Lass sofort den Arzt kommen.«

Langsam und mit hämmerndem Herzen ging sie ins Schlafzimmer zurück. Sie lehnte sich an die Wand, umklammerte den Bettpfosten und ließ sich schließlich auf dem Bett nieder. Eine Welle der Übelkeit übermannte sie.

Innerhalb der nächsten Stunde lag Sara in gekrümmter Haltung auf der Seite, die Beine an die Brust gezogen. Der Schmerz durchfuhr sie wie ein Messerstich und war noch schlimmer als der Schmerz zwei Jahre zuvor, als sie sich bei dem Erdbeben die Schulter ausgekugelt hatte. Philippe hatte sich über sie gebeugt, rieb ihr über den Rücken und drückte ihr ein kühles, feuchtes Tuch an die Stirn. Niemand sprach. Dr. Pratt kam um zehn Uhr und bat Philippe, das Zimmer zu verlassen. Fast eine halbe Stunde später stieß Saras Körper, begleitet von explosionsartigem Schmerz und einem Schwall Blut, das Kind aus.

Der Arzt wickelte das Baby in ein weißes Tuch, bevor Sara es sehen konnte, und legte das Bündel am Fußende des Bettes ab. Er untersuchte Sara und sagte, ihr werde es bald wieder besser gehen und sie könne nach wie vor Kinder bekommen. Sollte diese Aussicht sie etwa aufheitern?

Nachdem er Philippe draußen etwas zugeflüstert hatte, ließ Dr. Pratt ihn wieder ins Zimmer. Sara hatte nicht die Energie, sich zu säubern. Sie zog die Bettdecke bis zum Hals hoch und drehte sich mit dem Gesicht zur Wand.

Sie spürte Philippes Hände, die zärtlich ihre Schultern massierten. »Oh, Sara.« Seine Stimme bebte.

Sie hatte versagt, ihm und ihrem Kind gegenüber. Ihre Schultern begannen zu zucken. Sie konnte durch ihre Tränen nichts erkennen, konnte jedoch hören, wie Philippe dem Arzt etwas zumurmelte. Wenn sie sich jetzt nicht zusammenriss, würden sie die Kontrolle über die Situation übernehmen. Sara wischte sich mit dem Ärmel die Tränen weg und rollte sich zur anderen Seite.

»Ist es ein Junge oder ein Mädchen?«

»Es war ein Mädchen, Mrs Lemieux«, sagte der Arzt sanft.

»Ich will sie halten«, forderte Sara mit erstickter Stimme.

Der Arzt runzelte die Stirn und zögerte kurz, bevor er ernst sagte: »Mrs Lemieux, davon würde ich Ihnen abraten.« Er hielt inne, dann fuhr er fort: »Das Beste, was Sie jetzt tun können, ist, gesund zu werden und dann so bald wie möglich zu versuchen, ein neues Baby zu bekommen.«

Ein neues Baby. Der Körper ihrer kleinen Tochter war noch nicht kalt, am Fußende ihres Bettes in eine Decke gewickelt, und er verlangte von ihr, an ein *neues* Baby zu denken. Sara setzte sich auf und blickte den Arzt herausfordernd an. »Geben Sie mir mein Kind!«

Philippe legte eine Hand auf Saras Schulter, wahrscheinlich um sie zu beruhigen, doch sie stieß ihn von sich. »Sara, der Arzt meint, dass das nicht gut für dich ist.«

»Mrs Lemieux«, sagte Dr. Pratt sanft, »das Herz Ihres Babys hat versagt und ... der Körper ist ziemlich aufgedunsen.«

Sara hielt den Blick fest auf das zusammengerollte Bündel gerichtet. »Raus!«, befahl sie und funkelte Philippe wütend an. »Raus!«, wiederholte sie laut.

Philippe verließ das Zimmer, und der Arzt folgte ihm.

Saras Hände zitterten, als sie das warme, fast gewichtslose Bündel an sich nahm. Sie zog krampfhaft Luft durch die Zähne ein und versuchte, sich zu beruhigen. Sie schob die oberste Schicht der Decke zurück. Ein winziges graues Gesicht kam zum Vorschein, mit geschlossenen Augen, geschwollenen Wangen, süßen Rosenknospenlippen und kleinen Ohren, die an Knöpfe erinnerten. Sie sah friedlich aus, als hätte sie sich einfach in Gottes Arme zurücktreiben lassen. Ein Gefühl von tiefer Trauer überwältigte Sara.

Sie faltete die Decke auseinander und enthüllte die aufgedunsenen Gliedmaßen des Säuglings. Trotz der Schwellung sah er noch zerbrechlicher aus, als Sara erwartet hatte. Sie dachte an die ungenutzte Schüssel voll Wasser, welches Philippe auf Geheiß des Arztes eine Stunde zuvor abgekocht hatte. Mit ihrem Kind im Arm ging Sara zu der Schüssel, tauchte einen Finger hinein und beschloss, dass das lauwarme Wasser für den Zweck ausreichen würde.

Sie machte auf der Stirn ihrer Tochter das Zeichen des Kreuzes und salbte sie, ohne ihr einen Namen zu geben. »Ich taufe dich im Namen des Vaters, des Sohnes und des Heiligen Geistes. Amen.« Diese Taufe war etwas völlig anderes als Lucs Taufe im Kloster. Keine freudestrahlenden Gesichter; keine Hoffnungen für die Zukunft dieses Kindes.

Sara tauchte das weiche Tuch in das Wasser und wrang es aus. Vorsichtig tupfte sie das Blut und den breiigen weißen Belag von der Haut ihrer kleinen Tochter. Den Körper ihres

Kindes vorzubereiten, war das Einzige, was sie jetzt tun konnte. Genau wie sie es für Lydia getan hatte, und Maman für Papa.

Als sie fertig war, wickelte sie ihre Tochter in ein frisches Handtuch und drückte ihr einen Kuss auf die Stirn. Ihre Haut war weich wie ein reifer Pfirsich. Egal wie intensiv sie ihr ins Gesicht blickte, sie konnte sie nicht dazu bringen, ihre winzigen Augenlider zu öffnen.

Saras Lippen zitterten, und ihre Schultern begannen wieder zu beben. Sie wiegte ihre Tochter, die nie leben würde, und verabschiedete sich in Tränen aufgelöst von ihr.

Ein Klopfen an der Tür weckte Sara auf. Sie musste mit ihrem Baby in den Armen eingeschlafen sein. Philippe kam herein und schloss die Tür hinter sich. Er blieb wie angewurzelt stehen, als er sie mit dem Kind sah. Die Trauer hatte in seinem Gesicht tiefe Spuren hinterlassen. »Sara, Vater Price ist hier. Ich habe mit ihm über die Vorkehrungen für das Baby gesprochen.«

Sara blinzelte. Welche Vorkehrungen?

Philippe legte seine warme Hand auf ihren Arm. »Sie wird hier auf Eagle's Run beerdigt. Wir suchen eine schöne Stelle aus, wo wir … sie besuchen können.« Philippe konnte kaum die Worte herausbringen. Mit seiner großen Hand strich er sanft über den Kopf ihrer Tochter.

Sara war verwirrt. »Warum? Warum nicht auf dem Tulocay-Friedhof?«

»Weil das geweihte Erde ist.«

»Sie wurde getauft – ich habe sie getauft. Ihre Seele ist im Himmel, bei Gott.«

Philippe zögerte. Eine unbehagliche Stille lag zwischen ihnen. Er nahm Saras Hand und rief Vater Price herein. Als der Priester eintrat, ging Philippe einen Schritt zurück und überließ dem Priester den Stuhl neben dem Bett.

Sara blickte den Geistlichen prüfend an. Er war in eine makellose Soutane gekleidet und roch nach frischem Leder und

Schuhcreme. Unter der Decke waren Saras Schenkel immer noch mit klebrigem Blut verkrustet.

»Mrs Lemieux, Sie haben mein tiefstes ...« Auf dem Gesicht des Priesters zeichnete sich Erschrecken ab, als er das kleine eingehüllte Wesen wahrnahm, das Sara in den Armen hielt.

»Vater, meine Frau hat unser Kind getauft. Das ändert die Sache doch sicher?« In Philippes Stimme lag ein Anflug von Verzweiflung. Sara warf ihm einen Blick zu. Was meinte er?

Der Priester wischte sich mit einem Taschentuch die Schweißtropfen von der Stirn, dann faltete er es zu einem kleinen Quadrat und steckte es wieder in die Tasche. »Mrs Lemieux, ich bedaure Ihren Verlust zutiefst. Als Ihr Pastor obliegt es mir dennoch, Ihnen zu erklären, dass Ihr Kind zu Lebzeiten nicht getauft wurde und daher nicht die heilige Gnade erhalten konnte, die notwendig ist, um von der Erbsünde befreit zu werden. Daher kann ihre Seele nicht bei Gott leben und wird dem Limbus zugewiesen.«

Sara hatte natürlich schon vom Limbus, der Vorhölle, gehört. Der Limbus grenzte an den Himmel und war der Bereich, in dem die Seelen der guten, aber ungetauften Menschen lebten. Der Limbus war nicht die Hölle, denn die Seelen in der Hölle wussten, dass ihnen die seligmachende Anschauung Gottes verwehrt war, was ihre ewige Strafe noch entsetzlicher machte. Nein, die Seelen im Limbus wussten nichts von Gott. Und die Seelen im Limbus konnten die Grenze nicht überschreiten, um die Seelen im Himmel zu treffen.

Gab es denn keine Hoffnung? Müsste sie für immer von ihrer Tochter getrennt sein?

»Meine Frau hat sie getauft. Sie wird in geweihter Erde beigesetzt«, beharrte Philippe.

»Ich verstehe Ihre Trauer, Mr Lemieux, aber Ihre Frau hat das Baby *nach* dessen Tod getauft, zu spät, um seine Seele zu retten. Die Kirche und der Papst selbst lassen es nicht zu.«

Sara starrte den Priester zornig an. Sie fragte sich, wie er oder der Papst wissen konnten, ob Gott die Seele ihrer Tochter gerettet hatte. Es war alles Unsinn. Sie wollte ihm gerade sagen, was sie davon hielt, als Philippe den Geistlichen abrupt aus dem Zimmer führte. Ihr Mann wusste, dass sie fast etwas gesagt hätte, was sie später bereuen würden – etwas, das ihren Vertrag mit der Erzdiözese gefährden könnte. Sara konnte sich darüber jetzt keine Gedanken machen. Sie wollte das perfekte Gesicht ihrer Tochter für immer in ihr Gedächtnis eingravieren und küsste ihr erstes Kind zum letzten Mal.

* * *

Sara saß am Fuß des Grabes ihrer Tochter. Jedes Mal wenn Philippe mit dem Spaten knirschend in die Erde stieß und das schmale Loch ein kleines Stück tiefer wurde, zuckte sie zusammen. Als er endlich das verzweifelte Gegrabe beendet hatte, ließ er den Spaten fallen und schlurfte zu Sara hinüber, um ihr wortlos das Kind aus den Armen zu nehmen. Sara konnte es nicht loslassen und Philippe nicht anblicken. Sie zog das Leichentuch ein Stück herunter und drückte ihr Gesicht an die kalte Wange ihrer Tochter.

Sie hörte, wie Philippe Luft holte, wieder und wieder. Sara senkte den Kopf, als sie ihm das Kind gab, denn sie konnte es nicht ertragen, seinen Gesichtsausdruck zu sehen. Er trat von ihr weg, und sie warf ihm einen flüchtigen Blick zu. Philippe hielt seine Tochter zärtlich in den Armen, ließ sich auf die Knie sinken und legte sie vorsichtig in das Grab. Dann streute er Erde über ihre verhüllten Überreste.

Sie hatten beschlossen, sie am Rand des Weinbergs zu beerdigen, an einer ruhigen, grünen Stelle, wo sie einen Birnbaum pflanzen wollten. Ohne richtig nachzudenken, hatte Philippe zunächst einen Apfelbaum vorgeschlagen, was Sara abgelehnt hatte. Sie hätte nicht zugelassen, dass das Symbol der Vertreibung von Adam und Eva – der Grund, weshalb ihre Tochter nicht in den Himmel kommen konnte – das Grab ihrer Tochter markierte.

Sara sammelte zehn helle, faustgroße Steine und legte sie kreisförmig um das Grab. Am Kopf des Grabes befestigte Philippe ein kleines Kreuz. Den ganzen Nachmittag hatte er damit zugebracht, die zwei alten, zusammengenagelten Fassbretter sorgfältig zurechtzusägen und zu schmirgeln.

Sie sprachen das Ave-Maria und das Vaterunser. Sara kniete sich hin und drückte die Finger in den kühlen Erdhügel, bis ihre Nägel bluteten. Nach einer halben Stunde hob Philippe ihren schlaffen Körper hoch und trug sie ins Haus.

Es dauerte Wochen, bis Sara wieder einigermaßen zu Kräften kam. Da ihr Körper sich danach sehnte, ein Kind zu stillen, trug Sara unter dem Korsett ein Baumwolltuch um die Brust gewickelt. Obwohl der Arzt darauf bestanden hatte, weigerte sie sich, im Bett zu bleiben. Wenn sie allein in der herzzerreißenden Stille war, konnte sie an nichts anderes denken als an das kostbare kleine Gesicht ihrer Tochter, an die Augen, die sich nie öffnen, und an die winzigen Finger, die nie ihre Finger umklammern würden.

Sie versuchte, im unteren Schlafzimmer zu schlafen, doch im Erdgeschoss war es zu laut und ihre Nerven waren zu angespannt. Also saß sie stundenlang im Schaukelstuhl und hoffte, mit der gleichmäßigen, wiederholten Bewegung ihren Geist betäuben zu können. Manchmal gelang es ihr, doch in anderen Momenten schien der drückende Schmerz in der Brust ihr die Luft zum Atmen zu nehmen. Sie hatte schon vorher Verluste erleben müssen, warum war dieser so anders? Es war ihr Kind gewesen – und ihre Schuld. Deshalb.

Sara fürchtete, den Verstand zu verlieren.

***

Als Aurora sie besuchen kam, hatte sie einen Picknickkorb, einen Krug mit Wein und einen Blumenstrauß aus ihrem Gewächshaus dabei. »Hier ist etwas, um dich aufzumuntern.« Mit einem Lächeln überreichte sie Sara die Zinnien.

»Hat Philippe dich geschickt?«, fragte Sara unwirsch. Sie hatte mit ihm noch nicht über ihre Tochter gesprochen. Er verrichtete weiterhin seine täglichen Aufgaben und hielt sich mit dem Gären und Abfüllen des Weins beschäftigt. Seine Berührungen waren vorsichtig – er legte die Hände auf ihre Schultern oder gab ihr einen freundlichen Kuss auf die Wange, aber nicht mehr als das. Sie war eine Porzellanpuppe, zu zerbrechlich, um gehalten zu werden. Zurzeit war ihr Verlangen nach ihm unter einem schweren Trauerschleier verborgen, falls es überhaupt existierte.

»Und was wäre, wenn? Er macht sich Sorgen um dich. Deine Wangen haben alle Farbe verloren«, sagte Aurora und blickte sie missbilligend an. »Und du siehst aus wie das leibhaftige Elend.«

Sara interessierte das herzlich wenig. »Danke, Aurora«, sagte sie tonlos, »aber ich muss die Hausarbeit machen und dann die Gärbottiche umrühren.«

»O nein, das müssen Sie nicht, Misses«, unterbrach Rose sie laut. »Gehen Sie nur mit Madame aus, ich kümmere mich um Luc und die Hausarbeit. Der Wein wird schon nicht verderben.«

Aurora nickte, fasste Sara beim Ellenbogen und dirigierte sie sanft zur Tür. »Komm, du musst doch was essen. Warum setzen wir uns nicht unter die große Eiche unten am Fluss?« Da sie keine Lust auf eine Diskussion hatte, seufzte Sara nur und ging mit Aurora nach draußen.

Sie suchten sich einen schattigen Platz, wo sie eine alte Picknickdecke ausbreiteten. Aurora tauchte den Krug in den

Fluss und stellte ihn zwischen zwei hohe Steine, um den Wein kühl zu halten. Schweigend packten sie den Picknickkorb aus, und schon bald genossen sie eine Mahlzeit aus Äpfeln, frisch gebackenem Brot, geräuchertem Schinken, Käse und Butterkuchen. Sara spürte, wie sie sich entspannte, als sie den salzigen Schinken und den weichen, fetten Käse mit ein paar Schlucken vom kalten weißen Tafelwein hinunterspülte.

Der süße Bonbonduft der Magnolien und das Rascheln der Blätter in der leichten Brise verlockten Sara, sich hinzulegen und die Augen zu schließen. Sie konzentrierte sich auf das Plätschern des Wassers und den festen Boden unter sich und versuchte, ihre kreisenden Gedanken anzuhalten.

Als sie aufwachte, hatte Sara keine Ahnung, wie lange sie geschlafen hatte. Sie wischte sich ein paar Marienkäfer vom Rock, setzte sich auf und blickte sich müde um. Aurora war unten am Fluss und warf ein riesiges Netz aus. Kein Zweifel, sie wollte Fische und Krabben fürs Abendessen fangen. Sie wirkte zufrieden, als sie mit ihrem kleinen, kräftigen Körper in dem seichten Wasser barfuß von Stein zu Stein sprang – unbekümmert, als gäbe es keinen Ort auf der Erde, wo sie jetzt lieber wäre. Sara fragte sich, wie Aurora das schaffte, nachdem sie vor so vielen Jahren sowohl ihren Sohn als auch ihren Ehemann verloren hatte. Wie konnte man sich von einem so schrecklichen Verlust wieder erholen?

»Oh, oh, aah!«, kreischte Aurora, als sie auf einem Stein ausrutschte und mit einem lauten Platschen in den Fluss fiel. Ihre Röcke waren pitschnass, und sie brach in schallendes Gelächter aus, ihr üppiger Busen wippte vor Freude.

Sara eilte den Abhang hinunter, um Aurora aus dem Fluss zu helfen.

»Dank dir, meine Liebe. Oh«, rief sie und strich sich durch ihre nassen Haare, »das hat vielleicht Spaß gemacht!«

»Wir gehen besser zurück, damit du dich umziehen kannst.«

»Ach komm, bloß keine Umstände«, wiegelte Aurora ab. »Mein Kleid kann in der Sonne trocknen, und es macht mir nichts aus.« Sie ließ sich auf dem weichen Gras nieder, und ein paar lose rotbraune Locken fielen ihr auf die Schultern.

»Tut mir leid, dass du nichts gefangen hast. Ich wusste gar nicht, dass du angelst«, sagte Sara. Sie musste sich zu der Unterhaltung zwingen, denn in diesen Tagen stand ihr nur selten der Sinn nach Gesprächen.

»Nicht mit einem Angelhaken, aber ja. Ich hatte gerade eine Forelle im Netz, bestimmt mindestens zwanzig Zentimeter groß, als ich ausgerutscht bin und sie mir entkommen ist! Ich werde heute Abend wohl einfach den Schinken essen.« Aurora wrang ihre wassergetränkten Röcke aus. Mit geröteten, feuchten Augen blickte sie auf. »Ich bedaure deinen Verlust wirklich sehr. Ich weiß, wie sehr du leidest.«

»Es ist nicht dasselbe wie bei deinem Sohn René, ich weiß. Meine Tochter hat keinen einzigen Atemzug in dieser Welt getan.«

»Nein, aber mit ihr ist all das gestorben, was du für sie erhofft hattest«, sagte Aurora mit einer solchen Überzeugung, dass Saras Herz erneut schmerzte, als sie daran erinnert wurde, dass ihre Freundin dieselbe Qual erlitten hatte wie sie. Saras Gedanken füllten sich mit dem Bild ihrer winzigen Tochter, und Tränen traten ihr in die Augen. Eigentlich hatte sie sich gar kein Kind gewünscht, kein Kind gewollt. Und trotzdem hätte sie jetzt alles getan, um es wiederzuhaben, lebendig und in ihr heranwachsend.

Aurora tätschelte Saras Knie. »Ich habe einen Ehemann und ein Kind verloren. Ein Kind zu verlieren, ist das Schlimmste.«

»Was glaubst du, warum es so ist?«, fragte Sara mit einem Schniefen.

»Weil wir dazu da sind, sie zu beschützen – und es ist egal, ob sie totgeboren sind, zwei Jahre alt oder fünfunddreißig, mit einer eigenen Familie. Sie sind unser eigenes Fleisch und Blut, für immer mit uns verbunden – wie deine Tochter mit dir verbunden ist.«

Sara ließ den Kopf sinken. »Ich hatte Angst, Aurora. Nachdem ich gesehen habe, wie meine Schwester bei Lucs Geburt gestorben ist, wollte ich kein Kind.« Sara zupfte an der Decke herum. Leise vertraute sie sich Aurora an: »Ich wollte nicht sterben.«

Aurora beugte sich zu ihr. »Und deshalb meinst du, es sei deine Schuld gewesen? Oh, meine Liebe, das Kind ist wahrscheinlich an der Krankheit gestorben, die Luc hatte und die du dann bekommen hast. Du konntest nichts machen.«

Saras Lippen formten ein geräuschloses »Oh«. Selbst wenn das stimmen sollte, änderte es trotzdem nichts an der Tatsache, dass sie und ihre Tochter jetzt für immer getrennt sein würden. Sie spürte das vertraute Gefühl von Übelkeit in sich aufsteigen.

»Der Priester hat gesagt …«

»Ich weiß, was der verdammte Priester gesagt hat.« Aurora blickte über die Schulter, bevor sie flüsterte: »Dieser Priester weiß überhaupt nichts. Der Limbus wurde vom Papst erfunden, um die Leute in Angst und Schrecken zu versetzen, damit sie ihre Kinder taufen lassen. Matthäus 19:14: ›Aber Jesus sprach: Lasset die Kindlein zu mir kommen und wehret ihnen nicht, denn solcher ist das Reich Gottes.‹« Aurora warf herausfordernd den Kopf zurück.

Sara ließ die Finger über die dicken Weinreben gleiten, die auf die Borte des Picknickkorbes gestickt waren. In ihrem Kopf pochte es, ihr Rücken schmerzte, und sie hatte Gänsehaut. In den vergangen vier Jahren war der Tod vier Mal über ihre Schwelle getreten – wie konnte man verhindern, dass es ein fünftes Mal geschah?

Aurora streckte sich auf dem Gras aus, verschränkte die Hände hinter dem Kopf und schloss die Augen. Einfühlsam sagte sie: »Ich weiß, wie es ist, Angst zu haben, mit jedem Unglück zu rechnen, das einem an der nächsten Ecke auflauern könnte – dein Herz schlägt schneller, deine Hände werden feucht, du wartest auf die nächste Hiobsbotschaft.« Sie öffnete die Augen und blickte zu den Kumuluswolken auf, die wie Wattebäusche hoch über ihren Köpfen hinwegrollten. »An dem Tag, als ich entschieden habe, mich nicht mehr vor dem Tod zu fürchten, habe ich mich seltsamerweise auch nicht mehr vor dem Leben gefürchtet.«

* * *

Später an diesem Nachmittag klopfte ein Fremder so laut an die Haustür, dass Sara vor Schreck zusammenzuckte. »Mr W. H. McNeill aus San Francisco. Zu Diensten, Ma'am«, stellte der Besucher sich vor. Er war klein und trug einen Anzug und eine Melone. Er gab ihr seine Visitenkarte und fragte: »Ist Mr Philippe Lemieux zu Hause?«

Sara drehte die Karte um und ließ die Fingerspitzen über die schwarze, eingravierte Schrift gleiten – sehr elegant. »Ja, er ist in der Weinkellerei.« Sie nahm ihre Schürze ab und ging zur Tür. »Ich bringe Sie zu ihm.«

Der Mann blieb zwei Schritte hinter ihr. »Das ist ein guter Betrieb, den Sie hier haben. Wie lange bauen Sie schon Weintrauben an?«

»Dies wird unser dritter größerer Erntejahrgang sein.«

»Sie machen Witze. Wirklich?«

»Mein Mann und ich nehmen unser Unternehmen sehr ernst, Sir. Ich nehme an, Sie verkaufen Zubehör? Ich fürchte, ich muss Sie enttäuschen, wir haben in der Weinkellerei bereits moderne Maschinen installiert und benötigen keine weiteren.«

»Nein, Ma'am, ich bin aus einem viel wichtigeren Grund hier.«

Am Eingang zur Weinkellerei drehte Sara sich zu ihm um. Die Hände in die Hüften gestützt fragte sie: »Was könnte das sein?«

»Ich möchte Ihnen eine Einladung überbringen.«

Wahrscheinlich eine weitere Veranstaltung der Winzervereinigung. »Oh, sehr gut«, murmelte sie, als sie ihn zur Kellertür brachte.

»Philippe«, rief sie. »Mr McNeill aus San Francisco ist hier, um mit dir zu reden.«

Philippe sah um die Ecke. Er sprang eilig die Stufen hinauf und streckte ihrem Besucher die Hand entgegen. »Mr McNeill, es ist mir eine Ehre«, sagte er höflich. Sara war erstaunt, dass er den Mann anscheinend kannte.

»Die Ehre ist ganz meinerseits.« Er nahm einen hellen Umschlag aus der Tasche und überreichte ihn Philippe. »Sie wurden ausgewählt, im Frühjahr bei der *Exposition Universelle* in Paris die Vereinigten Staaten von Amerika zu repräsentieren. Ich bin gekommen, um Proben Ihrer Weine mitzunehmen.«

Kapitel 13

Oktober 1899, San Francisco

Linnette saß auf der Bettkante mit einem Blatt Papier in der Hand und kaute gedankenverloren an der Kappe ihres Füllfederhalters. Wenn sie ihm schrieb, würde er sie entweder ignorieren oder ihr antworten. Sie wusste nicht, was schlimmer war: der stechende Schmerz, falls Philippe sie ein weiteres Mal abwies, oder der Kummer, falls sie ihn wiedersah – nicht als ihren Liebhaber, sondern als den Vater ihrer Tochter.

Sie musste ihm einfach schreiben, um Pippas willen.

Um keine Details zu verraten, die seine Frau alarmieren könnten, falls sie den Brief lesen sollte, wählte Linnette jedes einzelne Wort so vorsichtig, als hinge ihr Leben von seiner Antwort ab.

> Sehr geehrter Mr Lemieux,
> in meinem Besitz befindet sich etwas, das Ihnen gehört. Bitte besuchen Sie mich freundlicherweise am 29. oder 30. November in den Morgenstunden zwischen zehn und zwölf Uhr.
> Mr L. Cross
> 2390 Lombard Street, San Francisco

Kapitel 14

November 1899

Fünf Blöcke von der Scott Street entfernt sprang Philippe aus dem überfüllten Omnibus. Er wollte den Rest der Lombard Street zu Fuß gehen, um vor seinem Treffen mit Linnette den Kopf freizubekommen. Er fühlte sich wie ein Schuft, weil er sich davongemacht hatte, um seine ehemalige Mätresse zu sehen. Vielleicht hätte er es Sara mitteilen sollen, aber seit sie das Baby verloren hatte, war sie so deprimiert, dass er sie nicht noch mehr beunruhigen wollte. Jedenfalls sagte er sich das selbst immer wieder.

Was könnte Linnette nur von ihm wollen? Ihre Nachricht war mysteriös gewesen, wahrscheinlich, um ihn zu schonen. *Etwas, das Ihnen gehört,* konnte nur eines bedeuten: Linnette war in ihn verliebt und wollte ihre Affäre wiederbeleben. Sie war in seiner Junggesellenzeit eine entzückende Zerstreuung gewesen, aber jetzt waren Sara und Luc seine ganze Welt.

Als Linnette die Tür öffnete, war sie so schön wie immer mit ihrem blonden, glänzenden Haar und der hellen, makellosen Haut, doch sie schien dünner geworden zu sein und hatte dunkle Ringe unter den Augen. Sie war sichtlich erleichtert, Philippe zu sehen.

»Du bist gekommen! Ich wusste, dass du kommen würdest.« Sie streckte die Hand aus, als wollte sie seinen Arm berühren, doch zog die Hand schnell wieder zurück.

»Dein Brief kam sehr unerwartet.« Philippe trat ein. Er bemerkte die abblätternde Farbe an den Wänden, die spärliche Möblierung und den staubigen Holzfußboden, und ihm wurde schwer ums Herz.

»Ich weiß, aber ich hätte nicht geschrieben, wenn es nicht dringend wäre.«

»Worum geht es, Linnette?« Philippe war jetzt besorgt.

Sie zögerte und warf einen verstohlenen Blick auf die verschlossene Tür am anderen Ende des Flurs, bevor sie endlich sprach. »Ich habe nicht vor, dein Leben durcheinanderzubringen. Philippe, ich habe wirklich alles versucht, erst dann habe ich dir geschrieben.«

»Ja?«, fragte er argwöhnisch.

Von innen wurde an der Tür gekratzt, dann hörte Philippe ein gedämpftes Geräusch. »Mama?« Das Wort wurde undeutlich ausgesprochen. »Mama?« Linnette öffnete die Tür und nahm ein kleines strohblondes Mädchen auf den Arm, das höchstens zwei Jahre alt war. Philippe erschrak bei ihrem Anblick: Sie hatte eine Lippenspalte und dieselben hellblauen Augen wie er.

Linnette küsste das Mädchen auf die Wange. Philippe erstarrte. »Das ist Philippa, oder Pippa, wie ich sie nenne.« Sie blickte Philippe eindringlich an, bevor sie seine schlimmste Befürchtung bestätigte. »Sie ist deine Tochter.«

Ihre Worte trafen ihn wie ein Faustschlag in den Magen. Wie konnte das sein? Er betrachtete das Mädchen genau, ihre dunklen, vollen Wimpern und den abrupten Einschnitt in ihrem Mund – als hätte Gott ihre Oberlippe mit seinem Schnitzmesser eingekerbt. Zärtlich und voller Liebe patschte sie mit ihren kleinen Händen auf das Gesicht ihrer Mutter und war sich zum Glück noch nicht bewusst, wie ungewöhnlich sie aussah.

Philippe spürte plötzlich, wie ihm heiß und kalt wurde. Er war immer davon ausgegangen, dass seine erste Tochter eine wunderschöne Miniaturausgabe von Sara sein würde. Selbst in seinen wildesten Träumen hätte er nicht mit dem deformierten Kind seiner ehemaligen Mätresse gerechnet.

Linnette beobachtete ihn, als er das Kind anstarrte. Offensichtlich wartete sie darauf, dass er etwas sagte. Als er sie anblickte, war es ihm, als sähe er Linnette zum ersten Mal richtig. In der Vergangenheit hatte er sie immer als seine Zerstreuung betrachtet, ein Spielzeug. Jetzt war sie eine Mutter, die ihre Tochter im Arm hielt – ohne ihren Aufputz aus Seide, die neckisch frisierten Locken und das Veilchenparfum auf ihrer Haut. Er spürte, wie ihm die Schamesröte ins Gesicht stieg. Dies war nicht der Mann, der er sein wollte.

Linnette bot ihm einen Platz an. Er musste so elend ausgesehen haben, wie er sich fühlte. Sie setzte sich ihm gegenüber und ließ Pippa los, damit sie durchs Zimmer tapsen konnte, während sie sich unterhielten.

»Pippa ist am 9. Dezember 1897 auf die Welt gekommen.« Philippe war verblüfft. Das war nur ein paar Tage vor seiner Heirat mit Sara gewesen. »Als du mich in jenem April besucht hattest, hatte ich noch nicht gewusst, dass ich schwanger war. Ich habe es erst Wochen später erfahren, wollte es dir aber nicht sagen. Du hattest deine Wahl getroffen«, sagte Linnette. Sie hielt den Blick fest auf ihre gefalteten Hände geheftet, die jetzt nicht mehr mit goldenen Ringen geschmückt waren. »Ich wollte dir nicht zur Last fallen.« Philippe fühlte sich schäbig.

»Wir sind eine Weile lang gut zurechtgekommen, aber Pippas Lippenspalte verursacht Ohrenentzündungen, die behandelt werden müssen. An manchen Tagen kaufe ich Medizin anstelle von Lebensmitteln.« Linnette tat es mit einem

Achselzucken ab. »Ich habe versucht, auf andere Weise Geld zu verdienen«, fügte sie hinzu und sah zum Fenster, »doch jetzt, wo ich eine Tochter habe, kann ich nicht so weitermachen wie früher. Und dann habe ich mich entschieden, dich zu bitten ... für ihren Unterhalt aufzukommen.«

»Kann sie ... könnte ich mit ihr reden?« Philippe beugte sich vor und beobachtete Pippa aufmerksam.

»Ja, aber du kannst sie vielleicht nicht verstehen, sie kann manche Wörter nicht richtig formen. Man muss sich erst daran gewöhnen.« Linnette lächelte schwach.

Philippe setzte sich dem Mädchen gegenüber auf den Boden. Pippa überreichte ihm eine abgenutzte Stoffpuppe, dann schnappte sie ihm die Puppe mit einem herzhaften Lachen sofort wieder weg. »Wie? Jetzt nimmst du sie mir wieder weg?«, fragte Philippe scherzhaft. Das Kind hatte ein Funkeln in den Augen, welches ihn unwillkürlich anzog. »Darf ich dir die Hand geben, kleines Fräulein?« Pippa gehorchte ihm sofort, und er war überrascht, dass sie ihn verstehen konnte. Ihre kleine Hand war wie ein Ball aus warmem, weichem Teig, und er bewunderte ihre zierlichen Finger zwischen seinen. Er dachte an Luc und seine verstorbene Tochter. Erneut wurde er von Schuldgefühlen übermannt.

»Ist sie gesund? Was sagt der Arzt?«

»Sie ist in jeder Hinsicht normal, abgesehen von den Ohrenentzündungen und ihrer undeutlichen Aussprache durch die Lippenspalte. Sie ist blitzgescheit«, sagte Linnette stolz.

»Natürlich ist sie das. Du hast sie gut aufgezogen, Linnette.« Linnette und er hatten sich in der Vergangenheit immer offen unterhalten. »Kann ihre Lippe irgendwie operiert werden?«

Philippe hatte Linnette noch nie weinen sehen. »Ja, aber der Arzt hat gesagt, dass die Operation Hunderte von Dollar kostet.«

So viel Geld konnte er nicht ausgeben. Er hatte den größten Teil seiner Ersparnisse dafür verwendet, die Obstplantage zu pflanzen, Mac einzustellen und seine Schulden bei Lamont abzubezahlen. Außerdem würde die Reise nach Paris Geld kosten. »Es kann also gemacht werden?«

Linnette nickte. *Wenigstens gibt es Hoffnung für das Mädchen*, dachte Philippe.

»Ich kann mir die Operation im Moment nicht leisten, aber ich werde dir so viel schicken, wie ich jeden Monat abzweigen kann.«

»Danke, Philippe.«

»Linnette«, sagte er bestimmt. »Du weißt, dass ich meine Frau liebe.«

»Ich weiß«, antwortete sie sanft.

»Im Augenblick ist alles etwas kompliziert.«

»Hast du ihr von mir erzählt?« Linnette beschäftigte sich mit dem mottenzerfressenen Kissen neben ihr.

»Ja, bevor wir verheiratet waren.«

Die Antwort schien sie nicht zufriedenzustellen. »Sie weiß nicht, dass du hier bist?«

Sie. Ihr. Meine Frau. Warum konnte er Sara vor Linnette nicht beim Namen nennen? Weil sie zu zwei verschiedenen Lebensabschnitten gehörten und er sie nie einander vorstellen könnte. Linnette war seine Vergangenheit, doch Sara war seine Gegenwart und Zukunft.

Er sprang auf, und da er in der Nähe des Fensters stand, blickte er auf die Straße hinunter. Auf einer Bank saß ein weißhaariger, alter Mann, der an einer Zigarette zog und sich den kurzen Bart kratzte. Für den Bruchteil einer Sekunde begegnete sich ihr Blick. Philippe hielt den Atem an und drehte sich wieder zu Linnette um. Der Mann hatte die blauen Augen seines Vaters und genau denselben kritischen Blick.

»Philippe?«

Er konzentrierte sich wieder auf Linnette. Sie wirkte klein und müde. Er musste ihr die Situation richtig erklären, damit sie sie verstehen konnte.

»Meine Frau befindet sich im Moment in einem sehr labilen Zustand.«

»Wir befinden uns alle in einem labilen Zustand, Philippe«, beharrte Linnette.

Drohte sie ihm? Philippe blieb standhaft. »Wir haben gerade unsere Tochter verloren – eine Totgeburt. Ich werde ihr von Pippa erzählen, aber noch nicht jetzt.« Seine Stimme wurde weicher. »Du kannst das verstehen, oder? Warum es so wichtig ist, dass du mir hier entgegenkommst?«

Linnette war so unruhig, als säße sie auf glühenden Kohlen. »Ja, schon.«

Pippa zog am Rock ihrer Mutter, bis Linnette sie auf den Schoß nahm und ihr eine Melodie ins Ohr summte. Als er die beiden beobachtete – seine andere Familie –, war Philippe gerührt von ihrem Glück, doch angewidert von sich selbst. Er würde Sara erzählen, dass dies geschehen war, bevor sie sich getroffen hatten, bevor sie geheiratet hatten. Doch nichts würde Saras Schmerz lindern können, wenn sie herausfand, dass er eine Tochter von einer anderen Frau hatte.

Er konnte es ihr einfach nicht sagen.

* * *

Philippe blieb über Nacht fort. Sara hatte ihn gefragt, ob sie ihn nach San Francisco begleiten könne, weil sie für Luc ein Paar schwarze Lederschuhe und einen neuen Sonntagsanzug kaufen wollte, doch er hatte abgelehnt. Ohne ihr eine Erklärung zu geben, hatte er einfach Lady gesattelt und war in den Nebel davongeritten.

Am folgenden Tag hörte Sara zur Mittagszeit, wie die Stalltür zugeschlagen wurde. Das leise Wiehern und Schnaufen von Lady bestätigten Philippes Ankunft. Sara rannte nach draußen. »Wo bist du gewesen?« Vor ihrem inneren Auge hatte sie ihn bereits tot in einem Graben liegen sehen.

Philippe nahm den Hut ab und fuhr sich mit den Händen durch sein zerzaustes Haar. »Es tut mir leid, Sara.« Geistesabwesend küsste er sie auf die Stirn. »Ich hätte dir mitteilen sollen, dass ich über Nacht weg sein werde. Das war gedankenlos von mir.« Seine müden Augen waren blutunterlaufen und glänzten. Welches Geschäft auch immer er in der Stadt getätigt hatte, es war nicht gut gelaufen.

Sara schlang die Arme fester um ihren erschöpften Mann, der nach einer Mischung aus Schweiß und Straßenstaub roch. Sie legte den Kopf an seine Brust und spürte das Klopfen seines Herzens. Er strich ihr übers Haar und seufzte. »Sara.«

Obwohl ihr Körper sich nach seiner Wärme sehnte, entzog sie sich ihm, weil sie befürchtete, noch nicht bereit zu sein. Sie legte eine Hand an seine stopplige Wange und sagte bestimmt: »Was du brauchst, sind ein Bad und eine Rasur.«

»Ja.«

»Warte hier.« Sara öffnete die Küchentür und rief Rose zu, sie solle die Blechwanne mit Wasser füllen. Anschließend verschwand Rose mit Luc diskret nach draußen, um etwas Bewegung in der kühlen Herbstluft zu bekommen.

Obwohl die Küche vom Ofen geheizt wurde, blieb das Badewasser so lauwarm, dass Philippe nur fünf Minuten lang badete. Sara hielt ihm den Rücken zugedreht und beobachtete Rose und Luc, die draußen zwischen den Weinstöcken umhersprangen.

Nachdem er sich abgetrocknet und eine saubere Hose angezogen hatte, ließ Sara ihn am Küchentisch Platz nehmen. Fachmännisch wetzte sie die stählerne Rasierklinge an dem

Stein, genau wie Maman es immer für Papa getan hatte, zehnmal in jede Richtung. Sie zog die Klinge zwanzigmal über das Leder, bis sie so scharf war, dass sie ein Mäusehaar hätte durchschneiden können. Sie gab einen Klacks Rasierschaum in eine Tasse und verrührte ihn mit dem nassen Pinsel zu einer glatten Creme. Der saubere, frische Geruch der Seife entspannte sie.

Als sie aufblickte, merkte sie, dass Philippe sie beobachtete. »Komm her«, sagte er heiser.

Mit Tasse und Pinsel in der einen Hand und der scharfen Rasierklinge in der anderen, ließ Sara sich zwischen Philippes Beinen nieder.

Philippe legte die Hände auf ihre Hüften, doch sie ignorierte seinen Blick voll unverholenem Verlangen und pinselte den Schaum auf seine Wangen. Sie hielt die Rasierklinge leicht geneigt und rasierte mit leichten, gleichmäßigen Bewegungen in Richtung des Bartwuchses.

»Halt still!«, befahl sie. Sie wusste, dass die Haut an seinem Kinn besonders empfindlich war, und wollte erreichen, dass diese am Ende glatt war und keine Ansammlung roter Unebenheiten. Als sie fertig war, tauchte Sara ein Handtuch in die Schüssel mit heißem Wasser. Vorsichtig wischte sie die Überreste des Rasierschaums ab und bewunderte ihr Werk.

»Fertig«, sagte Sara, zufrieden, dass sie eine Aufgabe erledigt hatte.

Ohne ein Wort des Dankes zog er sie auf seinen Schoß. Seine feuchten Lippen wanderten über ihren Hals, während seine Finger leicht wie ein Seidentuch über ihre Oberschenkel glitten. Seine Bewegungen waren so vorsichtig, als wäre Sara eine Porzellanpuppe. Monatelang war sie nur so dahingetrieben, von ihrem eigenen Körper abgeschnitten, doch jetzt brachte er sie mit jeder Berührung ein wenig mehr ins Leben zurück.

Sie strich über seine Schultern, die zum Tragen so vieler Lasten gebaut waren, und ließ ihre Lippen auf seinen verweilen, als sie sich wieder mit seinem Geschmack, seiner Berührung, seinem Geruch vertraut machte. In diesem Moment blickte Sara all dem ins Angesicht, vor dem sie sich fürchtete: seine Qual, seine Liebe, selbst seine Schuld – alles war offengelegt. Ihre eigene Trauer hatte sie so aufgezehrt, dass sie dies kaum erkannt hatte. Sara beschloss, die Kluft zwischen ihnen zu überbrücken, die sich durch die monatelange Trauer noch vergrößert hatte.

Voller Sehnsucht nach der Vereinigung ihrer Körper knöpfte Sara seine Hose auf und hob ihre Röcke hoch. Sie schloss die Augen und entspannte sich. Zunächst bewegte sie sich langsam und konzentrierte sich auf seine lustvollen Seufzer und den Hauch seines Atems in ihrem Haar. Doch schon bald wölbte sie den Rücken nach hinten und ihre Muskeln spannten sich an, im vergeblichen Versuch, die überwältigenden Gefühle einzudämmen, die sie übermannten. Philippe kapitulierte kurz darauf – und als ein Fleisch waren sie wieder vereinigt.

Erschöpft von all den Gefühlen, schmiegte Sara ihren Kopf an Philippes Brust. Sie war so erleichtert, ihn wiederzuhaben, doch ihr Hochgefühl sank, als sie sich daran erinnerte, wie sie ihm gegenüber versagt hatte. »Es tut mir so leid«, flüsterte sie.

Er massierte sanft ihren Nacken. »Nein. *Du* hast nichts falsch gemacht.«

Sara wunderte sich über die Betonung. Er war nicht der Schuldige. Es gab immer noch so viel, was sie nicht über ihn wusste.

Als sie wieder daran dachte, dass Rose und Luc gleich zurückkommen würden, stand Sara auf und glättete ihr Kleid. Philippe tat es ihr nach und zog sich ein frisches Hemd aus dem Wäschekorb an. Er hatte den Gesichtsausdruck eines Jungen, der gerade seinen ersten Kuss erhascht hatte. »Komm mit mir nach Paris«, platzte er heraus. »Wir nehmen Luc mit. Während wir auf der Ausstellung sind, kann er bei deiner Maman und Jacques bleiben.«

»Brauchst du mich nicht hier, damit ich mich um das Weingut kümmere?«

»Nein, ich brauche dich an meiner Seite. Mac und Aurora können in der Zwischenzeit das Weingut leiten.« Saras Herz machte bei der bloßen Erwähnung von Paris einen kleinen Freudensprung. Sich exotische Exponate ansehen und Händlern aus aller Welt die Weine von Eagle's Run vorstellen – wie könnte sie das ablehnen?

Saras Gedanken wandten sich wieder der langen Reise zu. Was wäre, wenn Luc im Zug oder auf dem Schiff krank würde? Was wäre, wenn sie New York erreichten, aber einer von ihnen nicht mit auf die Überfahrt kommen könnte? Was wäre, wenn …? Ihre Ängste ließen ihr Herz rasen, aber plötzlich fielen ihr Auroras Worte ein: *Als ich entschieden habe, mich nicht mehr vor dem Tod zu fürchten, habe ich mich seltsamerweise auch nicht mehr vor dem Leben gefürchtet.*

»Ja! Ja!« Sara presste Philippe einen Kuss auf die Lippen, und er umarmte sie innig. Als sie sich losließen, lächelte sie zum ersten Mal seit Monaten. Ihr altes Ich war zurückgekehrt und stürmte voraus ins Leben.

TEIL 2

Kapitel 15

Juni 1900, Pariser Weltausstellung

Paris war ein buntes Kaleidoskop, dessen sich verändernde Formen und atemberaubende Pracht seine Besucher in Entzücken versetzte. Selbst der Nachthimmel hatte sich für die Ausstellung in ein tiefes Indigoblau gehüllt, übersät mit Sternen, die von beweglichen Scheinwerfern angestrahlt wurden und wie Edelsteine funkelten. Es war kühl, aber von Zeit zu Zeit wehte ein warmer Luftschwall von den Essständen das süße Aroma von frisch gebackenem Zimtkuchen und exotischen Fleischgerichten zu ihnen herüber. Paris war eine Stadt der Wunder.

In der Menschenmenge aus Besuchern aus aller Welt wurden Sara und Philippe dicht zusammengedrängt, als sie durch den riesigen Eingang traten – die Porte de la Concorde. Die dreibeinige Kuppel und die Minarette waren mit farbigen Lichtern geschmückt und erinnerten Sara an einen mit Zuckerstreuseln dekorierten Kuchen.

Nachdem sie durch das Tor gegangen waren, blieben sie sprachlos stehen und ließen den Karneval, der sich vor ihren Augen abspielte, auf sich wirken. Algerische und ägyptische

Tänzerinnen in goldenen und silbernen Kleidern wiegten ihre Körper verführerisch zum Spiel der Harfen, Leiern und Lauten. Teufelstänzer hielten sich hinter langen, bemalten Masken mit hervorquellenden Augen verborgen. Spanische Tänzerinnen wirbelten im Kreis und klapperten mit ihren Kastagnetten im Rhythmus der Trommeln. Ihre urwüchsigen Bewegungen und ihre völlige Hingabe an den Tanz zogen Sara in den Bann. Die Vibrationen breiteten sich von den Instrumenten bis zum Boden unter ihren Füßen aus und wanderten von dort aus bis in Saras Innerstes. Sie verstärkte ihren Griff um Philippes Arm und drückte ihren Oberschenkel an seinen. Als er mit einem verführerischen Lächeln reagierte, wurde Sara rot. Wären sie nicht gerade in der Gesellschaft der halben Welt gewesen, hätte sie in dem Augenblick auf der Stelle über ihn herfallen können.

Die Pavillons, oder »Paläste«, der teilnehmenden Länder ragten an den Rändern der Seine auf, jeder mit seiner eigenen, individuellen Fassade und den darin präsentierten Schätzen. Als sie über die Jahrmärkte gingen, die Champs-Élysées entlang zu dem Hôtel des Invalides, war Sara von dem riesigen Ausmaß der Ausstellung zutiefst beeindruckt und dachte, wie winzig der Beitrag von Eagle's Run im Vergleich sein würde. Jedes Land schien hier anwesend zu sein, obwohl die Ausstellungsstücke der französischen Kunst, Landwirtschaft, Technologie und Architektur die Messe dominierten. Sie würden es nie schaffen, vor ihrer Rückkehr nach Kalifornien alles zu sehen.

Sara überflog den Lageplan der Ausstellung. Die Jahrmärkte umfassten auf beiden Seiten der Seine einen großen Bereich von Paris. Zuerst besuchten sie das Grand Palais mit seiner riesigen Glaskuppel und der schmiedeeisernen Wendeltreppe. Die dort ausgestellte Sammlung moderner Skulpturen zog Sara in den Bann. Sie war fasziniert von der glatten Muskulatur und lebensechten Darstellung dieser Männer, Frauen, Vögel und anderen Tiere, die aus Marmor gehauen oder aus Bronze gearbeitet waren. Die Zeit und der Aufwand, die es bedurfte, um diese raffinierten Figuren zu formen, mussten eine unglaubliche Herausforderung für den Künstler sein, doch das Ergebnis war die reinste Freude für den Betrachter. Wie wurde der Stein ausgewählt? Welche Werkzeuge wurden verwendet? Sara hätte den ganzen Tag lang die Kurven, Gesichter und leeren Augen der Skulpturen betrachten und sich zu jeder eine Geschichte ausdenken können. Philippe dagegen konnte es gar nicht mehr erwarten, den Pavillon der Vereinigten Staaten zu sehen, der sich am Südufer, auf der anderen Seite der Seine, befand.

Als sie näher kamen, reckten Sara und Philippe die Hälse, um die riesige, weiße Kuppel des amerikanischen Pavillons zu sehen. Hoch oben auf der Gebäudespitze befand sich ein steinerner Adler, und auf dem Torbogen war eine Gruppe muskulöser Männer und Frauen dargestellt, die versuchten, die vier wilden Pferde zu bändigen, die den Streitwagen des Fortschritts zogen. Auf dem Streitwagen saß triumphierend die Göttin der Freiheit. Allem Anschein nach hatten die Amerikaner weder Kosten noch Mühen gescheut.

»Es sieht aus wie ein griechisches Pantheon, nicht wahr?« Sara neigte den Kopf zur Seite und überlegte, ob sie das Design mochte. Sie bewunderte die detaillierte Planung, die dafür nötig gewesen sein musste.

»Ja«, stimmte Philippe zu, »aber meinst du nicht auch, dass ein New Yorker Wolkenkratzer nicht symbolischer für den amerikanischen Fortschritt gewesen wäre?«

Als sie eintraten, war Sara enttäuscht, dass das Innere des amerikanischen Pavillons mit seinem Linoleumboden und den ungeschmückten Wänden ziemlich banal aussah. Die vier Stockwerke, die mit Aufzügen und Treppen erreicht werden konnten, boten den Besuchern Aufenthaltsräume, Warteräume, Schreibtische und Informationsbüros.

Da es erst Mitte Juni war, waren die Exponate noch nicht vollständig. Sara folgte den erlesenen Klängen eines Streichquartetts und ging einen holzgetäfelten Flur entlang. An der offenen Tür eines großen Salons blieb sie abrupt stehen und streckte die Hand nach hinten aus, damit Philippe, der die Nase in seinen Ausstellungsführer gesteckt hatte, nicht in sie hineinlief.

Die Fenster des Salons wurden von cremefarbenen Seidenvorhängen eingerahmt, und die Wände waren mit gläsernen Leuchten geschmückt, doch die strahlendste Dekoration waren die Diamanten und Perlen an den Hälsen, Handgelenken und Ohrläppchen der amerikanischen Damen. So viel Reichtum in einem Raum! Von Ehrfurcht ergriffen blieb Sara stehen und starrte bewundernd die Frauen in den silbernen und goldenen Kleidern aus Satindamast und saphirblauen Seidenkleidern an. Eine der Damen fächelte sich mit einem Fächer aus Seide, Federn und Perlmutt Luft zu.

Philippe versuchte, Sara zur Eile zu treiben, aber sie bewegte sich nicht von der Stelle. So nah war sie noch nie zuvor an die amerikanische High Society herangekommen. Da die Überfahrten mit Dampfschiffen sehr teuer waren, mussten die meisten der Frauen, die von Amerika angereist waren, entweder vermögend sein, Ausstellerinnen wie sie selbst, oder sie hatten sich die Reise mühsam zusammengespart.

Sara bedeutete Philippe, leise zu sein, und zog ihn hinter einen Farn, damit sie unentdeckt die feine Gesellschaft beobachten konnten. Er verdrehte die Augen und verschwand zur Bar am anderen Ende der Halle. Sara machte das nichts aus. Wann hatte sie schon einmal die Gelegenheit, wohlhabende, Wein trinkende Frauen in ihrem Element zu beobachten? Sara zählte, wie viele Frauen Weingläser in der Hand hielten, und machte ein Gedankenspiel daraus, ihr Alter zu entziffern, zu sehen, ob sie roten oder weißen Wein tranken, und sogar, wie schnell – sie war andauernd damit beschäftigt, den Geschmack von potenziellen Kunden herauszufinden.

* * *

An diesem Tag mussten Sara und Philippe bestimmt sechs Kilometer gelaufen sein, und sie hatten noch nicht einmal die Hälfte von dem gesehen, was auf den hundertvierzig Hektar der Ausstellung geboten wurde. Sie hatten geplant, am nächsten Tag ihren Stand aufzubauen und über das Champ de Mars zu bummeln, um die Theater, Restaurants und Jahrmarktvergnügungen am Rande des Flusses zu sehen.

Um ein Uhr nachts fiel das Paar erschöpft ins Bett und schlief bis zehn Uhr morgens. Zu Hause standen sie immer spätestens um fünf Uhr dreißig auf, und Sara kam es vor, als wären sie wieder in den Flitterwochen.

Sie war sich sicher, dass Luc sein langer Besuch bei Maman und Jacques auf Saint Martin gefiel. Ihre einzige Sorge war, dass Jean Lemieux auftauchen und verlangen könnte, seinen Enkel zu sehen. An diesem Morgen jedoch schüttelte sie ihre Ängste ab und erinnerte sich daran, dass sie Paris besichtigen wollte.

Nach einem Frühstück auf dem Zimmer mit Kaffee, Milch, Brötchen und Butter ließen sie sich von einer Kutsche vom Hôtel Le Meurice in der Rue de Rivoli zum Kommissionsbüro der amerikanischen Ausstellung bringen. Philippe begrüßte den Sachbearbeiter auf Englisch, doch dieser gähnte nur, schob seine Brille hoch und tippte auf ein Formular. Nachdem Philippe ihre Informationen angegeben und das Formular unterschrieben hatte, gab der Sachbearbeiter ihnen ihre Ausstellerausweise. Sara drückte unbemerkt Philippes Arm, und er reagierte mit einem Zwinkern. Ihr Herz klopfte so schnell, als wollte es gleich zerspringen. In der kommenden Woche wollten sie den 1897er Eagle's Run Cabernet und Chardonnay zum Verkosten einreichen – und dann würde die ganze Welt ihre Weine beurteilen.

Sara und Philippe ließen sich am Palais d'Agriculture absetzen, wo Sara ihren Stand zum anziehensten Stand auf der ganzen Messe gestalten wollte. In einer Tasche hatte sie eine vornehme Spitzentischdecke, die sie von ihrer Mutter ausgeliehen hatte, und ein elegantes Buch mit Ledereinband, in dem Sara die Geschichte und die Weine von Eagle's Run beschrieben hatte. Unter ihrem rechten Arm hatte sie ein auf Hochglanz poliertes silbernes Tablett geklemmt, und in der Hand hielt sie ihre Ausgabe des *Guide de l'Exposition Universelle*, als wäre er ihre Bibel. Philippe trug den Werkzeugkasten, den er von Jacques ausgeliehen hatte.

Sie betraten die viertausendfünfhundert Quadratmeter große Anlage und liefen durch die Reihen der Exponate, an der Präsentation von Baumwolle, Hanf und Schafswolle vorbei durch die eindrucksvolle Ausstellung landwirtschaftlicher Maschinen, bis sie schließlich die Exponate der Gebrüder Beringer und der Kalifornischen Weingesellschaft erspähten. Eagle's Run hatte einen der Tische dazwischen zugewiesen bekommen. Sara und Philippe erfuhren, dass sie sich für die Dauer der Ausstellung mit Boone Sumter als Tischnachbarn arrangieren mussten.

»Haben wir vielleicht ein Glück!«, flüsterte Philippe sarkastisch, als er das Namensschild sah.

»Ja, aber sagst du nicht immer selbst, dass man seine Feinde näher bei sich halten sollte als seine Freunde?«

»Aber doch nicht am Nachbartisch«, murrte er.

Sara kicherte. »Vielleicht haben wir ja Glück und verpassen ihn auch weiterhin. Außerdem sind die Beringers weitaus unterhaltsamer.« Die beiden Brüder, Jacob und Frederick, waren aus Mainz nach Amerika gekommen und hatten 1875

Los Hermanos gekauft. Das Weingut in St. Helena war eines der ersten im Napa-Tal gewesen, und für Sara gehörten die beiden Brüder zu den Pionieren der Winzerei.

Sara und Philippe arbeiteten den ganzen Nachmittag lang. Sie hatten mehrere Kisten ihrer besten Weine und Weinkelche verschiffen lassen, und alle waren intakt geblieben. Sie hatten Glück gehabt – die Weine manch anderer Teilnehmer waren unterwegs auf den Dampfschiffen und Zügen geronnen und wurden als für den Wettbewerb untauglich erklärt.

Das rote Schild, auf das mit Goldfarbe der Name Eagle's Run und der Name ihrer Weine geschrieben stand, war in einem Stück, doch mit Kratzern an der Seite angekommen. Sara würde es morgen ausbessern müssen. Philippe befestigte das Schild an dem Fass aus französischer Eiche, welches sie aus Saint Martin mitgebracht hatten.

Sie breiteten die Tischdecke aus, stellten vier Weinkelche und einen Flaschenöffner auf das Tablett und arrangierten die Flaschen in einem Halbkreis darum. Sara legte das elegante schwarze Buch auf den Tisch neben das Tablett. Auf die Innenseite ihres Ausstellungsführers kritzelte sie die Besorgungsliste für den nächsten Tag: Blumen, ein Gästebuch, Füllfederhalter mit feiner Spitze und rote Farbe.

Eine adrett gekleidete Frau blieb an ihrem Tisch stehen und fragte, ob sie sie fotografieren dürfte. Sara und Philippe posierten für das Foto neben ihrem neu dekorierten Tisch. Dieser Moment prägte sich für immer in Saras Gedächtnis ein.

Sara lieh sich von einem anderen Winzer ein Stück Schnur und eine Schere aus, und als sie an ihren Tisch zurückkehrte, war Philippe in ein Gespräch mit einem Mann vertieft, der mit dem Rücken zu ihr stand. Zunächst lächelte und nickte Philippe, doch dann zog ein Schatten über sein Gesicht. War es etwas, das der Mann gesagt hatte?

Als Sara näherkam, hörte sie, dass die beiden Französisch miteinander sprachen. Der kleine, grauhaarige Mann blickte über die Schulter und sah Sara mit zusammengekniffenen Augen an. Sie erkannte ihn sofort – es war Bastien Lemieux' alter Freund und Saufkumpan, Gilles Bellamy. Er besaß ein Weingut in der Nähe von Tours.

Da es zu spät war, um sich heimlich davonzustehlen, marschierte Sara hocherhobenen Hauptes auf sie zu.

In Philippes Stimme schwang eine Warnung an Bellamy mit. »Darf ich dir meine Frau vorstellen, Sara Lemieux.«

Bellamy funkelte erst sie an, dann Philippe, seine Miene verzog sich vor Abscheu. »Was zum Teufel hast du dir dabei gedacht?« Bellamy lallte beim Sprechen etwas, und er griff Philippes Arm. »Um Himmels willen, Mann, sie hat deinen Bruder *umgebracht*!«, brüllte er.

Beschämt trat Sara zurück und befürchtete das Schlimmste.

Philippe trat zwischen Sara und Bellamy. »Du bist betrunken, Bellamy. Warum schläfst du nicht erstmal deinen Rausch aus.« Philippe legte einen Arm um Bellamys Schultern und versuchte, ihn ohne Umwege zur Tür zu bugsieren, doch Bellamy ließ sich nicht von seinem Plan abbringen. Stolpernd schwenkte er herum.

»Ich wette, sie ist ein leckeres Früchtchen, nicht wahr, Lemieux?«, spuckte er aus.

»Sei still, Bellamy!«

»Oh, ich verstehe«, er stieß ein keuchendes Lachen aus, »ihr zwei habt schon von Anfang an unter einer Decke gesteckt, was? Jetzt, da Bastien tot und aus dem Weg geschafft ist, bekommst du auch noch Saint Martin!«

Philippes rechter Haken traf Bellamys Kinn und ließ ihn zu Boden taumeln. Als er mit einem dumpfen Schlag landete, zerrte Philippe ihn hoch, drehte ihm den Arm hinter den Rücken und begleitete ihn nach draußen auf die Straße, wo er Bellamy auf das Kopfsteinpflaster fallen ließ. Philippe glättete seine Weste, strich sich durch die Haare und ging zu Sara zurück.

Sara blickte um sich. Alle starrten sie an, einschließlich Boone Sumter.

Sie spürte die Hitze in ihren Wangen, ihre Augen brannten. Sie fragte sich, ob die Zuschauer Bellamys Vorwürfe vollständig verstanden hatten und – noch schlimmer – ob sie ihm glaubten.

»Alles in Ordnung?«, fragte Philippe sanft.

»Ja«, log sie. »Und bei dir?«

Philippe massierte seine Fingerknöchel. »Jetzt ja«, sagte er mit einem breiten Grinsen. Sie lachte nervös über sein Draufgängertum und nahm dankbar seinen Arm.

Philippe verabschiedete sich von den ungläubig blickenden Schaulustigen um sie herum mit einem Tippen an seinen Hut und ging mit Sara hinaus. Sie mussten beide darauf achten, nicht auf den betrunkenen Bellamy zu treten, der immer noch auf der Straße lag.

Erschöpft und ausgehungert nach diesem dramatischen Tag ließen Sara und Philippe sich im Restaurant de la Terrasse am Boulevard Montmartre auf die Stühle fallen. Für je vier Franc aßen sie eine Mahlzeit aus Rinderfilet, Kartoffeln, grünen Bohnen, Käse und Kuchen. Sie verzichteten auf den Claret-Wein und entschieden sich stattdessen für zwei Flaschen Saint Garnier, das reinste Trinkwasser von Paris.

Philippe war ungewöhnlich wortkarg. Um seine Stimmung aufzuhellen, täuschte Sara eine Gelassenheit vor, die sie nicht verspürte. »Also, was haben wir noch zu tun?«, fragte sie und nahm ein Stück Schokoladenkuchen. Der Zucker ließ ihre Sinne wieder aufleben.

»Das weißt du bestimmt besser als ich. Ich habe gesehen, wie du jedes kleine Detail festgehalten hast.« Philippe lächelte, doch er sah müde aus, als er den letzten Krümel Kuchen von ihrem Teller aufspießte.

»Farbe, Blumen, ein Gästebuch und einen Stift.«

»Willst du die Leute am Stand um ihre Adressen bitten?«

»Natürlich. Warum sollten wir sie ihre Namen aufschreiben lassen, wenn wir nicht wissen, wie wir sie erreichen können? Jeder, der vorbeikommt, ist ein potenzieller Kunde, selbst wenn manche Leute unsere Weine nur in einem Restaurant kaufen. Kunden kaufen eine Flasche eher, wenn sie uns persönlich getroffen haben, meinst du nicht auch?«

»Absolut.« Seine Antwort klang hohl. Philippe gab die richtigen Antworten, doch seine Gedanken waren ganz woanders. Sara nippte an ihrem Kaffee und überlegte, ob sie ihn einfach fragen sollte. Wenn sie unbeantwortet blieben, würden diese Zweifel eine Mauer zwischen ihnen errichten.

»Philippe?«

Mit einem leisen Klirren setzte er die Tasse ab. »Hm?«

Sara sprach leise. »Was hast du gedacht, als du Bellamy einen Faustschlag versetzt hast?«

Philippe zog eine Augenbraue hoch. »Ich kann nicht sagen, was ich gedacht habe, aber er hatte es verdient.«

»Wegen dem, was er über mich gesagt hat?«

»Wegen dem, was er über *uns* gesagt hat.« Philippe nahm Saras Hand. »Gegen unsere Ehe gibt es nichts einzuwenden. Sie ist die heiligste aller Verbindungen. Unsere Ehe ist aus Vergebung und Charakterstärke hervorgegangen … von deiner und meiner Seite. Wir haben uns diese Verbindung hart erarbeitet, und sie besteht für immer.«

Es war eine lange Rede für Philippes Verhältnisse. Sara berührte seine Wange, und er drückte ihre kalte Hand an seine erhitzte Haut. »Morgen früh bringen wir die Arbeit zu Ende, aber bevor die Sonne untergeht, will ich dir noch einen besonderen Ort zeigen.«

»Wohin gehen wir?«

»Bist du jemals auf den Eiffelturm gestiegen?«

* * *

Der Himmel über Paris war sonnig und wolkenlos, als Sara und Philippe am Dienstagnachmittag auf die dritte und höchste Ebene des Eiffelturms kletterten. Sie opferten ihr Abendessen für eine Aussicht, die sie fünf Franc pro Person kostete, aber Sara hatte ein Baguette, ein Stück Brie und ein Buttermesser auf den Turm schmuggeln können. Philippe verbarg in seiner Jackentasche einen kleinen Flachmann mit einem guten Beringer-Brandy von seinen Freunden.

Als sich die Menge lichtete, blickten Sara und Philippe vom südöstlichen Ende der Plattform vom Champ de Mars bis zum großen Wasserfall hinunter. Der extra für die Weltausstellung konstruierte Wasserfall bestand aus einer riesigen Grotte mit elektrischen Fontänen. Sie konnten mehr als vierzig Kilometer weit sehen. Paris war atemberaubend.

Philippe brach den Zauber und bot Sara einen Schluck Brandy an. Sie nippte an der Flasche und spürte, wie die flüssige Wärme ihre Kehle hinunterlief. Als sie sich umblickten, bemerkten sie, dass sie die einzigen Besucher waren, die noch auf dieser Seite standen. Sara setzte sich auf ihr Halstuch, legte das Baguette auf den Schoß und bestrich es mit dem weichen Käse. Sie gab es Philippe, seufzte und sagte: »Ich habe noch gar nicht deine Frage beantwortet, ob ich schon mal auf dem Eiffelturm gewesen bin.«

»Ja, das stimmt«, antwortete er und blickte sie aufmerksam an.

»Mein Vater hat mich hierhergebracht, als ich zehn war. Der Turm war für die Weltausstellung 1889 gebaut worden. Wir konnten uns die Eintrittskarten nicht leisten, aber ich kann mich noch daran erinnern, dass ich unter dem Eiffelturm gestanden und zu seiner enormen Spitze aufgeblickt habe. Mir wurde so wacklig in den Knien, dass ich nach hinten umgekippt bin. Papa hat mich aufgefangen und gelacht.« Bei dem Gedanken musste Sara lächeln. »Es war ein wunderbarer Tag.«

»Er war ein guter Mann.«

»Der beste Mann«, korrigierte Sara ihn und versuchte mühsam, sich an Papas schokoladenbraune Augen zu erinnern.

»Ich bin froh, dass wir zusammen hierherkommen konnten.« Philippe lächelte und streifte eine lose Ringellocke hinter Saras Ohr zurück. Sie riss ein Stück Brot ab. Sara vermisste die einfachen Dinge aus ihrem früheren Leben: den weichen, erdigen Ziegenkäse aus der Molkerei in Vouvray, das Kratzen der Bartstoppeln ihres Vaters am Abend und die runden, rosigen Wangen ihrer Schwester.

»Der Wind nimmt zu«, sagte Sara und schniefte, als sie ihr Gesicht der östlichen Brise zuwandte. Ein kühler Luftstrom trieb ihr Tränen in die Augen, die sich wie Luftschlangen entrollten und über ihre Wangen liefen. Philippe legte mitfühlend einen Arm um ihre Schulter.

»Manchmal vergesse ich, wie viel du verloren hast«, sagte er und reichte ihr ein Taschentuch.

Sara tupfte ihre Wangen ab. »Ich habe aber auch viel gewonnen.«

»Das haben wir beide«, antwortete er fest überzeugt. Sie blickten auf die Schwärme der Touristen hinunter, die auf dem Ausstellungsgelände herumschwirrten wie Bienen. »Wir werden mit einer Medaille heimgehen, Sara – ich weiß es.«

Sie bewunderte seine Selbstsicherheit. »Vielleicht, aber die Konkurrenz ist groß. Wie ich gehört habe, sind sechsunddreißigtausend Weine vertreten.«

»Ja, aber wahrscheinlich nur hundert gute«, erwiderte er und biss in ein Stück Brot. »Sie müssen an sich selbst glauben, Mrs Lemieux«, neckte er sie.

Sara gab ihm einen zarten Kuss auf den Mund. »Ich glaube an dich.« Als sie dies sagte, blitzte ein Funken Traurigkeit in seinen Augen auf – oder war es Reue?

Der Abendhimmel wurde von den weißen Strahlen aufgehellt, die den Eiffelturm beleuchteten. Die Lichter des großen Wasserfalls tanzten auf der Oberfläche des Wassers, das von seinem Gipfel kaskadenförmig in das ebenerdige Becken stürzte. Das Paar erhob sich, um diese ganze Pracht in sich aufzunehmen.

»Wunderschön«, murmelte Sara und lehnte sich gegen das Eisengitter.

»Sara«, bat Philippe sie plötzlich flehentlich, »verliere nie deinen Glauben an mich.«

Von der Dringlichkeit in seiner Stimme überrascht, ergriff sie seine Hände, die er fest um ihre Taille verschränkt hatte. »Niemals.«

* * *

Im Verkostungszimmer der Weinhalle Saint-Bernard gegenüber dem Place Jussieu hatten die Weinproben begonnen. Jeden Morgen zwischen neun und zwölf Uhr gingen zwanzig Gruppen mit je fünf Sachverständigen von Tisch zu Tisch, um die verschiedenen Weine zu testen, auszuspucken und sich Notizen in ihre Taschenkalender zu machen. Ihr abschließendes Urteil sollte erst verkündet werden, wenn jede der sechsunddreißigtausend Proben verkostet worden war, was wahrscheinlich erst in mehreren Monaten geschehen sein würde. Dann sollten die Preise verliehen werden: ein Hauptpreis sowie eine Gold-,

Silber- und Bronzemedaille. Die meisten Winzer würden mit leeren Händen nach Hause gehen.

Bei dem Gedanken daran, ihre Weine einer internationalen Jury vorzustellen, war Sara sowohl freudig erregt als auch nervös und unruhig. Von den hundertundein Vertretern der Jury repräsentierten siebenundsiebzig Frankreich, und nur vierundzwanzig vertraten die anderen Länder. Sara wusste, dass Philippe sich Sorgen machte, weil die meisten Europäer, und insbesondere die Franzosen, amerikanischen Weinen gegenüber Vorbehalte hatten. Er und die anderen Winzer waren so beunruhigt, dass sie sich bemühten, ihre Flaschen für den französischen Ausschuss attraktiver zu gestalten, indem sie den Etiketten europäische Motive gaben und die französischen Namen der verwendeten Trauben auf die Etiketten druckten. Zum Glück konnten die Sachverständigen aus Großbritannien und Kanada über Weinqualität ebenso gut entscheiden wie die Franzosen, ohne deren jahrhundertealte Voreingenommenheit zu besitzen.

Am 19. Juni waren Sara und Philippe mit mehreren anderen amerikanischen Winzern anwesend, als die amerikanischen Weine für die Verkostung vorbereitet wurden. Gerade als die letzten Flaschen aus dem Keller geholt worden waren, kam ein Bote mit der Nachricht, dass sich alle anwesenden Sachverständigen im Zimmer der Jury zusammenfinden sollten.

Philippe wollte nicht zum Mittagessen hinausgehen, bevor die Männer zurückgekommen waren, weil er nicht die Neuigkeiten verpassen wollte. Als die Weinverkoster am späten Nachmittag endlich zurückkamen, sprach Dr. Wileys wütender Gesichtsausdruck Bände.

»Gibt es ein Problem?«, fragte Philippe das Jurymitglied.

»Der Präsident der Ausstellung hat der Jury geraten, die meisten amerikanischen Weine vom Wettbewerb zu disqualifizieren«, antwortete Wiley niedergeschlagen.

»Mit welcher Begründung?«

»Sie beschuldigen uns, unter Vorspiegelung falscher Tatsachen auszustellen. Die Namen, die wir gewählt haben – Sauternes, Champagne, Burgunder, Chablis –, würden auf eine europäische Herkunft der Trauben schließen lassen und deshalb Käufern vorspiegeln, sie würden europäische Weine trinken.«

Sara war entsetzt. »Aber die Herkunft der Trauben ist doch auf jedem Etikett deutlich gekennzeichnet – sowie der Name des Winzers und die Adresse. Für jeden, der lesen kann, sollte offensichtlich sein, dass diese Weine in Amerika hergestellt wurden.«

Dr. Wiley zuckte die Achseln, sein Gesichtsausdruck war fassungslos. »Ich habe das alles erklärt, aber ich bin der einzige Amerikaner in der Jury. Meine Stimme wurde von der Mehrheit zum Schweigen gebracht.«

»Dagegen müssen wir protestieren!«, rief Philippe, und die umstehenden amerikanischen Winzer jubelten zustimmend.

Dr. Wiley erhob die Stimme, um in der aufkommenden Unruhe gehört zu werden. »Das habe ich vor, meine Herren. Wenn Sie mich jetzt bitte entschuldigen würden, ich habe eine förmliche Beschwerde bei der Kommission einzureichen.«

Kapitel 16

Juni 1900, Saint Martin

Sara und Philippe hatten Ablenkung dringend nötig, also nahmen sie den Zug nach Tours und ließen sich von dort mit einer Kutsche nach Saint Martin bringen. Im Laufe der letzten zweieinhalb Jahre hatten Maman und Jacques Stück für Stück eine kleinere Version des ursprünglichen Saint-Martin-Anwesens neu aufgebaut. Mit den noch verwendbaren Steinen hatten sie im östlichen Teil des Hauses eine kleine Küche konstruiert und mit neuen Materialien im oberen Stock ein Wohnzimmer, einen Salon, eine Toilette und drei Schlafzimmer fertiggestellt. Maman hatte dicke Baumwollvorhänge genäht, um im Winter den kalten Luftzug fernzuhalten, und daunengefüllte Kissen für die harten Holzstühle gehäkelt. Mehrere Decken, die vom Strickkreis der Kirche gespendet worden waren, hielten bei Nacht die Betten warm.

Maman und Jacques waren vor Freude außer sich, Sara und Philippe schon früher als erwartet zu sehen. Luc jedoch ballte die Fäuste, stampfte mit den Füßen und zog sich in die Küche zurück. »Macht euch keine Sorgen, ihr Lieben, ihm geht es gut«, sagte Maman im Zimmer nebenan zu ihnen. »Er ist nur wütend, weil er euch nicht bei eurem großen Abenteuer begleiten konnte.«

»Er ist erst drei. Was für einen Unterschied macht es für ihn?«, neckte Philippe sie.

»Vier im August, und er ist gekränkt, weil ihr ihn hiergelassen habt, das ist alles«, erklärte Maman geduldig.

»Er freut sich sicher, hier bei dir zu sein. Außerdem«, fügte Sara laut hinzu, »wenn mein liebster Luc seine Maman nicht mit einem Kuss begrüßen will, wie soll ich ihm dann die bunten Postkarten zeigen, die ich für ihn mitgebracht habe?«

Als Sara kurz seinen Haarschopf und einen fragenden Blick hinter dem Türpfosten aufblitzen sah, wusste sie, dass sie seine Neugier geweckt hatte. Sie kramte in ihrer Tasche nach der kleinen Tüte mit den Karten und brachte dabei das Wachspapier zum Knistern, wonach der Junge unmöglich länger der Versuchung widerstehen konnte.

»Sieh mal, was ich hier habe: Postkarten vom Eiffelturm. Kennst du jemanden, der sie gerne haben würde?« Sie hielt die Karten aufgereiht wie einen Fächer. Luc rannte auf Sara zu und warf sie mit seiner stürmischen Umarmung beinahe um. Sara bedeckte ihn mit Küssen. Sie hatte bisher noch gar nicht bemerkt, wie sehr sie ihn vermisst hatte.

»Darf ich sie sehen?« Lucs Wangen waren wie zwei perfekte runde Äpfel, auf jeder Seite ein Grübchen, was sein breites Strahlen noch unterstrich. Er schnappte sich zwei Postkarten und wedelte mit ihnen in der Luft herum.

Philippe zeigte auf die Bilder. »Das ist der Eiffelturm, er ist fast so hoch wie die Sonne im Sommer, und das hier ist der Technikpalast, der bis zum Bersten gefüllt ist mit den neuesten und modernsten Automobilen.« Er ließ Luc los und holte ein Geschenk aus dem Koffer. »Für dich.«

Kurzerhand riss Luc die Schleife ab und öffnete die Schachtel. Seine Nase kräuselte sich vor Freude. Philippe kniete sich neben ihn und nahm den kostbaren Inhalt heraus. »Es ist ein Mercedes mit fünfunddreißig Pferdestärken, das allerneueste Automobil! Sieh mal, so fährst du damit.« Philippe beugte sich vor und rollte das kleine Blechauto auf dem Boden. Lucs Gesicht leuchtete beim Quietschen der Räder auf. Der Junge nahm das Modell in die Hand und drehte es um, wobei er jedes kleine Detail in sich aufnahm.

»Papa?«

»Hm?« Philippe zeigte Luc, wie man die Motorhaube öffnete und das Lenkrad drehte.

Luc runzelte die Stirn und neigte zweifelnd den Kopf. »Wo ist das Pferd?«

Alle brachen in Lachen aus. Philippe tippte mit dem Finger auf das glänzende, handbemalte Metall. »Sie haben das Pferd geschrumpft und hier versteckt, unter der Motorhaube. Los, versuch mal, es zu finden.«

Vor dem Essen löcherten Maman und Jacques sie mit Fragen über die Weltausstellung. Als Philippe Jacques von der Disqualifizierung erzählte, war dieser zutiefst empört. »Ich schäme mich dafür, dass eine internationale Jury, die überwiegend aus unseren Landsleuten besteht, so etwas tut, nur um zu verhindern, dass die Amerikaner ihnen dieses Jahr ein paar Medaillen wegnehmen. Andererseits ist es wahrscheinlich ein Kompliment für dich und die anderen amerikanischen Winzer.« Jacques hob einen Finger hoch. »Ihr habt sie das Fürchten gelehrt! Vielleicht habt ihr tatsächlich eine Chance.«

Philippe verdrehte die Augen. »Vielen Dank für dein Vertrauen, Jacques.«

Jacques kicherte und gab Philippe einen freundlichen Klaps auf den Rücken.

»Wir sind diesen ganzen Weg gereist und haben uns in all die Unkosten gestürzt, und das für nichts und wieder nichts? Wir sind vielleicht ein paar Schafsköpfe, was?« Philippe ließ den Kopf in die Hände sinken und rieb sich die Augen.

Sara fügte hinzu: »Jacques, wir können es uns nicht leisten, noch viel länger in Paris zu bleiben. Wir fahren nächsten Sonntag zurück, egal ob die Jury entschieden hat, unsere Weine in den Wettbewerb aufzunehmen oder nicht. Wer weiß, wie lange das noch dauern kann? Die Jurymitglieder könnten noch die nächsten zwei Monate brauchen, um alle Weine zu testen.«

»Ach du lieber Himmel! Zwei Monate?« Jacques' Stuhl knarrte, als er sich zurücklehnte.

»Das ist ziemlich drastisch, was?« Maman schöpfte einen dickflüssigen Gemüseeintopf in mehrere Schalen, die sie mit knusprigen Baguettescheiben auf den Tisch stellte.

»Ja. Wir möchten euch gern für ein paar Tage mit nach Paris nehmen, damit ihr das alles sehen könnt. Es ist ein einmaliges Erlebnis, all diese Innovationen und Kulturen auf diesem riesengroßen Jahrmarkt zu erleben.«

Jacques spießte sich ein Stück Fleisch auf und begann schon zu kauen, bevor sie das Tischgebet gesprochen hatten. »Wo sollten wir übernachten?«, fragte er.

»Wir haben bereits ein Zimmer für euch reserviert, direkt neben unserem.«

Maman setzte sich Sara gegenüber und legte sich eine Serviette auf den Schoß. »Wir hatten nie richtige Flitterwochen, Jacques.«

Jacques antwortete mit einem Zwinkern und einem verspielten Lächeln.

»Wir kommen sehr gerne mit!«, antwortete Maman enthusiastisch.

Sara merkte, dass die beiden dringend etwas Spaß brauchten. Maman und Jacques waren schon jetzt so aufgeregt wie Schulkinder auf einem Ausflug. Luc dagegen blieb unbeeindruckt – sein neues Spielzeugauto an sich gedrückt, war er auf dem Sofa eingeschlafen.

***

Um im Labyrinth der Exponate alles zu sehen, mussten sie bei ihrem Rundgang durch die Ausstellung täglich mehrere Kilometer zurücklegen. Sie benutzten häufig das neue *trottoir roulant*, eine Art elektrisch bewegten erhöhten Gehweg, der sie vom einen Ende der Ausstellung bis zum anderen brachte. Noch lieber mochten Philippe, Sara und Luc das Riesenrad, in dem sich Besuchern schon einmal der Magen umdrehen konnte. Sara hatte sich Sorgen gemacht, Luc könnte wegen der enormen Höhe Angst bekommen, aber Philippe hatte darauf gedrängt, dass er es ausprobierte. Sie wurden mit Lucs Freudeschreien belohnt, die sich als ansteckend erwiesen.

Luc war ganz vernarrt in das Schiff aus Schokolade und die lebensgroßen Kühe aus Butter. Sara dagegen war von der fünf Meter hohen Flasche Moët et Chandon verzaubert, die mit einer Folie aus Blattgold verziert war. Wenn sie angestrahlt wurde, erschienen sieben Tänzerinnen – und eine davon sogar aus dem Flaschenkorken!

Jacques und Philippe besuchten zusammen mit Luc die kanadische Holz- und Mineralausstellung, während Sara und Maman durch die pädagogische Ausstellung schlenderten. Vielleicht weil Sara sich den Benachteiligten der Gesellschaft verbunden fühlte, informierte sie sich eingehend über die Fortschritte in der Ausbildung behinderter Kinder. Mit ihrer besonderen Rücksichtnahme auf Rollstuhlfahrer sowie Neuerungen im Bereich der Hilfsmittel und Kräftigungsübungen schienen die Kanadier viel Wert darauf zu legen, allen Bürgern ihres Landes die gleichen Möglichkeiten zu bieten. Sara konnte nur hoffen, dass Amerika dem guten Beispiel bald folgen würde.

Im Palast der Elektrizität entdeckten die Frauen eine futuristische Welt. Eines Tages könnte Luc vielleicht einfach einen Telefonhörer abnehmen und vom anderen Ende der Welt aus mit ihnen sprechen. Er würde außerdem wahrscheinlich eher ein Auto fahren, als ein Fuhrwerk oder eine Kutsche zu lenken! Dies alles war für Sara bis jetzt unvorstellbar gewesen.

Maman war von Vieux Paris hingerissen, wo Schauspieler in mittelalterlicher Kleidung durch die Straßen zogen und mit den Besuchern redeten, als kämen sie wirklich aus dieser Zeit. Als die Familie die russische Ausstellung besuchte, war Luc tief beeindruckt von ihrer »Fahrt« in der transsibirischen Eisenbahn. Sie saßen in einem nachgestellten Waggon und an den Fenstern rollte eine Leinwand mit Szenen aus dem wilden Sibirien vorbei. Darsteller posierten als Einheimische in sibirischen und chinesischen Aufmachungen. Am Ende ging ein chinesischer Schaffner von Waggon zu Waggon, servierte Tee und rief: »Letzte Haltestelle Peking!«

Zwei Tage vor ihrer Rückkehr nach Saint Martin verkündete die internationale Jury ihre Entscheidung. Die Schlagzeile verbreitete sich weltweit: Amerikanische Weine sollten in den Pariser Wettbewerb mit einbezogen werden.

Als Philippe Dr. Wiley endlich gefunden hatte, schüttelte er ihm energisch die Hand. Sara strahlte vor Erleichterung. »Wie haben Sie das geschafft?«, fragte Philippe.

»Wir haben einen Brief an den französischen Kommissionsbevollmächtigten geschrieben, in dem wir unsere Empörung über die Zurückweisung ausgedrückt haben. Wir haben ihn daran erinnert, dass auf der Pariser Weltausstellung von 1889 genau dieselben Weine mit denselben Etiketten nicht nur getestet wurden, sondern auch viele Medaillen verliehen bekommen haben. Die Entscheidung der Jury war nicht konsistent mit dem vergangenen Präzedenzfall. Die Franzosen hatten keine andere Wahl, als zu kapitulieren.«

»Unglaublich! Dr. Wiley, sobald wir wieder zu Hause sind, sende ich Ihnen eine Kiste Rotwein.«

Dr. Wiley stupste ihn spielerisch an. »Sie meinen Ihren preisgekrönten Rotwein, was?«

So schwer es ihnen auch fiel, Frankreich wieder zu verlassen, Sara und Philippe mussten bald zurück nach Kalifornien, um rechtzeitig dort zu sein, wenn die wichtigste Entscheidung eines Winzerjahres anstand: die Bestimmung des Zeitpunkts, wann die Trauben geerntet werden sollten.

* * *

Zurück auf Saint Martin, zwei Tage vor ihrer Abfahrt nach New York, traf Sara die ersten Reisevorbereitungen und hängte Wäsche auf. Bei Sonnenuntergang waren keine Arbeiter mehr auf dem Weinberg, im Haus war es leise, und sie konnte das würzige Aroma des Truthahns und der Rosinenbrötchen im neuen Ofen riechen. Sie hatte gerade die Küche betreten, um Maman zu fragen, ob sie Hilfe brauchte, als draußen zwei Schüsse fielen.

Sara rannte zu ihrer Mutter und riss sie zu Boden. »Bleib unten!«, zischte sie. Philippe war mit Luc hinter dem Haus spazieren gegangen, wo Luc mit Begeisterung durch die wabenförmigen Höhlen flitzte. Seine Stimme war durch die warme Sommerluft geschallt. Sara horchte, doch konnte durch die geöffneten Fenster an der Rückseite des Hauses jetzt keine Geräusche vernehmen. Sie war auf allen vieren bis zur Haustür gekrochen, als sie plötzlich von draußen den unterdrückten Schrei eines Mannes hörte.

Gerade als sie die Tür verriegelte, kam hinter ihr Jacques mit einem Colt in der Hand die Treppe hinuntergerannt. »Es ist Lemieux. Verdammt noch mal!« Jacques ging unter dem Flurfenster in die Hocke.

Jean Lemieux' Rufe hallten von den fünfzig Meter entfernten Höhlenwänden wider. »Bastien! Bastien!«, erklang die qualvolle Totenklage des alten Mannes. Durch das Fenster sah Sara, wie Philippes Vater auf die Knie sank. Er hielt ein altes Enfield-Gewehr in der Hand. »Wo ist mein Sohn?«, rief er jammernd und fuchtelte mit den Armen.

»Der arme Kerl hält Luc für Bastien«, murmelte Jacques.

Sara starrte Jacques entsetzt an. »Was?« Jean Lemieux war der Mann, den Sara für den Tod ihres Vaters verantwortlich machte, und jetzt war er ein bewaffneter Verrückter auf der Jagd nach ihrem Sohn. Sie holte tief Luft. »Würdest du ihn erschießen?«

»Bevor er mich erschießt? Ja.«

Lemieux' Kopf ruckte nach rechts. Sein Blick war auf etwas an der Ecke des Hauses fixiert, das Sara nicht sehen konnte. Ihr Magen zog sich zusammen, als Philippe in ihr Blickfeld trat. Er hielt Luc auf dem Arm und ging direkt auf seinen Vater zu. Jean Lemieux hob mit zitternden Händen das Gewehr und richtete die Waffe auf Philippe und Luc.

Was dachte sich Philippe nur? Sie musste sich zwischen Luc und Jean Lemieux werfen. Sara sprang zur Haustür, aber Jacques zog sie zurück.

»Wenn Lemieux dich sieht, bringt er dich um. Du hast seinen Sohn getötet, und ihm ist egal, welchen Grund du hattest, verstehst du mich? Philippe weiß, was er tut, also beruhige dich und bleibe hier«, befahl Jacques. Gegen ihren Instinkt beherzigte Sara seinen Rat. Jacques ließ sie los und hob seinen Colt, bereit, aus dem halb geöffneten Fenster zu zielen.

Sara blickte wieder hinaus und beobachtete, wie Philippe seinem Vater vorsichtig das Gewehr aus den Händen nahm. Irgendwie musste er es geschafft haben, den alten Mann zu beschwichtigen. Jean Lemieux' Gesicht verzog sich, und sein ganzer Körper bebte vor Schluchzen, als er jetzt seinen Enkel umarmte.

Maman kam aus der Küche an Saras Seite geeilt. Jacques gab ihnen ein Zeichen, im Haus zu bleiben, sicherte seinen

Colt und trat aus der Tür. Er ging vorsichtig zu Philippe und nahm ihm das Gewehr aus den Händen, damit er Luc aus der Umklammerung seines Großvaters befreien konnte. Der Junge sprang in Philippes Arme. Jean Lemieux ließ sich zu Boden fallen und verbarg sein Gesicht hinter verkrampften Fingern.

* * *

In Jean Lemieux' Haus beobachtete Philippe seinen Vater genau, als er ihn ins Bett brachte. Er war dünner geworden, seit Philippe ihn zuletzt mit Luc besucht hatte, was jetzt schon zweieinhalb Jahre zurücklag. Seine blauen Augen sahen trübe aus, sein Haar war spärlich und weiß, und seine Haut hatte einen ungesunden Grauschimmer. Doch seine Stirn war glatt und sein Gesicht friedlich, auch wenn das nur im Schlaf zutraf.

Hatte Bastiens Tod den Wendepunkt bedeutet oder war sein Vater schon immer ein bisschen verrückt gewesen? Vielleicht hatte er es nur besser verbergen können, als er jünger gewesen war. Vielleicht waren die Schläge, die Wut, selbst seine Ichbezogenheit und die strenge Kontrolle, die er über sie alle ausgeübt hatte, das Zeichen einer tief sitzenden Krankheit gewesen.

Während sein Vater schlief, räumte Philippe drei Gewehre und vier Revolver aus dem Waffenschrank und verstaute sie unter der Wolldecke in seinem Fuhrwerk. Die Tische, Stühle und der Boden seines Elternhauses waren übersät mit alten Zeitungen, leeren Weinflaschen, schmutzigem Geschirr und Kleidungsstücken. Allem Anschein nach war das Haus seit seinem letzten Besuch nicht mehr richtig gereinigt worden. Philippe seufzte. Sein Vater mochte seine Fehler haben, doch er war krank und Philippe hatte sich lange vor der Verantwortung gedrückt, sich um ihn zu kümmern.

Der Gestank in dem kleinen Salon war so intensiv, dass Philippe alle Fenster öffnete, um die kühle Sommerbrise hereinzulassen. Er atmete tief die frische Luft ein und versuchte, sich zu motivieren, die Angelegenheiten seines Vaters zu ordnen und zu entscheiden, was getan werden sollte.

Er begann damit, die Wäsche und den Müll zu sortieren. Als der Boden und die Tische frei waren, suchte Philippe in der Küche nach Reinigungsmitteln. Er fand Olivenöl, Zitronen- und Sodareiniger, einen Scheuerlappen und ein paar alte Lumpen. Er schrubbte den klebrigen, verdreckten Küchentisch, aber obwohl er scheuerte, bis ihm die Finger schmerzten, konnte er nicht alle jahrzehntealten Flecken auf der Tischoberfläche entfernen.

Nachdem er das Geschirr gespült und abgetrocknet hatte, musterte Philippe den Wäscheberg. Er würde eine Wäscherin beauftragen müssen, denn der Stapel schmutziger Wäsche reichte ihm bis zur Hüfte. Überrascht erblickte er im Arbeitszimmer seines Vaters säulenhohe Zeitungsstapel, die an die Bücherregale mit ihrem bescheidenen Inhalt gelehnt waren. Philippe bemerkte die Kerzen auf dem Schreibtisch, und ihn schauderte bei der Vorstellung einer offenen Flamme in dieser Feuerfalle. Zu müde, um noch einen weiteren Gedanken zu fassen, ließ Philippe sich in den abgeschabten Ohrensessel im Salon fallen. Sein Kinn klappte herunter, und er schlief ein.

Philippe riss die Augen auf, als er die Schreie seines Vaters hörte. Sein ganzer Körper spannte sich an. Er eilte zur Schlafzimmertür, doch bevor er sie erreichen konnte, erschallte der Schuss. Das Geräusch pulsierte in seinen Ohren wie eine Sprengstoffexplosion, und er blieb auf der Stelle stehen.

Mit hämmerndem Herzen und nach Luft schnappend riss Philippe das Flurfenster auf und holte tief Luft. Die beißende Nachtluft rief eine Erinnerung bei ihm wach: Er hatte die geladene Handfeuerwaffe seines Vaters vergessen, die unter der Matratze lag.

Philippe stützte sich mit der flachen Hand an der Wand ab und bekam vor Grauen eine Gänsehaut. Zitternd öffnete er die

Schlafzimmertür. Sein Vater lag hinter dem Bett auf dem Boden, und Philippe konnte nur seine Füße sehen. Er wagte sich näher heran, seine Beine bewegten sich nur schleppend, als wären sie mit eisernen Fußketten gefesselt. Bei dem Anblick, der sich ihm bot, brach er auf allen vieren auf dem Boden zusammen.

Es war mehr Blut, als er es sich je hätte vorstellen können. Die Hände seines Vaters waren nach innen gekrümmt und aus der Waffe an seiner Seite stieg noch Rauch auf. Seine Augen blickten ins Leere. Der scharfe Geruch des Schießpulvers und der Anblick der Knochensplitter und blutgetränkten Haare auf dem Teppich bewirkten, dass Philippe sich übergeben musste. Er wandte sich von dem leblosen Körper seines Vaters ab. Am Bettrand sitzend wiegte er sich vor und zurück und versuchte, wieder die Kontrolle über seine Gedanken zu erlangen. Er zog sich tief in sein Innerstes zurück und kauerte sich schließlich wie ein kleines Kind auf den Boden nieder.

Jean Lemieux wurde ein paar Tage später beerdigt. Am Grab rasten Philippes Gedanken durcheinander. Wenn er an diesem Abend doch nur bei seinem Vater geblieben wäre, wenn er sich doch nur an die Waffe unter der Matratze erinnert hätte, wenn, wenn, wenn … Philippe musste sich bremsen. So grauenvoll sein Tod auch gewesen war, Jean Lemieux hatte es sich selbst zuzuschreiben. Zu seinen Lebzeiten hatte er seine Frau und seine Söhne weggeekelt. Er hatte Bastien misshandelt und ihn zu einem Mann gemacht, der spielte und zechte und über Sara herfiel. Und anstatt Abbitte zu leisten, hatte sein Vater jetzt seine letzte scheußliche Tat begangen.

Hatte ihr Vater sie geliebt oder hatte es ihm nur Freude bereitet, seine Familie zu beherrschen? Egal wie sehr er auch versuchte, diesen Mann zu verstehen, den er sein ganzes Leben als Erwachsener hatte vergessen wollen – Philippe würde nie die Antwort erfahren.

Kapitel 17

Juli 1900, San Francisco

Linnettes Fieber ließ nicht nach. Ihre Haut juckte, und ihr Hals brannte. Wie auch in den vergangenen zwei Tagen lag Pippa dicht an sie geschmiegt bei ihr, von der Wärme ihrer Mutter beruhigt. Als Linnettes Hals angeschwollen war und ihr Herz kurz ausgesetzt hatte, hatte sie Tildy losgeschickt, um den Arzt zu holen. Das war vor Stunden gewesen, und jetzt kämpfte Linnette um jeden Atemzug. Ihre Finger und Zehen waren taub geworden und prickelten, es jagte ihr Angst ein. Sie konnte den Kopf nicht drehen, um zu Pippa hinunterzusehen, doch sie roch das mit Seife gewaschene Haar ihrer Tochter und spürte ihr kleines Herz an ihren Rippen, das so schnell flatterte wie die Flügel eines Kolibris.

Linnette starrte an die Decke über ihrem Bett, wo die Farbe abblätterte, und zog einen dünnen Luftstrom ein, als sich ihr Hals verengte. In zunehmender Panik schloss sie die Augen und hörte das Geplapper und Singen von Pippa, die keine Ahnung von dem Kampf hatte, in dem sich ihre Mutter befand. Pippas zufriedenes Seufzen rollte über Linnette wie eine beruhigende Welle.

Sie hatte sieben Jahre lang gesündigt, aber in den letzten zwei Jahren hatte sie dieses Kind mit Inbrunst geliebt. Linnette hatte sich nie vor dem Tod gefürchtet, doch ihr graute es bei dem Gedanken, Pippa alleinzulassen. Das Zimmer wurde kleiner, die Dunkelheit rückte von den Ecken aus ins Zentrum, bis schließlich auch der stecknadelkopfgroße Lichtpunkt verschwand. Linnette konnte nicht mehr Pippas Wärme an ihren Rippen spüren, ihr Gesicht nicht mehr sehen. Trotzdem konnte sie ihr Flüstern hören, leicht wie eine Feder: »Mama?«

Pippa.

Kapitel 18

August 1900, Eagle's Run

Philippe stieß mit dem Fuß in die lehmige Erde, die nach einer Woche Regen wieder getrocknet war. Die porösen Steinchen knirschten unter seiner dicken Schuhsohle. Er hatte mit Sara eine Runde über Eagle's Run gedreht und verfluchte sich jetzt selbst. Wenn sie doch nur eine Woche früher zurückgekehrt wären! Eine Woche mit starkem Regenfall im Juli hatte die Trauben durchtränkt und dem Risiko von Mehltau ausgesetzt.

Mac hatte sich mit Aurora beraten und entschieden, die Blätter zurückzuschneiden, damit die Trauben mehr Sonne bekommen konnten, doch sie hatten die Weinreben am südlichsten Hügel, wo das meiste Sonnenlicht war, zu stark zurückgeschnitten. Als Mac seinen Chef verlegen durch die Reihen der Weinreben führte, wuchsen Philippes Befürchtungen. Er drehte ein paar Weintrauben um und zuckte zusammen: Die Weintrauben waren durch die starke Sonneneinstrahlung verdorrt. Viele Weingutbesitzer in Napa hatten genau wie Mac reagiert, doch Philippe wäre dieser Fehler nicht unterlaufen. Nach seiner Schätzung würden sie zehn Tonnen verlieren.

Sara und Philippe nahmen ein paar Proben: Trauben, die Morgensonne bekamen, und andere, auf die die Nachmittagssonne schien. Ihre Schalen waren weich, das Fruchtfleisch weiß und die Samen braun. Der Saft war süß und köstlich. Sie stimmten beide überein, dass die Trauben sofort geerntet werden mussten.

Später an diesem Abend, nachdem Sara und Luc zu Bett gegangen waren, saß Philippe am Küchentisch und blätterte durch den Stapel Post, den Sara ihm hingelegt hatte. Ganz unten entdeckte er den Brief, den er vor seiner Abfahrt nach Paris Linnette geschickt hatte. Er war zurückgesendet worden – ungeöffnet.

Philippe riss den Umschlag auf. Die fünfzig Dollar, die er ihr in Zehnerscheinen gesendet hatte, fielen auf den Tisch. War Linnette umgezogen? Warum hatte sie ihm nicht geschrieben?

* * *

Schneller als ein geölter Blitz rannte Sara durch die Reihen der Weinreben. Sie kicherte wie ein Schulmädchen und schwenkte eine Zeitung in der Luft wie eine Fahne. Als sie Philippe schließlich erreicht hatte, war sie völlig außer Atem. Er ahnte schon, warum sie so glücklich war: Sie hatten eine Medaille gewonnen.

Der Artikel war direkt unter dem Bild von Sara und Philippe neben ihrem Ausstellungstisch im Palais d'Agriculture. Philippe las den Artikel laut vor. Die Entscheidung der internationalen Jury auf der Pariser Weltausstellung war bekannt gegeben worden. Die kalifornischen Weine hatten neun Gold-, sieben Silber- und zwölf Bronzemedaillen verliehen bekommen. Der Hauptpreis war an einen französischen Winzer gegangen, doch der Cabernet Sauvignon von Eagle's Run hatte eine Goldmedaille erhalten!

Philippe war so erleichtert, dass sich jeder Muskel in seinem Körper entspannte. Seit ihrer Rückkehr hatte er den Atem angehalten, gehofft und gebetet. Seine Selbstsicherheit war nur aufgesetzt gewesen. Er wusste zwar, dass der Jahrgang ausgezeichnet war, doch er hatte keine Ahnung, wie er im Vergleich zu den über dreißigtausend anderen Weinen abschneiden würde. Voller Stolz hob er Sara hoch und wirbelte sie herum. Sie lachte und gab ihm mit ihren weichen Lippen einen kräftigen Kuss. Gott, wie er diese Frau liebte! Ihr breites Lachen, ihre Hartnäckigkeit und ihr Glauben an ihn gaben ihm das Gefühl, alles erreichen zu können.

»Ich muss es sofort Aurora erzählen. Kommst du mit?«

»Nein, geh nur. Sie kann es nicht mehr abwarten und hat schon den Zeitungsjungen bestochen, damit er ihr einen Vorabdruck bringt.« Philippe war Aurora dankbar, dass sie ihn überredet hatte, die Weine zum Wettbewerb anzumelden.

Sara küsste ihn wieder, hob ihren Rocksaum und sprang voller Energie. Er wünschte, dieses positive Gefühl könnte von Dauer sein, doch irgendwann würde er sie über Linnette und Pippa aufklären müssen.

* * *

Erst nachdem sie die Trauben geerntet und die Gärbehälter mit hundertfünfzigtausend Gallonen Saft gefüllt hatten, konnte Philippe sich vom Weingut losreißen und die Fähre in die Stadt nehmen. Er hatte keine Briefe von Linnette erhalten, und die Stille beunruhigte ihn.

Tildy, die Philippe schon bei seinem letzten Besuch angetroffen hatte, öffnete die Tür. »Mr Lemieux ... oh, kommen Sie herein«, sagte sie, offensichtlich überrascht.

»Ist Linnette zu Hause?«

Tildy schlug sich die Hand vor den Mund. »Ich wusste nicht, wie ich Sie erreichen konnte«, stieß sie hervor, »Linnette, sie ... ist gestorben ... an Diphtherie.« Er starrte sie ausdruckslos an. Warum hatte er nicht an so etwas gedacht? Weil Linnette jung gewesen war, kräftig und scheinbar gesund.

»Wann?« Seine Stimme brach.

»Im Juli«, sagte Tildy, ohne auch nur zu blinzeln oder eine Träne zu vergießen.

»Im *Juli*?« Mitleid für Linnette und Pippa wallte in ihm auf. Pippa! Er schob sich an Tildy vorbei in den Hausflur, blickte sich um und horchte auf ein Geräusch. »Wo ist das Kind?«

»Der Sozialdienst hat sie mitgenommen.«

»Wohin?«

»Sie ist wahrscheinlich in einem der städtischen Waisenhäuser.«

Philippe hätte die Frau erdrosseln können. »Meine Tochter ist in einem Waisenhaus, weil Sie nicht den Anstand oder die Vernunft hatten herauszufinden, wo ich wohne?«

Tildy verzog das Gesicht. »Ich habe den Frauen dort Ihren Namen mitgeteilt. Ich dachte, sie würden Sie finden.«

»Wo ist der Sozialdienst?«, fragte er. Mit emotionsloser Miene zuckte Tildy die Achseln.

Die Frau widerte Philippe an. Er drehte sich um, aber sie hielt ihn am Arm fest. »Da ist noch die Kleinigkeit mit Linnettes Mietrückstand«, sagte sie mit zuckersüßer Stimme. »Sie schuldet mir fünfundzwanzig Dollar.«

Philippe umfasste ihr dickes Handgelenk so fest, dass sie zusammenzuckte. »Linnette schuldet Ihnen überhaupt nichts«, explodierte er. »Sie ist tot.« Er ließ die Tür hinter sich zuknallen.

* * *

Einer Sache war sich Philippe sicher: Er musste Pippa finden und aus dem Elend der städtischen Waisenhäuser holen. In seiner Hektik hatte er keine Zeit, Sara oder Aurora um Hilfe zu bitten. Er würde in der Stadt bleiben und sich selbst auf die Suche machen müssen.

Philippe telegrafierte Sara und teilte ihr nur mit, dass er sich verspäten würde. Dann fuhr er mit dem Omnibus zu dem neuen Hafengebäude. Er wartete, bis eine Reihe ankommender Passagiere an ihm vorbeizog, und fragte etwa zwanzig Leute, ob sie wüssten, wo sich der Sozialdienst oder die örtlichen Waisenhäuser befänden. Schließlich zeigte ihm eine junge Frau den Weg zu dem protestantischen Waisenhaus.

Philippe fuhr an den Stadtrand. Das Waisenhaus war ein vierstöckiges, herrschaftliches Steingebäude mit breiten Giebeln und hohen Turmspitzen, die sich vor dem gelblichen Licht der Nachmittagssonne abhoben. Es war ein respekteinflößendes Bauwerk, das sicher jedem jungen Neuankömmling Angst und Schrecken einjagen würde. Dennoch bot sich ihm beim Näherkommen ein überraschendes Bild: Lachende Kinder verschiedener Altersgruppen rannten auf die Spitze eines kleinen Grashügels und ließen sich von oben hinunterrollen. Sie sahen gesund und sogar glücklich aus.

Philippe blickte in ihre Gesichter, doch er konnte Pippa nicht entdecken. Vielleicht war sie im Haus oder krank geworden und gestorben – einsam und allein wie ihre Mutter. Plötzliche Angst erfasste sein Herz. Er konnte einfach nicht innerhalb eines Jahres zwei Töchter verlieren.

Philippe trat in die Eingangshalle, wo die Hausmutter, eine Frau mittleren Alters, ihn begrüßte. »Kann ich Ihnen helfen, Sir?« Sie hatte eine angenehme, mütterliche Art und klang eher wie die Gastgeberin einer Gartenparty als wie jemand, der die Aufsicht über Dutzende von unbändigen Kindern hatte.

»Ich suche nach einem Mädchen – meine Tochter. Ihr Name ist Pippa. Sie ist fast drei.«

Das Gesicht der Frau hellte sich auf, und sie betrachtete ihn neugierig. »Verzeihen Sie, aber es ist selten, dass je nach Kindern wie Pippa gefragt wird.«

»Sie ist hier?«, fragte er hoffnungsvoll.

»Ja, sie ist hier. Ich müsste jedoch zunächst Ihre Papiere sehen, und Sie müssten mir Ihre Tochter beschreiben.«

Philippe zog seine Papiere hervor, die er immer dabeihatte, wenn er unterwegs war. »Ich bin Philippe Lemieux.« Er zeigte auf seinen Namen und fuhr fort: »Und ihre Mutter war Linnette Cross. Mir wurde gesagt, Linnette sei diesen Sommer an Diphtherie gestorben. Es ist etwa ein Jahr her, seit ich Pippa zuletzt gesehen habe. Ich war in Frankreich und habe es erst jetzt erfahren. Pippa hat schöne blaue Augen, kinnlange Haare und eine Lippenspalte.«

Die Hausmutter gab Philippe die Hand. »Ich bin Katherine Miller. Folgen Sie mir.«

Sie führte ihn in einen Schlafsaal, wo drei Kleinkinder in ihren Betten lagen. Eine junge Frau, anscheinend eine der Schwestern, saß am Fenster und las den Kindern aus einem Buch vor. Philippe erstarrte, als er Pippa sah. Ein paar strubbelige Haarsträhnen hingen ihr ins Gesicht. Sie lag in eine dünne Decke eingehüllt im Bett und hielt eine Stoffpuppe fest an sich gedrückt. Sie sah zart aus, und Philippe spürte das väterliche Bedürfnis, sie in den Arm zu nehmen und vor allem Unbill der Welt zu schützen. Er durfte sie jedoch nicht sofort mitnehmen. Die Hausmutter betonte, dass es zu ihren Regeln gehöre, zuerst finanzielle Situation und Wohnverhältnisse ausführlich zu überprüfen.

Sie erzählte ihm, dass Pippas Anfangszeit im Waisenhaus schwer gewesen war. Sie hatte natürlich ihre Mutter vermisst und war zudem von den anderen Kindern isoliert in Quarantäne geblieben, bis ausgeschlossen werden konnte, dass sie die Krankheit ihrer Mutter übertrug.

Als Pippa aufwachte, freute es Philippe zu sehen, dass sie um ein paar Zentimeter gewachsen war und ihre Wangen einen gesunden rosigen Farbton hatten. Sie blinzelte, verzog die Lippen zu einem kleinen Lächeln und beschäftigte sich wieder mit ihrem Spielzeug. Sie erinnerte sich nicht mehr an ihn.

* * *

Sara war eigentlich ganz froh, etwas Zeit für sich zu haben, während Philippe in San Francisco war. Seit der Ernte hatte er tage- und nächtelang gearbeitet und nur ab und zu ein wenig geschlafen. Sara wachte oft gegen Mitternacht auf und bemerkte, dass Philippes Seite des Bettes noch unberührt war. Wenn sie sich leise nach unten schlich, fand sie ihn am Tisch sitzend vor. Er kritzelte üblicherweise Zahlen in sein Notizbuch und schien so vertieft, dass Sara ihn nicht fragen wollte, was er da berechnete. Vielleicht würde ihm ein Besuch in der Stadt guttun.

Heute war Samstag, und sie hatte vor, den Tag im Haus zu verbringen. Sie wollte alte Sachen aussortieren, die Kleiderschränke aufräumen und zusammen mit Rose die Möbel abstauben und polieren, bis sie glänzten. Sara hasste Hausarbeit und beschäftigte sich lieber draußen, aber da Luc jeden Tag ein Chaos aus Spielzeug, Erde, Grashüpfern und Stöcken im Haus hinterließ, machte der Duft von Roses Reiniger aus Olivenöl und Zitronen Sara glücklich.

Sara nahm zuerst Philippes Kleiderschrank in Angriff. Sie reihte seine Sachen auf dem Bett auf und stellte seine schwarzen Lederschuhe und erdverkrusteten Arbeitsstiefel zur Seite, um sie später sauber zu machen.

Sie zog zwei Kisten mit altem Büromaterial und Papieren hervor und wollte gerade den Boden des Kleiderschranks abwischen, als sie in der Ecke einen aufgerissenen braunen

Umschlag bemerkte. Sie ließ ihn auf die Kiste hinter sich fallen und wischte über die freie Fläche. Als sie sich herumdrehte, lag ein dünnes Bündel mit Zehn-Dollar-Scheinen auf dem Boden. Sara nahm vorsichtig den Umschlag in die Hand. Er war an die Postfachadresse eines L. Cross in San Francisco adressiert, aber an den Absender zurückgeschickt worden. Der Absender war ihr Mann.

Sara nahm das Geld und befühlte das lose Band, welches die Scheine zusammenhielt. Ihr fiel wieder ein, wie sie den Umschlag zu Philippes Post getan hatte. Sie war davon ausgegangen, dass L. Cross ein Händler oder ein Freund von Philippe in San Francisco sei. Ohne sich weitere Gedanken darüber zu machen, hatte sie den Umschlag zu den anderen auf den Schreibtisch in Philippes Arbeitszimmer gelegt.

Er verheimlichte ihr etwas. Schuldete er Mr Cross dieses Geld? Ihr fiel nur eine Person ein, die es wissen könnte. Sie wollte sofort zu Aurora gehen und sie fragen.

Es war ein milder Spätsommerabend, also packte sie einen Korb mit Hühnchen, Käse und Brot und machte sich auf den Weg zu Auroras Haus. Luc rannte durch die Weinreben und über eine kleine Wiese vor ihr her. Er war zwar erst vier Jahre alt, doch er war ein kräftiger Junge mit viel Energie, der diese Entfernung ohne Weiteres zurücklegen konnte.

Aurora stand auf den Zehenspitzen und stutzte mit einer Gartenschere den Azaleenbusch, bis er wie eine glatte grüne Kiste aussah, was Sara an die Hecken in den Gärten von Versailles erinnerte. Einen Augenblick lang fühlte sie sich wieder wie eine Touristin in Frankreich, die mit Philippe durch die Orangerie wandelte, den Kiesweg hinunter, am Bacchusbrunnen und ein paar vereinzelten kleinen Bäumen vorbei. Der Zitrusduft war himmlisch gewesen.

Luc quiekte vor Freude, als er Aurora sah. »Tante Rora!«

Aurora beugte sich hinunter und breitete die Arme aus. »Luc, mein süßer Junge!«

»Komm mit uns zum Picknick«, drängte Sara sie fröhlich. »Hast du schon gegessen?«

»Liebend gerne!« Aurora strich Lucs Haare glatt, wusch sich unter der Wasserpumpe die Hände und trocknete sie an ihrer Schürze ab. Sie setzten sich unter einen kleinen Apfelbaum in Auroras Garten und ließen es sich schmecken. Luc hängte sich an die niedrigsten Zweige, was Sara gefährlich fand, obwohl Philippe ihr immer entgegenhielt, Jungen brauchten nun einmal Abenteuer. Nur widerstrebend ließ sie Luc auf den Baum, aber behielt ihn dabei gut im Auge.

»Philippe ist dieses Wochenende in der Stadt, also sind wir allein.«

»Was macht er da? Besucht er die Erzdiözese?«

»Ich glaube nicht.« Sara brach ein Stück Brot ab, und ein Stück Kruste fiel auf ihre Serviette. »Ich glaube, er besucht einen Herrn Cross. Sagt dir der Name etwas?«

Aurora zuckte die Achseln und nagte an einem Hähnchenschenkel. »Nein, kommt mir nicht bekannt vor.«

»Oh, ich habe nur gedacht, du wüsstest, was der Mann macht, da ihr zwei so viele gemeinsame Bekannte habt.«

Aurora füllte ihre Gläser ein zweites Mal bis zur Hälfte mit Chardonnay. »Nein, leider nicht.«

»Der Vorname beginnt mit L – L. Cross.« Sara gab nicht auf.

Auroras Blick glitt von Sara zu dem Korb. »Haben wir auch Kuchen? Luc, deine Tante Aurora kann nie Nein zu etwas Süßem sagen.«

»Aurora?«, drängte Sara.

»Bist du dir sicher, dass Philippe jemanden mit dem Namen L. Cross besucht?«

»Nein, aber er hatte vor Kurzem mit ihm einen Briefwechsel. Ich habe einen an ihn adressierten Brief gefunden, der an Philippe zurückgesendet worden ist. In dem Umschlag war Geld, Aurora.«

»Oje.« Aurora seufzte so tief, dass sich ihre üppige Brust hob und wieder senkte. »Jetzt ziehe bitte keine voreiligen Schlüsse, aber ... L. Cross steht für Linnette Cross.«

Sara blickte Aurora erwartungsvoll an. Wer war Linnette Cross?

»Du weißt es nicht?«

»Was?«

»Jesus, Maria und Josef, er hätte es dir sagen sollen«, murmelte sie. »Linnette war die Frau vor dir.«

»Seine Mätresse?«, platzte Sara heraus. Die Worte richteten ein Durcheinander in ihrem Kopf an. War dieses Geld Teil eines Geschäftes oder traf er sich wieder mit dieser Frau? Bei dem Gedanken wurde ihr übel. Sie ließ ihren Teller fallen.

»Es tut mir leid, dass ich dir ihren Namen sagen musste. Wenn Philippe mit ihr in Briefkontakt steht, dann sprichst du ihn am besten direkt darauf an.« Aurora schüttelte den Kopf. »Glaub mir, es gibt nie eine gute Erklärung dafür, dass ein verheirateter Mann mit einer stadtbekannten Dirne herumtollt.«

* * *

Philippes Telegramm hatte sie am Montag erreicht. Er hatte geschrieben, er sei aufgehalten worden. Doch jetzt war es Dienstagnachmittag. Händeringend ging Sara in der Küche hin und her und stellte sich vor, wie er jetzt mit dieser Frau zusammen war und was sie ihm bei seiner Rückkehr vorwerfen würde.

Durch die Fliegengittertür klang eine Stimme: »Mrs Lemieux?«

Überrascht öffnete Sara, und ein Junge überreichte ihr ein weiteres Telegramm. Philippe schrieb, er würde am Donnerstag nach Hause kommen. Er würde für ein frühes Abendessen einen Gast mitbringen und bat sie, Aurora einzuladen. Das war alles. Kein Wort der Entschuldigung oder Erklärung.

Sara zerdrückte das Blatt Papier zu einem festen Ball. Sie versuchte, sich zu sagen, dass es sich bei dem Gast um jemand anderen handeln konnte, doch immer wieder dachte sie nur: *Wie kann er es nur wagen, diese Frau in unser Haus zu bringen!*

* * *

Als sie die Kutsche hörte, rannte Sara zur Tür. Philippe stieg von seinem Pferd, öffnete die Tür des schwarzen Phaetons und half einer adretten dunkelhaarigen Frau beim Aussteigen. Hoch auf dem Nasenrücken trug sie eine Brille und hielt eine kleine Tasche sowie einen gefalteten Sonnenschirm in der Hand.

Im Vergleich zu ihr fühlte sich Sara sehr attraktiv. Dies konnte wirklich nicht Linnette sein, oder doch? Die Frau konnte vom Alter her Philippes Mutter sein.

»Sara, entschuldige meine Verspätung«, sagte er, küsste sie auf die Wange und wandte sich zu seiner Begleitung um. »Miss Carmichael, das ist meine Frau Sara. Sara, Miss Carmichael aus San Francisco.«

»Schön, dass Sie hier sind, Ma'am«, sagte Sara höflich, obwohl sie hätte schreien können.

»Danke. Hätten Sie etwas dagegen, wenn ich ein bisschen herumlaufe? Ich möchte mir nach der langen Fahrt die Beine vertreten.«

»Selbstverständlich«, Philippe lächelte herzlich. »Dort drüben Richtung Fluss ist ein kleiner Pfad.« Miss Carmichael nickte und ging. Philippe nahm Sara bei der Hand und zog sie in die Küche. Eine seltsame Energie umgab ihn – er schien gleichzeitig nervös und aufgeregt zu sein.

»Philippe, wer ist diese Frau?«, fragte Sara schneidend.

»Sie ist eine der Lehrerinnen in dem protestantischen Waisenhaus in San Francisco.«

»Waisenhaus?«

Philippe zog einen Stuhl heran, und Sara setzte sich.

Er begann, in der Küche auf und ab zu gehen. Er konnte immer am besten denken, wenn er in Bewegung war, wie Sara sich erinnerte. »Ich habe eine Neuigkeit, Sara.«

Na gut, dachte sie, *ich habe auch eine Neuigkeit.* »Geht es um Linnette Cross, deine Mätresse?«, fragte sie mit unterdrückter Wut im Bauch.

Philippe blieb abrupt stehen und wirbelte, offensichtlich schockiert, zu ihr herum. »Ja, es schließt auch sie ein, in gewisser Weise.« Sara richtete sich kerzengerade auf und wappnete sich für den Schlag. Seine Stimme war zärtlich, doch seine Worte trafen sie hart. »Du weißt, dass ich meine Beziehung mit Linnette beendet habe, als wir zusammengekommen sind. Zu dem Zeitpunkt hatte ich noch nicht gewusst, dass sie schwanger war. Zwei Jahre lang hatte sie mir nichts von dem Kind erzählt. Letzten November, als sie nicht mehr für die Medizin ihrer Tochter und die Lebensmittel aufkommen konnte, hat sie mich dann kontaktiert. Ich habe das Mädchen kennengelernt und ihnen ein wenig Geld gegeben.«

Letzten Herbst? Der letzte Herbst, das war gewesen, als … Sara das Baby verloren hatte. Ihr war seltsam leicht im Kopf. Sie schloss die Augen und drückte die Hände flach auf den Tisch.

Philippe kniete sich neben sie und umfasste ihre Hände. »Sara, ich habe dir nichts erzählt, weil du wegen unserem Kind so unglücklich warst. Ich wollte kein Salz in die Wunde streuen. Ich dachte, du würdest dich vielleicht nie von der Depression erholen, wenn ich dir das erzähle.«

Sie ging in Gedanken noch einmal die Hinweise durch. Seine Beschäftigung mit den Finanzen, der Umschlag mit Geld im Kleiderschrank. Die Lügen waren schlimm genug, aber die Tatsache, dass er mit seiner Mätresse ein Kind gezeugt hatte, war unentschuldbar. Die Erniedrigung steckte in ihrer Kehle wie ein Stein. Sie stand auf, und die Stuhlbeine scharrten über den Holzfußboden. Schwankend entfernte sie sich von Philippe zur anderen Zimmerecke, aber er folgte ihr.

Sie schob ihn von sich und rang um die Worte. »Warum wolltest du Aurora hier haben? Um mich ruhigzustellen, damit ich dir nicht ins Gesicht spucke, so, wie du es verdient hättest?«

Philippe blickte sie an, als hätte sie den Verstand verloren. »Reiß dich zusammen, Sara.« Er ergriff ihre Arme und begann mit seiner Erklärung. »Während wir in Paris waren, ist Linnette gestorben. Das Kind, ein Mädchen namens Pippa, wurde ins Waisenhaus gebracht. Ich habe sie am Samstag dort gefunden. Ich bringe sie nach Hause, damit sie hier bei uns leben kann.« Er zeigte zur Tür und fuhr fort: »Diese Frau, Miss Carmichael, ist hier, um sich zu vergewissern, dass unsere Wohnverhältnisse angemessen sind. Ich habe Aurora zum Abendessen eingeladen, damit sie unsere Leumundszeugin sein kann.«

Verwirrt starrte sie ihn an. Er hatte also nicht wieder etwas mit Linnette angefangen, aber dieses … dieses Kind – es war ein weiterer Dorn, den dieser Vertrauensbruch in ihr Fleisch stieß.

Miss Carmichael rief von der Veranda nach ihnen. »Mr und Mrs Lemieux?«

Philippe drückte Sara einen Kuss auf die Stirn und flüsterte: »Bitte mach das für mich.«

Ohne ihre Antwort abzuwarten, ging er zur Tür.

»Kommen Sie herein«, sagt er herzlich. »Ich zeige Ihnen das Haus.«

Sara blieb wie angewurzelt in der Küche stehen. Als sie zehn Minuten später Aurora auf das Haus zukommen sah, versteckte sie sich auf der Toilette. Sara konnte ihrer Freundin jetzt nicht unter die Augen treten, denn sie würde in Tränen ausbrechen. Sollte er es doch Aurora erklären. Ihr eigener Ehemann zwang ihr sein Hurenkind auf. Es war unverzeihlich – warum schien er so begeistert zu sein?

* * *

Philippe, Aurora und Miss Carmichael nahmen zum Abendessen im Esszimmer Platz. Sara hielt sich damit beschäftigt, Luc in der Küche zu füttern, damit sie nicht ihrem Mann gegenübersitzen und vorgeben musste, sie wäre mit seinem absurden Plan einverstanden. Philippe benahm sich besonders charmant, und Aurora spielte die Rolle der unterstützenden Freundin. Sara bekam kaum einen Bissen hinunter und eilte zwischen Küche und Esszimmer hin und her, als würde sie auf heißen Kohlen sitzen. Sie servierte das Essen, räumte ab und schaffte es, die Unterhaltung zu vermeiden, einschließlich der Diskussion über das kleine Mädchen.

Auf ihrem Weg nach draußen fing Miss Carmichael Sara ab. »Mrs Lemieux? Dürfte ich Sie mal kurz sprechen?« Sara führte sie auf die Terrasse. »Nach dem, was Mr Lemieux mir erzählt hat, muss dies ein Schock für Sie sein. Pippa wird im Dezember drei Jahre alt, und sie benötigt besondere Pflege, Ihr Mann hat es Ihnen sicher mitgeteilt. Bevor wir sie Ihnen übertragen können, benötige ich Ihre Zusage, dass Sie sich um Pippa nach besten Kräften kümmern werden, genauso, als wäre sie Ihr eigenes Kind.«

Als wäre sie Ihr eigenes Kind. Doch sie war nicht Saras Kind. Saras Gedanken wanderten zu ihrer eigenen Tochter, und ihr Blick suchte den Hain, wo der Kreis aus weißen Steinen in der Spätnachmittagssonne glänzte.

Sie schluckte die Wut herunter. »Ich werde es mit meinem Mann besprechen.«

»Bitte teilen Sie uns Ihre Entscheidung mit, Mrs Lemieux.«

Sara kehrte ins Haus zurück, nahm Luc an die Hand und ging ohne einen Blick zu Philippe oder Aurora die Treppe hoch. Philippe brachte Miss Carmichael zu einem Hotel in der Stadt, und währenddessen las Sara Luc vor dem Einschlafen aus seinem Lieblingsbuch vor, »Die Blechflöte«. In ihrem Kopf pochte es, und ihre Schultern fühlten sich an, als wäre sie an einem Fleischerhaken aufgespießt. Wie konnte Philippe ihr das nur antun?

Warum konnte das Mädchen nicht im Waisenhaus bleiben? Sie könnten Geld für ihre Pflege überweisen. Wäre das denn so furchtbar? Sie hatten mit den Weingütern und ihrer eigenen Familie bereits genug um die Ohren.

Sie zog ihr Baumwollnachthemd an und bürstete sich die Knoten aus dem Haar. Zwei Stunden später wurde unten die Küchentür zugezogen und verriegelt. Philippe war nach Hause gekommen.

Sara flocht ihr Haar locker zusammen, putzte sich die Zähne und schlüpfte mit dem Gesicht zur Wand unter die Decke. Sie wollte so tun, als schliefe sie schon, damit sie nicht mit ihm reden musste. Sie hörte Philippes Schritte im Flur, wie üblich blieb er kurz stehen, um nach Luc zu sehen. Schließlich betrat er das Schlafzimmer, stellte die Lampe auf den Nachttisch und zog sein Hemd über den Kopf. Sara konnte sich einen verstohlenen Blick nicht verkneifen.

Sein Oberkörper war schlank, und seine Arme sahen in dem halbdunklen Licht muskulös aus. Begierde regte sich tief in ihrem Bauch. In diesem Augenblick traf sie der Gedanke, dass Linnettes Kind in dem Monat geboren worden war, in dem sie geheiratet hatten. Sie biss sich auf die Unterlippe und schloss die Augen. Wenn er ihr das verschwiegen hatte, was hatte er dann noch zu verbergen?

Philippe legte sich neben sie ins Bett. Sara hoffte, ihn getäuscht zu haben, doch er hatte sie durchschaut. »Sara?« Seine

Hand streifte ihre Hüfte, doch sie wandte den Blick nicht von der Wand ab. »Warum erzählst du mir nicht, warum du so aufgebracht bist?« Er klang so, als würde sie überreagieren. Er hatte vielleicht Nerven!

»Ich weiß, dass ich dich mit der Sache überfallen habe, aber es ging nicht anders. Pippa braucht ein Zuhause.« Er schien zu versuchen, sie beide zu überzeugen. »Ist es, weil ich ein Kind gezeugt habe oder weil ich es hierherbringe?« Er zog leicht an ihrer Schulter, damit sie ihm ins Gesicht sah.

»Beides – alles«, antwortete sie.

»Du hast Luc wie deinen eigenen Sohn aufgezogen. Wo ist der Unterschied?«

»Das ist etwas völlig anderes. Sie ist ein Bastard, Philippe, das Kind deiner Hure.« Kaum waren ihr die verletzenden Worte über die Lippen gekommen, bereute sie sie auch schon.

Philippe setzte sich abrupt auf und klatschte die Hände auf die Oberschenkel. »Natürlich, recht hast du. Geben wir dem Kind die Schuld für die Sünden seiner Mutter und seines Vaters! Sehr christlich!«

»Wie kannst du überhaupt wissen, dass es dein Kind ist?«

»Ich weiß es, und du wirst es auch wissen, sobald du sie siehst.« Die Messerklinge schnitt tiefer. »Nach allem, was wir durchgemacht haben, Sara, nachdem ich dir für meinen Bruder vergeben habe, kannst du das nicht für mich tun? Sie ist meine eigene Tochter, Sara.«

Sara blickte in seine bittenden Augen und spürte eine Härte in sich. »Nein.«

* * *

Philippe ignorierte Saras Weigerung und arrangierte Pippas Ankunft für den folgenden Mittwoch. Sara fragte sich, ob Pippa sich an ihre Mutter erinnerte und ob Linnette Pippa genauso geliebt hatte, wie sie selbst Luc und ihre namenlose Tochter liebte, die unter dem Birnbaum begraben war.

Als sie draußen die Kutsche hörte, trat Sara auf die Veranda hinaus. Luc blieb am Küchentisch sitzen. Er schob seinen Spielzeugwagen bis an die Tischkante und jubelte, als er auf den Boden fiel. Trotz ihrer Vorbehalte wollte Sara das Mädchen nicht überfordern. Sie war noch jünger als Luc und hatte keine Schuld an der ganzen Sache.

An der Haustür entzog Pippa sich Philippes Armen und hielt ihren Blick fest auf Sara geheftet. Philippe hatte sie wegen des Aussehens des Mädchens bereits vorgewarnt. Ihr Gesicht war zwar ungewöhnlich, aber der Anblick war nicht entsetzlich. Pippas helles, dünnes Haar umrahmte ihre rosigen Wangen und hellblauen Augen – Philippes Augen. Sara wurde es schwer ums Herz. Ob ihre eigene Tochter so ähnlich ausgesehen hätte? Pippa war ein sehr dünnes Mädchen und schien nur aus Haut und Knochen zu bestehen. Sie erinnerte Sara an einen Schmetterling mit einem abgerissenen Flügel – strahlend, aber verletzlich. Rose würde sie mit knusprigem Schinken und warmen Butterkeksen aufpäppeln müssen.

Pippa blickte sie neugierig an, und Sara schenkte ihr ein einladendes Lächeln. Das Gesicht des Mädchens hellte sich auf, und sie seufzte erleichtert.

Sara war verblüfft, als Pippa plötzlich auf sie zurannte, die Arme um ihre Beine schlang und das Gesicht in ihren Röcken vergrub. Sara berührte vorsichtig die Haare des Mädchens und spürte eine seltsame Mischung aus Mitleid und Scham. Sara warf Philippe einen Blick zu. Seine Augen waren leicht gerötet. Tonlos formten seine Lippen ein Wort: »Danke.«

In den nächsten beiden Wochen wich Pippa nicht von Saras Seite. Wenn Sara die Pferde fütterte, klammerte Pippa sich mit einer Hand an ihrem Rock fest und hielt mit der anderen Hand Lady einen Apfel hin. Sie kicherte, wenn Lady den Kopf neigte und mit ihrer rauen Zunge ihre Handfläche kitzelte. Als Sara die ersten Äpfel der Saison pflückte, war Pippa ihre Helferin, die das heruntergefallene Obst aufsammelte und vorsichtig in den Korb legte. Selbst wenn Sara die Toilette benutzte, stand Pippa außen vor der Tür, rüttelte an der Klinke und plapperte in einem Dialekt vor sich hin, den Sara noch nicht ganz entziffern konnte.

Obwohl Sara versuchte, emotional unbeteiligt zu bleiben, rückte Pippa täglich – mit einem Seufzer oder sanften Klimpern ihrer dunklen Wimpern – ein kleines Stückchen näher an Saras Herz heran.

Eine Woche nach Pippas Ankunft wollte Philippe offenbar Abbitte leisten und gab Sara einen Umschlag. »Das ist für dich. Verwende es für was immer du willst«, sagte er und blickte sie erwartungsvoll an. »Nun mach ihn schon auf.«

Sara verschlug es den Atem. In dem Umschlag befanden sich fast siebenhundert Dollar. »Es ist nicht viel«, erklärte Philippe mit einem Achselzucken, »aber es ist alles, was vom Besitz meines Vaters übrig geblieben ist.«

So verlockend es auch war, Sara gab ihm den Umschlag zurück. »Nein, Philippe. Ich benötige nichts.«

»Bitte, Sara«, flehte er. »Hilf mir, mein Gewissen zu erleichtern.«

Sie war sich nicht sicher, ob er seine Schuldgefühle wegen Pippa meinte oder den Schmerz, den seine Familie ihrer verursacht hatte. Was auch immer es war, als sie seinen gequälten Gesichtsausdruck sah, konnte sie nicht anders, als seinem Wunsch nachzukommen. »Vielen Dank«, flüsterte sie.

Sara hatte einerseits Mitgefühl für Philippe, andererseits begeisterte sie der Gedanke, Maman und Jacques helfen zu können. Das Geld reichte nicht aus, um Saint Martin komplett neu zu bepflanzen, doch es war ein Anfang. Sara beschloss, das Geld zunächst bei der Bank einzuzahlen. Im Frühjahr würde sie dann Tausende von reblausresistenten Ablegern sammeln, in luftdichtes Paraffinpapier einwickeln und sie in feuchtes Sägemehl verpackt per Express nach Tours verschicken. Jacques und Maman könnten professionelle Arbeiter zum Veredeln der Weinreben anstellen und mit den Ablegern neue Reben anbauen. Sie wollte ihnen sofort schreiben.

Kapitel 19

Die neue Schlafroutine war ein voller Erfolg. Nachdem Sara es eine Woche lang mit Schmeicheln, Drohen und Bestechen versucht hatte, gab sie schließlich nach und erlaubte Pippa, in einem Kinderbett in Lucs Zimmer zu schlafen. Luc war nicht gerade begeistert über die Aussicht, sein Zimmer mit seinem neuen Schatten teilen zu müssen, aber im Großen und Ganzen legte er Pippa gegenüber das höfliche, doch distanzierte Interesse an den Tag, das ein Varietékünstler seinem Publikum zeigt. Dies war Pippa ganz recht.

Als Sara an diesem Abend noch einmal nach ihnen schaute, bevor sie zu Bett ging, schliefen die beiden tief und fest, Pippa an Lucs Rücken zusammengerollt. Der letzte Teil von Saras Herzen, der dem Mädchen gegenüber kalt geblieben war, schmolz bei dem Anblick der beiden dahin. Pippa war jetzt ihr Kind – genau wie Luc. Sara konnte kaum glauben, dass sie im Alter von erst zweiundzwanzig Jahren bereits die Verantwortung für zwei adoptierte Kinder hatte.

Sara ging ins Schlafzimmer und legte sich zufrieden ins Bett. Nur wenige Stunden später wurde sie von Philippe aufgeweckt, der sie heftig an der Schulter rüttelte. »Sara! Sara! Steh auf – Feuer!« Er schlüpfte in Windeseile in seine Hose und rannte die Treppe hinunter. Sie hörte, wie er kräftig die Feuerglocke läutete und das Signal von Eagle's Run dreimal wiederholte. Draußen wieherten die Pferde, Hunde bellten, und inmitten dieses Lärms begannen nun in der Umgebung Glocken zu läuten, die immer mehr und lauter wurden, als sie auf Philippes Hilferuf antworteten.

Sara konnte nur den orangefarbenen Lichtschein des Feuers als Spiegelung im Schlafzimmerfenster erkennen. Sie rannte zum Kinderzimmer. Durch das Fenster sah sie, dass aus dem ersten Stock der Weinkellerei Flammen aufstiegen. Ein Schatten huschte vorbei und kletterte die Leiter zum zweiten Stock hoch. Was dachte Philippe sich dabei, in ein brennendes Gebäude zu rennen?

Sie warf einen Blick auf die Kinderbetten und entdeckte, dass Pippa fehlte. Sie rief den Namen des Mädchens, doch erhielt keine Antwort. Durch den Lärm aufgeschreckt rieb Luc sich die Augen und weinte. Rose kam herangeeilt, um ihn zu trösten, während Sara aus dem Haus rannte und nach Pippa rief. Sie strauchelte und hielt kurz inne. Das mit Cabernet-Trauben bepflanzte Stück des Weingutes, das der Weinkellerei am nächsten war, stand ebenfalls in Flammen.

Es gab nur einen Grund, weshalb Philippe in den zweiten Stock der Weinkellerei stieg. Sie eilte in die Scheune, und als sie bemerkte, dass zwei Äxte bereits fehlten, griff sie sich die kleine Spitzhacke und eine Säge und rannte auf die Weinkellerei zu. Der Rauch nahm ihr fast die Luft zum Atmen. Sie ließ den Blick über die Weinkellerei und das angrenzende Feld huschen. Pippa hatte doch sicher genug Verstand, um sich von dem heißen Feuer fernzuhalten, doch wo konnte sie sein?

Genau in diesem Augenblick hörte sie Philippe vom Fenster aus rufen: »Sara!«

Sara schob die Spitzhacke unter den Gürtel ihres Morgenmantels und hielt den Griff der Säge fest mit der linken

Hand umfasst, als sie sich die Leiter hochmanövrierte, während die Flammen in Richtung ihrer Füße züngelten. Der stechende Geruch vergärender Trauben traf sie, und als sie durch die Tür des zweiten Stocks kroch, sanken ihre Füße in einen Fluss aus kühlem Wein. Das Knacken der Flammen wurde von hämmernden und quietschenden Geräuschen übertönt, als Philippe mit der Axt die riesigen Gärbehälter einschlug, bis Tausende Gallonen Wein über den Boden flossen, die Rinnen und die Treppenöffnung hinunter, um das Feuer zu löschen. Philippe war wie besessen. Bis zu den Schienbeinen im Wein stehend, schlug er mit vor Anstrengung verzerrtem Gesicht heftig auf das dicke Rotholz des zweiten Behälters ein. Sara sprang an seine Seite, hob die Spitzhacke, schlug sie in das Holz und mühte sich ab, die Fassdauben in ihre Richtung zu zerren. Sie war zu schwach, um das Holz zu zerbrechen, und war frustriert. Es war eine Erleichterung, als Mac kam und ihr diese Aufgabe abnahm – sie musste unbedingt nach Pippa suchen und das Feuer auf dem Weingut bekämpfen.

Während die Männer mit dem Feuer in der Weinkellerei kämpften, raste Sara zu den Ställen. Sie blickte hinein, doch keine Spur von dem Mädchen. Sara spannte die Pferde vor das Fuhrwerk, welches immer mit Wasserfässern und Jutesäcken gefüllt war, und raste mit ihnen im Galopp aus dem Stall. Sie trieb die Pferde in einem waghalsigen Tempo in die Richtung, in die sie nicht wollten: auf die brennenden Weinreben zu. Sara hob die ganze Zeit den Blick nicht vom Boden. Was, wenn Pippa hier draußen in der Dunkelheit wäre? Was, wenn Sara sie aus Versehen mit ihrem Gefährt überfahren würde?

Rauchschwaden stiegen in den indigoblauen Himmel auf, zerstörten die große Eiche und ließen Sara nach Luft ringen, als sie näher kam. Die haushohen Flammen, die von der Weinkellerei aufgeschossen waren, waren bereits kleiner geworden. Philippes Plan, das Feuer mit dem Wein eines ganzen Jahres zu löschen, schien zu funktionieren.

Sara brachte in sicherer Entfernung vom Feuer die Pferde zum Stehen. Sie rannte zur anderen Seite des Fuhrwerks und übergoss die Jutesäcke mit Wasser. Mit einem Sack in jeder Hand sprang sie von der Kutsche und schlug mit den nassen Säcken die Flammen zurück. Nach einem kurzen Augenblick sah sie wieder Philippes Schatten vor der orangefarbenen Feuerwoge an der Weinkellerei. Sara blinzelte, um die Tränen zurückzudrängen – er war sicher, fürs Erste.

Plötzlich kam eine lange Reihe von Fuhrwerken die Straße entlanggerast, mit leuchtenden Gaslampen und knallenden Peitschen. Jedes der Fuhrwerke der Nachbarn war wie ihres mit drei Fässern Wasser und einem Dutzend Jutesäcken ausgerüstet, wie es der Brandschutzplan des Bezirks vorschrieb. Als sie näher kamen, bemerkte Sara erschrocken, dass Boone Sumter die Hilfskolonne anführte. In seiner Miene spiegelte sich nicht die übliche Feindseligkeit, sondern tatsächlich ein Ausdruck von Bestürzung.

Sumter winkte mit den Armen und wies die Nachbarn an, ihre Fässer zur rechten und linken Seite des Feuers zu rollen. Anderen gab er ein Zeichen, eine Leiter an den Eichenbaum zu stellen und die Flammen von oben zu löschen. Die Männer öffneten die Fässer und durchtränkten die Jutesäcke mit Wasser. In weniger als zwei Minuten hatten sie den sich ausbreitenden Scheiterhaufen umringt und machten sich daran, mit voller Kraft gegen ihn anzukämpfen.

Der Rauch brannte Sara in den Augen. Sie wischte die Tränen weg und ließ den Blick über das Feuer und die Räder der Fuhrwerke schweifen. Keine Spur von Pippa. Kurz darauf gellte Sumters Schrei durch den Tumult. Mit einem bewusstlosen Kind in den Armen kam er aus dem Rauch gerannt. Sara heulte auf und rannte stolpernd auf ihn zu. Sie schnappte sich das Mädchen und rannte mit ihr zurück ins Haus. Das Feuer war immer noch weit genug entfernt, doch es breitete sich schnell aus. Mit Gottes Hilfe würde es hoffentlich nicht das Haus erreichen.

Rose saß am Küchentisch und wiegte Luc, der wieder eingeschlafen war. Aurora, immer noch im Nachthemd, über das sie einen Mantel gezogen hatte, eilte Sara zu Hilfe. »Was soll ich nur machen?« Saras Stimme brach vor Verzweiflung.

»Bring sie hier rein«, drängte Aurora sie und führte sie zum Schlafzimmer am Ende des Flurs. »Setz sie aufrecht hin, mit dem Rücken gegen die Kissen gelehnt. Mach alle Fenster zu und decke alle Öffnungen nach draußen mit nassen Tüchern ab.« Sara rannte zu Rose, um ihr die Anweisungen zu übermitteln. Sie konnte Pippa nicht lang allein lassen.

Als sie zu dem Kind zurückkehrte, öffnete Pippa gerade die Augen und schnappte nach Luft. Das rasselnde Geräusch aus ihrem Brustkorb erschreckte Sara. Das Mädchen konnte weder sprechen noch einen Schluchzer herausbekommen. »Ist alles gut, mein Liebling«, beruhigte Sara sie und küsste ihre rußgeschwärzte Wange. Sie tätschelte ihre zerkratzten Knie und flüsterte: »Du wirst wieder gesund. Bleib nur ganz ruhig. Tante Rora macht für dich eine ganz besondere Medizin.« Sie zwang sich zu einem schwachen Lächeln.

Pippa rang immer noch nach Luft. Aurora legte ihr Ohr an die Stelle zwischen Pippas Schulterblättern und horchte. »Sie keucht stark. Hol Seife und Wasser und wisch ihr den Ruß ab. Ich bereite in der Küche eine Tinktur und eine Tasse Tee zu.«

Sara tat wie geheißen. In der Zwischenzeit kam Rose mit einem Glas kalten Wasser, das sie Pippa an die Lippen hielt. Das Mädchen schluckte das Wasser so schnell herunter, dass ihr die Hälfte davon am Kinn herunterlief.

Nach wenigen Minuten war auch Aurora zurückgekommen. Als sie den Tee umrührte, beobachtete Pippa sie misstrauisch. »Du bist doch ein schlaues Mädchen. Weißt du, was das ist?« Zwischen zwei Hustenanfällen nickte Pippa, sie schien jetzt wieder munterer zu sein.

»Pfirsich- und Maulbeertee, mit einem Teelöffel Honig, damit du noch süßer wirst.« Aurora lächelte, doch Pippa schnupperte daran und rümpfte die Nase. »Ihre Übellaunigkeit ist ein gutes Zeichen«, flüsterte Aurora Sara zu. »Der Tee reduziert die Entzündung in den Lungen und entspannt den Brustkorb, damit sie besser atmen kann.«

»Los jetzt, Pippa«, drängte Sara. »Du musst das trinken.«

»Lass es mich mal versuchen«, unterbrach Aurora sie und wandte sich an Pippa: »In deinem Brustkorb hat der Ruß alles ganz schwarz gemacht, aber dieser Tee wäscht ihn ab, damit alles wieder glänzt. Willst du nicht von innen strahlen?«

Pippa verzog das Gesicht, aber nahm den Löffel mit Tee von Aurora. Zwei Tassen später glitt Pippa wieder in den Schlaf zurück. Aurora rieb ihr besänftigend übers Bein. »Ich bleibe bei ihr – geh du zu Philippe«, sagte sie.

Sara hatte es eilig, zu ihm zurückzukommen. Sie holte den Kupferkessel aus der Küche und stürmte nach draußen. Als sie die verrauchte Luft mit den fliegenden Aschepartikeln einatmete, musste sie sofort würgen. Wie dumm! Sie hatte nicht daran gedacht, ihr Gesicht zu bedecken. Sara nahm ihr Kopftuch ab, befeuchtete es mit dem Wasser der Pumpe und hielt es sich vor Nase und Mund. Dann füllte sie den Kupferkessel bis zum Rand und erklomm den Hügel, so schnell sie konnte.

Als sie den Gipfel erreichte, war sie nicht vorbereitet auf den Anblick, der sich ihr bot. Es waren mittlerweile weitere Männer und Frauen dazugekommen, um das Feuer zu bekämpfen. Sie formten eine Eimerbrigade vom Fluss bis zum Rand des Feuers, das nun Richtung Westen zog. In nur etwa fünfzig Meter Entfernung befand sich ein Hain mit Eukalyptusbäumen. *Gott schütze uns*, dachte Sara. Das Eukalyptusöl war so leicht entflammbar, dass die Baumkronen sofort lichterloh brennen würden, wenn das Feuer auch nur ein Stück näher an die Bäume herankam.

Innerhalb der nächsten Stunde war das Tosen und Prasseln des Feuers in der Weinkellerei in ein Zischen übergegangen, und sich kräuselnde graue Rauchfäden hatten nun die orangefarbenen Flammen ersetzt. Sara, Philippe und ihre Nachbarn bekämpften weiterhin das Feuer auf dem Weinberg, dessen Flammen um ihre Füße züngelten. Sara war fassungslos über die schiere Wucht des Feuers, dessen Flammen Bäume emporkletterten und über Weinreben und Felsen krochen. Noch immer tränkte sie trockene Jutesäcke mit Wasser und reichte sie an ihre Nachbarn weiter. Adrenalin schoss ihr durch die Adern, und die sengende Hitze brannte ihr in den Augen.

Stunden später erlahmte Saras Elan, als sie das Ausmaß der Zerstörung wahrnahm. Der Schaden an der Weinkellerei war irreparabel. Sie hatten fast hunderttausend Gallonen des besten Weins verbraucht, um das Feuer dort zu löschen. Der übrige Wein war eingeräuchert worden und nicht mehr brauchbar. Die Arbeit eines ganzen Jahres war verloren. Die neun Jahre alten Cabernet-Reben, die nun brannten, waren auf dem Höhepunkt ihrer Produktion gewesen und hätten dieses Jahr über sechs Tonnen pro Morgen erbracht. Untätig ließ Sara die Arme hängen. Diese Weinreben hatten Goldmedaillen und Messwein hervorgebracht – die Grundpfeiler ihres Betriebes. Nun verwandelten sie sich vor ihren Augen zu Asche.

Sobald Sara sich von der Szene abgewandt hatte, hörte sie das gleichmäßige Prasseln eines Landregens. Die Menge murmelte erstaunt. Voller Freude über die erfrischenden Tropfen auf ihrer rußverschmierten Haut, hob Sara das Gesicht gen Himmel. Sie seufzte vor Erleichterung, denn der Niederschlag würde das restliche Feuer ersticken.

Einige Frauen stimmten im Chor »Seligstes Wissen, Jesus ist mein« an. Die Hymne nahm langsam an Volumen und Kraft zu, bis der spontane Chor so mächtig wie eine Schar Engel klang. Über hundert Männer und Frauen umringten den Scheiterhaufen und schlugen voller Inbrunst das Feuer noch zwei weitere Stunden lang aus, bis sie es vor ihren Augen vergehen sahen. Ihre Stimmen erschallten in einer Danksagung – bis auf eine.

Philippe kniete auf dem Boden, seine rußgeschwärzten Hände an die Oberschenkel gepresst. Er hustete so heftig, dass er kaum Luft holen konnte. Wie schwer war er verletzt? Als Sara ihre Arme um ihn schlang, zog er sie an sich und drückte sie so fest, dass sie sich dafür schämte, je an seiner Treue gezweifelt zu haben. »Sara, Sara«, stieß er hervor und krümmte sich.

Das gelbe Licht der im Osten aufgehenden Morgensonne strahlte wie ein Heiligenschein. Das Feuer war erloschen, doch um ganz sicherzugehen, nahm sich jeder der Helfer einen Abschnitt des verkohlten, geschwärzten Ackerlandes vor und suchte ihn nach glühender Asche ab. Die Helfer traten mit den Absätzen ihrer Stiefel auf die letzten glimmenden Überreste, damit das Feuer wirklich komplett gelöscht war. Nachdem auch der letzte Quadratmeter geprüft worden war, schüttelten Sara und Philippe jedem Mann und jeder Frau, die ihnen zur Hilfe geeilt waren, die Hand. In diesem Augenblick fehlten ihnen die Worte.

Sara nahm an, dass Aurora mit Pippa eingeschlafen war, aber hatte es trotzdem eilig, nach Pippa zu sehen. Zu müde, um zu denken, wandte sie sich dem Haus zu. Philippe nahm ihre Hand. »Bist du verletzt?«

Sara schüttelte den Kopf und blinzelte, um die Tränen zurückzudrängen.

»Die Kinder?«

Sara warf einen Blick auf den Baum, in dessen Nähe sie Pippa gefunden hatten. Philippes Miene verzog sich erschüttert. »Sara?«

»Mit Luc ist alles in Ordnung. Er ist bei Rose. Pippa ...« Sara war so müde, dass es ihr schwerfiel, die Worte zu formulieren. »Pippa war hier draußen. Sumter hat sie bewusstlos gefunden, in der Nähe des Baums. Sie hat eine Menge Rauch eingeatmet, und ihr Atem rasselt. Aurora ist jetzt bei ihr.«

Philippe schlug sich die Hände vor den Mund. »Was zum Teufel hat sie hier draußen gemacht?«

»Ich weiß nicht. Vielleicht ist sie geschlafwandelt? Hast du letzte Nacht die Tür verriegelt?«

»Ich ... ich weiß nicht.« Philippe wurde von einem Hustenanfall geschüttelt.

Sara legte eine Hand auf seinen Brustkorb, der sich immer noch heiß anfühlte und rußgeschwärzt war. »Es lässt sich nicht mehr ändern. Mit Gottes Hilfe wird sie wieder gesund werden. Wie geht es dir?« Sie bemerkte die Brandblasen an Philippes linker Hand und fasste nach seinem Arm, um vorsichtig nach der Wunde zu sehen. Die Haut war rot und hatte sich teilweise abgelöst. »Philippe!«

Er zuckte zurück. »Aurora wird schon etwas dafür haben.« Er legte seinen verwundeten Arm um Saras Schultern, und sie half ihm ins Haus. Als er einen Blick zurück auf die verbrannte Erde und die Weinkellerei warf, von der nur noch ein völlig zerstörtes Gerippe übrig geblieben war, verzog sich sein Gesicht vor Schmerz. Sara musste ihn mit einer Hand abstützen. Was in aller Welt sollten sie jetzt nur tun?

Aurora wollte Philippe nicht durch die Tür lassen. »Nein, junger Mann, so voller Ruß kommst du hier nicht rein. Pippas Lungen sind zurzeit sehr anfällig.«

»Wird sie wieder gesund?«, fragte er, und in seiner Stimme klang Panik an.

Aurora trat näher und flüsterte: »Es ist zu früh, um Genaueres zu sagen, aber ihr Atem klingt wieder besser.«

Philippe atmete erleichtert aus. Er blockierte den Eingang, also spähte Sara an seiner Schulter vorbei und fragte: »Aurora, was kann man bei solchen Brandwunden machen?« Aurora folgte Saras Blick zu Philippes Hand. »Große Güte! Sara, wasch du dich zuerst ab, und dann kannst du bei Pippa bleiben. Ich kümmere mich um die Wunde.«

Selbst nachdem Aurora Salbe aufgetragen und einen Verband um die Wunde gelegt hatte, schmerzte Philippes Hand immer noch höllisch. Er versuchte zu schlafen, doch wachte vor Schmerzen immer wieder benommen auf, hustete dunklen Auswurf aus und rollte sich von einer Seite auf die andere. Hatte er die Tür nicht abgeschlossen? Warum hatte Pippa das Haus verlassen? Könnte sie irgendwie das Feuer entfacht haben? Aufgewühlt wie er war, überstürzten sich Philippes Gedanken.

Er ging nach unten und vermied, auf die quietschenden Holzdielen zu treten. Aurora war im Schaukelstuhl eingeschlafen, und Sara lag leise schnarchend neben Pippa. Die langen dunklen Wimpern seiner Frau konnten nicht die dunklen Schatten der Müdigkeit unter ihren Augen verdecken. Philippe strich ihr übers Haar, das immer noch zu einem Zopf geflochten war, der sich etwas gelöst hatte nach dieser langen Nacht voller Arbeit und Sorge.

Saras Hand hielt Pippas zartes Handgelenk umfasst. Der Kopf des Mädchens lag auf zwei Kissen gebettet, und ihr Atem ging flach. Im Tiefschlaf, wenn sie nicht ihre Lippen verziehen musste, um Worte zu formen mit diesem Mund, der sie im Stich ließ, war ihre Miene gelassen und ruhig.

Philippe hatte nie sehr viel vom Beten gehalten, doch jetzt murmelte er ein Ave-Maria, bevor er sich leise aus dem Haus stahl. Er ging auf den Weinberg und trat in die schwarze Erde. Der Geruch von verbrannten Blättern und nasser Asche war überwältigend. Als er eine knorrige Weinrebe aufhob, löste sie sich in seiner Hand auf und fiel zu Boden wie Schnee.

Er hatte unermüdlich gearbeitet, um Eagle's Run zum produktivsten und ertragreichsten Weingut in Napa zu machen, und um Haaresbreite hätte er sein Ziel erreicht. Er war zu stolz gewesen, zu sicher, dass sein Glück anhalten würde. In nur einer Nacht waren all seine Hoffnungen vernichtet worden, und jetzt kämpfte seine Tochter um ihr Leben. Wie hatte es dazu kommen können? Es hatte keine offene Flamme gegeben und auch keinen Blitz. Es war qualvoll genug, den gesamten Jahrgang Wein und zehn Morgen mit Weinreben zu verlieren, doch Pippa um Atem ringen zu sehen, hatte ihn bis ins Mark erschüttert.

Philippe ging auf die einst so schöne Weinkellerei zu. Das Feuer hatte die hölzerne Innenausstattung des ersten Stocks verbrannt, aber die steinernen Außenwände waren größtenteils intakt geblieben. Der zweite Stock war vollkommen von den Flammen vernichtet worden und eingestürzt, und hatte den dritten Stock einschließlich der gesamten Ausstattung mitgerissen. Maschinen, Rotholzbehälter und Eichenfässer im Wert von Tausenden von Dollar waren zerstört. Der noch nicht abgefüllte Wein im Keller würde ungenießbar sein. Die leeren Flaschen waren nun Teiche aus Glas, eingeschmolzen in die Bodendielen.

Philippe starrte die zerbrochenen Gärbehälter an. Der gesamte 1900er-Jahrgang – Chardonnay, Cabernet und Zinfandel – war ausgelöscht worden. Um die Sache noch schlimmer zu machen, waren die Weinpreise gerade auf zwanzig Cent pro Gallone gestiegen, und er hatte seinen Vertrag mit der Erzdiözese über fünfzehn Cent pro Gallone neu verhandelt. Anstatt dieses Jahr Geld zu scheffeln, hatte Philippe in nur einer Nacht fünfzehntausend Dollar an zukünftigen Gewinnen verloren.

Mit seiner unverletzten Hand nahm er die Axt, die ihm zu Füßen lag, und hob sie über den Kopf. Mit aller Kraft schlug er zu, wieder und wieder, und attackierte die übrig gebliebenen Bruchteile der Fässer, hackte auf die Dauben ein, bis sie zersplitterten, und spie Flüche aus wie ein Besessener. Als schließlich die letzten Kräfte aus seinen Gliedern wichen, ließ sich Philippe auf ein umgestürztes Fass sinken. Dreißigtausend Gallonen des 1900er Cabernets waren bereits zur Lieferung im nächsten Herbst bestellt worden – vierzehntausend für die Erzdiözese und sechzehntausend zur Lieferung an Händler. Wie sollte er jetzt die Bestellungen erfüllen?

Die Sonne warf makabere Schatten auf die Trümmer vor ihm. Ein silberner Glanz fiel Philippe in die Augen, und er trat näher. Das Objekt war eine Messerklinge, die im Licht schimmerte. Er nahm das Taschenmesser in die Hand und wischte es ab. Messer von Barlows gab es in dieser Gegend wie Sand am Meer. Mac musste es letzte Nacht fallen gelassen haben. Philippe drehte das Messer um. Die Buchstaben *B. SUMTER* waren in den Griff eingraviert.

Sein erster Gedanke war, es Boone Sumter zurückzugeben und ihm persönlich dafür zu danken, dass er Pippa gerettet hatte. Doch dann, selbst in seinem übermüdeten Zustand, merkte Philippe verwundert, dass etwas nicht stimmen konnte. Weshalb sollte Sumters Messer in den Ruinen der Weinkellerei liegen, wo nur Philippe, Sara und Mac das Feuer bekämpft hatten?

Kapitel 20

Pippas Farbe kehrte zurück, und sie konnte wieder frei atmen. Vater Price erwähnte am Sonntag in der Messe die Lemieux-Familie und ihre Nachbarn und ersuchte Gott, sie von weiteren Prüfungen zu verschonen. Er taufte Pippa, indem er dreimal heiliges Wasser auf ihren Kopf träufelte und ihre Stirn mit Chrisamöl salbte. Vor den Augen all ihrer Nachbarn machte er das Zeichen des Kreuzes über der Lippenspalte, die so viele Leute zu ängstigen schien. Sein Mitgefühl überraschte Sara.

Seit dem Feuer am frühen Dienstagmorgen waren die Speisekammer und der Eisschrank bis zum Anschlag gefüllt mit Brot, Käse und Fleisch von den Nachbarn. Sie hatten so viel zu essen, dass Sara und Philippe nach der Messe alle Anwesenden zum Picknick einluden. Die Menge versammelte sich um den alten Wagen, der mit Kisten voller Obst, Fleischpasteten und Brot beladen war. Sara ging auf eine Gruppe Frauen zu, um ihnen zu danken, doch bevor sie sie erreichte, hörte sie eine von ihnen flüstern: »Kind des Teufels, ganz sicher«, und eine andere fügte hinzu: »Geboren von einer Straßendirne, einer Hure.«

»Das Kind hat das Feuer mit seiner schwarzen Magie heraufbeschworen«, murmelte eine verschrumpelte grauhaarige Frau verächtlich. Sie schienen nicht zu bemerken, dass Sara nur zehn Schritte von ihnen entfernt war, oder es war ihnen gleichgültig. Sara biss sich auf die Zunge und eilte zur anderen Seite des Hauses. Sie ließ sich gegen die Wand sinken und zitterte vor Wut.

Vielleicht war es ihre eigene Schuld. Sie war so sehr mit dem Weingut und den Kindern beschäftigt gewesen, dass sie keine Zeit für die Treffen der Stimmrechtlerinnen gehabt hatte, wo sich die Frauen von Napa trafen und Kontakte knüpften. Vielleicht erschien sie ihnen daher als reserviert und unnahbar.

Als Sara zurückkehrte, hoffte sie, dass niemand ihre roten, verquollenen Augen bemerken würde. Philippe erschien an ihrer Seite und berührte sanft ihren Ellenbogen. »Was ist los?«

»Alles in Ordnung, nichts von Bedeutung«, erwiderte Sara. »Nur ein paar alte Krähen, die über Pippa tratschen – und sagen, dass sie irgendwie verantwortlich für das Feuer sei.«

»Wer hat das gesagt?« Philippe schäumte vor Wut.

Sie seufzte mutlos. »Es ist egal, Philippe. Sie alle denken das.«

Philippe sah aus, als würde er gleich explodieren. Mit gedämpfter Stimme antwortete er: »Es hat mit Sicherheit viel Gerede gegeben. Vater Price hat mich zur Seite genommen. Die Erzdiözese will unseren Vertrag beenden, weil mein uneheliches Kind für den Erzbischof ein ›moralisches Dilemma‹ darstelle. Kannst du das glauben? Was ist mit all den Priestern, die Kinder gezeugt haben? Solche Heuchler!«

Sara konnte es nicht fassen, dass O'Brien mit ihnen ein falsches Spiel getrieben hatte. »Bist du dir da sicher? Hätte Monsignore O'Brien dir nicht einen Brief geschickt oder dich besucht?«

»Vielleicht ist er nur genauso feige wie der Rest von ihnen«, sagte Philippe angewidert.

***

An diesem Tag ließ Sara Pippa und Luc bei Rose. Philippe war früh am Morgen mit Fässern und Kisten des 1899er Zinfandels nach Napa Junction gefahren, um den Wein zu den Händlern im Osten zu verschiffen. Sara nahm an, dass er bis zur Abendzeit in der Stadt Erledigungen zu machen hätte, was ihr und Aurora reichlich Zeit für ihren Besuch in San Francisco gab, ohne dass er Verdacht schöpfen würde.

Als Sara und Aurora in der Nähe der Erzdiözese in der Franklin Street aus dem Omnibus ausgestiegen waren, blickte Sara zu dem imposanten Steingebäude auf und wäre am liebsten auf der Stelle umgekehrt. Der Gedanke an das Verhalten der Erzdiözese ihnen gegenüber und die Tausende von Dollar, die sie verlieren würden, ließ Saras Herz rasen und ihre Hände feucht werden. Eine solche Ungerechtigkeit verlangte eine deutliche Antwort.

Sara und Aurora stellten die mitgebrachten Kisten auf die Eingangstreppe. Sara klopfte an die Tür, und nach Kurzem öffnete ein magerer älterer Priester. Er schien sich von ihrer Anwesenheit leicht belästigt zu fühlen.

»Vater, ich bin Mrs Sara Lemieux, dies ist Mrs Aurora Thierry, und wir würden gerne ein kurzes Gespräch mit Monsignore O'Brien führen, falls er da ist.«

»Und was für ein Gespräch mit dem Monsignore wäre das? In der heiligen Kanzlei sind keine Frauen zugelassen.«

Sara war gereizt, doch sie hatte vor, freundlich zu bleiben. Sie warf Aurora schnell einen Blick zu und hoffte, dass sie verstand. Passives Verhalten war ihnen üblicherweise fremd.

»Dessen bin ich mir bewusst, Vater. Das Gespräch mit dem Monsignore ist rein persönlicher Natur. Mein Ehemann und ich sind Bekannte von Monsignore O'Brien.«

»Er ist ein viel beschäftigter Mann.« Der Priester starrte sie an, als wollte er sie mit seinem Blick verschwinden lassen.

Sara überlegte, wie sie ihn überzeugen könnte. »Es ist eine dringende Angelegenheit, es geht um die Reinheit des Messweins für die Erzdiözese«, schwindelte sie.

»Warten Sie einen Augenblick.«

Der Priester kehrte nicht zurück, doch innerhalb weniger Minuten erschien Monsignore O'Brien in der Tür. »Mrs Lemieux! Wie schön, Sie wiederzusehen«, sagte er, trat auf die Treppe und stellte sich Aurora vor. »Sehr erfreut«, wiederholte er. »Was führt Sie hierher?« Sara war überrascht, dass er es nicht wusste.

»Vater Price, der Vikar unserer Gemeinde, hat uns erzählt, dass die Erzdiözese den Vertrag mit unserer Winzerei wegen des Verhaltens meines Mannes in der Vergangenheit beenden will – wegen Sittenwidrigkeit und Untreue, so wurde uns gesagt.«

»Heiliger Gott! Davon habe ich nichts gewusst.« O'Brien kratzte sich am Kinn. »Hat er Ihnen Einzelheiten mitgeteilt?«

Sara sprach nur ungern über die Indiskretion ihres Ehemanns. »Vor unserer Ehe hatte mein Mann ein Verhältnis, aus dem ein Kind hervorgegangen ist. Weder er noch ich haben davon gewusst, bis vor Kurzem die Mutter verstorben ist und wir die Pflege für das Kind übernommen haben.«

»Unehelich, nehme ich an.«

Sara nickte. Ihr Hals war trocken. Wenigstens hatte er nicht den Ausdruck »Bastard« benutzt.

»In der Tat, ein sehr schwerer Fall«, sagte er. »Jemand muss das gemeldet haben, aber da ich die Weinverträge bearbeite, überrascht es mich, dass ich nichts davon gewusst habe.«

»Sag's ihm, Sara.« Aurora stieß sie an.

»Mein Mann weiß nicht, dass ich hier bin. Vor drei Wochen ist auf unserem Weingut ein Feuer ausgebrochen, und wir haben zehn Morgen verloren.« Sie zögerte. Sie konnte ihm einfach nicht erzählen, dass sie den gesamten 1900er-Jahrgang des Messweins verloren hatten. »Unser Geschäft mit Ihnen zu diesem Zeitpunkt zu verlieren, würde unsere Existenz ernsthaft gefährden.«

»Großer Gott, wie schrecklich!«, sagte O'Brien.

Sara seufzte frustriert. »Wir haben nur versucht, das Richtige zu tun.«

»Und das war?«

»Ein zweijähriges Kind bei uns aufzunehmen, das missgestaltet und ohne Mutter ist, und ihm ein richtiges Zuhause zu geben.«

O'Brien wippte unruhig auf den Fersen und kratzte sich am Kopf.« Was soll ich tun?«

»Monsignore, wenn ich es schaffe, ein Mädchen aufzuziehen, dessen bloße Existenz eine tägliche Erinnerung an die Verfehlung meines Mannes ist, dann kann die Erzdiözese dies doch sicher auch übersehen. Wäre es im Sinne unseres christlichen Glaubens nicht ungerecht, uns zu bestrafen, wenn wir bloß versuchen, einen Fehler wiedergutzumachen?«

»Wer unter euch ohne Sünde ist, der werfe den ersten Stein«, verkündete Aurora plötzlich. Sie war mit ihren biblischen Belehrungen immer zur ungünstigsten Zeit zur Stelle.

Zum Glück lag eine verständnisvolle Wärme in O'Briens Blick. »Warten Sie hier.«

Während Sara auf der Treppe saß und nervös mit dem Fuß auf die Steinstufe tippte, lief Aurora die Straße auf und ab. Nach zwanzig Minuten kehrte O'Brien schließlich zurück. Seine Miene war unergründlich.

»Ihr Vertrag wurde storniert, doch ohne mein Wissen«, erklärte er ernst. »Es wurde eine zusätzliche Beschwerde eingelegt, die mir aber abwegig erscheint, wenn Sie mich fragen.«

Saras Herz klopfte plötzlich doppelt so schnell wie vorher. »Worum geht es?« Ihr wurde unbehaglich zumute, und sie warf Aurora einen Blick zu.

O'Brien räusperte sich. »Es heißt, Sie hätten einen Mann umgebracht, den Bruder Ihres Gatten. In dem Brief wird die Erzdiözese zurechtgewiesen, sie würde ›einer Mörderin‹ erlauben, Messwein anzufassen.« In seiner Stimme klang eine Frage an.

Dann ging Sara ein Licht auf. Boone Sumter hatte auf der Pariser Weltausstellung Gilles Bellamys Anschuldigungen gehört. Tief in Saras Innerem stieg Wut auf, und hätte Aurora Sara nicht beim Arm gefasst, hätte sich diese Wut lautstark entladen.

»Monsignore«, mischte sich Aurora ein, »meine Freundin wurde von dem Mann, den Sie erwähnt haben, angegriffen. Er hat versucht, sie zu vergewaltigen, und sie hat sich verteidigt und ihn dabei unbeabsichtigt getötet. Ihr Ehemann hat dies alles gewusst, bevor er sie geheiratet hat.«

O'Brien sah vollkommen verblüfft aus. Sara drückte dankbar Auroras Hand, denn sie konnte es kaum ertragen, die Sache selbst zu erklären. Dennoch wollte sie dem Priester eines versichern. »Monsignore«, sagte sie reumütig, »Sie sollten wissen, dass ich gebeichtet habe und mir die Absolution erteilt worden ist.«

Sie blickte ihn an und versuchte zu erkennen, ob er empört oder mitfühlend war. »Monsignore?«, fragte sie vorsichtig.

Mit einer Handbewegung beschwichtigte er sie. »Meine Liebe, wenn Ihre Geschichte stimmt, haben Sie keine Sünde begangen. Ich sehe keinen Grund, weshalb wir unseren Vertrag nicht wieder in Kraft setzen sollten.« Saras Unterlippe zitterte vor Erleichterung. O'Brien fügte schnell hinzu: »Sie haben in Ihrem jungen Leben schon viel erlitten. Ich werde diese kleine

Unterhaltung wie eine Beichte behandeln. Mir wird kein Wort über die Lippen kommen.«

Sara war nervös. Was wäre, wenn Philippe es herausfände? »Selbst ...«

»Niemandem gegenüber.« O'Brien lächelte. Aurora atmete erleichtert aus und faltete dankbar die Hände.

»Vielen Dank, Monsignore. Sie sind ein wahrer Christ«, sagte Sara.

Sie zeigte auf die Kisten. »Das Piccalilli, welches ich Ihnen versprochen habe, als Zeichen unserer Dankbarkeit.«

»Eine Bestechung?« O'Brien zwinkerte.

Sara atmete laut aus. »Zum Glück ist es nicht dazu gekommen.«

* * *

Am Samstag saß Pippa mit ihrem Lieblingsball neben sich auf der Treppe vor dem Haus und beobachtete Philippe, der auf der Erde kniete und Luc beibrachte, mit Murmeln zu schießen. Als Pippa einen ihrer Hustenanfälle bekam, eilte Philippe zur Pumpe, um ihr eine Tasse Wasser abzufüllen. Er hielt ihr die Tasse an die Lippen und fing die überlaufenden Tropfen mit seinem Taschentuch ab. Bevor er wieder zu Luc zurückging, legte er ihr als Glücksbringer ein kieselsteingroßes Katzenauge in die Handfläche. Ihr Mund kräuselte sich zu ihrer einzigartigen Art von Lächeln, und ihr Gesicht strahlte vor Freude auf.

Jedes Mal, wenn eine seiner Murmeln in einem Loch im Boden verschwand, schielte Philippe und streckte die Zunge heraus, woraufhin Luc und Pippa in lautes Gelächter ausbrachen. Als Luc keine Lust mehr auf das Murmelspiel hatte, zog Philippe ihn zu sich heran und setzte Pippa auf seinen Schoß. Dann schlug Philippe nach einer unsichtbaren Mücke auf seinem Bein.

»Habe ich euch schon von dem Mückenmann erzählt?«

»Iiieh! Nein!«, quiekten sie.

»Also, es gab einmal einen jungen Mann namens Forrester, der hielt sich für einen der klügsten Kerle im Land. Er und sein Papa kannten alle Tricks, um Mücken den Garaus zu machen. Sie bedeckten sogar ihren Teich mit einer dünnen Schicht Öl, damit die Mücken keine Babymücken bekommen konnten. Eines Jahres wuchs eine große Menge Mücken heran, die durch das ganze Land surrten und jeden stachen, der ihnen im Weg war. Aber das waren keine gewöhnlichen Mücken.« Philippe hielt seine geballte Faust hoch. »Sie waren so groß wie Forresters Faust. Und wisst ihr, was er tat, als er die schwarze Wolke aus Insekten auf sich zukommen sah? Er rannte in den Stall, verschloss die Tür und schnappte sich den Hammer seines Vaters. Dann versteckte er sich dort und wartete und horchte.

Das Surren kam immer näher und wurde lauter, aber er dachte, er hätte sie überlistet. Dann begannen sie jedoch, in die Tür zu stechen! Ein Stachel nach dem anderen stieß durch die Tür, und der junge Forrester hämmerte jeden von ihnen nieder.« Philippe hob den Zeigefinger. »Doch er hatte nicht damit gerechnet, dass die Mücken schlauer waren als er.

Nachdem er sie mit den Stacheln an die Tür genagelt hatte, nahmen die Mücken ihre ganze Kraft zusammen, flatterten heftig mit den Flügeln«, Philippe schlug wild mit den Armen, »und zogen die Tür aus den Angeln! Der junge Forrester musste noch Wochen später warme Heilbäder nehmen und seine Stichwunden mit Alkohol betupfen.«

Luc ließ den Mund offen stehen. »Ist das wirklich passiert, Papa?«

»Was glaubst du?« Philippe gab ihm einen spielerischen Stoß in die Rippen.

»Nee, das kann nicht sein!«, sagte Luc und lachte. Pippa kicherte erleichtert.

In diesem Augenblick kam Boone Sumter mit seinem schlaksigen fünfzehnjährigen Sohn Jess auf seinem klapprigen Fuhrwerk angefahren. Sie brachten noch mehr Lebensmittel von den Nachbarn. Philippe fand es ungewöhnlich freundlich von ihm, dass er die Lieferung organisiert hatte.

Philippe begrüßte Sumter und Jess, und Sumter erwiderte den Gruß mit einem Tippen an seinen Hut. Jess stapelte die Lebensmittel neben der Küchentür auf, doch ging plötzlich ohne ein Wort zum Fuhrwerk zurück. Er blickte die Kinder, die gerade Ball spielten, nicht einmal an. Vielleicht hatte er das Getratsche über Pippa gehört und wollte sich von ihr fernhalten. Philippe seufzte. Ihm war bewusst, dass die meisten Kinder sie nie akzeptieren würden. Jede Ablehnung seiner Tochter nagte an den Hoffnungen, die er sich für ihre Zukunft machte.

Sumter tippte wieder an seinen Hut und ging zu seinem Fuhrwerk zurück. Luc trat gegen Pippas Ball, der über den Fußweg flog und direkt an Sumters Fersen abprallte. Pippa rannte hinter dem Ball her und blieb plötzlich wie erstarrt stehen. Ohne den Ball genommen zu haben, wirbelte sie herum und rannte zu Philippe zurück. Ihre Augen waren groß wie Untertassen, und ihr Mund war vor Schreck verzerrt.

Philippe kniete sich hin. »Was ist los, Pippa?«

Sie schluchzte und würgte und rieb sich mit den Fäusten die Augen. Sie ergriff Philippes Hand und flüsterte: »Feu-a Junge.«

»Was?«

»Feu-a Junge!« Pippas Blick ging zu Jess, dann wieder zu Philippe. Dem Jungen wich alle Farbe aus dem Gesicht.

Jess deutete auf Pippa. Er zitterte. »Bleib mir vom Leib, Hexe!«

Sumter gab seinem Sohn eine schallende Ohrfeige und befahl ihm, sich zu entschuldigen.

»Einen Augenblick!« Ungläubig hielt Philippe die Hand hoch. Könnte Pippa recht haben? Hatte er sie richtig verstanden?

Er umfasste das Messer in seiner Hosentasche und fragte Pippa sanft: »Hast du gesehen, wie dieser Junge das Feuer gelegt hat?«

Pippa zitterte, als sie es mit einem Nicken bestätigte. Sie umfasste Philippes Bein noch fester und vergrub ihr Gesicht in den Armen.

»Du kannst nicht meinem Jungen die Schuld geben, wenn ich sie in dieser Nacht gefunden habe, mitten in dem Chaos. Woher weißt du, ob sie es nicht vielleicht selbst getan hat?«, protestierte Sumter.

Philippe zog das Barlow-Messer aus der Hosentasche und übergab es seinem rechtmäßigen Besitzer. Ein Ausdruck des Entsetzens blitzte in Sumters Gesicht auf. Unter dem anklagenden Blick seines Vaters brach Jess zusammen.

»Vater, ich wollte niemanden verletzen!«

Sumter sackte fassungslos in sich zusammen. Es war offensichtlich, dass er von dem Verbrechen seines Sohnes nichts gewusst hatte. »Was zum Teufel …?«, fragte er.

»Sie haben uns das Geschäft mit der Kirche weggenommen!«

Sumters Gesicht verzog sich zu einer seltsamen Mischung aus Kummer und Wut. »Und deshalb hast du ihr Weingut in Brand gesetzt? Du hättest den halben Landkreis vernichten können!«

Luc war mittlerweile näher gekommen, um zu sehen, worum es bei all dem Trubel ging. Philippe flüsterte ihm zu: »Bring deine Schwester zu Maman ins Haus, und dann bleibt ihr zwei drinnen, verstanden?« Lucs Unterlippe bebte ein wenig, aber er gehorchte seinem Vater.

Als die Kinder außer Hörweite waren, trat Philippe auf Jess zu. Dieser rotznasige Junge hatte vielleicht Nerven, Philippes Grundstück anzuzünden! Er hatte ein Gebäude im Wert von fünftausend Dollar zerstört, ihnen den Profit eines Jahres genommen und seine Familie einer enormen Gefahr ausgesetzt. Als Philippe direkt vor Jess stand, machte Sumter keine

Anstalten einzugreifen. »Brandstiftung ist ein Verbrechen, das mit Gefängnis bestraft wird«, drohte Philippe. Die Worte lagen ihm bitter auf der Zunge.

»Ja, Sir.« Jess hatte den Kopf eingezogen und schien auf einen Schlag zu warten, der aber nicht kam.

»Weißt du, wie das Leben im Bezirksgefängnis von Napa ist? Gedrängt. Gefängniswärter Behr trennt nicht die Mörder von den Dieben und Brandstiftern. Du wirst den Rest deines Lebens in einer winzigen Zelle verbringen oder mit der Sträflingskolonne die Stadtkanalisation reinigen.«

Sumter wrang traurig seinen Hut in den Händen. »Hab Gnade, Lemieux«, flehte er. »Die Hälfte unserer Weinreben wurde von Rebläusen vernichtet. Der Junge hat mitgehört, wie ich zu seiner Mutter sagte, dass wir über die Runden kämen, wenn wir nur einen Teil des Geschäfts mit der Kirche abbekämen.« Sumter ließ den Kopf hängen. »Der Junge hat sich hinreißen lassen und hat über die Stränge geschlagen.«

Philippe trat zurück, atmete aus und fuhr sich mit der Hand durchs Haar. Ein hoher Schrei hinter ihm schreckte ihn auf. Mit vor Wut glühenden Augen rannte seine Frau auf sie zu. Sara raste in den Teenager hinein und stieß ihn gegen das Fuhrwerk. Jess sackte auf dem Boden zusammen. Bevor Philippe es mitbekommen hatte, hörte er das schallende Geräusch, als Saras Handfläche Boone Sumters Gesicht traf. Philippe sprang vor und bekam Saras Arme zu fassen. Sie drehte und wandte sich vor Wut. »Du Mistkerl!«, spuckte sie Sumter an. »Dein Sohn hätte fast meine Tochter umgebracht, unser Weingut zerstört und du ... du gehst zur Kirche und erzählst ihnen, ich sei eine Mörderin, obwohl du die Wahrheit überhaupt nicht kennst!« Sie versuchte, sich loszureißen, doch Philippe hielt ihre Taille fest umschlungen. Auch wenn er nicht verstand, was sie über die Erzdiözese sagte, empfand er die gleiche rasende Wut wie sie. Er hätte genau dasselbe getan, wenn er nicht ein wenig Mitleid mit Jess gehabt hätte.

Sumter rieb sich den Nacken. Er sah benommen aus. Der Junge blieb auf dem Boden hocken und hielt sich schützend die Arme vor den Kopf. Dafür, was er Pippa angetan hatte, hätte Philippe ihn am liebsten zu Brei geschlagen. Andererseits konnte er sich daran erinnern, wie er mit fünfzehn gewesen war – ungestüm und aufbrausend, ohne an Mäßigung auch nur zu denken. Er musste sich die Sache gut überlegen, weil er vor einem größeren Problem als Jess Sumter stand. Das Chaos, welches Jess hinterlassen hatte, musste repariert werden.

Sara schluchzte laut, und er zog sie an sich heran. »Psst, mein Liebling. Du bist erschöpft. Lass mich dich ins Haus bringen.« Sie lehnte sich an ihn, und er stützte sie ab, als er sie zum Haus führte. Doch als sie sich umdrehte, um in die Küche zu gehen, kochte sie immer noch vor Wut. »Enttäusche mich nicht, Philippe. Gib ihnen, was sie verdient haben.«

Er hielt ihr Gesicht zwischen den Händen und wischte ihre Tränen mit den Daumen ab. »Vertraust du mir?«, fragte er sanft. Immer noch zitternd nickte Sara. »Ich bringe das in Ordnung ... und Jess Sumter bekommt seine Strafe, aber du musst es mich auf meine Art regeln lassen.« Saras Blick ruhte einen langen Augenblick auf ihm. Sie sagte nichts, aber er merkte, dass sie sich nicht sicher war. Er hatte nicht vor, einen Kompromiss einzugehen. Er gab ihr einen Kuss auf das Haar, das nach Sonne und Seife roch, und ging zu Sumter und Jess zurück.

»Ich werde keine Anklage erheben«, verkündete er ruhig. Philippe blickte Jess an. »Dich einzusperren, wird niemandem helfen, am allerwenigsten mir. Ich habe stattdessen eine Aufgabe für dich.« Er zeigte auf den Jungen. »Jeden Tag nach der Schule kommst du hierher und arbeitest bis zum Abend. Du wirst den Schaden reparieren, den du verursacht hast.«

Philippe wies auf die verkohlten, zerstörten Weinreben im westlichen Feld. »Und du wirst beim Anbau der neuen Weinreben helfen.« Philippe blickte zwischen Sumter und seinem Sohn hin und her. »Im Sommer kommst du bei Sonnenaufgang hierher und arbeitest bis zum Sonnenuntergang. Im Frühling gräbst du Löcher für die neuen Obstbäume. Als Wiedergutmachung für dein Verbrechen wird dein Vater dich mir zwei Jahre lang als Arbeiter überlassen.«

»Ja, Sir«, antwortete Jess schwach. Sumter schwieg und wartete.

»Die Sache wird deine Eltern Geld kosten. Ich erwarte von dir, dass du ihnen im Haus hilfst, wenn du nicht hier bist.« Philippe rieb sich die Stirn, um seine rasenden Kopfschmerzen zu lindern. Er war sich sicher, dass dies die richtige Art von Strafe war. »Boone, ich wäre dir dankbar, wenn du den Jungen nicht verprügelst. Ich brauche ihn morgen früh ausgeruht und in guter Verfassung.«

Sumter warf seinem Sohn einen vernichtenden Blick zu, doch er willigte zögernd ein.

»Ich bin noch nicht fertig«, sagte Philippe schroff. »Du wirst dich bei Pippa für die Beleidigungen entschuldigen. Sie wäre fast an einer Rauchvergiftung gestorben. Du wirst sie von nun an wie deine eigene Schwester behandeln. Sie ist deine neue beste Freundin, und du passt auf sie auf, hast du das verstanden?«

Jess nickte. Mit zuckenden Schultern steckte er die Hände in die Hosentaschen. Philippe war froh, dass der Junge anscheinend doch ein Herz hatte.

»Hast du meine Tochter in dieser Nacht gesehen? Weißt du, wie sie aus dem Haus gekommen ist?«

Jess blickte auf und wischte sich die Nase mit dem Ärmel ab. »Nein, Sir. Nachdem ich … als ich weggerannt bin, habe ich niemanden gesehen.«

»Wie hast du das Feuer entfacht?«

»Petroleumlampe und ein paar Tücher.« Er zuckte die Achseln. »Nach ein paar Wochen ohne Regen hat es sich schnell ausgebreitet.«

»Welches Feuer hast du zuerst gelegt?«

Der Junge ließ den Blick sinken. »Die Weinkellerei«, flüsterte er.

Philippe musste seine geballten Fäuste in die Hosentaschen stecken, um diesen Teenager nicht zu verprügeln. »Das war äußerst dumm und gefährlich.«

»Ja, Sir«, murmelte Jess.

»Sei morgen früh um Punkt sechs hier«, ordnete Philippe an.

Jess kletterte auf das Fuhrwerk. Sprachlos vor Dankbarkeit tippte Boone Sumter an seinen Hut.

»Boone, eine Sache noch«, sagte Philippe. »Dein Junge hat mich den Gewinn eines ganzen Jahres gekostet und meine Weinkellerei abgebrannt. Deine Weinkellerei ist schon seit einer Weile nicht voll ausgelastet. Solange meine Weinkellerei noch nicht wiederaufgebaut ist, möchte ich das Gebäude, alle Geräte und deine freien Lagerkapazitäten nutzen. Einverstanden?«

Unter seinen zottligen blonden Haaren sah man, dass Sumter die Stirn runzelte. »In Ordnung.«

»Ich will es schriftlich«, beharrte Philippe.

Sumter erwiderte seinen Blick. »Du sollst es bekommen.« Sumter ritt mit seinem Sohn davon, und Philippe dachte, dass er ihn nach Saras Anschuldigung hätte fragen sollen. Allerdings konnte er auch Sara direkt darauf ansprechen. Boone Sumter hatte für heute genug Ärger gehabt.

* * *

Am nächsten Morgen kam Jess schon fünf Minuten vor Arbeitsbeginn an. Mit einer Tasse Kaffee in der Hand beobachtete Philippe den Jungen durch das Küchenfenster. Jess stapfte mit gesenktem Kopf an der Wasserpumpe vorbei. Philippe nahm einen letzten großen Schluck, setzte seinen Hut auf und machte sich daran, Jess Sumter eine Lehre über das Leben zu erteilen.

Den ganzen Weg in die Stadt über hielt Jess die Arme verschränkt und schwieg wie ein Grab. Jetzt war er nicht mehr der schluchzende, ängstliche Junge, den Philippe am Tag zuvor konfrontiert hatte. Er war sich noch nicht sicher, wie er es anstellen konnte, doch er würde Jess Sumter erst brechen müssen, bevor er ihn auf den richtigen Weg brachte.

»Wohin bringen Sie mich?« Die Farbe wich aus Jess' Gesicht, als Philippe die Kutsche direkt vor dem Gefängnis von Napa anhielt. Philippe gab ihm keine Antwort, er wollte den Jungen noch etwas länger schwitzen lassen.

Um acht Uhr morgens war das Gefängnis schwach beleuchtet und halb leer. Es roch nach einer seltsamen Mischung aus Tabak, Exkrementen, Schweiß und Zwiebeln. In einer von drei mit Eisengittern versehenen Zellen waren vier Männer eingepfercht, die von einem Nebel aus Zigarettenrauch umgeben auf ihren Pritschen lagen. Hinter seinem Schreibtisch saß Gefängniswärter Behr, der offensichtlich überrascht war, so früh am Morgen Besucher zu sehen.

»Besuchszeiten sind nur sonntagnachmittags«, sagte er kurz angebunden.

Philippe stellte sich vor und fragte, wo die anderen Insassen seien. Behr musterte Jess kurz. »Warum, wollen Sie Ihren Sohn für ein paar Stunden Zwangsarbeit hierlassen?« Er lachte keuchend, bevor er in einen Hustenanfall ausbrach. »War nur Spaß. Sie sind heute in der Sträflingskolonie, sie arbeiten hinterm Gerichtsgebäude.«

Ideal, dachte Philippe. Bevor er ging, stellte Philippe noch eine Frage. »Wofür sitzen sie ein?« Sein Blick streifte die Männer in der Zelle.

»Wir haben hier alles Mögliche, aber überwiegend Mörder und Diebe.«

»Irgendwelche Feuerleger?« Philippe warf einen Seitenblick auf Jess, der jetzt etwas zitterte.

Behr kapierte sofort. »Brandstifter? Nein, nicht in letzter Zeit. Der letzte hat sich '98 mit einem Gürtel aufgehängt.«

Philippe bedankte sich mit einem Tippen an seinen Hut und brachte den schweigenden Jess zurück zum Fuhrwerk. Nach wenigen Minuten hatten sie das Gerichtsgebäude erreicht. Auf der Rückseite des Gebäudes entdeckten sie die Sträflinge, die unter der Aufsicht eines Wärters Steine von dem Grundstück räumten. Als Philippe mit Jess näher kam, der sich einen Schritt hinter ihm hielt, bemerkte er die aschfahlen Gesichter der Männer und ihre erdverkrusteten Fingernägel. Um ihre fettig schimmernden Bärte summten Fliegen, und ihre Blicke glitten nervös hin und her.

»Macht mal schneller, ihr Weichlinge«, rief der Wächter und legte die Hand an seinen Gummiknüppel.

Philippe begrüßte ihn. »Keine Fußfesseln?«, fragte er.

»Nein, das verlangsamt sie nur. Wir müssen den Bereich bei Anbruch der Dunkelheit abgeräumt haben, das hat der Richter angeordnet.«

Ein Brüllen unterbrach ihre kurze Unterhaltung. Zwei der Männer rannten Richtung Straße. Der Wächter zog seine Pistole aus dem Halfter und spurtete den Flüchtlingen hinterher. Als er sie ein Stück weit eingeholt hatte, blieb er stehen, zielte und schoss. Er verpasste den ersten Mann und schoss dem zweiten direkt in den Rücken. Er fiel zu Boden.

Am nächsten Tag erfuhr Philippe, dass der flüchtige Mann am Bahnhof von Napa festgenommen worden war, als er einen Zug nehmen wollte. Man hatte ihn in Ketten zurückgeschleppt.

Nach ihrem Ausflug in die Stadt machte Jess Sumter Philippe keinen Ärger mehr. Der Junge erwies sich tatsächlich als ein guter Arbeiter. Er melkte die Kühe, fütterte die Pferde, mistete die Ställe aus, reinigte den Erdkeller für den Winter und half Philippe, Brett für Brett und Stein für Stein die zerstörten Wände der Weinkellerei abzutragen.

Ende Oktober hatten sie schließlich die noch verwendbaren Steine von den verbrannten Materialien getrennt. Jess wischte sich mit dem Ärmel über sein schweißnasses, verschmutztes Gesicht und wandte sich an Philippe. »Ich möchte Ihnen danken, Sir«, sagte er und schluckte. »Dafür, dass Sie mich vor dem Gefängnis bewahrt haben.«

Philippe blickte den Jungen lange an und sah Aufrichtigkeit in seinen Augen. »Gern geschehen«, antwortete er ernst.

»Sir«, Jess zögerte kurz. »Warum haben Sie das getan?«

Philippe nahm sein Halstuch ab und wischte sich den Schweiß von der Stirn. »Sagen wir mal, dass du mich an jemanden erinnerst. Ich will nicht, dass du so endest wie er.«

Kapitel 21

Sara ließ sich neben Pippa und Luc, die bereits wie zwei Adler mit ausgebreiteten Flügeln dalagen, auf das kühle Gras sinken. Die Kinder betrachteten den türkisfarbenen Himmel und zogen mit den Fingern die Umrisse der Wolken nach. »Eine Katze! Ein Elefant! Papas Hut!«, schrien sie begeistert.

Der Oktober war ungewöhnlich still gekommen und gegangen. Da sie keinen neuen Wein zum Abstechen hatten, beschäftigten Sara, Philippe, Jess und Mac sich damit, die Trümmer vom Feuer wegzuräumen, die Inventur in den zwei Steinkellern durchzuführen und den 1899er Cabernet, Zinfandel und Chardonnay für den Versand zu verpacken.

Seit dem Brand war Philippes Gemüt so bedrückt, dass nicht einmal Sara es wagte, ihn nach seinen Plänen zum Wiederaufbau der Winzerei zu fragen. Doch sie ließ sich von seiner Depression nicht mitreißen und zog sich mit den Kindern auf die Obstplantage zurück. Normalerweise arbeiteten sie viel und ernteten Äpfel und Birnen, doch heute legten sie eine Pause ein. Sara hätte sich keine bessere Freundschaft zwischen ihren beiden Kindern vorstellen können. Luc benahm sich so, wie es jeder vierjährige Bruder tun sollte. Manchmal verzog er genervt das Gesicht, wenn Pippa ihm folgte wie ein übereifriger

Welpe, doch er zeigte ihr, wie man auf der Betonplatte das Gleichgewicht hielt, um die Wasserpumpe zu benutzen, und wie man Glühwürmchen in Gläsern einfing. Er warnte sie vor den Gefahren des Flüsschens und brachte ihr bei, wie man Würmer aus Äpfeln pflückte und das Obst vorsichtig in den Korb legte, damit die Schalen keine Flecken bekamen.

Sara weigerte sich, über die verheerenden Ereignisse der Vergangenheit nachzugrübeln. Sie hatte Philippe mitgeteilt, dass Sumter versucht hatte, bei der Erzdiözese ihren Ruf zu zerstören. Jess akzeptierte sie als Teil ihres täglichen Lebens, solange er sich gut verhielt und seine Aufgaben erledigte. Er half Philippe mit allen Aufgaben, vom Anpflanzen von Zwischenfrüchten zwischen den Reihen der Weinreben bis zur Auslieferung von Wein an die Kunden in der Stadt. Im Laufe eines Monats hatte sich ihre Bitterkeit allmählich aufgelöst, und sie begann, den Jungen zu akzeptieren. Jess hatte die Zuneigung von ihnen allen gewonnen, als er mit Luc und Pippa Murmeln spielte, Seil sprang und ihnen beibrachte, einen Wurm auf einen Angelhaken zu spießen. Trotzdem vermied es Jess immer noch, Sara anzublicken oder mit ihr zu reden, wenn sie ihn nicht ansprach. Eines Tages, wenn er selbst Vater wäre, würde er verstehen können, warum sie ihre Beherrschung verloren und ihn angegriffen hatte.

Pippa jagte Luc zwischen den nahe gelegenen Weinreben hinterher, an den goldfarbenen und karmesinroten Blättern vorbei und über die dicken Grashügel, die sie ab und an stolpern ließen. Pippas flaumiges blondes Haar rahmte ihr Gesicht so niedlich ein, dass Saras mütterlicher Blick die Lippenspalte kaum noch registrierte. Pippas beigefarbener Mantel passte zu ihrem hellen Teint und betonte ihre bemerkenswert blauen Augen. Wie konnten ihre Nachbarn nur so grausam sein? Wie konnten dieselben Frauen, die bei der Messe mit ihnen das Abendmahl einnahmen, Pippa als Hexe bezeichnen? Wenn sie Pippa jetzt sehen könnten, wenn sie rannte und lachte wie andere Kinder auch, würden sie dann immer noch Gerüchte über sie verbreiten?

Saras Gedanken kehrten zu Philippe zurück. Es war so lange her, dass er zuletzt mit ihr geflirtet hatte oder ihr mittags zu einem Stelldichein in die Scheune gefolgt war.

Vielleicht brauchte er nur Zeit. Der Tod seines Vaters und das Feuer hatten sie alle zutiefst erschüttert. Mit etwas Geschick und viel Arbeit würden sie alles wiederaufbauen können, doch es würde Jahre dauern, bis ihr Weingut wieder florierte.

Sara wollte nicht in Selbstmitleid versinken. Genau wie die anderen Ereignisse – Bastiens Angriff, der Tod von Papa und Lydia, die Existenz von Linnette – legte sie auch das Trauma des Feuers in die hinterste Schublade ihrer Gedanken und schloss sie ab.

Sie war das Herz dieser Familie, und sie nahm diese Verantwortung sehr ernst. Sie brauchten etwas, das sie gemeinsam aufbauen konnten, und nicht etwas, das sie reparieren mussten wie die ausgebrannte Weinkellerei. Selbst mit dem Geld von der Versicherung würden die Ersparnisse mehrerer Jahre nötig sein, um die Reparaturen abzuschließen. Arbeiten wie diese waren zwar notwendig, doch entmutigend. Sara wollte Geld verdienen, und zwar schnell. In einem Jahr, wenn ihnen der 1900er-Jahrgang zum Verkauf fehlte, würden sie nur ein geringes Einkommen haben. Luc kam in die Schule und würde Bücher, Stifte, Schuhe und Kleidung brauchen. Sara hatte schon seit Jahren darüber nachgedacht, einen Verkaufsstand am Bahnhof von Napa Junction zu eröffnen, wo die Städter auf ihrem Weg nach Aetna Springs oder Napa Soda Springs bei ihr Wein, Limonade, Obst oder andere Dinge für unterwegs kaufen konnten. Vielleicht war jetzt genau der richtige Zeitpunkt dafür. Leider bedeutete dies, dass sie weniger Traubenstecklinge nach Saint Martin senden könnte, denn einen Teil des Geldes von Philippe brauchte sie für die Finanzierung ihres neuen Geschäfts.

Sara beschloss, im kommenden Frühjahr mit dem Verkauf ihrer Waren am Bahnhof zu beginnen. Die Kinder könnten ihr dabei helfen, die Produkte zu arrangieren. Sie könnte am Stand ihre Auszeichnungen von den lokalen Märkten und ihre Goldmedaille aus Paris präsentieren, um die Qualität ihrer Weine zu unterstreichen.

Pippa und Luc, die im Kreis um Sara herumgerannt waren, ließen sich auf ihren Schoß fallen, und alle zusammen purzelten sie auf das weiche Gras. Sie umarmte ihre Kinder fest. Sie konnte es nicht mehr abwarten, mit der Arbeit zu beginnen!

Kapitel 22

Februar 1901

Gott sei Dank haben wir Mac Cuddy, dachte Philippe. Sie standen mitten auf dem Ackerland, welches der Brand im September vernichtet hatte. Die zehn Morgen Fläche waren im Oktober freigeräumt worden, und gegen November hatten Mac und sein Team die Erde vierzig Zentimeter tief umgepflügt und mit einer geliehenen Maschine aufgelockert. Da es keinen Keller mehr gab, war Mac sofort von der Rolle des Kellermeisters in die des Weinbergverwalters geschlüpft und konnte jetzt sein Fachwissen nutzen, das er sich in seinen Jahren bei den Beringer-Brüdern angeeignet hatte. Im April sollten neue Weinreben angepflanzt werden, und fasziniert hörte Philippe sich Macs Plan an, die neuen Reben an Gittern hochranken zu lassen. Mit dieser Neuerung konnten Weinreben in größerer Höhe pro Morgen angebaut werden.

Als Mac seine Erklärung beendet hatte, kratzte er sich über die Bartstoppeln am Kinn. »Was meinen Sie?«

»Wir benutzen also Pfosten anstelle von Pflöcken?« Philippe wollte sicherstellen, dass er wirklich verstand, wie diese Spaliererziehung funktionierte.

»Ja, Sir«, antwortete Mac, »einen Zwei-Meter-Pfosten alle zehn Meter, einen halben Meter tief, mit einem Pflock zwischen den Pfosten, um die Weinreben abzustützen.«

»Und wir verbinden sie mit Draht?«

»Ja. Draht der Stärke zwölf ist stark genug. Der erste Draht wird etwa dreißig Zentimeter über dem Boden zwischen den Pfosten gespannt, der zweite dreißig Zentimeter darüber und der dritte sechzig.«

»Und das gibt den Früchten mehr Schatten?« Philippes Frage spielte auf das Unglück vom letzten Jahr an, als Mac die Blätter zu weit zurückgeschnitten hatte und die vom Regen durchweichten Früchte schnell ausgedorrt waren.

»Ja«, sagte Mac zuversichtlich. Er kniete sich hin und zeichnete mit den Händen eine unsichtbare Gitterranke in die Luft. »Es ist so: Im ersten Jahr wachsen die Weinreben frei, und im zweiten Jahr können wir mit den Gitterranken beginnen. Wir verbinden die tragenden Stöcke schließlich in einer Fächerform mit den beiden niedrigeren Drähten. Die jungen Stöcke binden wir in der Mitte zusammen und ziehen sie an dem oberen Draht hoch. So kann die Luft zwischen den Weinreben zirkulieren, und die Früchte werden von dem jungen Wuchs darüber besser beschattet.«

»Hm.« Philippe neigte konzentriert den Kopf. »Das sollte also auch die Stämme und Rohre vor stürmischen Winden schützen und die Früchte gleichmäßiger reifen lassen, oder?«

»Absolut«, sagte Mac und sprang wieder auf die Füße.

»Und das wird sicher funktionieren?«

»Ja, Sir.«

»Wer sonst hat das schon versucht?«

»George Husmann hat über seine Erfolge mit der Spaliererziehung geschrieben, und in Missouri und anderen Staaten im Mittleren Westen wird das System schon seit Jahren eingesetzt.« Wenn Husmann, die oberste Instanz der Region im

Bereich der Traubenzucht, das empfahl, dann sollte Philippe es auch versuchen. Außerdem war in diesem Bereich nur Platz für einen kleinen Teil seiner Weinreben, und wenn sie mehr Trauben produzieren könnten, würde er in diesem Landstrich der Wegbereiter für diese neue Anbautechnik sein.

»Wie hoch werden die Kosten sein?«

»Wir brauchen Pfosten, Draht, Klammern und Arbeitskräfte. Ich stelle einen Kostenvoranschlag zusammen.«

Wie sollten sie das Geld dafür zusammenbekommen? Philippe hatte bereits die teuren neuen Weinreben bestellt. Er wollte keine Hypothek auf das Weingut aufnehmen oder Lucs Erbe antasten. Ihm kam nur eine Lösung in den Sinn: Er würde sich das Geld, das er Sara gegeben hatte, ausleihen müssen.

Als er seinen Vorsatz gefasst hatte, fragte Philippe: »Also pflügen und eggen wir die Erde im März wieder?«

»Ja, dann können wir im April pflanzen.«

Nichts begeisterte Philippe mehr als innovative Ideen. Er packte Mac an seinen knochigen Schultern und blickte ihn dankbar an. »April ist abgemacht, mein Freund.«

* * *

Sara hatte es keiner Menschenseele erzählt. Es konnten noch nicht mehr als zwei Monate sein, doch die Zeichen waren eindeutig. Dieses Mal wollte sie kein Risiko eingehen. Sie würde gut essen und lange schlafen. Auch wollte sie sich nicht durch einen Besuch beim Arzt beeinflussen lassen. Der Winter war die ideale Zeit, um ihren Zustand unter den warmen Kleidungsschichten zu verstecken – zumindest, bis Philippe ihren runderen Bauch bemerkte. Die Sache sollte normal verlaufen, und wenn sie sich zu viele Gedanken machte, würde das kein gesünderes Kind hervorbringen.

Sara hielt sich mit der Planung ihres neuen Unternehmens beschäftigt. Abends um neun war das Haus still und nur das Knistern des Holzes im Kamin zu hören. Sara schlang sich ihr Tuch um die Schultern und nippte vorsichtig an der dampfenden Tasse mit heißer Zitrone, um sich nicht die Zungenspitze zu verbrennen. Das Aroma des Honigs und der Nelken belebte ihre Sinne, und der Schuss Bourbon wärmte und entspannte sie. Philippe zog sich an diesen Winterabenden früher als sonst zurück, was ihr aber nichts ausmachte, da sie so ohne Unterbrechungen zwei Stunden lang ihren Tagträumen nachhängen konnte.

Im letzten Monat hatte Sara ihre Ideen für einen Weinstand aufgeschrieben. Sie wollte den Kurgästen, die auf dem Weg nach Aetna Springs waren, ihre leichteren Weine wie Chardonnay und Zinfandel anbieten, sowie die übrigen Kisten ihres preisgekrönten 1897er Cabernet, kalte Limonade, Käsesandwiches und Piccalilli. Sie wollte auch ein paar Äpfel, Pfirsiche, Pflaumen und Pasteten mitnehmen. Sogar an die jungen Mütter mit Babys dachte Sara und plante daher frische Milch, Waschlappen, Sicherheitsnadeln und Apfelmus für den Verkauf ein. Sie hatte alle Artikel und Kosten aufgelistet, sowie den Verkaufspreis.

Sara kritzelte auf dem leeren Blatt Papier herum. Jetzt brauchte sie für ihr Unternehmen nur noch das passende Gefährt. Ein Erntewagen würde nicht funktionieren, denn er war an den Seiten zu hoch. Außerdem brauchte Philippe im Frühling alle Wagen, um ihre Weine an die Käufer in Napa und San Francisco auszuliefern.

Sara dachte an die kleinen Handwagen, die sie überall auf den Straßen von New York gesehen hatte. Im Sommer florierte das Geschäft mit Eiscreme, Sandwiches und gebackenen Kartoffeln. Die Hausfrauen waren zwei-, manchmal sogar dreimal am Tag aus ihren Wohnungen geströmt, um an den

Obst- und Gemüsewagen ihre Kochzutaten einzukaufen. Die Wagen waren wie eine Erweiterung ihrer Küchen gewesen. Doch trotzdem, für Saras Vorhaben war ein solcher Handwagen einfach zu klein.

Sie fertigte einen genauen Entwurf von dem an, was sie im Sinn hatte: ein neuer einspänniger Wagen mit Holzrädern, mit einer niedrigen Seite und einer ziegelsteinroten Ladefläche, in derselben Farbe wie das Schild, das sie für ihren Stand auf der Weltausstellung gemacht hatte. Sie würde ihre Waren in Abschnitte unterteilen, sodass die Käufer das Gesuchte schnell finden konnten, um nicht ihren Zug Richtung Norden zu verpassen.

Sie schätzte, dass der Preis eines neuen Wagens etwa zwischen dreißig und fünfundsiebzig Dollar lag. Was würde Philippe sagen? Sie wollte ihn nicht fragen, weil er so beschäftigt mit der Planung der Neubepflanzung im Frühling war. Die einzigen Fragen, die ihn zu interessieren schienen, waren: Zinfandel- oder Pinot-Trauben? Weinanbau mit Spaliererziehung oder einem anderen System? Er plapperte unaufhörlich über Macs brillante Idee.

Zufrieden mit ihrem Plan legte Sara den Stift zwischen die Seiten des Notizbuchs und klappte es zu. Sie füllte den Bettwärmer mit heißen Kohlen. Sie sah nach Pippa und Luc, dann wärmte sie ihre Bettseite und ließ sich unter die Decke gleiten. Sie schmiegte sich an Philippe, zog die Knie an und schob ihre kalten Füße zwischen seine warmen Waden. Er seufzte, nahm ihre Hand und zog ihren Arm um seine Taille.

Sie fragte sich, ob er spüren konnte, dass ihr Herz vor Aufregung flatterte. Noch nie hatte sie die alleinige Verantwortung für ein Unternehmen wie dieses gehabt. Sie hatte bisher nur mit ihrem Vater oder Jaques auf Saint Martin gearbeitet und später mit Philippe auf Eagle's Run. Selbst jetzt verwaltete sie Saint Martin nur gemeinsam mit Philippe. Doch dieses Geschäft am Bahnhof würde nur ihr gehören, und sie konnte es so leiten, wie sie es für richtig hielt. Es hing von ihr allein ab, ob sie Erfolg haben oder scheitern würde.

Wie auch immer, einer Sache war Sara sich sicher. Jetzt, da sie ein Baby erwartete, musste sie einfach Marie schreiben und sie überreden, nach Kalifornien zu kommen. Marie hatte ihre Hebammenausbildung abgeschlossen, und seit Lydias Tod vor vier Jahren vermisste Sara die Gesellschaft von Frauen ihres Alters. Auch wenn Aurora Saras beste Freundin war, ähnelte sie manchmal mehr einer Lieblingstante als einer Freundin.

* * *

Am nächsten Morgen blätterte Sara durch die Broschüre und die Anmeldeformulare auf dem Tisch vor ihr. Das Cooper Medical College nahm noch immer Bewerbungen für den im Herbstsemester beginnenden Chirurgielehrgang an. Vielleicht brauchte Marie nur einen Ansporn von einer Freundin. Sara schrieb ihr eine kurze Nachricht und steckte sie mit dem Anmeldeformular in einen Umschlag. Wenn die Post am nächsten Tag abgeholt wurde, wollte Sara darauf achten, dass ihr Brief auf dem Stapel ganz oben lag.

* * *

Sara funkelte Philippe an und stemmte die Fäuste in die Hüften. »Was verlangst du da von mir?«

Philippe fasste ihre Schultern und wiederholte seine Forderung. »Ich brauche das Geld für Materialien und, um die Weingärtner zu bezahlen.« Für ihn gab es offensichtlich keine Diskussion.

Sara schob ihn von sich. »Du brauchst das Geld? Das Geld, das du mir gegeben hast? Das Geld, mit dem ich angeblich machen konnte, was ich wollte?«

Philippe trat einen Schritt zurück. »Ja, aber es ist noch immer das Geld der Familie.«

»Nein, ist es nicht. Es war ein Geschenk von dir an mich.«

»Es ist das Geld der Familie, und die Familie braucht es dringend. Wenn ich das Geld haben will, Sara, brauche ich nur zur Bank zu gehen und es abzuheben. Der Filialleiter würde nicht mal mit der Wimper zucken.«

Sara hob die Hand, um ihn zum Schweigen zu bringen. »Wenn du mir jetzt erzählen willst, dass ein Ehemann das Recht auf das Geld seiner Frau hat, kannst du dir das sparen«, erwiderte sie scharf. »Wir sind nicht mehr in Frankreich!«

Wütend biss sie die Zähne zusammen, schnappte sich ihren Mantel und stürmte aus der Küche. Die Türangeln quietschten protestierend, als sie laut die Tür hinter sich zuschlug. Er hatte vielleicht Nerven! Sara eilte auf die Ställe zu. Sie spürte plötzlich ein großes Bedürfnis, einfach in die Stadt zu reiten und sich ein brandneues, erstklassiges Fuhrwerk zu kaufen.

Gerade als sie Red aus dem Stall holen und satteln wollte, hörte sie Philippe hinter sich, der die Stalltür schloss. Er nahm ihre Hände und knabberte spielerisch an ihren Fingern. Wütender als ein wilder Bär riss sie sich von ihm los.

Als er begann, ihren Hals zu küssen, wirbelte sie angeregt, aber verärgert herum. Wie konnte er ihre Gefühle nur so bagatellisieren? »Untersteh dich!«, warnte sie ihn.

»Kannst du mir mal zuhören? Ich werde dir das Geld zurückerstatten«, versprach er. Sie würde sich nicht von seinen schmeichelnden Worten und weichen Lippen ablenken lassen. Seine Tricks waren ihr allzu vertraut.

»Nein.« Ihre Stimme war jetzt weicher, doch ihr Blick voller Entschlossenheit.

»Sara, es ist für die neue Bepflanzung – etwas, das uns allen zugutekommt«. Seine Stimme klang angespannt.

»Eagle's Run hat von über zweihundert Morgen nur zehn verloren. Saint Martin fehlt *ein Drittel* seiner Weinreben!«

»Sara ...«

»Warum kannst du nicht das Geld nehmen, das dir dein Großvater gegeben hat?«

»Weil ich davon ein neues Haus für deine Mutter und Jacques gebaut habe.«

Wieder einmal verdrehte er die Tatsachen. »Nein, wir haben dafür Lucs Geld verwendet. Mit der Hälfte deines Anteils wurde die Obstplantage angelegt. Und natürlich hast du die andere Hälfte behalten.«

Philippe ließ ihre Hand los und drückte seinen Nasenrücken zwischen Zeigefinger und Daumen. Er atmete laut aus, dann erklärte er: »Ja, aber als Heath and Strong mich nicht bezahlt haben, musste ich Lamont ihre Schulden ersetzen: neunhundert Dollar, fast fünftausend Francs.«

Sara war sprachlos. Er war Lamont gegenüber viel zu großzügig gewesen und leichtsinnig mit ihren Ersparnissen umgegangen. Es gehörte zu den Risiken ihres Geschäfts, keine Bezahlung zu bekommen, und Lamont hätte mindestens die Hälfte des Verlusts auf sich nehmen sollen. »Was ist mit unseren anderen Ersparnissen?«

Philippe schob die Hände in die Hosentaschen. »Wir haben davon gelebt ... wie hätten wir uns sonst unsere Reise nach Paris leisten können?« Er fuhr fort: »Es ist eine Frage der Zeitplanung. Wir haben immer noch nicht das Geld von der Versicherung und die Zahlungsbilanz des 1899er-Jahrgangs. Sobald das Geld da ist, kann ich es dir zurückerstatten.«

»Wann wird das sein?«

»Spätestens im August.«

Aber August war zu spät. Sie hatte vorgehabt, die Weinstecklinge noch in diesem Frühjahr nach Saint Martin zu schicken. Und falls sie ihr neues Geschäft im April beginnen wollte, musste sie schon jetzt einen Wagen und Schirme kaufen und für die Genehmigung zahlen. Sara streichelte sanft Reds Rücken und legte die Wange an den weichen Hals des braunen Pferdes.

»Das ist zu spät«, erklärte sie kategorisch.

»Was meinst du?«, fragte er mit Empörung in der Stimme. »Du weißt, dass es billiger und praktischer ist, zehn Morgen Weinreben hier neu zu pflanzen als drei Hektar in Frankreich. Allein der Preis für den Versand wird schwindelerregend sein!«

Widerwillig musste Sara zugeben, dass er nicht ganz unrecht hatte. »Du kannst dir fünfhundert Dollar leihen, aber ich behalte zweihundert. Ich brauche das Geld«, erklärte sie und deutete auf ihn. »Ich will vor August jeden Penny zurückhaben, verstanden?«

Philippe legte die Hände auf ihre Taille. Er vergrub das Gesicht in ihrem Haar und murmelte: »Ja, Ma'am.«

Sie stieß ihn von sich. »Ich muss einkaufen gehen.«

»Nein, musst du nicht«, beharrte er. Er zog sie an sich und teilte mit der Zunge ihre Lippen.

Tief in ihrem Inneren spürte sie ein vertrautes Brennen, doch sie wollte nicht nachgeben. Ihr Herz raste vor Entrüstung. »Du solltest dich entschuldigen.«

Er trat zurück, aber er hielt noch ihre Hände. Ein Sturm aus Verlangen und Verzweiflung legte sich wie ein Schatten über sein Gesicht. »Ich bitte um Entschuldigung. Es war gedankenlos von mir. Ich hatte nicht berücksichtigt, dass du bereits heimlich Pläne ausgeheckt hast«, sagte er. »Doch Gott weiß, ich hätte es mir denken können.«

Sara blickte ihn eine Weile länger an und versuchte auszumachen, ob seine Worte herablassend gemeint waren. »Du wirst mir doch sicher vergeben«, flüsterte er und kam wieder näher. Er ließ seine Nasenspitze ihren Hals entlanggleiten und kitzelte ihr Ohrläppchen. Sara bekam weiche Knie. Als seine Hände ihren Oberschenkel herunterwanderten, konnte sie ihm nicht länger widerstehen. Ihr Kuss war eine Mischung aus Hunger und Zorn. Doch trotz ihrer Wut verlangte es sie nach seiner Berührung, ihrer gegenseitigen Liebe.

»Wo sind die Kinder?«, fragte Philippe und knöpfte ihren Kragen auf.

Saras Gedanken gerieten durcheinander, als seine Finger über ihr Schlüsselbein strichen. »Ähm, sie sind zur Brüterei gegangen, um Eier zu kaufen.«

»Mit Rose?«

»Mm-hmm. Und Jess.«

»Wir sind also allein?« Sein Atem strich warm über ihr Ohr. Sara lächelte. »Nicht völlig.«

»Red und Lady zählen nicht.« Er lachte in sich hinein.

Sara legte die Hände auf ihren Bauch und flüsterte: »Ich habe nicht die Pferde gemeint.«

Philippe erstarrte. »Du bist schwanger? Wirklich?«

»Seit etwa drei Monaten, glaube ich.«

Er nahm sie schwungvoll in die Arme und drückte ihr einen deftigen Kuss auf die Lippen. »Ein Baby ist genau das, was wir hier brauchen!« Sie konnte sich nicht erinnern, wann sie ihn zuletzt so ausgelassen und fröhlich gesehen hatte.

»Was ist das für ein neuer Plan, den du hast?«, fragte Philippe. »Ich will nicht, dass du dich jetzt, wo ein Baby auf dem Weg ist, verausgabst.«

Er zog sein Baumwollhemd aus der Hose und küsste die Innenseite ihres Handgelenks. Ihr fiel es schwer, sich auf ihren Gedankengang zu konzentrieren. »Das ist ein Geheimnis«, sagte sie und grinste. Sie ließ ihre Finger von seiner Kehle bis hinunter zu dem leichten Haaransatz auf seiner Brust wandern. Die Luft im Stall war kühl, doch winzige Staubkörnchen wirbelten im Licht der Nachmittagssonne, die durch einen Spalt in der Tür hereinfiel. Jess hatte erst an diesem Morgen die Ställe ausgemistet, und es roch frisch nach einer Mischung aus Heu, Leder und Pferden.

»Du bist eine Sphinx, mein Liebling«, neckte Philippe und führte Sara zu den kleinen Heuballen in der Ecke. An diesem faulen Freitagnachmittag ließ er zärtlich seine Lippen über Saras Körper wandern. Nachdem sie sich dem Liebesspiel hingegeben hatten, setzte Sara sich auf und glättete ihre Röcke. Sie war noch immer wütend auf ihn, doch noch mehr ärgerte sie sich über ihre eigene Schwäche. Trotz der aufrichtig geteilten Freude über ihre Schwangerschaft hatte Philippe sie mit Leichtigkeit manipulieren können. Sie durfte nicht zulassen, dass das wieder passierte.

* * *

Sara fühlte sich so euphorisch, dass sie das Fuhrwerk kaum geradeaus lenken konnte. Sie biss sich vor Aufregung auf die Lippen, als sie nach Eagle's Run abbog.

Philippe würde zugeben müssen, dass ihr Gefährt eine Pracht war: ein einspänniges Rushford-Fuhrwerk von 1901, direkt von Hooker and Company in San Francisco. Auf dem glänzenden roten Wagen war ein gelber Schriftzug eingraviert: *Lemieux Family Wines*.

Mit den farblich abgestimmten gelben Rädern und Verstrebungen ihres Fuhrwerks fühlte Sara sich auf ihrem Weg nach Eagle's Run wie Queen Victoria auf dem Thron. Die Hufschläge des Pferdes kündigten ihre Ankunft an, und Philippe, Luc, Pippa und auch Rose kamen zur Begrüßung herausgerannt.

Sara stellte die Bremse fest und blickte Philippe an. Kopfschüttelnd starrte er auf den Wagen. Pippa und Luc dagegen kletterten neben Sara auf den Sitz. »Maman, hast du das für uns gekauft? Können wir es behalten?«, schrie Luc aufgeregt.

»Es ist für Mamans neues Geschäft«, erklärte Sara.

»Wundersöön«, sagte Pippa mit einem bezaubernden Lispeln und sprang auf dem Sitz auf und ab.

Philippe ließ die Hand über die Armatur gleiten und zog an der Radachse, bevor er einen Schritt zurücktrat, um die Lackierung zu untersuchen.

»*Lemieux Family Wines*?« Er kniff die Augen zusammen.

Sara ließ die Schultern sinken. »Gefällt es dir nicht?«

»Es ist sehr farbenfreudig. Wo in aller Welt willst du damit herumfahren?«

Sara richtete sich auf. »Überall in der Stadt natürlich, aber ich habe vor, den Wagen ab Frühling jeden Freitag und Samstag von zehn bis siebzehn Uhr am Bahnhof von Napa Junction zu parken und dort Weine von Eagle's Run *und* Saint Martin zu verkaufen«, sagte sie stolz.

Philippe stützte die Hände in die Seiten und gaffte den Wagen an. »Unglaublich«, sagte er schließlich und betonte langsam jede Silbe. »Du hast das alles selbst gemacht?«

»Aurora hat mir geholfen, einen geeigneten Wagen zu finden, und ich habe das Geld verwendet, das du mir gegeben hast«, erwiderte Sara.

»Du hättest mich zumindest fragen können«, sagte er.

Sara spürte, wie sich ihre Brust zusammenzog. Die Kinder wurden still. »Ich … ich wollte dich überraschen«, sagte sie.

Als Philippe um den Wagen herumging, wurde seine Miene noch mürrischer. »Nun«, schimpfte er, »du hast es geschafft, mich völlig zu schockieren!« Er murmelte etwas vor sich hin und ging zum Haus zurück. Sara ließ sich in den Sitz zurücksinken.

Unbeeindruckt von der angespannten Atmosphäre, fasste Pippa an die Verstrebungen des Wagens. Luc schmiegte sich an Sara und flüsterte: »Ich glaube, das ist der schickste Wagen, den ich je gesehen habe, Maman.«

Sara schnüffelte und lächelte. Sie brauchte Philippes Zustimmung nicht. Dies war ihr Traum, und er würde es noch bereuen, dass er jemals an ihr gezweifelt hatte.

* * *

Es war Mitte April. Philippe stand auf dem Weinberg und bewunderte die neuen Cabernet-Weinreben, die Mac angepflanzt hatte. Er hatte erstklassige St.-George-Wurzelstöcke verwendet. Die Reben fächerten sich in einem Abstand von je fast zwei Metern in diagonalen Linien über die zehn Morgen auf, die das Feuer zerstört hatte.

Diese Weinreben waren eine sinnvolle Investition gewesen. Doch Hunderte von Dollar für einen glitzernden Wagen und einen vagen Plan auszugeben, wenn sie kurz vor dem finanziellen Ruin standen? Das war die reinste Torheit!

Noch immer verärgert über die Waghalsigkeit seiner Frau richtete Philippe seine Gedanken auf die Weinkellerei. Er hatte gerade den Scheck von der Versicherung erhalten, der den größten Teil der Wiederaufbaukosten decken würde. Das Geld, das er im August erwartete, wollte er für ihre Lebenshaltungskosten verwenden und einen Teil für neue Geräte und Fässer sparen, die Tausende von Dollar kosten würden. Er hatte über ein Darlehen von der Bank nachgedacht, doch bei der derzeitigen Reblausplage wurde der Weinanbau zu den riskanten Unternehmen gezählt, und die Darlehensraten für Weingüter waren in die Höhe geschossen. Nachdem er vorsichtig seine Optionen ausgelotet hatte, beschloss Philippe, abzuwarten und zu sparen, bis sie genug erwirtschaftet hatten, um sich neue Geräte und Fässer leisten zu können.

Zum Glück florierte wenigstens Saint Martin. Im November hatte Jacques Philippe berichtet, dass sie eine Rekordernte eingefahren hatten – neunzehntausend Gallonen Wein reiften in ihren Kellern. Philippe hatte seinen Händlerkontakten in Chicago, Boston, St. Louis und Los Angeles geschrieben und ihnen den Grund für ihren vorübergehenden Engpass erklärt. Er hatte sich erkundigt, ob sie es sich vorstellen könnten, den bestellten Eagle's Run Chardonnay durch den 1900er Saint Martin Chenin Blanc zu ersetzen.

Während er auf die Antworten wartete, hatte er ein Gespräch mit Monsignor O'Brien und handelte ein Geschäft mit seinen Nachbarn aus, um die Erzdiözese mit den hundertvierundvierzigtausend Flaschen Messwein zu versorgen, die Eagle's Run von Mitte 1901 bis Mitte 1902 nicht liefern konnte. Die Nachbarn würden zwölf Cent pro Gallone erhalten und er drei. Diese zweiundsiebzig Dollar pro Monat würden die Gehälter von Mac und Rose abdecken. Doch reichte das aus, um sich über Wasser zu halten?

* * *

Eine Mischung aus Furcht und Spannung verursachte ein aufgeregtes Flattern in Saras Magen. Sie stieg vorsichtig vom Fuhrwerk, und ihr üppiger Bauch brachte sie aus dem Gleichgewicht. Bevor sie Lady abzäumen konnte, erschien der Bahnhofsvorsteher vor dem kleinen Depot und schlenderte krummbeinig die Holzrampe entlang.

»Ihren Frachtbrief, Ma'am?«, fragte er. Der große weißbärtige Mann trug eine dunkelblaue Weste und Krawatte sowie einen Pillbox-Hut, in den die goldfarbenen Initialen *SPR* eingestickt waren. Sie hatte ihn schon zuvor getroffen, sein Name war Jacobs.

»Nein, Sir. Ich baue meinen Stand auf. Ich verkaufe Wein und Lebensmittel.«

Er klappte die Taschenuhr auf, die mit einer Kette an seiner Weste hing. »Sie sind früh dran. Ihre Genehmigung?«

Sara holte das Formular aus ihrer Tasche. Sie hatte gehofft, er würde übersehen, dass sie sich schon eine halbe Stunde vor der Ankunft des Zehn-Uhr-Zuges vorbereitete. Sie wollte die Weine, Marmeladen, Piccalilli und Sandwiches ordnen und die Schirme aufspannen, um ihre Waren kühl zu halten. Sara übergab dem Bahnhofsvorsteher die Genehmigung. Für diesen Wisch zahlte sie der Southern Pacific Railroad eine jährliche Gebühr von dreißig Dollar, die Hälfte der Kosten ihres Fuhrwerks! Und trotzdem durfte sie nur freitags und samstags in der Hochsaison von Ende April bis Anfang Oktober ihre Waren verkaufen.

Während der Bahnhofsvorsteher die Genehmigung begutachtete, fügte sie hinzu: »Mein Name ist Sara Lemieux, und ich wohne nordwestlich von hier, auf Eagle's Run.«

»Ah, Sie sind die Frau von Philippe Lemieux, nicht wahr?«

Sara lächelte. »Ja, genau.«

»Er war gerade letzte Woche hier und hat Lieferungen für Chicago verladen. Er ist ein tüchtiger Geschäftsmann. Wo ist er jetzt?«

»Auf dem Weingut. Sie haben sicherlich von dem Brand gehört. Wir haben die Fläche gerade neu bepflanzt, und er kümmert sich um die neuen Weinreben«, plauderte sie weiter. »Dieser Stand hier ist mein neues Geschäft.«

Der Bahnhofsvorsteher trat zum Fuhrwerk und begutachtete die Waren. »Da drin sind keine Flaschenöffner, hoffe ich.«

»Nein, Sir, die Bahn erlaubt das nicht.«

»Es ist wohl eher so, dass Niebaum es nicht erlaubt«, lachte er. »Er hätte es nicht gern, wenn andere Winzer dem Verkauf seines Inglenooks auf der Southern Pacific in die Quere kämen.«

»In der Tat. Er hat so etwas wie ein Monopol, nicht wahr?«, fragte Sara forschend.

»Ja.« Der Bahnhofsvorsteher runzelte die Stirn und tippte an seinen Hut. »Halten Sie nur genügend Abstand. Wir brauchen

Platz, damit die Verlader ihre Schubkarren über die Rampe auf den Bahnsteig schieben können«, sagte er und verschwand in dem kleinen Depotgebäude.

Innerhalb der nächsten sechs Stunden hielten acht Züge an dem Bahnhof. Sara verkaufte nur zwei Flaschen Chardonnay und fünf Gläser Marmelade, doch die Sandwiches, die Rose an diesem Morgen gemacht hatte, waren alle weg. Sie hatte nicht erwartet, dass ihre besten Kunden die Winzer sein würden, die nach dem Verladen ihrer Weinlieferungen auf die Güterzüge Hunger und Durst hatten. Sie leerten ihre fünf Gallonen Limonade bis auf den letzten Tropfen aus.

Jede Woche kehrte Sara mit mehr Sandwiches und mehr Limonade zurück, und jeden Nachmittag war alles ausverkauft. Nachdem sie zu jedem Glas Piccalilli eine Holzgabel mitgab, kauften die Männer plötzlich auch das und aßen die Tomaten-Paprika-Sauce direkt dort an Ort und Stelle. Ihre Einnahmen stiegen, doch trotzdem verdiente Sara gerade genug, um ihre Ausgaben zu decken.

* * *

Eines Samstagmorgens Anfang Juni fuhren zwei Damen in einem Surrey am Bahnhof vor. Während der Fahrer ihre Koffer aus dem Wagen hob, öffneten sie ihre Sonnenschirme. Der nächste Zug kam in fünfzehn Minuten an, und da es außer dem Bahnhofsgebäude und ungefähr zehn Mitpassagieren nichts zu sehen gab, kamen die beiden auf Saras Stand zu – was sollten zwei wohlhabende Damen im Urlaub auch sonst tun?

Saras Schürze spannte über ihrem runden Bauch, und beim Anblick der beiden Damen fühlte sie sich plötzlich unsicher. An den Wochenenden am Bahnhof trug sie immer ihr schönstes Leinenkleid und eine makellose weiße Schürze, an der die goldfarbene Plakette der Frauenrechtlerinnen prangte. Diese

Frauen hingegen trugen Kleider aus Seide und spitzenbesetzter Baumwolle, das Kleid der einen hatte einen hellen Pfirsichton, und das andere war weiß. Ihre breitkrempigen Strohhüte waren mit weißen Federn dekoriert, und als Accessoires trugen sie Perlenohrringe in Tropfenform und hielten handbemalte orientalische Fächer in den Händen. Sara war sprachlos. Die beiden waren die elegantesten Frauen, die sie je gesehen hatte. Als sie näher kamen, erkannte Sara, dass sie dieselben blauen Augen und dieselbe rotblonde Haarfarbe hatten – es schien sich um Mutter und Tochter zu handeln.

Sara musste an die wohlhabenden Amerikanerinnen denken, die sie letztes Jahr bei der Weltausstellung gesehen hatte. Diese beiden Damen gehörten sicher ebenfalls zu Amerikas Elite, und Sara wusste genau, wie sie sie ansprechen musste.

»Guten Morgen, meine Damen. Könnte ich Sie vielleicht zu einer Flasche unseres frischen familieneigenen Chardonnays verleiten, oder vielleicht zu unserem preisgekrönten Cabernet?«

Sie flüsterten miteinander wie Schwestern, doch als sie mit Sara sprachen, zeigten sich ihre ausgezeichneten Umgangsformen. »Preisgekrönt!« Die Augen der Mutter weiteten sich interessiert. »Darf ich?«, fragte sie. Sara ließ eine Flasche in ihre behandschuhte Hand gleiten.

»Große Güte, Laura!«, rief sie und drehte sich zu ihrer Tochter um, »das ist einer der Weine, die wir bei deinem Debütantinnenball serviert haben. Charles, der Sommelier in dem Palast, hatte ihn uns nachdrücklich empfohlen. Sieh mal«, sie tippte auf die unterste Zeile des Etiketts, »der 1897er-Jahrgang hat bei der Weltausstellung in Paris eine Goldmedaille gewonnen.«

Sara strahlte. »O ja, Ma'am, mein Ehemann und ich waren in Paris, und wir waren überglücklich, solch eine Anerkennung zu erhalten. Wir liefern regelmäßig Weine ans Palace Hotel und viele private Residenzen in der Stadt. Falls Sie in San Francisco oder in der Nähe leben, können wir Ihnen monatlich Weine nach Hause liefern.«

Die Mutter legte einen Zeigefinger auf ihre Lippen. »Wie viel kostet eine Kiste?«

»Zwölf Flaschen kosten fünf Dollar, Ma'am«, antwortete Sara.

Die Frau wechselte plötzlich in fließendes Französisch über. »Sie wurden in Frankreich geboren und stellen Ihren Wein aus kalifornischen Trauben her?«

Sara lächelte und antwortete in ihrer Muttersprache. »Ja, mein Ehemann und ich kommen von der Loire. Unser Weingut befindet sich ein paar Kilometer entfernt von hier. Wir produzieren Cabernet, einen guten trockenen Chardonnay und einen Zinfandel, der besonders gut zu kalten Fleischgerichten im Sommer passt. Uns gehört auch das Weingut meiner Familie in Frankreich. Der Saint Martin Chenin Blanc wird in den besten Restaurants von Paris verkauft«, dehnte sie die Wahrheit ein wenig.

In der Ferne ertönte ein Zugpfeifen. »Mutter«, drängte die Tochter, »wir sollten jetzt zum Bahnsteig gehen.«

Die Mutter winkte nur ab und sah sich den Stand an. »Was für ein schicker Stand, so farbenfroh und attraktiv. Und Sie sind eine junge Frau mit einem solchen Unternehmergeist.« Sie streckte Sara die Hand hin. »Bridget Donnelly, und das ist meine Tochter Laura.«

»Es ist mir ein Vergnügen. Ich bin Sara Lemieux.« Sara ergriff nur leicht die Fingerspitzen der beiden, genau wie sie es bei den reichen amerikanischen Frauen in Paris beobachtet hatte.

»Hier ist meine Karte, Mrs Lemieux. Wir hätten gern eine monatliche Lieferung des Cabernets, an den Hintereingang. Unser Butler Clifton wird sich um Ihre Bezahlung kümmern.«

Sara warf einen Blick auf die Karte und war überrascht, dass die Damen in St. Helena wohnten. »Würde es Ihnen am nächsten Donnerstag passen?« Philippe fuhr an diesem Tag nördlich von Napa Lieferungen aus.

»Das wäre perfekt, vielen Dank.«

»Mrs Donnelly, bitte nehmen Sie diese Flasche Chardonnay mit unseren besten Empfehlungen an«, sagte Sara, wickelte die Flasche in Jute ein und band sie an beiden Enden mit einem Stück Schnur zusammen. »Wenn Sie französischen Chardonnay mögen, werden Sie unseren Wein lieben.«

Bridget Donnelly steckte ihren Fächer ein, schloss ihren Sonnenschirm und nahm den Wein entgegen. »Das ist sehr freundlich von Ihnen, Mrs Lemieux, vielen Dank«, erwiderte sie herzlich. Verglichen mit Mrs Donnellys porzellanweißer Haut und dem pfirsichfarbenen Spitzenbesatz an ihren Ärmeln nahm sich Saras Geschenk sehr graubraun aus. Plötzlich wünschte Sara, sie hätte eine elegantere Verpackung für ihre Weinflaschen. Aber vielleicht würden die beiden die Juteverpackung als rustikal und charmant betrachten. Sara hatte schon gehört, dass diese wohlhabenden Damen häufig an malerischen Souvenirs des Landlebens Gefallen fanden.

Als die Donnellys gegangen waren, verspürte Sara plötzlich ein Hochgefühl. Ihre ersten Kundinnen des Tages, und sie hatte bereits eine Kiste Wein verkauft!

Kapitel 23

Sommer 1901

Sara las sich die Nachricht ein zweites Mal durch. Marie und Adeline würden Ende Juli hier sein, einen Monat vor der Geburt von Saras Baby. Ihr Arzt hatte sie vorgewarnt, dass das Kind mitten in der Erntezeit auf die Welt kommen könnte. *Na gut*, dachte Sara. Sie würde es dann einfach wie die chinesischen Frauen halten, das Baby im Feld gebären und weitermachen, bildlich ausgedrückt.

Marie hatte vor zwei Jahren ihren Hebammenkurs am Women's Medical College abgeschlossen, und jetzt war sie die erste Frau, die zum Chirurgielehrgang des Cooper Medical College zugelassen worden war. Der Unterricht würde im August in San Francisco beginnen.

Sara bewunderte Maries Mut. Eine Frau, die Ärztin werden und denselben Chirurgielehrgang wie die Männer besuchen konnte? Was für ein modernes Vorbild für die dreijährige Pippa und die zehnjährige Adeline! Sara lächelte, steckte den Brief in ihre Schürzentasche und hievte sich vom Küchenstuhl hoch.

Als Sara Richtung Stall ging, um Philippe zu suchen, strich sie sich über ihren riesigen Bauch. Ihr wurde mit einem herzhaften Tritt geantwortet. Das Baby war stark und temperamentvoll und eine kräftige Lebensenergie in ihrem Körper. Sara hatte in diesen Tagen seltsamerweise viel Energie, selbst wenn ihr der Rücken schmerzte. Ihre Haut war glatt und leuchtete, ihr Haar war voll, ihre Muskeln stark, und sie stand mit beiden Beinen fest im Leben.

Luc erledigte gerade seine Aufgaben. Er war ein schönes Kind, mit Philippes Gesichtszügen im Miniaturformat und den dunklen, mahagonibraunen Augen und Haaren von Bastien. Zum Glück hatte er den Charakter von Lydia geerbt: Er war freundlich und begeisterungsfähig, und er glänzte im Lesen und Rechnen.

Luc wischte sich mit dem Ärmel seines Hemdes über die Stirn und fuhr fort, mit einem kleinen Rechen und einer Schaufel den Stall auszumisten. Er verzog die Nase, und Sara konnte mit ihm mitfühlen – der Geruch war für ihr Empfinden jetzt noch ekelhafter als sonst. Luc hatte schon immer lieber Trauben gepflückt und gepresst, als seine Stallaufgaben zu erledigen. Sara blieb in der Tür stehen, weil er ihr ein wenig leidtat.

»Wie läuft's?« Sara verkniff sich ein Lächeln. Als er sie sah, leuchtete Lucs Gesicht auf. Zwei tiefe Grübchen betonten seine Bäckchen. »Vergiss nicht, dir die Hände mit Seife zu waschen, wenn du fertig bist. Ich habe ein Stück neben die Pumpe gelegt.«

»Ja, Maman.«

»Und wenn du dir die Hände gewaschen hast, darfst du dir ein Stück von dem warmen Zimtbrot nehmen, frisch aus dem Ofen. Butter ist im Kühlfach.«

»Oh, danke!« Luc schaufelte jetzt zweimal so schnell wie vorher.

»Wo ist dein Vater?«

»Hinten in der Latrine.«

Sara wartete vor der Scheune auf Philippe. Sie mochte die Latrine nicht, und ihr war es lieber, wenn er die Toilette im Haus benutzte, was er jedoch tagsüber nicht tat. Er wollte nicht den Boden mit seinen Stiefeln dreckig machen, und außerdem, so hatte er zu ihr gesagt, würden die Arbeiter ihn für hochnäsig halten, wenn er nicht dasselbe Klo wie sie benutzte.

Er grinste, als er zur Pumpe ging, sich die Hände schrubbte und abspülte, bevor er sich kühles Wasser ins Gesicht spritzte. Sara zog den Brief aus der Tasche und hielt ihm ein Ende ihrer Schürze als Handtuch hin. »Danke, mein Liebling.« Er fasste an ihren Bauch. »Wie geht's dem kleinen Kürbis heute?«

»Er ist schwer«, stöhnte sie, dann wedelte sie mit dem Brief. »Rate mal, wer hierherkommt?«

* * *

Es war ein feuchtheißer Freitag Mitte Juli, als ein Kader aus Prohibitionistinnen auf Saras Verkaufsstand zumarschiert kam, angeführt von Francine Mason. Sara hatte sofort eine Abneigung gegen die schmallippige Frau mit dem festen Haarknoten verspürt, als sie sie im letzten Monat zum ersten Mal bei einer Versammlung der Suffragetten getroffen hatte. Mit ihrer Bibel in der linken Hand und der reinen weißen Flagge der Women's Christian Temperance Union in der rechten wirkte die Frau heute ausgesprochen militant. Die Gruppe – Frauen und Töchter von Pflaumen-, Aprikosen- und Olivenbauern – schlurfte an Sara vorbei, die sie wütend anstarrte. Sie umringten ihren Stand, knieten sich Schulter an Schulter hin und formten so eine Barrikade, die den Kunden ein Näherkommen unmöglich machte.

Sara kochte vor Wut. Wie konnten sie sich das Recht herausnehmen, sich in die Ausübung ihres Erwerbs einzumischen? Sie schenkte keinen Alkohol aus, sie verkaufte ihn bloß. Warum konnten sie nicht weiterhin die Gaststätten ins Visier nehmen, oder die Brandy- und Whiskeyverkäufer? Weshalb war sie das Ziel?

Sie würde das nicht einfach hinnehmen. »Steh auf, Francine!«, herrschte Sara die fromme alte Frau an, doch Francines von Arthrose geplagten Finger hielten die Flagge umklammert, als sei sie ein Talismann gegen die Flammen der Hölle. Als sie aufblickte, verhärtete sich der Ausdruck ihrer braunen Augen. Sara hatte noch nie ein so bösartiges altes Gesicht gesehen. Anstatt aufzustehen, starrte Francine geradeaus und begann, laut zu singen. Sie führte den Chor ihrer Kolleginnen der christlichen Abstinenzbewegung beim Gebet für die Seelen von Saras Kunden an. Auf jeden ihrer leiernden Gesänge antwortete die Gruppe mit einem ausdruckslosen: »Der Herr möge sie retten.«

Falls Sara ihren Stand verlassen sollte, würden die Frauen vielleicht ihre Waren zerstören. Die Abstinenzlerinnen waren dafür bekannt, dass sie mit Äxten in Kneipen auftauchten und Steine warfen, um die Flaschen hinter der Bar zu zerbrechen. Aber da ihr wohl keine andere Wahl blieb, eilte Sara die Bahnsteigrampe hoch, an einer Gruppe flüsternder Passagiere vorbei und in die Bahnhofshalle hinein. Bahnhofsvorsteher Jacobs blätterte durch das *Napa Register*. Er aß eines von Saras Schinkensandwiches, in seinem Kragen steckte eine senfbefleckte Serviette.

Sara räusperte sich, da er sie nicht gleich bemerkte. Schließlich spähte er sie über den Rand seiner Brille hinweg an. »Ja, Mrs Lemieux?«, fragte er. Er sah aus, als wollte er zu seiner Lektüre zurückkehren.

»Wissen Sie, was da draußen vor sich geht?« Saras Herz klopfte so laut, dass sie sich auf eine Bank in der Nähe setzen und sich an die Lehne klammern musste, um sich zu beruhigen. Der Umstand, dass sie eine schwangere Frau war, gegen die demonstriert wurde, weil sie Alkohol verkaufte, machte die ganze Sache irgendwie noch schlimmer.

»Ich kann den Protest nicht unterbinden, solange sie nicht Ihr Eigentum oder das der Bahn zerstören.«

»Sie behindern den Handel«, entgegnete Sara.

Jacobs zuckte mit den Achseln. »Das ist leider die Redefreiheit.«

Sara bemerkte einen Flachmann auf dem Fensterbrett hinter dem Bahnhofsvorsteher. Er war ungeöffnet – noch. »Und welches Getränk genießen Sie da?« Sie machte eine Kopfbewegung in die Richtung, und ihr schien, als würden sich seine Wangen röten. Andererseits hatte er vielleicht schon ein paar Schlucke von dem Getränk genommen.

»Wodka, aber nur nach meiner Dienstzeit«, sagte er wenig überzeugend. »Mir liegt nichts an diesem schwachen Wein von Ihnen. Nichts für ungut, Ma'am, aber ich brauche ein stärkeres Schlückchen.« *Wohl mehr als ein Schlückchen*, dachte Sara. In diesem Flachmann war Platz für mehr als einen halben Liter.

Sie tupfte sich mit einem Taschentuch die feuchte Stirn ab. »Ich glaube, wir sollten die Polizei entscheiden lassen, ob die Frauen das Gesetz brechen.« Ihr Blick schnellte zu dem Telefon an der Wand. Als Jacobs sich keinen Zentimeter bewegte, klopfte sie unruhig mit dem Fuß auf den Boden. »Also?«

Er seufzte, faltete widerstrebend seine Zeitung zusammen und bat die Telefonistin, ihn zu verbinden. Durch das Fenster beobachtete er die Prohibitionistinnen, während er der Polizei beschrieb, was vor sich ging. Der Klang seiner Stimme war gleichmütig und ohne jede Dringlichkeit, so kam es Sara jedenfalls vor.

Jacobs hängte den Hörer ein. »Sie kommen, sobald sie Zeit haben. Ich würde vorschlagen, dass Sie zurückgehen und in der Zwischenzeit auf Ihren Stand aufpassen, Mrs Lemieux.« Er deutete durch das Fenster auf die weiß gekleideten Prohibitionistinnen, die begonnen hatten, ihre Waren anzufassen.

Offensichtlich nach etwas auf der Suche, nahmen zwei Frauen die Orangen, Pfirsiche und Sandwiches in die Hände. Eine andere berührte die wertvolle Goldmedaille, die Sara sonst wie eine Kette um den Hals trug. Die Ankunft der Frauen hatte sie so aufgeschreckt, dass sie vergessen hatte, die Medaille mitzunehmen.

Ohne Genehmigung in den Waren eines Händlers herumzuwühlen, musste doch illegal sein. Doch was konnte sie vor dem Eintreffen der Polizei tun? Saras Blick fiel auf die Krüge mit Limonade, die sie an diesem Morgen gemacht hatte, und ein Lächeln huschte über ihr Gesicht.

»Danke, Mr Jacobs.« Sie spähte aus dem Fenster und schlug sich mit der Hand an die Stirn. »Große Güte, sehen Sie doch, was sie jetzt tun!« Sara trat zur Seite, als der Bahnhofsvorsteher ans Fenster eilte.

»Was, Mrs Lemieux?« Er rückte sich die Brille zurecht. Sara drehte sich um und ließ den schweren Flachmann in ihre Schürzentasche gleiten. »Ich hätte schwören können, dass eine von ihnen aus einer Weinflasche getrunken hat«, sagte sie über die Schulter. Scheinbar aus dem Konzept gebracht fügte sie hinzu: »Aber ich habe keinen Korkenzieher im Wagen. Wie in aller Welt sollten sie die Flasche geöffnet haben?«

Sara ließ den Bahnhofsvorsteher mit einem verdutzten Blick stehen und schlenderte gemächlich zu ihrem Stand. Als sie näher kam, knieten die Frauen sich wieder hin und begannen zu beten.

Sara trat zwischen zwei Demonstrantinnen hindurch, um zur hinteren Seite ihres Fuhrwerks zu gelangen, und hockte sich hin. Von ihrer Position aus konnte sie sehen, dass die Frauen während des Singens ihre Augen entweder konzentriert geschlossen hatten oder ihre Sicht durch ihre Strohhüte verdeckt war. Jetzt war genau der richtige Zeitpunkt.

Sara öffnete den kleineren Krug Limonade, den sie in einem Eimer mit kaltem Flusswasser unter dem Fuhrwerk kühl hielt, und leerte den Inhalt von Jacobs Flachmann in den Krug. Sie nahm den Krug, schwenkte ihn und tauchte ihn wieder in das kalte Wasser. Als sie sich sicher war, dass niemand sie beobachtete, schob sie den leeren Flachmann unter eine Kiste mit Äpfeln.

Gegen ein Uhr mittags hatte Sara unzählige Male das Starren und Flüstern der wartenden Bahnreisenden über sich ergehen lassen müssen, aber keinen einzigen Kunden bedient. Doch wenn diese Prohibitionistinnen dachten, sie würde sich einfach geschlagen geben und zusammenpacken, dann hatten sie sich geirrt.

Die drückende Hitze machte den Frauen allmählich zu schaffen. Manche fächerten sich mit ihren Hüten Luft zu, anderen drang der Schweiß durch den Stoff ihrer Leinenkleider.

Sara setzte sich auf das Fass, welches ihr als Hocker diente, wenn sie gerade keine Kunden hatte. Sie goss sich aus dem großen Krug etwas Limonade ein und wickelte geräuschvoll ein Eiersandwich aus seiner Papierverpackung. Zwei Bissen und einen großen Schluck Limonade später stieß sie einen zufriedenen Seufzer aus.

Mit ihrem Sandwich und der kalten Limonade in der Hand lief Sara um den Wagen herum und sprach die Frauen im Vorbeigehen an. »Francine, Mabel, Susan«, sagte sie mit zuckersüßer Stimme. »Diese Prohibitionistinnensache ist harte Arbeit. Ihr müsst doch am Verdursten sein. Möchtet ihr vielleicht eine schöne kalte Limonade?« Sara trank aus ihrem Becher, woraufhin einige der Frauen hörbar schluckten.

Susan stand sofort auf. »Ja, danke«, sagte sie, und Francine warf ihr einen bösen Blick zu. Als Sara die Limonade in einen

Zinnbecher goss, fügte Susan hinzu: »Es ist nicht persönlich gemeint, Sara. Wir haben nur das Gefühl, die Unschuldigen beschützen zu müssen. Männer, die trinken, schlagen ihre Frauen, begehen Ehebruch, sie ...« Sie hatte Tränen in den Augen.

»Ich verstehe das vollkommen«, log Sara.

Sie reichte die Zinnbecher mit Limonade herum, und ihre ungewöhnlichen Gäste tranken den kleinen Krug leer. Sara zählte mit. Jede von ihnen hatte mindestens zwei Becher getrunken – manche sogar drei. Alle außer dieser Schreckschraube Francine Mason.

Innerhalb einer halben Stunde waren ein paar der Frauen an die Wagenräder gelehnt eingeschlafen, und andere stützten sich mit den Ellenbogen an der Ladefläche ab, um nicht umzukippen. Francine versuchte, sie aus ihrer Benommenheit aufzurütteln, doch die Frauen widersetzten sich ihr lallend und schüttelten sie ab. Francines Augen verengten sich zu Schlitzen, und sie spuckte giftig ihre Worte aus. »*Du*«, sie stach mit einem gekrümmten Finger nach Sara, »du hast sie unter Drogen gesetzt!«

»Keineswegs, Francine«, entgegnete Sara gelassen und versicherte: »Sie haben nur Limonade getrunken, genau wie ich.« Sie fügte hinzu: »Ich glaube, die Hitze hat sie überwältigt. Du solltest dich besser um deine Unterstützerinnen kümmern.« *Und du solltest wissen, dass man einer werdenden Mutter keinen Krieg erklärt.*

Bevor Francine etwas erwidern konnte, kam der Polizist an. Er wurde von Sara und einem verwirrten Bahnhofsvorsteher begrüßt. Francine brachte ihre Anhängerinnen wieder in Stellung.

»Diese Frauen sehen mir nicht so aus, als würden sie Ärger machen«, sagte der Polizist. Die Prohibitionistinnen unterhielten sich miteinander und verschränkten ihre Arme, wahrscheinlich um sich während des langen Nachhausewegs aufrecht halten zu können.

»Sie haben ohne meine Genehmigung mein Eigentum angefasst und mein Geschäft gestört.«

»Dafür kann ich sie nicht festnehmen. Es gibt keinen Beweis dafür, dass sie Schaden angerichtet haben. Es würde Aussage gegen Aussage stehen.«

»Sie müssen doch für etwas angeklagt werden!«, hielt Sara entgegen.

»Und welcher Sache sollte ich sie anklagen, Ma'am?« Der Polizist neigte den Kopf.

Sara biss sich auf die Unterlippe, ihre Augen funkelten. »Öffentliche Trunkenheit?«

* * *

»Höllisch heiß heute«, rief Aurora und wischte sich mit einem Taschentuch über die Stirn, bevor sie aus dem Wagen sprang. »Was hast du jetzt wieder angestellt?«, fragte sie und grinste. »O ja, Philippe hat es mir erzählt. Er konnte vor Lachen kaum ein Wort herausbringen.«

Sara legte einen Finger auf die Lippen, damit Aurora leiser war. Die Fenster standen offen, und Sara wollte nicht, dass ihre Gäste etwas mitbekamen.

Aurora warf ihr einen verdutzten Blick zu, als sie ihr Pferd an dem Pfosten festmachte. »Sie werden zurückkommen, und zwar mit mehr Feuer und Schwefel im Gepäck, als es auf Sodom und Gomorra geregnet hat!«

Sara verdrehte die Augen. »Das glaube ich nicht, Aurora.«

Aurora verschränkte die Arme. »Und warum nicht?«

Sara führte ihre Freundin über den Kiesweg zur Haustür. »Weil ich einen Plan habe«, flüsterte sie und machte eine

Kopfbewegung Richtung Haus. »Folge einfach meinem Beispiel.«

Im Haus stellte Sara Aurora den fünf Frauen vor, die an ihrem Esstisch saßen – zwei davon gehörten zu Auroras Frauenwahlrechtsbewegung, und die anderen drei waren Prohibitionistinnen, die am Freitag vor Saras Verkaufsstand demonstriert hatten. Ida Sumter, die schüchterne, nette Frau von Boone, hatte in ein Treffen mit Sara eingewilligt und ihre Cousine, Mary Pitt, mitgeschleift. Sara hatte am Tag zuvor nach der Kirche die drei Prohibitionistinnen abgefangen und angedeutet, dass es in ihrem Interesse liege, sie an diesem Nachmittag um drei Uhr zu besuchen. Sie würden doch sicher nicht wollen, dass sich die Nachricht verbreitete, dass sie berauscht waren, als sie gegen Alkohol protestiert hatten, oder?

Sara und Aurora setzten sich. Rose servierte Wasser, Limonade und Häppchen mit Schinken und Ei. Manche der Frauen rutschten unbehaglich auf ihren Plätzen, während die anderen die Hände gefaltet hatten. Als Erste meldete sich Ida zu Wort, die munter und zufrieden darüber erschien, dass sie hier war. »Vielen Dank für die Einladung, Sara«, sagte sie leise.

»Vielen Dank, dass ihr gekommen seid, meine Damen«, erwiderte Sara. Sie blickte jeder von ihnen ins Gesicht und lächelte. »Bitte, bedient euch«, sagte sie und zeigte auf die Servierbretter mit dem Essen und den Getränken. »Ich habe euch alle hierher eingeladen, weil ich euch ein geschäftliches Angebot machen möchte.«

Alle fünf Köpfe schossen überrascht hoch. »Was für ein Angebot?«, fragte Mabel misstrauisch. Sie schenkte sich ein Glas Limonade ein und roch daran. Sara musste von innen auf die Wangen beißen, um nicht loszukichern.

»Jede von euch hat ein besonderes Talent, und wenn ich mich nicht irre, könnte jede von euch etwas Taschengeld gebrauchen.« Sie hatte die Gruppe sorgfältig ausgewählt. Ida und Boone Sumter hatten durch die Reblausplage die Hälfte ihrer Weinreben verloren und noch keine neuen angepflanzt. Idas Cousine Mary war verwitwet und hatte zwei kleine Kinder. Die übrigen Frauen am Tisch hatten kranke Ehemänner oder schlechte Ernten eingefahren. Sara hatte vor, ihnen – und sich selbst – zu helfen.

»Wie ihr wisst, verkaufe ich in den Frühlings- und Sommermonaten jeden Freitag und Samstag am Bahnhof landwirtschaftliche Erzeugnisse und Wein. Ich würde euch gern eine Gelegenheit bieten, dort eure Marmeladen, Pasteten, Brote und euren Honig zu verkaufen.«

»Und wie viel davon nimmst du ein?«, fragte Mabel argwöhnisch.

»Nichts. Ihr behaltet den gesamten Profit eurer Verkäufe.«

»Wir sollen glauben, dass du das aus reiner Menschenliebe tust?«

»Ich produziere Wein und Piccalilli, meine Damen. Ich bin keine Bäckerin oder Imkerin. Und ja, ich will euch helfen, wenn es auch nur ein wenig ist.« Sara strich mit der Hand über ihren großen Bauch. »Außerdem werde ich im August nicht mehr den ganzen Tag draußen in der sengenden Hitze stehen können. Ich dachte, wir könnten vielleicht in Schichten arbeiten.«

Dottie, die Prohibitionistinnen-Freundin von Mabel, lehnte sich vor. »Sie will uns auf ihre Seite ziehen, um noch einen Protest am Bahnhof zu verhindern«, sagte sie selbstgefällig.

»Das wäre einer der Vorteile«, gab Sara zu, »aber ich glaube nicht, dass die Abstinenzlerinnen bald zurückkehren werden. Die Bewegung würde nicht wollen, dass an die Öffentlichkeit dringt, was am Freitag geschehen ist.« Sie blickte den drei Frauen, die sie an diesem Tag berauscht gesehen hatte, direkt in die Augen.

»Was ist passiert?« Ida war plötzlich ganz aufmerksam geworden.

»Es war ein Trick!« Mabel wurde rot.

»Nichts von großer Bedeutung, Ida«, unterbrach sie Aurora und warf Sara einen warnenden Blick zu. »Ich glaube, die lokale christliche Abstinenzbewegung hat entschlossen, dass sie Wichtigeres zu tun hat. Die Prohibitionistinnen werden wahrscheinlich ihre Bemühungen darauf richten, den Verkauf von Brandy und Whiskey zu stoppen, da diese am meisten Alkohol haben und die eigentliche Bedrohung für Familien sind. Bei Gott!«, sagte Aurora und winkte mit der Hand in Saras Richtung, »die Lemieux' stellen den größten Teil ihres Weins für die Kirche her, *eure* Kirche.« Sie blickte die Frauen an. »Sie sind keine Bedrohung für Familien.«

»Und außerdem«, fügte Sara hinzu, »schenke ich am Bahnhof keinen Alkohol aus. Ich habe noch nicht einmal einen Korkenzieher dabei.«

Dottie schob ihren Stuhl zurück und stand auf. Ihre Nase ähnelte einem Kürbis, und ihr Haar war zu einem festen Knoten gebunden. Sie erinnerte Sara an eine schwarze Krähe. Sie würde möglicherweise sogar Kunden abschrecken.

»Ich habe genug gehört!« Dottie hob die Hände. »Das sind noch mehr deiner Tricks, Sara, und du solltest dich schämen. Ich werde nicht meinen Honig neben deinen Rauschmitteln verkaufen, genau wie alle anderen wahren Prohibitionistinnen.« Sie blickte Sara finster an. »Und ich werde dafür sorgen, dass du von den Suffragetten in Napa ausgeschlossen wirst, und wenn es das Letzte ist, was ich tue!«

»Das wirst du nicht, Dorothy«, unterbrach Aurora. »Sara und ich treten aus deinem Zweig der Suffragetten aus. Wir gründen unsere eigene Frauenrechtsvereinigung, die mehr auf die Interessen der arbeitenden Frauen ausgerichtet sein wird.«

Sara hob solidaritätsbekundend den Kopf, obwohl sie keine Ahnung hatte, wovon Aurora sprach.

Dottie kam ins Stottern. »Du würdest nicht … du kannst nicht …«

»Ich habe es gerade getan.« Aurora hakte sich bei Sara unter. »Und unser neuer Verein wird seine volle Unterstützung den Arbeitergewerkschaften zukommen lassen, und nicht den Abstinenzlern.«

»Das ist völlig absurd«, schimpfte Dottie und blickte erwartungsvoll zu Mabel und Ida, die sich nicht von der Stelle gerührt hatten. »Meine Damen?«

Mabel räusperte sich und sagte kleinlaut: »Ich denke, es ist großzügig von Sara, uns eine Gelegenheit zu geben, etwas Geld zu verdienen.« Sie blickte auf den Tisch. »Ich kann das Angebot nicht ablehnen. Ich habe eine Familie zu ernähren.«

Ida fügte hinzu: »Sara Lemieux ist eine gute Christin, und Mary und ich würden ihr gerne helfen.« Der dankbare Ausdruck auf Idas Gesicht ließ beinahe Saras Herz schmelzen. Diese Frau hatte so viel durchgemacht, mit dem Verlust der Hälfte ihrer Ernte und der Schande ihres Sohns, der das Lemieux-Weingut in Brand gesteckt hatte. Sara war froh, dass sie ihr helfen konnte.

»Susan?« Dottie wandte sich an die andere Prohibitionistin, die bisher noch keinen Mucks gesagt hatte.

Susan stand langsam auf und ließ den Blick von Dottie zu Sara wandern. »Vielen Dank für die Sandwiches.«

»Ich begleite euch zur Tür«, bot Sara höflich an.

Dottie war schon aus der Haustür gerast, und Sara hörte das Knirschen des Kieses unter ihren Schuhen, bevor sie sich bei ihr für den Besuch bedanken konnte. »Komm schon, Susan«, blaffte Dottie über die Schulter zurück.

Susan warf Sara ein versöhnliches Lächeln zu, und Sara sagte beiläufig: »Vielleicht könnten wir einen Weg finden, wie du dich uns anschließen kannst – später.«

»Vielleicht«, erwiderte Susan unverbindlich.

Als Sara wieder ins Esszimmer kam, hatten Ida, Mary und Mabel die Köpfe zusammengesteckt und sprachen aufgeregt mit Aurora. Aurora erwiderte Saras verwunderten Gesichtsausdruck mit einem Grinsen. »Unsere eigene Vereinigung? Was hast du dir dabei gedacht?«, fragte Sara.

»Oh, es ist ein hervorragender Plan, Sara! Warte, bis Aurora dir davon erzählt hat! Wir wollen alle mithelfen«, schwärmte Ida, und ihre Freundinnen stimmten sofort ein.

Aurora begann enthusiastisch: »Wir könnten unseren Verein nach dem Vorbild des California Club von San Francisco ausrichten.«

»Der California Club von Napa?«, schlug Mary vor.

»Perfekt, Mary!«, erwiderte Aurora. »Was glaubst du, warum '96 die Abstimmung über das Frauenwahlrecht zunichtegemacht wurde? Weil die Suffragettenvereinigung von San Francisco von Befürworterinnen der Abstinenzbewegung geleitet wurde. Der Likörlobby blieb keine andere Wahl, als die Abstimmung niederzuschlagen. Wenn wir eine Vereinigung der Frauen aus der Arbeiterklasse gründen, wo es um die Gleichheit für Frauen geht, dann können wir Dinge wirklich ins Rollen bringen und zur gleichen Zeit die Kampagne für das Frauenwahlrecht fortführen.«

Sara erwärmte sich allmählich für Auroras Idee. »Du meinst also, wir sollten mit den Gewerkschafterinnen zusammenarbeiten, um zum Beispiel gerechte Löhne zu verlangen?«

»Das wäre noch nicht alles. Rechte am gemeinsamen Eigentum, geteilte Vormundschaft über Kinder – die Möglichkeiten sind unbegrenzt!«

Mabel ergriff das Wort. »Für all das müssten wir aber eine sehr große Vereinigung gründen, oder?«

Sara und Aurora tauschten einen wissenden Blick aus. Sara verließ das Zimmer und kam kurz darauf mit einem Stapel

Papier und Stiften zurück. »Dann fangen wir am besten gleich an, meint ihr nicht auch?«

* * *

In der vierten Juliwoche lief bereits alles wie am Schnürchen. Ida und Mary verkauften täglich dreißig Blaubeerpasteten, und Mabel steuerte Honig, Pfirsiche und Aprikosen bei. Für Ende August hatte sie lila-gelb marmorierte französische Pflaumen versprochen, die sich zusammen mit den Sandwiches schnell verkaufen lassen würden.

Sara war für die Hilfe und Gesellschaft der Frauen dankbar. Sie hatte noch nie ein Baby bis zur Geburt ausgetragen, also sorgte sie sich ständig wegen ihrer Rückenschmerzen, ihren häufigen Abstechern zum nahe gelegenen Waldstück, um zu urinieren, und wegen des Gewichts des Babys, das in der Sommerhitze eine anstrengende Last darstellte. In den Pausen zwischen den Kundenströmen planten die Frauen ihre Vereinsaktivitäten, darunter den Protestmarsch durch Napas Zentrum im Oktober, gemeinsam mit Frauenverbänden aus den Nachbarstädten.

Eines Morgens tauchte Aurora spät auf, mit je fünfzehn Gläsern Erdbeer-Rhabarber-Marmelade und Brombeermarmelade. Sie ließ nicht zu, dass Sara auch nur eine Sache anhob. Sara blieb überrascht stehen. Offensichtlich hatte Aurora ein verstecktes Talent. »Woher nimmst du die Zeit, Marmelade zu machen?«

Aurora lachte. »Dies hier sind Proben von Susan Pritchard. Ich habe sie überredet, es zu versuchen, auch wenn ich sie noch nicht dazu bewegen konnte, sich hier zu zeigen. Das wird schon noch kommen, wenn sie eine ordentliche Summe Geld verdient.« Sara klatschte erfreut in die Hände. Sie würde sie überzeugen können, eine nach der anderen.

Saras Stand war zum sozialen Treffpunkt der wartenden Passagiere geworden. Gegen Ende Juni hatte sie die hundert Dollar für den Wagen und das Zubehör erwirtschaftet, und in der ersten Juliwoche hatte sie einen Profit von dreißig Dollar gemacht. Mit den zusätzlichen fünfhundert Dollar, die sie im August von Philippe erwartete, wollte sie ein Pferd und einen weiteren Wagen kaufen, um ein Geschäft am Zentralbahnhof aufzumachen, oder vielleicht am Buchli-Bahnhof, wenn er nächstes Jahr eröffnet wurde. Ihr Plan ging auf.

TEIL 3

Kapitel 24

August 1901, San Francisco

Marie Chevreau hatte eine Menge Erfahrungen mit Blut, Sekreten und Geburten, doch dies war neu für sie. Eine Gruppe aus groß gewachsenen angehenden Chirurgen stand vor ihr wie eine Mauer, und Marie versuchte, sich mit der Schulter zwischen sie zu zwängen, um dem Unterricht besser folgen zu können. Mehrere vernichtende Seitenblicke hatten ihr bereits signalisiert, dass sie hier nicht willkommen war, doch das kümmerte sie nicht.

Marie drängte sich durch und verursachte eine Bewegung in der dicht zusammenstehenden Gruppe. Ihr war es sehr unangenehm, dem stechenden Blick ihres Ausbilders Dr. Burns zu begegnen. »Ja, kommen Sie zu uns, Miss Chevreau.«

Marie beschloss, ihn und ihre Kommilitonen zu ignorieren und sich einfach auf die Lehrstunde zu konzentrieren: die Untersuchung der fünfundvierzig Jahre alten männlichen Leiche auf dem Tisch.

Dr. Burns zog das Tuch weg und enthüllte Kopf, Hals und Brustkorb des Mannes. Er zeigte auf die Stellen, wo sich die lebenswichtigen Organe befanden, und forderte schließlich die Studenten auf, näher zu treten und Leber, Drüsen und den Adamsapfel zu ertasten. Eine Leiche anzufassen, war etwas seltsam, aber Marie dachte an die vielen Leben, die sie mit diesem Wissen würde retten können. Würde es nicht faszinierend sein, wenn sie ihn schließlich aufschnitten und einen Blick auf das Körperinnere werfen konnten? Sie konnte es kaum erwarten.

Genau in diesem Augenblick hörte sie hinter sich einen lauten, dumpfen Schlag. Einer ihrer Kommilitonen war zu Boden gefallen.

Die anderen Studenten spöttelten und wandten ihre Aufmerksamkeit wieder der Leiche zu. Auch Marie hatte angenommen, der Student sei ohnmächtig geworden, doch dann begannen seine Glieder zu zittern.

Sie kniete sich neben ihn und legte instinktiv eine Hand unter seinen Kopf, damit er nicht mit dem Schädel auf den Boden schlug. Dr. Burns sagte: »Miss Chevreau, machen Sie nicht so viel Aufhebens um ihn. Der Mann kann solche Sachen offenbar nicht verdauen.« Er winkte sie an den Tisch zurück. »Lassen Sie ihn in Ruhe. Sonst ist es ihm nur noch peinlicher, wenn er wieder zu sich kommt.«

Was für ein Pferdearsch, dachte Marie. »Doktor, er hat einen Anfall, wahrscheinlich durch Epilepsie.« Der Mann trat heftig mit den Beinen und zuckte mit den Armen. Damit er nicht an seiner eigenen Zunge erstickte, drückte Marie sie mit einem Bleistift nach unten. Zwei Studenten eilten ihr zu Hilfe, doch sie ermahnte sie, ihn nicht festzuhalten, weil sie ihm damit Knochen brechen könnten.

Dr. Burns flüsterte einem Studenten etwas zu, und der Student eilte aus dem Zimmer. Nach einer Minute kam er zurück, gefolgt von zwei Sanitätern mit einer Krankentrage sowie dem größten, markantesten Mann, der Marie je unter die Augen gekommen war. Er hatte welliges hellbraunes Haar, trug einen weißen Kittel und hielt ein Stethoskop in der Hand.

Seine Anwesenheit beruhigte alle Anwesenden sofort, insbesondere Marie.

Als die Zuckungen des Studenten nachließen, wandte der Arzt sich an sie. »Helfen Sie mir, ihn auf die Seite zu drehen, um die Sekrete abzuleiten.« Der Blick seiner blaugrünen Augen begegnete ihrem einen Moment zu lang, bevor er sich über den Patienten beugte und seinen Puls prüfte. Sie beobachtete, wie die eleganten Hände des Arztes über den Mann glitten und Ohren, Augen, Nase und Hals untersuchten. Als er fertig war, bat er die Sanitäter, den Studenten auf die Trage zu legen. Bevor er ging, blickte der Arzt Marie an und sagte so laut, dass es alle hören konnten: »Gut gemacht, Miss Chevreau.« Marie war sprachlos vor Überraschung. Woher wusste er ihren Namen?

* * *

Marie öffnete die Tür des Krankenzimmers nur einen Spalt weit, um zu sehen, ob der junge Mann bei Bewusstsein war. Thad Holmes, der sich von seinem Anfall erholt zu haben schien, saß aufrecht im Bett und aß Krankenhausbrei – er sah ziemlich entmutigt aus.

Marie klopfte schüchtern an der Tür. Er strahlte, als er sie sah. »Mein Engel!« Er streckte zur Begrüßung die Arme weit aus.

Marie lachte. »Jetzt ist's aber gut.« Mit einer wedelnden Handbewegung, als würde sie eine Fliege verjagen, wies sie sein Lob von sich. »Geht es Ihnen wieder besser?«

»Ja, danke.«

»Ist etwas verletzt?«

»Nur mein Stolz«, beichtete er ihr.

»Unsinn, das hätte jedem passieren können«, log Marie und wechselte schnell das Thema. »Ich bin gekommen, um mich bei Ihnen zu bedanken.«

»Bei mir?«

»Ja, weil Sie die Aufmerksamkeit von mir abgelenkt haben.« Marie nahm auf einem Stuhl neben dem Bett Platz. »Die prüfenden Blicke sind allmählich unerträglich geworden.«

Thad lächelte. »Ich freue mich, dass ich helfen konnte, Miss. Oder ist es Misses?«

»Miss, aber bitte nennen Sie mich Marie.« Marie hoffte, dass sie ihm keinen falschen Eindruck vermitteln würde. Sie war einzig und allein aus dem Grund hier, um Chirurgie zu studieren, und nichts anderes.

»Marie, Dr. Donnelly hat mir erzählt, dass du als einzige Person gemerkt hast, dass ich einen Anfall gehabt habe und nicht in Ohnmacht gefallen bin, weil ich mich vor Leichen fürchte.« Das war also Matthew Donnelly gewesen, der Chirurg, über den sie so viel gehört hatte.

»Ich dachte, ich gebe dir besser einen Vertrauensbonus.« Marie lächelte.

»Gut gemacht. Hättest du Interesse ... mit mir einen Kaffee trinken zu gehen, wenn ich hier entlassen werde?«

Marie zögerte einen Augenblick. Sie wollte ihm keine Hoffnungen machen, aber andererseits hatte er einen aufreibenden Tag hinter sich. Vielleicht brauchte er nur eine Ablenkung. »Sicher, das klingt gut.«

Thad Holmes strahlte übers ganze Gesicht. Marie würde ihm behutsam klarmachen müssen, dass sie nicht interessiert war.

* * *

Marie war bereits ins Straucheln geraten, und es war gerade erst ihre zweite Woche. Mit Ausnahme von Thad ignorierten die anderen Studenten sie. Sie hatte schon erwartet, dass die jungen Männer von der Anwesenheit einer Frau abgeschreckt sein würden, aber sie hatte nicht mit dieser Feindseligkeit gerechnet. Sie würde sich mehr anstrengen müssen als alle anderen, um sich hier hervorzutun.

Mit drei schweren Büchern im Arm, ihrer Tasche und einem kleinen Krug Wasser stieg Marie vorsichtig die schmale Treppe aus ihrer Wohnung im zweiten Stock hinunter. Sie hatte eine Zweizimmerwohnung in einem dreistöckigen Gebäude in Sacramento gemietet, nur ein paar Häuserblöcke vom College und mehreren Straßenbahnlinien entfernt. Als sie aus der Haustür trat, strömte ihr die kühle Morgenluft entgegen. Sie liebte diese Zeit am Morgen, wenn die Straßen noch ruhig waren und nur das Quietschen der Reifen des Milchwagens zu hören war, der alle paar Meter anhielt, um ein Haus zu beliefern. Bei dem Anblick rumorte es in Maries Magen. Ihr Frühstück hatte aus einer Tasse schwarzem Kaffee und einem Brötchen bestanden, bestrichen mit der billigsten Erdbeermarmelade, die sie hatte auftreiben können. Etwas Milch wäre schön gewesen, doch sie sparte jeden Groschen.

An diesem Nachmittag wollte sie mit der Fähre nach Vallejo fahren und von dort den Zug nach Napa nehmen, um übers Wochenende Adeline zu besuchen, die bei Sara und Philippe wohnte. Obwohl Marie bereits klar war, dass sie den größten Teil des Samstags in ihre Bücher vergraben im Schlafzimmer verbringen würde, konnte sie es nicht mehr erwarten, endlich wieder gemeinsam mit der Familie zu frühstücken.

Als Marie das College erreichte, fühlte sie sich wie immer eingeschüchtert von dem imposanten fünfstöckigen Gebäude, das mit seinen Spitzbögen und den Turmspitzen einer gothischen Kathedrale hoch über ihr aufragte. Das College lag am Rand von Sacramento und Webster und war von Levi Cooper Lane erbaut worden, dem derzeitigen Leiter des Colleges, der ein bedeutender Professor der Chirurgie war. Wie es sich für eine erstklassige medizinische Institution gehörte, befanden sich in einem neuen Anbau neben einem Hörsaal auch mehrere Labore. An die Medizinschule grenzte das Lane Hospital mit seinen zweihundert Betten an, in dem Marie hoffentlich eines Tages arbeiten würde. Fürs Erste schätzte sie sich jedenfalls glücklich, dass man sie ausgewählt und sie genug Geld gespart hatte, um das College vier Jahre lang besuchen zu können, bevor das einjährige Praktikum begann. Sie atmete tief ein. Sie konnte kaum glauben, dass sie wirklich hier war.

Im zweiten Stock tummelten sich mehrere Studenten. Einer oder zwei von ihnen bedachten Marie mit arroganten Blicken, und andere runzelten nervös die Stirn. Sie konnte das Gefühl nachvollziehen, denn auch sie hatte ihre schwerste Unterrichtsstunde an diesem Morgen: Chemie.

Marie wählte einen Platz in der Mitte des Klassenzimmers. Würde sie vorne sitzen, könnte man sie für einen Streber halten, und weiter hinten für schüchtern und unsicher. Mit einem Platz genau in der Mitte würde sie signalisieren, dass man mit ihr rechnen musste.

Ihre vierundzwanzig Kommilitonen erschienen aufgeregt und emsig. Wie amüsant. Sie hatte die letzten elf Jahre in einem Frauenkloster zugebracht und konnte es jetzt nicht fassen, dass eine Gruppe von Männern zusammenglucken konnte wie die Hühner. Marie hörte jemanden sagen, dass ihr früherer Lehrer von Matthew Donnelly ersetzt worden war.

Dr. Donnelly war einer von drei Professoren der Chirurgie, die neben der Leitung ihrer eigenen, gut laufenden Praxis zusätzlich Unterricht am College gaben. Donnelly hatte den Ruf, präzise zu arbeiten und chirurgische Neuerungen zu unterstützen. Er war sehr gebildet, in der Fakultät beliebt und von den Studenten gefürchtet. Er konnte knallhart sein, und ihm wurde nachgesagt, dass er unvorbereitete Studenten aus dem Unterricht warf.

Es läutete, und alle nahmen ihre Plätze ein. Ein paar Studenten, die im Flur herumgelungert hatten, eilten zu ihren

Plätzen. Die Hände in die Taschen gesteckt, schritt Matthew Donnelly selbstbewusst ins Klassenzimmer. Er hatte keine Unterlagen dabei und trug zu seinem Anzug mit Krawatte einen strengen Gesichtsausdruck. Mit seiner hellen irischen Haut sah er attraktiv aus. Marie schätzte sein Alter auf dreißig bis fünfunddreißig Jahre. Als sie sich plötzlich fragte, ob es auch eine Mrs Donnelly gab, ermahnte sie sich im Stillen selbst. Wenn sie eine Chirurgin werden wollte, hatte sie keine Zeit für solche Ablenkungen.

Dr. Donnelly räusperte sich. »Ich bin Professor der Chirurgie, nicht der Chemie. Aber da Dr. Wenzell derzeit im Ausland ist, werden Sie sich dieses Semester mit mir begnügen müssen.« Er lächelte und enthüllte eine Reihe strahlend weißer Zähne. Er wollte ihnen wahrscheinlich nur die Befangenheit nehmen, doch irgendwie empfand Marie seinen Gesichtsausdruck als ein wenig bedrohlich.

»Mr Deaver«, sagte er und trat auf einen Studenten zu, der ganz vorne saß. »Was ist der Unterschied zwischen einem Gemisch und einer Verbindung?«

Larry Deaver blätterte auf der Suche nach einer Antwort hastig durch seine Notizen. Donnelly seufzte und ging weiter. »Mr Schmidt?«

»Die Bestandteile eines Gemisches können auf mechanische oder physikalische Weise getrennt werden, aber die Bestandteile einer Verbindung müssen chemisch getrennt werden.«

»Danke, Mr Schmidt.«

»Miss Chevreau«, rief Donnelly Marie auf. Er verschränkte die Hände hinter dem Rücken und schritt langsam auf und ab. »Aus welchen Bestandteilen setzt sich die Verbindung Luft zusammen?«

Maries Kopf schoss hoch. Sie hörte ein Kichern hinter sich und zögerte einen Augenblick. »Die Frage ist falsch gestellt. Luft ist ein Gemisch, keine Verbindung. Flüssige Luft kann destilliert werden, um den flüchtigen Stickstoff von dem weniger flüchtigen Sauerstoff und Argon zu trennen.« Im Unterrichtsraum wurde es still.

»Sehr gut«, erwiderte Donnelly. Er ließ das volle Gewicht seines Blicks auf ihr ruhen. »Wie ist die prozentuale Verteilung?«

Marie senkte den Blick und versuchte, die Informationen aus ihrem überladenen Gehirn hervorzuholen. »Achtundsiebzig Prozent Stickstoff, einundzwanzig Prozent Sauerstoff und ein Prozent Argon, vermischt mit Kohlendioxid und anderen Spurengasen.« Als sie wieder aufblickte, hatte Donnelly sich schon seinem nächsten Opfer zugewendet.

Marie atmete erleichtert aus. Sie hatte den ersten Test bestanden, und er hatte sie wie alle anderen Studenten auch behandelt.

* * *

Nach einiger Zeit in der Bibliothek kehrte Marie nach Hause zurück, um ihre Tasche zu packen. Sie nahm die Sacramento-Clay-Linie zum Hafen und um vier Uhr die Fähre nach Vallejo. Keine zwei Stunden später traf sie in Napa Junction ein und wurde von einem lächelnden Philippe und ihrer geliebten Tochter Adeline begrüßt.

Sie hätte schwören können, dass das Mädchen in den letzten beiden Wochen zwei oder drei Zentimeter gewachsen war und mindestens zwei Kilo zugenommen hatte. Adeline blühte in der frischen Landluft richtiggehend auf. Sie sah gesund und fröhlich aus.

Philippe nahm Maries Tasche und tat so, als könnte er sie nicht hochheben. »Um Himmels willen, Marie, was hast du da alles drin?«

»Etwa zwanzig Kilo Bücher – aber kaum ein einziges Kleidungsstück.« Sie lachte.

Adeline wippte auf den Zehenspitzen und ließ die Arme schwingen, aber ihre Aufgekratztheit kam nicht nur davon, dass sie ihre Mutter wiedersah.

»Nun mach schon«, drängte Philippe, »erzähl es ihr.«

Adeline riss die Arme hoch und verkündete: »Ich habe geholfen, Tante Saras Baby zur Welt zu bringen, Maman!«

»Ein kräftiger, gesunder Junge, gestern Morgen geboren«, sagte Philippe stolz. Er sah müde, aber begeistert aus.

Das war eine Überraschung. Der Arzt hatte gesagt, das Baby käme erst in zwei Wochen, und insgeheim hatte Marie gehofft, dass sie dabei sein würde und helfen könnte. »Wie wundervoll! Herzlichen Glückwunsch, Philippe! Und du, Miss Adeline, mit nur zehn Jahren schon bei einer Geburt zu helfen.« Marie war erstaunt. »Du wirst eines Tages eine gute Ärztin abgeben.«

»Danke, Maman«, erwiderte Adeline leise. Ihre Schüchternheit war zurückgekehrt, aber Marie hatte das feurige Flackern in ihren Augen gesehen, als Adeline über das Baby gesprochen hatte. Vielleicht war sie wirklich für den Heilberuf bestimmt.

Den ganzen Nachhauseweg über löcherte Marie Philippe mit Fragen. War es eine normale Geburt oder eine Steißgeburt gewesen? Wie lange hatten die Wehen gedauert? Hatte der Arzt ihr etwas gegen die Schmerzen gegeben? Wie ging es Sara jetzt?

»Überzeuge dich selbst, Marie«, sagte Philippe, als er vor dem Haus anhielt. Als sich der von den Pferdehufen aufgewühlte Staub legte, stieß Marie einen tiefen Seufzer aus. Die Schönheit des Weinbergs zur Erntezeit, mit seinen sanften Hügeln und üppigen Weinreben, machte sie sprachlos. Sie konnte den Duft der Eukalyptusbäume riechen und den süßlichen, erdigen Geruch der frisch gepflückten Trauben, der zu ihr herübergeweht kam. Pippa und Luc, die sich an der Wasserpumpe die Hände gewaschen hatten, kamen auf das Fuhrwerk zugerannt. Marie sprang herunter, und Pippa umarmte die Röcke um Maries Bein. Luc kletterte in den Wagen, um seinem Vater beim Ausladen zu helfen, während Adeline ihrer Mutter zum Haus folgte.

Sara begrüßte sie an der Tür, mit einem kleinen weißen Bündel im Arm. Ihr Haar hing in weichen Wellen herunter, ihre Wangen leuchteten, und ihre markanten grünen Augen strahlten. Marie war so froh, dass Sara jetzt dieses Glück in ihrem Leben hatte, nachdem sie schon so viel durchmachen musste. Sie küsste ihre Freundin zur Begrüßung und bewunderte das Baby. Die papierdünnen Augenlider des Säuglings waren geschlossen, seine zarten Händchen zusammengefaltet, und seine kleinen Lippen hatten die Form einer Schleife. Er schlief tief und fest.

»Wie geht es dir?«, fragte Marie und trat in die Küche. »Du leuchtest ja richtig von innen.«

»Ich bin ein wenig müde, aber überglücklich!«

Marie zog die Decke ein wenig herunter, um das Baby besser zu sehen. »Und wie heißt der kleine Prinz?«

»Ah, ihr zwei habt das Geheimnis noch nicht verraten?«, fragte Sara Adeline und Philippe, die gerade das Gepäck in den Flur gestellt hatten. Die beiden tauschten einen amüsierten Blick aus, und Sara verkündete: »Sein Name ist Jean-Marie.«

Obwohl Marie selten weinte, stiegen ihr jetzt ein paar Tränen in die Augen. »Oh, Sara! Das hättest du doch nicht tun müssen.«

»Wir wollten es so. Wenn du nicht gewesen wärest, hätte ich New York nicht überstanden, wäre nicht nach Kalifornien gekommen, und dann hätte ich nie Philippe getroffen.«

Marie war von der Geste so überwältigt, dass sie nichts weiter herausbringen konnte als ein von Herzen kommendes »Danke«.

»Was riecht hier so gut?«, meldete Adeline sich zu Wort.

»Rose brät Schinken und backt Kekse«, antwortete Sara. In diesem Augenblick kam Rose in die Küche geeilt. Sie lief um die Familie herum zum Herd, zog sich einen Backhandschuh über und überreichte Adeline den Pfannenwender. Sie nickte Marie zu. »Willkommen, Miss Marie. Wenn Sie sich alle nach draußen verziehen, ist das Abendessen im Handumdrehen fertig.« Sie lächelte Adeline an. »Miss Adeline, willst du mir beim Servieren helfen?«

Marie war beeindruckt. Während ihres Aufenthaltes hier hatte Adeline bereits eine Kuh gemolken, Kekse gebacken, Trauben gepflückt und anscheinend ein Baby zur Welt gebracht. Gar nicht so übel für ein Mädchen aus der Stadt!

* * *

Adeline saß mit Pippa auf der Bank hinter dem Haus und flocht geduldig ein kornblumenblaues Seidenband in das glatte blonde Haar des kleinen Mädchens. Sara war in der Nähe mit der Wäsche beschäftigt. Sie hatte bemerkt, dass Adeline am glücklichsten zu sein schien, wenn ihre Hände etwas zu tun hatten – ob sie Brot knetete, die Ladefläche ihres Fuhrwerks reinigte oder im Garten Erbsen pflanzte. »Wo hast du das Band gefunden, Adeline?«

Adeline wurde rot, aber sie hielt den Blick auf ihre Finger fixiert. »Ich hatte ein paar alte Strümpfe, die ich wegwerfen sollte, aber ich habe die Bänder an den Spitzen herausgezogen und die Strümpfe aufgehoben, um daraus Handpuppen zu machen. Luc und Pippa haben vielleicht Spaß daran«, sagte sie bescheiden. Ihr Blick glitt zu Sara und wieder zurück. »Meinst du, Maman wird wütend sein?«

Sara unterbrach einen Augenblick ihre Arbeit. »Ich glaube, deine Maman wird von deinem Einfallsreichtum beeindruckt sein.«

»So, fertig«, sagte Adeline zufrieden zu Pippa. »Du siehst aus wie eine kleine Prinzessin!«

Pippa sprang die Treppenstufen hinauf und drehte sich kurz vor der Tür um. »Spiegel, Maman?« Ihre Aussprache war undeutlich, aber für Sara hatte Pippa nie schöner ausgesehen.

Sie spürte einen Kloß im Hals. »Geh nur rein, mein Liebling«, ermunterte sie das Mädchen.

Sara beobachtete, wie Adeline sorgfältig die übrigen blauen Bänder zusammenrollte und die kleine Schere in die Tasche ihres Kleides steckte. »Das war sehr lieb von dir, Adeline.«

Adeline zuckte mit den Achseln. »Ich möchte, dass sie sich schön fühlt.«

»Wegen ihrer Lippe?«

»Nein, das kann noch korrigiert werden«, sagte sie altklug. »Ich meine, weil ihre Mutter gestorben ist.«

»Oh!« Adelines Verständnis überraschte und rührte Sara gleichermaßen. Sie wusste nicht, wie viel Marie ihrer Tochter über Pippas Hintergrund erzählt hatte.

»Du und Onkel Philippe, ihr kümmert euch sehr gut um sie, Tante Sara. Ich weiß auch, wie sie sich fühlen muss. Sie erinnert sich nicht mehr an ihre richtige Mutter, und ich erinnere mich nicht mehr an meinen Vater.« Adeline starrte einen Augenblick lang auf ihre Schuhe, bevor sie die Beine unter ihrem Rock überkreuzte. »Hast du meinen Vater gekannt, Tante Sara?«

Sara zog kurz Luft ein. »Ein wenig«, sagte sie und fragte sich, wie viel das Mädchen wusste.

»Wie sah er aus? Maman hat kein Bild von ihm, und wenn ich ihr eine Frage über ihn stelle, wechselt sie immer das Thema.«

Sosehr Sara auch den Gedanken an Bastien Lemieux verabscheute, sie schuldete es diesem Kind, seine Fragen zu beantworten. »Er war groß und dünn, mit pechschwarzem Haar und einer aristokratischen Nase, und seine Augen hatten eine ähnliche Farbe wie deine.«

Adeline wurde munter. »Er sah also gut aus?«

»Sehr gut«, bestätigte Sara.

»Er ist bei einem Brand ums Leben gekommen. Er hat nie meine Mutter geheiratet, aber stattdessen Lucs Mutter, aber ich gebe Luc daran keine Schuld«, sagte Adeline. »Maman hat gesagt, dass mein Vater uns nicht wollte und Onkel Philippe uns deshalb nach Amerika gebracht hat.« Ihr Ton war sehr sachlich. Verstand sie, dass Luc nicht nur Philippes Neffe war, sondern auch Saras Neffe, das Kind ihrer Schwester Lydia? Verstand sie, dass Luc ihr Halbbruder war? Sara bezweifelte, dass Adeline sich noch an ihren Aufenthalt in dem Nonnenkloster erinnern konnte. Das lag jetzt über fünf Jahre zurück.

»Du hast Glück, junges Fräulein, einen so fürsorglichen Onkel zu haben, und eine Mutter, die dich über alles liebt.«

»Ja. Ich habe viel mehr Glück gehabt als manche anderen Kinder«, stimmte Adeline zu, und ihr Engelsgesicht verzog sich konzentriert. »Wie hast du Onkel Philippe getroffen?«, fragte sie. Sara konnte förmlich sehen, wie Adeline sich bemühte, das Puzzle in ihren Gedanken zusammenzusetzen.

Sara zog zwei Wäscheklammern von ihrem Gürtel ab und hängte ein Hemd auf die Leine. »Ich habe Philippe und deinen Vater schon vor langer, langer Zeit in Frankreich gekannt, als ich noch klein war. Wir haben im gleichen Dorf gewohnt, in Vouvray, ganz in der Nähe von Tours, wo die Familie deiner Mutter heute noch lebt. Aber vor vier Jahren habe ich ihn durch reinen Zufall in Kalifornien wiedergetroffen, als ich hier auf Eagle's Run die Weinstöcke beschnitten habe.«

Adeline griff in den Wäschekorb und reichte Sara eine verschmutzte Kniehose zum Waschen. »Hast du schon immer gewusst, dass du ihn liebst?«

»Was meinst du?«

»Ich meine, als du ihn wiedergesehen hast, wusstest du da in deinem Herzen, dass du ihn schon diese ganzen Jahre vorher geliebt hast?«

Sara staunte über die Beobachtungsgabe dieses Kindes. »Weißt du, Adeline, ich glaube, ja. Aber es war damals noch nicht die Liebe einer Frau gewesen. Ich war erst neun, und es war eine kindliche Liebe. Ich glaube, ich mochte seine nette Art und dass er mir gegenüber so fürsorglich und beschützend war. Aber er war neun Jahre älter als ich, also konnte ich damals unmöglich seine Aufmerksamkeit auf mich gezogen haben.« Sie zwinkerte Adeline zu.

Adelines schokoladenbraune Augen füllten sich mit Hoffnung. »Aber als der richtige Zeitpunkt gekommen war, Tante Sara, hast du ihn dir geschnappt, oder?«

Sara lachte. »Ich glaube, wir haben uns gegenseitig geschnappt. Wir haben unsere Schwierigkeiten, aber letzten Endes glaube ich, dass wir zusammengehören«, sagte sie melancholisch und hoffte, dass ihre Worte sich als wahr erweisen würden.

In diesem Augenblick trat Jess aus einem der Ställe. Adeline starrte ihn an und seufzte. Ein Lächeln erschien auf seinem Gesicht, und er winkte ihr zu. Sara bemerkte, wie das Mädchen errötete. *Ach du meine Güte*, dachte sie, *Adeline Chevreau ist in Jess Sumter vernarrt.* Warum in aller Welt hatte sie das nicht kommen sehen?

Kapitel 25

Oktober 1901

»Das wirst du nicht tun!«, brauste Philippe auf. Sara ermahnte ihn mit einem Finger auf den Lippen, leiser zu sein. Sie hatte gerade Johnny für sein Morgenschläfchen in die Wiege gelegt. Philippe ließ jedoch nicht locker. Er folgte Sara aus dem Schlafzimmer die Treppe hinunter in die Diele.

Streitlustig wirbelte sie zu ihm herum. »Wir marschieren für eine bessere Bezahlung und bessere Arbeitsbedingungen für die Verkäuferinnen und Fabrikarbeiterinnen von Napa. Demonstrationen und Boykotte sind die einzigen Mittel, diese Arbeitgeber zu überzeugen«, entgegnete sie leidenschaftlich. Sie wandte sich Richtung Küche, doch Philippe bekam sie am Arm zu fassen.

»Wenn die Verkäuferinnen und Fabrikarbeiterinnen mit ihrem Gehalt nicht einverstanden sind, können sie woanders arbeiten. Außerdem verstoßen gute Männer wie Jed Miller und Paul LeRoy gegen keine Gesetze.« Er ließ sie los und bat sie eindringlich: »Diese Männer sind unsere Kunden, Sara. Sie sind meine Freunde.«

Sara rieb sich den Arm und erwiderte mit versteinerter Miene: »Deine Freunde sind im Unrecht, Philippe.«

Frustriert schlug er die Hände über dem Kopf zusammen. »Was kommt als Nächstes, Sara? Willst du mit deinen Frauen von der Vereinigung gegen unser Weingut demonstrieren und fordern, dass – oh, was weiß ich – die Pflücker bessere Mahlzeiten bekommen sollen?« Sein scharfer Blick voller Abscheu traf sie tief in ihrem Innersten. Wie gelähmt blieb sie stehen, fassungslos darüber, wie fremd ihr der Mann war, der ihr gegenüberstand.

»Du interessierst dich sehr für die Belange anderer Leute«, fuhr er fort. »Was ist mit unseren Weingütern? Unserer Familie?«

»Ich mache das für die Mädchen – für ihre Zukunft. Ich hatte gedacht, du würdest es gut finden, dass Aurora und ich den neuen Verein gegründet haben, um uns von den fanatischen Abstinenzlerinnen zu distanzieren.«

Er seufzte laut. »Das ist alles schön und gut, und du weißt, dass ich der Meinung bin, dass es vernünftigen Frauen wie dir erlaubt sein sollte zu wählen. Aber die meisten Frauen würden für die Prohibition stimmen, wenn sie die Gelegenheit hätten. Du kannst nicht Partei für etwas ergreifen, das gegen die Interessen unseres Familienbetriebs geht.«

Philippe hatte recht, was die Prohibition betraf, doch Sara hatte keine andere Wahl. Es war einfach zu wichtig, für die Rechte von Adeline und Pippa einzutreten. Sie drehte sich um und ging in die Küche.

Rose stand am Herd und summte leise vor sich hin, während sie ein Huhn zubereitete. Verlegen merkte Sara, dass Rose ihren Streit möglicherweise mitbekommen hatte, aber vielleicht hatte das Gebruzzel des Öls in der Pfanne und das Geklapper der Küchenutensilien ihre Stimmen im Flur auch übertönt. »Die Kinder sollten jeden Augenblick nach Hause kommen«, sagte Rose und blickte auf die Uhr über dem gedeckten Küchentisch.

Saras Stimmung hellte sich auf. Jeden Wochentag freute sie sich auf das gemeinsame Mittagessen und die Neuigkeiten der Kinder aus der Schule. Ihre Stimmung sank, als Philippe sich zu ihnen gesellte. Rose verließ schnell das Zimmer und murmelte, dass sie etwas aus der Speisekammer holen müsse.

Sara wollte nicht nachgeben. »Rose hat am Freitag frei. Adeline und Luc sind dann in der Schule, aber du müsstest auf Pippa und Johnny aufpassen.« Sie hob entschlossen den Kopf, obwohl sie innerlich zitterte wie Espenlaub.

Philippe verschränkte die Arme. »Ich werde nicht zulassen, dass du dich öffentlich zum Affen machst. Ich verbiete es.«

»Du verbietest es?«, rief sie. »Ich bin nicht dein Eigentum!«

Er umfasste ihre Schultern. Sie spürte, dass die Situation ihm unangenehm war. »Nein. Nein, du bist nicht mein Eigentum. Aber wenn du das tust, Sara, dann ziehst du diese Frauen und ihre politische Agenda deiner eigenen Familie vor.« Er ließ sie los und stampfte mit einem lauten Türknallen hinaus. Sara ließ sich auf einen Stuhl sinken. Sie war schockiert über die rückständigen Ansichten ihres üblicherweise modernen Ehemanns. Wie konnten sie manche Dinge nur so völlig unterschiedlich sehen?

* * *

Thad Holmes war Marie gegenüber extrem aufmerksam. Er stellte ihre Kaffeetassen und Kuchenteller auf die kleine freie Fläche neben ihren geöffneten Medizinbüchern. Sie waren schon seit drei Stunden in der Halle vor der überfüllten Bücherei am Lernen, und Marie hatte sich auf diese zehnminütige Pause gefreut. »Ein Stück Zucker?«, fragte Thad.

»Nein danke, das ist prima so«, murmelte sie. Er war etwas zu bemüht, ihr alles recht zu machen, und Marie befürchtete, dass er sich ein wenig in sie verliebt haben könnte. Sie blies in ihren brühend heißen Kaffee. Thad sah nett aus mit seinen warmen braunen Augen und dem welligen blonden Haar, doch für Marie war er wie ein Bruder, an dem sie kein romantisches Interesse hatte.

Thad seufzte. »Ich habe eine enttäuschende Neuigkeit, Marie.« Er ließ die Schultern hängen, und auf seinem Gesicht erschien ein trauriger Dackelblick.

»Was ist los, Thad?«. Sie hasste es, ihren Freund so niedergeschlagen zu sehen.

»Ich verlasse den Chirurgielehrgang.« Er hob seine Hände und musterte sie mit Abscheu. »Ich hatte noch einen Anfall, und sie können nicht zulassen, dass ein Epileptiker Chirurg wird – es ist zu riskant für die Patienten.«

»Das ist so schade«, sagte Marie mitfühlend. »Was willst du nun tun?« Sie befürchtete, Thad könnte nun ganz aufgeben. Er war der einzige Freund, den sie hier hatte.

»Ich strebe immer noch meinen medizinischen Abschluss an, aber in einem weniger aufregenden Bereich. Vielleicht werde ich Hausarzt und spezialisiere mich auf Hühneraugen und Hautausschläge«, witzelte er.

Marie lachte. »So schlecht ist das nicht«, ermutigte sie ihn. »Du wirst einen wunderbaren Arzt abgeben. Du kannst gut mit Menschen umgehen. Sie fühlen sich wohl in deiner Nähe, selbst so kratzbürstige Leute wie ich.«

»Du bist nicht kratzbürstig, du bist nur ...«, er überlegte, »... vorsichtig.«

»Das ist eine gute Eigenschaft für einen Chirurgen, oder?«

»Absolut«, antwortete er und rührte gedankenverloren seinen Kaffee um. »Kommst du morgen Abend zu dem Empfang in Dr. Lanes Haus?«

Morgen war Freitag. Marie besuchte normalerweise freitags Adeline. »Ich glaube nicht.«

Thad senkte die Stimme. »Darf ich als Freund dir einen Rat geben, Marie?«

Marie faltete die Hände. »Selbstverständlich.«

»Die ganze Fakultät und alle Studenten werden anwesend sein. Wenn du dich dort nicht sehen lässt, auch wenn es nur für eine Stunde ist, gibst du diesen Flegeln noch einen Grund mehr, hinter deinem Rücken über dich zu reden.«

»Sie reden immer noch über mich?« Sie war bestürzt.

»Ja«, sagte Thad, und sein Blick ging zu den Studenten, die im Flur standen, bevor er wieder zu Marie zurückwanderte.

»Was sagen sie über mich?«, flüsterte sie.

Thad sagte verlegen: »Sie sagen, dass du jeden Freitag früh gehst und an den Wochenenden nie zum Lernen hier bist, weil du …«

»Weil ich …?«

»Weil du … einen Liebhaber hättest.« Thad stieg die Röte in die Ohren.

Marie brach in schallendes Gelächter aus. »Schön wär's!« Was für eine absurde Anschuldigung. »Was sagen sie noch?« Sie wollte alles erfahren.

»Dass er ein Arzt sei und seine Verbindungen genutzt habe, um dich ins College zu bringen.«

»Das ist verrückt!«, erwiderte Marie. »Davon ist nichts wahr.« Sie hatte jedoch nicht die Absicht, ihm die Wahrheit mitzuteilen – dass sie eine uneheliche Tochter hatte, die bei ihrer Familie in Napa lebte.

Thad schien erleichtert. »Natürlich nicht. Ich sage ja nur – je reservierter du bist, desto mehr Gründe haben sie, sich diese haarsträubenden Geschichten auszudenken und deinen Ruf zu schädigen, bevor du deinen Abschluss machst.«

Marie seufzte entnervt. »Wahrscheinlich hast du recht«, sagte sie. Taktvoll fügte sie hinzu: »Aber nur, um das mal festzuhalten … Ich bin zurzeit an keiner romantischen Beziehung interessiert. Ich muss mich voll und ganz auf das Studium konzentrieren.«

Thad beugte sich vor und flüsterte: »Es ist nur ein Empfang, Marie, kein Antrag.«

Sie lachte verlegen, aber gleichzeitig war sie beruhigt. »Ich werde für eine Stunde kommen. Und du wirst auch da sein?« Mit Thad würde der Empfang sich besser ertragen lassen.

»Direkt an deiner Seite.«

* * *

Adeline benahm sich seltsam. In den letzten Tagen hatte sie sich wie immer morgens ausgelassen auf den Weg zur Schule gemacht, aber nach ihrer Rückkehr mit Sara kaum ein Wort gesprochen. Wenn sie ihre Aufgaben im Haus erledigt hatte, machte sie schweigend ihre Hausaufgaben. Beim gemeinsamen Abendessen stocherte sie auf ihrem Teller herum und aß nur ein paar Bissen, bevor sie behauptete, völlig satt zu sein. Sie beantwortete höflich Philippes Fragen über die Schule, doch das Leuchten war aus ihrem hübschen Gesicht verschwunden. Stattdessen sandte sie verschlagene Blicke in Saras Richtung.

Als Adeline an diesem Abend gerade Geschirr spülte, legte Sara einen Arm um sie. »Wie geht es dir, Adeline?« Das Mädchen wich zurück. »Gut. Entschuldige mich, Tante Sara«, sagte sie und entzog sich ihr, um einen Stapel schmutziger Schüsseln vom Tisch zu holen.

Sara fragte sich, ob sie es sich nur einbildete, doch Adeline schien ihr gegenüber ungewöhnlich feindselig zu sein. Sie wollte erst Maries Besuch an diesem Wochenende abwarten. Vielleicht würde das Kind seiner Mutter erzählen, was das Problem war.

* * *

Am Freitagmorgen um sechs Uhr begann sich Johnny in seiner Wiege zu regen. Sara streckte den Arm zur anderen Seite des Bettes hin und hoffte, Philippe würde ihre Hand umfassen und sie an sich ziehen, doch sie konnte nur die weiche Decke ertasten, die noch warm von seinem Körper war. Seit ihrem Streit am Mittwoch hatten sie nicht viel miteinander gesprochen, aber Sara hegte immer noch die naive Hoffnung, er hätte seine Meinung vielleicht geändert. Doch ganz das Gegenteil war der Fall – er war bereits gegangen.

Sara servierte den Kindern das Frühstück und brachte sie anschließend zur Schule in Huichica, auf der anderen Seite des Flusses. Als sie schließlich ins Zentrum von Napa kam, hatte sie dreißig Minuten Verspätung.

Verblüfft staunte Sara über die große Menschenmenge, die sich an der Ecke der First und Main Street versammelt hatte. Verkäuferinnen, Wäscherinnen, Arbeiterinnen aus der Gerberei und andere Frauen aus Napa, Sonoma, St. Helena, Asti, San Rafael und Mill Valley bevölkerten die Straßen, um die Sache der Gewerkschaften zu unterstützen. Ihre zahlreiche Anwesenheit erzeugte ein energiegeladenes Surren, das die Atmosphäre zu elektrisieren schien. Sara steckte Johnny in seine Stoffschlinge und hielt ihn an ihren Oberkörper gedrückt. Sie umfasste Pippas Hand fester, sagte ein paar beruhigende Worte und folgte Aurora durch das Meer aus Freunden und Fremden, um ihren Platz an der Spitze der Parade einzunehmen, hinter dem Banner ihrer Vereinigung. Sara spürte, wie ihre Handflächen feucht wurden.

Die Demonstration begann zunächst ruhig, als die Mädchen und Frauen hocherhobenen Hauptes die staubige Straße entlangzogen. Es war ein ungewöhnlich kühler Tag – eine Erleichterung für die Menge der Demonstrantinnen, die gedrängt wie die Sardinen marschierten. Nach etwa einem halben Kilometer marschierten sie im Takt einer Trommel, die am hinteren Ende der Prozession ertönte, und die Frauen skandierten ihre Parolen jetzt mit mehr Inbrunst als zuvor. »Gerechter Lohn!« Die Menge drängte nach vorn, und Sara und die Kinder wurden vor ihr hergetrieben wie ein Boot, das auf einer hohen Welle schwamm. Sara blickte zu Pippa hinunter. Das Mädchen hielt Saras Rock umklammert und seine deformierte Lippe zitterte. Sara schob sich durch die Menge, von Aurora und ihren Freunden weg, um an den Rand des Protestzugs zu gelangen, doch die Bürgersteige wurden von Reihen voller Männer gesäumt, die johlten und Schmähungen riefen. Die Polizisten schienen die Spöttereien noch anzuheizen, aber das Skandieren der Frauen übertönte schließlich die Rufe der Männer.

Sara klopfte das Herz bis zum Hals. Wenn sie in dem Protestzug blieb und ein Tumult ausbrechen sollte, könnte Pippa in der Menge zerquetscht werden. Wenn sie auf den Bürgersteig ging, würde sie vielleicht verhaftet oder von den Gegendemonstranten überwältigt.

Ein Stiefel trat gegen Saras Schienbein, und kurz bevor sie stolperte, erblickte Sara ein Paar durchdringende blaue Augen. Philippe! Er war wie aus dem Nichts erschienen und kam schnell herangeeilt, um sie in Sicherheit zu bringen. Mit einem Arm nahm er Pippa hoch und mit dem anderen umfasste er Saras Taille. In Sekundenschnelle hatte er sie aus der Menge gezogen und in eine schmale Seitengasse gebracht, wo sie niemand sehen konnte. Sara ließ sich gegen die Steinmauer sinken und versuchte, Atem zu schöpfen.

»Bist du verletzt?«, fragte Philippe mit heiserer Stimme. Sara schüttelte den Kopf. Er hockte sich hin, zog ihren Strumpf herunter und berührte ihr Bein. Sie zuckte zusammen.

Sie wurden beide von Johnnys schrillem Schrei aufgeschreckt. Philippe nahm das Baby aus der Schlinge und küsste seine rote, gerunzelte Stirn. »Alles gut, du bist nur ein bisschen mitgenommen von dem ganzen Geschubse, kleiner Johnny.«

Philippe kniete sich hin und wischte Pippa die Tränen aus dem Gesicht. Sie verbarg das Gesicht an seinem Hals. »Papa«, seufzte sie mit einer Erleichterung, die Sara teilte. Philippe streifte Sara mit einem scharfen, missbilligenden Blick.

Saras Gedanken kehrten zu dem Vorfall aus ihrer gemeinsamen Vergangenheit zurück, als er sie in Vouvray vor Saul Mittier, dem Dorfrüpel, beschützt hatte. Sie war neun gewesen und er achtzehn. Philippe war noch der gleiche Junge, der ihr an diesem Tag vom Boden aufgeholfen hatte, und sie war noch das gleiche Mädchen, das gelächelt und sich tapfer gegeben hatte. Doch vielleicht wollten sie heutzutage einfach nur andere Dinge.

* * *

Der Butler führte Marie in die große Halle von Dr. Lanes Villa in Nob Hill. Sie schätzte, dass etwa vierzig Studenten und Professoren hier waren. Sie standen in kleinen Grüppchen zusammen, tranken Aperitifs und unterhielten sich. Marie ließ den Blick zu der hohen Kassettendecke und der breiten Wendeltreppe aus Mahagoni wandern, die den Mittelpunkt des Zimmers bildete. Die Fenster erstreckten sich vom Boden bis zur Decke und wurden von eindrucksvollen grünen Vorhängen aus Samt und Damast umrahmt, die mit goldfarbenen Quasten zurückgebunden waren. Marie war beeindruckt, aber sie fühlte sich unbehaglich.

Dr. Lanes Frau, deren Vornamen sie nicht mitbekommen hatte, begrüßte sie mit ausgestreckten Händen und einem warmen Lächeln. Marie schätzte ihr Alter auf Anfang siebzig, wie das ihres Ehemanns. Dr. Lane, einer der herausragendsten

Chirurgen der Gegend und Gründer des Colleges, stand umgeben von Studenten am anderen Ende des Raums.

»Kommen Sie doch herein, Miss Chevreau!«, trillerte Mrs Lane. »Levi und ich haben uns so darüber gefreut, dass Sie sich entschieden haben, am Cooper College zu studieren. Sie waren übrigens seine erste Wahl, bei über dreißig weiblichen Bewerbern.«

»War ich das?« Mrs Lanes Offenheit erstaunte Marie so sehr, dass sie nicht wusste, was sie sagen sollte.

»O ja, er war sehr beeindruckt von Ihrer Erfahrung im Bereich der Geburtshilfe und darüber, dass Sie bereits ein Studium am Women's Medical College abgeschlossen haben.« Marie war überrascht, dass Mrs Lane ihren ganzen Lebenslauf zu kennen schien. »Das zeigt, dass Sie Grips haben, meine Liebe, und es wirklich ernst damit meinen, Chirurgin zu werden.«

»Ich habe nie etwas ernster gemeint.«

Mrs Lane legte ihre Hand auf Maries Arm. »Das glaube ich Ihnen«, sagte sie, »und ich bin sicher, dass es Ihnen bestens gelingen wird, aber heute Abend können Sie sich entspannen und sich unter die Leute mischen.« Sie gestikulierte in die Richtung der Studenten, die um einen langen Tisch voller Sandwiches, Fleisch, Kekse, Kuchen und Bowle herumstanden. Mrs Lane verließ sie, um zu ihrem Mann zurückzukehren, der gerade mit einer Gruppe andächtig lauschender Ärzte und Studenten sprach.

So wagemutig sie im College oder auf den Straßen von New York auch sein mochte, hier, in dieser Umgebung, fühlte Marie sich vollkommen unwohl. Sie bewegte sich an den Rand der Gruppe und hoffte, niemand würde es bemerken. Sie konnte zwar Französisch, Italienisch, Englisch und ein wenig Spanisch sprechen, aber oberflächliches Geplauder hatte ihr nie gelegen. Ihr Blick überflog den Raum auf der Suche nach einem vertrauten Gesicht.

Die anderen anwesenden Frauen waren schlicht, aber elegant gekleidet. Ihre Abendkleider und Handschuhe waren aus Baumwolle, Seide und Spitze, und die meisten von ihnen trugen das Haar zu Knoten hochgesteckt oder in Gibson-Frisuren. Marie hatte ihr bestes Alltagskleid ausgesucht: ein dunkelblau und taubenblau gestreiftes Kleid, das sich wahrscheinlich besser für einen Ausflug ans Meer eignete als für eine Abendveranstaltung. Aber was machte es schon aus, welches Kleid sie heute Abend trug, wenn sie schon bald auf der Fähre nach Napa sein würde? Allein der Gedanke an die sanften Hügel und den strahlenden Sonnenschein weckte in Marie das Bedürfnis, sofort zur Tür zu laufen.

Sie wollte gerade ihrer Gastgeberin danken und möglichst unbemerkt gehen, als sie Thad bemerkte, der mit Leuten sprach, die sie nicht kannte. Als die Unterhaltung beendet war, schlenderte Marie zu ihm hinüber.

»Du bist gekommen!« Er strahlte sie an. »Ich dachte schon, du würdest vielleicht kneifen.«

»Das hatte ich gerade vor.« Sie grinste.

Thad ignorierte diesen Einwand und wandte sich zu den drei Männern neben ihm. »Tom Reynolds, Jim O'Hare und Reggie Miller, das ist Marie Chevreau. Sie ist mit mir im ersten Jahr.«

Marie nahm an, dass sie Studenten im zweiten oder dritten Jahr waren. Sie schüttelte Toms Hand. »Willkommen, Marie. Hat man Sie schon von der Medizin abgeschreckt?«, fragte er freundlich.

Thad schaltete sich wieder in das Gespräch ein. »Keineswegs. Marie ist diejenige, die die anderen Studenten im ersten Jahr das Fürchten lehrt. Sie hat mehr Erfahrung als wir alle.«

»Wirklich? Wie kommt das?«, fragte Reggie und schob sich einen Gurkenhappen in den Mund. Er hatte lockige rote Haare, Sommersprossen und weiche, breite Lippen.

»Geburtshilfe«, antwortete sie und wartete auf ihre Reaktion.

»Wirklich? Wie viele Babys haben Sie zur Welt gebracht – allein?« Tom schien skeptisch.

»Neunhundertzweiundfünfzig.«

Sie hätten nicht fassungsloser aussehen können. Jim war der Erste, der sich von dem Schock erholt hatte. »Und wie viele haben überlebt, wenn ich fragen darf?«

»Achthundertfünfunddreißig Babys und neunhundertsechs Mütter haben überlebt.«

»Das ist statistisch gesehen ziemlich gut, oder?« Jim sah seine Freunde an, die zustimmend nickten.

»Aber noch nicht gut genug. Deshalb bin ich hier. Ich möchte die neuesten Kaiserschnitt-Techniken lernen, damit ich mehr Leben retten kann.«

»Ein bewundernswertes Ziel«, bestärkte Thad sie.

»In der Tat«, stimmte Jim zu, doch in Maries Ohren klang es etwas halbherzig. »Und wo wir gerade dabei sind, haben Sie den Bericht über Donnelly in der *Cooper Medical Review* gesehen?«

»Sie halten ihn alle für verrückt. Eine Herzoperation an einem Patienten mit einer Schusswunde«, sagte Tom.

»An einem schlagenden Herzen?« Thad senkte fasziniert die Stimme.

»Der Patient ist also noch am Leben?« Marie konnte es nicht glauben. Diese Art von Operation war noch nie ausgeführt worden.

»Nein, der Mann ist bei der Operation gestorben.«

»Das ist traurig, aber aller Wahrscheinlichkeit nach wäre er sowieso gestorben«, sagte sie. »Warum sollte man nicht operieren, wenn man daraus etwas lernen kann?«

Ihre vier Kommilitonen starrten sie an. Marie füllte ihr Glas mit Wasser auf und wartete auf das Ende der unangenehmen

Stille. Schließlich räusperte sich Thad und versuchte, das Gespräch mit Humor wieder in Gang zu bringen. »Natürlich, und wenn wir mit den Lebenden zu Ende experimentiert haben, können wir die Leichen zerstückeln und uns unseren eigenen Frankenstein basteln.«

Die Männer lachten, und obwohl Marie mitlachte, glühten ihre Wangen. Sie brauchte unbedingt frische Luft und entschuldigte sich höflich. Sie befürchtete, Thad würde ihr folgen, und war erleichtert, als sie allein in der Nische unter der Treppe stand. Neben dem geöffneten Fenster sog sie die kühle Herbstluft ein und nippte an ihrem Wasser. An den Samtvorhängen vorbei spähte sie auf die Clay Street hinaus. In der Stadt herrschte reges Leben, und auf der Straße tummelten sich Lieferanten, Droschken und Zeitungsjungen, die die Abendausgaben austrugen. Die Betriebsamkeit erinnerte sie an New York, doch sie sehnte sich nach den breiten Straßen und dem sonnengesättigten Geruch von Napa. Sie wäre am liebsten sofort dort hingerannt, um Adeline in die Arme zu nehmen und beim Zirpen der Grillen und dem weichen Ruf der Eulen einzuschlafen.

Das Geräusch klatschender Hände und das Klirren von Kristallgläsern weckte Marie aus ihrer Träumerei. Als alle in ihrer Nähe zusammenströmten, blieb Marie stehen, wo sie war – jetzt auf Augenhöhe mit Dr. Lanes Schuhen, der auf der Treppe stand und seine Gäste herzlich begrüßte. Beinahe hätte sie ihr Wasser verschüttet, als eine tiefe Stimme sie aufschrecken ließ.

»Sie sollten sich nicht so große Mühe geben«, sagte Matthew Donnelly und blickte zu Dr. Lane.

»Wie bitte?«, fragte Marie leise. Sie war sich nicht sicher, ob sie richtig gehört hatte.

Seine Stimme war gedämpft, doch der Blick seiner türkisgrünen Augen leuchtete intensiv. »Unbedingt von ihnen akzeptiert zu werden«, sagte er und machte eine Kopfbewegung in die Richtung der Medizinstudenten, die gebannt an Dr. Lanes Lippen hingen.

Marie brachte keinen Ton heraus. Er senkte den Kopf und erklärte: »Dies ist kein Beliebtheitswettbewerb, Miss Chevreau. Nur die Stärksten überleben.«

Die Menge brach in Beifall aus, und aus Höflichkeit klatschten Marie und Donnelly mit. Marie hatte kein Wort von dem mitbekommen, was Dr. Lane gesagt hatte. Matthew Donnelly hatte sie so abgelenkt, dass es sie auch nicht kümmerte. Er rückte näher an sie heran, als sei er an ihrer Antwort interessiert. Als die Gäste sich schließlich zerstreut hatten und der Trubel sich legte, antwortete Marie kühl: »Dessen bin ich mir sehr wohl bewusst, Doktor.«

»Sind Sie das wirklich?« Er runzelte die Stirn. »Vorhin hat es nämlich so ausgesehen, als würden Sie neben der Bowleschüssel für das Amt der Jahrgangssprecherin kandidieren«, stichelte er. Marie wurde rot. Sie fühlte sich plötzlich wie ein Dummkopf und nicht wie die intelligente, wissbegierige junge Frau, für die sie sich selbst hielt.

Sie beschloss, das Gespräch zu beenden, bevor sie noch zum Opfer weiterer spöttischer Bemerkungen wurde. Als sie ihn wieder anblickte, zog er eine Augenbraue hoch. Hatte er Spaß daran, seine Studenten zu piesacken? Und warum hatte er sie überhaupt bemerkt, als sie neben der Bowleschüssel gestanden hatte? Vielleicht war dies ein weiterer Test. Wenn sie jetzt einfach wegging, ohne ihn wenigstens ein bisschen zurechtzuweisen, würde er sie vielleicht nicht mehr respektieren.

Sie setzte ein falsches Lächeln auf und erwiderte spitz: »Vielleicht, aber die Unterhaltung neben der Bowleschüssel war amüsanter, als mit meinem Rücken die Wand abzustützen, eine Glanzleistung, die Sie heute Abend zu meistern scheinen.«

Er kicherte, und seine helle irische Haut färbte sich rot. »Das haben Sie bemerkt?« Wenn seine Miene so lebendig wie eben war, bekam sie das Gefühl, einen flüchtigen Blick auf die Seele dieses Chirurgen zu erhaschen. Er hatte einen brillanten Geist, und er schüchterte Marie ein, aber wenigstens war er menschlich. Und attraktiv. Sofort verbannte Marie diesen Gedanken aus ihrem Kopf. Um sich abzulenken, zog sie ihre Uhr aus der Tasche ihres Kleides. Siebzehn Uhr dreißig. Die letzte Fähre legte in einer halben Stunde ab, und Marie musste noch den Koffer aus ihrer Wohnung ein paar Häuserblocks weiter holen.

»Ich muss gehen«, sagte sie.

»Wohin?«, fragte er. Marie war überrascht, dass es ihn überhaupt kümmerte.

»Ich muss die letzte Fähre erreichen«, sagte sie langsam. Weitere Details über ihr Leben wollte sie ihm nicht verraten.

»Oh, ja«, sagte Donnelly freundlich. Marie fragte sich, ob er bereits die Gerüchte gehört hatte, und was noch schlimmer war, ob er sie glaubte. »Schönes Wochenende«, sagte er.

»Danke, gleichfalls.« Marie lächelte. Sie wollte ihm nicht den Eindruck vermitteln, ihr Gespräch hätte sie beunruhigt. Sie blickte sich nach ihren Gastgebern um. Selbst als sie Dr. Lane und seiner Gattin die Hände schüttelte, spürte sie noch Donnellys Blick. Sie war sich nicht sicher, ob sie über diese Aufmerksamkeit erfreut sein sollte.

* * *

Marie hörte das tapsende Geräusch kleiner Füße im Hausflur, bevor die Tür mit einem Quietschen geöffnet wurde. »Maman?« Adeline reckte den Kopf ins Schlafzimmer, wo Marie gerade für ihre Chemieprüfung lernte. Sie stellte eine Tasse Kaffee auf eine Serviette neben dem Stapel von Lehrbüchern.

Marie strich geistesabwesend über Adelines langes dunkles Haar. »Ja?« Adeline blickte kurz aus dem Fenster über dem Schreibtisch. Ihre Augen sahen verquollen aus.

Sara hatte schon erwähnt, dass Adeline wegen etwas aufgebracht war, aber bei Maries Ankunft ein paar Stunden zuvor hatte sie sich recht normal verhalten. »Was ist los, mein Liebling?« Marie strich ihrer Tochter beruhigend über die Hände. Adeline zitterte plötzlich und begann zu weinen. »Hat dich jemand verletzt?«

Zwischen ihren Schluchzern holte Adeline mehrmals keuchend Luft. »Jess hat mir etwas erzählt – ein Geheimnis über Tante Sara. Ich habe zu ihm gesagt, es sei eine Lüge und nie passiert, aber er hat mitgehört, wie seine Mutter und sein Vater über sie geredet haben.«

Marie konnte sich nicht vorstellen, um was es ging. »Rück raus damit, Adeline. Was hat er gesagt?«

Adeline flüsterte: »Er hat gesagt, dass Tante Sara Onkel Philippes Bruder umgebracht hat – meinen Vater!« Marie spürte einen Stich in der Magengrube. Sie presste die Lippen zusammen und schloss die Augen. Der Tag, den sie schon seit Langem gefürchtet hatte, war gekommen, doch sie hatte immer gedacht, sie würde es Adeline selbst sagen und nicht irgendein geschwätziger Winzersohn. Woher zum Teufel wusste er es überhaupt?

»Atme tief durch, mein Liebling. Lass uns reden, wenn du dich etwas beruhigt hast.« Marie zog sie an sich.

»Es ist also wahr?«, fragte das Mädchen mit Panik in der Stimme.

Wie könnte sie es ihr nur so erklären, dass sie es verstand? Marie atmete tief ein. »Sie hat ihn unbeabsichtigt getötet, als sie sich verteidigt hat.«

»Verteidigt vor was?« Wie könnte Adeline verstehen, auf was ihre Mutter anspielte?

»Dein Vater war kein guter Mann. Er war mit Saras Schwester Lydia verheiratet und hat sie schlecht behandelt. Eines Abends hat er Tante Sara verletzt, und er hätte ihr noch Schlimmeres angetan, wenn sie ihn nicht aufgehalten hätte.«

»Das ist nicht das, was Jess gesagt hat!«

»Warum glaubst du, Jess und sein Vater wüssten, was passiert ist?« Marie wurde wütend. »Sie haben vielleicht ein paar Halbwahrheiten über unsere Vergangenheit gehört, und jetzt füllen sie deinen Kopf mit unsinnigen Gerüchten über deine Tante Sara!«

»Aber sie hat ihn *umgebracht*, Maman!« Marie erkannte, dass sich das arme Kind um seine eigene Sicherheit fürchtete.

»Dein Vater hat Sara angegriffen und sie sehr schwer verletzt, genau wie ihre Schwester, Lucs Mutter. Sie musste ihn aufhalten, sonst hätte er sie vielleicht getötet.«

»Aber du hast mir erzählt, er sei bei einem Brand ums Leben gekommen«, klagte Adeline.

Marie legte ihr eine Hand aufs Knie. »Danach ist ein Brand ausgebrochen. Ich habe damals gedacht, dass du zu jung bist, um alle Einzelheiten zu erfahren.«

»Hättest du es mir denn jemals erzählt?«

»Ja. Philippe, Sara und ich hatten vor, es dir und Luc zusammen zu erzählen – wenn ihr beide älter seid.«

»Onkel Philippe weiß es also auch?« Adeline riss die Augen auf.

»Ja, und er versteht, dass Tante Sara keine andere Wahl hatte. Er liebt sie trotzdem.«

»Du kannst mich nicht hier bei ihr lassen!«, bettelte Adeline sie an.

»Mein Liebling«, beruhigte Marie sie und küsste ihre kleinen Hände. »Sara liebt dich von ganzem Herzen. Sie ist für niemanden eine Gefahr. Sie war das Opfer, nicht dein Vater. Ich sage es nur ungern, Adeline, aber dein Vater hatte es sich selbst zuzuschreiben.«

»Wegen ihr werde ich ihn nie mehr sehen!«

»Wegen ihr ist dein Halbbruder Luc noch am Leben.«

»Aber ...«

Marie drückte die Hände ihrer Tochter. »Dein Vater hat sich geweigert, mich zu heiraten, und wollte mit uns beiden nichts zu tun haben.« Ihr war bewusst, dass ihre Worte für die Ohren eines Kindes sehr harsch waren, aber dies war die Wahrheit, und Adeline musste sie kennenlernen. Marie drückte sanft ihre Schultern. »Du bist ein wunderschönes, schlaues, gutes Mädchen, das etwas Besseres verdient hat. Du verdienst es, von ganzem Herzen geliebt zu werden, so wie wir alle es tun. Dein Vater konnte niemanden lieben.«

Bei diesen Worten zersprang Adelines Gesicht in Millionen von Gefühle. Marie wiegte ihre tieftraurige Tochter in den Armen, bis sie sich mit ihr auf den Boden setzte und sie dort schweigend hielt.

* * *

Am nächsten Morgen legte Sara ihr Fuhrwerk mit Heu aus. Adeline reichte ihr Weinflaschen und Marmeladengläser, die Sara in den Heupolstern vergrub. Nachdem sie Sara vier Korbflaschen Limonade gereicht hatte, sprach Adeline schließlich aus, was ihr im Kopf herumgegangen war. »Maman hat mir erzählt, dass du meinen Vater umgebracht hast.«

Marie hatte Sara schon darauf vorbereitet. Sara erwiderte sanft: »Ja. Es war ein Unfall, Adeline, und es tut mir sehr leid.«

»Warum tut es dir leid? Maman hat gesagt, er hat dir und deiner Schwester wehgetan.«

»Das hat er, aber es tut mir leid, dass ich … so viel Gewalt anwenden musste, um ihn aufzuhalten.« Sara blickte Adeline zaghaft an.

»Ist dein Vater auch gestorben?«

Sara war bestürzt. »Ja, er ist in einer Schlammlawine ums Leben gekommen, als ich siebzehn war.«

»Du warst noch jung«, sagte Adeline mitfühlend.

»Ja, und es hat mich sehr traurig gemacht. Daher kann ich gut verstehen, wenn du auch traurig bist.«

Adeline zog sich auf den Sitz hoch und legte die letzte der verpackten Pasteten auf ihren Schoß. »Du wirst mir nichts tun, oder, Tante Sara?«

Sara wurde übel. »Nein«, antwortete sie heiser. Sie nahm Adeline in den Arm und streichelte ihre dunklen Locken. »Ich liebe dich wie meine eigene Tochter. Wir werden immer eine Familie sein.«

* * *

Früh am nächsten Morgen konfrontierte Sara Jess, als er gerade die Futtertröge der Pferde füllte. Als er sie sah, stach er die Heugabel in den Heuballen zu seinen Füßen. »Ma'am?«

»Was hast du dir dabei gedacht, einem zehnjährigen Mädchen Halbwahrheiten zu erzählen und sie zu Tode zu erschrecken?«, stellte Sara ihn zur Rede.

Jess hielt abwehrend die Hände hoch. »Ich habe Adeline nur erzählt, was ich von meinem Vater gehört habe«, beteuerte er.

Sara kochte vor Wut. Sie musste den Sachverhalt richtigstellen, selbst wenn ihre Vergangenheit ihn überhaupt nichts anging. Sie blickte den Teenager wütend an. »Philippes Bruder war ein brutaler Mann, der meine Schwester geschlagen und vergewaltigt hat und auch mich vergewaltigen wollte. Als ich ihn abgewehrt habe, habe ich ihn unbeabsichtigt getötet.« Sie trat einen Schritt näher auf Jess zu und zischte ihn an: »Wenn du lieber hier bist als im Gefängnis, würde ich dir raten, damit aufzuhören, Gerüchte zu verbreiten und kleinen Mädchen Angst einzujagen. Hast du das verstanden?«

Jess wich zurück. »Ja, Ma'am. Es tut mir leid, Mrs Lemieux«, sagte er nervös. Genau in diesem Augenblick erschien Philippe an der Tür.

»Wie läuft es hier?« Sein Blick wanderte von Sara zu Jess.

»Oh, prima«, sagte Sara leichthin. »Jess war sich über ein paar Sachen nicht im Klaren, aber jetzt haben wir alles geklärt, nicht wahr?« Sie sah den wortkargen Teenager an und hoffte, er würde glauben, dass ihr Mann ihn ins Gefängnis werfen lassen würde, sollte er sie je wieder verärgern.

»Ja, Ma'am«, murmelte er und schluckte hörbar.

Auch wenn die Beziehung von Sara und Philippe zurzeit angespannt war, wusste Sara dennoch, dass sie sich in dieser Sache auf seine Unterstützung verlassen konnte. Im Vorbeigehen drückte sie dankbar seinen Arm.

Kapitel 26

Dezember 1901

Marie hatte die meisten ihrer Zwischenprüfungen mit Bravour gemeistert, doch trotzdem zitterten ihre Finger, als sie die Liste mit den Abschlussbewertungen überflog: Überall um die fünfundneunzig, außer in Donnellys Chemieseminar. Wie konnte er es rechtfertigen, ihr nur mickrige achtzig Prozent zu geben? Noch bevor sie sich für die Weihnachtsferien auf den Weg nach Napa machte, musste sie einfach herausfinden, weshalb er ihr die Note verweigerte, die sie verdient hatte. Fünf Minuten vor dem Ende seiner Sprechstunde kam sie an diesem Freitagnachmittag zu Donnellys Büro und klopfte an die Tür.

Niemand antwortete. Marie klopfte noch einmal. »Dr. Donnelly?«, rief sie.

Vom anderen Ende des Flurs rief plötzlich jemand ihren Namen. »Miss Chevreau?« Es war Donnelly. »Folgen Sie mir bitte hier entlang.« Er verschwand im Treppenhaus.

Sie folgte ihm zwei Stockwerke tiefer bis zur Haustür. »Wohin bringen Sie mich?«, fragte sie, als er ihr die Tür aufhielt und sie auf die Straße traten.

»Sie sind wegen Ihrer Note hier, oder nicht?«

Es war zum Verzweifeln mit ihm. »Ja, aber ...«

»Folgen Sie mir«, wiederholte er und überquerte die Straße zum Krankenhaus.

Ihre Bücher an den Oberkörper gepresst, eilte sie ihm hinterher wie ein Hundewelpe und hasste sich selbst dafür. Im Krankenhaus führte Donnelly sie in den großen Operationssaal. Als sie zwischen den etwa hundert anderen Chirurgen und Studenten ihre Plätze einnahmen, flüsterte er: »Der Wundbrand hat eingesetzt, und er wird den Schnitt genau über dem Knie machen. Sehen Sie sich das an.« Marie biss sich auf die Unterlippe, als der Arzt die Messer schärfte.

Anders als die meisten anderen Chirurgen, die Marie im Laufe des ersten Semesters bei der Arbeit beobachtet hatte, erklärte dieser Chirurg während der gesamten Operation klar und selbstsicher, was er machte, und nahm die Zuschauer mit auf eine fesselnde Reise. Er beschrieb ausführlich Narkose und Notamputation sowie die Genesungsstufen des Patienten. Marie lauschte gebannt.

Der gesamte Eingriff dauerte zwei Stunden. »Warum bandagiert er das Bein, bevor er die Wunde schließt?«, flüsterte Marie, als der Chirurg den Stumpf des Patienten mit einem dicken Verband umwickelte.

Donnelly antwortete: »Sie schließen die Wunde in ein paar Tagen, wenn sie sich sicher sein können, dass das Gewebe frei von Infektionen ist.«

Marie bemerkte, dass er sie genau beobachtete. Sie runzelte die Stirn und warf ihm einen Seitenblick zu. »Was ist, Doktor?«

Er nickte in die Richtung des Schauspiels vor ihnen. »Sie lieben das, oder?«

Marie wurde rot. Er musste sie für eine exzentrische Frau halten, für einen unfemininen Freak, weil sie an einer solchen Vorführung Gefallen finden konnte. In Wirklichkeit fand sie es einfach faszinierend – und spannend. »Es ist genau das, was ich tun will«, sagte sie und war über ihre Ehrlichkeit selbst überrascht.

Der Saal leerte sich, und Marie stand auf. »Bleiben Sie noch«, sagte er leise. Die Schwestern warfen die gebrauchten Tücher und Operationskittel in die Wäschesäcke, reinigten den Operationstisch und wischten den Boden, ohne dem Paar hoch oben in den Zuschauerrängen Beachtung zu schenken.

Donnelly blickte Marie eindringlich an. »Miss Chevreau, wenn ich Sie nur anhand Ihrer schriftlichen Testergebnisse bewertet hätte, hätten Sie neunzig Punkte verdient. Aber wenn Sie eine erfolgreiche Chirurgin werden wollen, die ihre Beobachtungen und Entscheidungen einem Saal voller männlicher Chirurgen erklärt wie Dr. James heute, dann müssen Sie sich im Unterricht, und auch außerhalb, mündlich mehr hervortun.«

Marie lehnte sich verblüfft zurück. »Ich habe alle Fragen beantwortet, die Sie gestellt haben.«

»Ja, aber ich spüre, dass Sie Ihren Kommilitonen oder mir häufig nicht zustimmen. Sie müssen Ihre Meinung äußern, selbst wenn sich herausstellt, dass Sie unrecht hatten.«

Marie stand abrupt auf. »Ich bin eine Frau, Dr. Donnelly. Ich kann es mir nicht leisten, unrecht zu haben«, sagte sie bestimmt. »Danke, dass Sie sich die Zeit genommen haben«, fügte sie hinzu und wandte sich zum Gehen.

Donnelly stand auf und rief ihr hinterher. »Miss Chevreau, wenn Sie eine bessere Bewertung wollen, muss ich hören, was Sie *denken*, nicht nur, was Sie wissen.«

Marie ging einfach weiter. Ihre Glieder zitterten. Sie war wütender als ein gereizter Stier.

* * *

Noch drei Tage lang spukten Donnellys Worte in Maries Kopf herum, und erst beim gemeinsamen Abendessen an Heiligabend fiel die Frustration von ihr ab, und sie konnte sich ganz dem Familienfest widmen. Nach dem Tischgebet blickte Marie in die Gesichter um sie herum, und eine Welle der Dankbarkeit stieg in ihr auf. Wie glücklich sie und Adeline sich schätzen konnten, eine Familie wie diese zu haben, nachdem sie so viele Jahre allein verbracht hatten, nur mit den Nonnen des Klosters in der Mott Street als ihre einzige Gesellschaft.

Sara hielt Johnny im Arm, während Adeline ihn mit Kartoffelbrei fütterte. Marie war erstaunt, wie erwachsen ihre Tochter plötzlich erschien. Adelines dunkles Haar war mit einer roten Schleife locker zusammengebunden, und ihre Wangen glänzten von der Wärme des Feuers. Sie war jetzt nicht mehr das unbeholfene Kind von früher. Seit ihrer Ankunft auf Eagle's Run waren ihre Tage ausgefüllt mit Schule, Hausarbeiten und Spielen mit Luc und Pippa. Adeline schien gern aktiv und beschäftigt zu sein.

Das Esszimmer war mit Kerzen erleuchtet, und der würzige Duft von gebratenem Truthahn, gerösteten Pinienkernen und Disteln, der aus der Küche drang, erinnerte Marie an Weihnachten zu Hause während ihrer Kindheit. Es war schon über zehn Jahre her, seit sie zuletzt ihre Eltern und Geschwister gesehen hatte. Sie hatten Adeline noch nie getroffen. Die Traurigkeit darüber versetzte ihr innerlich einen Stich. Sie bekam zwar jeden Monat Briefe von ihrer Familie, doch sie vermisste die herzliche Umarmung ihrer Mutter und ihren süßen Geruch nach Rosenwasser und Minze.

Vor dem Abendessen hatten sie den Baum mit Glasornamenten und elektrischen Lichtern geschmückt, die für Marie und Adeline etwas vollkommen Neues waren. Die Christbaumkugeln glitzerten grün, rot und gold und verliehen dem sonst eher spartanischen Wohnzimmer eine festliche Atmosphäre.

Pippa, die vor Kurzem ihren vierten Geburtstag gefeiert hatte, schlängelte sich zu Aurora durch und setzte sich auf ihren Schoß. Das Mädchen ähnelte den blonden Baumfeen aus Adelines Büchern: klein und zierlich, aber temperamentvoll und blitzgescheit. Wenn erst einmal ihre Lippe operiert war, würde Pippa sich so gut wie Adeline ausdrücken können – dann würde der Trubel erst richtig losgehen!

Aurora stellte die mit Ahornsirup gezuckerten Süßkartoffeln neben Marie, doch Luc hatte sich zuerst den Löffel geschnappt. Marie nahm sich Kartoffeln, grüne Bohnen, ein Brötchen und eine gefüllte Tomate und beobachtete Philippe, der den Braten schnitt. Er war schon immer ein sehr attraktiver Mann gewesen. Seine Hand hatte schlimme Narben von dem Brand letztes Jahr davongetragen, doch das hatte seine Aktivitäten nicht gebremst. Heute jedoch waren seine Augen rot vor Erschöpfung.

Bei ihren Besuchen sah Marie ihn oft allein auf dem Weingut herumlaufen oder das leere Stück Land betrachten, wo vorher seine Weinkellerei gestanden hatte. Seine größte Sorge waren wahrscheinlich die Finanzen. Sara hatte ihr unter vier Augen erzählt, dass sie dieses Weihnachten gerade genug Geld zusammengekratzt hatten, um einen kleinen Schichtkuchen mit Rosinen zu backen und für jedes Kind ein Spielzeug zu kaufen. Sie sparten jeden Groschen, um die Weinkellerei eines Tages wieder aufbauen zu können.

Marie wollte sich gerade behutsam nach Philippes Plänen erkundigen, als Aurora ihr zuvorkam. »Also, Philippe, wann baust du die Weinkellerei wieder auf?«, fragte sie geradeheraus.

Er türmte die Bratenscheiben auf einer Servierplatte auf. »Ich dachte, du würdest wenigstens warten, bis ich mich gesetzt habe, bevor du mich aushorchst«, sagte er mit einem Lachen.

Sara warf Aurora einen warnenden Blick zu, doch die ältere Frau ignorierte sie. »Wir gehören alle zur Familie, Philippe«, sagte sie und schaufelte sich Bohnen auf ihren Teller. »Ich würde nur sehr gern deine Ideen hören. Ich habe übrigens auch ein paar.«

»Das ist keine Überraschung, Aurora«, erwiderte Sara gutmütig.

Ein breites Grinsen erhellte Philippes Miene. »Na ja, da du es erwähnt hast ... ich will nächsten Sommer mit dem Bau unserer neuen Weinkellerei und dem Verkostungsraum beginnen«, kündigte er an.

Marie war überrascht, und Saras verblüfftem Gesichtsausdruck nach zu urteilen, ging es ihr ebenso. Die Kinder wippten aufgeregt auf ihren Stühlen, und Aurora klatschte in die Hände. »Ich habe es doch gewusst! Ausgezeichnet!«, rief sie.

Mitten in der allgemeinen Aufregung blieb Sara still sitzen. Als sich das Geplapper um sie herum gelegt hatte, wandte Sara sich an Philippe: »Wann hast du das alles entschieden?«

Anstatt ihre Frage zu beantworten, wandte Philippe sich an alle Anwesenden. »Es gibt immer noch viel zu planen, und wir können nicht anfangen, bevor wir nicht die Anzahlungen für den 1901er-Jahrgang erhalten haben. Weil Sara so viel Erfolg mit ihrem Weinstand gehabt hat, dachte ich, wir könnten die Leute zur Winzerei bringen und nicht den Wein zu den Leuten.«

»Wie willst du sie hierherbekommen? Welches Design schwebt dir vor?« Aurora goss sich Sauce über ihren Truthahnbraten. Marie beobachtete immer noch Sara. Anstatt sich über Philippes Kompliment erfreut zu zeigen, stach Sara mit der Gabel auf ihre Kartoffeln ein und zermatschte sie zu immer kleineren Stücken.

»Wir werden wahrscheinlich Kutschen mieten, um Besucher von Napa Junction und anderen Bahnhöfen in der Gegend hierherzubringen, wenn der Verkostungsraum öffnet. Wir gestalten die Weinkellerei wieder nach dem Schwerkraftprinzip. Wir pressen die Trauben im dritten Stock, lassen sie im zweiten gären und den Wein im ersten Stock und im Keller reifen, so ähnlich wie in der alten Weinkellerei.«

Sara erbleichte. Aurora, die Saras Unbehagen offenbar überhaupt nicht wahrnahm, fuhr mit der Fragerei fort: »Mit einem Verkostungsraum im ersten Stock?«

»Groß genug, um fünfzig Leuten komfortabel Platz zu bieten«, antwortete Philippe begeistert.

Als Aurora und Philippe endlich innehielten, fragte Sara: »Und warum wurde ich nicht konsultiert?«

Philippe unterbrach das Schneiden des Bratens und ließ das Messer auf den Tisch knallen. »Wahrscheinlich, weil du zu beschäftigt damit warst, für die Arbeiterinnen der Gerberei zu protestieren, oder für längere Mittagspausen von Verkäuferinnen – oder was auch immer.« Er klang herablassend, aber hinter seinem Ton steckte Wut.

Ein betretenes Schweigen legte sich über den Tisch. Aurora war die Erste, die ein Wort wagte. »Oh, komm schon, Philippe. Heute ist ein freudiger Anlass«, erinnerte sie ihn. »Außerdem ist es meine Schuld, nicht Saras, dass sie so viel Zeit für diese Zwecke aufwendet.« Aurora strich die Serviette auf ihrem Schoß glatt. »Du weißt doch, wie ich sein kann, wenn ich mich einmal in eine Sache verbissen habe.« Sie warf Sara einen entschuldigenden Blick zu.

Die folgende quälende Stille wurde von Johnny unterbrochen, der unruhig geworden war und anfing zu weinen. Sara sprang auf und schaukelte das Baby in den Armen. »Bitte entschuldigt mich«, sagte sie mit gezwungener Höflichkeit. »Ich habe keinen Appetit.«

* * *

Marie trat ein, nachdem sie an Saras Schlafzimmertür geklopft hatte. »Wo ist Johnny?«, fragte sie ihre Freundin. Obwohl sie groß gewachsen war, wirkte Sara jetzt zerbrechlich, als sie auf dem Bett saß und ihre langen Beine über die Bettkante baumeln ließ.

»Er schläft.«

Mit einem leisen Quietschen zog Marie die Tür hinter sich zu. »Können die Männer einen nicht zur Weißglut treiben?« Sie setzte sich neben Sara und legte ihr einen Arm um die Schultern.

Sara stieß ein kurzes, freudloses Lachen aus. »Ja, das können sie wirklich«, schniefte sie und tupfte ihr feuchtes Gesicht mit dem Ärmel ihres Kleides ab.

Marie drückte Saras versteifte Schulter. Ihre Freundin hatte so viel durchgemacht, und in ihrem noch jungen Alter von dreiundzwanzig Jahren warf sie sich mit Herz und Seele in jede Aufgabe. Es schmerzte, sie so zu sehen – und noch dazu an Heiligabend.

»Ich schaffe das alles nicht mehr, Marie.« Ein Anflug von Panik klang in Saras Stimme an. »Die Kinder, die Winzerei, der Verkaufsstand, die Vereinigung – was verlangt er noch von mir? Er ist so verdammt kontrollierend, was jeden Aspekt des Weinguts betrifft, er arbeitet immerzu, und er hat das nicht einmal mit mir besprochen!«

»Ich weiß«, sagte Marie beruhigend, »Philippe ist eigensinnig, arbeitet hart und hat seine Prinzipien. Aber weißt du, meine Liebe«, fügte sie hinzu, »so bist du auch.«

»Vielleicht«, sagte Sara widerstrebend. »Aber er kann meine Arbeit für die Frauenvereinigung nicht verstehen. Wie wird das Leben unserer Töchter aussehen, wenn sie nicht wählen dürfen oder einen fairen Lohn erhalten? Sie werden hilflos sein – genau wie meine Mutter.«

»Nicht, wenn sie dich als Beispiel haben. Du bist furchtlos, Sara«, sagte Marie mit Bewunderung in der Stimme.

Sara grinste. »Ich glaube, Philippe würde das Wort ›stur‹ bevorzugen.« Sie nahm Maries Hand. »Du bist so lieb, Marie, aber könnte ich bitte einen Augenblick allein sein?«

Seit Lydias Tod vor über fünf Jahren hatte Sara nicht so verloren ausgesehen. Nein, nicht verloren, korrigierte Marie sich. Todunglücklich. Marie tätschelte ihrer Freundin das Knie und sagte: »Nach allem, was ihr zwei durchgemacht habt, ist es kein Wunder, dass ihr gereizt seid. Ich bin sicher, dass ihr das wieder in Ordnung bringen könnt.« Bevor sie aus dem Zimmer schlüpfte, warf sie besorgt einen Blick zurück. »Ihr müsst es einfach.«

Sara zog die Weihnachtskarte ihrer Mutter aus der Tasche ihres Kleides und ließ die Finger über die grazile Handschrift gleiten. Ihre Mutter hatte eine einfache Frage gestellt – eine Frage, deren Antwort Philippe kontinuierlich verweigerte.

»Wann können wir die zerstörten Weinreben ersetzen?«

Der August war gekommen und gegangen, und noch immer schuldete Philippe Sara das Geld, welches für Saint Martin vorgesehen gewesen war. Maman und Jacques hatten den Löwenanteil der Einnahmen von Saint Martin für den Neubau des Hauptgebäudes verwendet. Verständlicherweise hofften sie jetzt, die zerstörten Weinreben ersetzen zu können. Philippes ausweichendes Verhalten frustrierte Sara. Wenn er genug Geld hatte, um die Weinkellerei von Eagle's Run neu aufzubauen, warum konnte dann nicht auch Saint Martin die Aufmerksamkeit und Pflege erhalten, die es benötigte?

Sara ging im Zimmer auf und ab und führte das hölzerne Kreuz, das sie an ihrer Halskette trug, an ihre Lippen, die Bewegung beruhigte sie. Die Kette erinnerte sie an Jacques, der vor Jahren den Anhänger für Sara geschnitzt hatte. Sie dachte an die Tage ihrer Kindheit auf Saint Martin zurück. Sie erinnerte sich an das aufgeregte Flattern im Bauch, wenn sie in die ersten Trauben eines Jahrgangs biss – in der Hoffnung, auf ein süßes Aroma zu stoßen, ohne dass die Trauben überreif wären. Die Steinchen in der Erde von Saint Martin scheuerten immer gegen ihre Knie, wenn sie die Weinreben beschnitt und die Früchte erntete, selbst durch mehrere Schichten von Röcken. Noch immer konnte sie sich den Geruch ins Gedächtnis zurückrufen, der sie begrüßte, wenn sie die Tür zum Weinkeller öffnete: eine Kombination aus honigsüßem Wein und französischer Eiche. Mit einem vertrauten Gefühl der Sehnsucht dachte Sara daran zurück, wie sie mit Lydia im Sonnenblumenfeld Fangen gespielt hatte und wie herrlich die wippenden dichten Locken ihrer Schwester gewesen waren.

Saras Herzschlag geriet ins Stocken. Sie schloss die Augen und rief sich das Gefühl von Papas Händen ins Gedächtnis, als er sie um die Taille gefasst und hochgehoben hatte, um mit ihr über die provisorische Tanzfläche in ihrem Wohnzimmer zu wirbeln. Er hatte immer nach Tabak und Edelminze gerochen, und sein Bart hatte ihre Wangen gekratzt, wenn er ihr einen Gutenachtkuss gegeben hatte. Plötzlich schwankend hielt Sara sich am Bettpfosten fest. Das Schlafzimmer verschwamm vor ihren Augen, doch sie blinzelte, um die Tränen zurückzudrängen. Als die Gegenstände um sie herum wieder klare Gestalt annahmen, traf dies auch auf Saras Entschluss zu.

Saint Martin war identisch mit Papa, und der Teufel sollte sie holen, wenn sie seiner Hinterlassenschaft den Rücken kehrte.

Sie hockte sich hin, zog den Koffer unter dem Bett hervor und begann, ihre Kommoden zu durchwühlen und Kleidungsstücke herauszuholen, die sie wahllos in den Koffer fallen ließ. Sie fühlte sich leicht schwindlig und beinahe ausgelassen, denn sie hatte ihre Entscheidung getroffen.

Plötzlich schreckte das Geräusch von schweren Schritten auf der Treppe sie auf. *Philippe*. Sara wagte einen Blick in den Spiegel. An ihren geröteten Wangen und dem wilden Ausdruck in ihren Augen konnte sie nichts ändern, aber zumindest war ihr Haar ordentlich zusammengesteckt geblieben – so konnte sie wenigstens ansatzweise die Fassung bewahren. Sie atmete tief durch, faltete die Hände und wartete.

Sara reagierte nicht auf sein Klopfen an der Tür. Als er eintrat, lag ein verlegener Ausdruck auf seinem Gesicht – bis er Saras bis zum Rand gefüllten Koffer auf dem Bett sah.

Mit zwei langen Schritten war er bei ihr und packte sie an den Oberarmen. »Wo willst du hin?«, bellte er sie an.

»Nach Hause, nach Saint Martin«, erwiderte Sara und versuchte, das Zittern in ihrer Stimme zu verbergen.

Philippe war jetzt wutentbrannt. »Du verlässt mich? Und auch die Kinder?« Seine Finger drückten in die zarte Haut auf der Unterseite ihrer Arme. Seine Kraft erschreckte Sara – er hatte sich offenbar bis zu diesem Augenblick beherrscht. »Es ist ... nur vorübergehend«, stotterte sie. »Während ich ihnen beim Anbau der neuen Weinreben helfe«, endete sie selbstbewusst.

Philippe ließ sie mit einem Schubs los, und sie stolperte zurück. Ihre Unterschenkel trafen gegen das Bett, und sie fiel auf die weiche Matratze zurück. Philippe lehnte sich über sie, die Hände neben ihrer Hüfte, sodass Sara sich nach hinten beugen und auf den Ellenbogen abstützen musste. Seine Schultern waren so breit unter dem dünnen Leinenstoff seines Hemdes. Als er drohend über ihr aufragte, pressten seine Schienbeine gegen ihre, und sie zuckte zusammen.

Sein Gesicht war ihrem jetzt so nahe, dass sie den süßen Sherry in seinem Atem riechen konnte. Ein Teil von ihr wollte ihn ohrfeigen, doch ein irrationaler, aber ebenso kraftvoller Teil drängte sie, auf seine Lippen zu beißen und ihn mit ihrer Berührung zu verführen und zu peinigen, bis er sie um Gnade anflehte. Er musste ihre widersprüchlichen Gedanken erahnt haben, denn sein Gesichtsausdruck wurde weicher und er ließ seine Beine sanft gegen ihre reiben. Sara blieb bewegungslos. Es schien eine Ewigkeit zu dauern, bis er genug Kontrolle über seine Gefühle erlangt hatte, um zu sprechen.

»Woher kommt der abrupte Drang, Saint Martin zu besuchen?«, fragte er ruhig. »Ich habe dir doch gesagt, wir würden die Weinreben neu ...«

»Seit vier Jahren, Philippe! Es ist schon vier Jahre her, dass du neue Weinreben für Saint Martin versprochen hast, und mittlerweile verliert sogar Maman die Geduld!« Sara wedelte mit dem Brief vor seinem Gesicht. »Du kannst es nicht abwarten, die Weinkellerei neu aufzubauen, aber hast du jemals vorgehabt, in Saint Martin zu investieren oder mir das Geld zurückzuzahlen? Nein – weil dir außer Eagle's Run alles andere egal ist!«, brüllte sie ihn an. Sie drückte die Hände gegen seinen Brustkorb, wandte sich unter ihm heraus und flüchtete in die andere Zimmerecke.

Philippe bewegte sich geschmeidig wie eine große, anmutige Katze auf sie zu. Er hob eine Hand, als könnte er damit ihren Zorn lindern. Sara drückte sich mit dem Rücken an die Wand.

»Sara, Eagle's Run ist die Hauptquelle unseres Familieneinkommens, und das ist der einzige Grund, weshalb die Weinkellerei und die Reben hier Vorrang haben. Du weißt das ... Wir haben Eagle's Run gemeinsam aufgebaut. Sobald wir wieder Gewinne machen, werde ich Jacques anweisen, auf Saint Martin neue Weinreben anzupflanzen.«

Sara wich seinem Blick aus. Sagte er die Wahrheit?

Philippe änderte seinen Kurs. »Heute beim Abendessen wollte ich dich überraschen, nicht ausschließen. Doch als du mich angegriffen hast, weil ich mit dir nicht schon früher über die Weinkellerei gesprochen habe ... na ja, da bin ich wütend geworden.«

Sara konnte es einfach nicht glauben. Er hatte sie gedemütigt, vor den Augen ihrer Kinder und ihrer Freunde! Sie riss die Augen auf. »Ich werde nie aufhören, für die Rechte der Mädchen zu kämpfen!«

Philippe blickte Sara ungläubig an. »Und ich werde nie dein Engagement für die Suffragettenbewegung unterstützen, die zur Prohibition führen und alles gefährden könnte, für das ich so lange gearbeitet habe!«, donnerte er zurück. Draußen im Flur begann Johnny zu weinen.

»Alles, für das *du* so lange gearbeitet hast?«, rief sie. »Was glaubst du, was ich den ganzen Tag getan habe? Wer hat Geld *verdient*, schwanger, in der brütenden Hitze am Bahnhof, während du Geld für die Weinreben hier ausgegeben hast? Ich! Ich war die Einzige, die diese Familie unterstützt hat!«

Philippe schlug neben ihrem Kopf mit der Faust gegen die Wand. Weiße Gipssplitter flogen in die Luft und regneten auf den Holzboden nieder. Erschrocken duckte Sara sich zur Seite, doch Philippe schlang seinen kräftigen Arm um sie. »Verdammt noch mal, Sara!« Er drückte sie gegen die Wand. »Du gehst nirgendwohin, bevor wir das durchgesprochen haben!«

»Durchsprechen! Ha! Dir ist doch egal, was ich denke! Du willst mir vorschreiben, was ich zu tun habe, wann ich es tue ...«

Philippe umfasste Saras Nacken, und sein Mund drückte sich auf ihren, stahl ihr die Worte und biss in das zarte Fleisch ihrer Lippen. Sara rang nach Luft und kratzte mit den Fingernägeln über seine Wangen, bis er schließlich nachgab. Schwer keuchend entzog sie sich ihm.

Sara versuchte, wieder Fuß zu fassen und zu Atem zu kommen. »Du bist ein Rohling, Philippe – genauso verdorben wie dein Bruder!«, schrie sie schrill. Sie ließ ihre Schultern sinken und brach in Tränen aus, doch Philippe war wie betäubt. Er klappte in sich zusammen, als hätte man ihm ein Messer in den Magen gerammt.

Abrupt wurde die Schlafzimmertür aufgerissen. Aurora kam hereingestürzt, gefolgt von einer Brise warmer Luft aus der Küche, in der ein Zimtgeruch lag. »Was in aller Welt ...?« Ihr Gesicht war dunkel vor Wut. »Ihr zwei faucht euch hier oben wie die Höllenhunde an, stoßt euch gegen die Wände, und die Kinder unten sind zu Tode erschrocken!« Aurora trat zwischen sie. »Habt ihr völlig den Verstand verloren?«

Philippe ließ sich auf den Boden sinken, legte die Ellenbogen auf die Knie und atmete aus. Über seine Wangen verliefen leuchtend rote Linien. Seine Bestürzung überraschte Sara. »Es tut mir leid, Aurora«, sagte er heiser.

Sara betupfte ihre schmerzende Lippe und versuchte, den Blutgeschmack wegzuwischen. Sie war zu verstört, um etwas sagen zu können, und sie würde sich ganz sicher nicht bei Philippe entschuldigen. Sie stürmte an Aurora vorbei zur anderen Seite des Bettes, ließ die Verriegelung des Koffers zuschnappen und umfasste den Griff wie einen Rettungsanker in einem tosenden Meer. Ohne einen Blick zurück oder ein Wort ging Sara aus der Tür.

Sie war erst etwa hundert Schritte nördlich des Hauses, als sich ihr jemand von hinten näherte. Sie spürte ein Ziehen an ihrem Mantel, wirbelte angriffslustig herum und hätte beinahe Aurora mit der Laterne getroffen. »Aurora!« Die aufflackernde Flamme beleuchtete das gütige Gesicht ihrer Freundin und ihren schockierten Gesichtsausdruck.

»Wo willst du hin?«, fragte Aurora mit Missbilligung in der Stimme. »Es ist Heiligabend! Die Kinder verdienen Leckereien und nicht zwei kämpfende Eltern, die sich anschreien und aufeinander losgehen.« Sara wurde von Schuldgefühlen übermannt, aber sie rief sich in Erinnerung, dass es Philippes Schuld war und nicht ihre.

»Ich kann nicht zurückgehen, Aurora«, flüsterte Sara. Als sie an seine Wut dachte – und an seinen Widerwillen, ihr zuzuhören –, wurde ihr plötzlich mulmig zumute. »Kann ich bitte bei dir bleiben?«

»Heute Nacht? Oder für immer?«, entgegnete Aurora.

»Heute Nacht«, antwortete Sara und zuckte mit den Achseln, »und wer weiß, was dann?« Aurora hakte sich bei Sara unter, und die beiden machten sich auf den Weg zu Auroras Farmhaus.

Aurora zündete ein Feuer im Ofen an und setzte Wasser auf. Mit müden Knochen ließ sich Sara auf einen Holzstuhl am Küchentisch sinken und stützte das Kinn auf die Hände. Aurora gab einen Schuss Whiskey, einen großen Esslöffel Honig und eine Prise geriebene Nelken in zwei Becher, nahm den pfeifenden Wasserkessel und füllte die Becher mit kochendem Wasser auf. Sie reichte Sara das heiße Getränk und riet ihr, gut umzurühren.

Sara hielt den Kopf über die dampfende Tasse und seufzte. »Ich weiß einfach nicht, was ich tun soll«, murmelte sie.

Auroras Miene war undurchdringlich. Sie rührte ihr Getränk klirrend um. »Ich sag dir, was du tun sollst.« Sie schlürfte das heiße Getränk und schmatzte. »Du gehst morgen früh zurück nach Hause und redest mit deinem Mann. Ich kann sein grobes Verhalten nicht gutheißen, aber um Gottes willen, Sara, er hat einen Fehler gemacht! Denk dran, was er alles im letzten Jahr durchgemacht hat. Sein Vater hat sich erschossen, und seine Tochter wäre beinahe bei einem Brand ums Leben gekommen, und das Feuer hat den Wein und die Einkünfte eines ganzen Jahres zerstört! Ihr habt beide zusammen Eagle's Run aufgebaut – und ihr seid beide für seine Zukunft verantwortlich. Philippe versucht, sein ganzes Leben neu zu errichten, und du stampfst mit deinen kleinen Füßen und redest über Saint Martin und das Frauenwahlrecht!« Aurora schlug mit der flachen Hand auf den Tisch. Sara zuckte zusammen und wurde rot. Aurora hatte, wie wahrscheinlich alle anderen auch, ihren Streit mit angehört. Sie pustete sich eine Strähne ihrer rotbraunen Haare aus der Stirn und stieß ein frustriertes Seufzen aus.

»Ich sage nur, dass du keinen Mann finden wirst, der sich mehr um dich und die Kinder kümmert als Philippe Lemieux.«

Sara umfasste ihren warmen Becher fester. »Du bist nicht mit ihm verheiratet.«

Auroras Mund verzog sich skeptisch. »Hat er dich tatsächlich geschlagen?«

»Nein«, sagte Sara zögerlich. »Aber er hat die Wand ziemlich fest getroffen.« Sie konnte ihrer Freundin nicht von dem brutalen Kuss erzählen oder ihr erklären, warum sie ihn gekratzt hatte.

»Du scheinst ein bisschen durcheinander zu sein, meine Liebe«, sagte Aurora mitfühlend. Auf ihre übliche systematische Art entwirrte sie Saras verknotete Gedanken. »In einer Ehe geht nicht immer alles völlig gerecht zu. Manchmal musst du achtzig Prozent investieren, wenn er nur zwanzig aufbringen kann, oder umgekehrt.« Sara erinnerte sich an die Situation, als sie ihr Baby verloren hatte. Sie war monatelang nur dahingedriftet, ohne eine Verbindung zu ihrem Körper zu spüren. Philippe war ruhig an ihrer Seite geblieben und hatte sie kein einziges Mal unter Druck gesetzt. Ohne sich zu beschweren, hatte er ihre Hausarbeiten und Winzeraufgaben übernommen. Das war der Philippe, den sie liebte – doch sie konnte nicht verstehen, weshalb ihre einfachen Forderungen in ihm heute Abend eine solche Gewalt entfacht hatten.

»Sara.« Aurora zog vielsagend eine Augenbraue hoch. »Wann habt ihr zwei das letzte Mal, du weißt schon ... einen Abstecher in die Rüben gemacht?«

Sara musste husten und hätte fast ihr Getränk ausgespuckt. »Diesen Ausdruck habe ich noch nie gehört ... aber es ist schon eine Weile her, glaube ich.« Vielleicht ein oder zwei Mal seit Johnnys Geburt?

»Ich weiß, es geht mich nichts an, und ich will nicht behaupten, dass es die Kluft zwischen euch kitten könnte, aber es kann jedenfalls nicht schaden.« Aurora zwinkerte ihr mit einem fröhlichen Glitzern in den Augen zu. »Manchmal braucht man ein bisschen Zucker, um die Dinge wieder ins Reine zu bringen, oder?«

* * *

Eine schmerzhafte Starre stieg Philippe in die Knochen. Den größten Teil der Nacht hatte ein Anfall von Selbsthass ihn wach gehalten. Er hatte an die Decke gestarrt, bis sich der Himmel fast unmerklich aufgehellt hatte. Er schätzte, dass es gegen fünf Uhr morgens war. Da er sein Verhalten vom Abend zuvor nicht mehr ungeschehen machen konnte, sprang Philippe aus dem Bett, zog sich Stiefel und Mantel an und ging nach draußen, um frische Luft zu schnappen.

Die Kälte des frühen Morgens war ein Schock für alle Sinne. Wenigstens leuchtete der Vollmond so hell, dass er keine Laterne benötigte. Seine Füße trugen ihn an den Reihen der Weinreben und dem Hain mit den Eukalyptusbäumen vorbei zum Fußweg, der zu Auroras Farmhaus führte. Er hatte keine Ahnung, was er sagen oder tun sollte, wenn er Sara sah, aber er würde wahrscheinlich vor ihr zu Kreuze kriechen müssen.

Vor dem strahlenden Weiß von Auroras Veranda erkannte er den dunklen Umriss ihrer Gestalt. Ihr Atem stieg in einem dampfenden Nebelschleier auf, als sie die Treppe hinabstieg, und ihr Gesicht leuchtete im silbernen Mondlicht. Elegant wie immer schien sie in den Garten zu gleiten, dann hob sie den Kopf zum Nachthimmel empor. Philippe holte tief Luft. »Verdammt noch mal. Diese Frau raubt mir noch all meinen Mumm«, murmelte er vor sich hin.

Als er schließlich den Mut gefasst hatte, sich ihr zu nähern, rief Philippe leise ihren Namen, damit sie nicht erschrak. Sie drehte sich langsam um, als hätte sie ihn schon erwartet. Sie trug noch ihr rotes Kleid vom Vorabend, welches er in Tours gekauft hatte, und hatte sich ein großes Tuch um die Schultern gelegt. Ihre Miene glich einer undurchdringlichen Maske. Ein Gedanke an den gestrigen Abend schoss durch Philippes Kopf. Sara hatte so wunderbar in diesem Kleid ausgesehen. Obwohl sie ihre schlanke Figur wiedererlangt hatte, waren ihre Brüste durch das monatelange Stillen von Johnny ein wenig größer geworden und passten wie zwei perfekte runde Äpfel in seine Handflächen. Seine Kehle zog sich zusammen – vor Sehnsucht, aber auch aus Ekel darüber, was er gesagt und getan hatte.

Sara blieb mehrere Schritte von ihm entfernt stehen. Er wagte nicht, sie zu berühren, und steckte stattdessen seine Hände in die Taschen. »Ich bin ein Esel, Sara.«

Ihre Mundwinkel zuckten, es war kein richtiges Lächeln. »Ja.« Sie warf ihm einen vernichtenden Blick aus ihren grünen Augen zu.

Er überlegte, wie er die Distanz zwischen ihnen überbrücken könnte. Nach einem Augenblick der Stille streckte er die Hand aus. »Gehst du mit mir?«, fragte er zärtlich.

Sara sah ihn prüfend an. Schüchtern berührte sie seine Wange, die sie am Abend zuvor gekratzt hatte, um seiner rauen Umarmung zu entkommen. »Brennt es?«, fragte sie, nicht ohne Mitgefühl.

»Wie der Teufel, aber ich hatte es nicht anders verdient.« Er lächelte reumütig und umfasste ihre kalten Finger. Als er ihr Zögern spürte, schob Philippe ihre Hand in seine Armebeuge. Er führte sie zum Fluss hinunter, wo sie schweigend weitergingen. Sie hörten nur das Knirschen des trockenen Seegrases unter ihren Füßen. Sara schmiegte sich nicht wie üblicherweise an ihn, sondern lief stattdessen steif an seiner Seite. Die spielerische Leichtigkeit zwischen ihnen war nach Johnnys Geburt verschwunden – verdrängt von ihrer Sturheit und seiner Wut, wie Philippe annahm.

»Es gibt keine Entschuldigung dafür, dass ich mich so ... schlecht benommen habe«, sagte er und schluckte. Er versuchte zu verdrängen, dass sie ihn mit Bastien verglichen hatte. »Aber würdest du mir gestatten, es zu erklären?«, fügte er hastig hinzu.

Sara nickte. Sie blieben unter einer Gruppe kleiner, kahler Ahornbäume stehen. Philippe ließ den Daumen über die feinen Knochen ihrer Hand gleiten. Wenn sie sich berührten, könnte er ihr vielleicht besser vermitteln, wie aufrichtig er es meinte.

Die Worte versagten ihm jedoch. Er senkte den Kopf und berührte ihre Stirn mit seiner und hoffte, sie könnte irgendwie spüren, wie sehr er alles bedauerte.

»Sara«, flehte er sie an.

Sie ließ die Hände an seinen Hals gleiten und umfasste sein Gesicht. »Sag es«, forderte sie.

Was sollte er sagen? Er könnte erklären, wie sehr er den erdigen Geruch ihrer Haut liebte, die elegante Kurve ihres Halses. Er könnte ihr beichten, dass er mit den Fingern die lockeren Wellen ihres kastanienbraunen Haares nachzog, wenn sie schlief – oder dass ihn nichts glücklicher machte, als sie zu verwöhnen, ihr seine Seele hinzugeben, wenn er jede Stelle ihres geschmeidigen Körpers küsste. Nachdem er fast alles verloren hatte, versetzte ihn der Gedanke, auch sie verlieren zu können, in Schrecken. Philippe könnte ihr Tausende von Gründen aufzählen, weshalb er sich nicht von ihr trennen könnte, aber nur ein Grund war wirklich von Bedeutung. »Du bist alles, was ich will«, erklärte er.

Sie atmete tief ein. »Du hast mich verletzt«, erwiderte Sara mit einem festen Blick. Sie bezog sich nicht auf körperliche Schmerzen.

»Ich weiß, und es tut mir aus tiefstem Herzen leid. Ich werde Jacques selbst die Wurzelstöcke schicken, so bald wie möglich, und wir finden schon einen Weg ...«

Ihre Fingerspitzen strichen über seine Lippen und brachten ihn vorübergehend zum Schweigen. Ihr Gesichtsausdruck war gequält, und ihre Augen füllten sich mit Tränen.

»Bleib bei mir«, flüsterte er eindringlich.

Sie hielt seine Hände. »Du erdrückst mich.«

In diesen leuchtend grünen Augen lag eine tiefe Traurigkeit. Wie hatte er nur so blind sein können? Indem er versucht hatte, Saras Enthusiasmus für neue Ideen einzudämmen, und gegen ihre festen Prinzipien in Bezug auf das Leben und die Familie gewettert hatte, war er dem Wesen dieser Frau, die er anbetete, nicht gerecht geworden.

Er war erschüttert, als er sein Versagen realisierte. Er bettelte sie an: »Bitte verbring den Weihnachtsmorgen mit uns – für die Kinder.«

Sara überlegte kurz und stimmte dann zaghaft zu. »Und danach?«, fragte sie und konnte seinem Blick nicht begegnen.

Sie widerstand ihm nicht, als er sie in seine Arme zog und sein Kinn in das weiche Nest ihrer Haare legte. »Danach«, flüsterte er, »kannst du beobachten, wie ich dich zurückgewinne.«

* * *

Der Geruch von Pfannkuchen, Schinken und schwarzem Kaffee weckte Sara auf. Als sie in der Küche erschien, wünschten ihr alle frohe Weihnachten, wenn auch die Stimmen der Kinder durch die sirupgetränkten Pfannkuchen in ihren Mündern undeutlich geworden waren. Auch Marie war guter Laune und erwähnte den vorigen Abend mit keinem Wort. Nach der Mittagsmesse in der St. John's Kirche in Napa, wärmten Marie und Sara die Reste des Bratens auf und servierten sie mit gerösteten Pastinaken, Kartoffelpüree, Himbeermarmelade und roter Grütze, was insbesondere die Kinder begeisterte. Den ganzen Tag über hielt Philippe Abstand zu ihr, was Saras

Aufmerksamkeit nur umso mehr auf ihn lenkte. Sie bewunderte seine starken Hände, als er ihr Wein einschenkte, und die Konturen seines Oberkörpers, die sich unter seinem Hemd abzeichneten, als er das Brennholz auf dem Boden des Kamins aufstapelte. Mit spitzbübischer Begeisterung hockte er sich im Schneidersitz auf den Boden und half Adeline, Luc und Pippa, ihre Geschenke aus dem bunten Papier auszupacken.

Später am Abend plauderten Marie und Adeline beim Geschirrspülen miteinander, während Sara Johnny und Luc nach oben ins Bett brachte. Pippa spielte wahrscheinlich immer noch mit ihrem Papa Karten. Als Sara zurückkehrte, sah sie überrascht, dass Philippe mit Pippa ausgestreckt auf dem Sofa lag. Den Hemdkragen ihres Vaters mit ihren kleinen Fingern umfasst, hatte sie sich in seine Armbeuge gekuschelt und sein glattes, markantes Kinn ruhte zärtlich auf Pippas Kopf. Beide waren eingenickt und strahlten eine selige Zufriedenheit aus. Saras Herz klopfte lauter, als sie sich an die Tochter erinnerte, die sie verloren hatte. Sie strich über Pippas glänzendes blondes Haar und sagte im Stillen ein Dankgebet für dieses Mädchen auf, das am Leben war und atmete.

Von Schuldgefühlen geplagt ließ Sara sich auf den Hocker neben dem Feuer sinken. Hätte sie letzte Nacht wirklich die Kinder verlassen können, um den ganzen Weg allein nach Frankreich zu reisen? In ihrer verunsicherten Gemütsverfassung hätte das durchaus passieren können. Doch es wäre falsch gewesen. Ihr Leben gehörte jetzt zu dieser Familie. Und wie Philippe gesagt hatte, würden sie – nein, mussten sie – einen Weg aus der Krise finden.

Als Sara schließlich Pippa aus den Armen ihres Vaters zog, schrak Philippe aus dem Schlaf hoch. »Wie spät ist es?« Er rieb sich übers Gesicht.

Sara bedeutete ihm, leise zu sein, und trug Pippa ins Bett. Nachdem sie die Tür zu ihrem Schlafzimmer geschlossen hatte, verweilte Sara im Hausflur. Sie fühlte sich albern, wie sie so dastand und darauf hoffte, dass Philippe zu ihr käme, obwohl sie wusste, dass er sie nach der letzten Nacht wahrscheinlich meiden würde, was nur verständlich war. Also entschied sie sich zu handeln. Sie bürstete sich das Haar, zog ein neues Nachthemd an und machte sich auf den Weg zu ihrem Mann. Philippe starrte in das abnehmende Feuer, dessen verglühende Asche zum Abschied leise knisterte und zischte. Als sie sich an seine Seite kniete, verschränkte Philippe seine Finger mit ihren und lächelte. »Vielen Dank für heute«, sagte er reumütig. »Es war ein guter Tag.« Sara legt ihre kühle Hand an seine vom Feuer gewärmte Wange, aber schon bald gewann die Begierde die Oberhand und führte ihre Fingerspitzen seinen Hals hinunter bis zu dem Dreieck aus hellem, elastischem Haar, dass durch den Schlitz seines geöffneten Hemdkragens lugte.

Philippe setzte sich auf. »Sara, du musst nicht ... ich meine ...«, stammelte er. »Was zwischen uns passiert ist ... ich weiß, dass es Zeit braucht, um ...«

Sara rückte näher und begann, seinen süßen, einladenden Mund mit ihrer Zunge zu erkunden. Philippes Bartstoppeln rieben gegen ihre geschwollene Lippe, doch das kurzzeitige Missempfinden verwandelte sich schon bald in Genuss. Sie stieß ein kurzes, befriedigtes Seufzen aus, und er umfasste ihre Brust und drückte sanft die Brustwarze.

Als sie sein Hemd aufknöpfte, wich Philippe mit gespielter Entrüstung abrupt zurück. »Ist das nur, weil ich deinen Wünschen nachgegeben habe?« Er strich zart über ihr Kinn.

»Nein«, erwiderte sie aufrichtig. Sie konnte wirklich nicht erklären, warum sie ihm im einen Augenblick böse war und es sie im nächsten nach ihm verlangte. *Vielleicht hatte Aurora recht*, dachte sie und wurde rot.

Äußerst interessiert beobachtete Philippe Sara, wie sie ihn langsam auszog. Sie ließ eine Hand von seiner Brust bis zu seinem Nabel gleiten, und er strich ihr über den Rücken. »Hier?« Zweifelnd hob er eine Augenbraue.

Sara warf einen Blick zur dunklen Küche hin. »Marie und Adeline sind in ihrem Zimmer, und alle anderen schlafen«, sagte sie und öffnete seine Gürtelschnalle.

Philippe zog sanft ihre Hand weg und küsste ihren Ehering. »Nein«, sagte er bestimmt und zog Sara in seine warme Umarmung. »Für das, was mir vorschwebt, brauchen wir ein richtiges Bett, Mrs Lemieux«, flüsterte er. Mit einem Lächeln begegnete er ihrem fragenden Blick. »Es ist schließlich harte Arbeit.« Der Schalk funkelte in seinen Augen.

»Was ist harte Arbeit? Mich zurückzugewinnen?«, fragte sie.

»Nein«, antwortete er feierlich. »Dich vergessen zu lassen, dass du je gehen wolltest.«

KAPITEL 27

WINTER 1901/1902

Während Philippe und Mac den Reifungsprozess ihres Weins in Sumters Weinkellerei beaufsichtigten, leitete Sara in den Wintertagen die Arbeiter auf dem Weinberg an, kümmerte sich um Johnny und Pippa und plante schon die Frühlingsveranstaltungen des Vereins. Philippe hatte eingewilligt, ihre Aktivitäten zu tolerieren, solange sie sich nicht offen für die Prohibition einsetzte – etwas, das sie sowieso nie tun würde.

Wenn Adeline und Luc in der Las-Amigas-Schule waren und das Baby schlief, hatte Sara Zeit, Pippa zu unterrichten. Sie schrieb die Buchstaben des Alphabets mit Kreide auf eine Schiefertafel, und Pippa zog mit dem Finger jeden Buchstaben nach und verzog die Lippen, um seinen Klang wiederzugeben. Sara hatte bis September Zeit, um Pippa auf die Schule vorzubereiten. Luc hatte sich einfach und ohne Schwierigkeiten an die Schule gewöhnt, doch Pippa war ein besonderer Fall. Sie würde von den anderen Kindern gehänselt werden und Probleme haben, Freundschaften zu schließen, da ihre Lippen kein Lächeln zustande bringen konnten. Sara hoffte, dass Miss

Howell, die Lehrerin, über den äußeren Makel hinwegsehen könnte. Was gab es Besseres, als ihr zu zeigen, dass Pippa genau dieselben Sachen wie andere Vorschulkinder tun konnte – und noch mehr.

Eine halbe Stunde später klopfte Aurora an die Küchentür. »Ist Philippe hier?«, flüsterte sie.

»Nein, er holt Adeline und Luc unten am Fluss ab.« Adeline konnte mittlerweile Luc auf dem Familienesel zur Schule bringen, aber sie brauchte noch Hilfe beim Überqueren des Carneros Creek. »Was ist los, Aurora?«

»Ich habe etwas für euch beide, aber ich glaube … Na ja, ich glaube, es ist am besten, du gibst es ihm einfach.« Sie überreichte Sara einen Briefumschlag und wärmte sich dann die Hände am Kamin. »Du wirst sowieso Nein sagen, aber ich bestehe darauf, und damit hat es sich.«

In dem Umschlag war ein Scheck über dreitausend Dollar, auf Philippe und Sara ausgeschrieben. Sara blieb der Mund offen stehen, und Aurora erklärte: »Ich investiere in eure neue Weinkellerei und möchte daher, dass sie spätestens im Sommer fertiggestellt ist, rechtzeitig zur Erntezeit.«

Mit diesem Geld, zusätzlich zu der Versicherungsprämie und ihren mageren Ersparnissen, wären sie endlich in der Lage, die Weinkellerei zu bauen, und hätten noch genug Mittel übrig für die Anschaffung neuer Gärbehälter, eines Maischapparats, einer Presse und neuer Fässer. Aurora lächelte. »Ihr seid meine Familie. Was nutzt mir ein Haufen Geld, wenn ich meinen Liebsten nicht helfen kann?«

Sara umarmte sie herzlich. »Du und Philippe, ihr könnt mir jeden Monat eine Dividende eurer Einnahmen geben, bis ihr es euch leisten könnt, mir den gesamten Betrag zurückzuzahlen.«

»Aber Philippe …«

»Sag ihm, dass er für mich wie ein Sohn ist«, sagte Aurora, und ihre Lippen zitterten vor Ergriffenheit. »Erzähl ihm, dass ich einen Architekten einstellen und selbst die Weinkellerei aufbauen werde, wenn er den Scheck nicht einlöst, ob er will oder nicht.«

Sara las noch einmal die handgeschriebenen Worte auf dem Scheck: dreitausend Dollar. Als sie aufblickte, war Aurora schon gegangen.

* * *

Immer noch verlegen über ihre letzte Begegnung in dem Operationssaal, vermied Marie in den ersten Tagen nach Semesterbeginn jeglichen Blickkontakt mit Matthew Donnelly. Dieses Semester unterrichtete er den Anatomiekurs. Selbst wenn ihre Hand in die Höhe schoss, weil sie eine Frage beantworten wollte, hielt sie ihren Blick fest auf das Lehrbuch vor ihr gerichtet. Wenn sie einer Bemerkung eines Kommilitonen etwas entgegenzusetzen hatte, wandte sie sich direkt an ihn und nicht an ihren Professor. Sie hielt es für eine ausgezeichnete Strategie, um in diesem Semester nicht abgelenkt zu werden – jedenfalls bis zu dem Tag, als Donnelly sie nach dem Unterricht zu sich rief.

Er saß auf seinem Schreibtisch und ließ sein rechtes Bein lässig über den Tischrand hängen. »Ihr Name steht nicht auf der Liste, Miss Chevreau.«

»Welcher Liste?«, fragte sie.

Donnelly zeigte auf das Anmeldeformular für ein zweiwöchiges Praktikum in seiner Praxis in Nob Hill.

»Tragen Sie sich ein«, forderte er sie auf und hielt ihr einen Stift hin.

Marie drückte ihre Bücher fester an sich. Innerlich sträubte sie sich bei dem Gedanken, dass Matthew Donnelly verlangte, sie solle für ihn arbeiten, in welcher Funktion auch immer. Oder vielleicht machte sie sich auch nur Sorgen, ob sie so nah mit ihm zusammenarbeiten könnte, ohne ihre Konzentration zu verlieren.

»Ich werde es mir überlegen, Dr. Donnelly.«

Seine Lippen kräuselten sich zu einem verschmitzten Lächeln. »Bitte tun Sie das.«

Als Marie hinausging, spürte sie seinen Blick im Rücken. Er war so unglaublich lässig. War es vielleicht Arroganz? Sein Herz konnte unmöglich so rasen wie ihres. Weshalb wollte er, dass gerade sie sich für das Praktikum anmeldete? Verschaffte es ihm Genugtuung, sie bei jeder Gelegenheit zu kritisieren, oder wollte er ihr wirklich helfen?

In der folgenden halben Stunde ging Marie die Webster Street in der Nähe des Seiteneingangs des Colleges auf und ab und dachte über ihre Zukunft nach. Sie sollte alle beruflichen Vorteile wahrnehmen, die sich ihr boten. Sie musste sich diese Schwärmerei aus dem Kopf schlagen. Auch Donnelly musste Fehler haben, und sie konnte diese nur entdecken, wenn sie mehr Zeit mit ihm verbringen würde. Marie seufzte, schlich sich wieder hinein und meldete sich für das Praktikum an.

* * *

Philippe war sprachlos: ein Scheck über dreitausend Dollar? Das konnte er einfach nicht annehmen. Wie immer las Sara seine Gedanken. »Aurora hat darauf bestanden, dass wir das Geld verwenden. Wir können es nach und nach zurückzahlen, mit Dividenden«, schlug sie vor.

Wie konnte er sich nur Geld von Aurora leihen? Doch als er in Saras unglaublich schönes Gesicht und ihre smaragdgrünen Augen sah, konnte er das Angebot nicht ablehnen. »Sie ist eine gute Freundin«, sagte er. »Wenn alles nach Plan läuft, kann ich ihr das Geld gegen Ende des Jahres zurückzahlen.«

»Stell dir das vor, Philippe – eine riesige Weinkellerei aus Stein, mit Eichentüren und einem Schieferdach. Verkostungstische und neue Fässer. Dreißig oder vierzig Gärbehälter, Gärten und ein Fischteich. Die Kinder würden einen Fischteich lieben«, fügte sie wehmütig hinzu.

Erfüllt mit neuem Elan lachte Philippe. »Du hast das Geld in deinen Gedanken also schon ausgegeben!«

»Ich hatte eine halbe Stunde Zeit, bevor du mit den Kindern gekommen bist«, sagte Sara. »Ein Mädchen darf doch wohl träumen.«

Mit dem Scheck in der Hand strich Philippe leicht wie eine Feder über ihre Wange. »Keine Gärten und kein Teich«, sagte er und lächelte. »Im Grunde auch keine Weinkellerei.«

»Was?« Sara war überrascht.

»Jedenfalls nicht, bevor ich mein Versprechen an dich nicht eingehalten habe.« Saras Augen weiteten sich hoffnungsvoll, als er sie an sich heranzog. Er wartete kurz, bevor er endlich die Worte aussprach, auf die sie vier Jahre lang gewartet hatte.

»Gib die Bestellung auf. Wir verschicken die Weinstecklinge im März.«

Kapitel 28

März 1902, San Francisco

Marie stand vor der dreistöckigen Villa im Queen-Anne-Stil in Nob Hill. Die Privatklinik, in der Matthew Donnelly lebte und arbeitete, war wunderschön. Sie hatte ein baufälliges Anwesen erwartet, so ähnlich wie die Pensionen, die sie unzählige Male in der Mulberry Street in New York besucht hatte. Dieses schöne Gebäude hingegen hatte eine große hellblaue Fassade mit elfenbeinfarbenen Erkerfenstern. Marie bewunderte den Portikus, der von vier kunstvollen Säulen gebildet wurde, bevor sie auf die Veranda trat und ihren Schirm ausschüttelte. Die Holztüren erinnerten Marie an ihr altes Zuhause in dem Kloster in Manhattan. Die eleganten Buntglasfenster brachten sie jedoch in die Gegenwart zurück, und sie merkte, dass sie am ganzen Körper zitterte.

Um sieben Uhr morgens herrschte dichter Nebel, und der Regen tropfte leise, aber kontinuierlich. Die kalte Luft war ihr bereits bis in die Knochen gezogen, sie musste schniefen, und ihre Zehen fühlten sich taub an. Sie war eine halbe Stunde zu früh angekommen, und obwohl sie nicht übereifrig erscheinen wollte, überlegte sie, ob sie schon jetzt anklopfen und darum bitten sollte, sich am Feuer aufwärmen zu dürfen.

Während sie noch vor der Tür stand und zögerte, sah sie einen Schatten hinter dem Buntglas. Die Tür wurde geöffnet, und eine groß gewachsene Krankenschwester mittleren Alters bat sie herein. Sie trug eine blaue Baumwollrobe mit einem breiten, heruntergeschlagenen Kragen, einer weißen Schürze und einer dazu passenden Mütze aus Musselin, die am Rand mit Rüschen besetzt war. Es war dieselbe Uniform wie die der Schwestern im Lane Hospital. Offenbar führte Dr. Donnelly einen erstklassigen Betrieb.

Die Schwester musterte Marie kurz, bevor sie missbilligend die Stirn runzelte. »Sie holen sich noch eine Lungenentzündung da draußen«, warnte sie Marie und führte sie in die Eingangshalle. »Haben Sie einen Termin?«, fragte sie und nahm Marie den Mantel ab.

»Nein«, antwortete Marie, »ich bin eine Studentin von Dr. Donnelly.«

Die Miene der Krankenschwester hellte sich auf. »Sie sind also Marie Chevreau?«, fragte sie aufgeregt. »Es freut mich so, die erste Medizinstudentin vom Cooper zu treffen.« Sie lehnte Maries Schirm an die gold-blau tapezierte Wand. »Ich hätte nie gedacht, dass ich das noch einmal erleben werde!«, fügte sie hinzu.

»Ja, ähm, danke.« Marie grinste verlegen und stopfte ihre Handschuhe in die Taschen ihres Mantels.

»Ich bin Jane Phillips – nennen Sie mich einfach Jane. Wir werden im Turnus zusammenarbeiten. Jetzt wärmen Sie sich erst mal mit einem starken Kaffee auf, bevor die Männer ankommen.« Jane gab Marie eine Tasse Kaffee und entschuldigte sich, weil sie nach einem Patienten sehen musste. Von dem kleinen Zimmer direkt neben der Eingangshalle aus bekam Marie mit, wie das Haus allmählich zum Leben erwachte. Matthew

Donnellys Stimme erklang dröhnend von der oberen Treppe, und die Schwestern antworteten zwitschernd. Marie streckte den Rücken durch, hielt ihre Porzellantasse umfasst und bereitete sich geistig auf die Arbeit der kommenden Woche vor. Auch wenn sie nur zum Beobachten hier war, hoffte sie dennoch, die anderen drei Studenten mit ihrem Wissen und ihrer Erfahrung überflügeln zu können. Sie musste Matthew Donnelly zeigen, wie ernst es ihr damit war, Chirurgin zu werden.

Schließlich begrüßte Marie ihre Kommilitonen – ihre Rivalen – und wiederholte im Geiste ihre Namen. Sie hatte schon immer Schwierigkeiten gehabt, sich Namen zu merken, und baute sich daher Eselsbrücken mit den hervorstechendsten Merkmalen der Personen. John Redman war einfach: Seine Augen waren blutunterlaufen, was entweder von einem Mangel an Schlaf kommen konnte oder von einer Opiumsucht. Der Saum von Larry Deavers Mantel sah aus wie der Pelz eines Biebers, und Fritz Greene hatte ein breites, dünnes Lächeln und hängende Augenlider, die Marie an einen Frosch erinnerten. Das war einfach zu merken. Gegen Mittag hatte Marie sich ihre Namen ins Gedächtnis eingeprägt. Und nur der Herrgott konnte wissen, was sie über Marie dachten.

Der erste Tag rauschte nur so vorbei. Am Morgen führte Donnelly drei Operationen durch, er entfernte zwei Gallenblasen und einen entzündeten Blinddarm, der kurz vor dem Bersten gestanden hatte. Der nächste Tag stellte sich für Marie als interessanter heraus. Donnelly entfernte bei einer zweiundzwanzigjährigen Ex-Prostituierten die Gebärmutter.

Das Operationszimmer lag im hinteren Anbau des ersten Stocks und war mit den modernsten Geräten ausgestattet: einem Operationstisch aus Stahl, hellen Glühlampen, Linoleumfußböden und hygienischen Leinenhemden und Operationskitteln, die an der Wand hingen. Operationen wurden immer im gleichen Rhythmus vorbereitet: Donnelly desinfizierte sich die Arme und Hände, zog seinen Operationskittel und sterile Handschuhe an und reinigte schließlich seine Geräte mit Karbolsäure. Der Geruch erinnerte Marie an einen fruchtigen Kaugummi. In der Zwischenzeit desinfizierten die Schwestern die zu operierenden Körperstellen und verabreichten den Patienten durch eine Gesichtsmaske Chloroform. Marie und die anderen Studenten traten beiseite, bis die Vorbereitungen abgeschlossen waren und der Arzt und die Schwestern sich um den Patienten herum versammelt hatten.

Für Marie war die Privatklinik ein viel aufregenderer Ort, um Operationen zu beobachten, als der große Operationssaal im Lane Hospital. Hier konnte sie alles aus der Nähe sehen und Fragen stellen. Donnelly sprach fast die ganze Zeit und bestimmte bei jeder Operation einen Studenten, der Protokoll führen sollte, während die anderen zusahen und seine Fragen beantworteten.

Bevor die Hysterektomie begann, wurden Maries Hoffnungen enttäuscht, als Donnelly sie auf die Position des Protokollanten verbannte und ihr die Aufgabe aufbrummte, jeden Schritt der Prozedur genau zu notieren. Fitz Greene sollte ihm die Instrumente reichen. Keiner der Studenten war so qualifiziert wie sie, bei dieser Art von Operation zu assistieren. Oder hatten *sie* etwa tausend Babys zur Welt gebracht und die Anatomie der weiblichen Reproduktionsorgane studiert?

Donnelly erklärte, dass die junge Frau an einer Entzündung der Beckenorgane litt, die durch eine Tripperinfektion und schmerzhafte Myome verursacht worden war. Nachdem er sie bereits mehrere Monate lang behandelt hatte, ohne Erfolg zu erzielen, hielt er eine Operation für die einzige Lösung.

Während der zweistündigen Operation wurde der Puls der Frau schwächer, und Donnelly arbeitete schnell, um die Gebärmutter zu entfernen, den Bauchraum mit einer Kochsalzlösung auszuspülen und den Schnitt schichtweise zu nähen. Donnelly wies die Krankenschwester an, das Befinden der Patientin stündlich zu prüfen – insbesondere ihren Atem, den Puls und ihre Temperatur.

Nach der Operation warteten die Studenten im Nebenzimmer auf Donnelly, der ihnen Aufgaben für den Nachmittag zuwies, bevor er eine Klasse zu unterrichten hatte. Redman, Deaver und Greene plapperten aufgeregt über die möglichen Ergebnisse und Risiken der Operation, vor allem aber über das skandalöse Gewerbe, in dem ihre Patientin tätig gewesen war.

»Was glaubst du, wie viele es waren?«, flüsterte Deaver.

Redman beäugte Marie. »Hunderte, Tausende, vielleicht mehr als einer auf einmal«, sagte er anzüglich.

»Jetzt ist's aber mal gut. Nicht in Anwesenheit einer Dame«, schimpfte Greene mit ihnen. »Entschuldigen Sie bitte, Miss Chevreau.« Marie schenkte ihnen keine Beachtung.

Deaver machte ein schmatzendes Geräusch. »Hmm. Ich mag nichts lieber als zwei frische, gebutterte Brötchen, meine Herren.« Redman stieß ihm den Ellenbogen in die Seite, und die beiden schüttelten sich vor Lachen.

Falls ihre Kommilitonen vorgehabt hatten, Marie mit ihren Anzüglichkeiten zu schockieren, würden sie bitter enttäuscht werden. Marie hatte jahrelang in den ärmsten Vierteln von Manhattan gearbeitet, und die beiden klangen für sie wie naive Schuljungen.

Marie schwieg und las sich ihre Notizen durch. Ein paar Minuten später kamen vier Männer durch die Haustür gestürzt, die den regungslosen Körper eines jungen Mannes trugen und nach dem Arzt riefen. Zwei Schwestern rannten mit einer Trage zu Hilfe, und Donnelly eilte die Treppe hinunter.

»Was haben wir hier?«, fragte er und drückte zwei Finger an den Hals des Mannes.

»Messerstich ins Herz«, antwortete Jane. Marie beobachtete mit großen Augen, wie dünne Blutstrahlen aus der Wunde in der Brust des Mannes austraten. Seine Gesichtsfarbe war aschfahl, und sein Atem ging flach.

»Wann ist es passiert?«, drängte Donnelly.

»Vor zehn Minuten«, sagte einer der stämmigen Kerle. »Es war unten in der Gasse.«

»Name?«

»Tom Adler.« Er schien etwa fünfundzwanzig zu sein. Er war von schlanker Gestalt, trug einen kurzen Bart und hatte rissige Hände.

Donnelly hatte sich hingekniet und hörte den Brustkorb des Mannes ab. Adlers Augenlider flatterten. Seine Augen öffneten sich kurz und schlossen sich sofort wieder. »Tom, können Sie mich hören? Ich bin Dr. Donnelly. Haben Sie große Schmerzen?«

Was für eine absurde Frage, dachte Marie. Tom Adler stöhnte und nickte. Donnelly legte seine Hand auf die Wunde. »Tom, das Messer ging sehr tief, aber wir versuchen, es wieder in Ordnung zu bringen«, sagte er laut.

Adler war wieder bewusstlos geworden. Donnelly blickte in die Runde und fragte: »Wo ist seine Familie? Seine Frau?« In dem Augenblick wurde Marie klar, dass er beschlossen hatte, an Tom Adlers schlagendem Herzen zu operieren, und die Genehmigung einholen wollte.

»Er hat keine – er ist ein Einzelgänger.«

»Bringen wir ihn rein.« Donnelly machte ein Handzeichen in Richtung Operationsraum und hob das vordere Ende der Trage, ein anderer Mann nahm das hintere Ende. Donnellys Blick wanderte durch das Zimmer, bis er auf Marie fiel. »Ich brauche Sie für diese Sache«, sagte er, seine Stimme klang brüsk und sachlich. Sie legte ihre Jacke ab und folgte den Männern.

Jane drängte alle anderen aus dem Operationsraum. Nachdem Donnelly seine Vorbereitungen getroffen hatte, blickte er Marie an. »Sie werden dieses Notizbuch nicht brauchen«, sagte er. »Desinfizieren Sie sich die Hände.« Ihr war nicht bewusst gewesen, dass sie an der Operation teilnehmen würde. Das konnte doch nicht sein Ernst sein! Sie war dazu nicht ausgebildet. Doch seinem Gesichtsausdruck nach zu urteilen, war es ihm bitterernst.

Während sie sich auf die gründliche Reinigung ihrer Hände konzentrierte, sterilisierte Donnelly seine Instrumente, darunter eine Knochenzange, und die Schwestern verabreichten die Anästhesie. Als der Patient nicht mehr bei Bewusstsein war, untersuchte Donnelly seinen Brustkorb.

»Keine Sorge, Miss Chevreau, das ist nichts Besonderes«, scherzte er. Wollte er sie damit etwa beruhigen? Das Herz klopfte ihr bis zum Hals, als ihr eine Schwester einen großen Operationskittel und eine Mütze reichte. Sie atmete tief ein, um ihre Nerven – und Hände – zu beruhigen.

»Dies ist das zweite Mal, dass ich am schlagenden Herzen eines Patienten operiere, Miss Chevreau. Das erste Mal war vor sechs Monaten – ein Patient mit einer Schusswunde. Die Kugel war ihm direkt durch Herz und Rücken gegangen. In diesem Fall konnte nicht viel gemacht werden. Aber das hier …« Er verstummte, als er in die Hocke ging, sodass er auf Augenhöhe mit dem Brustkorb des Mannes war. »Das könnte tatsächlich funktionieren.«

Marie starrte auf den leuchtend roten Blutfaden, der genau neben Adlers linker Brustwarze pulsierend aus der Wunde austrat. Donnelly musste ihre Gedanken gelesen haben. »Mit jedem Herzschlag wird sein Puls schwächer und seine Haut kälter. Das Messer, Jane.«

Er machte zwei seitliche Einschnitte neben dem Brustbein – einen an der dritten Rippe, den anderen an der sechsten. Er verband die parallelen Einschnitte mit einem vertikalen Schnitt, sodass eine kantige U-Form entstand. Marie konnte es nicht fassen. Donnelly war entweder ein Genie oder ein Verrückter – sie war sich noch nicht sicher, was auf ihn zutraf. Sie hielt den Atem an, als er den Hautlappen anhob, einschließlich Gewebe und Muskeln, um die drei Rippen freizulegen, die sich direkt über dem Herzen befanden.

Jane reichte Donnelly die Knochenschere, und Marie fuhr zusammen, als die drei Rippen mit einem schnappenden Geräusch durchtrennt wurden. Als die Knochenstücke entfernt waren, schreckte er Marie wieder auf. »Was sehen Sie?«, fragte er.

Sie blinzelte und versuchte, ihre Konzentration wiederzuerlangen. »Den Herzbeutel.«

»Ja, und warum ist er vorgewölbt?«

Marie zögerte, doch dann verstand sie seine Frage. »Füllt er sich mit dem Blut von dem verletzten Herz?«

Donnelly fragte weiter. »Und …?«

»Und …« Marie zerbrach sich den Kopf, aber kam nicht auf die Antwort. Ihr Gesicht fühlte sich heiß und prickelnd an.

Ohne das kleinste Anzeichen von Ungeduld erklärte Donnelly: »Das Herz versucht zu pumpen, aber es kämpft gegen den Druck des Herzbeutels an. Wir müssen den Druck reduzieren, damit das Herz effektiver pumpen und das Blut zirkulieren kann.« Kaum hatte er das gesagt, stach er mit dem Messer in die Herzbeutelwand, und Blut floss heraus. »Jane, den Schwamm. Miss Chevreau, fühlen Sie jetzt seinen Puls.«

»Miss Chevreau?« Als er ihren Namen wiederholte, fasste sie an Adlers Halsschlagader, doch sie brauchte nicht fest zu drücken. Sein Puls ging kräftig und gleichmäßig. »Sein Herzschlag verbessert sich jede Sekunde.«

»Jetzt kommt der schwierige Teil. Legen Sie langsam und vorsichtig Ihre Hand um sein Herz«, sagte er und betonte jedes einzelne Wort. Marie war beunruhigt, als mit jedem Schlag von Tom Adlers Herz weiterhin Blut herausströmte.

»So«, führte Donnelly vor, indem er mit seiner Handfläche ihre Hand umschloss, bis sie die Form eines Vogelnests hatte. »Tun Sie es jetzt«, befahl er, seine türkisfarbenen Augen auf sie gerichtet. Marie legte die Hand unter Adlers Herz, das die Größe einer Faust hatte und sich überraschend warm anfühlte. Sie würde wahrscheinlich die Nerven verlieren, wenn sie ernsthaft darüber nachdachte, was sie gerade tat. Also stellte sie sich vor, dass es kein Herz, sondern ein aus dem Nest gefallener kleiner Vogel war, was sie da in der Hand hielt.

Dieser Vogel war glitschiger, als sie es sich vorgestellt hatte. Sie traute sich nicht zu fragen, was als Nächstes kam.

»Halten Sie es fest, aber drücken Sie nicht.« Das jedoch war fast unmöglich – mit jedem Herzschlag machte das Herz einen Sprung in ihrer Hand. »Jetzt …«, Donnelly atmete tief ein, »müssen Sie es in die Richtung der Brustöffnung ziehen, damit ich es untersuchen kann.«

Sie hob das Organ langsam an, damit sie beim ersten Widerstand anhalten konnte. Sie wollte nicht riskieren, einen Teil des Bindegewebes abzureißen. Auf ihrer Stirn hatte sich ein dünner Schweißfilm gebildet. Sie konnte nur hoffen, dass sie nicht so entsetzt aussah, wie sie sich fühlte.

Donnelly zeigte auf die Schnittwunde an der linken Herzkammerwand. »Aus dieser Kammer verlässt das sauerstoffreiche Blut das Herz, um durch den Körper zu fließen.«

Marie verstand. »Das Blut war vorher also in den Herzbeutel gelaufen?«

»Genau. Halten Sie das Herz weiterhin gleichmäßig, genau so«, wies er sie an. Bevor er danach fragen musste, reichte Jane ihm den Catgutfaden und eine gebogene Nadel. Mit feinen Stichen nähte Donnelly die Herzkammerwand zusammen.

Während der ganzen Zeit hielt Marie Tom Adlers Herz in der Hand. Sie hatte damit gerechnet, dass es sich plötzlich zusammenziehen oder langsamer schlagen würde, doch nichts dergleichen passierte. Ganz im Gegenteil, der Herzschlag des Patienten wurde immer stärker, und die Farbe seiner Füße änderte sich von einem fleckigen Lilaton zu einem gesünder aussehenden Rosa. Nach dem letzten Stich wies Donnelly Marie an, das Herz zurück in den Herzbeutel zu senken. Als ihre Hand schließlich wieder frei war, warf er ihr einen wissenden Blick zu. »Wie hat sich das angefühlt, Miss Chevreau?«

Marie stieß einen Seufzer aus. Sie konnte selbst kaum glauben, was sie gerade getan hatte. »Wie die Wucht einer meterhohen Ozeanwelle.« Jane führte sie zum Waschbecken, wo Marie sich das Blut von den Händen wusch. Die Blutfäden wirbelten im Wasser herum und versanken schließlich im Abfluss.

»In der Tat, nur mit dem Unterschied, dass Sie das hier überleben – wie wir alle.« Donnelly nähte die Schnitte zusammen. »Stimmt's, Mr Adler?«

Adler war natürlich noch nicht bei Bewusstsein, doch Marie war sich sicher, dass Donnelly recht hatte – der Patient würde überleben. Als sie an den Tisch zurückkehrte, sah sie, dass seine Finger und Lippen nicht mehr blau waren und sein Atem stärker ging. Mitfühlend legte sie ihre Hand auf seine Schulter und wünschte sich seine Genesung herbei.

Die Tür zum Operationszimmer wurde geöffnet, und Virginia, eine andere Krankenschwester, trat ein. »Dr. Donnelly, Miss O'Shea ist am Telefon. Soll ich ihr ausrichten, dass Sie zurückrufen?«, fragte sie und runzelte die Stirn.

Donnelly blickte nicht auf. »Nein danke, Virginia. Ich werde gleich mit ihr sprechen.« Vorsichtig machte er die letzten Stiche, dann legte er Nadel und Faden auf das Tablett und löste den Knoten seines Operationskittels. »Er gehört ganz Ihnen, Jane«, sagte er freundlich.

Maries Neugier war geweckt. Wer war diese Miss O'Shea und weshalb unterbrach Virginia Dr. Donnelly wegen ihres Anrufs mitten in einer Operation?

Bevor er das Zimmer verließ, wandte Donnelly sich um und sagte: »Miss Chevreau, bereiten Sie für morgen früh Ihre Notizen vor und teilen Sie den anderen mit, dass Sie sie um Punkt sieben präsentieren werden.« Ohne ein weiteres Wort war sie entlassen.

Notizen? Man benötigte normalerweise eine ganze Woche, nicht nur einen Abend, um umfassende Notizen über eine Operation zu erstellen. Noch leicht benommen ging Marie hinaus. In dem kleinen Zimmer neben der Eingangshalle standen ihre Kommilitonen hastig auf.

»Und?« Deaver reckte den Hals, um sich bemerkbar zu machen.

Greene mischte sich ein. »Haben Sie vom vielen Schreiben schon Krämpfe in der Hand?«, spöttelte er, und die anderen lachten.

Da sie mit ihnen ihr Geheimnis nicht teilen wollte, lächelte Marie nur. Sie hatte das schlagende Herz eines Mannes in der Hand gehalten und dazu beigetragen, sein Leben zu retten. Selbst das Hohngelächter konnte ihren Adrenalinschub nicht aufhalten. Als sie nach Hause gingen, rief Marie ihnen hinterher: »Punkt sieben morgen früh, meine Herren! Donnellys Anordnung.«

Ein paar Stunden später, nachdem sie ein paar Vorbemerkungen geschrieben hatte, nahm Marie ihre Tasche mit Büchern und stieg die königsblaue Treppe hinauf in den ersten Stock. Sie betrat das erste Krankenzimmer auf der linken Seite. Im zweiten der fünf Betten lag Tom Adler, der gerade von seinen Strapazen aufgewacht war.

Jane und eine weitere Krankenschwester hatten ihn bandagiert, ihm warme Socken angezogen und ihn sorgfältig in die

Decke gewickelt. Sie achteten darauf, ihn nicht zu bewegen, und rieten ihm, still liegen zu bleiben und zu schlafen. »Für Ihre vollständige Genesung brauchen Sie Ihre ganze Kraft, Mr Adler. Sie bekommen heute nur Wasser und Laudanum – erst morgen gibt es feste Nahrung.«

Jane blickte Marie, die am Fußende des Bettes stand, fragend an. »Oh«, sagte Marie befangen, »ich möchte nicht stören, Jane. Es ist nur so, dass ich meine Notizen zusammenstellen muss, und ich dachte, ich könnte meine Gedanken vielleicht besser ordnen, wenn ich bis zur Nachtruhe bei ihm bliebe.«

Jane zwinkerte ihr anerkennend zu. »Ich habe Donnelly gesagt, dass Sie die Beste der Gruppe sind. Sie haben heute gute Arbeit geleistet. Andere würden ohnmächtig werden, wenn sie das Herz eines Mannes in der Hand halten müssten.« Bei dieser Bemerkung riss Adler die Augen auf und blickte Jane fragend an. »Hoppla«, sagte sie. »Sie sind ja ein ganz Gerissener, Mr Adler. Ich dachte, Sie würden schlafen.« Jane nahm eine Decke und grinste. »Marie wird Sie über die Operation aufklären, nicht wahr, Marie?«

Als sie mit dem Patienten allein war, zog Marie einen Stuhl an das Bett heran und legte eine Hand auf Adlers Arm. »Mr Adler, das Messer war zum Teil durch Ihr Herz gedrungen, und Dr. Donnelly musste es operieren. Ich habe Ihr Herz angehoben, sehr vorsichtig, damit er die Verletzung einschätzen und die Wunde nähen konnte.«

Adlers Blick ging zu seinem Brustkorb, zurück zu Marie, dann zu der geöffneten Tür. Er sah wie ein verängstigtes Kind aus. Vielleicht war er noch nicht so weit, die Details zu hören. Heiter fügte sie hinzu: »Sie hatten sehr viel Glück, Mr Adler. Die meisten Ärzte hätten es nicht gemacht, weil sie eine Operation für zu riskant gehalten hätten.«

»Und mich sterben lassen?«, flüsterte er heiser.

»Nur die wenigsten haben die Kenntnisse und die Kompetenz von Dr. Donnelly.« Marie träufelte Wasser auf einen Löffel, hob Adlers Kopf an und brachte den Löffel an seine Lippen. »Das wird Ihre Kehle etwas befeuchten.«

Er schluckte das kühle Wasser. »Sie sind eine Krankenschwester?« Er blickte sie an – sie trug heute ihr graues Alltagskostüm und eine weiße Hemdbluse.

»Nein, ich bin eine Medizinstudentin und werde zur Chirurgin ausgebildet.«

»Ach was, dafür sind Sie viel zu hübsch«, machte er einen schwachen Flirtversuch. Seine dunklen Augenlider fielen vor Müdigkeit zu.

Marie legte zwei Finger auf sein Handgelenk, um seinen Puls zu messen. Einhundert Schläge pro Minute – das war zu viel. »Vielen Dank, Mr Adler, aber es ist sicher am besten, wenn Sie sich Ihre Komplimente für die Damen aus Ihrem Bekanntenkreis aufsparen, die sich freuen werden zu hören, dass Sie wieder auf den Beinen sind. Ruhen Sie sich jetzt aus – Sie wollen sie doch nicht enttäuschen, oder?«

Adler lächelte schwach und glitt in den Schlaf.

Marie blickte auf das weiße Blatt Papier und blinzelte. Wie könnte sie die unglaublichste medizinische Prozedur, der sie je beigewohnt hatte, beschreiben? Sie musste ihre Gefühle unter Kontrolle halten und nur die Details zur Diagnose, Behandlung und Entwicklung des Patienten aufzeichnen. Doch als die Erinnerungen an die Operation zu ihr zurückkehrten und ihr Stift in rasender Schnelligkeit über das Papier glitt, spürte Marie ihre Euphorie. Sie war genau am richtigen Ort und konnte das tun, wofür sie sich begeisterte. Es war schon spät, aber sie beschloss, hierzubleiben und weiterzuarbeiten.

Plötzlich wurde Marie von der Nachtschwester angetippt. Sie musste im Sitzen eingeschlafen sein. Marie strich sich eine

Haarsträhne aus dem Gesicht. Sie sah bestimmt furchtbar aus. »Ich bitte vielmals um Entschuldigung. Wie spät ist es?«

»Drei Uhr morgens«, flüsterte die Krankenschwester, legte einen Finger an die Lippen und warf einen Blick zu den anderen vier Patienten im Zimmer. »Wie geht es ihm?«

»Der Puls war vor einer Stunde normal, davor war er einhundert.«

»Bedrängen Sie ihn nicht mit Fragen, wenn er wach wird«, ermahnte die Schwester sie. Marie musste immer noch ihre Notizen zu einem Bericht zusammenfassen, um ihn in vier Stunden Donnelly und ihren Kommilitonen vorzustellen. Als sie ihre Unterlagen in die Tasche steckte, rumorte ihr Magen laut. Marie war so hungrig, dass sie für ein Croissant und eine Tasse starken Tee ihre Seele verkauft hätte.

Bevor sie die Treppe hinunterging, blickte Marie nach oben zum dritten Stock. Ob Donnelly jetzt wohl tief und fest schlief oder nach all der Aufregung ebenso aufgekratzt war wie sie und die Operation in Gedanken immer wieder durchging? *Wahrscheinlich schläft er*, dachte Marie. Er musste diese Art von Nervenkitzel mittlerweile gewohnt sein.

In der Küche neben dem Operationsraum hoffte sie, ein heißes Getränk und etwas Essbares zu finden. Sie wagte nicht, das Gebäude mitten in der Nacht zu verlassen. Im Eisschrank war eine Papiertüte mit etwas Brot vom Vortag. Als sie in das Brot biss, brach sie sich an der trockenen Kruste beinahe einen Zahn ab. Sie setzte Wasser auf und durchstöberte die Regale, bis sie einen Teebeutel fand. Dann breitete Marie ihre Unterlagen auf dem kleinen, quadratischen Tisch aus, an dem die Krankenschwestern in ihren Pausen aßen.

Marie war nicht mehr so müde gewesen, seit Adeline vor vielen Jahren nachts wach gelegen hatte, weil sie zahnte. Sie rieb sich die Augen, um klarer sehen zu können, und versuchte, sich zu überlegen, was sie bei der Präsentation ihres Berichtes hervorheben wollte.

»Ähem.« Marie hob den Kopf von ihrem Unterarm und öffnete mühsam die Augen. »Guten Morgen, Miss Chevreau«, sagte Donnelly. Er stand mit einem amüsierten Gesichtsausdruck vor ihr und blickte auf sie herunter.

Marie fuhr vor Schreck zusammen, dann sah sie ihr Notizbuch, die Tasse mit kaltem Tee und die Brotkrümel auf ihrer Serviette. »Ich dachte schon, es hätte sich eine Maus in der Küche versteckt«, sagte er. »Können Sie sich meine Erleichterung vorstellen, als ich gemerkt habe, dass es nur eine überarbeitete Studentin von mir ist?« Er trug ein frisches Hemd und einen Anzug. Er war frisch rasiert und schien voller Energie zu stecken. Marie hatte nie einen besser aussehenden Mann zu Gesicht bekommen.

»Ich bitte vielmals um Entschuldigung«, murmelte sie und strich sich durch ihre zerzausten Haare, dann über ihre heißen Wangen. *Ich muss ja völlig mitgenommen aussehen*, dachte sie peinlich berührt. Um die Unterhaltung kurz zu halten, erkundigte sie sich nach der Uhrzeit.

»Sechs Uhr dreißig. Möchten Sie einen Kaffee, Miss Chevreau?«, fragte er, füllte den Kessel mit Wasser und stellte ihn auf den Herd.

Er machte ihr Kaffee? »Ah ja, danke«, antwortete sie verlegen.

Donnelly gab ein paar Löffel Kaffee aus einer Dose in den Filter einer eleganten französischen Kaffeekanne. Sie hatte bereits bemerkt, dass das Haus viele schöne, moderne Objekte beherbergte: orientalische Teppiche, erstklassige chirurgische Instrumente, elektrisches Licht und glänzende Armaturen mit Porzellanbecken und fließendem Wasser. Sie nahm an, dass seine Familie wohlhabend war, da Chirurgen normalerweise nicht viel verdienten. Sie bekamen für Operationen eher Naturalien wie zum Beispiel einen Truthahn geschenkt, oder ihnen wurde versprochen, dass ihre Wäsche ein Jahr lang kostenlos gewaschen wurde, als dass sie für ihre Arbeit eine Geldzahlung erhielten. Vielleicht hatte eine eigene Klinik den zusätzlichen Vorteil, dass man sich seine Patienten selbst aussuchen konnte.

Während er darauf wartete, dass das Wasser kochte, lehnte Donnelly sich an den Schrank und fragte: »Wie weit sind Sie mit Ihrem Bericht?«

Marie setzte sich auf und räusperte sich. Was sie in diesem Moment mehr als alles andere brauchte, waren eine Zahnbürste und Puder. »Er ist fertig.«

Er runzelte die Stirn. »Sie waren die ganze Nacht hier?«

Sie legte ihre Unterlagen und Bücher ordentlich auf einen Stapel, um für Donnelly Platz auf dem Tisch freizuräumen. »Ich dachte, es sei einfacher, den Fortschritt des Patienten zu untersuchen, wenn ich den Fortschritt tatsächlich beobachten kann.«

»Gute Idee. Wann haben Sie ihn zuletzt gesehen?«

»Vor dreieinhalb Stunden. Wie geht es ihm jetzt?« Sie konnte sich denken, dass Donnelly nicht am zweiten Stock vorbeigehen würde, ohne nach dem Befinden seines Vorzeigepatienten zu sehen.

»Ausgezeichnet. Er ist wach, seine vitalen Organe funktionieren gut, und sein Puls schlägt wieder normal. Heute bekommt er zum Einstieg Brühe und Limettenwasser.« Donnelly hielt inne, und der Blick seiner meeresgrünen Augen richtete sich auf sie. »Sind Sie denn nicht müde?«

Marie zuckte die Achseln. »Schon, aber ich bin daran gewöhnt aufzubleiben.« Fast hätte sie sich verplappert und gesagt »seit meine Tochter ein Baby war«, doch sie merkte es gerade noch rechtzeitig. »Als Hebamme habe ich oft mitten in der Nacht gearbeitet.«

Bevor er etwas erwidern konnte, begann der Kessel zu pfeifen. Donnelly füllte das kochende Wasser in den Filter. »Ich stimme der Ansicht der Kreolen zu, die meinen, dass Kaffee das Leben verlängert. Ich kann ohne Kaffee einfach nicht leben.« Er lächelte, und Marie konnte nicht anders, als seine strahlend weißen Zähne zu bewundern.

Sie fragte sich, ob er eine Küche in seiner Wohnung im dritten Stock hatte. Sie hatte letzte Nacht die Schränke durchstöbert und keine Lebensmittel gesehen. »Frühstücken Sie?«, fragte sie.

»Natürlich«, sagte Donnelly und warf einen Blick auf seine Taschenuhr. »Virginia ist übrigens gerade rausgegangen, um etwas zu essen zu holen. Kostenlose frische Beignets gehören zu den Vorteilen, die man genießt, wenn man den Bäcker letzten Monat von seiner Colitis befreit hat.«

Marie schüttelte lächelnd den Kopf. »Ich hätte nie gedacht, dass ich einmal die Worte ›Beignet‹ und ›Colitis‹ im selben Satz hören würde, aber vielen Dank dafür.«

Donnellys Lachen war unerwartet laut und ansteckend. Marie merkte, dass sie das Geheimnis dieses Mannes entschlüsseln wollte – eines Mannes, dessen Beruf es war, Leute aufzuschneiden, und der sich trotzdem selbst Kaffee machte und sich immer hervorragend präsentierte, selbst unter seinem Operationskittel. Sein welliges braunes Haar war ordentlich geschnitten, und an diesem Morgen trug er einen marineblauen Anzug aus Kammgarn, ein Hemd mit hohem Kragen und eine graue Krawatte. Kein einziger Faden saß schief. Üblicherweise hielt Marie sich für einigermaßen attraktiv, aber an diesem Morgen war ihr Haar zerzaust, ihr Kleid zerknittert, und wahrscheinlich hatte sie dunkle Augenringe. Sie wäre am liebsten geflüchtet, um endlich in einen Spiegel schauen zu können, doch als Donnelly eine heiße Tasse Kaffee vor sie stellte, konnte sie nicht widerstehen. Sie würde noch ein paar Minuten bleiben, bevor sie sich frisch machte.

Virginia kam herein. »Heiße Beignets!«, verkündete sie und schien überrascht, als sie Marie entdeckte. »Miss Chevreau, was machen Sie denn schon hier?«

»Oh, ich …«, Marie wurde rot, aber Donnelly unterbrach sie.

»Ich habe Miss Chevreau unerwartet hier in der Küche getroffen, als sie damit beschäftigt war, über die Einzelheiten der gestrigen Herzoperation zu schreiben. Ich weiß, ich fordere viel von meinen Studenten, aber wenn Miss Chevreau Fragen haben sollte, würden Sie ihr doch bestimmt helfen, nicht wahr, Virginia?«

»Selbstverständlich«, sagte Virginia und gab Donnelly die Tüte.

Der Duft des süßen Gebäcks erfüllte das Zimmer, und Marie räusperte sich, um das Geräusch ihres knurrenden Magens zu übertönen. »Danke, Virginia«, sagte Donnelly und nahm zwei Teller aus dem Schrank. »Wir sehen Sie später.« Die Krankenschwester nickte und ließ sie allein.

»Ich möchte Sie heute um einen Gefallen bitten«, begann er. »Wenn Sie über die Details der Herzoperation berichten, würde ich es vorziehen, wenn Sie Ihre Rolle bei der Operation nicht erwähnen würden.« Er warf ihr von der Seite einen Blick zu. »Ich bezweifle, dass die Fakultät das gutheißen würde.« Er biss in einen Beignet.

Marie war verblüfft. »Weil ich eine Frau bin?«

Er blickte sie seltsam an, schluckte und tupfte sich mit einer Serviette den Mund ab. »Nein. Weil Sie eine Studentin im ersten Jahr sind. Es ist sehr unkonventionell.«

Ein weiterer Schluck Kaffee vertrieb das mosige Gefühl in ihrem Mund. »Warum wollten Sie dann meine Hilfe?«

Donnelly warf einen Blick zur Tür, bevor er sich auf Marie konzentrierte. Er senkte die Stimme. »Weil Sie kleine Hände haben und in diesem Augenblick die geeignetste Wahl waren.« Er entschuldigte sich und ging mit dem Gebäckstück und seinem Kaffee in der Hand zur Tür, blickte auf seine Taschenuhr und verkündete: »Fünf Minuten, Miss Chevreau.« Marie verschlang schnell ihr Frühstück, stellte die Teller in die Spüle und eilte zur Toilette.

Sie präsentierte Adlers Fall, ohne preiszugeben, dass sie diejenige gewesen war, die sein Herz in der Hand gehalten hatte. Es war zwar enttäuschend, dass ihr Name nicht im Abschlussbericht der Operation auftauchen würde, doch Marie war begeistert, dass Donnelly ihr so viel Vertrauen entgegengebracht hatte.

* * *

Die folgende Woche stellte sich als weniger anstrengend heraus als die erste. Am Freitag lag Tom Adlers Herzoperation zehn Tage zurück, und es hatte keine Infektion gegeben. An das Treppengeländer geklammert hatte Adler sogar ein paar erste langsame Schritte im zweiten Stock gemacht. Er war bester Laune gewesen, hatte den anderen Patienten zugewunken und mit den Krankenschwestern geflirtet. Marie war überrascht: Der Mann war als Einzelgänger beschrieben worden, doch er verhielt sich nun wirklich so, als hätte er eine zweite Lebenschance bekommen. Auch wenn sie es wahrscheinlich nur Sara, Philippe und Adeline erzählen würde, so war Marie doch froh, einen kleinen Beitrag zu Adlers Genesung beigetragen zu haben. Als ihre Zeit in der Privatklinik zu Ende ging, war sie enttäuscht. Diese zwei Wochen waren die aufregendsten ihres Lebens gewesen.

Als sie an ihrem letzten Tag aus der Tür gehen wollte, war niemand in der Eingangshalle, um ihr alles Gute für die Zukunft zu wünschen. Die Schwestern waren überall verstreut und kümmerten sich um die Patienten, und Donnelly war nirgends zu sehen. Marie blieb hinter Deaver, Greene und Redman zurück, die sich für den Nachhauseweg Kutschen bestellt hatten, und ging den steilen Weg zur Straßenbahn hoch, ihren kleinen Koffer für das Wochenende hinter sich herziehend. Sie erschreckte sich fast zu Tode, als sie ein Hupen hinter sich hörte. Ein glänzendes schwarzes Auto fuhr an die Bordsteinkante und hielt an. Sie hatte sich immer noch nicht an den Anblick eines Fahrzeugs ohne Pferd gewöhnt. Mit einem Grinsen auf dem Gesicht saß Matthew Donnelly hinter dem Steuer des Sportwagens.

»Steigen Sie ein«, rief er ihr zu. Er stieg aus, nahm Maries Gepäck und verstaute es in dem kleinen Kofferraum neben einem anderen Gepäckstück. Er streckte die Hand aus, doch Marie starrte ihn nur an.

»Sie sind doch auf dem Weg zur Fähre, oder?« Marie nickte und runzelte ungläubig die Stirn. »Ich auch. Steigen Sie ein«, sagte er, als sei es die natürlichste Sache auf der Welt, dass ihr Professor sie im Auto mitnahm. Da sie nicht wusste, wie sie höflich ablehnen konnte, ließ sie sich auf dem roten Ledersitz nieder.

Marie musste ihren Hut festhalten, als sie mit schnellem Tempo die California Street entlangfuhren und Pferdekutschen, Straßenbahnen und Omnibussen auswichen. Sie umklammerte die Armlehnen und lachte plötzlich laut auf – es fühlte sich an, als würde sie auf einer Schaukel durch die Luft fliegen. Als sie nach weniger als zehn Minuten ankamen, hatte der Wind Marie kräftig durchgepustet, und sie war außer Atem.

»Das macht Spaß, was?« Donnellys Augen waren feucht, und seine Nase war von der kalten Winterluft gerötet. Mit seinen zerzausten Haaren und ohne den weißen Arztkittel sah er fast wie ein Normalsterblicher aus.

»Ja«, bestätigte Marie.

Sie streckte ein Bein vor und wollte gerade aus dem Auto springen, als Donnelly eine Hand auf ihren Arm legte. »Bitte warten Sie. Der Abstieg ist gefährlicher, als es aussieht.« Er kam auf ihre Seite und half ihr herunter. Als er ihre Koffer auslud und zum Fahrkartenschalter trug, merkte Marie, dass sie sich noch nicht von ihm verabschieden wollte. Sie folgte ihm und wartete einfach ab.

Als sie an der Reihe waren, trat er zur Seite und ließ Marie den Vortritt. »Einmal nach Vallejo und zurück, Rückfahrt am Sonntag«, sagte sie und legte zwei Dollar auf den Tresen.

Donnelly, der zu groß war, um dem Mann hinter dem Schalter direkt ins Gesicht zu sehen, bückte sich und sprach durch die Glasscheibe. »Für mich dasselbe, mein Herr.«

Marie war überrascht. Warum reiste er nach Vallejo? Wollte er dort das Militärkrankenhaus besuchen? Bevor sie ihn fragen konnte, nahm er ihren Koffer und ging auf die Fähre zu. »Sie bleiben also in Vallejo, Miss Chevreau?«, rief er ihr zu.

Marie beeilte sich, um mit seinen großen Schritten mithalten zu können. »Oh, nein. Ich nehme den Zug nach Napa, wo ein Freund mich abholt.« Beunruhigt darüber, ihm vielleicht zu viel erzählt zu haben, hielt sie inne. Würde er vielleicht denken, dass sie diesen Liebhaber besuchte, den es in Wirklichkeit nicht gab? »Sie sind wie meine Familie«, klärte sie ihn auf.

»Ausgezeichnet!«, erwiderte er enthusiastisch. »Unterstützung von der Familie ist sehr wichtig, wenn Sie im Medizinstudium vorankommen wollen.« Sein Lächeln war so entwaffnend, dass Maries Magen einen Purzelbaum schlug. »Eine kurze Pause von diesen langweiligen Professoren«, neckte er sie.

Marie lachte. »Ja, es kann manchmal sehr langatmig werden. Und wohin fahren Sie?«

»Eine Haltestelle weiter nördlich – Napa Depot. Ich übernachte in einem Hotel in der Stadt.«

Sie wollte nicht ihre Nase in seine Angelegenheiten stecken, doch es interessierte sie jetzt. »Haben Sie dort Patienten?«

»Am Wochenende? Nein, um Gottes willen!«

»Sie besuchen also Freunde?«, forschte Marie weiter.

»Familie.« Scherzhaft drohte er ihr mit dem Finger. »Sie sind ganz schön neugierig, was?«

»Vermutlich«, sagte Marie. »Ohne Neugier würde ich keine gute Chirurgin abgeben.«

Donnelly kicherte. »Das stimmt, Miss Chevreau.« Er blieb am Landungssteg stehen. »Nach Ihnen.«

Marie dachte, sie würden sich auf der Fähre voneinander trennen, doch er blieb an ihrer Seite, und die fünfzigminütige Fahrt verging wie im Flug. Er erzählte ihr von erfolgreichen Operationen und Missgeschicken, und sie trug Geschichten über die entsetzlichsten Geburten bei, denen sie beigewohnt hatte. Er war voll und ganz in die Unterhaltung mit ihr vertieft, stellte Fragen und erzählte ihr von seinen Ideen für chirurgische Lösungen. Die professionelle Schranke zwischen Professor und Studentin schien sich mehr und mehr aufzulösen, und schließlich lehnten sie dicht nebeneinander an der Reling und plauderten wie alte Freunde.

Als sie sich Vallejo näherten, zeigte er auf Mare Island. »Wussten Sie, dass General Vallejo die Insel selbst benannt hat? Als er mit seinem Vieh die Bucht von San Pablo überquerte, wurde sein Schiff von einem starken Wind ergriffen und kenterte. Seine beste Stute konnte an Land schwimmen und wurde später allein auf der Insel gefunden. Nachdem er sein Pferd wiederhatte, gab er der Insel den Namen Isla de la Yegua, was ›Stuteninsel‹ bedeutet.«

Auf der Zugfahrt nach Napa verbrachten sie eine weitere Stunde zusammen. Marie hätte Donnelly den ganzen Tag lang zuhören können. Sie unterhielten sich über seinen Bruder in St. Helena und die Taverne ihrer Eltern in Tours. Der Zug verlangsamte, als sie dem Bahnhof näher kamen, und Donnelly blickte Richtung Norden auf das Ackerland und die dahinterliegenden Weinberge. »Wissen Sie, warum das Gebiet Rancho Rincon de los Carneros genannt wird?«

»Ich wusste nicht, dass das der vollständige Name ist.«

»Das ist er. ›Carneros‹ bedeutet ›Schaf‹. Es kamen viele Bauern in die Gegend, um hier Schafe und Rinder zu halten, weil der Boden so fruchtbar ist.« Entschuldigend fügte er hinzu: »Ich bin ein großer Geschichtsenthusiast, falls Sie das noch nicht bemerkt haben.«

»Besuchen Sie das Tal häufig?«

»Etwa einmal im Monat, ich treffe mich mit meinem Bruder und seiner Frau in Napa.«

»Oh.« Marie hätte gern mehr erfahren, doch der Zug fuhr in den Bahnhof ein. Sie entdeckte Philippe auf dem Bahnsteig. Donnelly nahm ihren Koffer von der Gepäckablage und folgte ihrem Blick. »Ihr Bekannter?«

Sie konnte ihm einfach nicht erzählen, dass Philippe der Onkel ihrer Tochter war. »Der Mann meiner Freundin. Sie besitzen ein Weingut in Carneros«, erklärte sie.

»Oh«, sagte Donnelly nachdenklich. »Welche Weinsorten produzieren sie?«

»Cabernet, Chardonnay und Zinfandel, glaube ich. Ich selbst bin keine große Weintrinkerin, aber Eagle's Run hat einen ausgezeichneten Ruf.«

»Eagle's Run ... wissen Sie, ich glaube, ich habe den Wein schon mal getrunken.« Eine dröhnende Stimme kündigte die Haltestelle Napa Junction an.

»Lassen Sie mich das für Sie raustragen«, sagte Donnelly und hob ihren mit Büchern gefüllten Koffer, als wäre er leicht wie eine Feder.

Marie konnte sich nichts Unangenehmeres vorstellen, als Matthew Donnelly Philippe vorzustellen, daher hielt sie den Atem an, als sie auf den Bahnsteig trat. Auf Philippes Gesicht zeigte sich ein neckisches Grinsen, als er Marie mit diesem fremden Mann erblickte. »Philippe Lemieux, dies ist Dr. Matthew Donnelly«, stellte sie ihn spontan vor. »Er ist einer meiner Professoren und reist dieses Wochenende in die Stadt.«

»Einfach nur Matthew«, sagte Donnelly und gab Philippe die Hand.

»Sehr erfreut«, erwiderte Philippe mit einem seltsamen Gesichtsausdruck.

»Ich muss wieder in den Zug, aber ich hoffe, wir sehen uns wieder«, sagte Donnelly. Er tippte an seinen Hut. »Miss Chevreau.«

Als Donnelly weg war, konnte Philippe es nicht mehr erwarten, Marie wegen ihres Reisebegleiters aufzuziehen. Wie sich herausstellte, wusste er bereits viel mehr über Matthew Donnelly als Marie. »Du weißt wirklich nicht, wer er ist, oder?«

»Abgesehen davon, dass er ein talentierter Chirurg ist?«

»O ja. Er ist der jüngste Sohn von Rourke Donnelly, dem Eisenmagnaten von San Francisco. Ihre Gießerei befindet sich südlich der Market Street.«

Das war unmöglich. Oder vielleicht doch nicht? Marie rief sich Donnellys großräumige, gut ausgerüstete Klinik und Pension in Erinnerung, seine perfekt geschnittene Kleidung und seine offensichtlich guten Weinkenntnisse. Sie runzelte die Stirn. Als ob nicht alles schon kompliziert genug wäre! »Bist du dir ganz sicher?«

Philippe zog die Augenbrauen hoch. »Ja! Ich habe sein Bild im *Chronicle* gesehen, und ich liefere jeden Monat Wein zum Haus seines Bruders in St. Helena. Rourke Donnelly ist der Inhaber des Eisenhüttenwerks von San Francisco. Er liefert das Eisen für die Schiffe und Waffen der Marine und hat mit dem Kapital aus diesem Geschäft Gaswerke, Eisenbahnnetze, Nutzwälder und Immobilien gekauft. Sie gehören zu den reichsten Familien von San Francisco.«

Marie spürte, dass ihr flau im Magen wurde. Ihre Gedanken kreisten, als sie an ihr Gespräch mit Donnelly dachte. Hatte er die leiseste Andeutung fallen lassen? Natürlich nicht. »Wenn das wahr sein sollte, warum haben dann meine Kommilitonen es nie erwähnt? Und warum hätte er sich dann keine Kutsche nach Napa genommen?«, fragte sie.

»Deine Kommilitonen wissen es bereits – ach, alle wissen das! Und was die Kutsche betrifft …«, Philippe stupste Marie mit der Schulter an, »… hatte Dr. Donnelly vielleicht einen triftigen Grund, den Zug zu nehmen.« Er ließ die Zügel schnalzen und fügte fröhlich hinzu: »Du musst ihn ziemlich beeindruckt haben.«

Kapitel 29

»Maman, wach auf!« Adeline stellte ein Frühstückstablett auf Maries Nachttisch in dem Zimmer, welches sie sich teilten.

Marie rieb sich die Augen und streckte die Arme aus. Letzte Nacht war sie lange aufgeblieben und hatte sich mit Sara unterhalten. »Wie spät ist es?«

»Fast halb acht! Luc und ich haben schon die Kühe gemolken, und Pippa hilft uns mit der Wäsche. Wenn du etwas zu waschen hast, kannst du es mir jetzt geben. Onkel Philippe schneidet die Weinreben und fährt heute Mittag in die Stadt.«

»Na, wenn das so ist, dann bewege ich mein faules Hinterteil besser aus dem Bett!«, sagte Marie fröhlich. Adeline gab ihrer Mutter einen Kuss auf die Wange. »Wie war die Schule diese Woche?« Adeline schien die kleine Schule an der Buchli Road zu mögen, in der dreißig Schüler im Alter zwischen fünf und zwölf in einer Klasse unterrichtet wurden. Miss Howell war eine strenge Lehrerin, und selbst Marie war ein wenig von ihr eingeschüchtert, doch Adeline schien kein Problem mit ihr zu haben.

»Miss Howell unterrichtet die älteren Kinder über die Körpersysteme. Wir haben alles über den Blutkreislauf gelernt. Es ist unglaublich!« Vielleicht geriet Adeline ganz nach ihrer Mutter.

»Wenn du älter bist, kannst du vielleicht eine Krankenschwester oder Ärztin werden«, ermunterte Marie sie. »Du besitzt genau die richtige Mischung aus Köpfchen und Mitgefühl.« Adeline strahlte. Marie zögerte kurz, bevor sie Adeline in ihr Geheimnis einweihte. »Rate mal, was ich vor zwei Wochen getan habe! Du darfst es aber niemandem erzählen.«

»Was, Maman?«, flüsterte Adeline und schloss die Tür.

»Ich habe ein menschliches Herz in der Hand gehalten.«

Adeline hielt den Atem an, und ihre Augen wurden groß. »Ein lebendes, schlagendes Herz?«

»Ja, wirklich. Du weißt doch, dass ich in der Privatklinik gearbeitet habe? Wir hatten einen Patienten mit einer Stichwunde.«

Entsetzen spiegelte sich auf Adelines Gesicht. »War es furchtbar blutig?«

»Ja, aber nicht blutiger als eine Geburt.« Adelines Lippen formten sich zu einem kleinen O.

»Der Arzt hat das Herz des Patienten genäht, während ich es in der Hand gehalten habe, und der Mann hat überlebt.« Allein der Gedanke versetzte Marie wieder einen Adrenalinstoß.

»Das ist ein Wunder, Maman.«

»Ein bisschen, ja, aber vor allem ist es das Werk des mutigen und hoch qualifizierten Chirurgen.«

Adeline dachte einen Augenblick darüber nach. »Stell dir das mal vor, einfach so Leben retten zu können! Er muss besondere Kräfte besitzen, Maman.« Adeline sprang auf. An der Tür wirbelte sie noch einmal herum, und ihr Pferdeschwanz wippte, als sie sagte: »Ich freue mich so, dass du zu Hause bist, Maman!«

* * *

Marie saß von Bücherstapeln und Unterlagen umgeben am Küchentisch. Sie lernte lieber in Gesellschaft, damit sie wenigstens so tun konnte, als sei sie am Wochenende ein Teil ihrer Welt. Sara stand am Fenster, formte kleine Teigkugeln und legte sie in die gusseiserne Pfanne. Es war vier Uhr nachmittags, und sie hatte bereits mit den Vorbereitungen für das Abendessen begonnen. Sara reckte den Hals und blickte aus dem Fenster. »Wir machen am besten ein wenig Ordnung und ziehen uns für das Abendessen um.« Sie wischte sich die Hände an ihrer Schürze ab und grinste Marie verschwörerisch an. »Philippe hat einen Gast mitgebracht.«

Marie sprang auf, als sie durch das Fenster Donnelly sah, der neben Philippe auf dem Fuhrwerk saß. Die beiden unterhielten sich so angeregt, als würden sie sich schon seit Ewigkeiten kennen. »Was in aller Welt …?« Marie war entsetzt. Offenbar hatte Philippe Sara alles über Donnelly erzählt. Warum mischten sie sich so in ihr Leben ein? Nervös trommelte sie mit den Fingern gegen ihre Lippen. Jetzt würde sie Donnelly über Adeline aufklären müssen, obwohl sie sich noch nicht dazu bereit fühlte. Sie war sich nicht sicher, ob sie je bereit sein würde.

Sie raffte ihre Bücher zusammen und eilte durch den Flur ins Schlafzimmer. Sie fühlte sich wieder wie damals, als sie achtzehn gewesen war – von Bastien verschmäht und voller Angst, wegen ihres unehelichen Kindes verurteilt zu werden.

Sie ging im Zimmer auf und ab und versuchte, ihre Nerven zu beruhigen. Sie konnte draußen Luc, Adeline und Pippa hören, die den Überraschungsgast begrüßten und beschwatzen wollten, mit ihnen zu spielen. Marie hörte seine Stimme unter den anderen heraus. Er begrüßte Sara und schenkte den Kindern Süßigkeiten. Er klang äußerst erfreut, hier zu sein. Marie zog ernsthaft in Erwägung, sich für den Rest des Tages im Kleiderschrank zu verstecken.

Als sie die Begegnung nicht länger vermeiden konnte, erschien sie schließlich im Wohnzimmer. Er saß mit verbundenen Augen auf dem Boden, während Luc und Pippa kichernd um ihn herumrannten. »Was führt Sie hierher, Dr. Donnelly?«, fragte sie und versuchte, gelassen zu klingen.

Sein Kopf fuhr herum, er zog schnell die Augenbinde ab und sprang auf, um sie zu begrüßen. Marie musste sich die Hand vor den Mund halten, um ein Lachen zu unterdrücken. Ausnahmsweise schien er sich einmal wie ein Fisch auf dem Trockenen zu fühlen. »Ich hoffe, es macht Ihnen nichts aus. Ich habe heute Nachmittag Philippe in der Stadt getroffen, und da ich nichts anderes vorhatte, schlug er vor, heute Abend mit Ihnen allen zu essen.« Er schien so guter Stimmung zu sein, dass sie an ihm wirklich nichts aussetzen konnte.

»Selbstverständlich.« Marie versuchte, erfreut zu klingen.

Er entfernte sich ein Stück von den Kindern und trat näher an sie heran. »Ist es Ihnen unangenehm, dass ich hier bin?« Sein Blick suchte ihren.

»Nein«, log Marie. Sie rieb sich die Stirn und fragte sich, ob er es wusste. »Haben Sie alle kennengelernt?«, fragte sie und legte die Betonung absichtlich auf »alle«.

In seinen Augen flackerte Verständnis auf. »Ja, das habe ich.« Sein Tonfall war deutlich: Die Tatsache, dass sie eine Tochter hatte, störte ihn nicht, und er würde ihr Geheimnis bewahren. Ein Lächeln erschien auf seinem Gesicht. »Sie meinen diese kleinen Wilden hier, die mir die Augen verbunden, mich gefesselt und mit Würmern gefüttert haben?«

»Iiih!«, riefen Pippa und Luc gleichzeitig, während Adeline sie vergnügt beobachtete.

Schon bald darauf hatten Rose und Sara ein einfaches, aber köstliches Gericht aus Fleischpasteten, Kartoffeln und Brötchen zubereitet. Philippe holte aus seinem privaten Weinkeller den 1896er Chardonnay und den 1897er Cabernet. Selbst Marie gönnte sich zwei Gläser Wein.

»Ihre Schwägerin Bridget und ihre Tochter waren sehr nett zu mir, als ich mit meinem Verkaufsstand am Bahnhof von Napa Junction begonnen habe«, sagte Sara zu Donnelly. »In den letzten sechs Monaten hat sie ihren Freunden unseren Wein vorgestellt. Den letzten 99er Cabernet haben wir vor Monaten verkauft, aber wir haben noch einen kleinen Vorrat an Chardonnay und Zinfandel für lokale Lieferungen.«

»Das ist eine gute Nachricht, besonders in Anbetracht des Unglücks vom letzten Jahr. Philippe hat mir von dem Brand erzählt.« Donnelly schüttelte den Kopf. »Was für ein Schlag, so hart zu arbeiten und dann alles in nur einer Nacht zu verlieren.«

»Möchten Sie eine Führung über die Baustelle? Der Bereich ist jetzt eingefasst, und es wurde mit dem Mauerwerk begonnen.« Sara sprühte vor Begeisterung. »Philippe und Marie würden Ihnen sicher liebend gern alles zeigen«, drängte sie und trat unter dem Tisch gegen Maries Bein. Marie musste sich beherrschen, ihr nicht mit einem Tritt zu antworten.

»Das würde ich sehr gerne, aber ich mache mich jetzt besser auf den Rückweg. Es ist fast acht, und ich möchte Ihnen nicht länger zur Last fallen.« Marie fühlte sich sofort erleichtert.

Sara schaltete sich ein. »Dr. Donnelly, ich hoffe, Sie halten es nicht für aufdringlich, aber wir haben ein freies Zimmer, und Sie könnten ohne Weiteres heute hier übernachten.«

»Ich kann Sie gleich morgen früh zurück in die Stadt bringen«, fügte Philippe hinzu. Die beiden steckten auf jeden Fall unter einer Decke, stellte Marie fest.

Donnelly nickte dankbar. »Das wäre sehr freundlich, vielen Dank.« Maries Herz schlug höher. Sie hätte dieses zweite Glas Chardonnay ablehnen sollen.

* * *

Die Dunkelheit hatte sich wie eine Decke über Eagle's Run ausgebreitet. Philippe gab Marie und ihrem Gast Laternen, und gemeinsam gingen sie zu der Baustelle. Marie musste zustimmen, dass der Bau der neuen Weinkellerei innerhalb eines Monats beträchtliche Fortschritte gemacht hatte.

»Sehen Sie hier«, sagte Philippe und fasste den Holzrahmen an. Das Gebäude wird fünfundvierzig mal dreißig Meter messen, und im Keller unten und den beiden Lehmsteinkellern an der Seite werden wir etwa zweihundertfünfzigtausend Gallonen Wein lagern können.«

»So viel produzieren Sie?« Donnelly zog erstaunt die Augenbrauen hoch.

»Wir produzieren zurzeit etwa hundertfünfzigtausend Gallonen, aber ich will unsere Kapazitäten erweitern und auch Trauben von anderen lokalen Anbauern verwenden.«

»Wie viele Behälter brauchst du dafür, Philippe?« Marie war überrascht gewesen zu hören, dass die Gärbehälter, mit denen sie das Feuer gelöscht hatten, jeweils zehntausend Gallonen Wein fassen konnten und bis an die Decke gereicht hatten.

»Ich habe vierzig Behälter mit einer Kapazität von je fünftausend Gallonen bestellt. Sie sollten alle in den zweiten Stock passen.«

»Wie bekommen Sie die da hoch?« Donnelly blickte auf.

»Wir müssen sie mit einem Kran hochziehen, im zweiten Stock ablegen und dann die Wände und den dritten Stock um sie herumbauen.«

»Verblüffend. Ich hatte keine Ahnung davon gehabt«, sagte Donnelly bewundernd. Er ging die Länge der östlichen Seite ab. »Ich bin kein Experte, was Weinkellereien betrifft, aber ich kenne mich ein bisschen mit Baumaterialien aus. Haben Sie sich überlegt, Stahlstangen in den Wänden zu verwenden, um das Gebäude für den Fall eines weiteren Erdbebens zu verstärken?«

Philippe rüttelte an einem Holzbalken, als wolle er seine Stärke prüfen. »Keine schlechte Idee.«

»Die Gießerei hat in letzter Zeit viele Bestellungen von Bauunternehmen in Napa und Sonoma erhalten«, fügte

Donnelly hinzu. Philippe hatte recht gehabt: Donnellys Familie hatte ein Vermögen mit Eisen gemacht. »Fragen Sie mal bei Ihrem Bauunternehmen nach.«

In diesem Augenblick rief Sara vom Haus. »Philippe? Kannst du Holz mitbringen?« Philippe bedankte sich bei Donnelly für seine Idee und entschuldigte sich.

Von dort, wo sie stand, konnte Marie den angenehmen Kaminrauch riechen, obwohl sie kaum den dunklen Umriss des Hauses erkennen konnte und nur die gelb leuchtenden Fenster sah, die so quadratisch wie Briefmarken waren. Die windstille Luft fühlte sich kalt an ihrer Nase an und ließ ihre vom Wein benebelten Sinne wieder aufleben.

Donnelly nahm ihre Hand und ging mit ihr zu einem Ahornbaum in der Nähe. Maries Herz schien doppelt so schnell wie sonst zu schlagen. Er stellte ihre Laternen auf dem Boden ab und lehnte sich mit der Schulter an den Baum. Sie konnte seinen Atem hören und den würzigen Geruch seiner Haut riechen, was so verlockend war, dass sie sich an den Baumstamm lehnen musste, weil ihre Knie weich geworden waren.

»Marie?« Er hatte sie noch nie zuvor mit ihrem Vornamen angesprochen, aber sie liebte es, wie ihr Name ihm von der Zunge glitt. »Darf ich offen sein?«

»Waren Sie das nicht schon?«, erwiderte sie und erinnerte sich, wie häufig er sie schon kritisiert oder ihr einen ungebetenen Rat gegeben hatte.

Er lächelte und nahm ihre Hand. »Dies ist etwas anderes.«

»Inwiefern?«, flüsterte Marie, von der Kraft seiner Finger aus dem Konzept gebracht.

»Was glauben Sie, weshalb ich hier bin?« Er neigte den Kopf in ihre Richtung.

Marie fragte sich, ob der Wein ihre Vorbehalte weggespült hatte, aber eigentlich war es auch egal. Er legte seine Hand auf ihre Taille, und sie trat näher an ihn heran. Ohne darüber nachzudenken, schob sie ihre Hand in seinen Nacken und küsste ihn. Sie gab sich ganz der Berührung seiner Lippen hin.

Leise stöhnend drückte er ihren schlanken Körper an seine Brust. Nach elf Jahren, die sie aus freien Stücken ohne Partner verbracht hatte, gab sie nun nach. Ihre Hände strichen durch sein Haar, und ihre Körper waren ineinander verschlungen.

Plötzlich fiel Marie wieder ein, dass sie eine Studentin war und er ein Professor. Nervös und verwirrt löste sie sich von ihm und wusste nicht, was sie sagen sollte. Sie hielt ihren Blick auf die Laternen zu ihren Füßen gerichtet, die ihre Schuhe beleuchteten. Seine knöchelhohen schwarzen Stiefel glänzten makellos und waren wahrscheinlich in Paris handgefertigt worden. Sie hatte ihre abgetretenen braunen Schnürschuhe bei Kinney's gekauft. Der Anblick entmutigte sie.

Donnelly ließ sich gegen den Baum zurücksinken, rieb sich über die Stirn und atmete laut aus. »Ich weiß, was du denkst, und du hast recht. Wir sollten das nicht tun.« Er grinste sie schelmisch an. »Aber es ist mir egal.« Er zog sie wieder in seine Arme.

Marie kam endlich wieder zur Besinnung. »Aber du wirst deine Stellung am College verlieren, und ich meine Chance, Chirurgin zu werden.« Sie schüttelte den Kopf. »Es ist unmöglich – zumindest jetzt.«

»Nicht, wenn wir es heimlich tun. Wir könnten uns hier treffen, an den Wochenenden.«

»Und was dann?« Marie blickte zum Haus hinüber und hoffte, dass das Licht der Laternen zu trübe war, um von Adeline gesehen werden zu können. »Ich habe eine zehnjährige Tochter, und ich mache einen Chirurgielehrgang. Ich habe keine Zeit für eine Liebelei.«

Er ließ seine Finger an ihrem Kinn entlanggleiten. »Das verstehe ich, aber könntest du nicht ein bisschen Zeit für mich abzwacken?«, fragte er sanft.

Marie hielt inne. »Deine Familie hätte doch sicher etwas dagegen einzuwenden?«

Er lachte. »Meine Familie hat gegen alles etwas einzuwenden. Sie sind immer noch ganz erschüttert darüber, dass ich die Chirurgie dem Stahlgewerbe vorgezogen habe. Es ist keine schlechte Familie – aber Vermögen bringt Leute oft dazu zu glauben, sie wüssten, was am besten für andere ist.« Er ließ seine Finger durch Maries hochgestecktes Haar gleiten und flüsterte: »Ich will nur das tun, was mir gefällt – und jetzt auch, was dir gefällt.« Er küsste sie auf die Stirn. »Du bist so ernst. Ich mag es lieber, wenn du ... entspannter bist.« Er massierte ihre steifen Schultern, und es kam Marie in diesem Augenblick wie die natürlichste Sache auf der Welt vor. Sie schmolz praktisch in seinen Armen.

»Sommer«, schlug sie vor. Ihr erstes Jahr am College endete Mitte April.

»Was?«

»Wenn du dann immer noch interessiert bist, können wir in den Sommerferien Zeit miteinander verbringen.«

»So lange kann ich nicht warten«, sagte er ernst und legte seine Stirn an ihre. Ihr Herz klopfte schneller vor Verlangen.

»Bis dahin ist es nur noch ein Monat.« Sie konnte es selbst kaum glauben, dass sie sich erst seit sieben Monaten kannten.

Er seufzte. »In Ordnung. Aber ich treffe dich dann mit deinen gepackten Koffern am 19. April an der Fähre.«

»Abgemacht«, willigte sie ein. Sie konnte ihn nicht abweisen. Dennoch gab sie sich selbst das Versprechen, die Beziehung mit Donnelly zu beenden, wenn sie je ihren Studienabschluss gefährden sollte.

***

Die Sommermonate waren idyllisch. Matthew führte im Sommer weniger Operationen durch und konnte sie fast jedes Wochenende besuchen. Samstagabends fuhren sie mit einer gemieteten Kutsche nach Napa, wo sie essen und tanzen gingen. Er führte sie in die Ragtime-Musik ein und brachte ihr sogar den neuen Viererschritt bei. Marie hatte sich noch nie so amüsiert.

Wenn Matthew während der Woche in der Stadt war, genoss es Marie, viel Zeit mit Adeline zu verbringen. Adeline erklärte ihr, was sie von Sara über die verschiedenen Traubensorten und die Winzerei gelernt hatte. Im Juni halfen Marie, Adeline, Luc, Sara und Philippe den Arbeitern auf dem Weinberg, die frisch gesprossenen Triebe und Blätter zu beschneiden. Nachdem Marie die letzten acht Monate überwiegend drinnen verbracht und gelernt hatte, und die zehn Jahre davor im Getümmel von Manhattan, war sie überglücklich, die frische Luft und die Schönheit des Weinguts auskosten zu können.

Die Bauarbeiten für die neue Weinkellerei waren in vollem Gange. Staunend beobachtete Marie, wie die enormen Gärbehälter aus Rundholz und Eiche in den zweiten Stock heruntergelassen und gesichert wurden. Danach waren die Arbeiter von morgens bis abends damit beschäftigt, das riesige Dach mit Schindeln zu decken. Marie half Sara und Rose, die Fenster im ersten Stock zu putzen. Sie lernte, Brot zu backen, und bereitete mit Rose Schinkensandwiches für Saras florierendes Wochenendgeschäft am Bahnhof zu. Jeden Abend fiel sie gegen neun Uhr erschöpft ins Bett. Wer hätte gedacht, dass das Farmleben anstrengender sein würde als der Medizinlehrgang?

* * *

»Du bist so still heute«, bemerkte Marie, als sie Hand in Hand mit Matthew über die Third Street ging. »Stimmt irgendwas nicht?«

»Keineswegs.« Matthew schmunzelte. »Ich habe nur gerade an Pippa gedacht. Philippe hat mich um meine Meinung gebeten.«

»Ich weiß. Aber Sara macht sich wegen der Operation Sorgen.«

»Was nur verständlich ist. Die Operation birgt ein Risiko, aber es ist keine seltene Operation. Dan Richards führt jeden Monat zehn dieser Operationen durch, sowohl an Kindern als auch an Erwachsenen.«

»Vielleicht könnte er sich mit ihnen treffen und Pippa untersuchen? Ich glaube, Sara würde sich wohler fühlen, wenn sie in die Stadt kommen und deine Klinik besuchen könnte. Der Operationsraum ist sauber und ordentlich und lange nicht so Furcht einflößend wie das Krankenhaus. Wir könnten ihnen den genauen Ablauf der Operation beschreiben.«

Matthew blieb stehen. »Das ist eine gute Idee. Ich rufe Richards am Montag an, falls er nicht gerade wie der Rest von San Francisco im Urlaub ist.«

»Wenn er verfügbar ist, wäre das die beste Zeit für die Operation – vor der Ernte und noch ehe Pippa Anfang September mit der Schule beginnt.«

»Und du kannst Sara überreden, sie mitzubringen?«

»Ja, mit Philippes Hilfe.«

Die Antwort schien Matthew zufriedenzustellen, doch er schwieg, bis sie ihre Kutsche erreicht hatten und er den Fahrer grüßte. Als er Marie in die Kutsche geholfen hatte, sagte er bedrückt: »Es geht um deine Familie, Marie. Was ist, wenn etwas schiefläuft oder sie allergisch auf die Narkose reagiert? Sie ist so winzig.«

Marie legte ihre Hand an Matthews Wange. »Nach allem, was Sara mir erzählt hat, wollte Pippas Mutter die Operation, und Philippe will sie auch. Pippa bekommt ständig furchtbare Ohrenentzündungen, hat Schwierigkeiten zu essen, und andere Kinder verspotten sie. Wenn es Adeline wäre, würde ich mich auch für die Operation entscheiden.«

Matthew stieg ein und küsste sie zärtlich. »Ich weiß, dass du das machen würdest. Du bist eine gute Mutter, Marie.«

Außer Philippe hatte ihr noch nie jemand dieses Kompliment gemacht. »Findest du?«, fragte sie.

»Warum glaubst du das nicht?«

Sie zögerte. »Ja, aber weil ich all diese Jahre gearbeitet habe, mache ich mir immer Sorgen, dass ich vielleicht nicht genug Zeit mit Adeline verbracht habe.«

»Vielleicht nicht, aber du hast ihr Beharrlichkeit beigebracht.«

»Glaubst du?«

»Absolut. Sie bewundert dich. Sie ist ein hübsches, intelligentes Mädchen, genau wie ihre Mutter.«

Marie rümpfte die Nase. »Sag schon, was hast du wirklich über mich gedacht, als wir uns zum ersten Mal getroffen haben?« Ihr war bewusst, dass sie völlig verunsichert klingen musste, doch ihre Neugier war stärker als ihr Stolz.

Matthew grinste. »Meine ehrliche Antwort? Als ich dich zum ersten Mal gesehen habe, dachte ich: ›Sie ist die reizendste junge Frau, die mir je unter die Augen gekommen ist, und sie wird hier nie überleben.‹«

Marie stieß ihn mit dem Ellenbogen in die Rippen. »Und jetzt? Nur aus der Sicht meines Professors natürlich.«

»Natürlich«, wiederholte er mit gespielter Ernsthaftigkeit. »Ich glaube, dass du eine außergewöhnliche Intelligenz und eine Begabung für die Medizin hast. Wenn du einen kühlen Kopf bewahrst und der Versuchung widerstehen kannst, dem Charme deines feschen Anatomieprofessors zu erliegen, dann kannst du vielleicht den Abschluss schaffen.«

Marie klatschte mit dem Handrücken gegen seinen Arm. »Du bist ein Teufel!«

»Das liebst du doch so an mir.« Er zog Marie näher an sich heran. In der Kutsche ruckelten sie über den schlammigen Weg nach Eagle's Run.

Kapitel 30

Juli 1902, San Francisco

Sie saßen in der Eingangshalle von Dr. Donnellys Privatklinik und warteten. Sara strich Pippa übers Haar, vor allem um ihre eigenen Nerven zu beruhigen. Pippa schien weniger nervös und war sogar vor Freude ganz aus dem Häuschen gewesen, weil sie zum ersten Mal mit der Fähre in die Stadt reisen konnte. Jetzt lehnte sie sich auf der gebohnerten Eichenbank zurück, ließ die Beine baumeln und summte vor sich hin. Philippe lief immer auf der gleichen Stelle hin und her, sodass Sara sich schließlich fragte, ob er mit seinen Schritten den Teppich verschleißen würde.

Marie, die schon länger da war, nahm Pippa bei der Hand und führte die Familie in das Untersuchungszimmer auf der anderen Seite der Treppe. Sara war so bange zumute, dass sie kein Wort herausbrachte. Erleichtert beobachtete sie, wie Marie freundlich mit dem Kind plauderte und es fragte, wie hoch die Wellen über der Reling der Fähre gewesen waren und ob sie durch den dicken Nebel die Silhouette der Stadt gesehen hatte. Philippe drückte Saras Hand, und sie legte ihre Wange an seine Schulter.

Matthew begrüßte sie mit einem entspannten Lächeln. Er machte auf Sara einen kompetenten und selbstbewussten Eindruck. Er stellte ihnen einen älteren Arzt vor, Dr. Richards, ein Spezialist für die Operation von Lippenspalten bei Kindern, wie Matthew versprach.

Philippe und Sara setzten sich ans Fenster, während Marie Pippa vorsichtig auf den Tisch manövrierte. »Leg einfach deinen Kopf auf dieses Kissen«, sagte sie sanft. Sie wandte ihren Blick kein einziges Mal von Pippa ab und hielt die kleine Hand des Mädchens. »Dr. Richards wird deine Lippe reparieren, damit du in Zukunft leichter essen, trinken und sprechen kannst.«

Pippa machte große Augen. »Ich wede sön?«, lispelte sie und verzog ihre Lippen, um mit der rechten Seite ihres Mundes Konsonantenlaute zu formen. Sara spürte wieder diesen Kloß im Hals. Marie legte ihre Hand auf Pippas Arm. »Ja, Pippa, das wirst du.« Marie gab dem Arzt mit einem Kopfnicken ein Zeichen.

Nachdem er Pippas Gesicht, Hals und Kopf untersucht hatte, erklärte der Arzt detailliert, was er korrigieren wollte. Sara verstand kein Wort, und als sie Philippe anblickte, war sein Gesichtsausdruck ebenso verständnislos wie ihrer.

Matthew mischte sich ein, um die Erklärungen zu verdeutlichen. »Dr. Richards sagt, dass Pippa eine gewöhnliche Lippenspalte hat, das bedeutet, dass der Mittelteil und die Seiten der Oberlippe nicht richtig zusammengewachsen sind. Glücklicherweise ist das keine komplizierte Operation. Wenn Sie einverstanden sind, kann Dr. Richards die Operation noch heute durchführen.« Matthew blickte von Philippe zu Sara, und Marie führte Pippa leise aus dem Zimmer.

Philippe fragte: »Wie wird das Problem genau korrigiert, Doktor?«

»Zuerst werde ich die Lippe von der Wange lösen, damit es keine Spannung gibt, wenn wir die Enden der Lücke zurückschneiden. Danach nähen wir die Enden zusammen.«

»Nimmt ihr das viele Blut nicht die Luft?«, fragte Philippe.

»Sie wird auf dem Rücken liegen, aber die Schwester wird ihr Herzkranzgefäß komprimieren, um die Blutung zu kontrollieren. Falls es notwendig wird, drehen wir sie auf die Seite, das verhindert ein Verschlucken des Blutes«, erklärte Matthew.

»Sie wird während der Operation bewusstlos sein, damit sie nichts mitbekommt?«, fragte Sara.

»Selbstverständlich. Wir verabreichen ihr Chloroform, und nach der Operation erhält sie ein Schmerzmittel.«

»Und könnte es passieren, dass sie nicht mehr aufwacht?«, fragte Philippe mit einem Beben in der Stimme.

Matthew wandte kurz den Blick zu Boden. Aus Saras Kehle kam ein Wimmern. Nach einem Augenblick antwortete er: »Das ist immer ein Risiko, aber die Krankenschwester wird nur eine sehr kleine Dosis verabreichen, gerade genug, um Pippa für die Dauer der Operation bewusstlos zu halten. Marie und ich bleiben bei ihr, um alles zu beobachten.«

Dr. Richards räusperte sich. »Von unwahrscheinlichen Vorkommnissen abgesehen rechne ich damit, dass Pippa die Operation sehr gut überstehen wird. Sie ist ein gesundes, kräftiges kleines Mädchen, und nach der Operation wird Pippas Leben – und Ihres – viel angenehmer sein.«

Sara warf Philippe einen bittenden Blick zu. »Vielen Dank, meine Herren«, sagte Philippe. »Könnten meine Frau und ich die Sache kurz allein besprechen?«

»Natürlich«, antwortete Matthew und verließ mit Dr. Richards das Zimmer.

Philippe hockte sich neben Sara. »Ich finde, wir sollten das für Pippa tun.«

»Aber tun wir es wirklich für Pippa? Oder setzen wir ihr Leben aufs Spiel, um es einer Welt recht zu machen, die sie nicht so akzeptiert, wie sie ist?«

Philippes Ton war bestimmt. »Wir tun es, damit sie ein normales Kind wie alle anderen sein kann.« Er zeigte zur Tür. »Dieses Mädchen packt das Leben bei den Hörnern. Sie ist noch nicht einmal fünf Jahre alt und ist schon jetzt frustriert darüber, dass die Leute sie nicht verstehen können.« Er verzog schmerzhaft das Gesicht. »Sie kann nicht einmal lächeln, Sara.«

Sara wischte sich die Tränen weg. »Sie ist deine Tochter ... es ist deine Entscheidung.«

»Du weißt, dass das nicht stimmt. Ich brauche deine Unterstützung, Sara. Indem du Pippa angenommen hast wie deine eigene Tochter, hast du mir das größte Geschenk gemacht, das du mir geben konntest. Pippa und ich, wir beide brauchen deine Zustimmung in dieser Sache.«

Sara trat ans Fenster und blickte hinaus. Mütter schoben ihre Kinderwagen über sonnenbeschienene Straßen, und eine Gruppe von Kindern spielte Hüpfekästchen. Sie fragte sich, warum sie diese Entscheidung heute treffen musste, doch die Antwort war einfach: Sie war Pippas Mutter. Sie drehte sich wieder zu Philippe um: »In Ordnung.«

Seine Miene entspannte sich erleichtert. Jemand klopfte leise an die Tür, und Marie trat ein. »Darf ich?«

»Natürlich«, sagte Philippe.

»Ich habe hier etwas, das euch vielleicht helfen könnte.« Sie hatte ein Buch mitgebracht und blätterte darin. »Wenn ich mich im Studium mit diesen komplizierten Operationen befasse, finde ich die Zeichnungen immer viel hilfreicher als den Text.« Sie schlug eine Seite auf und zeigte sie ihnen.

Die rechte Seite trug die Überschrift »Angeborene Fehlbildung von Lippen und Mund«, und darunter zeigten zwei Illustrationen verschiedene Operationsweisen. Marie zeigte auf das zweite Bild. »Dr. Richards zieht diese Methode von Mirault vor«, sagte sie. »Er wird wahrscheinlich diese Technik benutzen.«

Philippe betrachtete aufmerksam das Bild. »Ihre Narbe könnte also ein bisschen gezackt sein, und keine gerade Linie?«

»Wahrscheinlich. Seiner Erfahrung nach wächst die Haut bei dieser Art von Schnitt besser zusammen.«

Sara erschauderte, und Philippe zog sie an sich heran. »Das ist sehr nützlich, Marie, vielen Dank.« Er holte tief Luft und sagte: »Wir sind so weit.«

Die Operation dauerte länger, als Sara erwartet hatte. Als sie im Nebenzimmer saß und später unruhig im Treppenhaus und der Eingangshalle auf und ab lief, fühlte sie sich wie in einem abgeschiedenen Gefängnis, das nur aus Gebeten und Panik bestand. Sie nahm weder Philippe richtig wahr noch die Krankenschwestern, die geschäftig an ihr vorbeigingen. Ihre Gedanken kehrten wieder und wieder zu Pippas letzten Worten zurück, ihrem letzten gemeinsamen Augenblick. Sara hatte sich hinuntergebeugt, um ihr einen Kuss auf das seidige blonde Haar zu geben, welches nach Sonnenschein und Seife roch. Pippa hatte Saras Hand umklammert und mit Worten, die nur Sara verstehen konnte, erklärt: »Mama, ich taffer.«

Sara versank in den großen kornblumenblauen Augen ihrer Tochter und fühlte sich angesichts ihrer Tapferkeit beschämt. »Ja, das bist du, *ma petite fée*.« Sie lächelte Pippa an und strich ihr ein paar Haarsträhnen aus der Stirn. Pippas Miene wurde immer ruhiger, bis sie einschlief. Philippe musste Sara aus dem Operationszimmer schleifen und setzte sich mit ihr in den Nebenraum, wo er sie drängte, einen Brandy zu trinken. Mit jedem Schluck entspannten sich Saras verkrampfte Gliedmaßen mehr. Auch wenn sie ihre Nerven an diesem Nachmittag nur teilweise beruhigen konnte, schaffte sie es zumindest, nicht vor Sorge durchzudrehen.

Nach zwei qualvollen Stunden kam Marie aus dem Operationszimmer und ging langsam auf Sara und Philippe zu. Sara hielt den Atem an, bis auf Maries Gesicht ein breites Lächeln erschien. »Die Operation war erfolgreich. Pippa hat sie bestens überstanden.« Sie streckte die Arme aus, und zitternd vor Erleichterung umarmten die drei sich innig.

* * *

Donnellys Privatklinik wurde am zweiten Montag im August wieder geöffnet. Die Schwestern bereiteten sich auf die neuen Patienten vor, die in der folgenden Woche vor der Tür stehen würden, und sortierten stapelweise Krankenakten, schrubbten die Zimmer blitzsauber und bezogen die Betten.

Unter dem zugegebenermaßen hauchdünnen Vorwand, eine besondere Präsentation für ihren bevorstehenden Anatomie- und Physiologiekurs vorzubereiten, besuchte Marie die Privatklinik an drei Nachmittagen in dieser Woche. Sie ging die Krankenakten durch und notierte sich die bemerkenswertesten Fälle und ihre Besonderheiten. Sie half den Krankenschwestern, die Fußböden zu fegen und Bettpfannen zu sterilisieren. Aus Prinzip ging sie zur gleichen Zeit nach Hause wie die Schwestern, da sie sich kein Anzeichen von Unschicklichkeit erlauben wollte, selbst falls Jane und Virginia einen Verdacht hegen sollten.

Maries liebste Tageszeit war nachmittags um vier, wenn die Schwestern am Ende des Arbeitstages damit beschäftigt waren, Lieferungen zu bearbeiten und Vorräte aufzufüllen. Dann schlich sich Marie in Matthews Büro, um mit ihm ein paar Minuten allein verbringen zu können, bevor sie auch nach Hause ging.

An diesem Donnerstag lag ein ausgelassenes Funkeln in Matthews Augen. Er zog Marie auf den Schoß und küsste ihren Nacken. »Du weißt, dass ich es einfach nicht mehr aushalten kann.«

»Was?«, fragte Marie unschuldig, doch als er sie stürmisch küsste, wusste sie genau, was er meinte. Sie spürte ein sinnliches, prickelndes Gefühl und wünschte, er würde nie aufhören.

»Dich nicht ganz haben zu können.« Seine Finger waren unter ihren Rock gewandert und schlängelten sich an ihrer Wade entlang.

Sie hielt seine Hand fest, küsste ihn jedoch zärtlich. »Ich kann nicht riskieren, schwanger zu werden … nicht jetzt.« Er würde das doch sicher verstehen? Sie hatten bereits über dieses Thema gesprochen. »Wir müssen warten.«

»Bis du mit dem Medizinstudium fertig bist … bis wir endlich verheiratet sind?«, fragte er. »Um Himmels willen, Marie, ich bin Arzt. Es gibt Wege, diese Dinge zu verhindern.«

Sie sprang auf. »Gibt es die? Und das ist die Art, wie du einer Frau den Hof machst?« Sie waren beide katholisch – das wäre keine wirkliche Option für sie.

Matthew sah völlig verblüfft aus. Er sprach langsam, als sei sie ein Kind. »Nein, so mache ich einer Frau nicht den Hof«, sagte er nur.

Sie fragte sich, ob Matthew das Gerücht über ihren angeblichen Liebhaber glaubte, welches im College die Runde gemacht hatte. Selbst wenn er von solchem Gerede nichts hielt, Marie hatte ein uneheliches Kind. O ja, jetzt verstand sie! Ihr Magen zog sich zusammen.

Sie brauste auf: »Glaubst du, weil ich ein uneheliches Kind habe, sei ich verdorben und hätte keine Moral mehr? Das liegt über elf Jahre zurück, und von da an habe ich mir die Finger wund gearbeitet, um etwas zu erreichen, damit meine Tochter nicht ins Armenhaus musste, und ich werde verdammt noch mal nicht zulassen, dass du meine Chance ruinierst, Chirurgin zu werden!« Mit zitternden Händen ergriff Marie den Türknauf.

Matthew bekam sie an den Armen zu fassen und drehte sie zu sich herum. »Komm schon, Marie, rede nicht solch einen Unsinn. So etwas denke ich ganz und gar nicht!«

»Du weißt nicht, wie es ist«, gab sie zurück. »Und du wirst es nie wissen!« Sie versuchte, sich von ihm loszureißen, aber er hielt sie so fest, dass sie kaum Luft bekam.

»Du hast recht, Marie, ich weiß es nicht«, sagte er ruhig. Er trat einen Schritt zurück, um ihrem Blick zu begegnen, hielt sie aber immer noch fest. »Verzeih mir. Ich habe mich von meinen Gefühlen überwältigen lassen und meine Umgangsformen vergessen.« Er lächelte zaghaft. »Und ich möchte es wiedergutmachen.«

Marie hob skeptisch eine Augenbraue und wartete ab.

»Am Samstag veranstaltet meine Schwägerin eine Feier in ihrem Haus in St. Helena. Ich will nicht allein dort hingehen, komm mit mir. Sie freut sich darauf, dich endlich kennenzulernen.«

Marie lächelte vorsichtig. Ihre Liebschaft hatte geheim bleiben sollen, doch er hatte bereits seinem Bruder und seiner Schwägerin von ihr erzählt. Das musste ein gutes Zeichen sein. Doch dann fiel ihr wieder ein, dass seine Familie eine der reichsten von San Francisco war. Sie war in einfachen Verhältnissen aufgewachsen; sie wusste nicht, wie man sich in einer solchen Gesellschaft verhielt, und außerdem hasste sie oberflächliches Geplauder.

»Es ist ein wenig zu früh, meinst du nicht auch?«, fragte sie. »Was ist, wenn sich herumspricht, dass wir zusammen gesehen wurden?«

»Ich bezweifle, dass jemand von der Fakultät oder ein Student sich im Garten meines Bruders in St. Helena verstecken wird, aber warum bringst du nicht Sara und Philippe mit, wenn du dich dadurch besser fühlst? Niemand wird Verdacht schöpfen. Ich schicke ein Auto, um euch abzuholen.«

Ein Auto schicken? Allein mit den Kosten dafür könnte sie Adeline ein neues Kleid kaufen. Sie blickte ihn verständnislos an. Verstand er überhaupt, wie wenig Geld sie hatte?

»Unsinn, wir können den Zug nehmen«, antwortete Marie. Vielleicht könnten Rose oder Aurora gemeinsam mit Adeline auf die Kinder aufpassen. Dann fiel ihr etwas ein, das ihren Mut erneut sinken ließ. »Werden deine Eltern dort sein?« Sie versuchte, möglichst gelassen zu klingen.

»Meinst du, ich würde dich schon so früh den Wölfen zum Fraß vorwerfen? Nein, und genau das ist der Punkt. Ich möchte, dass du zuerst meinen Bruder und meine Schwägerin triffst. Sie sind sehr moderne Leute.« Alles an Matthew war modern: sein Beruf, seine Kleidung, seine Autos und sein Geschmack. Er müsste mit einer reichen Dame der Gesellschaft zusammen sein, die wusste, was man auf schicken Partys servierte und wer sein Büro im modernsten Stil ausstatten könnte. Was in aller Welt tat er mit ihr?

***

Zu Maries Enttäuschung stellte sich heraus, dass Sara und Philippe äußerst interessiert daran waren, sie zu Bridget Donnellys Feier zu begleiten, als sie das Thema am Freitagmorgen besprachen. So sehr sie auch ihre Unterstützung begrüßte, sie freute sich wirklich nicht darauf, Matthews Familie zu treffen.

Sara machte viel mehr Aufhebens um die Neuigkeit, als Marie gedacht hätte. Sie zog Marie vor den Spiegel und erklärte: »Wir haben nur einen Tag Zeit, um die richtige Garderobe für dich zu finden.«

»Ich ziehe einfach mein blaues Kleid an«, schlug Marie vor.

»Nur über meine Leiche!«, sagte Sara und durchkämmte ihren Kleiderschrank. »Zu lang, zu groß, falsche Farbe.« Sie seufzte. »Weißt du, Marie, ich habe Bridget Donnelly und ihre

Tochter getroffen, und selbst mittags am Bahnsteig waren die beiden in Seide und Spitze aufgeputzt. Sie haben ausgesehen wie zwei kandierte Kuchen!« Sara lachte. »So nett sie auch sind, ich schicke dich nicht dorthin, wenn du nicht passend gekleidet bist.«

Marie hatte jeden letzten Groschen ihrer Ersparnisse für ihren Unterricht, Bücher und Ausgaben für Adeline vorgesehen. »Ich kann nur etwa fünfzehn Dollar erübrigen«, sagte sie und rechnete sich aus, wie viel sie sparte, wenn sie diesen Sommer keine Fahrten in die Stadt zu machen hatte.

»Dafür bekommst du nur die obere Hälfte des Kleides, und vielleicht einen Hut«, sagte Sara augenzwinkernd. »Ich gebe dir den Rest.«

»Ihr kommt gerade wieder auf die Beine«, wandte Marie ein. »Ich kann kein Geld von dir annehmen.«

»Unsinn, Marie. Letztes Wochenende habe ich etwas mehr verdient. Ich gebe dir das Geld, und du kannst mir dafür nächsten Samstag mit dem Stand helfen, abgemacht?« Saras Gesicht strahlte voller Vorfreude. Marie konnte ihr Angebot wirklich nicht ablehnen.

* * *

Marie zupfte an dem weißen Seidenband ihres fliederfarbenen Baumwollkleides herum und steckte dann den modernen Strohhut mit den farblich abgestimmten Blüten fest, auf dem Sara bestanden hatte. Marie begutachtete ihr Spiegelbild. In dem qualvoll engen Fischbeinkorsett sah ihre Taille sehr schlank aus. Ihr Haar war dunkel und üppig und ihre Haut weich und glatt. Ihre Mundwinkel wiesen in diesem Augenblick nach unten, was sie verspannt und mürrisch erscheinen ließ. Sie zwang sich zu einem Lächeln, und ihre Wangen nahmen sofort Farbe an. Matthew sagte immer, dass er es mochte, wenn sie entspannt war, und Marie konnte sich nicht erinnern, ihn je angespannt erlebt zu haben. Beim Gedanken an ihren ersten Kuss im Garten begann ihr gesamter Körper zu prickeln, von den Lippen bis zu den Zehen. Marie schloss die Augen und seufzte.

Sie konnte ohne Weiteres Zwillinge entbinden, jeden Teil der menschlichen Anatomie benennen und Wunden nähen, aber sie konnte sich beim besten Willen nicht erklären, weshalb Matthew Donnelly an ihr interessiert war.

Am Bahnhof von St. Helena wartete bereits eine Kutsche auf sie. Als sie sich auf der Fahrt einer Kurve näherten, konnte Marie das Streichquartett schon hören, bevor sie das Haus sah. Das Anschwellen der Violinen und das tiefe Klagelied des Cellos steigerten ihre Nervosität nur noch. Sara musste es gespürt haben, denn sie drückte Maries Hand und lächelte. »Du bist wunderschön, Marie. Das wird ihn umwerfen, glaub mir.« Marie brachte ein schwaches Lächeln zustande, doch als die Räder ihrer Kutsche auf den Kiessteinen der Einfahrt knirschten, schweifte ihr Blick zu dem kolossalen Haus von Jimmy und Bridget Donnelly. Das dreistöckige viktorianische Gebäude war eines der größten Häuser, die Marie außerhalb der Stadt gesehen hatte, mit einem Mauerturm, Buntglasfenstern, kurzem grünen Rasen und Hecken, die zu akkuraten Würfeln geschnitten waren.

Sie ergriff Philippes Hand, als sie aus der Kutsche stieg, und behielt gleichzeitig die weit geöffnete Haustür im Auge, um sofort sehen zu können, wenn sich dort etwas bewegte. Die Eingangshalle wurde von Sonnenlicht durchflutet, und Marie konnte am anderen Ende des Hauses einen Ausschnitt des leuchtend grünen Gartens erkennen. In der Luft lag ein Geruch von süßen Heckenkirschen, gegrilltem Fleisch und frisch gebackenem Brot.

Als sie näher kamen, erschien Matthew auf den Eingangsstufen und hieß sie mit weit ausgebreiteten Armen willkommen. Marie stockte der Atem: Matthew trug einen cremefarbenen Leinenanzug, eine blau gestreifte Seidenkrawatte und einen Strohhut. Seine Wangen sahen frisch rasiert aus. Marie hakte sich bei Sara unter, weil ihr die Knie zitterten. »Beruhige dich«, flüsterte Sara, als Matthew auf sie zukam und kräftig Philippes Hand schüttelte.

»Herzlich willkommen«, sagte er und lächelte, als er von Sara zu Marie blickte. Er führte sie zum Garten. »Fühlen Sie sich wie zu Hause. Ich freue mich so, dass Sie da sind.«

Im Zentrum der großen Rasenfläche hinter dem Haus stand ein weißes Zelt, dessen Seitenwände sich in der sanften Brise aufbauschten. Eine schöne alte Eiche, doppelt so hoch wie das Haus, spendete einer Schar von Gästen Schatten. Die Gäste lehnten träge an ihrem dicken Stamm oder schwangen auf der Schaukel, die von ihrem niedrigsten Ast hing. Ein lautes Knacken vom anderen Ende des Gartens zog Saras Aufmerksamkeit auf sich. »Matthew, ist das Krocket, was da gespielt wird?« Sie wies mit einer Kopfbewegung auf eine Gruppe von Männern, die mit kurzen Holzhämmern Bälle durch kleine Tore schlugen. »Wir haben bei der Olympiade während der Weltausstellung vor zwei Jahren ein Krocketspiel gesehen, nicht wahr, Philippe?«

»Ja, aber das ist etwas anderes«, antwortete Philippe und spähte zu den Spielern auf dem Platz hinüber.

»Es ist die amerikanische Version – ein Spiel namens Roque«, bestätigte Matthew. »Ein wenig wissenschaftlicher als Krocket.«

»Ich wette, es macht viel mehr Spaß, es zu spielen, als zuzuschauen«, neckte Sara.

»Absolut. Ich würde Ihnen ja raten, es zu versuchen, aber wenn mein Bruder Jimmy und seine Freunde spielen, kann es etwas zur Sache gehen. Ich will nicht Ihre feinen Ohren verletzen.«

Sara warf Marie einen wissenden Blick zu. »Glauben Sie mir, Matthew, als wir in New York gelebt haben, haben Marie und ich Schlimmeres gehört, als Sie sich vorstellen können!«

Er lachte. »Daran habe ich keinen Zweifel. Darf ich Ihnen Bowle anbieten, oder vielleicht einen Wein?«

Während sie darauf warteten, dass Matthew mit den Getränken zurückkehrte, blickte Philippe sich ein wenig um. »Ich sage es dir nur ungern, Marie«, flüsterte er und lehnte sich zu ihr hinüber, »aber siehst du das Paar dort unter der Eiche?« Er wies mit einer Kopfbewegung auf ein älteres Ehepaar mit Champagnergläsern in der Hand. »Das sind Mr und Mrs Donnelly, Matthews Eltern. Bereite dich besser darauf vor, sie kennenzulernen.« Philippe zwinkerte und klopfte ihr ermutigend auf den Rücken. »Das schaffst du schon. Sei einfach du selbst.«

Kurz darauf kam Matthew mit Champagner und einer attraktiven rotblonden Frau zurück, die er als seine Schwägerin Bridget vorstellte. Sie erkannte Sara und Philippe sofort und kam schnell mit Marie ins Gespräch. Nachdem sie ein paar Minuten über das Wetter, Maries Studium und die verschiedenen Gäste geplaudert hatten, schlug Bridget das Unvorstellbare vor.

»Marie, erlauben Sie mir, Ihnen Matthews Mutter vorzustellen«, sagte sie mit einem strahlenden Lächeln, fasste Marie am Ellenbogen und ging mit ihr auf die große Eiche zu. Mrs Donnelly trug einen breitkrempigen Strohhut, der mit weißem Tüll und frischen Blumen verziert war. Umgeben von mehreren jüngeren Frauen hielt sie Hof.

Ein breites Lächeln erschien auf Bridgets porzellanweißem Gesicht. »Wissen Sie, vor zwei Jahren haben Jimmy, Matthew und ich mit unserem Automobil eine entzückende

Reise durch die Landschaft der Loire unternommen. Meine Lieblingsschlösser waren Chenonceau und Chambord – welch eine Pracht! Matthew war natürlich ganz anderer Meinung. Er bevorzugte das Château de Sully-sur-Loire. Kennen Sie es?« Marie schüttelte den Kopf und fragte sich, was sie mit dieser Reiseschilderung anfangen sollte. Bridget fuhr fort: »Die mittelalterliche Festung dort steht am Rand der Loire.« Sie blickte über den Garten zu Matthew hin, der mit seinem Vater zusammenstand. »Jedenfalls mochte Matthew das elegante Äußere des Châteaus: die hohen Mauertürme mit spitz zulaufenden Dächern, breite, bis zum Rand gefüllte Wassergräben und ein riesiger Burgfried.« Sie hielt kurz inne und neigte sich zu Marie. »Aber am meisten hatten es ihm die Wohnungen darin angetan«, fügte sie hinzu. »Das Innere war mit Licht durchflutet, was die dicken Steinmauern und das Tonnengewölbe so eindrucksvoll machten. Matthew sagte, dass die wahre Schönheit des Châteaus in seiner Stärke liege – es war über tausend Jahre lang das Zuhause von drei Familien gewesen. Er hatte schon immer eine Gabe dafür, die eigentliche Natur der Dinge zu erkennen.« Bridget lehnte sich vertrauensvoll vor und flüsterte: »Und wenn er sich einmal entschieden hat, kann ihn niemand mehr umstimmen.«

Mit diesen Worten kamen sie Mrs Donnelly näher. Zu Maries Leidwesen wartete Bridget nicht ab, bis sich eine Pause in der Unterhaltung einstellte, sondern platzte mitten hinein. »Mum, du musst Marie Chevreau kennenlernen.« Matthews Mutter hob den Blick und musterte Marie durch ihre Brille. In diesem Augenblick hätte Marie Sara vor Dankbarkeit küssen können, weil sie darauf bestanden hatte, dass Marie sich dem Anlass entsprechend kleidete.

»Sie sind die Hebamme, die Chirurgin werden will?«, fragte sie mit einem leichten irischen Akzent. Matthew musste seine Direktheit von seiner Mutter geerbt haben.

»Ja, Ma'am«, antwortete Marie und zwang sich zu einem Lächeln. »Ich hatte das große Glück, ein paar von Matthews Operationen beizuwohnen. Er ist sehr talentiert.«

»Ja, das habe ich gehört«, sagte sie gleichmütig. »Und ich habe auch gehört, dass Sie eine Tochter haben?«

Die Gruppe um sie herum verstummte, außer Bridget. »Mum!«, sagte sie ermahnend und legte ihrer Schwiegermutter eine Hand auf den Arm.

Mrs Donnelly tat Bridgets Warnung ab. »Möchten Sie mich ins Haus begleiten, Miss Chevreau?«, fragte sie mit einer Höflichkeit, die Marie nicht erwartet hatte.

»Ja, selbstverständlich«, erwiderte Marie. Mit langsamen, aber gleichmäßigen Schritten gingen sie über den gepflasterten Weg zum Haus. Um die unangenehme Stille zu beenden, bestätigte Marie: »Meine Tochter heißt Adeline, und sie ist elf.«

»Sie haben sie also allein aufgezogen, während Sie gleichzeitig als Hebamme gearbeitet haben, und jetzt lernen Sie für Ihren Chirurgieabschluss?« Marie war überrascht, dass Matthews Mutter beeindruckt klang.

»Ja, Ma'am«, sagte Marie leise. »Ich hatte Hilfe, von einem Kloster französischer Nonnen in New York, und von meinen Freunden, den Lemieux', die mich heute hierher begleitet haben.« Marie zeigte zu Sara und Philippe, die gerade in eine angeregte Unterhaltung mit Matthews Bruder Jimmy vertieft waren.

»Und woher kommen Sie?«

»Aus Frankreich, Ma'am. Tours, um genau zu sein.«

»Und sind Ihre Eltern noch am Leben, in Frankreich? Was machen sie?«

»Ja, sie haben ein erfolgreiches Unternehmen – eine Taverne in Tours«, fügte sie hinzu und fragte sich, ob dies ein Grund für den sofortigen Verweis vom Anwesen der Donnellys sein könnte.

Mrs Donnelly blieb kurz vor dem Hintereingang zum Haus stehen. »Was für ein schillerndes Leben Sie schon geführt haben, meine Liebe«, sagte sie. Sie zögerte kurz, bevor sie mit gesenkter Stimme fortfuhr: »Ich muss sagen, dass mein Sohn auch seine Zerstreuungen gehabt hat.«

»Ja, Bridget hat mir von ihren Reisen in Frankreich erzählt«, sagte Marie vorsichtig.

»Dann hat sie Ihnen vielleicht auch von Matthews Verlobter erzählt, Miss Margaret O'Shea?« Der Blick ihrer meeresgrünen Augen war mitfühlend, dann schnellte er in Matthews Richtung. »Ich hoffe, wir sehen uns wieder, meine Liebe«, sagte sie abschließend und ging ins Haus.

Marie griff nach einem Geländerpfosten in der Nähe und bekam kaum Luft. Matthews *Verlobte*? Marie dachte, sie hätte sich verhört, aber nein: *Miss Margaret O'Shea.*

Marie ließ den Blick über den bevölkerten Garten schweifen. Matthew nickte ihr mit einem breiten, charmanten Lächeln zu. In Gedanken durchforstete Marie jede Erinnerung an ihn und blieb bei Virginias Stimme hängen, die Tom Adlers Operation unterbrochen hatte: *Dr. Donnelly, Miss O'Shea ist am Telefon.* Um nicht das Gleichgewicht zu verlieren, tastete Marie sich an der Hauswand entlang und bewegte sich stolpernd in Richtung Vorgarten. Vielleicht würde Sara sie bemerken und zu ihr kommen.

Es kam jedoch nicht Sara, sondern Matthew an Maries Seite geeilt. »Hat sich meine Mutter furchtbar benommen?« Er setzte sich neben sie auf die Treppenstufen. »Sie hätte eigentlich gar nicht hier sein sollen.«

»Deine Mutter war nett«, sagte sie kühl. »Und sie ist die Einzige, die mich nicht anlügt.«

»Anlügt? Was ...«

»Margaret O'Shea. Aus Philadelphia?«, fragte Marie.

»Moment ...« Er schien verwirrt.

»Deine Verlobte, oder hast du es vergessen?«, erwiderte Marie und hatte plötzlich die Kraft, aufzustehen und sich abzuwenden.

Er bekam sie am Arm zu fassen.

»Fass mich nicht an!«, rief sie.

»Hör mir zu, Marie!« Die Venen in seinem Hals pulsierten. »Unsere Eltern haben vor zwei Jahren die ganze Sache arrangiert. Weder sie noch ich wollten das jemals durchziehen. Ja, wir wurden einander versprochen, aber …«

»Aber was? Bist du nun verlobt oder nicht?«

»Nein, ich bin nicht verlobt«, antwortete er. »Mein Vater hat die Abmachung zwischen unseren Familien letzten Monat aufgelöst und den O'Sheas eine beträchtliche Summe gezahlt. Glücklicherweise ist Miss O'Shea bereits eine Verbindung mit dem Sohn eines Aristokraten eingegangen, also hat sich alles zum Guten gewendet.«

»Oh«, sagte Marie bitter. »Geld ist also immer die Lösung, oder?«

»Nein.« Seine Augen schimmerten wie kalter Stahl. »Nein, das stimmt nicht.« Er ließ sie los.

»Du bist ein Lügner!« Marie kochte vor Wut. »Du hast mich im Glauben gelassen, du seist ungebunden!«

»Ich bin ungebunden!« Frustriert streckte er die Arme aus.

»Du warst verlobt, als du mir im März den Hof gemacht hast! Du hast mich monatelang angelogen!«

»Ja, aber ich wusste …«

»Alles in Ordnung da draußen?« Die Kiessteine knirschten unter seinen Sohlen, als Philippe näher kam. Hinter ihm folgte Sara, die sich mit ihren Absätzen auf der steinernen Einfahrt abmühte.

»Nein«, erwiderte Marie wütend. »Wir müssen gehen«, sagte sie zu Philippe und behielt Matthew dabei im Blick.

»Ich bringe euch zum Bahnhof«, bot Matthew an und schüttelte fassungslos den Kopf.

»Den Teufel wirst du tun!«, blaffte Marie ihn an. »Lasst uns gehen!« Sie wandte sich um und ging die Einfahrt hinunter.

»Verdammt noch mal, Marie! Willst du nicht Vernunft annehmen?«, rief Matthew ihr mit verzweifelter Stimme hinterher.

Marie machte sich in der Hitze Richtung Bahnhof auf. Sie wagte nicht zurückzublicken.

Kapitel 31

Eine gute Woche später steckte sich Marie vor dem Spiegel die Haare hoch und versuchte, sich zu überzeugen, dass dieser erste Tag des neuen Semesters ein Tag wie jeder andere war. Nach ihrem Streit mit Matthew und ihrer Weigerung, ihn zu sehen, als er am folgenden Nachmittag an Saras und Philippes Haus aufgetaucht war, wusste sie jetzt nicht, wie sie sich verhalten sollte. Sie fühlte sich gedemütigt, aber sie hatte sich richtig verhalten. Sie musste an ihre Tochter denken, und sie konnte ihm nicht trauen.

Die dritte Unterrichtsstunde des Tages war Anatomie, und Marie holte tief Luft, bevor sie das Unterrichtszimmer betrat. Sie wählte einen Platz in der Mitte und hoffte, sich hinter ihren Kommilitonen verstecken zu können. Schließlich waren alle Plätze besetzt, nur Donnelly fehlte. Die Erwartung, ihn wiederzusehen, ließ ihr Herz schneller klopfen.

Ein ihr unbekannter Professor kam hereingeschlendert und ließ sein Notizbuch auf das Lehrerpult fallen. Während er mit Kreide quietschend auf die Tafel schrieb, sagte er: »Diese Woche werde ich den Anatomieunterricht abhalten. Dr. Donnelly wurde kurzfristig weggerufen.« Marie wurde vor Scham rot. War das die Wahrheit oder hatte die Fakultät von ihrem Verhältnis erfahren und ihn gefeuert? Sie schluckte, ihr war plötzlich übel. Doch wenn sie jetzt den Unterricht verließ, würden alle misstrauisch werden.

Endlich wurde das Ende der Stunde eingeläutet, und das Treppenhaus füllte sich mit Studenten und Professoren. Auf der Suche nach diesem vertrauten Blick aus türkisfarbenen Augen sah Marie allen ins Gesicht. Vielleicht spielten ihr nur ihre Gedanken einen Streich, und er hatte einfach den Unterricht mit jemandem getauscht. Ihr fiel es zunehmend schwerer, ihre Gedanken zu ordnen. Plötzlich traf sie etwas so fest an der Schulter, dass sie an die Wand stolperte. Sie blickte auf und sah Larry Deaver, der sie höhnisch angrinste, bevor er ohne ein Wort der Entschuldigung lachend mit seinen Freunden weiterging.

* * *

Vor ihrer Abfahrt am Freitagabend wollte Marie verzweifelt herausfinden, wo Matthew war. Ihre Absätze klapperten auf dem schwarzen Linoleumboden im zweiten Stock. Sie warf einen Blick zurück, um sicherzustellen, dass der Flur leer war. Als sie vor der Milchglastür seines Büros stand, ließ sie die Schultern hängen. Das Zimmer war dunkel. Sie drehte den Messinggriff um und hoffte, er hätte vergessen, die Tür abzuschließen. Sie sehnte sich danach, das Leder seines Stuhls unter sich zu spüren, den Miniaturglobus auf seinem Schreibtisch kreiseln zu lassen, durch die Stapel von Unterlagen zu blättern, die er berührt hatte, aber der Griff ließ sich nicht drehen. *Du dumme Gans*, schimpfte sie mit sich selbst.

»Marie?« Sie zuckte zusammen, als sie eine fröhliche Männerstimme hörte. Thad stand in der Nähe der Treppe und war mit ein paar langen Schritten bei ihr. »Ich dachte, du wärst schon auf der Fähre.«

Marie blickte auf die verschrammten Spitzen ihrer knöchelhohen Stiefel und spürte die Hitze, die sich von der Brust bis zu ihren Wangen ausbreitete. Wie viel Thad wohl ahnte? »Ich nehme die Fähre am Morgen, damit ich heute Abend meine Notizen durchgehen kann.« Ihre Antwort entsprach der Wahrheit, aber sie war auch geblieben, weil sie gehofft hatte, Matthew zu sehen.

Thad trat näher und zeigte auf die Bürotür. »Falls du Donnelly suchst, er kommt nächste Woche zurück.« Thad neigte den Kopf zur Seite, und ein Büschel aus gewellten blonden Haarsträhnen fiel ihm in die Stirn. »Warte …« Er runzelte die Stirn, dann weiteten sich seine Augen. »Oh!«, sagte er, offensichtlich überrascht. »Oh … das wusste ich nicht.«

Marie wich seinem Blick aus. »Es ist nicht so, wie du denkst.«

Er trat sofort zurück. »Es geht mich nichts an, Marie«, sagte Thad steif. Er schluckte und hielt seinen Blick auf die Anzeigetafel an der Wand fixiert. »Ich gehe jetzt. Kann ich dich nach Hause bringen? Ich meine …«, stammelte er, »… falls du dorthin gehst.«

»Gerne. Danke, Thad«, sagte Marie leise und fragte sich peinlich berührt, was er wohl denken mochte. Thads Gesicht färbte sich tomatenrot, und ihr beiderseitiges Unbehagen ließ sie innerlich zusammenzucken. »Ich hole nur gerade meine Sachen aus dem medizinischen Archiv.«

Mit einem erleichterten Blick zog Thad eine Zigarette hinter seinem Ohr hervor. »Lass dir nur Zeit, Marie. Ich bin draußen. Wir sehen uns in zehn Minuten?«

»Zehn Minuten.« Sie lächelte verlegen.

Das Archivzimmer befand sich ein Stockwerk höher neben dem Anatomiezimmer. Eine Ecke des Raums wurde von einer Balgenkamera eingenommen, mit der die Fakultät Operationen aufzeichnete. Die rechte Wand wurde von Glasvitrinen gesäumt, in denen sich Hunderte von Probengefäßen befanden. Der moschusartige Geruch von Formaldehyd brannte Marie in den Augen und drehte ihr den Magen um. Sie ging an den langen Tischen mit Mikroskopen und Mikrotomen entlang, wo sie ihre Bücher und Notizen thematisch geordnet abgelegt hatte. Mit beiden Armen stemmte Marie den schweren Fensterrahmen hoch. Sie wurde mit einer warmen Brise belohnt, die umgehend das Zimmer mit frischer Luft füllte, aber ihre sorgfältig sortierten Unterlagen wild durcheinander auf den Boden wehte.

Marie kniete sich hin, um sie aufzusammeln, und bemerkte, dass ihre Arme mit Gänsehaut überzogen waren. Das Herz schlug ihr bis zum Hals, als sie den Kopf drehte und in der Türöffnung eine große Männergestalt wahrnahm. Das Nachmittagslicht aus dem Treppenhaus warf einen Schatten über sein Gesicht und machte ihn unkenntlich. »Thad?«, fragte Marie, doch sie bekam keine Antwort. »Matthew?«, flüsterte sie. Bevor sie aufstehen konnte, stürzten zwei Männer ins Zimmer und schlugen die Tür hinter sich zu. Marie wollte um Hilfe rufen, doch die Worte blieben ihr im Hals stecken. Während John Redman sich an die Wand lehnte und sie mit leeren, blutunterlaufenen Augen anstarrte, stürzte Larry Deaver sich auf sie.

»Was soll das?«, rief Marie. Deaver griff in ihr Haar, riss sie hoch und schleuderte sie mit einer solchen Wucht gegen den Tisch, dass Marie mit der Stirn gegen ein Mikroskop aus massivem Metall schlug und es zu Boden riss. Die Haut an ihrem Haaransatz riss auf, Blut sickerte über ihr Gesicht und bildete einen purpurfarbenen Schleier über einem Auge, bis ihre Sicht verschwamm. Er drückte ihre Wange an das raue Holz und seine Schenkel gegen Maries Stuhl, bis ihr Magen in die Tischkante gedrückt wurde. Er blies ihr seinen nach Rauch und Whiskey stinkenden Atem ins Gesicht. »Mathieu? Mathieu?«, ahmte er sie nach. »Meinst du nicht Dr. Donnelly – deinen *Liebhaber*?«

Deaver löste kurz seinen festen Griff, und Marie hörte das klirrende Geräusch seiner Gürtelschnalle. »Fass mich nicht an!«, schrie sie, trat mit der Ferse gegen sein Schienbein, spannte die Arme an und versuchte, ihn wegzudrücken. In ihrem Kopf pochte es, und ihre Sicht war verschwommen, doch auf keinen Fall würde sie sich einfach ergeben.

»Verdammt noch mal, Red!«, brüllte Deaver. Er stieß einen Ellenbogen zwischen Maries Schulterblätter und drückte sie wieder auf den Tisch. Marie schlug mit den Armen wild, aber hilflos um sich. Redmans Augen leuchteten auf. Er ließ ein kleines Taschenmesser aufschnappen und über den Tisch zu seinem Freund gleiten. Deaver drückte die kalte Klinge an die Stelle, wo Maries Halsschlagader vor Furcht pochte. »Keine Bewegung, oder ich schneide dich vom Ohr bis zum Hals auf, du Hure«, spuckte er aus.

Benommen und kaum bei Bewusstsein spürte Marie seine schweißnassen Hände unter ihrem Rock, seine heißen Finger klammerten sich in ihr Fleisch. Marie verfiel in Panik, als sie realisierte, dass sie seinen Übergriff ertragen müsste, wenn sie am Leben bleiben wollte – allein um Adeline willen.

Sie hörte Gebrüll an der Tür und plötzlich schrammten die Holzbeine des Tisches quietschend über den Fliesenboden. Deaver ließ von ihr ab, und Marie fiel zu Boden. Mit ihrem funktionierenden Auge sah sie, wie Thad mit Redman kämpfte, der ihm unterlegen war. Mit einem Faustschlag ließ er ihn gegen die Wand krachen. Deaver stieß das Messer in Thads Richtung, doch Maries Freund duckte sich, griff Deavers Arm und haute sein Handgelenk auf den Tisch, bis er die Waffe losließ. Deaver stürzte auf Thad zu, rammte ihn gegen eine Glasvitrine, Probengefäße flogen durch die Luft und zerschellten vor Maries Füßen. Das Splittern von Glas und der plötzliche, beißende Geruch nach Formaldehyd belebten ihre Sinne.

Da sie das Messer nicht fand, griff Marie sich ein Mikroskop und versetzte Deaver damit einen Schlag auf den Hinterkopf.

Er fiel um wie ein Sack Kartoffeln. Marie fühlte sich, als würde gleich ihr Herz explodieren. Ihre Knie sackten ein, und als sie zu Boden sank, fing Thad sie auf, selbst blutend und zerzaust. Er bot Marie sein Taschentuch an, um die Blutung an ihrem Kopf zu stoppen, umfasste mit einem Arm ihre Taille und führte sie Richtung Tür. Hinter ihnen bewegte sich Deaver und stöhnte, als er versuchte aufzustehen. Thad lehnte Marie vorsichtig an die Wand. »Warte hier«, wies er sie an. Er eilte zurück ins Zimmer und trat wiederholt auf Deaver ein, wobei er ihm sicherlich mehrere Rippen brach. »Du Dreckskerl!« Thads Stimme klang barsch. Maries Lippen bebten, und sie merkte, dass sie zitterte – nicht nur wegen des gerade Erlebten, sondern auch weil Gott ihr genau im richtigen Moment einen mutigen Freund geschickt hatte.

Thad steckte sein Hemd in die Hose und ging mit Marie die Treppe hinunter. Am Vorratsraum hielt er kurz an, um Alkohol und Verbandszeug zu holen.

In ihrer Wohnung angekommen, ließ Thad Marie vorsichtig auf die Kante ihres Bettes sinken. Sie fühlte sich, als strömte ihr eiskaltes Wasser durch die Adern, so sehr musste sie zittern. Als Thad sich vor sie hinkniete und ihre Stirn mit Alkohol abtupfte, zuckte sie zusammen. »Die Schwellung ist schlimmer geworden«, bemerkte er und bedeckte die Wunde mit Verbandsmull. Er nahm Eis aus ihrem kleinen Eisschrank aus Eichenholz und hielt es an ihren Kopf.

»Wie hast du es gewusst?«, flüsterte Marie.

»Ich stand genau unter dem Fenster. Ich habe dich schreien gehört.«

Sie legte eine Hand auf seine Schulter. »Vielen Dank, Thad.«

Er runzelte die Stirn. »Marie, ich muss Donnelly finden.«

»Nein.«

»Er kann deine Wunde besser behandeln als ich, und wir müssen es der Verwaltung melden.«

Marie fasste seinen Unterarm. »Bitte, tu das nicht. Sie werden ihn feuern, wenn sie das über uns herausfinden.«

»Darüber machst du dir Sorgen?«, fragte Thad empört. »Wen kümmert's? Wir müssen dafür sorgen, dass du sicher bist – dass Deaver und Redman dich nicht noch mal angreifen.« Er seufzte tief und tupfte das Blut von ihrem Haar. »Mein Gott, Marie, sieh dir an, was sie mit dir gemacht haben.«

Immer noch wacklig auf den Beinen stand sie auf und warf einen Blick in den Spiegel über dem Waschbecken. Ihre Lippe war aufgeplatzt, auf ihrer Wange war ein blauer Fleck, und die glatte Haut an ihrem Hals war mit roten Schrammen von Deavers Messer übersät. Sie zog den Verband ab, um die fünf Zentimeter lange Schnittwunde an ihrem Haaransatz zu untersuchen. Auch wenn es keine tiefe Wunde war, hatte sie die letzte halbe Stunde geblutet. »Ob es wohl genäht werden muss?«, fragte sich Marie laut.

»Wahrscheinlich nicht, aber es wird wohl eine Narbe zurückbleiben.«

Marie sprach mit Thads Abbild im Spiegel. »Thad, Donnelly und ich … wir gehen erst seit diesem Sommer miteinander aus. Nur das, sonst nichts.«

»Und selbst wenn es mehr wäre, Marie, das entschuldigt nicht, was sie getan haben.«

»Ich weiß.« Sie fröstelte und setzte sich wieder ihrem Freund gegenüber auf das Bett. Marie sehnte sich plötzlich nach Adeline und Sara. Sie wollte die Sonne von Napa auf dem Gesicht spüren und ihrer dunklen, tristen Wohnung entkommen.

Thad musste ihre Gedanken gelesen haben. »Lass mich dich wenigstens morgen zu deiner Familie bringen.« Marie willigte ein. Er schnürte ihre Stiefel auf und zog sie ihr von den

Füßen, aber ließ sie ihre Strümpfe selbst ausziehen. Sie hätte gern ein Bad genommen, aber das Bedürfnis ihres Körpers nach Schlaf war größer.

Marie legte sich vorsichtig hin. »Bleibst du bei mir, bis ich eingeschlafen bin?«, bat sie ihn.

»Natürlich, Marie«, flüsterte Thad und deckte sie mit einem dünnen Baumwolllaken zu.

* * *

Am Montagmorgen nahm Philippe die frühe Fähre in die Stadt. Er hatte bereits eine halbe Stunde vor Donnellys Büro gewartet, als dieser eintraf.

»Lemieux!«, rief Donnelly, als er auf Philippe zukam. Er sah ganz wie der perfekte, elegante Arzt aus: moderner marineblauer Anzug, graue Seidenkrawatte, glänzend polierte Schuhe, und kein Haar saß an der falschen Stelle. »Ich hatte Ihnen schon bald einen Besuch abstatten wollen«, sagte er mit hoffnungsvoller Miene.

Das Bild von Maries geschundenem Gesicht blitzte vor Philippes innerem Auge auf. Er hätte diesen Kerl am liebsten gewürgt, aber da er wusste, wie viel Marie für ihn empfand, schüttelte er nur mit grimmigem Schweigen Donnellys Hand.

Donnelly wurde sofort ernst. »Warum sind Sie hier? Ist etwas passiert?«

»Wir sollten uns unter vier Augen unterhalten.« Philippe blickte ins Treppenhaus, das sich jetzt mit Studenten füllte, die zum Unterricht eilten.

Donnelly wurde bleich. »Natürlich. Bitte, kommen Sie herein.« Er öffnete die Tür und bot Philippe einen Platz an. »Sind Sie wegen Marie hier? Hat sie Ihnen erzählt, warum wir uns gestritten haben?« Er atmete laut aus und klopfte mit den

Fingern nervös auf der Schreibtischunterlage. »Ist sie immer noch wütend?«

Mit einer Handbewegung hielt Philippe ihn mitten im Satz auf. Er wollte nichts über Margaret O'Shea hören oder darüber, warum Donnelly am Freitagabend nicht bei Marie gewesen war.

»Matthew, Marie wurde am Freitag von zwei Studenten angegriffen. Sie haben sie geschlagen, und wenn Thad Holmes sie nicht aufgehalten hätte, hätten sie sie wahrscheinlich auch vergewaltigt.«

Matthew schnappte nach Luft, blankes Entsetzen stand ihm ins Gesicht geschrieben. »Ist sie …?«

»Sie hat eine Schnittwunde an der Stirn, ein paar Prellungen und blaue Flecken, aber unser Arzt sagt, es wird alles gut verheilen. Sie ist jetzt in unserem Haus in Napa, mit Sara und Thad.«

Donnelly fiel die Kinnlade herunter. Mit geröteten Augen starrte er Philippe an. »Wer hat das getan? Warum hat Holmes mich nicht geholt?«

»Larry Deaver und John Redman. Sie haben Ihr Verhältnis entdeckt.« Donnellys Unterlippe zitterte, er schlug sich die Hände vors Gesicht. »Thad wollte es Ihnen sagen, doch sie hat es nicht zugelassen. Und jetzt will sie den Vorfall nicht melden, weil sie nicht will, dass Sie hineingezogen werden. Sie befürchtet, Sie könnten entlassen werden.«

»Du große Güte! Das ist lächerlich«, sagte er heiser. »Kann ich sie sehen?«

»Morgen früh. Ich habe einen Termin mit der Verwaltung ausgemacht. Sara wird Marie mitbringen, und Thad wird als Zeuge aussagen. Wir brauchen Sie dort.«

»Natürlich, aber ich muss zu ihr – und zwar jetzt.« Donnelly stand auf.

»Geben Sie ihr Zeit, Matthew«, mahnte Philippe ihn. »Sie ist mental in keiner guten Verfassung. Sie braucht noch einen Tag, um wieder zu Kräften zu kommen.«

Donnelly starrte aus dem Fenster. »Ich liebe sie, Philippe«, sagte er leise.

Philippe konnte seinen Schmerz nachvollziehen. Seine Erinnerung an Saras Narben von dem Angriff seines Bruders hatte sich wie ein Granatsplitter in seinem Innersten festgesetzt. »Dann kämpfen Sie um sie«, bestärkte er ihn. Als Antwort drückte Donnelly Philippes Schulter, seine Miene starr vor Entschlossenheit.

* * *

Marie konnte nicht glauben, was sie hörte.

Matthew sprang von seinem Platz auf. »Eine Verwarnung?«, rief er. »Das ist alles?« Wild gestikulierend lief er um den voll besetzten Tisch herum. »Miss Chevreau wurde genau hier in diesem Gebäude von zwei Kommilitonen angegriffen, und Sie wollen diese Kerle mit einem blauen Auge davonkommen lassen?«

»Welche Alternative würden Sie vorschlagen?«, fragte der ältere grauhaarige Hochschulleiter.

»Einen Ausschluss vom College natürlich. Sie müssen an ihnen ein Exempel statuieren!« Marie hörte Matthew nur selten brüllen, aber jetzt tobte er vor dem Disziplinargremium des Colleges. In seinem maßgeschneiderten dunkelgrauen Anzug gab er eine markante Erscheinung ab, und er nutzte seine Autorität als erfahrener Chirurg und Professor, um Maries Recht zu erstreiten. Und dennoch konnten weder er noch einer der anderen Männer am Tisch verstehen, was sie durchgemacht hatte. Nur Sara wusste es.

Der Vorsitzende räusperte sich und unterbrach Maries Gedanken. »Verzeihen Sie, Dr. Donnelly, aber ihrer Aussage zufolge wurde Miss Chevreau nicht tatsächlich vergewaltigt. Eine Festnahme dieser Studenten würde dem guten Ruf dieses Colleges beträchtlichen Schaden zufügen. Und was den Ausschluss betrifft – na ja, wir könnten Mr Redman ohne viel Aufhebens entlassen, aber Mr Deavers Vater sitzt im Kuratorium des Colleges und ist unser großzügigster Unterstützer.«

Marie sträubten sich die Nackenhaare. Sie konnte dem nicht länger zuhören. Ihre Sicherheit war offenbar keine Diskussion wert. Ihre Anspannung stieg an, bis sie sich wie das Stechen von tausend Nadeln anfühlte. Sie sprang auf, und beinahe wären ihr die Beine eingeknickt. Sara streckte die Hand aus, um sie festzuhalten. »Ich brauche nur etwas Wasser«, flüsterte Marie.

Die Männer am Tisch erhoben sich. Bevor sie sich mit Marie entfernte, wandte Sara sich an den Vorsitzenden. »Haben Sie eine Frau, Sir? Eine Tochter?« Sie blickte die fünf Beamten scharf an und musterte einen nach dem anderen. »Wie würden Sie sich fühlen, wenn sie bei vorgehaltenem Messer bedroht worden wäre? Geschlagen? Missbraucht worden wäre, während andere aus Spaß zugesehen hätten?« Saras Miene war vor Abscheu verzerrt.

Dankbar für die Unterstützung, drückte Marie Saras zitternden Arm. Bevor Sara die Tür hinter ihnen schloss, erhaschte Marie einen kurzen Blick auf Matthew. Sein Gesichtsausdruck wurde weich. Es war nicht zu entziffern, welche Emotionen sich hinter diesen aquamarinblauen Augen verbargen. Hatte er Mitleid mit ihr, oder hatte er ihr gerade einen stummen Abschiedsgruß ausgesprochen? Was es auch war, Marie fühlte sich allein und verwirrt.

Im Besprechungszimmer nebenan ließ sie den Finger über den Rand ihres Wasserglases gleiten. Wenn sie sich nur genug auf die kreisende Bewegung konzentrierte, würde sie alles verdrängen können – das Gerede dort draußen, das Brennen ihrer Schrammen und selbst das Summen in ihrem Kopf. Marie spürte, dass Sara sie beobachtete, doch sie schwieg.

Die Tür wurde geöffnet. Aus dem Augenwinkel erkannte Marie den Saum von Matthews Hose, die über seinen glänzenden Halbschuhen umgeschlagen war. Philippe folgte ihm.

Matthew kniete sich vor sie hin und nahm ihre Hände. Sie konnte es nicht ertragen, ihn anzublicken. Ihr war es schwer ums Herz vor Scham, obwohl sie überhaupt keine Schuld hatte.

»Es tut mir so leid, Marie«, sagte Matthew. Seine Finger strichen vorsichtig über die Wunde an ihrem Kopf, die sie wegen der Versammlung absichtlich nicht verbunden hatte. »Du hast mein Wort, ich bringe das in Ordnung. Du wirst dich nie mehr um deine Sicherheit sorgen müssen.«

Marie blickte auf. »Sie werden ihn also nicht rauswerfen?«

Er schüttelte den Kopf.

Sie ließ die Hand auf dem glatten Stoff seines Jackenaufschlags liegen. »Tu nichts, was deine Stellung hier gefährden könnte«, sagte sie schwach.

Er warf Marie ein Lächeln zu. »Mach dir keine Sorgen. Ich kümmere mich um die Sache hier. Du ruhst dich besser zu Hause ein paar Tage aus.«

Marie versteifte sich. »Nein. Ich gehe morgen zum Unterricht, ohne Verband. Sie sollen nur alle sehen, was er getan hat«, beharrte sie.

Matthew drückte seine warme Hand auf ihre Schulter. »Meine furchtlose Marie«, sagte er liebevoll. »Tu, was immer du willst, aber bitte lass mich dich heute Abend zu deiner Wohnung begleiten, damit du sicher bist.«

Philippe räusperte sich. »Ich glaube nicht, dass das eine gute Idee ist«, sagte er und begegnete Maries Blick. Er war offensichtlich besorgt, dass es Marie noch mehr Schwierigkeiten bereiten würde, wenn sie allein mit Matthew gesehen wurde.

»Bitte«, sagte Matthew.

**

Auf dem kurzen Weg vom Wagen bis zu Maries Haustür prasselte der strömende Regen auf Marie und Matthew ein. In der Wohnung hängte Matthew seinen Mantel auf, rollte die Ärmel hoch und hockte sich vor den Kaminofen. Er legte die Holzscheite hinein und zündete den Kamin an, während Marie die Arme um ihren Körper schlang, um sich aufzuwärmen. Graue, schwere Regenwolken bewegten sich träge über den Himmel von San Francisco.

»Marie, warum ziehst du dir nicht trockene Sachen an?«, fragte er und rieb seine Hände. »Du zitterst ja vor Kälte.« Sein ruhiges Verhalten reizte Marie. Sie musste an ihre Beziehung denken – ungeachtet seines stattlichen, guten Aussehens und seines Charmes hatte er sie die ganze Zeit über angelogen.

Sie würde nicht zulassen, dass er den Übergriff zum Vorwand nahm, um sein Täuschungsmanöver unter den Teppich zu kehren. Ohne ihn anzublicken, fragte sie: »Wenn deine Verbindung mit Margaret O'Shea nicht mehr besteht, warum hat mir deine Mutter dann erzählt, ihr wäret verlobt?« Marie beobachtete die Regentropfen, die in glänzenden Rinnsalen die Fensterscheibe hinunterliefen.

Nach einem kurzen Moment antwortete er: »Sie wusste es nicht. Mein Vater und ich hatten es ihr noch nicht erzählt. Und ich hatte nicht damit gerechnet, dass meine Eltern bei der Party auftauchen würden.«

»Wussten Bridget und Jimmy, dass die Beziehung beendet war?«

»Ja.«

Matthew beugte sich vor und sagte direkt: »Marie, ich habe sie nicht geliebt.«

»Geliebt?«, fragte Marie verächtlich. »Liebe hat damit nichts zu tun.« Ein intensiver Schmerz breitete sich vom Zentrum ihres Kopfes bis zur Kopfhaut aus. Die Wunde an ihrer Stirn pochte. Der Kummer drohte, sie wie ein Sog hinunterzuziehen. Sie hielt sich die Augen zu, aber die Erinnerungen blitzten vor ihr auf wie die einzelnen Bilder eines Daumenkinos. Sie dachte an Bastien, Adelines Vater, und die nackte Gewalt seiner Lust. Er hatte sie verführt und dann sein Eheversprechen gebrochen und sie verlassen. Sie roch den scharfen Whiskeygeruch von Larry Deavers Atem und spürte die Messerspitze an ihrem Hals. Sie zuckte zusammen, als sie sich an das Gefühl seiner rauen Nägel auf ihrem Gesäß erinnerte. Sie schwankte und schnappte nach Luft.

»Marie!«, rief Matthew und hielt sie fest.

Sie erlangte ihr Gleichgewicht wieder und entzog sich ihm. »Warum bist du hier?«

»Ich gehe nicht, bevor wir nicht über alles geredet haben, was passiert ist«, antwortete er mit beherrschter Stimme.

Marie zog ihre nasse Jacke aus und warf sie auf den Boden. »Ja, du hast recht.« Wie im Fieber riss sie an den Knöpfen ihres hohen Kragens und enthüllte die Schrammen von dem Messer. »Oder noch besser«, zischte sie, »lass uns *sehen*, was passiert ist. Hier hat Deaver mich mit dem Messer bedroht.«

»Marie ...« Matthew trat einen Schritt vor.

Ein Blick von ihr ließ ihn sofort stillstehen. Marie riss ihre Bluse auf, sodass die Knöpfe absprangen. Sie warf das Kleidungsstück zur Seite und schnürte das Mieder ihres Korsetts auf. Als es von ihr abfiel, rutschte der dünne Stoff von Maries Unterkleid über ihre Schulter und enthüllte die violettgelben Prellungen auf ihrer Brust. Die Abscheu in Matthews Miene schmerzte sie und spornte sie gleichzeitig an. Sie zog das Unterkleid herunter. »*Das* ist passiert, als er mich über den Tisch geworfen und meinen Kopf gegen das Mikroskop geschlagen hat.«

Matthew blieb stocksteif stehen. Er blickte sie mit einer Mischung aus Neugier und Furcht an. Marie wand sich aus ihren Röcken. Nur noch in Unterhemd und Unterhose, stand sie vor ihm, bis sie auch diese über ihre Hüften schob.

»Marie, genug jetzt!«, befahl Matthew, doch sie ignorierte ihn. Sie wollte, dass er jede Demütigung sah, die sie erlitten hatte. Sie wandte ihm den Rücken zu und ließ die Hände über ihre zerkratzten Schenkel wandern.

»*Das* ist passiert!«, schrie sie mit schriller Stimme. Sie hatte keine Ahnung, woher ihre wütenden Worte kamen. »Findest du es aufregend? Zu wissen, was er mir angetan hat?«, fragte sie bösartig.

»Nein«, presste er heraus. »Es macht mich krank.«

Sie konnte ihren Selbsthass nicht zurückhalten, aber ihre Verzweiflung auch nicht zum Verstummen bringen. »Du willst mich jetzt nicht mehr, oder?« Ihre Lippe zitterte.

»Marie, dir geht es nicht gut. Du scheinst Fieber zu haben.« Er streckte eine Hand nach ihrer Stirn aus.

Sie schlug die Hand weg. »Beantworte meine Frage!«, rief sie mit einem Schrei, der zugleich ein Schluchzen war.

Matthew machte einen Satz nach vorn und schüttelte sie. Ein wilder, gequälter Ausdruck lag auf seinem Gesicht. »Stopp, Marie, stopp!«, rief er.

»Worauf wartest du?«, fragte sie drängend und schlang ihre Arme um seinen Hals. Er machte sich von ihr los. Marie schrie: »Nimm mich! Nimm mich, du verdammter Feigling!«

Sie warf sich auf ihn, aber Matthew bekam sie zu fassen. Sie wand sich und trat um sich, aber er hielt sie fest. »Marie …« Ihre Haare dämpften seine Worte. Sie hängte sich an ihn und verbarg ihr Gesicht an seiner Schulter, beruhigt vom vertrauten Duft seines gestärkten Hemdes. Sie zitterte vor Verzweiflung. Erst als die Anspannung in ihren Muskeln nachließ und sie wieder richtig atmen konnte, bemerkte sie, dass sein Brustkorb bebte.

Müdigkeit lag in seinen tränenden Augen, und er sah elend aus. »Es tut mir so leid, Marie«, sagte er heiser. Die Hitze seiner Berührung zwischen ihren nackten Schulterblättern erschütterte ihre Sinne. Plötzlich beschämt über ihre Blöße und ihren Gefühlsausbruch, versuchte Marie, sich ihm zu entziehen. Matthew zog mit einer Hand die Bettdecke heran und drapierte sie ihr ungeschickt über die Schultern.

Als er wieder die Kontrolle über seine Stimme erlangt hatte, drängte er sie sanft: »Komm schon. Du bist ganz heiß, und du weißt, dass du ein Bad brauchst, um das Fieber zu senken.«

»Aber …«

»Marie, ich bin dein Arzt. Und außerdem hast du wahrscheinlich zu große Schmerzen, um dich selbst richtig baden zu können.« Sie war zu erschöpft, um Einwände zu erheben.

Mit dem Rücken zur Tür ließ sie sich in die Badewanne sinken und zog die Knie an die Brust. Das Wasser war nur lauwarm und entspannte kein bisschen. Matthew kam mit einem Packen Handtücher herein. Er kniete sich hin, seifte einen nassen Waschlappen ein und drückte das Wasser sanft über Maries Rücken aus. Er streifte mit dem Lappen ihre Schultern, ihren Hals und ihre Arme. Sie schloss die Augen und konzentrierte sich auf seine vorsichtigen Berührungen, damit sich ihre Verlegenheit legen konnte. Schon bald hatten sich seine Finger in ihr nasses, schaumiges Haar verflochten und massierten die Anspannung weg, ohne die stechende Wunde an ihrer Schläfe zu berühren. Als er ihr Haar ausspülte, zitterte sie stark, da das lauwarme Wasser die letzten Spuren von Fieber aus ihrem Körper vertrieb.

Es dauerte eine Weile, bis Matthew etwas sagte. »Marie?« Sie wagte nicht, sich umzudrehen, doch er fuhr mit gleichmäßiger Stimme fort. »Ich hatte nie vor, die Verlobung mit Margaret einzugehen.« Er hob Maries Hand und streifte mit den Lippen die aufgerissene, raue Haut ihrer Fingerknöchel. »Aber du solltest Folgendes wissen: Ich hätte noch weitaus Schlimmeres getan, als zu lügen, um dich zu behalten.«

Marie wachte in der Nacht auf. Sie trug ihr Nachthemd und lag in Matthews Armen. Als sie sich bewegte, murmelte er müde: »Tut mir leid, wenn ich dich geweckt habe, mein Arm war eingeschlafen.« Er drehte sich etwas, und sie spürte seinen langen, sehnigen Körper an ihrem.

Die Intimität, die sich zwischen ihnen in den letzten Stunden eingestellt hatte, hatte ihre Mauern durchbrochen, und jetzt war das unerwartete Verlangen für Marie zu drängend geworden, um es ignorieren zu können. Ihre Blicke begegneten sich, und sie flehte ihn an: »Bitte.« Erst scheu, dann sanft berührten ihre Lippen seine.

Leidenschaftlich erwiderte er den Kuss, seine Lust war unverkennbar. Doch als sie begann, sein Hemd aufzuknöpfen, entzog er sich ihr und nahm ihre Hände. »Nein, Marie. Nicht jetzt, nicht so.« Er schlüpfte aus dem Bett und nahm seine Schuhe und seine Jacke, dann hockte er sich hin und strich Marie über ihr feuchtes Haar. Sie blickte ihn erwartungsvoll an. Er lächelte und erklärte: »Lass uns den richtigen Zeitpunkt abwarten, mein Schatz. Wenn ich dich zum Altar geführt habe und wir uns das Eheversprechen gegeben haben. Erst dann.« Er küsste sie sanft, bat sie, die Tür hinter ihm abzuschließen und trat in die Dunkelheit der Sacramento Street hinaus.

Kapitel 32

Thad hatte ihr angeboten, sie zu allen Unterrichtsstunden zu begleiten, doch Marie hatte abgelehnt. Sie musste sich der Situation selbst stellen. Sie atmete tief ein, bevor sie am Mittwochmorgen den Biologieraum betrat, und suchte mit ihrem Blick den Raum nach Larry Deaver ab. Er war nicht da. Tatsächlich blieb er auch die nächsten beiden Tage abwesend. Matthew musste sein Versprechen auf irgendeine Art und Weise in die Tat umgesetzt haben.

Sie riss sich zusammen, aber am Donnerstag um die Mittagszeit herum wurde sie von ihren Erinnerungen eingeholt, die wie makabere Schnappschüsse ihrer Tortur kreuz und quer in ihrem Bewusstsein verstreut waren. Um auf andere Gedanken zu kommen, überquerte sie die Straße und ging zum Krankenhaus. Sie kam am Operationssaal vorbei, in dem Krankenschwestern den OP-Tisch desinfizierten und den Boden wischten. Sie entdeckte Matthew nebenan, wo er sich gerade die Hände wusch. Als sie eintrat, ließ sein Lächeln ihren Magen Purzelbäume schlagen.

Er trocknete sich die Hände ab und warf einen Blick über ihre Schulter, um zu prüfen, dass niemand mithören konnte. »Wie läuft es heute?«, fragte er mit gedämpfter Stimme.

»Besser als erwartet. Larry Deaver ist immer noch nicht aufgetaucht«, berichtete sie und runzelte die Stirn. »Du hast nicht etwa ... du hast ihm nichts getan, oder?«

Matthew riss überrascht die Augen auf. »Nein, obwohl ich wünsche, ich hätte es.« Ein Ausdruck, den sie nicht deuten konnte, glitt über sein Gesicht, um schnell von einem entspannten Lächeln ersetzt zu werden. »Ich habe dir doch gesagt, dass du dir keine Sorgen zu machen brauchst.« Er warf das Handtuch in den Wäschekorb. »Fährst du morgen nach Napa?«, fragte er.

Marie zögerte. »Vielleicht. Ich bin nicht sicher ...«

Er trat näher und legte seine Hände auf ihre Schultern. Sie spürte eine vertraute Regung, aber ihr war klar, dass sie hier im Krankenhaus nicht weitergehen konnten. Sie schloss die Augen und inhalierte den Geruch von Seife und Desinfektionsmitteln. Seine Finger strichen über ihre Kopfhaut. »Die Wunde verheilt gut, aber ich wünschte, ich hätte sie nähen können.«

Sie wischte seine Besorgnis zur Seite. »Ich will Zeit mit Adeline verbringen«, sagte sie schnell. »Sie macht sich bestimmt Sorgen, wenn ich dieses Wochenende nicht komme.«

»Versteht sie, was passiert ist?«, fragte er mitfühlend.

»Ja, aber ich will sie beruhigen, damit sie weiß, dass es nicht wieder vorkommen wird.« Sie hoffte, Matthew würde ihr anbieten, sie nach Napa zu begleiten, aber nichts geschah. Marie hatte das Gefühl, dass sie an diesem Abend eine besondere Verbindung aufgebaut hatten, doch er verhielt sich überraschend distanziert. »Arbeitest du am Samstag?«, fragte sie zögernd.

»Ah, ja. Ja, es ist etwas dazwischengekommen«, sagte er geistesabwesend, bevor er wieder zu ihr umschaltete. »Vielleicht kann ich dich nächstes Wochenende begleiten?«

»Das würde mich freuen«, erwiderte sie ernüchtert.

»Mich auch«, sagte er, und sie wandten sich beide um, als sie merkten, dass sie beobachtet wurden.

»Entschuldigen Sie die Störung, Dr. Donnelly.« Eine Krankenschwester trat näher. »Dr. Meyer möchte etwas mit Ihnen besprechen«, sagte sie und warf Marie einen mitfühlenden Blick zu. Wusste etwa das ganze Krankenhaus über die Sache Bescheid?

Matthew drückte aufmunternd ihren Arm und folgte der Krankenschwester hinaus. Marie blieb einen Augenblick lang stehen und fragte sich, ob sie ihn mit ihrem Verhalten an diesem Abend abgeschreckt hatte. Hatte Matthew es sich anders überlegt?

* * *

Marie hatte gehofft, Larry Deaver für den Rest der Woche aus dem Weg gehen zu können, jedoch erschien er am Freitagmorgen kurz vor dem Klingeln zum Matheunterricht. Er hatte ein blaues Auge, eine gebrochene Nase und Schürfwunden an der Wange. Matthew musste gelogen haben – offenbar hatte er Deaver zu Brei geschlagen. Marie umklammerte die Stuhlkante, weil ihr natürlicher Instinkt ihr befahl, aus dem Zimmer zu fliehen. Zu ihrer Erleichterung wurde Deaver von fünf ihrer Kommilitonen eingekreist und zu einem Tisch in der hinteren Zimmerecke getrieben. Thad nahm ein Glas, in dem ein in Formaldehyd eingelegter Schweinekopf schwamm, und knallte es vor Deaver auf den Tisch. Selbst der Professor reagierte mit einem zustimmenden Nicken, bevor er mit dem Unterricht begann. Diese Stunde baute Marie wieder ein wenig auf.

Als die letzte Unterrichtsstunde angebrochen war, lagen Maries Nerven blank. Sie hatte Matthew seit Mittwoch nicht mehr gesehen. War er rausgeworfen worden, weil er Deaver verprügelt hatte? Sie musste ihn einfach sehen, bevor sie sich auf den Weg nach Napa machte.

»Hey, Marie«, rief Thad, als sie gerade das Gebäude verlassen wollte. »Wie geht es dir?«

Marie blieb stehen und ließ den Schwarm von Studenten an sich vorbeiziehen. »Viel besser, besonders seit ich Deavers Gesicht gesehen habe.«

»Oh, dir hat also mein Werk gefallen?« Seine Miene hellte sich auf.

»Das bist du gewesen?«, fragte sie verwirrt.

Thad machte eine kleine Verbeugung. »Einer der Höhepunkte dieses Jahres für mich. Wohin gehst du?«

Marie wich ihm unbehaglich aus.

»Machst du dir Sorgen um Donnelly?«

Woher wusste er das?

»Dein Gesicht spricht Bände, und außerdem steht es heute in der Zeitung.«

In Maries Magen stieg Furcht auf. Hatte das College Matthew rausgeworfen?

Thad öffnete die Zeitung in seiner Hand und blätterte zu den Gesellschaftsnachrichten. Marie sah zunächst nichts als Heiratsanzeigen und runzelte verwirrt die Stirn, doch dann entdeckte sie einen bekannten Namen in einer Überschrift. Der Artikel begann: »Margaret O'Shea aus Philadelphia hat in einer eleganten Zeremonie Peter Smithson aus Russian Hill geehelicht …«

Thad beobachtete sie genau. »Marie, worauf wartest du noch?« Er gab ihr die Zeitung. »Geh und suche ihn.« Sprachlos über seine Offenheit, trat sie einen Schritt zurück.

»Was … was ist mit dir?«, stammelte sie.

Er blickte verlegen zu Boden. Als er wieder aufsah, lag ein Lächeln in seinen braunen Augen. »Ach, ich hatte doch nie eine Chance. Der Mann ist Chirurg und Erbe einer Eisendynastie – wer kann schon dagegen ankommen? Aber es war schön, eine Weile träumen zu können.« Er zwinkerte ihr zu.

Als er sich zur Tür umwandte, bekam Marie ihn am Arm zu fassen. Sie umarmte ihn stürmisch, und es war ihr egal, wer sie sah oder welche Gerüchte verbreitet werden mochten. Sie gab Thad einen Kuss auf die Wange und sagte: »Du bist ein guter Mann.«

Er neigte den Kopf zur Seite, und ein Lächeln umspielte seine Mundwinkel. »Dann ab nach Nob Hill mit dir. Na geh schon!« In Maries weichem Blick lag ein stummes Dankeschön, dann wandte sie sich um und trat in das Sonnenlicht hinaus.

Sie sprang in die nächste Straßenbahn und fuhr bis an die Spitze von Nob Hill. Vor Donnellys Haus klopfte sie an die Tür und klingelte gleichzeitig. Jane öffnete und blickte sie mitleidig an. »Oh, meine liebe Miss Chevreau! Ich habe gehört, was passiert ist. Was sind das für Monster! Wie geht es Ihnen?« Sie war so liebenswürdig, dass Marie fast die Tränen kamen. »Kommen Sie herein.«

»Ist der Arzt hier?«, fragte Marie.

»Sind Sie krank?«, fragte Jane zurück.

»Nicht direkt. Ist er hier, Jane?«, flüsterte sie, als Virginia mit einem Stapel frischer Wäsche an ihnen vorbeiging.

»Nein«, antwortete Jane und sah auf die Uhr an der Wand. »Aber ich glaube, er kommt mit der Fähre um vier Uhr an.«

»Er kommt an? Von wo?« Matthew verließ sonst unter der Woche nie die Stadt.

»Vallejo, glaube ich.«

Jetzt war Marie vollkommen durcheinander. »Danke, Jane.« Sie ließ den Kopf hängen und trat aus der Tür. Jane folgte ihr.

»Miss Chevreau, ich mische mich eigentlich nicht in fremde Angelegenheiten ein, aber wenn ich Sie wäre, dann würde ich mich jetzt sofort zu dieser Fähre aufmachen«, riet sie ihr mit einem Lächeln auf den Lippen, bevor sie wieder ins Haus verschwand.

***

Marie stieg aus der Straßenbahn und schob sich durch die betriebsame Straße. Hätte sie nicht ihre schwere Tasche dabeigehabt, wäre sie gerannt. Ihr Blick schweifte über die Straße mit dem Uhrturm und dem Hafengebäude, aber keine Spur von Matthew. Sie betrat das Gebäude, das mit seinen Rundbögen und Lichtkuppeln so elegant aussah, und blieb auf der Stelle stehen, als sie Matthew bemerkte. Er saß ganz in ihrer Nähe und ließ die Arme lässig über die Lehne einer breiten, glänzenden Bank hängen.

Marie ließ die Tasche fallen. Ihre Füße schienen plötzlich am Boden festgewachsen zu sein. Er lächelte breit, als er sie sah, stand auf und öffnete die Arme, sein sanfter Blick ließ kein einziges Mal von ihr ab. Von Erleichterung überwältigt begann sie zu zittern, und plötzlich liefen ihr Tränen über die Wangen. Scharen von Menschen eilten an ihnen vorbei, doch sie erschienen ihr nur wie ein verschwommener Fleck. Sie nahm niemanden wahr außer ihm.

Er kam zu ihr und zog sie an sich heran, seine warme Hand lag an ihrem Nacken. »Alles gut«, beruhigte er sie. »Tief einatmen.« Sie blinzelte und tupfte sich das Gesicht mit seinem Taschentuch ab.

Sie schnüffelte. »Haben sie dich rausgeworfen?«

Er lachte leise vor sich hin und schüttelte den Kopf. »Ich habe gekündigt«, erklärte er.

»Warum? Und was hast du in Vallejo gemacht?« In ihrem Kopf ging alles durcheinander.

»Woher hast du gewusst …?«, fragte Matthew überrascht. »Na ja, ist ja egal. Ich bin aus Protest gegen die Entscheidung der Verwaltung gegangen. Und ich habe die Fähre genommen, weil ich etwas Wichtiges erledigen musste. Ich hatte gehofft, dich hier zu treffen, bevor du an Bord gehst.«

»Mich zu treffen? Hier? Aber warum?« Marie wollte seine Hand fassen. Nachdem sie einen Abend lang Arm in Arm zusammengelegen hatten, schien es absurd, dass Leute es für anstößig halten könnten, wenn sie hier Händchen hielten.

»Ich weiß, dass du danach die Fähre nach Napa nehmen willst.«

»Wonach?«, fragte sie mit klopfendem Herzen. Scharen von Passagieren eilten in beide Richtungen an ihnen vorbei, als wären sie und Matthew zwei Steine in einem tosenden Fluss.

Er griff in die Tasche und holte einen kleinen schwarzen Samtbeutel heraus. Er schüttelte ihn vorsichtig und ließ einen funkelnden Ring in seine Handfläche fallen. Er zog Maries Handschuh ab und schob ihr den Diamantring auf den Finger. Marie war sprachlos. Noch nie hatte sie einen so kostbaren Ring gesehen, geschweige denn getragen.

»Heirate mich«, sagte er. »Ich war in Napa und habe Philippe, Sara und Adeline um ihre Zustimmung gebeten, dass ich um deine Hand anhalten darf.« Er lächelte. »Sie haben übrigens Ja gesagt.«

Seine Umsicht verblüffte sie. Marie hob eine Augenbraue, als ihr plötzlich ein anderer, beunruhigenderer Gedanke durch den Kopf schoss. »Was ist mit deiner Mutter?«

»Du solltest wissen, dass meine Mutter dich in den höchsten Tönen gepriesen hat.«

»Was hat sie gesagt?«, fragte Marie skeptisch.

Matthew küsste ihr Handgelenk. »Sie ist zwar eine Französin, aber sie ist nett.«

Kapitel 33

Oktober 1902, Eagle's Run

Pippa strahlte über das ganze Gesicht. Sie trug ein neues rosafarbenes Kleid, in das von Hand winzige gelbe Blumen eingenäht worden waren. Sara konnte immer noch die dünne, ungleichmäßige Narbe von der Operation unterhalb ihrer Nase sehen, aber mit der Zeit würde die Narbe verblassen. Aus ein paar Schritten Entfernung sah Pippa wie jedes andere Kind auch aus. Sie lachte, aß und plapperte wie jedes andere Kind und hatte beim Sprechen nur ein winziges Lispeln zurückbehalten.

Philippe, Sara und die Kinder führten mit ihrem Fuhrwagen den Hochzeitszug an – eine lange Reihe von Pferden, Kutschen, Automobilen und Fahrrädern folgte ihnen von St. John's in Napa nach Eagle's Run, um die Hochzeit von Marie und Matthew zu feiern.

Sara winkte der neuen Mrs Donnelly zu, die in ihrem cremefarbenen Seidenkleid mit Brüsseler Spitze strahlend schön aussah. Als sie mit einem Strauß aus weißen und pfirsichfarbenen Rosen an Philippes Arm zum Altar gegangen war, hatte der geraffte Saum ihres zweistufigen Rockes elegant geraschelt. Die ellenbogenlangen Handschuhe waren auf die Keulenärmel ihres

Kleides abgestimmt, und ihr bodenlanger Spitzenschleier war an einer Krone aus winzigen Seidenröschen befestigt, die ihr schmales Gesicht mit den braunen Augen wunderbar einrahmten. Marie winkte zurück. Es war wirklich der vollendetste Tag, an den Sara sich erinnern konnte.

Sie war begeistert gewesen, als Marie und Matthew gefragt hatten, ob sie den Hochzeitsempfang in der neuen Weinkellerei abhalten könnten. Seine Familie hätte die Hochzeit sicher lieber in ihrer Kirche in San Francisco gefeiert, mit einem großen Empfang in einem teuren Hotel, aber Marie hatte eine kleine, gemütliche Feier im Kreis ihrer Familie bevorzugt.

Trotzdem, die Donnellys hatten keine Kosten gescheut. Bridget hatte Marie und Sara bei der Planung des Hochzeitsempfangs geholfen. Es war ein sonniger, wolkenloser Oktobertag, und die Weinblätter leuchteten in Schattierungen aus Gold und Purpurrot. Lange weiße Tische im Obstgarten waren mit Porzellan, Silberbesteck und Kristallgläsern gedeckt und wurden von Apfelbäumen beschattet. Am Tag zuvor hatten Sara und Marie stundenlang leuchtend rosafarbene und gelbe Dahlien in Vasen arrangiert. Die Farben hoben sich wie Feuerwerke von der weißen Tischdecke ab. Philippe hatte für den Anlass den 1901er Eagle's Run Chardonnay und Saint Martins Chenin Blanc zur Verfügung gestellt, und die Mahlzeit bestand aus einem Spanferkel, das von George Rogers, Philippes altem Freund und Koch aus dem Palace Hotel in Napa, über dem Feuer geröstet wurde.

Die Gäste waren eine bunte Mischung aus Angehörigen der Gesellschaft San Franciscos – Ärzte, Krankenschwestern, Medizinstudenten – und Nachbarn aus Napa. Sie alle strömten jetzt aus ihren Gefährten, und die Kinder rannten auf den Obstgarten zu, wo sie zwischen den Apfelbäumen umherliefen, Fangen spielten und die Früchte von den niedrigeren Ästen pflückten. Philippe öffnete die schweren Eichentüren zu der steinernen Weinkellerei, und die Nachmittagssonne erhellte den Verkostungsraum im ersten Stock. Sara stieß einen Seufzer voller Stolz und Zufriedenheit aus. Trotz all der Herausforderungen hatten Philippe und sie zusammengearbeitet, um diesen Tag möglich zu machen. Mit einem Zwinkern sprang er auf ein leeres Fass hinter der Theke. Er hob die Arme und verkündete: »Der Verkostungsraum von Eagle's Run ist hiermit offiziell eröffnet!«

Die Menge jubelte, und selbst den High-Society-Gästen schien der Sinn nach einer altmodischen Landparty zu stehen. Als das Abendessen bereit war, musste Sara zehn Minuten lang die Glocke läuten, um alle Gäste zusammenzutrommeln, die sich über das gesamte Weingut verteilt hatten.

Nach dem Abendessen drängten sich die Gäste, um die weiße Hochzeitstorte zu bewundern. Die Torte war mit Buttercreme überzogen und mit Lavendelzweigen aus Auroras Garten verziert. Als die Gäste sich für ihr Tortenstück anstellten, machte Matthews Mutter mit ihrer neuen Kamera Fotos von der Hochzeitsgesellschaft. Ihr allererstes Familienfoto wollte Sara auf den Kaminsims im Esszimmer stellen.

Als der Nachmittag in den Abend überging, verteilten Sara und Philippe Laternen auf den Tischen und hängten ein paar davon an die Bäume. Philippe hatte sogar weiße elektrische Lichterketten für den Verkostungsraum mitgebracht, in dem jetzt getanzt wurde. Er tanzte eine Runde mit Marie, als das Streichquartett »Beautiful Erin« spielte. Sara wiegte sich zur Musik und beobachtete die beiden. Sie sahen aus wie Geschwister, die glücklich waren, wieder zum Leben des anderen zu gehören. Matthew erschien an Saras Seite. »Ist sie nicht bezaubernd?«, fragte er bewundernd.

Sara erkannte diesen Blick, der auf seinem Gesicht lag. Sie hakte sich bei Matthew unter. »Das ist sie, und du bist ein glücklicher Mann.«

»Ich weiß«, seufzte er und bat Sara um einen Tanz. Innerhalb kürzester Zeit wirbelten sie um Philippe und Marie herum, die in eine Unterhaltung vertieft waren und langsamer tanzten. Als das Lied zu Ende war, flüsterte Matthew: »Darf ich dich und Philippe kurz ausborgen, und auch Adeline? Ich möchte euch gern dabeihaben, wenn ich die Neuigkeit verkünde.«

Sara wusste, wovon er sprach. »Natürlich. Ich hole Adeline.« Sara und Philippe hatten Matthew bei den Details geholfen, während sie das Geheimnis vor Marie geheim gehalten hatten.

Matthew führte Marie, Sara, Philippe und Adeline von der Weinkellerei zur Vorderseite des Hauses und ließ kein einziges Mal Maries Hand los. Adeline ging dicht neben ihnen. Matthew legte ihr den Arm um die Schultern und zog sie in eine freundliche, ungestüme Umarmung. »Miss Adeline, ich habe dich mit diesem jungen Sumter tanzen sehen ... wie heißt er?«

Adeline wurde puterrot. »Jess.«

»Jess? Und wie alt ist dieser Jess? Ist elf Jahre nicht ein wenig jung für deinen ersten Tanz?«

Adeline zuckte die Achseln. »Er hat mich gefragt«, antwortete sie nonchalant.

Matthew drehte sich zu Philippe um, der mit Sara ein paar Schritte hinter ihm ging. »Wie können wir Adelines Verehrer abschrecken, Philippe?« Adeline kicherte, und Marie verdrehte die Augen.

Philippe warf Sara einen Seitenblick zu und antwortete: »Du wirst keine Schrotflinte brauchen. Ein strenger Blick von Sara genügt normalerweise, um Jess Sumter zu Tode zu erschrecken.« Sara stieß Philippe mit dem Ellenbogen in die Seite und lächelte Adeline entschuldigend an.

Die Veranda vor dem Haus war ein willkommener Rückzugsort von dem Lärm der feiernden Gäste. Sara fröstelte es in der kühlen Nachtluft, und Philippe zog sie an sich. Sie schmiegte sich an seinen warmen Körper.

Matthew rieb sich die Hände. »Ich habe eine Ankündigung zu machen, ihr zwei.« Marie und Adeline tauschten einen Blick. »Mit Saras und Philippes Unterstützung habe ich für den nächsten Sommer eine Reise vorbereitet. Im Juni werden wir drei nach Frankreich fahren!« Marie schlug sich die Hand vor den Mund. Matthew sagte: »Dann kannst du mich – und Adeline – deiner Familie vorstellen.« Den Tränen nahe bedankte Marie sich bei Sara und Philippe, bevor sie Matthew und Adeline leidenschaftlich umarmte.

Sara und Philippe schlenderten zur Weinkellerei zurück, um der neuen Familie etwas Zeit allein zu geben. Philippe legte einen Arm um Saras Schultern. »Was für ein wundervoller Tag.«

»Ein herrlicher Tag«, stimmte sie zu, glücklich über diesen friedlichen gemeinsamen Augenblick.

»Ich hoffe, dass sie so glücklich werden, wie wir es sind.«

»Die letzten fünf Jahre waren nicht nur eitel Sonnenschein, wie du dich vielleicht erinnerst.«

»Nein, wir hatten unsere Schwierigkeiten, aber wir werden es schaffen, nicht wahr?«, sagte er zufrieden. Eine Haarsträhne fiel ihm ins Gesicht, und sie strich sie ihm aus der Stirn. Sein Gesichtsausdruck war hell und klar, ohne eine Spur der Müdigkeit und des Leids der letzten Jahre.

»Ich hatte mir mehr als nur ein Schaffen erhofft«, erinnerte sie ihn.

»Sieh dir an, was wir jetzt alles haben – Pippa, Luc und Johnny, alle gesund. Das Weingut floriert wieder, und die Weinpreise sind auf einem Höchststand. Was könnten wir sonst noch wollen?«

Sara umfasste seinen Nacken und drückte ihm einen Kuss auf die Lippen. Sie ging zum Obstgarten und rief ihre Kinder.

Aurora erschien mit Johnny, der an ihre Schulter gelehnt tief schlief. Pippa und Luc rannten zwischen den Bäumen herum und sprangen Hand in Hand auf sie zu. Saras Herz war erfüllt mit einem Frieden, wie sie ihn schon lange nicht mehr gespürt hatte. In den letzten Jahren hatten sie die Hölle durchlitten, doch Sara würde alles wieder genauso tun, wenn sie damit ihre Familie beschützen könnte.

Kapitel 34

17. April 1906

Philippe bewegte sich neben Sara. Seine warme Hand glitt über ihren Oberschenkel und ihren runden Bauch. »Ist das Baby schon wach?«, flüsterte er.

Sie öffnete ein Auge und schloss es sofort wieder, als sie bemerkte, dass es noch vollkommen dunkel war. »Nein, und ich auch nicht«, stöhnte sie. Im achten Monat ihrer Schwangerschaft konnte Sara gar nicht genug Schlaf bekommen.

Philippe küsste sie auf die weiche Stelle unter dem Ohrläppchen. »Aber Mrs Lemieux, Sie haben heute doch bestimmt viel vor. Müssen Sie nicht vor einem Rathaus demonstrieren oder eine Fabrik stürmen?«

»Ich muss nur die Wäsche machen«, antwortete sie. »Aber heute Nachmittag kommen etwa zwanzig Besucher für eine Führung und eine Weinprobe.« Zu diesem Zeitpunkt ihrer Schwangerschaft kam es Sara sehr gelegen, zu Hause zu bleiben und Besucher durch die Weinkellerei zu führen.

»Und natürlich wirst du sie mit deinem Charme überzeugen, unseren gesamten Bestand aufzukaufen.«

»So viel sie in ihre Automobile und Fuhrwerke packen können, ja.« Sara gähnte. Seit der Eröffnung der neuen Weinkellerei und des Verkostungsraums vor vier Jahren hatte Eagle's Run Gewinne in Rekordhöhe eingefahren. Die Preise waren gestiegen, und die Nachfrage nach Wein war so groß, dass Sara und Philippe jetzt zusätzlich Trauben von ihren Nachbarn kauften, um ihre Produktion zu steigern. Sie hatten zwanzig Acker mit Pinot-Noir-Trauben neu bepflanzt, und die erste Ernte würde im Herbst sein.

Philippe glitt aus dem Bett. Sara rollte sich auf die Seite und bewunderte seine muskulösen Beine, als er sich anzog. Mit einem Anflug von Neid betrachtete sie seinen flachen Bauch. »Bleibst du über Nacht in Nob Hill?«, fragte sie. Wenn Philippe in der Stadt war, boten Marie und Matthew ihm immer an, bei ihnen zu übernachten. Sie kamen normalerweise einmal im Monat mit Adeline und der zweijährigen Gemma zu Besuch, die im Herbst 1903 geboren worden war, als Marie gerade ihr drittes Jahr im Medizinstudium begonnen hatte. Immer wenn Sara sich von ihrer Arbeit auf dem Weingut überfordert fühlte, dachte sie an Marie, die Nachtschichten im Harbor Hospital machte und vorhatte, ab Herbst ganztägig in Matthews Arztpraxis mitzuarbeiten. Marie war die beschäftigste Frau, die sie kannte.

»Nein, diesmal nicht«, antwortete Philippe und knöpfte sich die Hose zu. »Matthews Familie ist zu Besuch, und ich will nicht stören. Außerdem will ich Luc die Stadt zeigen. Wir bleiben im Silverado Hotel in der Market Street, da sind wir gleich in der Nähe vom Bahnhof und vom Hafen.«

»Viel Spaß, ihr beiden«, sagte sie. Sie versuchte, fröhlich zu klingen, aber weil sie schwanger war, blieb sie eigentlich nicht gern über Nacht allein.

Philippe beugte sich über das Bett und gab Sara einen Kuss. Sie vermisste das Aufflackern von Lust, das sie früher gespürt hatte, wenn sie sich küssten, aber sie waren glücklich.

Sie drehte sich um und schlief wieder ein.

* * *

Als der Hahn krähte, stieg Luc aus dem Bett und zog sich an. Er nahm seinen Mantel vom Türhaken und rannte in die Küche. Heute war der aufregendste Tag seines Lebens.

»Guten Morgen, Rose«, begrüßte er ihre Haushälterin.

»Hallo, Master Luc. Du scheinst ja bester Laune zu sein.«

Luc hatte Rose schon immer gemocht. Trotz ihrer Leibesfülle eilte sie voller Elan mit einem Pfannenwender in der Hand zwischen Herd und Tisch hin und her. Luc versuchte, ein Stück Schinken von der Anrichte zu stibitzen, aber ein leichter Klaps auf die Hand hielt ihn davon ab. »Junger Mann, setz dich jetzt hin und benimm dich«, befahl sie und wedelte mit dem Pfannenwender.

Er gehorchte und setzte sich. Sein Magen knurrte. Gestern Abend hatte Maman ihm keine Pastete mehr gegeben, nachdem er seine Erbsen eine nach der anderen unter den Rand seines Tellers geschoben hatte, als niemand hinsah. Luc musste lächeln, als er daran dachte, was für ein Gesicht Maman gemacht hatte, als sie seinen Teller hochgenommen und einen Ring aus grünen Erbsen vorgefunden hatte. Sie hatte vor Wut gekocht.

Papa ließ die Küchentür mit einem Knall aufschwingen, als Rose gerade Haferbrei, Eier, Toastbrot und Schinken auf den Tisch stellte. »Danke, Rose«, sagte er und strubbelte Luc durchs Haar. »Ich hoffe, du hast gut geschlafen.«

Luc strahlte. »Ja. Ich bin bereit für unseren Ausflug.« Papa nickte, nippte an seinem Kaffee und überflog die Zeitung.

Kurz darauf erschien Maman im Bademantel in der Küche. Luc hätte es ihr nie gesagt, aber jetzt, wo das Baby nächsten Monat kommen würde, sah sie aus, als hätte sie einen großen Ball verschluckt. *Es wäre schön, noch eine Schwester zu bekommen, die mit Pippa spielen könnte*, dachte er. Er und sein vierjähriger Bruder Johnny spielten nicht gern mit Puppen. Sollten seine Freunde je herausfinden, dass er mit seiner Schwester Puppen gespielt hatte, würden sie sich bestimmt über ihn lustig machen. Er spielte gern mit Kreiseln, Murmeln oder Blindekuh und half natürlich Papa gern beim Pflücken und Pressen der Trauben.

Papa stand auf und zog Maman einen Stuhl heran. Er war ein Gentleman. »Guten Morgen, mein Schatz«, sagte er.

Sie tätschelte seine Hand. »Habt ihr Jungs alles gepackt? Wie viele Lieferungen fahrt ihr aus?«

»Etwa zwanzig«, antwortete Papa. Er schwenkte um Rose herum, um eine Scheibe Toastbrot zu stibitzen, aber ihm gab sie keinen Klaps auf die Hand.

Maman runzelte die Stirn. »Er verpasst eine Matheprüfung«, wandte sie ein. Bei der Vorstellung, das heutige Abenteuer vielleicht wegen einer dummen Prüfung zu verpassen, ließ Luc die Schultern hängen.

Doch Papa hatte die richtige Antwort parat. »Hast du nie die Schule geschwänzt?«, fragte er Maman. »Egal, beantworte das lieber nicht. Es schadet nicht, den Jungen mal einen oder zwei Tage aus der Schule zu nehmen, damit er etwas über das Geschäft lernt. Wenn er achtzehn ist und Saint Martin übernimmt, muss er wissen, wie der Weinhandel funktioniert – und zwar richtig.« Papa zwinkerte Luc zu. »Du holst die Prüfung am Donnerstag nach, stimmt's, Luc?«

»Ja, mach ich.« Luc wischte sich den Mund ab und stellte sein Geschirr in die Spüle. »Danke, Rose, das war köstlich!«

Rose gab ihm eine Papiertüte. »Kannst du die Sandwiches und Krüge für deinen Vater zum Fuhrwerk bringen?«

Bevor er hinausrennen konnte, hielt Maman ihn auf und drückte ihn fest an sich. »Du hilfst deinem Vater, und keine frechen Antworten, verstanden?«, ermahnte sie ihn. Auch wenn Maman sich immer um Dinge wie gebügelte Hemden, Matheprüfungen und saubere Fingernägel sorgte, war sie doch weich und warm und roch immer gut, nach Talkumpuder und Rosen.

Auf ihrem Weg nach Vallejo nahm der Wind zu und drückte den feuchten Nebel gegen die Hügel wie Meereswellen, die über Felsen schwappten. Als er statt der stickigen Luft des Klassenzimmers den kühlen Morgenwind auf seinem Gesicht spürte, war Luc der glücklichste Junge auf der Welt.

Die Fähre fuhr in die Bucht von San Francisco ein, und Luc sah die Silhouetten der Gebäude, die sich gegen den Horizont abhoben und im Licht der aufgehenden Sonne funkelten. Papa faltete seinen Stadtplan mit den Eselsohren auf und bewegte seinen Finger über das Straßenlabyrinth. »Zuerst holen wir die Flaschen im Depot ab, dann fahren wir Richtung Westen nach Nob Hill. Nach sieben Auslieferungen in diesem Gebiet fahren wir zurück zum Depot, nehmen die nächste Ladung mit und machen uns zur Market Street auf. Wenn wir das Palace Hotel beliefert haben, bleiben wir über Nacht im Silverado. Am nächsten Morgen fahren wir noch zwei oder drei weitere Lieferungen aus und nehmen mittags um zwölf die Fähre zurück.«

»Papa, was ist ein ›Nob‹?«

Papa lachte. »Es ist die Kurzform von ›nabob‹. Vor Jahren hatten die Eisenbahnbarone den Spitznamen für reiche Pinkel bekommen, weil sie auf dem Berg herrschaftliche Villen gebaut hatten, um mit ihrem Reichtum zu protzen. Und seitdem nennen die Leute in der Stadt das Gebiet ›Nob Hill‹.«

Luc dachte darüber nach. »Bedeutet das, dass Tante Marie und Onkel Matthew auch reiche Pinkel sind?« Sie lebten in einem großen, eleganten Haus in der Taylor Street, genau im Zentrum von Nob Hill.

Papa kicherte. »Nein, sie spielen sich nicht so auf wie die anderen Nobs.«

Tante Marie und Onkel Matthew waren zwei der nettesten Leute, die er kannte. Und sie waren nicht nur Ärzte, sie waren sogar Chirurgen. »Können wir sie besuchen?« Luc lief das Wasser im Mund zusammen bei dem Gedanken an die bunten Bonbons, die Tante Marie in einer Glasschüssel in der riesigen Eingangshalle aufbewahrte.

»Nein, diesmal nicht. Sie arbeiten heute und haben Gäste im Haus, deshalb schlafen wir im Silverado. Keine Sorge, dort gibt es dein Lieblingsessen – Schweinefleischpastete und Schokoladenkuchen.«

Sie fuhren von der Fähre aus die steile California Street hoch bis zur Powell Street. Papa übergab Luc die Zügel, als die Pferde auf der breiten Straße immer höher trabten. Luc hielt das Fuhrwerk auf der rechten Seite und ließ reichlich Abstand zu den Straßenbahnen, Automobilen, Kutschen, Fuhrwerken und Fahrrädern. Die ganze Zeit über konnte er nur an die Rückfahrt bergab denken. Was für ein Spaß es sein würde, aus einer Traubenkiste und den Rädern von Johnnys altem Kinderwagen eine Seifenkiste zu bauen! Er könnte vom Gipfel von Nob Hill aus in Lichtgeschwindigkeit die California Street hinunterschießen. Aber er würde eine gute Bremse brauchen, um nicht am Fährhafen vorbeizurasen und ins Wasser zu fallen.

Luc wartete auf dem Fuhrwerk und sah zu, wie Papa an die Hintertüren von Häusern klopfte, die so groß wie ihre Weinkellerei waren. Wenn ein Dienstmädchen oder eine Haushälterin die Tür öffnete, nahm Papa seine Mütze ab. War es ein Butler, streckte er ihm die Hand entgegen. Er lächelte immer, plauderte über das Wetter oder den Wein und übergab die Rechnung, bevor er die Weinkisten oder die riesigen Zehn-Gallonen-Korbflaschen in den Keller brachte.

Auf diese Weise hatten die Kunden reichlich Zeit, das Geld für die Bezahlung aus dem Safe zu holen, sagte Papa. Wenn er eine Lieferung für eine Feier ausfuhr – üblicherweise eine große Bestellung –, gab Papa den Angestellten immer eine Flasche Wein »mit den besten Empfehlungen«. Luc fragte, was das bedeutete. »Eine kostenlose Beigabe. Dadurch fühlen sie sich gewürdigt wie der Herr oder die Dame des Hauses«, antwortete Papa. »In neun von zehn Fällen entscheidet der Butler oder die Haushälterin, welcher Wein bei Festen serviert wird. Diese Flasche Wein, die ich ihnen geschenkt habe, könnte ausschlaggebend dafür sein, dass sie unseren wählen und nicht den von Inglenook oder Krug.« Luc nickte. Um Wein zu verkaufen, brauchte man mehr Grips, als er gedacht hatte.

Als sie am späten Nachmittag das Silverado Hotel erreichten, tat Luc schon der Hals weh, weil er ihn so häufig gereckt hatte, um die Kuppel der City Hall, den obersten Stock des achtstöckigen Palace Hotel und die anderen hohen, eleganten Gebäude zu sehen, die die Market Street säumten. Das Silverado war ein schlichtes, dreistöckiges Hotel mit einem lebhaften Saloon im ersten Stock. Papa buchte ein Zimmer im dritten Stock, damit sie nicht den Lärm von unten hörten. Er ließ Luc im Zimmer zurück und holte im Saloon die Schweinefleischpastete und den Schokoladenkuchen, den er Luc versprochen hatte.

Sie aßen auf dem Boden wie die Barbaren, leckten sich die Finger ab, rülpsten und redeten mit vollem Mund – taten all die Dinge, die Maman missbilligte. Luc brachte Papa auf dem Kiefernholzboden bei, wie man Flohhüpfen spielte, und das Letzte, woran er sich an diesem Abend erinnerte, war Papas leises Schnarchen neben ihm auf dem Bett. Er war glücklich.

* * *

Luc schreckte aus dem Schlaf hoch. Im ersten Augenblick glaubte er zu träumen, denn das Zimmer bewegte sich. Papa umfasste ihn, kurz bevor ein weiteres Beben sie aus dem Bett schleuderte und sie zu Boden fielen, der unter ihnen zusammenzubrechen schien. Papa hielt Luc fest an die Brust gedrückt und dämpfte den Sturz ab, als sie auf einen Haufen Schutt fielen.

Ein lautes Knacken und die Schreie der anderen Gäste drangen schrill in Lucs Ohren. Er konnte das Hämmern von Papas Herz hören und spürte seine Arme um sich. Seine nackten Beine brannten, als Holzstücke, Steine und Glas auf sie fielen. Die Erde unter ihnen drehte sich wie ein Karussell und dröhnte wie ein riesiger Zug. Ein warmer Urinstrahl rieselte innen an seinem Oberschenkel hinunter. Als sich eine Ewigkeit später die Erde beruhigt hatte, blinzelte er mehrmals, aber alles, was er sehen konnte, war Dunkelheit.

»Papa!«, schrie er. Sein Brustkorb bebte und seine Hände zitterten.

Papa legte seine große, warme Hand auf Lucs Stirn. »Bist du verletzt?«, fragte er.

Die Stellen, wo Luc vom Schutt getroffen worden war, schmerzten, aber er war mehr erschrocken als verletzt. Er schüttelte den Kopf, merkte dann jedoch, dass Papa ihn wahrscheinlich auch nicht sehen konnte. »Nein«, antwortete er. »Du?«

Papa ächzte. »Ein wenig.« Er atmete schwer. »Wir müssen uns hier rausgraben.« Papa stemmte Luc in eine sitzende Position. »Kannst du was sehen?« Luc streckte die Arme nach oben. Er fühlte Holzbalken über sich, aber nichts, was zu rau war oder scharfe Kanten hatte. Plötzlich konnte er durch eine stecknadelkopfgroße Öffnung den dunkelblauen Himmel erkennen. Er streckte seine Hand in die Richtung des Lichtes und hoffte, die Außenluft zu spüren. Er hörte ein gedämpftes Gewimmer unter ihnen. Ein winselnder Hund, nahm er an, gefangen und ängstlich. »Mach weiter«, rief Papa über das Geräusch hinweg. Kurz darauf hatte Luc Bretter und kleine Metallstücke zur Seite geschoben und ein Loch gegraben, das groß genug war, dass sie beide stehen konnten.

Als sie die Köpfe durch das Geröll streckten, musste Luc sich mit dem Ärmel über die Augen wischen, weil er nicht glauben konnte, was er sah. Sie standen auf einem Berg aus Bauschutt – verbogenes Metall, zerbröckelnde Mauersteine und zerbrochenes Glas. Das war alles, was von ihrem Hotel übrig geblieben war. Wolken aus gelbem Staub verdeckten die Sicht auf die Straße. Auf Papas zerkratztem, verschmutzem Gesicht lag ein Ausdruck des Entsetzens und der Fassungslosigkeit. Er versuchte vergeblich, in der sie umgebenden Wand aus Schutt Fuß zu fassen. Luc bog sich nach hinten wie eine Krabbe, mit Händen und Füßen auf dem Boden abgestützt, drückte die Beine zusammen und machte seinen Körper zu einer Stufe. Papa stützte sich mit einem Fuß auf Lucs Beinen ab und zog sich aus dem Tunnel aus Geröll hinaus. Dann lehnte er sich hinunter, fasste Lucs Hand und zog den Jungen aus den Trümmern.

Sie blickten auf die Market Street hinunter. Der Fährhafen war vor lauter dichtem Staub nicht zu erkennen, doch Tausende von Leuten eilten in ihren Nachthemden schreiend auf das Gebäude zu. Pferde rannten voller Panik kreuz und quer über die Straße, und eine Herde Longhorn-Ochsen kam herangestürmt und trampelte alle Menschen nieder, die ihnen in den Weg kamen. Luc drehte sich um. Vom Palace Hotel, nur zwei Blöcke entfernt, war nur noch ein Skelett übrig. Die eleganten Bögen und hohen Wände des Hotels erschienen wie die Knochen eines Tierkadavers, über den sich Bussarde hergemacht hatten. In der Entfernung waberten schwarze und weiße Wolken hoch in den Himmel auf und verdeckten das Licht der aufgehenden Sonne.

Mit nackten, blutigen Füßen und nur in ihre Nachthemden gekleidet räumten Philippe und Luc Steine, Ziegel, Metall- und Möbelstücke beiseite und suchten nach Überlebenden. Sie hörten einen herzzerreißenden Schrei. »Hier drüben!«, rief Papa und griff die Hand einer Frau. Er trat mit den Füßen den Schutt zur Seite, während Luc die Ziegelsteine von ihrem Körper räumte. Es war eine junge Frau, wahrscheinlich ein paar Jahre älter als die fünfzehnjährige Adeline, die nach ihrer Mutter rief. Sobald sie befreit war, scharrte sie mit ihren aufgeschürften roten Händen in dem Geröll. Nach wenigen Minuten hatten sie das blaue, zerschrammte Gesicht ihrer Mutter freigelegt. Papa legte zwei Finger an den Hals der Frau und schüttelte den Kopf. Luc hielt die Luft an. Er hatte noch nie zuvor einen toten Menschen gesehen. Das Mädchen sank auf die Knie, beugte sich über seine Mutter und küsste ihr lebloses Gesicht. Seine Klagelaute schnitten durch das Chaos auf der Straße und erschütterten Luc bis ins Mark.

Papa hielt die Schultern des heftig zitternden Mädchens umfasst. Nach ein paar Minuten wurde sie ruhiger, und sie fuhren fort, die Steine und zerbrochenen Holzstücke vom Körper ihrer Mutter zu räumen. Papa hockte sich hin und horchte nach Lebenszeichen unter den Trümmern, die von ihrem Hotel übrig geblieben waren. In den nächsten Stunden eilten Dutzende von Männern und Frauen zu Hilfe, die mit ihnen die Überlebenden aus dem Geröll bargen. Lucs Hände bluteten, und seine Arme waren schlapp vor Erschöpfung. Sein Hals war staubtrocken, und er sehnte sich nach Wasser, aber es gab keins. Es gab überhaupt nichts.

Das ist das Ende der Welt, dachte Philippe. In hoher Geschwindigkeit zogen Rauchschwaden von der Market Street in ihre Richtung. Der Flächenbrand, von dem starken Wind angefacht, verschlang, was von der City Hall, dem Donahue- und dem Phelan-Gebäude übrig geblieben war. Ein schwerer Teergeruch durchzog die Luft und hinterließ einen rauchigen Geschmack in seinem Mund. Seine Fingernägel bluteten, als er auf der Suche nach Überlebenden weitergrub. Philippe legte einen Mann mittleren Alters frei, dessen Beine unter einem Haufen Schutt vergraben waren. Mit einem pfeifenden Geräusch rang er nach Atem. Er hielt Philippe am Handgelenk fest.

»Helfen Sie mir«, bat er und krümmte sich vor Schmerz.

»Wie heißen Sie?« Philippe wischte dem Mann mit einem Zipfel seines Hemdes über die Stirn.

»Sam. Sam Freeman.« Seine Stimme brach. »Ich kann meine Beine nicht mehr spüren.«

»Ich weiß.« Der Körper des Mannes war von der Hüfte abwärts zerdrückt, und seine Wirbelsäule war wahrscheinlich unheilbar verletzt. »Wir geben unser Bestes, Sam«, sagte Philippe und schluckte, sein Hals kratzte und war trocken. Eine halbe Stunde lang zerrten sieben Männer und Frauen Holzbalken und Ziegelsteine von dem Mann herunter, bis Luc plötzlich an Philippes Hemd zog. »Papa, wir müssen weg«, sagte er. Sein Blick schnellte zu dem Feuer, das nur noch einen Block von ihnen entfernt wütete.

Philippe blickte auf die Straße. Der Wind blies heftig, vom Himmel regnete Asche herab, und der Feuertrichter, genährt von der Sogwirkung der aufsteigenden heißen Luft, wurde jede Sekunde größer und bedrohlicher. Er sah in die Gesichter um sich herum. Einer nach dem anderen tätschelten sie Sam den Kopf oder flüsterten ihm tröstende Worte zu, bevor sie von dem Schauplatz flohen. Schließlich waren Luc und Philippe die Einzigen, die noch da waren. Philippe hockte sich neben den Mann und nahm seine Hand. Sams Augen zuckten. »Warten Sie«, keuchte er. Zitternd griff er nach unten, zog eine Pistole aus dem Gürtel und legte sie in Philippes Hand. Philippe sah den Schock in Lucs Gesicht. Der Junge drehte sich um und hielt sich die Ohren zu. Er wusste, was geschehen würde.

Philippe drehte sich der Magen um. Das Brennen in seiner aufgescheuerten Hand erinnerte ihn an den reißenden Schmerz von Feuer, das sich in die Haut fraß. Wie könnte er zulassen, dass dieser Mann Verbrennungen erlitt, die tausendmal schmerzhafter waren als das, was er bisher erlebt hatte? Aber wie könnte er ihn vor Lucs Augen erschießen? In Philippes

Gedanken blitzte die Erinnerung an seinen Vater auf, der tot auf dem Schlafzimmerteppich gelegen hatte. Ihm brach der kalte Schweiß aus. Im Grunde war da kein großer Unterschied. Beides war in gewisser Weise ein Gnadentod.

»Bitte«, wimmerte Sam und weinte jetzt wie ein Kind. »Ich habe Ihnen bereits vergeben, und Gott wird es auch. Bitte!«, heulte er auf und presste die Augen zusammen.

Philippe spürte die Hitze des Feuers – nur noch eine Minute, und ihre Haut würde Brandblasen bekommen. Er warf einen Blick über die Schulter, um sich zu vergewissern, dass Luc immer noch wegsah. Er hielt Sams zitternde Finger und flüsterte. »Gehen Sie mit Gott, mein Freund.« Der Mann atmete ein letztes Mal tief ein. Philippe strich Sam sanft über den Kopf, positionierte die Waffe über seinem Herz, blickte weg und drückte ab. Luc fuhr in die Höhe, als der Schuss ertönte. Sams Arm fiel leblos zu Boden. Philippe weigerte sich anzusehen, was er getan hatte. Er ließ die Waffe fallen, fasste Luc an der Hand, und sie rannten um ihr Leben.

Kapitel 35

18. April 1906

Marie nippte an ihrem Wasser und blickte über die ruhige, windstille Bucht. Sie sah auf die Uhr: zwölf Minuten nach fünf. Der Horizont schimmerte hellrosa. Noch fünfzehn Minuten, und die Sonne würde im Osten aufgehen. Marie liebte diese Zeit am frühen Morgen im Harbor Emergency Hospital, wenn keine Betrunkenen und keine Schussopfer mehr ankamen und die Operationen beendet waren. Heute musste sie nur noch ein paar Patienten untersuchen, bevor sie nach Hause fahren konnte. Sie brachte gerade ihr Praktikum zu Ende. Die Notfallklinik lag am Rand des Hafengebiets von San Francisco, nicht weit vom Fährhafen entfernt. Sie dachte an Matthew, Adeline und Gemma, die jetzt im Tiefschlaf in ihren Betten lagen, und ihr wurde warm ums Herz. Sie freute sich schon darauf, in der friedlichen Ruhe des frühen Morgens die zwölf Blöcke entlang der California Street zu ihrem schönen Haus in der Taylor Street zu fahren. Sie würde gegen sieben zu Hause sein und kostbare zehn Minuten lang mit Matthew beim Kaffee sitzen, bevor er seinen Arbeitstag mit Operationen und Unterricht begann. Dann würde sie eine Stunde mit den Mädchen verbringen, bis

Adeline sich auf den Schulweg machte und das Kindermädchen Gemma in den Kindergarten brachte. Maries Schlafenszeit war von neun bis fünf Uhr nachmittags, und derselbe Zeitplan wiederholte sich am Donnerstag. Sie hatte den Mädchen versprochen, diesen Sommer jeden Abend gemeinsam mit ihnen zu essen, sobald sie in Matthews Praxis angefangen hatte.

»Marie?« Dr. McMann rief sie von der Tür aus, und Marie drehte sich um. Bevor sie antworten konnte, schwankte der Boden unter ihnen so heftig, dass sie stürzte. Die Türen des Materialschranks sprangen auf, die Glasfenster zerbrachen, und Metallinstrumente krachten zu Boden. Das Zimmer krümmte und schüttelte sich wie ein verletztes Tier. Marie kroch auf allen vieren zur Tür, hielt sich am Türrahmen fest und zog sich mit Dr. McManns Hilfe hoch. Dann stand alles still.

Aus dem Treppenhaus ertönten Schreie. »Sind Sie verletzt?« McManns Gesicht war fahl geworden.

»Nein«, stöhnte Marie. Sie dachte an Matthew, Adeline und Gemma. Ob sie verletzt waren? Plötzlich ließ ein weiterer Ruck sie zurück ins Zimmer taumeln. Sie schwankte wie eine Betrunkene, fiel hin und schlug sich den Kopf an. Ihre Arme schützend über den Kopf gelegt, blieb sie auf dem Boden liegen, bis das Beben nachließ.

Marie drückte sich einen Mullverband an den Kopf, um die Blutung zu stoppen. Dr. McMann rannte den Flur hinunter zur Krankenstation. Marie folgte ihm in den Flur, nahm das Telefon und rief Matthew an. Kein Geräusch, keine Vermittlung. Völlige Stille.

Dr. McManns Rufe rissen sie aus ihrer Verwirrung. Er winkte sie hektisch zu sich. Als der Boden sich wieder bewegte, drückte Marie eine Schulter an die Wand, um das Gleichgewicht zu halten, und rutschte den Flur entlang zur Krankenstation. Als sie an einem kleinen Fenster vorbeikam, wagte sie einen Blick hinaus. Die halbe Straße war mit verwickelten Telefonkabeln und zersplitterten Holzstangen übersät. Die asphaltierten Straßen hatten sich gebogen und aufgetürmt, Schornsteine waren zerbröckelt, und Wohnheime waren umgefallen wie Dominosteine, Wände und Holzbalken völlig zerstört. Marie schlug sich die Hand vor den Mund, als sie an all die Leute dachte, die diese Zerstörung unter sich begraben haben musste. Dann entdeckte sie Männer, Frauen und Kinder, die aus den Ruinen auftauchten. Die meisten von ihnen nur mit Bademänteln und Nachthemden bekleidet humpelten, hinkten und schwärmten eilig auf das Krankenhaus zu.

Marie schaltete sofort wieder in den Chirurgen-Modus um.

Gegen halb elf platzte das Krankenhaus aus allen Nähten. Die Patienten kamen in Scharen, und alle Ärzte und Schwestern waren um die Operationstische versammelt.

Marie schickte Sanitäter zu den Apotheken in der Nähe, um so viel Verbandszeug und Medikamente wie möglich zu holen. Hotelangestellte brachten ihnen heißes Wasser und Kaffee. Schiffsarbeiter von dem Zerstörer *USS Preble* kamen mit Krankentragen, um Opfer vom Howard Street Pier zum Marinekrankenhaus auf Mare Island zu transportieren.

Um etwa zwei Uhr nachmittags hatte Marie ihre elfte Operation beendet. Sie band ihre Schürze ab, wusch sich die Hände und lehnte sich an die gusseiserne Spüle. Sie starrte auf die Blutpfütze in dem verstopften Abfluss. Sie war so erschöpft, dass sie nicht mitbekam, als ihr Name gerufen wurde. Jemand zupfte sie am Ärmel. »Tante Marie?«

»Luc!«, schrie sie und zog den Jungen in eine stürmische Umarmung. Sie blickte in den Raum und sah Philippe auf einem der Betten sitzen, nur in seinem Nachthemd. Er hob eine Hand und verzog das Gesicht. Der Kummer in seinen Augen verriet, welchen Albtraum er erlebt haben musste. Sein Gesicht, seine Hände und Füße waren schwarz vor Ruß. Sie unterdrückte ein Schluchzen. Sie hatte völlig vergessen, dass Philippe und Luc über Nacht in der Stadt gewesen waren. Marie eilte zu ihm, legte die Hände an sein Gesicht und fragte besorgt: »Wo bist du verletzt?«

Er blickte an sich hinunter. Er hielt einen blutigen Stofffetzen an seinen Schenkel gepresst. Marie nahm ihn vorsichtig ab und sah die lange Schnittwunde an seinem Bein. Philippe zuckte zusammen. »In der ganzen Panik habe ich nicht einmal bemerkt, wie es passiert ist.«

»Zum Glück geht es nicht so tief, dass die Oberschenkelarterie verletzt ist, aber es muss genäht werden.«

»Machst du es?«, fragte Philippe schwach.

»Natürlich. Luc?« Sein Gesicht war verrußt, und er sah müde aus. »Komm mit mir. Wir finden einen Platz für dich, wo du dich ausruhen kannst.«

Marie machte für Luc ein behelfsmäßiges Bett unter einem der Vorratstische und brachte ihm einen Becher Wasser. Als Luc sich auf die Seite gedreht hatte, fiel Maries Blick auf seine nackten Füße, die verschrammt und blutverkrustet waren. Sie nahm Wattetupfer und Desinfektionsmittel von dem Vorratstisch und betupfte vorsichtig die vielen winzigen Schnittwunden. Er zuckte zusammen, als das Mittel auf seiner Haut brannte, aber er weinte nicht. Sein Blick war weit in die Ferne gerichtet, unerreichbar. »Ruh dich ein bisschen aus, ich verarzte inzwischen deinen Vater«, sagte Marie beruhigend. Sie wischte den Schweiß von seiner Stirn. Sein erschöpftes Gesicht ließ sie ihre eigenen Töchter schmerzlich vermissen.

Marie ging zu Philippe zurück. »Wir müssen es hier machen, ich würde dir raten, besser nicht hinzusehen. Ich betäube zuerst die Haut und wasche dann die Wunde mit einer Kochsalzlösung aus.« Sie stach die Nadel hinein und drückte das Kokain-Narkotikum tief in seine Haut. »Lehn dich zurück und schließe die Augen. Du wirst nichts spüren«, versicherte sie ihm.

Philippe tat wie geheißen. »Wo ist Luc?«, fragte er mit zittriger Stimme.

»Er schläft tief und fest unter einem Tisch im Vorratszimmer.«

»Und Matthew, Adeline und Gemma? Und haben nicht auch Bridget und Jimmy bei euch übernachtet?«

»Ich habe noch kein Wort von ihnen gehört. Ich war die ganze Nacht hier. Bridget und Jimmy mussten schon früher als geplant zurück nach Napa, also waren heute Morgen nur Matthew und die Mädchen im Haus.«

Philippe blickte sie mitfühlend an. »Sie werden in Sicherheit sein. Die Feuer sind südlich vom Market ausgebrochen, in der Nähe unseres Hotels. Sie haben noch nicht Nob Hill erreicht. Matthew ist bestimmt sofort mit den Mädchen geflohen. Er würde kein Risiko eingehen.«

Marie wischte sich mit dem Handgelenk ein paar Tränen aus den Augen und stand auf. »Lass mich kurz die Hände waschen, und dann mache ich mich an die Arbeit«, sagte sie und lächelte schwach.

Sie nähte die Wunde langsam und präzise zusammen und schloss jede einzelne Hautschicht. Seltsamerweise hatte die gleichmäßige Bewegung etwas Beruhigendes an sich. Philippe erzählte ihr von der Zerstörung der Wohnheime und des Palace Hotel in der Market Street, von den Leuten, die das Feuer mit weingetränkten Teppichen und Vorhängen bekämpft hatten, und von den Polizisten, die Likörflaschen zerschlugen, weil der Bürgermeister angeordnet hatte, allen Alkohol außer Bier zu vernichten.

Marie schrak auf, als sie Explosionen in der Ferne hörte. »Was ist das?«, fragte sie.

»Dynamit. Sie machen Sprengungen im Umkreis des Feuers und versuchen, es mit den herumfliegenden Trümmern zu löschen.«

Marie war zu erschöpft, um diese Logik zu verstehen. Sie beendete den letzten Stich und bandagierte Philippes Bein. »Behalte den Verband drei Tage um, und pass auf, dass er nicht nass wird.«

»Marie?«

»Hm?«, fragte sie und befestigte den Verband.

Seine blauen Augen leuchteten. »Du musst mit uns kommen, wenn sie uns nach Vallejo verschiffen.«

»Das kann ich nicht. Nicht ohne sie.«

»Matthew wird wissen, wo er dich finden kann. Wäre die Situation umgekehrt, würde ich auch erwarten, dass er Sara in Sicherheit bringt.«

Marie stand auf, sie wollte nicht diskutieren. »Ich sehe mal nach Luc. Ruh dich jetzt aus.«

Der Junge lag unter dem Tisch und schnarchte leise, ohne sich von dem Treiben um ihn herum stören zu lassen. Marie trat nach draußen, um kurz frische Luft zu schnappen, aber fand sich inmitten von Rauchschleiern wieder, obwohl in ihrem Rücken Windböen bliesen. Tausende von Leuten strömten auf den Fährhafen und das Krankenhaus zu. Sie schoben Bettwäsche und wichtige Habseligkeiten in Kinderwagen, Puppenwagen und Seifenkisten vor sich her. Andere trugen große Koffer oder Kinder, die ihnen schlaff über der Schulter hingen. Jedes einzelne rußgeschwärzte, angeschlagene, ängstliche Gesicht gab Marie innerlich einen Stich. Hinter ihnen wütete eine grauenvolle Feuersäule, die die Sonne rot färbte und den Himmel schwarz.

Und sie bewegte sich direkt auf sie zu.

Marie blickte Richtung Westen. Die Flammen hatten Nob Hill noch nicht erreicht, aber sie wusste, dass es nur noch eine Frage der Zeit war. Plötzlich hörte sie einen Freudenschrei und drehte sich um. Gemma. »Mama!«, schrie das kleine Mädchen und rannte mit ausgestreckten Armen auf Marie zu. Matthew und Adeline stolperten erleichtert hinter ihr her. Durch den Tränenschleier konnte Marie nur noch verschwommen sehen, aber sie nahm alle drei in die Arme und küsste sie.

Matthew wischte ihr mit dem Daumen die Tränen ab. »Du siehst so müde aus, mein Schatz.« Er legte einen Arm um ihre Taille, und sie lehnte sich an ihn.

»Warum hast du die Mädchen hierhergebracht?«

»Marie, überall in der Stadt wird geplündert, und das Feuer wird das Haus noch vor dem Morgengrauen erreichen. Was hätte ich sonst tun sollen?«

Natürlich hatte er recht. Marie rieb sich ihre brennenden Augen. »Was ist mit deinen Patienten?«

»Deshalb habe ich so lange gebraucht. Manche sind von ihren Familien abgeholt worden, andere haben wir hierhergetragen.« Marie bemerkte, dass hinter Matthew Virginia, Jane und zwei andere Schwestern sich um drei der Patienten in kritischerem Zustand kümmerten, die auf Tragen lagen.

»Philippe und Luc sind hier«, sagte Marie. »Philippe ist verletzt, aber solange es sich nicht entzündet, sollte sein Bein gut heilen. Sie fahren in der nächsten Stunde nach Mare Island ab.«

Matthew drückte ihre Hand. »Geh mit ihnen, zusammen mit den Mädchen. Ich folge euch in einem oder zwei Tagen, wenn sich hier alles etwas beruhigt hat.«

Marie lachte freudlos auf. »Hier beruhigt sich nichts, Matthew. Die Wasser- und Gasleitungen sind zerbrochen, und Feuerlöschboote pumpen Salzwasser zu den Löschfahrzeugen dort drüben, um das Krankenhaus und den Hafen zu retten. Ich gehe nicht ohne dich.«

Matthew zog sie zur Seite und flüsterte: »Marie, die Mädchen brauchen dich. Philippe und Luc brauchen dich. Und du hast jetzt fast achtzehn Stunden durchgearbeitet. Du musst dich ausruhen. Du gehst jetzt mit dem Rest der Familie auf dieses Schiff, und ich komme noch vor Freitag nach Eagle's

Run, selbst wenn ich durch die Bucht schwimmen muss, das verspreche ich.«

Marie war zu müde, um sich zu streiten, zu müde, um zu stehen. Ihre Knie knickten ein, und Matthew fing sie auf. »Komm, mein Liebling«, sagte er und brachte sie zu einem freien Platz neben einer Reihe von Verwundeten. »Setz dich hierhin. Ich hole Philippe und Luc. Adeline und Gemma, kümmert euch um eure Mutter. Ich bin gleich zurück.«

Matthew verschwand im Krankenhaus, und Marie blickte in Adelines traurige Augen. Sie nahm die Hand ihrer Tochter. »Was ist das?«, fragte sie, als ihr Blick zu einem kleinen Koffer zu Adelines Füßen wanderte.

»Papa hat so viel Verbandszeug und Operationssachen eingepackt, wie er hineinbekommen konnte.« Adeline kniete sich hin und öffnete den Koffer. »Und das hier.« Sie griff tief in den Koffer, zog eine kleine Samttüte heraus und hielt sie ihrer Mutter hin. Marie erkannte sie sofort. Sie nahm den diamantenen Verlobungsring heraus und steckte ihn sich an den Finger. Er funkelte wie ein Sonnenstrahl hier in diesem Vorhof zur Hölle.

Kapitel 36

18. April 1906, Eagle's Run

Sara litt wieder unter Kreuzschmerzen. Sie hatte immer Schlafprobleme, wenn Philippe nicht da war, aber dieser Ausflug mit Luc hatte sie irgendwie beunruhigt. Schwangerschaften übten eine seltsame Wirkung auf sie aus. Sie war immerzu hungrig, und jede Gefühlsregung, egal ob gut oder schlecht, schien zwanzigmal so intensiv zu sein wie sonst. Sie setzte sich im Bett auf, streckte sich und gähnte. Beim Hinuntergehen hielt sie sich am Treppengeländer fest, da das Gewicht ihres Bauchs sie aus dem Gleichgewicht brachte. In der Küche blickte Sara durch das Fenster auf den rosafarbenen Streifen am Horizont. In einer halben Stunde würde die Sonne aufgehen und Rose kommen, um das Frühstück zu machen, aber Sara konnte nicht mehr so lange warten.

Sie nahm Brötchen, Butter und Marmelade und wollte gerade den Vorratsraum verlassen, als plötzlich der Boden unter ihr bebte. Saras Herz stockte – noch ein Erdbeben! Das Rumpeln und Tosen der Erde schien eine Ewigkeit anzudauern. Sie ließ die Lebensmittel fallen und wollte die Kinder von oben holen, doch das Beben wurde stärker und die Wände schienen zu wanken, als befänden sie sich auf einem Schiff. Sara wurde gegen die Wand geschleudert und sank zu Boden. Sie hielt sich die Hände über den Kopf, als die Marmeladengläser auf den Regalen tanzten und neben ihr krachend zerbrachen. Das Geschirr im Schrank klapperte und zersprang auf dem Holzboden. Sara hörte etwas, das wie ein Donnerschlag klang, und dann Pippas und Johnnys verzweifelte Schreie.

Sie musste die Kinder holen, bevor es wieder bebte! Als die Erde endlich nicht mehr pulsierte, rannte Sara zur Treppe und wich den Sachen aus der Vitrine sowie den Glasscherben der Bilderrahmen aus, die von der Wand gefallen waren. Pippa kam bereits die Treppe heruntergeeilt, mit Johnny an der Hand, über dessen Gesicht Tränen liefen.

Bevor Sara sie beruhigen konnte, warf ein weiteres Beben sie zu Boden. »Bleibt auf allen vieren! Nehmt euch in Acht vor dem Glas!«, rief sie, öffnete die Tür und brachte die Kinder nach draußen. »Rose!«, schrie Sara. Benommen und wankend kam Rose aus ihrem Zimmer an der Hinterseite des Hauses, mit einer klaffenden Wunde an der Schläfe. Sara eilte auf sie zu und zog sie am Arm nach draußen. In sicherer Entfernung vor herabfallenden Trümmern kauerten die vier auf dem Rasen zusammen. Sie zitterten bis ins Mark.

Sara drückte die Kinder an die Brust und wollte sie nicht sehen lassen, was geschehen war. Sie warf einen Blick auf das Haus: zerbrochene Fensterscheiben, geborstene Holzbalken und eine auseinandergebrochene Veranda. Sie kniff die Augen zusammen, um die Weinkellerei hinter dem Haus erkennen zu können: Der Boden vor der Eingangstür hatte nachgegeben und war voller Risse, Fenster und Türen waren zersplittert und aus den Angeln gehoben worden, aber wie durch ein Wunder standen die Steinmauern fest und sicher. Gott sei Dank hatte Philippe auf Matthew gehört und zur Verstärkung der Wände Stahlstangen einbauen lassen. Sara stockte der Atem. Philippe,

Luc, Matthew, Marie, Adeline und Gemma. Hatte das Erdbeben auch San Francisco erreicht?

Sara blickte über die Schulter Richtung Süden zur Bucht. Der Morgennebel war zu dicht, um schon etwas zu sehen. Sie drehte sich zu Rose, stand auf und drückte den Zipfel ihres Nachthemdes auf die Wunde an ihrer Schläfe. »Was ist passiert, Rose?«

»Oh, Misses«, sagte sie und legte ihre zitternde Hand an den Kopf. »Das Erdbeben hat mich aus dem Bett geworfen, und ich bin gegen die Nachttischkante gestoßen.« Sie brach in Tränen aus.

Sara rieb ihr über den Rücken. »Das wird verheilen, Rose. Es wird alles gut.« Sie wünschte, sie würde sich wirklich so ruhig fühlen, wie sie klang. Sie spürte ein flaues Gefühl in der Magengrube. Wie konnte sie herausfinden, ob Philippe und Luc in Sicherheit waren?

Als das Rumpeln des Nachbebens geendet hatte, kam Mac aus dem Haus. Vorsichtig trat er über die zerborstene, schiefe Veranda. Er musste von seinem Zimmer in der Scheune durch die Küche gerannt sein und nach ihnen gesucht haben. Sara bemerkte, dass er ein paar Kratzer im Gesicht hatte und sein Haar zerzaust war, aber davon abgesehen schien er unverletzt zu sein. »Ist jemand verletzt?«, fragte er und hockte sich neben sie. Er trug immer noch sein Nachthemd und dazu eine Hose, die er sich schnell übergezogen haben musste.

»Rose hat eine Wunde am Kopf, aber sie blutet kaum noch. Der Rest von uns hat einen Schrecken gekriegt, aber wir sind nicht verletzt.« Sie streckte die Hand aus, und er zog sie vorsichtig hoch. »Mac, würdest du bei Rose und den Kindern bleiben? Ich muss nachsehen, was Aurora macht.«

Mac schüttelte den Kopf. »Nein, Ma'am. Philippe würde nicht wollen, dass Sie da allein hingehen, jetzt wo das Baby unterwegs ist. Lassen Sie mich gehen.«

»Dafür wäre ich sehr dankbar, Mac, vielen Dank. Und bitte bring sie mit, ja? Ich will nicht, dass sie allein ist.«

Mac machte sich auf den Weg, und Sara drückte eine Hand an ihren schmerzenden Kopf. »Rose, bleib mit Pippa und Johnny hier. Ich mache einen kleinen Spaziergang über das Grundstück und sehe nach, wie groß der Schaden ist.« Als sie Roses beunruhigten Gesichtsausdruck bemerkte, fügte sie hinzu: »Keine Sorge, ich gehe nicht weit.« Rose nickte und zog die Kinder fest an sich.

Die mittlerweile achtjährige Pippa blickte ihre Mutter mit großen Augen an. »Was ist mit Papa und Luc?«, fragte sie flüsternd. Ihr gequälter Gesichtsausdruck spiegelte Saras Gefühle wider. Sara strich ihrer Tochter über die Wange und sagte: »Dein Papa ist klug. Ich bin sicher, dass er und Luc gesund und munter sind, aber sie werden vielleicht eine Weile brauchen, um zu uns zurückzukommen.« Sie versuchte zu lächeln und drehte sich schnell um, bevor Pippa die Furcht in ihrem Gesicht sehen konnte.

Sara ging Richtung Norden, um sich die Ställe und die Weinkellerei anzusehen. Die Lehmsteinwände des alten Kellers waren eingesunken, und Sara konnte nur beten, dass die Weinfässer darin unversehrt waren. Sie wollte erst nach Macs Rückkehr hineingehen und nachsehen. In den Ställen befand sich nur eine Stute, die zum Glück unverletzt war.

Macs Scheune war völlig zerstört. Sara konnte kaum fassen, dass er mit nur ein paar Kratzern davongekommen war. Das gesamte zweite Stockwerk, in dem er wohnte, war in den ersten Stock gestürzt, und es war nur ein Durcheinander aus zersplittertem Holz, Nägeln und zersprungenem Glas übrig geblieben. Sie ging an der westlichen Seite des Hauses entlang und blickte Richtung Süden, über die aufgebrochene Erde und die durchgerüttelten Weinreben hinweg zum Himmel, wo sich der Nebelschleier lichtete. Sara gefror das Blut in den Adern. Eine Wolke aus schwarzem Rauch bauschte sich in der Ferne.

Rose und die Kinder saßen noch immer auf dem Rasen. Sie blickten jetzt ebenfalls zum Himmel und ließen die Münder offen stehen. Sara hob eine Hand und gab ihnen schweigend zu verstehen, dass sie sitzen bleiben sollten. Mit langsamen Schritten ging sie durch die Reihen der Weinreben und strich sich mit einer Hand über den Bauch. Plötzlich hob sie mit der freien Hand den Saum ihres Nachthemdes und rannte los.

Als sie den halben Weg zu Cuttings Wharf gerannt war, keuchte sie so heftig, dass sie stehen bleiben musste. Die Hände auf die Knie gedrückt, beugte sie sich vor und versuchte, zu Atem zu kommen. Hinter der Stelle, wo der Bach und der Fluss zusammenliefen, an den Sümpfen vorbei und südlich von der Bucht, erblickte Sara eine Dunstglocke aus schwarzgrauem Rauch. San Francisco stand in Flammen.

Zehn Minuten später waren Mac und Aurora an ihrer Seite und brachten sie zum Haus zurück. Auf Saras Drängen hin wurde sie von Mac in die Küche begleitet. Sie blickte sich um. Mit Ausnahme der zerstörten Veranda schien das Gerüst des Hauses intakt geblieben zu sein. Der Fußboden war jedoch übersät mit Glassplittern, zerbrochenem Geschirr und Krimskrams. Vorsichtig wich Sara auf dem Weg zum Schlafzimmer den Trümmern aus. Mac wartete im Hausflur, während Sara sich anzog, sich kämmte und die vierhundert Dollar, die in ihrer Hutschachtel versteckt gewesen waren, in ihre Handtasche steckte. Sie zog ein paar feste Schuhe an, nahm Kleidung für die Kinder mit, etwas Schinken, Käse, Brot und Wasser, und ging mit Mac wieder nach draußen.

Sie umarmte Pippa und Johnny. »Seid brav und tapfer, ihr zwei. Ich mache mich auf die Suche nach Papa und Luc. Aurora und Rose werden sich um euch kümmern.« Rose, Aurora und Mac protestierten gleichzeitig. »Aurora?« Sara nahm ihre Freundin zur Seite.

»Was ist, wenn du das Baby verlierst oder gar ums Leben kommst?«, flüsterte Aurora und blickte sie finster an. »Philippe würde uns das nie verzeihen.« Sie sah zu Pippa und Johnny. »Deine Kinder würden dir das nie verzeihen.«

Sara verbannte die Sorgen um ihre eigene Sicherheit aus ihren Gedanken. »Wenn ich Philippe und Luc nicht finde, werde ich mir das nie verzeihen«, sagte sie bestimmt. »Aurora, bitte tu das für mich. Bitte!« Ohne ihre Antwort abzuwarten, drehte Sara sich um.

Aurora fasste sie am Arm. »Wo willst du hin?«

»Ich habe keine Zeit, auf einen Zug oder eine Fähre zu warten, die vielleicht nicht kommen. Ich lasse mich von Cuttings Wharf aus mit einem Ruderboot hinbringen«, sagte Sara.

»Das wirst du nicht tun!« Aurora verstärkte ihren Griff um Saras Arm. Sie blickten beide auf, als Mac dazukam.

»Ich fahre mit ihr. Ich kenne die Route und das Gewässer.«

Auroras Gesicht färbte sich dunkel. »Ihr zwei seid wahnsinnig.« Sie stach Mac mit dem Zeigefinger in die Brust. »Du bringst sie besser lebend zurück, hast du verstanden?« Er nickte. »Nimm dein Gewehr mit und kommt zurück, wenn es da draußen zu stürmisch ist.«

Nachdem Mac seine Waffe, eine Tasche mit Proviant und zwei Laternen geholt hatte, ging er mit Sara zum Hafen. Über die Tümpel hinweg konnte Sara die Bucht von San Pablo sehen, die mit Lastkähnen, Ruderbooten und riesigen Marineschiffen übersät war. Mac ging auf einen kleinen, ungepflegten Mann zu, den er zu kennen schien. Nach ein paar Minuten kam er zurück.

Er zeigte auf ein Frachtboot, das mit Wein und Lebensmitteln beladen war. »Dieser Lastkahn fährt in zehn Minuten zu einer der Anlegestellen in der Nähe des Fährhafens«, sagte er. Sara versuchte, sich Philippes Lieferweg in Erinnerung zu rufen. Er beendete die Lieferungen normalerweise in Nob Hill und blieb über Nacht bei Marie und Matthew, aber dieses Mal hatte er ein Hotel in der Market Street gebucht. Er musste nur ein paar Blöcke von der Landungsbrücke entfernt gewesen sein, als das Erdbeben eingesetzt hatte. Die Fähre war sein schnellster Weg aus der brennenden Stadt.

»Ja, gehen wir.«

Mac winkte ab. »Er sagt, er könne keine Privatpersonen mitnehmen. Zu gefährlich. Er wolle es nicht riskieren.« Er blickte zu seinem Freund, der sie interessiert beobachtete. »Aber ich glaube, er könnte sich überzeugen lassen.«

»Biete ihm hundert.«

»Sicher?«

»Sehe ich unsicher aus?« Sara nahm das Geld aus der Tasche und überreichte es Mac.

Mac ging mit dem Geld zurück, doch der Mann blickte nur finster und schüttelte den Kopf. Als Mac zu ihr kam, wollte Sara kaum ihren Ohren trauen. »Er sagt, er braucht mehr, weil du schwanger bist. Wegen dem größeren Risiko.« Mac steckte die Hände in die Hosentaschen. »Vielleicht sollten wir einfach heimgehen und auf Philippe und Luc warten«, schlug er vor.

Sara zog weitere fünfzig Dollar aus der Tasche. »Für die Überfahrt des Babys.«

Sie warf dem Bootsführer einen wütenden Blick zu, als Mac ihr an Bord half. Sie fuhren langsam über den Fluss, bis sie zur Bucht von San Pablo kamen. Als sie eine Stunde später San Francisco erreichten, starrte Sara das Feuer an, das sich über der Stadt auftürmte. Die heiße Luft erzeugte eine kräftige Sogwirkung und zog den Wind aus allen Himmelsrichtungen in die brennenden Ruinen. Erstaunlicherweise war das Gewässer der Bucht ruhig, obwohl die Sonne von schwarzem Rauch verdunkelt wurde, aus dem es Asche auf ihren Lastkahn regnete. Der Teergeruch hinterließ einen bitteren Geschmack auf Saras Zunge, und sie bedeckte Mund und Nase mit einem Taschentuch.

Als sie an die Küste kamen, bemerkten sie um den Fährhafen herum die Feuerlöschboote und Marineschiffe, die das Ufer und Gebäude mit Salzwasser bespritzten, um das Feuer zu löschen. In diesem Augenblick verstand Sara, dass sie einen großen Fehler gemacht hatte: Sie hätte nie hierherkommen sollen.

Sie dockten am Ende der Howard Street neben einem riesigen Marineschiff an. Als sie an Land traten, waren sie verblüfft über die großen Menschenmengen, die auf das Schiff geladen wurden, viele von ihnen verletzt oder auf Krücken. Sie standen in Pfützen aus Salzwasser, das ihre Schuhe durchnässte. Marie arbeitete ganz in der Nähe, im Harbor Hospital. Sara hatte sie dort letztes Jahr einmal besucht. Mit einem Wink bedeutete sie Mac, ihr zu folgen, und ging zielstrebig an dem Flüchtlingsstrom vorbei, immer auf der Suche nach Philippes Gesicht in der Menge. Von der Market Street bis zur Sacramento Street säumten Löschfahrzeuge die Straße, die Schläuche auf das Inferno gerichtet, das jetzt nur noch ein paar Blöcke entfernt war. Sara drängte sich durch die Menschenmenge, bis sie durch den Schleier aus grauem Rauch endlich das kleine Holzgebäude entdeckte. Über der Eingangstür stand in Druckbuchstaben *Harbor Emergency Hospital*.

Sie eilte hinein, doch sie war nicht auf den Anblick vorbereitet, der sich ihr bot. Überall lagen Patienten, zu zweit in einem Bett oder auf dem Fußboden, jammernd, würgend und blutend. Manchen fehlten Gliedmaßen, und andere hatten Verbände um ihre Köpfe, Arme und Beine. Sara blieb starr stehen. Sie blickte herum und hoffte, Philippe oder Luc zu finden, sah aber nur die furchtsamen oder resignierten Gesichter von Fremden.

Mit der Absicht, jeden Zentimeter des Gebäudes abzugrasen, wirbelte sie herum und rannte direkt in Matthew hinein. »Sara?«

»Matthew? Oh, Matthew!« Sie umarmte ihn stürmisch.

Er sah sie schockiert an. »Bist du hergekommen, um Philippe und Luc zu suchen?«

»Hast du sie gesehen?«, fragte Sara aufgeregt. Matthew blickte Mac über ihren Kopf hinweg stirnrunzelnd an.

»Ja, komm mit mir. Du musst hier raus. Wir haben schon begonnen, die Patienten zu evakuieren. Innerhalb der nächsten Stunde wird das Gebäude dem Feuer zum Opfer fallen.«

Er fasste sie am Ellenbogen und führte sie auf die Straße. »Hör zu, Philippe, Luc, Marie und die Kinder sind alle auf diesem Zerstörer.« Er zeigte auf die Anlegestelle, wo Saras und Macs Frachtkahn gerade angekommen war. »Er fährt nach Mare Island.«

»Sind sie …?«

»Es geht ihnen gut, aber das Schiff legt gleich ab, und ihr zwei müsst es erreichen. Also los!«

»Aber du kommst bald nach?«

»Ich komme gleich hinterher, mit dem nächsten Schiff. Sag das Marie. Los, Sara. Lauft!«

Mac zog an Saras Hand, und sie stolperten über Geröll und wichen den leblosen Körpern aus, die auf der Straße lagen. Sara hielt den Blick fest auf das lange Stahlschiff mit seinen vier Schloten gerichtet, als könnte sie es so dazu bringen, stehen zu bleiben, bis sie die Anlegestelle erreicht hatten. Auf der Landungsbrücke angelangt, reihten sie sich in eine Schlange von etwa hundert verletzten Leuten ein. Sara keuchte schwer und schnappte nach Luft, sie hatte stechende Schmerzen im Rücken, und ihr Magen drehte sich vor Übelkeit um. Sara beugte sich vor und strich sich über den Bauch. Mac legte ihr eine Hand auf den Rücken. »Was ist los, Ma'am?«

Sara atmete laut aus. »Nichts, Mac. Alles in Ordnung.« In Wahrheit hatte sie jedoch gerade ihre erste Wehe gespürt. Sie musste sofort auf dieses Schiff kommen und Marie finden.

An der Gangway hielt ein Kavallerist sie auf. »Nur Verletzte und ihre Ärzte, Ma'am.« Sara blickte ihn sprachlos an.

Der Mann bellte sie an: »Schwanger ist nicht verletzt, Ma'am. Bitte treten Sie zur Seite.« Er warf Mac einen vernichtenden Blick zu.

So einfach gab sich Sara nicht geschlagen. »Meine Familie ist auf diesem Schiff. Eine von ihnen ist Hebamme, und meine Wehen haben eingesetzt. Entweder Sie lassen mich auf dieses Schiff, oder ich bringe dieses Baby hier auf der Straße zur Welt, und dann haben Sie ein noch größeres Problem.« In Erwartung einer weiteren Wehe beugte sie sich wieder vor. Sie atmete hastig ein und umklammerte Macs Arm, bis es vorbei war.

Der Kavallerist auf seinem Pferd wirkte unbeeindruckt. »Verzweifelte Leute sagen alles Mögliche«, sagte er. Genau in diesem Moment platzte Saras Fruchtblase, und die Flüssigkeit lief an ihren Beinen hinunter. Mac sprang erschrocken zurück. Saras Herz hämmerte. Das Baby kam jetzt, und nichts und niemand würde sie davon abhalten, Marie zu finden. Sara blickte dem Soldaten direkt ins Gesicht und drängte sich an ihm vorbei auf das Schiff.

* * *

Marie ließ sich gegen einen Stapel Kisten sinken und spürte den beißenden Wind im Gesicht. Sie hatten gerade den Hafen verlassen und waren auf dem Weg zur Militärwerft von Mare Island, von wo aus sie hoffentlich eine Transportmöglichkeit nach Eagle's Run finden würden. Luc, Adeline und Gemma schliefen neben ihr. Maries Blick überflog den Hafen, der gefüllt mit Booten und Schiffen aller Größen war. Über der Silhouette der Stadt stiegen hohe, spiralförmige, schwarze Rauchschwaden von Nob Hill auf. Zweifellos wurde gerade ihr Zuhause von den Flammen aufgezehrt. Das Feuer rückte immer weiter auf das Krankenhaus und die Anlegestellen zu. Bedrückt dachte sie an Matthew. Wie würde er aus der brennenden Stadt kommen? Würde er rechtzeitig fliehen können? Sie bekreuzigte sich, faltete die Hände und sprach ein Gebet.

Auf dem langen, schmalen Schiffsdeck lagen verwundete Menschen dicht an dicht wie die Sardinen. Ein paar Ärzte und Krankenschwestern kümmerten sich um ihre Patienten, prüften ihren Zustand und legten neue Verbände an. Sara und Mac schlängelten sich zwischen den Körpern hindurch und sahen in jedes Gesicht. Durch ihre heftigen Wehen kam Sara nur mühsam voran und konnte sich nicht richtig auf die Suche konzentrieren. Als sie wieder aufsah, fiel ihr Blick sofort auf ein Paar leuchtend blaue Augen.

Am anderen Ende des Schiffes entspannte sich Philippes Miene zum ersten Mal, und seine Augen waren voller Wärme. In diesem Augenblick verstand Sara, dass ihre Leidenschaft vielleicht vorübergehend nachgelassen hatte, aber alles, was Philippe seit ihrer Hochzeit getan hatte, aus Liebe zu seiner Familie geschehen war. Er hatte sie immer nur beschützen wollen – auf seine Art, so gut er konnte.

Luc rannte auf Sara zu, vergrub sein Gesicht in ihren Armen und schluchzte. »Du bist wegen uns hier?« Sie spürte einen Kloß in der Kehle.

»Immer«, antwortete sie, und während sie Lucs Hand nahm, wich ihr Blick nicht von Philippe.

Als sie ihn erreicht hatte, brach sie neben seiner Liege zusammen. Philippe umfasste ihr Gesicht. »Was hast du dir nur dabei gedacht?«, flüsterte er bestürzt.

»Ich musste einfach kommen«, antwortete sie atemlos.

»Du bist in ein Feuer gerannt – schwanger! Und Pippa und Johnny – geht es ihnen gut?«, fragte er besorgt.

»Alles in Ordnung. Aurora und Rose sind bei ihnen«, antwortete sie. Genau in diesem Augenblick wurde sie von einem seltsamen Gefühl übermannt. Sara krümmte sich vor Schmerzen. Schon war Marie an ihrer Seite. »Sara, wie weit sind die Wehen voneinander entfernt? Fünf Minuten?« Sara nickte keuchend.

»Jetzt schon? Es ist noch einen Monat zu früh!« Philippe hielt ihre Hand, als Sara nach Luft schnappte. Die Wehe ließ sie seine Hand so fest umklammern, dass sie fürchtete, ihm die Finger zu brechen.

Marie rieb ihr über den Rücken und massierte sanft die Verspannung aus ihren Schultern. »Philippe, bewege dich langsam auf den Boden, damit die Nähte nicht aufreißen! Mac, kannst du ihm helfen?« Als Philippe seine Liege frei gemacht hatte, legte Marie Sara seitlich auf die Liege. »Mac, Adeline – holt heißes Wasser und saubere Handtücher, wenn ihr welche finden könnt.« Marie durchwühlte eine kleine Ledertasche, nahm eine Schere und Gummihandschuhe heraus, desinfizierte sie und legte sie auf dünne Verbandsstücke. »Tut mir leid, Sara, aber wir müssen das hier machen. Alle da rüber«, befahl Marie. Sie hob Saras Röcke. »Du bist so weit, der Kopf kommt schon.« Ohne Zögern griff Marie unter ihre eigenen Röcke und nahm ihren bauschigen Unterrock ab.

Sara drückte. Nach dreimaligem Pressen spürte sie endlich die Erleichterung, und Sekunden später fing Marie das Baby in einem Kokon aus Rüschen auf. Ein Mädchen! Marie band die Nabelschnur ab, reinigte den Mund des Mädchens und gab ihm einen Klaps. Das Baby stieß ein hohes, vibrierendes Geheul aus. Marie wickelte den Säugling gut ein und überreichte ihn Philippe, der sie sprachlos ansah. »Deine Tochter«, sagte Marie lächelnd.

Philippe stützte mit einer Hand den Kopf des Babys ab und wiegte es sanft in seiner Armbeuge. Das Kind hatte helle Augen und auf seinem Köpfchen ein nasses Knäuel schwarzer Haare. Philippe bedachte Sara mit einem zärtlichen Blick, und sie konnte gerade genug Kraft aufbringen, um die rosige Wange ihrer Tochter zu streicheln.

Marie reinigte die weiche, faltige Haut des Babys und wickelte es in ein sauberes Tuch ein, das Adeline und Mac mitgebracht hatten. Sie legte das Baby in Saras Arme, lehnte sich zurück und seufzte erschöpft.

Die *USS Preble* fuhr auf dem Weg nach Mare Island in die Bucht von San Pablo ein. Keiner von ihnen würde je den Tag vergessen, an dem San Francisco starb – und an dem Lydia Marguerite Lemieux aus seiner Asche geboren wurde.

KAPITEL 37

20. APRIL 1906

Marie verlor allmählich die Hoffnung. Sie waren am Donnerstagnachmittag in Eagle's Run angekommen und hatten zwölf Stunden lang geschlafen – mit Ausnahme von Sara, die alle paar Stunden aufstehen musste, um die kleine Lydia zu stillen. Jetzt war es Freitagnachmittag, und sie hatte immer noch nichts von Matthew gehört.

Marie lenkte sich durch Beschäftigung ab. Philippe sattelte das einzige Pferd, das sie noch hatten, und sie ritten gemeinsam nach Napa. Sie schlang die Arme um seine Taille und behielt sein verletztes Bein gut im Auge. Bestimmt würde Philippe die Anweisung seines Arztes, dass er vorsichtig sein sollte, nicht beachten.

Sie war überrascht, die Straßen der Stadt mit Leuten in zerrissener und schmutziger Kleidung bevölkert zu sehen – lauter Menschen, die aus San Francisco geflüchtet waren. Die Nationalgarde patrouillierte mit Schlagstöcken und Gewehren bewaffnet durch die Stadt und sogar in der Kirche, wo Marie und Philippe den Damen vom Roten Kreuz eine Kleiderspende gaben. Als sie schließlich am Telegrafenamt ankamen, war es geschlossen. Die Steinfassade eines Geschäfts war auf die Main Street gefallen und hatte die Telegrafen-, Telefon- und Stromleitungen im südlichen Stadtteil unterbrochen.

Sie ritten die Main Street entlang zum Telegrafenamt im nördlichen Teil von Napa. Die Südwand des Opernhauses war in das Nebengebäude des Napa Hotel gefallen, und Revere House, wo Matthew und Marie manchmal essen gegangen waren, war völlig zerstört. Schornsteine waren umgestürzt, und durch die zerborstenen Schaufenster von Geschäften waren Lebensmittel und andere Waren auf die Straße geschleudert worden. Ihre Stute verlangsamte den Schritt, trat vorsichtig um die Wrackteile herum und wich auf der Straße den Fuhrwerken, Kinderwagen und Automobilen aus. Von dem dicken Staub in der Luft musste Marie niesen und husten, doch wenigstens waren hier keine Spuren von versengtem Fleisch und Verfall zu erkennen. Sie nahm an, dass in Napa nicht viele Leute ums Leben gekommen waren.

Sie warteten stundenlang in der Schlange, bis sie Telegramme an Maries Eltern schicken konnten, sowie an Matthews Eltern, die gerade in Los Angeles waren, und an seinen Bruder und seine Schwägerin in St. Helena. Philippe benachrichtigte seine Großeltern in Tours und Saras Mutter in Vouvray, dass sie in Sicherheit waren.

Sie verließen Napa erst in der Abenddämmerung. Marie hielt die Laterne über Philippes Schulter hoch, um den Weg vor ihnen zu beleuchten. Nach einer Stunde sah sie das Haus. Die Schatten der Kinder tanzten im gelben Licht hinter den wenigen Fenstern, die intakt geblieben waren. Matthews Gesicht tauchte in ihren Gedanken auf. Ihre Sehnsucht nach ihm lastete schwer auf ihrer Brust und löschte all die Tapferkeit aus, die sie in diesen letzten düsteren Tagen aufgebracht hatte.

Als sie wieder den Kopf hob, sah sie die Silhouette eines Baums, die sich gegen den indigofarbenen Himmel abzeichnete.

Eine einzelne Laterne schwebte unter dem breiten Ahornbaum, wo Marie zum ersten Mal Matthew geküsst hatte. Sie kniff die Augen zusammen, das Leuchten wurde heller, und sie erkannte einen Mann. Eine Hand lässig in die Hosentasche gesteckt, lehnte er an dem Baumstamm. Maries Körper prickelte vor Erleichterung, und ihrer Kehle entfuhr ein Schluchzen. »Stopp! Halt das Pferd an, Philippe!«, rief sie.

Marie gab Philippe die Laterne, glitt vom Pferd herunter, raffte ihre Röcke und rannte in die ausgebreiteten Arme ihres Mannes.

Kapitel 38

August 1906

Sara zündete die dicke Geburtstagskerze an, die sie für Luc gekauft hatte, als er drei war. Heute ließ sie die Flamme brennen, bis das Wachs von der Zahl Neun auf die Zehn heruntergeschmolzen war. Einem alten Glauben zufolge hatte die Kerze die Kraft, böse Geister von ihrem Haus zu vertreiben.

Der zwanzigste August war für Sara immer ein bittersüßer Tag. Lucs Eintritt in die Welt war gleichzeitig der Tag, an dem ihre Schwester Lydia die Welt verlassen hatte. Auch wenn dieser Tag immer von einem Gefühl der Trauer begleitet wurde, war die Intensität des Schmerzes im Laufe der Zeit verblasst.

Nach allem, was sie im April durchgemacht hatten, wollte Sara diesen Geburtstag zum besten Geburtstag machen, den Luc je gefeiert hatte. Sie hatte sogar Maman und Jacques sowie Philippes Großeltern gebeten, Luc zu seinem Ehrentag Briefe und kleine Geschenke zu schicken. Nachdem Rose den Schokoladenkuchen mit dem letzten Tupfer Zuckerglasur verziert hatte, nahmen sie am Tisch im Esszimmer Platz. Sara legte die Geschenke und Briefe vor Luc auf den Tisch. Der Junge strahlte vor Aufregung und rieb sich entzückt die Hände.

»Mach schon, wir warten alle«, forderte Sara ihn auf.

Luc lächelte und zog einen Brief aus dem Stapel. Anstatt ihn aufzureißen, ließ er die Hand auf den Tisch sinken und sagte in viel zu ernsthaftem Ton für einen Zehnjährigen: »Vielen, vielen Dank, dass ihr hier seid.«

Die Familie applaudierte und drängte ihn, seine Geschenke zu öffnen. Zuerst war ein Brief von Maman und Jacques an der Reihe. Sie hatten ein Foto geschickt, auf dem sie beide in dem blühenden, neu bepflanzten Weinberg von Saint Martin standen. Sara betrachtete das Foto über Lucs Schulter hinweg, glücklich darüber, wie gesund und zufrieden Maman und Jacques aussahen.

Der zweite Umschlag war von François und Jacqueline LeBlanc, Philippes Großeltern. Als er ihn öffnete, fielen ein Brief für ihn und ein Brief für seinen Vater heraus. Während Luc seinen Brief laut vorlas, beobachtete Sara ihren Mann, der seinen Brief still in der Ecke las. Seine Miene blieb undurchdringlich, doch sie folgte ihm, als er sich in die Küche davonschlich.

»Was ist passiert?«, fragte sie.

»Kein Grund zur Beunruhigung, aber ...« Philippe gab Sara den Brief. »Lies selbst.«

Sara überflog die elegante Handschrift. »Der Kaiser stellt eine Flotte zusammen, um Krieg zu führen? Glaubst du wirklich, es gibt eine ernsthafte Bedrohung?«

»Ich weiß nicht.« Philippe zuckte die Achseln. »Mein Großvater liest die internationalen Zeitungen und hält sich über politische Angelegenheiten auf dem Laufenden. Er hat in seinen siebenundsiebzig Jahren schon einiges gesehen.«

Aus dem Esszimmer erklang Gejubel, und Sara wurde es warm ums Herz. »Vielleicht, aber ich bin mir sicher, dass er uns warnen wird, wenn eine echte Gefahr besteht.« Sie hakte sich bei Philippe unter. »Sorgen wir uns erstmal um unseren

Zehnjährigen, der dich braucht, um den Geburtstagskuchen anzuschneiden.« Sara küsste ihn verführerisch und entlockte ihm ein Lächeln.

Nach der Geburtstagsfeier machten Sara und Philippe wie üblich ihren Spaziergang über das Weingut. Sie schlenderten zu dem Hain mit den Pfirsichbäumen und blieben stehen, um dem Kind, das nicht überlebt hatte, Gute Nacht zu wünschen. Dieses abendliche Ritual spendete Sara Trost. Sie hob einen Stein auf, der etwas abseits lag, wischte das Moos und die Erde ab und legte ihn zurück in den Kreis der glatten weißen Steine, die das Grab des kleinen Mädchens markierten. Sie gingen weiter, an der Weinkellerei vorbei. Die makellosen Fenster glänzten im abnehmenden Sonnenlicht, denn sie hatten zur Vorbereitung auf die nächste Ernte gerade erst jeden Zentimeter des Gebäudes gereinigt.

Sie gingen durch die Reihen der Weinreben, und Saras Röcke raschelten, als sie die Cabernet-Blätter streiften. Aus den dichten Traubenbündeln pflückte sie ein paar der schwarzblauen Trauben zum Probieren. Spielerisch steckte sie Philippe eine Traube in den Mund. Er kaute und schloss konzentriert die Augen. »Fast reif, würde ich sagen.«

Sara biss in die dicke Schale einer Traube. »Mmh«, stimmte sie zu, und ihre Gedanken wanderten zurück zu dem Tag, als sie ihr gemeinsames Leben begonnen hatten. »Kannst du dich noch daran erinnern, was du in unserer Hochzeitsnacht gesagt hast – um mich zu beruhigen, als ich nervös war?« Im Gleichschritt schlenderten sie Richtung Westen auf den Bach zu.

Philippe blickte zu dem goldblauen Himmel hoch, der mit breiten, hauchdünnen Wolken überzogen war. »Hatte ich nicht aus der Schöpfungsgeschichte zitiert? ›Und die zwei werden ein Fleisch sein‹«, erinnerte er sich und verschränkte seine Finger mit ihren.

»Genau.« Sie drückte seine Hand. »Aber ich habe mich gefragt …«, begann sie nachdenklich, »was mit dem Geist ist, wenn die zwei ein Fleisch werden.«

»Der Geist?« Er lachte leise, legte die Arme um sie und ließ das Kinn auf ihrer Schulter ruhen. »Ich glaube, man kann sagen, dass wir *niemals* völlig zu einem Geist werden, mein Liebling – dafür bist du viel zu stur.« Sie stieß ihn mit dem Ellenbogen in die Rippen, aber er hielt sie fest. »Vielleicht ist das Beste, auf das wir hoffen können, ein befriedigendes Stelldichein im Heu«, flüsterte er anzüglich. Er kniff sie in ihr Hinterteil, und quiekend sprang Sara aus seiner Umarmung. Er wollte sie fangen, aber sie lief den Abhang hinunter und versteckte sich hinter einem Busch neben dem Bach. Als sie im Verborgenen wartete, raschelten glänzende grüne Tannennadeln in der Abendbrise und kitzelten ihre Haut. Scheinbar aus dem Nichts kam Philippe auf sie zugesprungen und umfasste ihre Taille. Sie kreischte lachend auf, bis seine Finger sich in ihr Haar gruben und sich ihre Lippen trafen.

Sara war sich noch nie einer Sache so sicher gewesen. Ihr Geist würde immer nach Hause zurückkehren – nicht nach Saint Martin oder Eagle's Run –, sondern nach Hause zu Philippe.

Anmerkungen der Autorin

Die Recherche für »Die Zeit der Winzerin« und das Schreiben des Buches haben mir großen Spaß gemacht. Die Hauptfiguren und ihre Geschichten sind aus meinem Geist direkt aufs Papier gesprungen, doch um dem Roman historische Glaubwürdigkeit zu verleihen, habe ich wirkliche historische Figuren, Orte und Ereignisse hinzugefügt.

Ich erwähne zum Beispiel mehrere einflussreiche Pioniere der Weinherstellung des neunzehnten Jahrhunderts wie Gustave Niebaum, Charles Krug, Agoston Haraszthy, George Husmann, Henry J. Crocker, H. W. Crabb, W. J. Hotchkiss und Jacob und Frederick Beringer. Das Fest der italienisch-schweizerischen Kolonie in Asti – mit der riesigen Weinzisterne – und die Versammlungen der Winzer von Napa und der Kalifornischen Weingesellschaft in St. Helena sind Ereignisse, die tatsächlich 1898 stattgefunden haben. Die Unterhaltung zwischen W. J. Hotchkiss und den Winzern von Napa basiert auf der Niederschrift der Versammlung (»Wine Men at St. Helena«, Pacific Wine & Spirit Review, 24. Februar 1898, S. 22). Wer weitere Einzelheiten über die Geschichte von Napa erfahren möchte, dem empfehle ich »California's Napa Valley« (Scottwall Associates, 1999) von William Heintz und »Napa: The

Transformation of an American Town« (Arcadia Publishing, 2007) von Lauren Coodley.

Die Pariser Weltausstellung von 1900 und die Kontroverse über die Entscheidung, amerikanische Weine vom Wettbewerb auszuschließen, haben zu der Zeit die Fachzeitungen des Weinhandels dominiert. Ich empfehle »Paris 1900: The Great World's Fair« (University of Toronto Press, 1967) von Richard Mandell, um weitere Einzelheiten zu der Weltausstellung und den Exponaten zu erfahren.

Das Women's Medical College in New York, gegründet von Elizabeth Blackwell, Amerikas erster Ärztin, verfügte Ende des 19. Jahrhunderts über hochmoderne Geburtshilfe- und Hebammen-Lehrgänge. Dr. Levi Cooper Lane gründete 1882 das Cooper Medical College in San Francisco und finanzierte aus eigenen Mitteln den Bau der Medizinschule an der Ecke von Sacramento und Webster Street. Das College war die zweite Medizinschule in Kalifornien, die im späten 19. Jahrhundert Frauen zuließ. Das Lane Hospital mit seinen 200 Betten wurde 1895 gegründet und befand sich neben der Medizinschule. 1908 erwarb die Stanford University das Cooper Medical College, welches der Grundstein für die heutige Stanford University School of Medicine war. Weitere Informationen zu Dr. Levi Cooper Lane und der ereignisreichen Geschichte der Stanford University School of Medicine finden Sie auf www.lane.stanford.edu/med-history/.

Das Harbor Emergency Hospital befand sich am Hafengebiet von San Francisco und versorgte viele der Opfer des Erdbebens und der Brände von 1906. Dieses Erdbeben, welches eine Stärke von fast 8,0 auf der Richterskala hatte, war eine der größten Naturkatastrophen des Jahrhunderts. Zusammen mit den Bränden, die vom 18. bis 23. April wüteten, tötete es Tausende von Menschen und zerstörte fast achtzig Prozent der Stadt. Für weitere Informationen empfehle ich »Denial of Disaster: The Untold Story and Photographs of the San Francisco Earthquake of 1906« (Cameron & Company, 1989) von Gladys Hansen und Emmett Condon oder einen Besuch des virtuellen Museums der Stadt San Francisco auf www.sfmuseum.org.

Weitere Informationen zu meiner Recherche und meinem Schreibprozess finden Sie auf meiner Website www.kristenharnisch.com.

Danksagung

Die Geschichte von »Die Zeit der Winzerin« wurde mit viel Liebe entwickelt, und ich möchte mich bei den folgenden Personen bedanken, ohne deren Rat und Enthusiasmus der Roman nicht existieren würde:

Bei meiner Agentin April Eberhardt, die mein Werk mit viel Energie und Begeisterung vertritt;

bei meiner Verlegerin Brooke Warner von She Writes Press und meiner Autorenbetreuerin Caitlyn Levin sowie der Geschäftsführerin von BookSparks, Crystal Patriarche, für ihre unbegrenzte Unterstützung und Hilfe;

bei meiner großartigen Lektorin Lorissa Sengara, die mich fachkundig durch mehrere Überarbeitungen geführt hat;

beim Team von HarperCollins Canada – Iris Tupholme, Jane Warren und Noelle Zitzer – für die großartige Zusammenarbeit mit She Writes Press;

bei Sarah Wight für ihr fantastisches Lektorat des Textes und bei Lisa Bettencourt für die wunderschöne Covergestaltung;

bei Nancy Levenberg und Alexandria Brown von der Napa County Historical Society für die Durchsicht des Manuskripts und die Bereitstellung von Fotos, Augenzeugenberichten und weiteren Recherchematerialien, die für eine korrekte Darstellung des historischen Napa nötig waren;

bei Tina Vierra, Mitherausgeberin von Wines and Vines, für ihre genaue Durchsicht der Weinanbau- und Weinproduktion-Szenen des Manuskripts;

bei Patrick Cahill für das Teilen seines Fachwissens und seiner Einblicke im Bereich der Geburtshilfe;

bei Greg Gauthier, Susan Falcon und Thalia Balderas von Bouchaine Vineyards; Paul Torre und Tim Stel von Beringer Vineyards; Kim Ilsley, einer Winzertochter aus dem wirklichen Leben; Steve Stone von Napa Valley Bike Tours und Max Roher von Max Napa Tours für ihre Gastfreundschaft und die Weitergabe ihres großen Wissens über die Winzerei und die Geschichte von Napa;

bei Caitlin Hamilton Summie, für ihren unermüdlichen Einsatz im Marketing, um »Die Tochter des Winzers« und diese Serie zu einem Erfolg zu machen;

beim gesamten Personal der Darien Library für die ausgezeichneten Recherchematerialien;

bei meinen ersten Lesern, Maryellen Lacroix, Frank Lacroix und S. Taylor Harnisch, für ihre gut durchdachten, konstruktiven Anregungen zu meinen ersten Entwürfen;

bei Janel Silva, die mich als Erste an die fantastische Stadt San Francisco und ihre faszinierende Geschichte herangeführt hat;

bei Kathy Murphy und den Pulpwood Queens für ihre wunderbare Gastfreundschaft und Unterstützung;

bei den Familien Donelan, Lacroix und Harnisch und all den treuen Freunden, Lesern, Buchclubs, Bloggern, Buchhändlern und Büchereien, die zum Erfolg dieser Serie beigetragen haben. Ich stehe tief in ihrer Schuld;

und zu guter Letzt ein Dank von ganzem Herzen an meine vier größten Fans: David, Ellen, Ryan und Julia.